Über dieses Buch

Der vorliegende Band vereinigt zum ersten Male die drei wichtigsten Schriften Max Brods über Franz Kafka: ›Franz Kafka, eine Biographie‹ (früher Fischer Taschenbuch Nr. 552 und 735), ›Franz Kafkas Glauben und Lehre‹, ›Verzweiflung und Erlösung im Werk Franz Kafkas‹.
Über 20 Jahre lang sah Max Brod seinen Freund Franz Kafka regelmäßig, zeitweilig sogar zweimal täglich. Mit ihm besprach Kafka seine Werke, ihm las er sie als erstem und oft als einzigem vor. Dem Drängen des Freundes ist es zuzuschreiben, daß einige Bücher Kafkas bereits zu seinen Lebzeiten erschienen; ihm ist es auch zu verdanken, daß der Nachlaß des Dichters uns erhalten geblieben ist. Die Schriften Max Brods über Kafka sind für die Literaturwissenschaft unentbehrlich; sie sind darüber hinaus ein einzigartiges Dokument einer großen Freundschaft.

Der Autor

Max Brod wurde am 27. 5. 1884 in Prag geboren. Nach seinem Jurastudium war er als Finanz-, Post- und Gerichtsbeamter tätig, dann als Theater- und Musikkritiker des ›Prager Tageblattes‹. 1939 emigrierte er nach Israel und lebte als Dramaturg und als freier Schriftsteller in Tel Aviv, wo er am 20. 12. 1968 starb. Sein schriftstellerisches Werk hat eine ungewöhnliche Weite und reicht vom philosophischen Essay bis zum Roman und zur Lyrik. Im Jahre 1949 wurde ihm der Literaturpreis der Stadt Tel Aviv zuerkannt, 1965 der Heine-Preis der Heine-Gesellschaft in Düsseldorf.

Max Brod

Über Franz Kafka

Franz Kafka · Eine Biographie

Franz Kafkas Glauben und Lehre

Verzweiflung und Erlösung
im Werk Franz Kafkas

Fischer
Taschenbuch
Verlag

Fischer Taschenbuch Verlag GmbH
August 1974
Umschlagentwurf: Rau/Hoffmann
unter Verwendung einer Photographie von Franz Kafka
Fischer Taschenbuch Verlag GmbH, Frankfurt am Main

Gesamtherstellung: Hanseatische Druckanstalt GmbH, Hamburg
Printed in Germany
ISBN 3 436 01946 1

Inhalt

I Franz Kafka. Eine Biographie

Erstes Kapitel
Vorfahren und Kindheit 11

Zweites Kapitel
Hochschule 41

Drittes Kapitel
Kämpfe um Beruf und Berufung 72

Viertes Kapitel
Bis zum Erscheinen der »Betrachtung« 90

Fünftes Kapitel
Die Verlobungsjahre 122

Sechstes Kapitel
Religiöse Entwicklung 148

Siebentes Kapitel
Die letzten Jahre 171

Achtes Kapitel
Ergänzungen. Neue Züge zu Kafkas Bild 186

Zu Kafkas »Curriculum Vitae« 216

Curriculum Vitae 216

Nachwort zur zweiten Auflage 218

Nachwort zur dritten Auflage 218

II Franz Kafkas Glauben und Lehre

Einleitung 223

I. Kein System Kafkas, aber wachsende Klärung seiner Ansichten in seiner letzten Lebenszeit · Kafka und Tolstoi · Weltbedeutung der Lehre Kafkas · Notwendige Mängel der systematischen Darstellung · Das beispielhafte Leben Kafkas · Uneitelkeit · Intensität der Arbeit · Ein Bild Voltaires ·

»Flickarbeit« · Das Streben nach dem Vollkommenen · Flauberts »gueuloir« 227

II. Der zentrale Satz der Lehre Kafkas: die These vom »Unzerstörbaren« · Es gibt nur das Ziel; Weg ist Ausrede · Dennoch: der Kampf um den richtigen Weg · Blick auf die Gemeinschaft, »die beispiellos untrennbare Verbindung der Menschen« 235

III. Kafka weder dem Individualismus noch dem Kollektiv verfallen. Er steht an dem Punkt, wo die Scheinbarkeit dieses Gegensatzes aufleuchtet · Das »Junggesellentum« als Symbol alles Negativen · »Beamtenlaster« · Une confluence du Judaïsme et du Christianisme«, Zurückweisung dieser Auffassung Klossowskis · Den Tod widerlegen · Der Würgegriff der Kausalität · »Hinausspringen aus der Totschlägerreihe« · Der Messias 241

IV. Begegnung mit der Gemeinschaft · Westjudentum, Ostjudentum bei Kafka · Interpretation des Satzes »Keine Hoffnung für uns« · Der Vater · Im Widerstreit gegen den Vater festere Bindung an die jüdische Gemeinschaft · Tolstoi und das russische Volk · Parallele bei Kafka (und das Unterscheidende) · Josefine, die Sängerin · Das Mäusevolk · Die ›Verwandlung‹ und der Typus Raban · Sondere dich nicht von der Gemeinschaft ab · ›Der Prozeß‹ · Die tatsächliche Schuld des Josef K. · Das sich steigernde Schuldgefühl in den drei Romanen · Ein Kommentator, der Josef K. zuredet, dieses Schuldgefühl als bloß neurotische Einbildung zu betrachten · Widerstand gegen die versittlichende Wirkung der Schriften Kafkas 246

V. Monotheismus in seiner reinsten Form · Das Motiv des Richterlichen bei Kafka und Ibsen · Kafkas ethischer Rigorismus · Ein Märchen 257

VI. (Intermezzo) Einige Kommentatoren Kafkas 260

VII. Kafka als Repräsentant einer jüdischen Religionserneuerung · Christliche Auffassung dieses Faktums · Hinweis auf Aldous Huxley · Kafkas Skepsis gegen alle Theorien · Er stellt sich in die Gemeinschaft ein. Dokumente für diese Behauptung · Kafkas positive Haltung zum Zionismus · Seine Ablehnung der deutsch-jüdischen Assimilation, auch in der Literatur · Seine Haltung in diesem Punkt radikaler als die meine · Seine Stellung zu Karl Kraus 263

VIII. Einstellung zu den Werten des Lebens und zur christlichen Negation dieser Werte · Über Askese · Das Schöne. Plotin · Geometrisches Radien-Gleichnis · Kafkas »Traurigkeit« · Ehe und Volksgemeinschaft · Novalis über die Ehe ·

Der haarfeine Unterschied zwischen der Haltung Kafkas und der Verneinung der sinnlichen Welt · Für sich selbst stellt Kafka eine ungünstige Prognose · Dennoch positiver Bezug zu allem Guten der Menschheitsentwicklung · Kabbala und Zionismus · »So ist doch was Gefährliches in mir« · Anekdoten · Das Wort der Liebe · Sozialistische Pläne · Der sogenannte alltägliche Mensch 280

III VERZWEIFLUNG UND ERLÖSUNG IM WERK FRANZ KAFKAS

Der Glaube und die Verzweiflung 303

Wo steht ein Autor und wohin tendiert er? 309

Kafkas religiöse Entwicklung in der Reihe seiner drei Romane 323

Persönliches 337

Epilog 347

IV Anhang zu FRANZ KAFKA. EINE BIOGRAPHIE

I. Franz Kafka, Die Aeroplane in Brescia 359

II. Rudolf Fuchs, Erinnerungen an Franz Kafka 367

III. Dora Geritt, Kleine Erinnerungen an Franz Kafka 369

IV. Max Brod, Eine Bemerkung zu Kafkas ›Schloß‹ 371

V. Max Brod, Ermordung einer Puppe namens Franz Kafka 375

Zeittafel 388

V BILDANHANG 391

Namensregister 405

I

Franz Kafka

Eine Biographie

Dem Abschnitt liegt folgender Text zugrunde: Max Brod, Franz Kafka. Eine Biographie. [5. Ausgabe.] (Frankfurt am Main und Hamburg) Fischer Bücherei (1963). Vom Autor neu durchgesehene 6. Auflage.

Nicht verzweifeln, auch darüber nicht, daß du nicht verzweifelst. Wenn schon alles zu Ende scheint, kommen doch noch neue Kräfte angerückt, das bedeutet eben, daß du lebst.

–

Zeitweilige Befriedigung kann ich von Arbeiten wie »Landarzt« noch haben . . ., Glück aber nur, falls ich die Welt ins Reine, Wahre, Unveränderliche heben kann.

–

Starker Regenguß. Stelle dich dem Regen entgegen, laß die eisernen Strahlen dich durchdringen, gleite in dem Wasser, das dich fortschwemmen will, aber bleibe doch, erwarte so, aufrecht, die plötzlich und endlos einströmende Sonne.

Aus den Tagebüchern Kafkas

ERSTES KAPITEL

Vorfahren und Kindheit

Franz Kafka wurde am 3. Juli 1883 in Prag als Sohn von Hermann und Julie Kafka geboren. – Der Name ›Kafka‹ ist tschechischen Ursprungs und bedeutet (in der richtigen Schreibweise ›kavka‹) wörtlich ›Dohle‹. Auf Geschäftskuverts der Firma Hermann Kafka, die Franz in früher Zeit öfters zu Briefen an mich benützte, findet sich dieser dickköpfige schöngeschwänzte Vogel als Emblem abgebildet.
Kafka als Familienname ist unter Juden, die aus tschechischen Gegenden stammen, das heißt: zur Zeit der Namengebung unter Kaiser Josef II. in tschechischen Gegenden beheimatet waren, nicht selten anzutreffen. Auf nationale, politische Gesinnung läßt das keinen Rückschluß zu. Franzens Vater scheint allerdings in einer gewissen, nicht eben ausge-

prägten Weise mit den tschechischen Kampfparteien im alten Österreich sympathisiert zu haben, wobei die Erinnerung an seinen tschechischen Heimatort mitgewirkt haben mag. Franz aber besuchte nur deutsche Schulen, wurde deutsch erzogen, hat erst später aus eigenem Antrieb eine genaue Kenntnis der tschechischen Sprache, tiefes Verständnis für tschechische Kultur erworben; selbstverständlich ohne Vernachlässigung seiner deutschen Kulturverbundenheit. (Von der Wesentlichkeit der später in ihm bewußt werdenden jüdischen Zusammenhänge wird gehörigen Orts die Rede sein.) – Ein Gliedcousin Franzens, ihm auch äußerlich ähnlich, gewissermaßen eine robustere, stärkere Ausgabe von Franzens Körperlichkeit und von ihm um seiner zielbewußten Energie und Organisationskraft viel bewundert, spielte im deutsch-liberalen Lager schon als Student, dann als Hochschulprofessor und Abgeordneter (im tschechischen Parlament) eine führende Rolle. Es war dies Professor Bruno Kafka, der trotz seines frühen Todes als Kritiker und schöpferischer Mitarbeiter an Gesetzentwürfen, als Politiker, als Herausgeber des wissenschaftlichen Nachlasses von Krasnopolski und durch eigene juristische Werke Zeugnis eines fruchtbaren Lebens geben konnte. Franzens und Brunos Väter waren Vettern.

Über seine Vorfahrenschaft liest man in Kafkas Tagebüchern die folgende Notiz:

»Ich heiße hebräisch Amschel wie der Großvater meiner Mutter von der Mutterseite, der als ein sehr frommer und gelehrter Mann mit langem weißem Bart meiner Mutter erinnerlich ist, die sechs Jahre alt war, als er starb. Sie erinnert sich, wie sie die Zehen der Leiche festhalten und dabei Verzeihung möglicher, dem Großvater gegenüber begangener Verfehlungen erbitten mußte. Sie erinnert sich auch an die vielen, die Wände füllenden Bücher des Großvaters. Er badete jeden Tag im Fluß, auch im Winter, dann hackte er sich zum Baden ein Loch ins Eis. Die Mutter meiner Mutter starb frühzeitig an Typhus. Von diesem Tode angefangen, wurde die Großmutter trübsinnig, weigerte sich zu essen, sprach mit niemandem, einmal, ein Jahr nach dem Tode ihrer Tochter ging sie spazieren und kehrte nicht mehr zurück, ihre Leiche zog man aus der Elbe. Ein noch gelehrterer Mann als der Großvater war der Urgroßvater der Mutter, bei Christen und Juden stand er in gleichem Ansehen, bei einer Feuersbrunst geschah infolge seiner Frömmigkeit das Wunder, daß das Feuer sein Haus übersprang und verschonte, während die Häuser in der Runde verbrannten. Er hatte vier Söhne, einer trat zum Christentum über und wurde Arzt. Alle, außer dem Großvater der Mutter, starben bald. Dieser hatte einen Sohn, die Mutter kannte ihn als verrückten Onkel Nathan, und eine Tochter, die Mutter meiner Mutter eben.«

Von Franzens Mutter, mit der ich bis zu ihrem 1934 erfolgten Tode (sie überlebte den Sohn um zehn Jahre) häufig sprach und die eine stille, gütige, außerordentlich kluge, ja weisheitsvolle Frau war, habe ich weitere Ergänzungen zu diesen Angaben erhalten. Danach stammt die Familie Kafka väterlicherseits aus Wossek bei Strakonic (Südböhmen). Der Vater von Hermann Kafka war Fleischhauer. Hermanns Jugend war hart und arbeitsreich, seine Arbeitskraft und Zähigkeit offenbar unbegrenzt. Auch seine Geschwister (drei Brüder und zwei Schwestern) waren nach einem Wort von Frau Julie Kafka, Franzens Mutter, »Riesenmenschen«. Franz ist sein Leben lang im Schatten des machtvollen, auch äußerlich ungemein imposanten (großen, breitschultrigen) Vaters gestanden, der am Ende seines von vieler Arbeit und vielem kaufmännischem Erfolg, aber auch von Sorgen und Krankheit erfüllten Lebens eine zahlreiche Familie, Kinder und Enkel, deren er sich patriarchalisch erfreute, sowie nach Verkauf des noch heute* bestehenden Engrosgeschäftes (Altstädter Ring) ein vielstöckiges Zinshaus im Zentrum Prags hinterlassen konnte. Diese ganz auf eigene Arbeit aufgebaute, tüchtige, umsichtige, unter Opfern und Mühen zustande gebrachte Gründung einer weitverzweigten Familie und ihre bürgerliche Versorgung hat für Franzens Phantasie und sein Schaffen stets etwas Beispielhaftes behalten. Seine Verehrung für den Vater in diesem Sinne war unendlich, sie hatte einen heroischen Beiklang, ja sie mochte dem kühler Blickenden und nicht im Bannkreise des Heims Befangenen, wie mir, neben richtigen auch manche übertriebenen Elemente zu enthalten scheinen. Für Franzens Gefühlserziehung war sie jedenfalls fundamental. Wie sehr sie das war, geht auch aus folgender (kritischer) Tagebucheintragung hervor, die ich anführe, weil sie ein gutes Bild von den Anfängen des Vaters gibt. Franz schreibt:

»Unangenehm ist es, zuzuhören, wenn der Vater mit unaufhörlichen Seitenhieben auf die glückliche Lage der Zeitgenossen und vor allem seiner Kinder von den Leiden erzählt, die er in seiner Jugend auszustehen hatte. Niemand leugnet es, daß er jahrelang infolge ungenügender Winterkleidung offene Wunden an den Beinen hatte, daß er häufig gehungert hat, daß er schon mit zehn Jahren ein Wägelchen auch im Winter und sehr früh am Morgen durch die Dörfer schieben mußte – nur erlauben, was er nicht verstehen will, diese

* »heute«, das heißt 1937. Sinngemäße Richtigstellungen einfacher Art möge der Leser bei Lektüre dieser Neuausgabe selbst hinzudenken, sie sind von hier ab nicht vermerkt.

richtigen Tatsachen im Vergleich mit der weiteren richtigen Tatsache, daß ich das alles nicht erlitten habe, nicht den geringsten Schluß darauf, daß ich glücklicher gewesen bin als er, daß er sich wegen dieser Wunden an den Beinen überheben darf, daß er von allem Anfang an annimmt und behauptet, daß ich seine damaligen Leiden nicht würdigen kann und daß ich ihm schließlich gerade deshalb, weil ich nicht die gleichen Leiden hatte, grenzenlos dankbar sein muß. Wie gern würde ich zuhören, wenn er ununterbrochen von seiner Jugend und seinen Eltern erzählen würde, aber alles dies im Tone der Prahlerei und des Zankens anzuhören, ist quälend. Immer wieder schlägt er die Hände zusammen. ›Wer weiß das heute! Was wissen die Kinder! Das hat niemand gelitten! Versteht das heute ein Kind?‹ Heute wurde mit der Tante Julie, die uns besuchte, wieder ähnlich gesprochen. Sie hat auch das riesige Gesicht aller Verwandten von Vaters Seite. Die Augen sind um eine kleine, störende Nuance falsch gebettet oder gefärbt. Sie wurde mit zehn Jahren als Köchin vermietet. Da mußte sie bei großer Kälte in einem nassen Röckchen um etwas laufen, die Haut an den Beinen sprang ihr, das Röckchen gefror und trocknete erst abends im Bett.« –

Ich folge nun wieder den Angaben von Franzens Mutter. Die Großmutter väterlicherseits, aus der Familie Platovsky, wurde als sehr herzensgütig geschildert, unter den Dorfleuten war sie ihrer ärztlichen Kenntnisse wegen in hohem Ruf. Im übrigen scheinen sich in der väterlichen Aszendenz vorwiegend Eigenschaften der kämpferischen Lebenstüchtigkeit und Lebensmeisterung, auch der Körperkraft zu vererben. Hermann diente drei Jahre als Soldat, sprach auch im Alter gern von seiner Militärzeit, sang Militärlieder, falls er (was sich allerdings immer seltener ereignete) guter Laune war. Sein Vater, also Franzens Großvater, konnte einen Sack Mehl mit den Zähnen von der Erde aufheben. Als einmal Zigeuner in einem einschichtig gelegenen Gasthaus einkehrten, schickte der ängstlich gewordene Wirt um den Großvater Kafkas. Der hat die ungebetenen Gäste rasch hinausgeprügelt.

Völlig veränderte Ansicht, wenn wir uns nun den Vorfahren der Mutter zuwenden. Hier gibt es Gelehrte, verträumte Menschen mit einem Hang zur Seltsamkeit, andere, die dieser Hang ins Abenteuerliche, Exotische oder Schrullenhafte, Einsiedlerische entführt.

Über die Frömmigkeit und den (rabbinischen) Gelehrtenruf des Großvaters und Urgroßvaters der Mutter enthält die zitierte Tagebuchnotiz Franzens Andeutungen. Auch das Bad im eisigen Fluß ist als Ritualhandlung eines besonders Frommen, nicht im Sinne einer damals noch gar nicht existieren-

den oder doch unter Juden unbekannten Naturheilkunde aufzufassen. – Die genannten Männer entstammten der Familie Porias und lebten in Poděbrad. Der Großvater trug die im Religionsgesetz gebotenen Schaufäden immer über, nicht unter den Kleidern, Kinder liefen ihm spottend nach, wurden dann aber in der (christlichen) Schule zurechtgewiesen und darüber belehrt, daß man einen so frommen Mann nicht hänseln dürfe. Das einzige Kind des Großvaters, das so früh verstarb und hierdurch die Großmutter wahrscheinlich zum Selbstmord brachte, hieß Esther Porias und heiratete Jakob Löwy. Sechs Kinder entstammen dieser Ehe, das zweitälteste (Julie Löwy) wurde Franz Kafkas Mutter. Der älteste Bruder (Alfred) ging frühzeitig ins Ausland und brachte es, ordengeschmückt, bis zum Generaldirektor der spanischen Bahnen. Er blieb Junggeselle, kam öfters nach Prag und hatte auf Franzens Jugend einen gewissen Einfluß, vor allem wohl deshalb, weil Franz erwartete, von ihm ins praktische Leben geführt zu werden. Franz sehnte sich nach fernen Ländern, in die auch der Lebenslauf eines andern Bruders der Mutter (Josef) wies, der am Kongo eine Kolonialgesellschaft geleitet, Karawanen ausgerüstet hatte, die manchmal bis hundertfünfzig Mann stark waren. Später lebte er in Paris, mit einer Französin verheiratet. Was hier Leben war, wurde in Kafkas Werk zu Dichtung, zu den vielen exotischen Ländern als Schauplätzen von Kafkas vollendeten Arbeiten und Plänen. Onkel Alfred aus Madrid galt wohl als verschlossen, aber auch als liebevoll und von starkem Familiensinn erfüllt. (Ich habe ihn kennengelernt, ohne einen klar umrissenen Eindruck erhalten zu haben.) Wie sehr Franz von ihm enttäuscht war, geht aus einem Brief an Oskar Pollak, den Jugendfreund, hervor. Franz hatte ihn gefragt, »ob er mir nicht zu helfen wüßte aus diesen Dingen, ob er mich nicht irgendwohin führen könnte, wo ich *schon endlich frisch Hand anlegen* könnte.« – Franz hat seinen juristischen Beruf stets nur als Notbehelf angesehen und andere Betätigung erträumt. Seine Beziehung zu dem Onkel, dem er seine jugendlichen Wünsche gewiß nur sehr andeutungsweise und bescheiden mitgeteilt hatte, blieb gleichwohl innerhalb der allgemeinen verwandtschaftlichen Kühle nicht unfreundlich.
Ein anderer Bruder der Mutter (Rudolf) lebte in einem kleinen Buchhalterposten am Košířer Bräuhaus als einsamer Sonderling, trat aus Überzeugung zum Katholizismus über. Der jüngste Bruder (Siegfried) war Landarzt in Triesch, gleichfalls Junggeselle, übersiedelte später nach Prag in das der Familie Kafka gehörige Haus und nahm in Franzens letzter Lebensepoche durch medizinische Hilfeleistung tätigen Anteil an seinem Geschick.

Franz ist nach Angabe der Mutter im Eckhaus Maislgasse-Karpfengasse (jetzt Kaprová) zur Welt gekommen. Die weiteren Schauplätze seiner Kindheit waren: das Haus der Lämelschen Anstalt in der Geistgasse (Dušní), das Haus ›Minuta‹, das Haus Ecke Wenzelsplatz-Smečky. Als ich ihn zum ersten Male besuchte, wohnte die Familie in den engen, winklig uralten, aber freundlichen Räumen unmittelbar an der Theinkirche, in der Zeltnergasse (jetzt Celetná 3). In der Zeltnergasse befand sich auch das väterliche Geschäft, ehe es in die Lokalitäten im Kinsky-Palais auf dem Altstädter Ring verlegt wurde. In Kafkas »Betrachtung« und andern Werken der Frühzeit, selbstverständlich auch in den Tagebüchern, findet man Szenerie und Situation dieses Geschäftes vielfach nachwirken. Man lese die Skizze ›Der Kaufmann‹ (Erzählungen S. 35*). Wer sind diese »unzugänglichen Bevölkerungen auf dem Lande«, deren Moden der ›Kaufmann‹ vorausberechnen muß, – »nicht wie sie unter Leuten meines Kreises herrschen werden«? Hermann Kafkas Engrosgeschäft führte Galanteriewaren, die an Wiederverkäufer in Dörfern und Landstädten geliefert wurden. Besonders deutlich erinnere ich mich der vielen warmen Hausschuhe, die ich in dem Laden sah, wenn Franz, von mir begleitet, wieder einmal den vergeblichen Versuch machte, den Vater, der unter Arbeitsbürden stöhnte, irgendwie zu entlasten oder ihm doch wenigstens seinen guten Willen zu bezeugen, ihm ohne viel Aufhebens einen freundlichen Blick, ein Wort der Anerkennung zu entlocken. – Die Mutter selbst war als Helferin des Vaters im Geschäft unermüdlich tätig und wohl unersetzlich, eine Zeitlang sah ich auch eine von Franzens Schwestern dort. Aber das genügte dem Vater bei weitem nicht, dessen Herrscherart die Familie am liebsten dauernd um sich versammelt gesehen hätte. – Ich möchte überdies nicht sagen, daß die Eindrücke, die ich von Franzens Besuchen im Geschäft des Vaters hatte, unbedingt nach allen Seiten hin richtig sind. Wie weit, wie blaß weisen diese Erinnerungen zurück. – Klar dagegen sind mir die weiteren zwei Wohnungen der Familie, in denen ich Franz so oft besucht habe: Niklasstraße 36 (jetzt Pařížská) mit dem Blick auf Kai, Moldau, Badeanstalt, Brücke, den grünen Hang des Belvederes – und das Oppeltsche Haus, Ecke Niklasstraße-Altstädter Ring. Kafkas Arbeitszimmer lag auf der Niklasstraßenseite und hatte das Fenster ganz links im obersten Stockwerk. Man sah auf eine überlebensgroße Barockfigur an der russischen Kirche hinab.

* Zitate dieser Art verweisen auf die Gesamtausgabe der Werke, erschienen im S. Fischer Verlag, 1950 ff.

Franz war das älteste Kind. Zwei Brüder (Heinrich und Georg) starben dann in zartestem Alter (der eine zwei Jahre, der andere ein Halbjahr alt). Sechs Jahre später begann die Reihe der drei Schwestern, die sich stets zusammengehörig und dem Bruder gegenüber in Distanz fühlten. In späterer Zeit, nach Franzens Erkrankung, wurde dieser Abstand von der jüngsten Schwester mit größter Entschiedenheit durchbrochen, sie war und blieb für Franz einer der vertrautesten nahestehenden Menschen. – Die Kindheit Franzens aber müssen wir uns wohl nach allen Berichten als unsagbar einsam denken. Seine Erziehung blieb, da die Mutter den ganzen Tag über im Geschäft tätig und auch abends dem Vater als Gesellschafterin (vor allem im Kartenspiel) unentbehrlich war, im großen ganzen Gouvernanten und der seelenlosen Schule überlassen. – An eine Französischlehrerin oder Französin knüpft sich die Erinnerung erotischen Erwachens.
Von Melancholie und Schwerbeweglichkeit der jungen Jahre (»Erdenschwere« nennt Kafka einmal in anderem Zusammenhang diese Eigenschaft) berichten Tagebuchblätter wie die folgenden aus dem Jahre 1911, also im weiten Rückblick: »Während ich manchmal glaube, daß ich während der ganzen Gymnasialzeit und auch früher besonders scharf denken konnte und dies nur infolge der späteren Schwächung meines Gedächtnisses heute nicht mehr gerecht beurteilen kann, so sehe ich ein anderes Mal wieder ein, daß mir mein schlechtes Gedächtnis nur schmeicheln will und daß ich, wenigstens in an sich unbedeutenden, aber folgenschweren Dingen, mich sehr denkfaul benommen habe. So habe ich allerdings in der Erinnerung, daß ich in den Gymnasialzeiten öfters, wenn auch nicht sehr ausführlich – ich ermüdete wahrscheinlich schon damals leicht – mit Bergmann in einer entweder innerlich vorgefundenen oder ihm nachgeahmten talmudischen Weise über Gott und seine Möglichkeiten disputierte. Ich knüpfte damals gern an das in einer christlichen Zeitschrift – ich glaube ›Die christliche Welt‹ – gefundene Thema an, in welchem eine Uhr und die Welt, und der Uhrmacher und Gott einander gegenübergestellt waren und die Existenz des Uhrmachers jene Gottes beweisen sollte. Das konnte ich meiner Meinung nach sehr gut Bergmann gegenüber widerlegen, wenn auch diese Widerlegung in mir nicht fest begründet war und ich mir sie für den Gebrauch erst wie ein Geduldspiel zusammensetzen mußte. Eine solche Widerlegung fand einmal statt, als wir den Rathausturm umgingen. Daran erinnere ich mich deshalb genau, weil wir einander einmal vor Jahren daran erinnert haben.
Während ich mich aber darin auszuzeichnen glaubte – anderes als das Verlangen, mich auszuzeichnen, und die Freude

am Wirken und an der Wirkung brachte mich nicht dazu –, duldete ich es nur infolge nicht genügend starken Nachdenkens, daß ich immer in schlechten Kleidern herumging, die mir meine Eltern abwechselnd von einzelnen Kundschaften, am längsten von einem Schneider in Nusle, machen ließen. Ich merkte natürlich, was sehr leicht war, daß ich besonders schlecht angezogen ging, und hatte auch ein Auge dafür, wenn andere gut angezogen waren, nur brachte es mein Denken durch Jahre hin nicht fertig, die Ursache meines jämmerlichen Aussehens in meinen Kleidern zu finden. Da ich schon damals, mehr in Ahnungen als in Wirklichkeit, auf dem Wege war, mich geringzuschätzen, war ich überzeugt, daß die Kleider nur an mir dieses zuerst bretterartig steife, dann faltighängende Aussehen annehmen. Neue Kleider wollte ich gar nicht, denn wenn ich schon häßlich aussehn sollte, wollte ich es wenigstens bequem haben und außerdem vermeiden, der Welt, die sich an die alten Kleider gewöhnt hatte, die Häßlichkeit der neuen vorzuführen. Diese immer lang dauernden Weigerungen meiner Mutter gegenüber, die mir öfters neue Kleider dieser Art machen lassen wollte, da sie mit den Augen des erwachsenen Menschen immerhin Unterschiede zwischen diesen neuen und alten Kleidern finden konnte, wirkten insoferne auf mich zurück, als ich mir unter Bestätigung meiner Eltern einbilden mußte, daß mir an meinem Aussehen nichts lag.
Infolgedessen gab ich den schlechten Kleidern auch in meiner Haltung nach, ging mit gebeugtem Rücken, schiefen Schultern, verlegenen Armen und Händen herum: fürchtete mich vor Spiegeln, weil sie mich in einer meiner Meinung nach unvermeidlichen Häßlichkeit zeigten, die überdies nicht ganz wahrheitsgemäß abgespiegelt sein konnte, denn hätte ich wirklich so ausgesehen, hätte ich auch größeres Aufsehen erregen müssen, erduldete auf Sonntagsspaziergängen von der Mutter sanfte Stöße in den Rücken und viel zu abstrakte Ermahnungen und Prophezeiungen, die ich mit meinen damaligen gegenwärtigen Sorgen in keine Beziehung bringen konnte. Überhaupt fehlte es mir hauptsächlich an der Fähigkeit, für die tatsächliche Zukunft auch nur im geringsten vorzusorgen. Ich blieb mit meinem Denken bei den gegenwärtigen Dingen und ihren gegenwärtigen Zuständen, nicht aus Gründlichkeit oder zu sehr festgehaltenem Interesse, sondern, soweit es nicht Schwäche des Denkens verursachte, aus Traurigkeit und Furcht, aus Traurigkeit, denn weil mir die Gegenwart so traurig war, glaubte ich sie nicht verlassen zu dürfen, ehe sie sich ins Glück auflöste, aus Furcht, denn wie ich mich vor dem kleinsten gegenwärtigen Schritt fürchtete, hielt ich mich auch für unwürdig, bei meinem verächtlichen kindischen Auf-

treten ernstlich mit Verantwortung die große männliche Zukunft zu beurteilen, die mir auch meistens so unmöglich vorgekommen ist, daß mir jedes kleine Fortschreiten wie eine Fälschung erschien und das Nächste unerreichbar.
Wunder gab ich leichter zu als wirklichen Fortschritt, war aber zu kühl, um nicht die Wunder in ihrer Sphäre zu lassen und den wirklichen Fortschritt in der seinen. Ich konnte daher lange Zeit vor dem Einschlafen mich damit abgeben, daß ich einmal als reicher Mann in vierspännigem Wagen in der Judenstadt einfahren, ein mit Unrecht geprügeltes schönes Mädchen mit einem Machtwort befreien und in meinem Wagen fortführen werde; unberührt aber von diesem spielerischen Glauben, der sich wahrscheinlich nur von einer schon ungesunden Sexualität nährte, blieb die Überzeugung, daß ich die Endprüfungen des Jahres nicht bestehen werde und, wenn das gelingen sollte, daß ich in der nächsten Klasse nicht fortkommen werde, und wenn auch das noch durch Schwindel vermieden würde, daß ich bei der Matura endgültig fallen müßte und daß ich übrigens ganz bestimmt, gleichgültig in welchem Augenblick, die durch mein äußerlich regelmäßiges Aufsteigen eingeschläferten Eltern sowie die übrige Welt durch die Offenbarung einer unerhörten Unfähigkeit mit einem Male überraschen werde. Da ich aber als Wegzeiger in die Zukunft immer nur meine Unfähigkeit ansah – nur selten meine schwache literarische Arbeit – brachte mir ein Überdenken der Zukunft niemals Nutzen; es war nur ein Fortspinnen der gegenwärtigen Trauer. Wenn ich wollte, konnte ich zwar aufrecht gehn, aber es machte mich müde und ich konnte auch nicht einsehn, was mir meine krumme Haltung in Zukunft schaden könnte. Werde ich eine Zukunft haben, dann, so war mein Gefühl, wird sich alles von selbst in Ordnung bringen. Ein solches Prinzip war nicht deshalb ausgewählt, weil es Vertrauen zu einer Zukunft enthielt, deren Existenz allerdings nicht geglaubt wurde, es hatte vielmehr nur den Zweck, mir das Leben zu erleichtern. So zu gehn, mich anzuziehn, mich zu waschen, zu lesen, vor allem mich zu Hause einzusperren, wie es mir am wenigsten Mühe machte und wie es am wenigsten Mut verlangte. Ging ich darüber hinaus, so kam ich nur auf lächerliche Auswege.
Einmal schien es unmöglich, weiterhin ohne ein schwarzes Festkleid auszukommen, besonders da ich auch vor die Entscheidung gestellt war, ob ich mich an einer Tanzstunde beteiligen wollte. Jener Schneider aus Nusle wurde gerufen und über den Schnitt des Kleides beraten. Ich war unschlüssig wie immer in solchen Fällen, in denen ich fürchten mußte, durch eine klare Auskunft nicht nur in ein unangenehmes Nächstes, sondern darüber hinaus in ein noch schlimmeres

2*

fortgerissen zu werden. Ich wollte also zunächst kein schwarzes Kleid, als man mich aber vor dem fremden Mann mit dem Hinweis darauf beschämte, daß ich kein Festtagskleid habe, duldete ich es, daß ein Frack überhaupt in Vorschlag kam; da ich aber einen Frack für eine fürchterliche Umwälzung ansah, von der man schließlich reden, die man aber niemals beschließen könnte, einigten wir uns auf einen Smoking, der durch seine Ähnlichkeit mit dem gewöhnlichen Sakko mir wenigstens erträglich schien. Als ich aber hörte, daß die Smokingweste notwendig ausgeschnitten sei und ich dann also auch ein gestärktes Hemd tragen müßte, wurde ich, da etwas Derartiges abzuwehren war, fast über meine Kräfte entschlossen. Ich wollte keinen derartigen Smoking, sondern einen, wenn es sein mußte, mit Seide zwar ausgefütterten und ausgeschlagenen, aber hoch geschlossenen Smoking. Ein solcher Smoking war dem Schneider unbekannt, doch bemerkte er, was ich mir auch immer unter einem solchen Rock vorstelle, ein Tanzkleid könne das nicht sein. Gut, dann war es also kein Tanzkleid, ich wollte auch gar nicht tanzen, das war noch lange nicht bestimmt, dagegen wollte ich den beschriebenen Rock mir machen lassen. Der Schneider war desto begriffsstutziger, als ich bisher neue Kleider immer mit verschämter Flüchtigkeit, ohne Anmerkungen und Wünsche mir hatte anmessen und anprobieren lassen. Es blieb mir daher, auch weil die Mutter drängte, nichts anderes übrig, als mit ihm, so peinlich das war, über den Altstädter Ring zur Auslage eines Händlers mit alten Kleidern zu gehn, in dessen Auslage ich schon seit längerer Zeit einen derartigen unverfänglichen Smoking ausgebreitet gesehen und für mich als brauchbar erkannt hatte. Unglücklicherweise aber war er schon aus der Auslage entfernt, selbst durch angestrengtes Schauen war er im Innern des Geschäftes nicht zu erkennen, in das Geschäft einzutreten, nur um den Smoking zu sehn, wagte ich nicht, so daß wir in der früheren Uneinigkeit zurückkamen. Mir aber war es so, als wäre der künftige Smoking durch die Nutzlosigkeit des Weges schon verflucht, zumindest benutzte ich die Ärgerlichkeit der Hin- und Gegenreden zum Vorwand, den Schneider mit irgendeiner kleinen Bestellung und einer Vertröstung wegen des Smokinganzuges fortzuschicken, und blieb unter den Vorwürfen meiner Mutter müde zurück, für immer – alles geschah mir für immer – abgehalten von Mädchen, elegantem Auftreten und Tanzunterhaltungen. Von der Fröhlichkeit, die ich hierüber gleichzeitig fühlte, war mir elend, und außerdem hatte ich Angst, vor dem Schneider mich lächerlich gemacht zu haben wie bisher keine seiner Kundschaften.«

Franz absolvierte die deutsche Volksschule am Fleischmarkt, dann das deutsche Gymnasium am Altstädter Ring. Dieses galt als das strengste in Prag. Es war wenig besucht, in den weiträumigen Klassen wurde, da sie nicht viele Schüler zählten, naturgemäß jeder viel häufiger aufgerufen und geprüft als in anderen glücklicheren, fauleren Mittelschulen. Die Professoren waren gefürchtet. Zu mir, der am Stefansgymnasium studierte und Kafka in jener Zeit noch nicht kannte, drang gelegentlich auf anderen Wegen dunkle Kunde davon. Die schaurig vornehmen Räume selbst sah ich beim unobligaten Französischunterricht, der im Kinsky-Palais, dem Sitz des Altstädter Gymnasiums, auch für uns Stefansgymnasiasten stattfand. – In späteren Jahren hat mir Franz manchmal erzählt, er sei in Mathematik nur »mittelst Weinen bei den Prüfungen« durchgekommen und auch dank dem in der Tagebuchnotiz oben erwähnten Hugo Bergmann, der ihn die Schularbeiten abschreiben ließ. Im übrigen scheint er doch ein recht guter Schüler gewesen zu sein. Am Altstädter Gymnasium gab es *nur* gute Schüler, andere ließ man schon in den Anfangsklassen unbarmherzig durchfallen.

Nach Angabe der Mutter war er ein schwaches zartes Kind, meist ernst, doch auch zu gelegentlichem Schabernack aufgelegt, – ein Kind, das viel las und nicht turnen wollte, – letzteres steht in Gegensatz zu Kafkas späterem starkem Interesse für Sport und Körperübungen.

Ein Kinderbild zeigt einen etwa fünfjährigen schlanken Jungen mit großen fragenden Augen und einem düster verschlossenen, eigensinnigen Mund. Die bis fast zu den Augenbrauen hinabgekämmten schwarzen Haare verstärken den Eindruck der beinahe drohenden Verdrießlichkeit, zu der wohl der schlaffe Griff der niederhängenden Hände, nicht aber das sorgsam gewählte Matrosenkostüm mit großem Hut und Spazierstöckchen paßt.

Mit den Schwestern hat Franz wenig gespielt, der Altersunterschied war zu groß und scheint gelegentlich eher zu kleinen Feindseligkeiten unter den Kindern Anlaß gegeben zu haben. Nur zu den Geburtstagen der Eltern dichtete der kleine Franz für die Schwestern Theaterszenen. Sie wurden im häuslichen Kreis aufgeführt, der Brauch erhielt sich bis in reifere Jahre, an manches der Stücke und an manchen Vers erinnerten sich die Schwestern noch lange. Eines der Stücke hieß ›Der Gaukler‹, eines ›Georg von Podiebrad‹, eines ›Photographien reden‹ (hierbei handelte es sich um die auf dem Trumeau stehenden Familienphotos). Franz spielte nie mit, war nur als Autor und Regisseur tätig. Später schlug er den Schwestern an Stelle seiner Szenen kleine Dramen von Hans Sachs vor, die er inszenierte.

Den eigentlichen Umgang des jungen Franz muß man wohl unter den Mitschülern suchen. Die kleine Klasse enthielt einige Köpfe, deren Bedeutsamkeit später hervortreten sollte. Da war, außer Kafka: der schon genannte Hugo Bergmann, der in den Folgejahren als Philosoph von Rang bekannt wurde, gegenwärtig ist er Professor der Hebräischen Universität in Jerusalem. In den Gymnasiastenjahren scheinen die beiden, Kafka und Bergmann, trotz näheren Umgangs einander nicht nach Gebühr erkannt zu haben. Dasselbe gilt für Emil Utitz, nachmals Philosophieprofessor in Halle und Prag, und für Paul Kisch, Literaturhistoriker und Redakteur der ›Neuen freien Presse‹. Nur mit Oskar Pollak kam eine engere Verbindung zustande, über die noch zu berichten sein wird.

Gegenüber allen Jugendeindrücken ist das große, in seiner Großartigkeit freilich von Franzens Ingenium gewiß übersteigerte Bild des Vaters von überragender Bedeutung. Hierüber gibt es ein Schriftstück aus Kafkas letzter Zeit. Im November 1919, während er mit mir gemeinsam in Schelesen bei Liboch wohnte (ich kann daher die Stimmung jener Tage ziemlich deutlich rekonstruieren), schrieb er einen sehr ausführlichen ›Brief an den Vater‹. Man kann diese Arbeit kaum mehr einen Brief nennen, sie ist ein kleines Buch, aber keines, das jetzt veröffentlicht werden kann, — dabei gewiß eines der merkwürdigsten und bei aller Einfachheit des Ausdrucks schwierigsten Dokumente über einen Lebenskonflikt. Man wird dieser Sache nicht leicht auf den Grund kommen, an manchen Stellen ist selbstverständlich eine Übereinstimmung mit den Thesen der Psychoanalyse rasch auffindbar, aber sie erstreckt sich mehr auf die Oberschicht der Tatsachen als auf ihre tieferen Verklammerungen. Aus Gründen persönlicher Art entzieht sich dieser ›Brief an den Vater‹ der extensiven Mitteilung. Doch werden schon die wenigen Auszüge und Zitate, die ich anführen kann, für das Verständnis von Kafkas Entwicklung Unentbehrliches beitragen*.

Trotz seines Umfangs von mehr als hundert Seiten war der Brief, wie ich aus den Gesprächen mit Franz bezeugen kann, dazu bestimmt, dem Vater wirklich übergeben zu werden (und zwar durch die Mutter), und Franz hatte eine Zeitlang die Meinung, durch diesen Brief eine Klärung der peinlich stockenden, schmerzhaft verharschten Beziehungen zum

* Kafkas ›Brief an den Vater‹ ist seither ohne Striche in der ›Neuen Rundschau‹ (1952, Heft 2) sowie im Band »Hochzeitsvorbereitungen« veröffentlicht worden. In den ›Briefen an Milena‹ wird er öfters erwähnt. — Seinerzeit unterblieb die vollständige Publikation, weil einige der Menschen, auf die sich wichtige Partien des Briefes bezogen, noch lebten.

Vater herbeizuführen. Tatsächlich wäre wohl eher das Gegenteil erzielt, die Absicht des Briefes, sich dem Vater begreiflich zu machen, keineswegs erreicht worden. Die Mutter hat denn auch den Brief nicht weitergeleitet, sondern, wohl mit einigen begütigenden Worten, Franz zurückgestellt. In der Folgezeit wurde von uns über die ganze Angelegenheit nicht mehr gesprochen.

»Liebster Vater«, beginnt der Brief, »Du hast mich letzthin einmal gefragt, warum ich behaupte, ich hätte Furcht vor Dir. Ich wußte Dir, wie gewöhnlich, nichts zu antworten, zum Teil eben aus der Furcht, die ich vor Dir habe, zum Teil deshalb, weil zur Begründung dieser Furcht zu viele Einzelheiten gehören, als daß ich sie im Reden halbwegs zusammenhalten könnte.« Und nun folgt ausführlichste Analyse des Verhältnisses dieses besonderen Vaters zu diesem besonderen Kinde und vice versa, folgt eine Selbstanalyse schärfster Art, die sich episodenhaft zu einer kleinen Selbstbiographie weitet, und zwar unter natürlicherweise dem Thema entfließender Bevorzugung der Kinderjahre; weshalb eben gerade hier der Ort ist, einiges aus dem ›Brief‹ beizubringen.

Über den Wert selbstbiographischer Aufzeichnungen hat Kafka stets sehr hoch gedacht, was nicht nur aus der Tatsache der über lange Lebensperioden fortgeführten Tagebücher hervorgeht, sondern überdies aus Äußerungen wie der folgenden: »Meinem Verlangen, eine Selbstbiographie zu schreiben, würde ich jedenfalls in dem Augenblick, der mich vom Büro befreite, sofort nachkommen. Eine solche einschneidende Änderung müßte ich beim Beginn des Schreibens als vorläufiges Ziel vor mir haben, um die Masse der Geschehnisse lenken zu können. Eine andere erhebende Änderung als diese, die selbst so schrecklich unwahrscheinlich ist, kann ich nicht absehn. Dann aber wäre das Schreiben der Selbstbiographie eine große Freude, da es so leicht vor sich ginge, wie die Niederschrift von Träumen und doch ein ganz anderes, großes, mich für immer beeinflussendes Ergebnis hätte, das auch dem Verständnis und Gefühl eines jeden andern zugänglich wäre.« – In die gleiche Richtung weist ein Brief an mich, in dem der Gedanke »die Umrisse meines [Kafkas] Lebens mit voller Entschiedenheit nachzuziehen« eine sehr günstige Beurteilung erfährt: »Die nächste Folge würde dann sein, daß ich mich zusammenhalte, mich nicht in Sinnlosem verzettle, den Blick frei halte.« – So überwog bei Kafka der Wunsch, seine schwer übersichtliche Seele in einige Ordnung zu bringen, weitaus die allgemeine Schriftstellerfreude am Offenbarwerden des Allerintimsten, von der Thomas Mann einmal (im Essay ›Goethe und Tolstoi‹) so schön als einem notwendigen Fehler und einem unbedingten Anspruch des Autors an die Welt spricht, mit seinen Vorzügen wie mit seinen Schwächen geliebt zu werden. (»Das Merkwürdige ist, daß die Welt diesen Anspruch bestätigt und erfüllt.«) – Der Kampf, den Kafka selbst um seine eigene Vollkommenheit (er hätte gesagt: gegen seine eklatante Unvollkommenheit) führte, war so schwer, daß er an eine Schaustellung, ein Arrangement für die Außenwelt gar nicht denken konnte.

So sehr also der ›Brief an den Vater‹ nur um der Sache selbst willen, in letzter Aufrichtigkeit geschrieben ist, – so vieldeutig und hintergründig bleibt trotz allem sein Inhalt, seine subjektive Wahrheit in Konfrontation mit den nüchternen Tatsachen. Die Perspektive erscheint mir da und dort verzerrt, unbewiesene Voraussetzungen laufen mit unter und werden den Fakten koordiniert; aus scheinbar ganz geringfügigen Aperçus wird ein Bau getürmt, dessen Komplikation gar nicht zu überblicken ist, ja der sich zum Schluß ausdrücklich um die eigene Achse dreht, sich selbst widerlegt und dennoch aufrechterhalten bleibt. Zum Schluß läßt nämlich der Brief den Vater selbst zu Wort kommen und fingierterweise folgendes auf den Brief antworten: »Während ich aber dann so offen, wie ich es auch meine, die alleinige Schuld Dir zuschreibe, willst Du gleichzeitig ›übergescheit‹ und ›überzärtlich‹ sein und auch mich von jeder Schuld freisprechen. Natürlich gelingt Dir das letztere nur scheinbar (mehr willst Du ja auch nicht) und es ergibt sich zwischen den Zeilen trotz aller ›Redensarten‹ von Wesen und Natur und Gegensatz und Hilflosigkeit, daß eigentlich ich der Angreifer gewesen bin, während alles, was Du getrieben hast, nur Selbstwehr war. Jetzt hättest Du also schon durch Deine Unaufrichtigkeit genug erreicht, denn Du hast dreierlei bewiesen, erstens daß Du unschuldig bist, zweitens daß ich schuldig bin, und drittens daß Du aus lauter Großartigkeit bereit bist, nicht nur mir zu verzeihn, sondern, was mehr und weniger ist, auch noch zu beweisen und es selbst glauben zu wollen, daß ich, allerdings entgegen der Wahrheit, auch unschuldig bin. Das könnte Dir jetzt schon genügen, aber es genügt Dir noch nicht. Du hast es Dir nämlich in den Kopf gesetzt, ganz und gar von mir leben zu wollen. Ich gebe zu, daß wir miteinander kämpfen, aber es gibt zweierlei Kampf. Den ritterlichen Kampf, wo sich die Kräfte selbständiger Gegner messen, jeder bleibt für sich, verliert für sich, siegt für sich. Und den Kampf des Ungeziefers, welches nicht nur sticht, sondern gleich auch zu seiner Lebenserhaltung das Blut saugt. Das ist ja der eigentliche Berufssoldat und das bist Du. Lebensuntüchtig bist Du; um es Dir aber darin bequem, sorgenlos und ohne Selbstvorwürfe einrichten zu können, beweist Du, daß ich alle

Deine Lebenstüchtigkeit Dir genommen und in meine Taschen gesteckt habe.« (Dies ist, nebenbei bemerkt, eine Darlegung, von der aus Franz Kafkas ›Ungeziefer-Novelle‹ — ›Die Verwandlung‹ — in ihrer Genese deutlicher wird, ebenso auch die Novelle ›Das Urteil‹ und andere.)

Wie in den Zeilen des Schlußabsatzes ist das Hauptthema des ganzen Briefes unverändert immer das gleiche (nur die Schuldfrage erhält im Schlußabsatz ein anderes Gesicht) und etwa in die Formel zu fassen: die Schwäche des Sohnes gegenüber der Kraft des Vaters, der alles aus Eigenem geworden ist und im Bewußtsein seiner Leistung und des starken ungebrochenen Wesens, aus dem diese Leistung hervorgegangen ist, sich selbst als Maß der Welt sieht, und zwar mit dem Recht des naiven, nicht durchreflektierten, in Hinsicht auf prinzipielle Fragen nur seinem Instinkt folgenden, also gewissermaßen unbewußten Menschen. — Ein stetes Wissen darum, daß die Gegensätze nicht so schroff und hart einfach liegen, wie der Brief bei allem Bestreben, den Mischungen des Lebens gerecht zu werden, sie darstellen muß, — dieses, bei einem Werk Kafkas selbstverständliche Wissen durchzieht den ganzen Kontext und tritt am klarsten in den Schlußworten hervor, die die versöhnlichsten der Abhandlung sind:

»So können natürlich die Dinge in Wirklichkeit nicht aneinanderpassen wie die Beweise in meinem Brief, das Leben ist mehr als ein Geduldspiel; aber mit der Korrektur, die sich durch diesen Einwurf ergibt, einer Korrektur, die ich im einzelnen weder ausführen kann noch will, ist meiner Meinung nach doch etwas der Wahrheit so sehr Angenähertes erreicht, daß es uns beide ein wenig beruhigen und Leben und Sterben leichter machen kann.«

Von diesem Vorbehalt abgesehen, ist der Gegensatz zweier Charaktere scharf gezeichnet. Die Erbmasse der beiden Familien, denen Franz Kafka entstammt, der seltsamen, scheuen, stillen Menschen mütterlicherseits (Löwy) und der wirklichkeitsstarken väterlichen Linie, wird dabei von ihm selbst folgendermaßen aufgezeigt: »Vergleich uns beide: ich, um es sehr abgekürzt auszudrücken, ein Löwy mit einem gewissen Kafkaschen Fond, der aber eben nicht durch den Kafkaschen Lebens-, Geschäfts-, Eroberungswillen in Bewegung gesetzt wird... Du dagegen ein wirklicher Kafka an Stärke, Gesundheit, Appetit, Stimmkraft, Redebegabung, Selbstzufriedenheit, Weltüberlegenheit, Ausdauer, Geistesgegenwart, Menschenkenntnis, einer gewissen Großzügigkeit, natürlich auch mit allen zu diesen Vorzügen gehörigen Fehlern und Schwächen, in welche Dich Dein Temperament und manchmal Dein Jähzorn hineinhetzen.« Man vergleiche damit die an anderer Stelle angeführten Eigenschaften, die Franz als Erbteil der mütterlichen Familie ansah: »Trotz, Empfindlichkeit, Gerechtigkeitsgefühl, Unruhe«. Welch eine geradezu tragische Spannung der Gegensätze von hier aus zum vitalen Porträt des Vaters, wie es gegen Ende des ›Briefes‹ nochmals aufscheint, an der Stelle, wo Kafka auf die von ihm vergebens versuchte Eheschließung zu sprechen kommt. Vater und Sohn werden nebeneinander gestellt, wobei der Vater alles und der Sohn nichts für sich erhält: »Das wichtigste Ehehindernis aber ist die schon unausrottbare Überzeugung, daß zur Familienerhaltung und gar zu ihrer Führung alles das notwendig gehört, was ich an Dir erkannt habe, und zwar alles zusammen, Gutes und Schlechtes, so wie es organisch in Dir vereinigt ist, also Stärke und Verhöhnung des anderen, Gesundheit und eine gewisse Maßlosigkeit, Redebegabung und Unzulänglichkeit, Selbstvertrauen und Unzufriedenheit mit jedem anderen, Weltüberlegenheit und Tyrannei, Menschenkenntnis und Mißtrauen gegenüber den meisten, dann auch Vorzüge ohne jeden Nachteil, wie Fleiß, Ausdauer, Geistesgegenwart, Unerschrockenheit. Von alledem hatte ich vergleichsweise fast nichts oder nur sehr wenig, und damit wollte ich wagen zu heiraten, während ich doch sah, daß selbst Du in der Ehe schwer zu kämpfen hattest und gegenüber den Kindern sogar versagtest? Diese Frage stellte ich mir natürlich nicht ausdrücklich und beantwortete sie nicht ausdrücklich, sonst hätte sich ja das gewöhnliche Denken der Sache bemächtigt und mir andere Männer gezeigt, welche anders sind als Du (um in der Nähe einen von Dir sehr verschiedenen zu nennen: Onkel R.) und doch geheiratet haben und wenigstens darunter nicht zusammengebrochen sind, was schon sehr viel ist und mir reichlich genügt hätte. Aber diese Frage stellte ich eben nicht, sondern erlebte sie von Kindheit an. Ich prüfte mich ja nicht erst gegenüber der Ehe, sondern gegenüber jeder Kleinigkeit; gegenüber jeder Kleinigkeit überzeugtest Du mich durch Dein Beispiel und durch Deine Erziehung, so wie ich es zu beschreiben versucht habe, von meiner Unfähigkeit, und was bei jeder Kleinigkeit stimmte und Dir recht gab, mußte natürlich ungeheuerlich stimmen vor dem Größten, also vor der Ehe.« Hier scheint sich der Zusammenhang mit Theorien Freuds, vor allem mit seiner Darstellung des ›Unterbewußten‹ nicht mehr abweisen lassen zu wollen.

Und doch trage ich Bedenken, muß Einwände gegen die Glätte einer derartigen Brückenlegung vorbringen, — nicht zuletzt deshalb, weil Kafka selbst diese Theorien gut kannte und sie immer nur als eine sehr ungefähre, rohe, nicht dem Detail oder vielmehr dem wahren Herzschlag des Konflikts gerechtwerdende Beschreibung angesehen hat. Ich werde im

Folgenden eine andere Deutung des Tatbestandes unter Hinweis auf das Beispiel Kleistens versuchen. Zunächst aber ist zuzugeben, daß Kafkas eigene Bemerkung, er habe die Frage, die mit der vom Sohn als ungeheuerlich empfundenen Überlegenheit des Vaters zusammenhängt, nicht ausdrücklich und im »gewöhnlichen Denken« gestellt, sondern »von Kindheit an erlebt«, den Psychoanalytiker in seinem üblichen Anschauungsmodus zu bestätigen scheint. Ebenso gilt dies für die Darstellung der ›Erziehungsmethoden‹ des Vaters, — wozu wiederum sehr viele Tagebucheintragungen Kafkas über seine ›verfehlte Erziehung‹ und die ›Briefe über Kindererziehung‹ im Anschluß an eine These Swifts (»Kinder dürfen nur außerhalb der Familie, nicht von ihren Eltern erzogen werden«) die weitere thematische Durchführung abgeben.
Fast der ganze Brief gilt der ›Erziehung‹, die der Vater praktiziert hat. »Ich war ein ängstliches Kind«, sagte Kafka, »trotzdem war ich gewiß auch störrisch, wie Kinder sind; gewiß verwöhnte mich die Mutter auch, aber ich kann nicht glauben, daß ich besonders schwer lenkbar war, ich kann nicht glauben, daß ein freundliches Wort, ein stilles Bei-der-Hand-Nehmen, ein guter Blick mir nicht alles hätten abfordern können, was man wollte. Nun bist Du im Grunde ein gütiger und weicher Mensch (das Folgende wird dem nicht widersprechen, ich rede ja nur von der Erscheinung, in der Du auf das Kind wirktest), aber nicht jedes Kind hat die Ausdauer und Unerschrockenheit, so lange zu suchen, bis es zu der Güte kommt. Du kannst ein Kind nur so behandeln, wie Du eben selbst geschaffen bist, mit Kraft, Lärm und Jähzorn, und in diesem Falle schien Dir das auch noch überdies deshalb sehr gut geeignet, weil Du einen kräftigen, mutigen Jungen in mir aufziehen wolltest.«
Mit unheimlicher Eindringlichkeit gedenkt der Brief einer ganz geringfügigen Züchtigung aus frühesten Kindertagen, die übrigens mehr aufs Moralische als aufs Körperliche ging und doch in dem Sohn unauslöschlich fortwirkte, in der Erkenntnis, »daß ich also ein solches Nichts für ihn [den Vater] war«. Die absprechenden Urteile, die der Vater über kleine Vergnügungen des Kindes, über seinen Freundschaftsverkehr fällt, über seine ganze Art, zu sein und sich zu geben, werden als ungeheure Lasten empfunden und führen schließlich zur Selbstmißachtung. Der Vater selbst hält sich an seine Urteile und Regeln nicht unbedingt, gerade diese Unlogik erscheint dem rückblickenden Sohn als Zeichen der ungestümen Lebendigkeit, der Willensungebrochenheit. »Du hattest Dich allein durch eigene Kraft so hoch hinaufgearbeitet, infolgedessen hattest Du unbeschränktes Vertrauen zu Deiner Meinung ... In Deinem Lehnstuhl regiertest Du die

Welt. Deine Meinung war richtig, jede andere war verrückt, überspannt, meschugge, nicht normal. Dabei war Dein Selbstvertrauen so groß, daß Du gar nicht konsequent sein mußtest, und doch nicht aufhörtest, recht zu haben. Es konnte auch vorkommen, daß Du in einer Sache gar keine Meinung hattest und infolgedessen alle Meinungen, die hinsichtlich der Sache überhaupt möglich waren, ohne Ausnahme falsch sein mußten. Du konntest zum Beispiel auf die Tschechen schimpfen, dann auf die Deutschen, dann auf die Juden, und zwar nicht nur in Auswahl, sondern in jeder Hinsicht, und schließlich blieb niemand mehr übrig, außer Dir. Du bekamst für mich das Rätselhafte, das alle Tyrannen haben, deren Recht auf ihrer Person, nicht auf dem Denken begründet ist.«

Hier sei daran erinnert, eine wie große Rolle bei Kafka, neben Elementen der Menschenwürde, also der Demokratie, doch auch das *Prinzip der Autorität* spielt, im ›Prozeß‹, im ›Schloß‹, in allen Erzählungen und Fragmenten, die zum ›Bau der chinesischen Mauer‹ gehören. – Nun weiß man ja vielleicht aus eigener Erfahrung, ein wie starker Zauber von irrationalen, um ihre Gründe und deren Widersprüche unbekümmerten, sich selbst vertrauenden Persönlichkeiten ausgeht, solange man entweder (erstens) diese Widersprüche nicht durchschaut hat oder (zweitens) solange man den Menschen, so wie er ist – zum Beispiel eine geliebte Frau – braucht und daher unter allen Umständen ertragen muß. Es erhebt sich, mit nüchterner Arroganz gesprochen, die Frage: Wozu hat Kafka seinen Vater gebraucht? Oder (richtiger ausgedrückt): Warum hat er sich von ihm nicht losmachen können, obwohl er ihm kritisch gegenüberstand (somit der Hauptpunkt der oben gegebenen Abhängigkeitsbegründung nicht zutraf) – warum hat er sich nicht in jene Distanz gerettet, die so viele Kinder notgedrungen ihren Eltern gegenüber gewinnen müssen, oder vielmehr, da er ja jene Distanz zwischen dem Vater und sich tatsächlich eingeschaltet und in späteren Zeiten kaum mehr mit ihm gesprochen hat: warum hat er so sehr an dieser Distanz und Kälte gelitten? Mußte er sich nicht sagen, daß zwischen zwei so verschiedenartigen Charakteren wie zwischen dem Vater und ihm ein inniges Zusammenhalten eben unmöglich war? Franz konnte allerdings seinen Vater verstehen und ihn in gerechtester Weise, ja darüber hinaus in liebender Bewunderung würdigen, – dem Vater aber war seiner Natur nach und selbstverständlich ohne jede Schuld, wie Franz in dem Brief immer wieder betont, aber eben doch der Natur nach, also bedingungslos und endgültig, ein verständnisvolles Eingehen auf die Eigenart des Sohnes versperrt. In wie vielen Gesprächen ver-

suchte ich, dem Freunde, dessen tiefste Wunde ich schon zu seinen Lebzeiten, noch ohne Kenntnis der Tagebücher, hier wußte, die Überschätzung des Vaters, die Unsinnigkeit der Selbstmißachtung klarzumachen. Es war alles vergebens, der Schwall der Argumente, auf die Kafka sich stützte (falls er nicht, wie sehr oft, vorzog zu schweigen), konnte mich tatsächlich augenblicksweise erschüttern und zurückwerfen.
Ich fühle auch heute, daß die Grundfrage »Was konnte Kafka an der Zustimmung des Vaters liegen?« nicht im Sinne Kafkas, sondern von außen gestellt ist. – Die Tatsache dieser Bedürftigkeit bestand nun eben einmal als unwiderlegbar gegebenes Gefühl, wirkte bis in die letzten Jahre nach als »der allgemeine Druck der Angst, der Schwäche, der Selbstmißachtung«. Im Brief wird dem Urteil des Vaters eine ganz übersteigerte Entscheidungsrolle über Tod und Leben aller Bestrebungen des Sohnes zugesprochen (vergleiche die Novelle ›Das Urteil‹). Der Brief sagt: »Der Mut, die Entschlossenheit, die Zuversicht, die Freude an dem und jenem hielten nicht bis zum Ende aus, wenn Du dagegen warst oder schon wenn Deine Gegnerschaft bloß angenommen werden konnte; und angenommen konnte sie wohl bei fast allem werden, was ich tat ... Ich bekam vor Dir – Du bist, sobald es um Deine Dinge geht, ein ausgezeichneter Redner – eine stockende, stotternde Art des Sprechens, auch das war Dir noch zu viel, schließlich schwieg ich, zuerst vielleicht aus Trotz, dann weil ich vor Dir weder denken noch reden konnte. Und weil Du mein eigentlicher Erzieher warst, wirkte das überall in meinem Leben nach.« – Hier drängt sich eine merkwürdige Parallele auf, die man für den nächsten Abschnitt (›Infantilismus‹) vormerken möge: auch Kleist soll mit dem Fehler des Stotterns behaftet gewesen sein. Kafkas Bemerkung, er habe gestottert, kann sich übrigens *nur* auf den Umgang mit dem Vater beziehen, im sonstigen Verkehr sprach er, sofern er sich nur überhaupt dazu hergab und sein Schweigen brach, durchaus frei, leicht, elegant und mit gewinnendem, überströmendem Einfallsreichtum, der sehr oft scherzhafter Art und immer verblüffend natürlich, alles andere als ›stockend‹ war.
Das Ergebnis der ›Erziehung‹ war dem ›Brief‹ gemäß (wobei Kafka selbst die Schlußworte seines ›Prozeß‹-Romans kommentiert): »Ich hatte vor Dir das Selbstvertrauen verloren, dafür ein grenzenloses Schuldbewußtsein eingetauscht. In Erinnerung an diese Grenzenlosigkeit schrieb ich von jemandem einmal richtig: ›Er fürchtet, die Scham werde ihn noch überleben.‹« – Sein weiteres Leben konstruiert dann Kafka als eine Reihe von Versuchen, aus der Sphäre des Vaters auszubrechen, in Regionen zu gelangen, die dem Ein-

fluß des Vaters entrückt waren. Es ist merkwürdig, daß Kafka, der bei Beurteilung von literarischen Werken nichts so stark ablehnte wie jede Art von ›Konstruktionen‹, welche ohne den Atem organischen und immer unerwartet hervorblühenden Lebens sich an willkürlichen starren, begrifflichen Zusammenhängen forthaspeln — daß er hier selbst auf Konstruktionen verfällt, in die er neben Richtigem doch auch Halbes oder Übertriebenes einschachtelt. So will er auch seine schriftstellerische Arbeit unter den Gesamttitel ›Fluchtversuch vor dem Vater‹ einreihen, als ob seine Freude am Künstlerischen, sein schöpferisches Glück nicht aus eigener Kraft auf eigenen Füßen gestanden wären. Der ihm Nahestehende hatte jedenfalls ein anderes Bild als das eines von der Vater-Imago Gehetzten, hatte das Bild des von Form, Gestaltungswillen und Können, Erkenntnistrieb, Lebensbeobachtung, Menschenliebe glühend Beschwingten. Als mitwirkende Komponente freilich hat gewiß das mitgespielt, was der Brief an den Vater in die erschütternden Worte faßt: »Mein Schreiben handelte von Dir, ich klagte dort ja nur, was ich an Deiner Brust nicht klagen konnte. Es war ein absichtlich in die Länge gezogener Abschied von Dir, nur daß er zwar von Dir erzwungen war, aber in der von mir bestimmten Richtung verlief.« Unter demselben Aspekt des Fluchtversuches sieht Kafka in dem ›Brief‹ andere Kreise seines Lebens: Familie, Freundschaft, Judentum, Beruf, schließlich die beiden Ansätze zu einer Eheschließung. »Meine Selbstbewertung war von Dir viel abhängiger als von irgend etwas sonst, etwa von einem äußeren Erfolg... Dort, wo ich lebte, war ich verworfen, abgeurteilt, niedergekämpft, und anderswohin mich zu flüchten strengte ich mich zwar äußerst an, aber das war keine Arbeit, denn es handelte sich um Unmögliches, das für meine Kräfte bis auf kleine Ausnahmen unerreichbar war.« Über den Allgemeinzustand seiner Knabenjahre gelangt Kafka hierbei zu folgender niederdrückenden (vielleicht aus der Rückschau und unter dem Eindruck der im Brief hartnäckig festgehaltenen Konstruktion doch allzu pessimistisch verzeichneten) Charakteristik seiner selbst. Er behauptet, im Gymnasium wenig oder nichts gelernt zu haben (was ich aus intimem Wissen zum Beispiel um seine Griechischkenntnisse — wir lasen an der Hochschule gemeinsam Platon — bestreiten muß), und fährt dann fort: »Ich hatte, seitdem ich denken kann, solche tiefste Sorgen der geistigen Existenzbehauptung, daß mir alles andere gleichgültig war. Jüdische Gymnasiasten bei uns sind leicht merkwürdig, man findet da das Unwahrscheinlichste, aber meine kalte, kaum verhüllte, unzerstörbare, kindlich hilflose, bis ins Lächerliche gehende, tierisch selbstzufriedene Gleichgültigkeit eines für sich genug, aber kalt phantastischen Kindes habe ich sonst nirgends wieder gefunden, allerdings war sie hier auch der einzige Schutz gegen die Nervenzerstörung durch Angst und Schuldbewußtsein.«

Die ›Rettungsversuche‹ werden an ihrer Stelle behandelt werden, allerdings nicht durchaus im Sinne dieses Briefes an den Vater. Nur die Ausführungen über das Judentum als Flucht vor väterlicher Gewalt mögen hier noch Raum finden, da sie Entscheidendes aus den Jugendjahren wiedergeben und darüber hinaus allgemeine Bedeutung haben, sowohl für die Erkenntnis des Judentums jener Übergangszeit wie für Kafkas spätere religiöse Entwicklung: »Ebenso wenig Rettung vor Dir fand ich im Judentum. Hier wäre ja an sich Rettung denkbar gewesen, aber noch mehr, es wäre denkbar gewesen, daß wir uns beide im Judentum gefunden hätten oder daß wir gar von dort einig ausgegangen wären. Aber was war das für Judentum, das ich von Dir bekam! Ich habe im Laufe der Jahre etwa auf dreierlei Art mich dazu gestellt.

Als Kind machte ich mir, in Übereinstimmung mit Dir, Vorwürfe deshalb, weil ich nicht genügend oft in den Tempel ging, nicht fastete und so weiter. Ich glaubte, nicht mir, sondern Dir ein Unrecht damit zu tun und Schuldbewußtsein, das ja immer bereit war, durchlief mich.

Später, als junger Mensch, verstand ich nicht, wie Du mit dem Nichts von Judentum, über das Du verfügtest, mir Vorwürfe deshalb machen konntest, daß ich (schon aus Pietät, wie Du Dich ausdrücktest) nicht ein ähnliches Nichts auszuführen mich anstrenge. Es war ja wirklich, soweit ich sehen konnte, ein Nichts, ein Spaß, nicht einmal ein Spaß. Du gingst an vier Tagen im Jahr in den Tempel, warst dort den Gleichgültigen zumindest näher als jenen, die es ernst nahmen, erledigtest geduldig die Gebete als Formalität, setztest mich manchmal dadurch in Erstaunen, daß Du mir im Gebetbuch die Stelle zeigen konntest, die gerade rezitiert wurde, im übrigen durfte ich, wenn ich nur (das war die Hauptsache) im Tempel war, mich herumdrücken, wo ich wollte. Ich durchgähnte und durchduselte also dort die vielen Stunden (so gelangweilt habe ich mich später, glaube ich, nur noch in der Tanzstunde) und suchte mich möglichst an den paar kleinen Abwechslungen zu freuen, die es dort gab, etwa wenn die Bundeslade aufgemacht wurde, was mich immer an die Schießbuden erinnerte, wo auch, wenn man in ein Schwarzes traf, eine Kastentür sich aufmachte, nur daß dort aber immer etwas Interessantes herauskam und hier nur immer wieder die alten Puppen ohne Köpfe. Übrigens habe ich dort auch viel Furcht gehabt, nicht nur, wie selbstverständlich, vor den vielen Leuten, mit denen man in nähere Berührung kam, sondern auch deshalb, weil Du einmal nebenbei erwähntest, daß auch ich zur Thora aufgerufen werden könne. Davor zitterte ich jahrelang. Sonst aber wurde ich in meiner Langweile nicht wesentlich gestört, höchstens durch die Barmizwe*, die aber nur lächerliches Auswendiglernen verlangte, also nur zu einer lächerlichen Prüfungsleistung führte, und dann, was Dich betrifft, durch kleine, wenig bedeutende Vorfälle, etwa wenn Du zur Thora gerufen wurdest und dieses für mein Gefühl ausschließlich gesellschaftliche Ereignis gut überstandest, oder wenn Du bei der Seelengedächtnisfeier im Tempel bliebst und ich weggeschickt wurde, was mir durch lange Zeit, offenbar wegen des Weggeschicktwerdens und mangels jeder tieferen Teilnahme, das kaum bewußt werdende Gefühl hervorrief, daß es sich hier um etwas Unanständiges handle. – So war es im Tempel, zu Hause war es womöglich noch ärmlicher und beschränkte sich auf den ersten Sederabend**, der immer mehr zu einer Komödie mit Lachkrämpfen wurde, allerdings unter dem Einfluß der größer werdenden Kinder. (Warum mußtest Du Dich diesem Einfluß fügen? Weil Du ihn hervorgerufen hast.) Das war also das Glaubensmaterial, das mir überliefert wurde, dazu kam höchstens noch die ausgestreckte Hand, die auf ›die Söhne des Millionärs Fuchs‹ hinwies, die an den hohen Feiertagen mit ihrem Vater im Tempel waren. Wie man mit diesem Material etwas Besseres tun könnte, als es möglichst schnell loszuwerden, verstand ich nicht; gerade dieses Loswerden schien mir die pietätvollste Handlung zu sein.

Noch später sah ich es aber doch wieder anders an und begriff, warum Du glauben durftest, daß ich Dich auch in dieser Hinsicht böswillig verrate. Du hattest aus der kleinen gettoartigen Dorfgemeinde wirklich noch etwas Judentum mitgebracht, es war nicht viel und verlor sich noch ein wenig in der Stadt und beim Militär, immerhin reichten noch die Eindrücke und Erinnerungen der Jugend knapp zu einer Art jüdischen Lebens aus, besonders da Du ja nicht viel derartige Hilfe brauchtest, sondern von einem sehr kräftigen Stamm warst, und für Deine Person von religiösen Bedenken, wenn sie nicht mit gesellschaftlichen Bedenken sich sehr mischten, kaum erschüttert werden konntest. Im Grunde bestand der Dein Leben führende Glaube darin, daß Du an die unbedingte Richtigkeit der Meinungen einer bestimmten jüdischen Gesellschaftsklasse glaubtest und eigentlich also, da diese Meinungen zu Deinem Wesen gehörten, Dir selbst glaubtest. Auch darin lag noch genug Judentum, aber zum Weiter-überliefert-Werden war es gegegenüber dem Kind zu

* Feier bei Erreichung des dreizehnten Jahres

** Feier des Pessachfestes (Ostern)

wenig, es vertropfte zur Gänze, während Du es weitergabst. Zum Teil waren es unüberlieferbare Jugendeindrücke, zum Teil Dein gefürchtetes Wesen. Es war auch unmöglich, einem vor lauter Ängstlichkeit scharf beobachtenden Kind begreiflich zu machen, daß die paar Nichtigkeiten, die Du im Namen des Judentums mit einer ihrer Nichtigkeit entsprechenden Gleichgültigkeit ausführtest, einen höheren Sinn haben konnten. Für Dich hatten sie Sinn als kleine Andenken aus früheren Zeiten und deshalb wolltest Du sie mir vermitteln, konntest dies aber, da sie ja auch für Dich keinen Selbstwert mehr hatten, nur durch Überredung oder Drohung tun; das konnte einerseits nicht gelingen und mußte andererseits Dich, da Du Deine schwache Position hier gar nicht erkanntest, sehr zornig gegen mich wegen meiner scheinbaren Verstocktheit machen.

Das Ganze ist ja keine vereinzelte Erscheinung, ähnlich verhielt es sich bei einem großen Teil dieser jüdischen Übergangsgeneration, welche vom verhältnismäßig noch frommen Land in die Städte auswanderte; das ergab sich von selbst, nur fügte es eben unserem Verhältnis, das ja an Schärfen keinen Mangel hatte, noch eine genug schmerzliche hinzu. Dagegen sollst Du zwar auch in diesem Punkt, ebenso wie ich, an Deine Schuldlosigkeit glauben, diese Schuldlosigkeit aber durch Dein Wesen und durch die Zeitverhältnisse erklären, nicht aber bloß durch die äußeren Umstände, also nicht etwa sagen, Du hättest zu viel andere Arbeit und Sorgen gehabt, als daß Du Dich auch noch mit solchen Dingen hättest abgeben können. Auf diese Weise pflegst Du aus Deiner zweifellosen Schuldlosigkeit einen ungerechten Vorwurf gegen andere zu drehen. Das ist dann überall und auch hier sehr leicht zu widerlegen. Es hätte sich doch nicht etwa um irgendeinen Unterricht gehandelt, den Du Deinen Kindern hättest geben sollen, sondern um ein beispielhaftes Leben; wäre Dein Judentum stärker gewesen, wäre auch Dein Beispiel zwingender gewesen, das ist ja selbstverständlich und wieder gar kein Vorwurf, sondern nur eine Abwehr Deiner Vorwürfe. Du hast letzthin Franklins Jugenderinnerungen gelesen. Ich habe sie Dir absichtlich zum Lesen gegeben, aber nicht, wie Du ironisch bemerktest, wegen einer kleinen Stelle über Vegetarianismus, sondern wegen des Verhältnisses zwischen dem Verfasser und seinem Vater, wie es dort beschrieben ist, und des Verhältnisses zwischen dem Verfasser und seinem Sohn, wie es sich selbst in diesen für den Sohn geschriebenen Erinnerungen ausdrückt. Ich will hier nicht Einzelheiten hervorheben.

Eine gewisse nachträgliche Bestätigung dieser Auffassung von Deinem Judentum bekam ich durch Dein Verhalten in den letzten Jahren, als es Dir schien, daß ich mich mit jüdischen Dingen mehr beschäftigte. Da Du von vornherein gegen jede meiner Beschäftigungen und besonders gegen die Art meiner Interessenahme eine Abneigung hast, so hattest Du sie auch hier. Aber darüber hinaus hätte man doch erwarten können, daß Du hier eine kleine Ausnahme machst. Es war doch Judentum von Deinem Judentum, das sich hier regte, und damit also auch die Möglichkeit der Anknüpfung neuer Beziehungen zwischen uns. Ich leugne nicht, daß mir diese Dinge, wenn Du für sie Interesse gezeigt hättest, gerade dadurch hätten verdächtig werden können. Es fällt mir ja nicht ein, behaupten zu wollen, daß ich in dieser Hinsicht irgendwie besser bin als Du. Aber zu der Probe darauf kam es gar nicht. Durch meine Vermittlung wurde Dir das Judentum abscheulich, jüdische Schriften unlesbar, sie ›ekelten Dich an‹. – Das konnte bedeuten, daß Du darauf bestandest, nur gerade das Judentum, wie Du es mir in meiner Kindheit gezeigt hattest, sei das einzig richtige, darüber hinaus gebe es nichts. Aber daß Du darauf bestehen solltest, war doch kaum denkbar. Dann aber konnte der ›Ekel‹ (abgesehen davon, daß er sich zunächst nicht gegen das Judentum, sondern gegen meine Person richtete) nur bedeuten, daß Du unbewußt die Schwäche Deines Judentums und meiner jüdischen Erziehung anerkanntest, auf keine Weise daran erinnert werden wolltest und auf alle Erinnerungen mit offenem Hasse antwortetest. Übrigens war Deine negative Hochschätzung meines neuen Judentums sehr übertrieben; erstens trug es ja Deinen Fluch in sich und zweitens war für seine Entwicklung das grundsätzliche Verhältnis zu den Mitmenschen entscheidend, in meinem Falle also tödlich.«

Neben dem Vater erscheint die Mutter »im Wirrwarr der Kindheit als Urbild der Vernunft«. Ihre dem Vater gegenüber unselbständige Haltung wird vom Sohn zwar beklagt, aber doch auch voll begriffen, und zwar ebensosehr im Sinne der Liebe zum Ehegatten wie im Sinne praktischen Nachgebens gegenüber einem Mann, der ja ohnehin keine Widerrede duldete. Daß nun aber auf solche Art die Eltern eine Einheit, eine gemeinsame Front gegen den Sohn bilden, die die Mutter nur heimlich verläßt, um auch dem Sohn ihre Liebe zu erzeigen, – das gräbt durch Kafkas Werk eine tiefgehende Spur. Man findet sie überall, man sehe etwa die analoge Situation in der kleinen Erzählung ›Das Ehepaar‹ (›Beschreibung eines Kampfes‹), die, unter diesem Blickpunkt betrachtet, zu einem der erregendsten und persönlichsten Werke Kafkas wird. Hier ist jedes Wort, richtig gelesen, aufschlußreich – von der Geschäftsklage des Anfangs an bis zu den Worten gegen Ende hin, wo die Frau des Herrn N. den Besucher oder vielmehr den Eindringling an seine eigene Mutter erinnert und zu den Worten veranlaßt: »Was man dazu auch sagen mag: die [Mutter] konnte Wunder tun. Was wir schon zerstört hatten, machte sie noch gut. Ich habe sie schon in der Kinderzeit verloren.« Und der Ausklang: »Ach, was für mißlungene Geschäftswege es gibt, und man muß die Last weitertragen.«

Das Seltsame liegt nicht darin, daß Franz frühzeitig die Wesensart des Vaters als etwas ihm Fremdes, dabei aber um der Lebendigkeit und Kraft willen höchst Bewundernswertes empfand. Seltsam ist, daß er auch im weiteren Leben die Zustimmung des Vaters, die doch gar nicht erfolgen *konnte*, aufs höchste wünschte. »Du hast auch eine besonders schöne, sehr selten zu sehende Art eines stillen, zufriedenen, gutheißenden Lächelns, das den, dem es gilt, ganz glücklich machen kann«, heißt es in dem ›Brief‹. Er zählte Momente auf, in denen er sich dem Vater nahe fühlte: »Selten war das allerdings, aber es war wunderbar. Etwa wenn ich Dich früher in heißen Sommern mittags nach dem Essen im Geschäft müde ein wenig schlafen sah, den Ellbogen auf dem Pult, oder wenn Du sonntags abgehetzt zu uns in die Sommerfrische kamst; oder wenn Du bei einer schweren Krankheit der Mutter zitternd vom Weinen Dich am Bücherkasten festhieltest; oder wenn Du während meiner letzten Krankheit leise zu mir in Ottlas Zimmer kamst, auf der Schwelle bliebst, nur den Hals strecktest, um mich im Bett zu sehn, und aus Rücksicht nur mit der Hand grüßtest. Zu solchen Zeiten legte man sich hin und weinte vor Glück und weint jetzt wieder, während man es schreibt.« – Eines seiner Bücher, den ›Landarzt‹, widmete er dem Vater. Die Antwort, mit der der Vater das Buch entgegennahm (gewiß nicht schlimm gemeint), wurde von Franz oft zitiert. Der Vater sagte nur: »Leg's auf den Nachttisch.«

Und wie schwermütig klingt im Tagebuch (Tagebücher S. 252) der Satz, mit dem Franz die Schilderung eines Abends, einer Tat, mit der er ausnahmsweise wirklich einmal völlig zufrieden war, schließt: Er hatte unter großen Anstrengungen, sehr umsichtig und mit wirklichem Erfolg den Rezitationsabend eines armen ostjüdischen Schauspielers im jüdischen Rathaus arrangiert, selbst die einleitenden (bedeutenden) Worte gesprochen (es war der einzige Vortrag, den er je gehalten hat – zu verzeichnen ist nur noch eine Vorlesung aus Kleistens ›Michael Kohlhaas‹ in der Prager Toynbee-Halle). Den Bericht aber endet er traurig mit den in Klammern gestellten, wie aus der Tiefe des Hintergrundes gesprochenen Worten: »Meine Eltern waren nicht dort.«

Die Verhältnisse im Elternhause Kafkas haben mit denen im Hause *Prousts* (Léon Pierre-Quint ›Marcel Proust, sa vie, son œuvre‹) manche Ähnlichkeit. »Son père, parti tôt le matin, ne voyait presque pas son fils.« Die Mutter dagegen »une femme douce... elle veillait avec soin sur lui, lui pardonnait d' avance ses fantaisies, les habitudes de nonchalance auxquelles il s'abandonnait.« – Würde man dem Gemeinsamen der Elternbeziehung nachgehen, so käme man vielleicht auch an die gemeinsame Wurzel der Weltansicht- und Stilverwandtschaft zweier Dichter, die gleichzeitig gelebt, aber nie etwas voneinander gehört haben – was ja den ordnenden Betrachter wieder ins Dunkel der allgemeinen Welt-Unordnung rückverweist. Die besondere Genauigkeit der Beschreibung, die Liebe zum Detail, eine Eigenheit, die ich als ›Akribismus‹ bezeichnen möchte, das Gebanntsein in den Familienkreis, ja gewisse Analogien der Rasse (Prousts Mutter war Jüdin) und sogar des äußeren Schicksals – all das fordert immer wieder zur Vergleichung heraus, wobei natürlich die weltstädtische Umgebung Prousts und das bürgerliche Prag Kafkas zu wesentlichen Unterschieden der Entwicklung führen.

Für Fälle wie die Prousts, Kleists, Kafkas, die ihr Leben lang mit den Eindrücken der Kindheit, mit dem dominierenden Wesen der Familie und Familientradition nicht zu Rand kamen, hat die Psychoanalyse ihr Schema unterbewußter erotischer Bindung an die Mutter, unterbewußten Hasses gegen den Vater. Aber für die Bindung ans Infantile gibt es doch wohl (ohne daß ich die Mitverantwortlichkeit psychoanalytisch relevanter Motive ausschließen wollte) die einfachere Erklärung, daß die Eltern das *erste* Problem sind, das dem Kinde entgegentritt, der erste Widerstand, mit dem es sich auseinandersetzen muß; die Diskussion mit ihnen ist das Modell aller späteren Kämpfe im Leben. – Der Mensch tritt zum Duell mit Leben und Welt an. Erster Gang: die Eltern. Dann schickt das Leben andere Fechter vor: Mitschüler, Lehrer, die Mitbürger, das Publikum, die unergründbare Frauenwelt gegen den Mann. Lauter Feinde – oder zumindest lauter Gegenspieler, aus denen diejenigen, die es gut meinen, schwer herauszufinden sind (und schon dieses Herausfinden ist eben in gewissem Sinn eine Kampfhandlung, eine dem Menschen auferlegte Aktivität, eine Aufgabe, eine Lebensprüfung). Wie also der Mensch und Kämpfer seinen ersten Gang zu bestehen vermag, das deutet schon in die Zukunft, kann als Symbol der Zukunft angesehen werden, und dem Zurückblickenden werden rechtens die Anfänge auch wirklich wie Vorformen oder Repräsentanzen der weiteren Phasen seines Lebens und der Gesamtheit des Lebens überhaupt erscheinen. Während die Psychoanalyse annimmt, daß der Mensch die Vorstellung, die er von Gott hat, unwillkürlich aus seinem Vater-Erlebnis ableitet – also Gott nach dem Bild des Vaters formt –, ist die entgegengesetzte Möglichkeit (auf die als erster Heinz Politzer hingewiesen hat) nicht abweisbar, daß gerade sensible Menschen wie Kafka aus dem Erlebnis Gottes (oder, wie ich hier zu zeigen versuchte: aus dem Erlebnis der in reiferen Jahren ihnen entgegentretenden, entgegenkämpfenden Weltgesamtheit) die Vorstellung ›Vater‹ bereichern, erweitern, den Horizont füllen lassen.

»O wüßt ich doch den Weg zurück, den lieben Weg ins Kinderland«, singt Klaus Groth-Brahms. Diese Sehnsucht erscheint im Durchschnittsmenschen wohl nur als Episode, vielleicht als Ermüdungserscheinung nach des Tages Arbeit, – wobei die Frage offen bleibt, ob der müde Mensch nicht etwa wahrere Züge trägt als der ehrgeizig oder für Lebensnotdurft angespannte. Neben dieser episodischen »Heimkehr ins Kinderland« gibt es aber eben auch den echten Infantilismus, die Schicksalsbestimmtheit durch Jugenderlebnisse, von denen ein bestimmter Typus sein ganzes Leben lang nicht mehr loskommt.

Das Kind vertraut den Eltern und wünscht, daß auch die Eltern ihm vertrauen. Hier ist die Stelle, wo einer der ersten großen Konflikte entspringt, denen das Menschenherz ausgesetzt ist. An Stelle von gegenseitigem Vertrauen bietet die Welt etwas ganz anderes an: Kampf, Krieg. – Wie ernsthaft und glühend dieser erste Zusammenstoß (mit Eltern und Familie) durchfühlt wird, das zeigt in grandiosem Beispiel der Lebenslauf eines typisch-infantilen Dichters: Kleists. Alle seine Tage schwebt der Gedanke über ihm: Was wird die Familie (das erweiterte Eltern-Milieu) zu meinem Tun und Lassen sagen? Wird sie mir vertrauen? Nun ist ja allerdings die Diskrepanz ungeheuer zwischen der alten Preußenfamilie Kleists, die den Ruhm in Kriegstaten und Verwaltungstüchtigkeit sah, und dem zarten, gefühlvollen, unsteten, dabei von den höchsten ethischen Prinzipien geradezu tyrannisierten Dichter. Er wußte, daß seine Verse und Dramen in den Augen der Familie nicht viel anderes als eine sittenlose Ausschweifung, eine Nichtswürdigkeit bedeuteten. – Kafka las die Briefe Kleists mit besonderer Anteilnahme, notierte für sich Stellen, die bezeugen, wie die Familie Kleists den Dichter als »ein ganz nichtsnutziges Glied der menschlichen Gemeinschaft, das keiner Teilnahme mehr wert ist« betrachtet hat, und vermerkt, mit verschwiegener Ironie, daß die Familie am hundertsten Todestage Kleists an dessen Grab einen Kranz mit der Inschrift niedergelegt habe: »Dem Besten ihres Geschlechts.«

Der robuste Mensch ist geneigt, achselzuckend und ein wenig verachtungsvoll darüber hinwegzusehen, wie heftig der Sensitive Bestätigung seiner selbst, seines innersten Wesens, Vertrauen und Aufgeschlossenheit von der Familie erwartet und darüber zusammenbricht, daß man ihn daheim nicht versteht. Der robuste Mensch gelangt nämlich in seiner Entwicklung bald an den Punkt, wo er sich (mit Recht oder Unrecht) sagt: Ach was, die Familie ist unbelehrbar, unverbesserlich. Aber die Welt ist weit. Es gibt doch noch andere Instanzen. Vor denen werde ich mich bewähren und mich einen Schmarren darum kümmern, was die Clique daheim von mir hält...

Hier öffnet sich nun allerdings ein Blick in die Tragikomödie des Lebens. Tatsächlich nämlich hat jener robuste Mensch, der das Werben um Familien-Vertrauen aufgibt, vor dem sensitiven nicht viel gewonnen. Die späteren Konflikte, die die ›weite Welt‹ (ach, sie ist bald so eng) enthält, gleichen fast immer auf ein Haar jenem ersten, in dem man um Vertrauen bat und es nicht erhielt. Ob es der Freund oder der Vorgesetzte ist, die über alles erhobene Geliebte oder schlechthin der Nebenmensch, der eine einzige kleine Angelegenheit mit dir zu erledigen hat: immer wieder möchtest du nach deinem Sein, deinem Wesen, deiner herzlichen Zuneigung erkannt sein — man fragt aber immer nur nach deinen Leistungen, man hat ja auch, rational genommen, nichts anderes zur Überprüfung deiner Gesinnungen vor sich als die Äußerung dieser Gesinnungen. Du willst aber nicht geprüft sein, du willst, daß man dir glaube. Jeder Mensch nämlich verlangt (genau so wie jede Gottheit) Glauben rings um sich. Nur dann kann sich die Seele zu ihren sublimen und unalltäglichen Fähigkeiten entfalten, wenn sie Vertrauen spürt, das ihr entgegengebracht wird.

So zentral ist die Frage des Vertrauens, daß ein Philosoph (Felix Weltsch) das Prinzip der »Vertrauensentscheidung« als das Fundament aller Ethik bezeichnet. Man kann nicht beweisen, ob die Welt im Ganzen Sinn hat, Werk eines guten Geistes oder sinnlos und böse ist. Dies ist eine Sache, die man nur (ohne allen Beweis) zu glauben oder abzulehnen hat. Ganz ebenso wird im Grunde das Wesen, die Tugend jedes Menschen ohne Beweis geglaubt oder abgelehnt. Denn ein exakter Beweis ist eben auf diesem Gebiete nicht zu führen; Leistungen unterliegen entgegengesetzter Beurteilung, und oft entspringt das Nützlichste aus dem verdorbensten Herzen.

In dem ersten Konflikt (dem fruchtlosen Werben um das Vertrauen der Familie) sind also alle folgenden Lebenskonflikte präformiert und schon gleichsam mitenthalten. Das Achselzucken über die Infantilen, die schon bei diesem ersten Konflikt und sozusagen im Vorfeld des Lebenskampfes hängenbleiben, ist mithin nicht ganz so berechtigt, wie es auf den ersten Blick scheint. Diese ›Unpraktischen‹ kürzen vielleicht manche Kette von Überlegungen und Qualen ab, die ja doch ins Leere hinausläuft; sie sind, wie sich schließlich herausstellt, nicht nur zarter empfindend, sind auch der Wahrheit und tiefsten Erkenntnis näher. Daher ergreift uns das Weltbild eines ›infantilen‹ Dichters, wie Kleist es war; der Infantilismus ist hier keine Schwäche; er ist nur ein redlicheres, ernsthafteres Auffassen der unheilvollen Grundkonstellationen des Daseins, in der wir alle einander gegenüberstehen, alle einander mißtrauend, jeder mit dem geheimen Flehen im Herzen, man möge ihm doch glauben, auch wenn er sich nicht beweisen kann. Wie viele ergreifende Situationen haben Kleist und Kafka (›Amerika‹) gefunden, um diese eine, ewige Situation herauszuarbeiten, daß einer in den schändlichsten Mißkredit gekommen ist, daß alles Äußerliche gegen ihn spricht und daß er nun doch mit der letzten Hingabe des guten Gewissens verlangt, man möge ihn nicht verdammen. Ja, ich habe das Gefühl, als ob die ganze Dichtung Kleists um diesen *einen* Punkt zentriert wäre. Sein gläubiges Idealbild ist: Käthchen von Heilbronn. Aber ganz ebenso wie Käthchen ihrem Ritter vertraut, will Penthesilea, daß Achilles ihre Liebe durch allen Schein kriegerischen Hasses hindurchfühlt. Toni bindet ihren Geliebten, liefert ihn dem Feind aus – will aber, daß er an sie glaube und an ihre Liebe, obwohl der Schein sie verurteilt. »Hättest du mir nicht mißtraut« sind ihre letzten Worte. Und Alkmene vor dem zürnenden Gatten, Eve (im ›Zerbrochenen Krug‹) vor dem Bräutigam, der scheinbar so grausame Kurfürst vor dem Homburger – alle stehen mit schwer verständlichen und trüben, schuldhaften, zumindest unguten Taten beladen da und sind doch ganz lauter und wünschen nichts sehnlicher, als daß der Geliebte ihre ungeheure Liebe erkenne. Grundsituation der Menschheit, zu der für Kleist seine allerpersönlichste Lebenssituation sich ausweitete. Er besaß die Schlechtigkeit, statt Akten Verse zu schreiben – aber durch diese Unart und Frivolität hindurch sollte seine Familie anerkennen, daß er doch ein ganzer Kerl sei. Rührendstes Symbol, das er geschaffen hat: die Marquise von O. kommt in andere Umstände (so wie dem Dichter der Genius ein Werk in die Seele zaubert), sie weiß nicht, wie es geschehen ist, weiß nicht, daß es geschehen ist, sie wird durch ärztlichen Befund aufs augenscheinlichste widerlegt und ist doch unschuldig. Äußerst erfinderisch ist Kleist darin, den Anschein der Schuld mit den stärksten Argumenten rings um seine Heldin wie Scheiterhaufenholz um einen Märtyrer zu häufen. Um so leuchtender der Blitz, der die Wolken zerfetzt und blendende, schneeweiße Unschuld erweist. Daher das überwältigende Pathos der Szene, in der der Vater die Marquise von O. in ihrer ganzen Seelenreinheit erkennt und ihr Abbitte tut. Welche Kühnheit führte dem Dichter die Feder und ließ ihn (lange vor Freud) die Worte niederschreiben, die man nicht lesen kann, ohne im Innersten aufgewühlt zu werden:

»Die Tochter still, mit zurückgebeugtem Nacken, die Augen fest geschlossen, in des Vaters Armen ... indessen dieser, auf dem Lehnstuhl sitzend, lange, heiße und lechzende Küsse, das große Auge voll glänzender Tränen, auf ihren Mund drückte, gerade wie ein Verliebter! Die Tochter sprach nicht, er sprach nicht; mit über sie gebeugtem Antlitz saß er, wie über das Mädchen seiner ersten Liebe, und legte ihr den Mund zurecht und küßte sie . . .«

Wie oft mochte Kleist eine solche Szene von letzter Magie erfüllter Wünsche vorgeschwebt haben! Wie oft hat sie so oder ähnlich jeder ›Infantile‹ mit ihm geträumt!

Daß Franz Kafkas Dichtung einige wesentliche und durchaus nicht durch bloße Nachempfindung erklärbare Züge mit dem Werk Kleists, besonders was den Prosastil anlangt, gemein hat, ist schon wiederholt bemerkt worden. Auf die seelische Nähe der Grundhaltung ist meines Wissens noch nicht hingewiesen worden. Diese Grundhaltung ist den beiden so im wahrsten Sinne des Wortes eingefleischt, daß sogar die Bildnisse einander, wenigstens in der Knabenhaftigkeit und Reinheit der Züge, ähneln. Auch in Kafkas Werk findet man den Zentralpunkt: Verantwortung vor der Familie! Dies der Schlüssel zu Novellen wie ›Die Verwandlung‹, ›Das Urteil‹, ›Der Heizer‹ und zu manchem Detail in anderen Werken. Auch die besondere Art, Symbole zu geben, die dabei doch durchaus reales Leben sind, ist den beiden Dichtern gemeinsam. Gar so weit steht die Vision der Dame, die vor den Augen der hohen Familie die Verwandlung in eine ehrlos Schwangere erleidet, nicht ab von jener des Familiensohnes, dem die Metamorphose zum verächtlichen Insekt rätselhaftes Schicksal wird.

Bindung an Jugenderlebnisse, Bindung an Familie und eine unbewußt nachwirkende strenge Tradition (die bei Kleist preußisch, durch Kantianismus aufgefrischt — bei Kafka jüdische Gerechtigkeitsethik, durch spätere jüdische Studien neu erweckt war). Zur Kindhaftigkeit von Kleists Bildnis setze ich in Vergleich, was Kafka mir einmal sagte: »Ich werde nie das Mannesalter erleben, aus einem Kind werde ich gleich ein weißhaariger Greis werden.« Er betonte oft und zeichnete es in seine Tagebücher ein, für wie jung ihn die

Leute hielten. Auf dasselbe Blatt gehört ein gewisses zeitweiliges Mißtrauen gegen die Geschlechtsfunktion (wird auch von Kleist berichtet). Ferner: Überspannung der Ansprüche an sich selbst, als seien die beiden der Familie schuldig zu beweisen, daß sie jedenfalls keine Taugenichtse seien. Franzens Abneigung gegen jede Art von ›Unmündigkeit‹, die ihn noch im letzten Lebensjahr, in Berlin quälte, da er im Hungerwinter 1923 Lebensmittelpakete von den Eltern aus Prag erhielt. Und Kafkas höchstes Lebensideal läßt sich nicht besser umschreiben als mit den Sehnsuchtsworten Kleists: »Ein Feld zu bebauen, einen Baum zu pflanzen und ein Kind zu zeugen.« Das Leben der beiden verlief freilich sehr weit entfernt von dem erwünschten Bauerntum und einfachen aufbauenden Sinn. – Die Analogie läßt sich noch weiter, bis tief in die dichterische Form hinein nachweisen, wobei natürlich nicht unberücksichtigt bleibe, daß Kafka von Kleists Stil auch bewußt gelernt hat. Aber darüber hinaus ist die Gemeinsamkeit einer besonderen Art märchenhafter Erfindung und Fortspinnung der Fabel wohl aus dem Hang zur Frühzeit zu erklären, in der das Kind alles, womit es spielt, verzaubert und traumhaft umgeformt sieht. Die beiden wußten wirklich »den Weg zurück« – und sind ihn gern und oft gegangen. Der kristallklare Stil und der Realismus der Einzelheiten beider erscheint dann als Kompensation, als Gegenwehr starker Naturen gegen solche Neigung zu Traum und Kindheit, – bei beiden Dichtern wird das im Grunde Unauflösliche, Geheimste, Dunkelste mit möglichst hellen, einfachen, scharfbegrenzten Worten erzählt.

ZWEITES KAPITEL

Hochschule

»Das Gesprochene kommt ihm wie ein Stock aus dem Mund« – das ist die erste Bemerkung Kafkas, die ich in meinen Tagebüchern notiert finde. Kafka charakterisierte mit diesen Worten irgend jemanden (mir heute längst nicht mehr Erinnerlichen), der sich im Reden nicht unterbrechen ließ.

Aus meiner Notiz spüre ich noch heute das bewundernde Erstaunen über Kafkas Art heraus, für den es keinen Alltag gab, der sich immer und überall mit der ihm eigenen Gabe prägnanter Beobachtung und Vergleichung ausdrückte. Und zwar völlig zwanglos, ungesucht, mit charmantester Natürlichkeit.

Von irgendeinem Belastetsein durch zwanghafte düstere Jugendeindrücke, von Décadence oder Snobismus, die sich leicht als Auswege aus solcher Gedrücktheit hätten anbieten können, von Zerknitterung, Zerknirschung der Seele war für den, der mit Kafka zusammentraf, nichts zu merken. Das, was in dem ›Brief an den Vater‹ niedergelegt ist, schien nach außen hin nicht zu existieren — oder zeigte sich vielmehr nur andeutungsweise und nur bei sehr vertrautem Umgang. Ich lernte dieses Leid erst allmählich kennen und verstehen. Für den ersten Anschein war Kafka ein gesunder junger Mensch, allerdings merkwürdig still, beobachtend, zurückhaltend. Seine geistige Richtung ging durchaus nicht auf das Interessant-Angekränkelte, Bizarre, Groteske, sondern auf das Große der Natur, auf das Heilende, Heilkräftige, Gesunde, Festgefügte, Einfache.

Ich habe es immer wieder erlebt, daß Verehrer Kafkas, die ihn nur aus seinen Büchern kennen, ein ganz falsches Bild von ihm haben. Sie glauben, er müsse auch im Umgang traurig, ja verzweifelt gewirkt haben. Das Gegenteil ist der Fall. Es wurde einem wohl in seiner Nähe. Die Fülle seiner Gedanken, die er meist in heiterem Ton vorbrachte, machte ihn, um nur den niedersten Grad anzudeuten, zumindest zu einem der unterhaltendsten Menschen, denen ich je begegnet bin, — trotz seiner Bescheidenheit, trotz seiner Ruhe. Er sprach wenig, in großer Gesellschaft nahm er oft stundenlang nicht das Wort. Aber wenn er etwas sagte, machte es sofort aufhorchen. Denn es war immer inhaltsvoll, traf den Nagel auf den Kopf. Und in vertrautem Gespräch löste sich ihm manchmal die Zunge auf ganz erstaunliche Art, er konnte begeistert und hingerissen sein, des Scherzens und Lachens war dann kein Ende; ja, er lachte gern und herzhaft und wußte auch seine Freunde zum Lachen zu bringen. Mehr als das: in schwierigen Lagen konnte man sich seiner Weltklugheit, seinem Takt, seinem Rat, der kaum je das Richtige verfehlte, ohne Bedenken aufatmend anvertrauen. Er war ein wundervoll helfender Freund. Nur für sich selbst war er ratlos, hilflos, — ein Eindruck, den man im persönlichen Verkehr mit ihm seiner guten selbstbeherrschten Haltung* wegen nur in seltenen extremen Fällen hatte, der aber durch seine Tagebücher allerdings unzweifelhaft vertieft wird. Daß aus seinen Büchern und vor allem aus den Tagebüchern ein so gänzlich anderes, viel trüberes Bild gewonnen werden kann, als wenn man zur Korrektur und Ergänzung die Eindrücke des täglich mit ihm verbrachten Lebens heranzieht: — das ist mit ein Grund, der mich zum Niederschreiben dieser Erinnerungen veranlaßt. Das im Gedächtnis unseres Kreises aufbewahrte Lebensbild Kafkas tritt neben seine Schriften und heischt Einbezug in

* Siehe auch die besondere Art der Beziehung zu Gustav Janouch, der 1951 die »Gespräche mit Kafka« im S. Fischer Verlag veröffentlichte.

die Gesamtbeurteilung. War er gut aufgelegt, so spann er in seiner Rede zu zweit gern phantastische Märchen, seltsame Projekte, wovon ich später bei Schilderung unserer Schweizer Reise (das Projekt ›Billig‹) ein Beispiel gebe. Er war sehr konsequent im Ausbau solcher Phantasien, kam mit liebenwürdigem Eigensinn immer wieder auf sie zurück, belebte sie vielseitig mit allen Humorfarben, mit immer neuen Einfällen einer eigenartigen *Verspieltheit.* Man wird diesem spielerisch bauenden Zug in seinen Dichtungen, in der Eigenart seiner schöpferischen Kräfte wiederbegegnen; keinesfalls darf man ihn übersehen. Ich fand übrigens, daß seine Schwester Ottla ihm in diesem Punkt sehr ähnlich war; die lebhafte, ins Minuziöse gehende Verspieltheit war gewissermaßen eine Familieneigenschaft. Einmal kam ich zu Ottla, um (schon lange nach Kafkas Tod) eine wichtige Angelegenheit mit ihr zu besprechen; und sie unterhielt mich zunächst die ganze Zeit über nur mit lustigen Beobachtungen, die sie an ihrem Hund gemacht hatte, über anderes war mit ihr etwa eine Stunde lang schlechterdings nicht zu sprechen. Ähnliches habe ich öfters an Kafka bemerkt. –

Ich lernte Franz Kafka während meines ersten Hochschuljahres kennen, also 1902–1903, vermutlich schon im Wintersemester 1902. Franz, um ein Jahr älter als ich, stand im dritten Semester. Er hatte nach Verlassen des Gymnasiums erst vierzehn Tage lang Chemie, dann ein Semester Germanistik, dann Jus inskribiert, – letzteres nur als Notbehelf, ohne Vorliebe, wie so mancher von uns. Ein Plan, mit Paul Kisch in München die germanistischen Studien fortzusetzen, blieb unausgeführt. Das Jusstudium, als die unbestimmteste, kein Ziel oder die größte Anzahl verschiedenartiger Ziele (Advokatie, Beamtenstellen) umfassende, also die Entscheidung noch hinausschiebende und jedenfalls keine besondere Vorliebe verlangende Laufbahn, wurde seufzend in Angriff genommen. Über Kafkas Abneigung gegen das Jusstudium, aus der er nie ein Hehl machte, finde ich folgende Tagebuchnotiz (1911): »Aus einem alten Notizbuch: Jetzt abend nachdem ich von sechs Uhr früh an gelernt habe, bemerkte ich, wie meine linke Hand die rechte schon ein Weilchen lang aus Mitleid bei den Fingern umfaßt hielt.«

In dem ›Brief an den Vater‹ wird auch die Berufswahl mit dem Vom-Vater-Besiegtsein, mit der ›Hauptsache‹ in Zusammenhang gebracht. Ich halte dies für eine spätere Konstruktion; aber der Kern, die Unberatenheit und Richtungslosigkeit unserer Jugend, ist in den Worten Kafkas deutlich hinter den Konstruktionsbalken zu visieren. Kafka schreibt: »Eigentliche Freiheit der Berufswahl gab es für mich nicht, ich wußte: alles wird mir gegenüber der Hauptsache genau so gleichgültig sein wie alle Lehrgegenstände im Gymnasium, es handelt sich also darum, einen Beruf zu finden, der mir, ohne meine Eitelkeit allzusehr zu verletzen, diese Gleichgültigkeit am ehesten erlaubt. Also war Jus das Selbstverständliche. Kleine gegenteilige Versuche der Eitelkeit, der unsinnigen Hoffnung, wie vierzehntägiges Chemiestudium, halbjähriges Deutschstudium, verstärkten nur jene Grundüberzeugung. Ich studierte also Jus. Das bedeutete, daß ich mich in den paar Monaten vor den Prüfungen unter reichlicher Mitnahme der Nerven geistig förmlich von Holzmehl nährte, das mir überdies schon von tausend Mäulern vorgekaut war. Aber in gewissem Sinn schmeckte mir das gerade, wie in gewissem Sinn früher auch das Gymnasium und später der Beamtenberuf, denn das alles entsprach vollkommen meiner Lage. Jedenfalls zeigte ich hier erstaunliche Voraussicht, schon als kleines Kind hatte ich hinsichtlich der Studien und des Berufes genug klare Vorahnungen. Von hier aus erwartete ich keine Rettung, hier hatte ich schon längst verzichtet.« Der zugrunde liegende Tatbestand ist dieser: Wir beide empfanden ehrliche Hingezogenheit nur zu künstlerischem Schaffen, das gestanden wir uns aber noch nicht ein, auch hatten wir von der Kunst eine viel zu hohe Meinung, als daß wir sie mit dem Peinlichen, das in dem Wort und Begriff ›Brotberuf‹ lag, hätten in Zusammenhang bringen wollen, – wir hatten auch niemanden, der uns leiten, uns die Wege hätte zeigen können, falls es solche überhaupt gab. Wir waren so fern jedem Rat, daß uns wohl beiden der Einfall, es könne eine andere Zuflucht als die des ungeliebten Studiums geben, gar nicht ernstlich kam. Zumindest mir nicht. Kafka hatte wohl eher eine vage Vorstellung (die dann in späteren Perioden seines Lebens wiederkehrte), daß man »von Prag weggehen und etwas ganz anderes anfangen solle«.

Der Ort unseres ersten Zusammentreffens war die ›Lese- und Redehalle der deutschen Studenten‹. (Das Vereinslokal lag damals in der Ferdinandstraße, jetzt Národní.) Der Eintritt in diese große Vereinigung galt damals für jeden Absolventen deutscher Mittelschulen in Prag (und vieler Provinzorte) als Selbstverständlichkeit, falls man nicht national-antisemitisch oder jüdisch gesinnt war. (Zum Zionismus gelangte ich erst viel später, etwa zehn Jahre nachher.) Die ›Halle‹ war deutsch-freiheitlich, wir trugen wohl keine Kappen, aber das schwarz-rot-goldene Band mit der Jahreszahl der Revolution 1848. Wie verblaßt, wie lau aber war das Andenken an diese Revolution, ja es blieb völlig unter der Horizontlinie. – Der wichtigste Bestandteil der ›Halle‹ war der Halle-Ausschuß; zwischen ihm und der Mitgliedschaft gab es einen gewissen Antagonismus, ja zuzeiten eine Art von

›Kampf‹, der übrigens stets mit einer niederschmetternden und vollständigen Niederlage der Mitgliedschaft endete, – denn zur Generalversammlung erschienen jedesmal korporativ die ›Coleurs‹, die farbentragenden Verbindungen, die der ›Halle‹ in losem Verhältnis angehörten und sich sonst das ganze Jahr über um das Vereinsleben nicht kümmerten. Vor der Entscheidung aber waren sie vollzählig da und wählten einstimmig die Ausschußliste (zu unserer jedesmal neuen Empörung gegen diese Abstimmungs-Maschine, die der große Taktiker des Ausschusses Bruno Kafka nach vorher genau festgelegtem Plan leitete), sie nahmen an der Debatte überhaupt nicht teil, noch so berechtigte Beschwerden der verachteten ›Finkenschaft‹, das heißt der Nicht-Farbentragenden gegen den Ausschuß interessierten sie nicht, sie erklärten nur durch den Mund forscher Obmänner ihren unumstößlichen Willen. Und der Ausschuß blieb wieder einmal ungestürzt.
An diesen ehrgeizig-kindischen Spielen nahm Franz keinen Anteil, auch das Verwandtschaftsverhältnis zu Bruno Kafka habe ich ihn (zugleich mit seiner Bewunderung für den energischen Mann) erst in späteren Jahren erwähnen gehört. – Dennoch ist es das Getriebe dieses Froschmäusekriegs, das uns zum erstenmal zusammengeführt hat. – Mittelpunkt der Opposition gegen den ›Ausschuß‹ war nämlich die ›Sektion für Literatur und Kunst‹, die in gewisser Hinsicht ein selbständiges Leben führte, nur in Finanzfragen an das Votum des Ausschusses gebunden war, – was zu besonders heftigen Auseinandersetzungen führte; so entsinne ich mich, daß uns der Ausschuß das Honorar für Detlev von Liliencron, den wir zu einem Prager Vortrag eingeladen hatten, nicht oder nicht in der erforderlichen Höhe bewilligen wollte. Dem Ausschuß gegenüber mit seinen Ballkomitees und Festkneipen fühlten wir uns in der Sektion, ob mit Recht oder Unrecht, als Träger des Geistes. – Die Sektion hatte ihre regelmäßigen Debatten- und internen Vortragsabende. Bei einem dieser Abende debutierte ich, frisch vom Gymnasium weg, mit einem Vortrag ›Schopenhauer und Nietzsche‹, der deshalb einiges Aufsehen machte, weil ich, erbitterter und fanatischer Schopenhauerianer der ich damals war und als welcher ich den geringsten Widerspruch gegen die Thesen meines vergötterten Philosophen förmlich als Majestätsbeleidigung empfand, von Nietzsche ganz einfach und unverblümt als von einem ›Schwindler‹, gesprochen hatte. (Meiner Abneigung gegen Nietzsche bin ich übrigens bis heute treu geblieben, wenn auch mit Vorbehalten und in verändertem Sinn.)
Nach diesem Vortrag begleitete mich Kafka, der um ein Jahr Ältere, nach Hause. – Er pflegte an allen Sitzungen der

›Sektion‹ teilzunehmen, doch hatten wir einander bis dahin kaum beachtet. Es wäre auch schwer gewesen, ihn zu bemerken, der so selten das Wort ergriff und dessen äußeres Wesen überhaupt eine tiefe Unauffälligkeit war, — sogar seine eleganten, meist dunkelblauen Anzüge waren unauffällig und zurückhaltend wie er. Damals aber scheint ihn etwas an mir angezogen zu haben, er war aufgeschlossener als sonst, allerdings fing das endlose Heim-Begleitgespräch mit starkem Widerspruch gegen meine allzu groben Formulierungen an. Von da aus kamen wir auf die Autoren zu sprechen, die wir liebten, verteidigten sie gegeneinander. Ich schwärmte für Meyrink. Im Gymnasium hatte ich mich an den Klassikern gebildet, alles ›Moderne‹ abgelehnt, noch in einer der Oberklassen war aber ein Umschwung eingetreten, jetzt war mir im rechten Sturm-und-Drang alles Seltsame, Ungezügelte, Schamlose, Zynische, Maßlose, Überspitzte willkommen. Kafka trat mir mit Ruhe und Weisheit entgegen. Für Meyrink hatte er nichts übrig*. Nun zitierte ich auswendig ›schöne Stellen‹. Eine aus dem ›Violetten Tod‹ von Meyrink, der Schmetterlinge mit großen, aufgeschlagenen Zauberbüchern verglich. Kafka rümpfte die Nase. Derartiges erschien ihm weit hergeholt und allzu aufdringlich; was effektvoll und intellektuell, künstlich erdacht anmutete, verwarf er (wobei er aber nie derartig katalogisierende Worte anwandte). In ihm war etwas (und das liebte er auch an andern) von der »leise redenden Stimme der Natur«, die Goethe ansprach. Als Gegenbeispiel, als das, was ihm gefiel, zitierte Kafka einen Passus von Hofmannsthal: »Der Geruch nasser Steine in einem Hausflur«. Und er schwieg lange, setzte nichts hinzu, als müsse dieses Heimliche, Unscheinbare für sich selbst sprechen. — Das machte einen so tiefen Eindruck auf mich, daß ich noch heute die Gasse und das Haus weiß, vor dem die-

* Ebensowenig für Wedekind, Oscar Wilde, Heinrich Mann, — aber er liebte Thomas Manns »Tonio Kröger« und suchte in der »Neuen Rundschau« jede Zeile dieses Autors andächtig auf, er las Hamsun, Hesse, Flaubert, Kassner mit Begeisterung; von Lieblingsautoren seiner späteren Zeit nenne ich: Emil Strauß, Wilhelm Schäfer, Carossa, ferner Hebels »Schatzkästlein«, Fontane, Stifter, Wilhelm Speyers »Schwermut der Jahreszeiten«, Gogol, Dostojewski (unter den Werken Dostojewskis schätzte er besonders den Roman »Ein Halbwüchsling«, damals im Verlag Langen deutsch erschienen, und las mir einmal enthusiasmiert eine Stelle über Betteln und Reichwerden vor), Tolstoi, die Romane von Strindberg — vor allem aber: Kleist (besonders großartig las er, unter Lachen und Tränen, die »Anekdote aus dem letzten preußischen Kriege« vor) und dann immer wieder: Goethe und die Bibel. Noch andere von Kafka bevorzugte Autoren findet man an entsprechender Stelle dieser Biographie erwähnt. Die besondere Bedeutung, die Hofmannsthals »Brief des Lord Chandos« für Kafka gewann, habe ich in meinem Buch »Franz Kafka als wegweisende Gestalt« dargestellt. Zwischen diesem »Brief« und dem unten angeführten Zitat (aus dem »Gespräch über Gedichte«) besteht insofern ein Zusammenhang, als diese beiden Essays von Hofmannsthal zu jener Zeit in einem gemeinsamen Bändchen veröffentlicht waren.

ses Gespräch stattfand. Es mag manchen wundernehmen, der aus Kafkas Werk eine Affinität etwa zu Poe, Kubin, Baudelaire, zu den Dichtern der ›Nachtseite des Lebens‹ herausliest, — daß es gerade die Einfachheit und Natürlichkeit des Gefühls gewesen sein soll, zu der mich der Freund hinleitete und aus meinem damals sehr verworrenen und verdorbenen, von einer ganz falschen Blasiertheit und kindischem Stolz aufgeblähten Geisteszustand allmählich herausführte. Und doch war es so. Unleugbares Dokument ist der nachfolgende Brief, wohl einer der ersten, den Kafka mir geschrieben hat. Genau datieren kann ich ihn nicht, das Kuvert fehlt. Doch muß seine Zeit vor 1906* (dem Jahr vor Kafkas Promotion) liegen, denn es ist in ihm noch von Kollegbesuch die Rede.

Es gibt wohl einen Begriff von Kafkas anmutigem, bei aller Strenge der eigenen Linie elastischem, für andere Anschauungen verständniswilligem Wesen, wenn man liest, auf wie milde Art der Brief zurechtweist, wie er die gerügte Haltung (einer billigen Romantik und krassen Effekthascherei, die er als ›Wolfsschlucht‹ bezeichnet) mehr bei den Menschen, die damals um mich waren und in mir den Rädelsführer anerkannten, als bei mir selbst lokalisiert.

»Lieber Max,

besonders da ich gestern nicht im Kolleg war, scheint es mir notwendig, Dir zu schreiben, um Dir zu erklären, warum ich an dem Redoutenabend nicht mit euch gegangen bin, obwohl ich es vielleicht versprochen hatte.

Verzeih es mir, ich wollte mir ein Vergnügen machen und Dich und Pribram für einen Abend zusammenbringen, denn ich dachte, es müßten hübsche Gruppierungen entstehn, wenn Du, vom Augenblick gezwängt, überspitze Bemerkungen machst — so tust Du unter mehrern — er dagegen aus seinem vernünftigen Überblick, den er fast über alles außer Kunst hat, das Entsprechende entgegenzeigte.

Aber als ich daran dachte, hatte ich Deine Gesellschaft, die kleine Gesellschaft, in der Du warst, vergessen. Dem ersten Anblick eines Fremden zeigt sie Dich nicht vorteilhaft. Denn teilweise ist sie von Dir abhängig, teilweise selbständig. So-

* Auch die Schrift weist in die früheste Zeit unserer Bekanntschaft, sie ist Kurrent (gotisch), — später schrieb Kafka mit lateinischen Buchstaben. Seine Schrift hat im Laufe der Jahre einige Entwicklungsstadien durchgemacht. Den gotischen Schnörkeln anfangs entspricht der reiche, abgezirkelt verzierte, gelegentlich preziöse Stilausdruck. Dem entsprechend sind die in eine noch frühere Zeit fallenden Briefe an Oskar Pollak noch verschnörkelter geschrieben, der Stil jener ersten Ansätze manchmal geradezu gesucht. Die Zeit der großräumigen Lateinschrift ist die des verhältnismäßig ruhigen Reifens und der Meisterschaft. Manuskripte der letzten Jahre weisen oft eine spitze Feder, kleinen Duktus, Raschheit, wie von der Fülle der Eingebung überwältigt, auf.

weit sie abhängig ist, steht sie um Dich als empfindliches Bergland mit bereitem Echo. Das macht den Zuhörer bestürzt. Während seine Augen sich mit einem Gegenstand vor ihm ruhig beschäftigen möchten, wird sein Rücken geprügelt. Da muß die Genußfähigkeit für beides verloren gehn, besonders wenn er nicht ungewöhnlich gewandt ist.
Soweit sie aber selbständig sind, schaden sie Dir noch mehr, denn sie verzerren Dich, Du erscheinst durch sie an unrechter Stelle, Du wirst dem Zuhörer gegenüber durch Dich widerlegt, was hilft der schöne Augenblick, wenn die Freunde konsequent sind. Freundliche Masse hilft nur bei Revolutionen, wenn alle zugleich und einfach wirken, gibt es aber einen kleinen Aufstand unter verstreutem Licht an einem Tisch, dann vereiteln sie ihn. Es ist so, Du willst Deine Dekoration ›Morgenlandschaft‹ zeigen und stellst sie als Hintergrund auf, aber Deine Freunde glauben, für diese Stunde wäre ›Wolfsschlucht‹ passender und sie stellen als Seitenkulissen Dir zur Seite Deine ›Wolfsschlucht‹. Freilich es sind beide von Dir gemalt und jeder Zuschauer kann das erkennen, aber was für bestürzende Schatten sind auf der Wiese der Morgenlandschaft und über dem Feld fliegen ekelhafte Vögel. So, glaube ich, ist es. Es geschieht Dir selten, aber doch bisweilen (nun ich verstehe das noch nicht ganz), daß Du sagst: ›Hier im Flaubert sind lauter Einfälle über Tatsachen, weißt Du, kein Gemütsschwefel.‹ Wie könnte ich Dich damit häßlich machen, wenn ich es bei einer Gelegenheit so anwende: Du sagst ›Wie schön ist Werther‹. Ich sage: ›Wenn wir aber die Wahrheit sagen wollen, so ist viel Gemütsschwefel drin‹, das ist eine lächerliche, unangenehme Bemerkung, aber ich bin Dein Freund, während ich es sage, ich will Dir nichts Böses tun, ich will dem Zuhörer nur Deine runde Ansicht über dergleichen Dinge sagen. Denn oft kann es Zeichen der Freundschaft sein, den Ausspruch des Freundes nicht mehr zu durchdenken. Aber inzwischen ist der Zuhörer traurig, müde geworden.
Ich habe das geschrieben, weil es nur trauriger wäre, Du verzeihtest mir nicht, daß ich den Abend nicht mit Dir verbracht habe, als wenn Du mir diesen Brief nicht verzeihst. — Ich grüße Dich schön — Dein Franz K.
Leg es noch nicht weg, ich habe es noch einmal durchgelesen und sehe, es ist nicht klar. Ich wollte schreiben: Was für Dich unerhörtes Glück ist, nämlich in ermatteter Zeit nachlässig werden zu dürfen und doch durch Hilfe des ganz Gleichgesinnten ohne eigenen Schritt dahin geführt zu werden, wohin man strebte, dieses gerade zeigt Dich bei Gelegenheit einer Repräsentation — das dachte ich mir bei Pribram — nicht so, wie ich will. — Jetzt ist es genug.«

Absolute Wahrhaftigkeit war eines der wichtigsten Kennzeichen seines Charakters. Ein anderes Kennzeichen war seine unvorstellbar präzise Gewissenhaftigkeit. *Conscienta scrupulosa.* Sie zeigte sich in allen moralischen Fragen, in denen er auch noch den leichtesten Schatten eines Unrechts, das geschah, niemals übersehen mochte. An Debatten im Talmud erinnert das von allem Anfang an, diese Denkmethode war gleichsam in ihm präformiert; dabei lernte er den Talmud selbst erst in viel späterem Lebensalter kennen. Viele seiner Werke haben diesen Zug, zum Beispiel ›Die Vorüberlaufenden‹ (Erzählungen S. 39), wo die Möglichkeiten diskutiert werden, die dazu geführt haben, daß in der Nacht einer hinter dem andern herläuft, ihn aber nicht verfolgt – oder die große Szene im ›Prozeß‹, in der die Legende ›Vor dem Gesetz‹ verschiedenartig kommentiert wird. – Manchmal konnte Franz selbst geringe Skrupel nicht überwinden, fürchtete, dies oder jenes falsch gemacht zu haben, bewunderte *e contrario* jeden Entschluß, vor allem Heiratsentschlüsse, in übertriebener Weise. Dabei war er *für seine* Person kühn, ein guter Reiter, Schwimmer, Ruderer. Seine Gewissenhaftigkeit entsprang also nicht etwa einer Feigheit, sondern einem gesteigerten Verantwortungsgefühl. Ich erinnere mich an einen Abendausgang mit ihm, unmittelbar nach Bekanntwerden der italienischen Kriegserklärung an die Türkei (Tripolis). Wir waren im Theater, Franz von einer seltsamen Unruhe. In der Pause sagte er plötzlich: »Jetzt halten die italienischen Panzerschiffe vor der wehrlosen Küste.« Und sein trauriges Lächeln dabei. – Der Zustand heutiger Menschheit schien ihm trostlos, inkurabel. Doch neben dem tiefen Pessimismus darf seine Freude an allem Gesunden, Wachsenden, sein Interesse für alle Reformen, zum Beispiel für die Naturheilmethode, für moderne Erziehungsmethoden, wie das Montessori-System, nicht übersehen werden. Für die Autoren der »Nachtseite«, der Dekadenz, hatte er, wie schon gesagt, nie das geringste Interesse. Machtvoll zog es ihn zu den einfachen positiven Lebensgestaltungen. Zu seinen liebsten Büchern gehörten Stifters ›Nachsommer‹ und Hebels ›Schatzkästlein‹. Es war in ihm eine seltsame Mischung von Hoffnungslosigkeit und Aufbauwillen, die sich bei ihm nicht aufhoben, sondern zu unendlich komplizierten Gebilden steigerten.

Das künstlerische Gegenbild seiner Gewissensgenauigkeit ist die Ausführlichkeit seiner Darstellung. Man kann sie in jedem seiner Werke studieren. Er liebte Details. Unter seinem Einfluß schrieb ich einen ganz ins Detail gehenden, großen, deskriptiven Roman ›Die tausend Vergnügungen‹, manchmal von Franz und mir auch ›Die Glücklichen‹ betitelt. Franz freute sich unendlich, sooft ich ihm ein fertiges Kapitel vor-

las, trieb mich zur Weiterarbeit (1909). Ich vollendete das Buch, habe aber nur ein einziges Kapitel daraus in einer Zeitschrift publiziert (›Im Rausch der Bücher‹ – Beschreibung der Universitätsbibliothek), da mir das Ganze zuletzt denn doch (unter lebhaftem Protest Kafkas) zu monströs erschien. – Kafkas Vorliebe für Gründlichkeit, langhin ausgreifende Darstellung zeigte sich auch ganz charakteristisch in seinem Leben. Er kam oft zu spät – aber nicht aus Unpünktlichkeit, sondern weil er vorher anderes auf das allergenaueste zu erledigen das Bedürfnis empfand. Es gab nichts Unwichtiges. Nichts, was er bloß ›abgetan‹ hätte. Wie er keinem Menschen Unrecht tun konnte, so auch keinem Dinge, keiner Beschäftigung aus dem Alltagskreise. Daher hatte man in seiner Gegenwart den starken Eindruck, daß es überhaupt nichts Gemeines und Gewöhnliches gebe. Von Heiligen und Religionsstiftern werden ähnliche Wirkungen berichtet – und der Verkehr mit Kafka hat mich davon überzeugt, daß solche Berichte auf wahrer Empfindung beruhen.
Die Kategorie der Heiligkeit (nicht etwa die der Literatur) ist überhaupt die einzig richtige, unter der Kafkas Leben und Schaffen betrachtet werden kann. Aber damit ist nicht etwa gesagt, daß er ein vollendeter Heiliger war, – auch in seinem eigenen Sinne wäre das eine durchaus unrichtige, ja frevelhafte Behauptung. Wohl aber darf man aus vielen Anzeichen und mit der gebührenden Vorsicht, die jeder Schritt auf diesem äußersten Grat des Menschlichen sogar noch für den Betrachter erfordert, die These aufstellen, daß Franz Kafka sich auf dem Wege zu diesem Letzten hin befunden hat. Daraus, daß er auch sich selbst nie mit geringen Maßen maß, sondern schlechthin nur mit dem letzten Ziel des Menschseins in Konfrontation setzte, ist seine bestürzend scharfe Selbstkritik, seine geradezu übernatürlich (und so natürlich) anmutende Bescheidenheit und Zurückhaltung zu erklären. Hier liegt auch eines der Motive, das ihn von der Publikation seiner Werke zurückhielt.
Eine Eigenschaft, die ihn der Kategorie des Heiligen einordnete, war sein unbedingter Glaube. Er glaubte an eine Welt der Richtigkeit, an das ›Unzerstörbare‹, von dem so viele seiner Aphorismen sprechen. Wir sind zu schwach, diese wahre Welt immerfort zu erkennen. Aber sie besteht. Überall ist Wahrheit sichtbar. Sie blickt durch die Maschen der sogenannten ›Realität‹. Daher Kafkas tiefes Interesse für jedes Detail, jedes Fältchen dieser Realität. In den Tagebüchern finden sich seitenlange Notizen über das Aussehen, den Gesichtsschnitt und andere Eigenheiten gleichgültiger Menschen, von Gegenübersitzenden in der Eisenbahn, Vorbeigehenden. Innig vermischt mit diesem Interesse ist eine

durchgängige Ironie. Selbst die grausigsten Szenen in Kafkas Werk (›Strafkolonie‹, ›Prügler‹) stehen im seltsamen Humor-Zwielicht zwischen prüfendem Interesse und zarter Ironie. Dieser Humor, ein wesentliches Ingrediens Kafkascher Dichtung (und Lebensführung), deutet eben zwischen den Maschen der Realität hindurch in höhere Wesenheit. Sein Glaube an diese Wesenheit, niemals in Formeln oder auch nur in einem groben pathetischen Wort ausgedrückt, lag in seinem ganzen Tun, machte ihn im Kern innerlich sicher, wiewohl er sich und andern gern das Bild äußerster Unsicherheit gab, ließ ihn vor allem eine süße Sicherheit rings um sich verbreiten, die ich sonst nur ganz selten verspürt habe.

In allem, womit er in Berührung kam, suchte Kafka das Bedeutende, das aus dieser Welt der Wahrheit stammte. Daher war er der beste Zuhörer. Der beste Frager. Der beste Leser und Kritiker. Wie fern von seiner Betrachtungsweise war all das, was man ›Niveau‹, ›literarische Marke‹, ›Rangunterschied‹ nennt. Überall stieß er auf das Wesentliche. Er konnte von einer Redewendung in einem Feuilleton entzückt sein, er stellte mit leidenschaftlicher Begeisterung die Lebensfülle, die Szenenfreude aus dem Roman irgendeines Autors dar, den man im allgemeinen als Kitschautor zu verwerfen pflegt. Ich erinnere mich, daß er mir damals, als wir gemeinsam in Schelesen in der Pension Stüdl wohnten, aus der Bibliothek dieser Pension einen Roman von Ohnet brachte und mit großer Begeisterung eine Szene, einen Dialog vorlas, dessen ungezwungene Lebendigkeit er rühmte. — Gelungene und wie durch ein Wunder (die Muse hat die Feder des schlechten Autors zur Seite gestoßen und ein paar Zeilen selbst geschrieben) zu organischer Gestalt gediehene Einzelheiten in einer Operette, einem konventionellen Film konnten ihn zu Tränen rühren. Er war ein durchaus selbständiger Entdecker, der sich an die gefühllosen Klassifikationen der Literaturgeschichte nicht im leisesten gebunden wußte.

Ganz ebenso beurteilte er auch Menschen, Lebensverhältnisse. Er hatte weder das Vorurteil, *mit* der allgemeinen Meinung — noch das, unbedingt *gegen* sie gehen zu müssen. Das Erquicklichste: daß er vollständig unparadox, ja antiparadox war. Sein Urteil hatte etwas elementar Einfaches, Nützliches, auf der Hand Liegendes. Es war leicht und sicher, obwohl er es vorsichtig abgab und Irrtum sehr gern, geradezu leidenschaftlich gern eingestand.

Er sah auch an Menschen, die man allgemein für verächtlich hielt, einzelne bewundernswerte Züge. Er verlor sozusagen nie die Geduld mit irgendeinem Menschen. Und an großen Menschen, die er selbst bewunderte, fand er lächerliche Details. Niemals aber lag, wenn er solche komischen Einzelzüge hervorhob, irgend etwas Verächtlichmachendes darin, eher ein leises Weinen und Bedauern oder das Feststellen von etwas Unbegreiflichem, das eben über unsere irdischen Einsichten hinausgeht. Die Liebe, mit der er an Goethe und Flaubert dachte, war unveränderlich in all den zweiundzwanzig Jahren, in denen ich ihm nahestand. Bei einigen Autoren (wie Hebbel, Grillparzer) liebte Kafka mehr die Tagebücher als das Werk; zumindest schien es mir so. Respektlose Bemerkungen gegen die Großen habe ich nie von ihm gehört, nie die heute so beliebte Bluffmethode einer vorlauten, die ›Jugend‹ und ›Jüngstheit‹ effektvoll hervorkehrenden Verachtung. In dieser Hinsicht kann man wohl sagen, daß Kafka eine sehr klare Vorstellung von der ›Rangordnung‹ der Menschen besaß. Nur wußte er auch, wie leicht die göttlichen und auch die teuflischen Funken die Schranken solcher Rangeinteilungen überspringen. Und da er zu gewissenhaft war, um sich das Bild der Welt je zu vereinfachen, folgte er diesen ›Überspringungen‹ mit einem geradezu fanatischen Erkenntniseifer.

Seine Genauigkeit entsprang nie irgendeiner Feigheit, die sich hinter Begriffen decken muß, war auch nicht pedantisch wie die Genauigkeit Zolas. Es war eine ganz besondere geniale Genauigkeit, deren Eigensinn zunächst verblüffte, die einen Weg einschlug, der vordem verborgen gelegen war, den man am wenigsten erwartet hätte, und die dann diesen Weg mit erstaunlicher Folgerichtigkeit zu Ende ging, — so aber, daß man einsah; das ist nicht Willkür, es ist wirklich ein Weg von natürlicher Bedeutung. (Jedes Kapitel im ›Prozeß‹, wie in den beiden andern Romanen ›Das Schloß‹ und ›Amerika‹, in den Fragmentnovellen beweist diese erstaunliche Eigentümlichkeit von Kafkas Gestaltungsgabe.)

Nie wies er darauf hin: Seht, das ist der gute Weg, — oder auch nur: das ist auch ein Weg. — Er ging einfach mit rüstigem Schritt voran, sachlich, ganz mit dem Wege beschäftigt, ohne philosophische Termini (denn sein Denken ging, wie die wundervollen Tagebücher zeigen, meist in Bildern vor sich), nur Detailbeobachtungen hingegeben, die ihm die stets wechselnden Prospekte des Weges aufdrängten.

Die Sonderbarkeit in Kafkas Wesen und Schreiben ist eine scheinbare. Ja, man muß sagen: wem Kafka sonderbar und bizarr-anziehend erscheint, der hat ihn noch nicht verstanden, der ist vielleicht erst im Anfangsstadium dieses Verständnisses. Kafka ging dem Einzelnen, Unscheinbaren mit solcher Liebe und Genauigkeit auf den Grund, daß eben Dinge hervorkamen, die man bisher nie geahnt hatte, die seltsam scheinen, aber doch nichts als wahr sind. So war auch seine Auffassung einer moralischen Verpflichtung, einer Le-

benstatsache, einer Reise, eines Kunstwerkes, einer politischen Bewegung nie bizarr, sondern nur sehr genau, scharf, richtig und infolgedessen abweichend vom Alltagsgerede, vielleicht infolgedessen auch recht oft (aber nicht etwa stets) unbrauchbar für das, was man ›Praxis‹ nennt.
Es gibt keinen prägnanteren Gegensatz zu Kafka als Balzacs erlogene Exaktheit, Balzacs Superlative und Verallgemeinerungen (von dieser Art etwa: »Sie ging mit jenem leichten Schritt, den jede Pariserin zwischen 10 und 10¹/4 Uhr vormittags zeigt.«)
Überflüssig zu bemerken (überflüssig für jeden, der halbwegs in das Vorstehende eingedrungen ist), daß Kafka vieles auch an Balzac bewunderte. Über den Details vergaß er ja nie die große Linie, den Schwung einer Lebensführung. Einmal sagte Kafka: »Balzac trug einen Stock mit der Devise: Ich breche jedes Hindernis, – meine Devise wäre eher: Mich bricht jedes Hindernis.«
An dieser Stelle wäre nun eine lange Reihe von Bemerkungen über die Schwächen Kafkas einzuschalten, die aber insgesamt auf höchst tragische Art aus seinen Vorzügen hervorsprangen. Mit dem einen Charakterzuge ›Genauigkeit‹ habe ich ja nur eine einzige Seite seines Wesens angedeutet. So könnte man erklären und erklären (man wird es auch noch tun), doch notwendigerweise ohne Ende. Wie wenn man ewig an einer Mauer ohne Tür entlanggeht – ins Innere des Hofes aber nicht hineinkommt. Doch auch dieses endlose und vergebliche Erklären gibt ein gewisses Bild der Persönlichkeit, gibt gleichsam ihre Kraft, ihr Gewicht, ihre Unübersehbarkeit wieder. Es ist dies, nebenbei bemerkt, dieselbe Methode, mit der Kafka seine Figuren schildert, ohne sie je zu Ende zu erklären.

Ich kann heute natürlich nicht mehr genau auseinanderhalten, wie sich die Meinung, die ich von Kafka gewann, im Laufe der Jahre aufgebaut und vervollständigt hat, was von allem Anfang da war und wie es allmählich wuchs. Nur so viel weiß ich: daß sich unsere Beziehung zu Beginn sehr langsam entwickelte und daß es einiger Jahre bedurfte, ehe wir ganz vertraut wurden.
Der Anfang wurde damit gemacht, daß wir beschlossen, unsere Griechischkenntnisse aus dem Gymnasium nicht einrosten zu lassen. Wir lasen gemeinsam Platons ›Protagoras‹, mit Hilfe von Übersetzung und unserem Schulwörterbuch, oft recht mühevoll. Zu der eigentlichen Bedeutung, die Platon erst viel später (lange nach Kafkas Tod) für mich erhielt, bin ich damals nicht vorgedrungen, wir erfreuten uns vornehmlich wohl nur der bunten und skurrilen Darstellung des So-

phistentreibens, der platonisch-sokratischen Ironie. – Ging die Platonlektüre auf meine Anregung zurück (denn in verschiedenen Lebensaltern hat es mich zu diesem großen Stern gezogen), so machte mich zum Dank Kafka auf Flaubert aufmerksam. Ich habe diese große Liebe von ihm übernommen. Wir lasen ›Éducation sentimentale‹ und ›Tentation du St.-Antoine‹ im Original. Da wir zu diesen Studien nur einmal oder zweimal in der Woche Zeit fanden, zog sich diese gemeinsame Beschäftigung über Jahre hin und bot uns lange Zeit immer neuen Stoff. Meist fand die Lektüre in Kafkas kleinem Zimmer in der elterlichen Wohnung (Zeltnergasse) statt, manchmal auch bei mir. Über Kafkas Schreibtisch hing eine große Reproduktion des Bildes ›Der Pflüger‹ von Hans Thoma. Zur Seite an der Wand der vergilbte Gipsabguß eines kleinen antiken Reliefs, einer Mänadin, die ein Fleischstück, einen Ochsenschenkel, schwingt. Die zierlichen Falten ihres Kleides tanzten um die Gestalt ohne Kopf. Das alles sehe ich noch genau vor mir, so wie meine Augen unzählige Male darüber hingestreift sind. – Ich habe es in meinem Roman ›Zauberreich der Liebe‹ beschrieben, in dem Kafka als Richard Garta auftritt, ebenso die einfache, fast karge Zimmereinrichtung, die den Charakter des Provisorischen trug. »Das Ganze nicht unwohnlich, wohl aber solchen, die konventionellen Schmuck, Wohnluxus suchen, vielleicht nicht recht geheuer.« Diese bescheidene Einrichtung begleitete Franz durch alle Prager Wohnungen: Bett, Schrank, der kleine dunkelbraune, fast schwarze, alte Schreibtisch mit wenigen Büchern, mit vielen Schreibheften in Unordnung. Das letzte Zimmer (in der Niklasstraße) hatte immerhin durch Küche und Baderaum einen zweiten Zugang, den Kafka meist benützte. Im übrigen lebte er von der Familie nicht abgetrennt, was seinen innerlich weiterfressenden Konflikten gewiß nicht zuträglich war. In späteren Jahren suchte er sich durch Mietung eines eigenen Zimmers in fremder Umgebung dem Bann der Unselbständigkeit zu entziehen. (Proust wohnte bis an sein Lebensende im Zimmer seiner Kinderjahre.)

Das oben erwähnte Thoma-Bild, ein ›Kunstwart‹-Druck, gibt Zeugnis von dem starken Einfluß, den damals, als ich mit Kafka bekannt wurde, sein Gymnasialkollege Oskar Pollak auf ihn ausübte. – Pollak hatte sich in die Theorien der ›Kunstwart‹-Hefte vertieft, die Avenarius herausgab und aus denen später der Dürerbund herauswuchs. An der Universität inskribierte Pollak zuerst Chemie; daß auch Kafka mit vierzehn Tagen Chemie begann, geschah wohl Pollak zuliebe, auf dessen besondere Führereigenschaften auch Franzens Briefe an ihn hinweisen. Pollak ging später als Kunsthisto-

riker nach Wien und Rom (seine kurze Biographie siehe im Band: Briefe); Barock und moderne Kunst, die Baugeschichte Prags und Roms waren seine Hauptarbeitsgebiete, die er durch bedeutende Werke von außergewöhnlicher wissenschaftlicher Prägnanz auf Grund minuziöser Quellenstudien förderte. Der junge Dozent fiel 1915 als österreichischer Freiwilliger an der Isonzofront. In seinem reichen Nachlaß fanden sich die druckreifen Manuskripte zu zwei Bänden ›Die Kunsttätigkeit unter Papst Urban VIII.‹, die seither erschienen sind, ferner die Manuskripte zu Arbeiten über die Pontifikate Innocenz' II. und Alexanders VII., Vorarbeiten für eine Bibliographie der römischen Guiden, eine begonnene Materialsammlung zu einer Monographie Pietro da Cortonas und andere. – Eine der wilden Ironien des Krieges: Der Gelehrte, der den größten Teil seines Lebens der Liebe zur italienischen Kunst gewidmet hatte, mußte dieses Leben unter italienischen Kugeln lassen.
In der ›Neuen Züricher Zeitung‹ vom 27. August 1915 würdigte J. A. F. Orbaan (Genf) den von der ›Aureole der Wissenschaft‹ umstrahlten Toten. Nachdem er etliche Essais von ihm, zum Beispiel seine »scharf-kritisch eingestellten ›Architektenmärchen‹« gerühmt hat, fährt er fort: »Kein Wunder, daß unsere Erwartungen hochgespannt waren für die Quellenpublikation des Barock, die er im großen Stil geplant hatte, und deren ersten Band, über einen Abschnitt des römischen Kunstlebens, er sich selbst vorbehalten hatte, und dem sich in absehbarer Zeit eine kritische Ausgabe von Bagliones Künstlerlebensläufen anreihen sollte. Wir wußten, daß unser trefflicher Kollege zuerst enge Beziehungen zu den Kunstmonumenten unterhielt, auf immer wiederholten Streifzügen in Rom und Umgebung, ein Vorzug, den nicht alle Kunsthistoriker haben, da öfters die Bibliotheken und Archive ihre ganze Kraft beanspruchen. Das wußten wir aus unserem täglichen Verkehr, wenn wir sein gutmütiges gebräuntes Gesicht in der Vatikana früh am Morgen erblickten, nachdem er sich den Tag vorher in den entlegenen Orten von Latium eine reiche Beute von Notizen und Negativen über Lustschlösser und Kirchen der Barberini geholt hatte. Mit gleicher Unternehmungslust setzte er sich dann an einen Haufen Bände der Verwaltung der Fabrica di San Pietro, der Barberini-Bibliothek, der päpstlichen Rechnungskammer oder an seltene Bücher des Seicento, völlig bewandert in der Geschäftsführung der Vorzeit und imstande, die Kakographie und den Fachdialekt längst verschiedener Maurer- und Malermeister zu entziffern. Eine gelehrte Unterhaltung mit dem immer interessierten Pollak über das entlegene Thema der Paläographie des Barock brachte immer Nutzen. Er hat Stau-

nenswertes geleistet in der Interpretation von fast stenographischen Einträgen, die in einer Verwaltung vorkommen, wo Wichtiges über Bernini aus jeder Ecke hervorspringen kann. – Bei allem Arbeiten, das ein schweres tägliches Pensum von Forschung in handschriftlichen Quellen und einschlägiger Literatur erforderte, hatte Pollak nichts von der überflüssigen und immer schwerfälligen Wichtigkeit des gelehrten Mannes. Es war ihm voller Ernst, und er brachte alle Anstrengung und Geisteskraft für sein Werk auf, aber das Studium machte ihn nicht weniger fähig, das Glück und die Anregung der Gegenwart zu genießen, wie sie ihm in reicher Fülle die Ehe mit einer geistreichen und liebevollen jungen Frau bot, die seinem Streben ein feines Verständnis entgegenbrachte, und der Verkehr mit einem weiten Kreise von Freunden und Bekannten, auch einheimischen.«

Dies war also der Mann, der in jungen Jahren entscheidende Bedeutung für Kafka gewonnen hatte. – Ich zitiere noch, um das Bild zu ergänzen, aus einem Nachruf Hugo Bergmanns (›Bohemia‹, 4. Juli 1915): »Der Reichtum seiner Interessen war unerschöpflich; aber was immer ihn jeweils packte und fortriß, dem widmete er sich ganz, vergaß darob alles andere und ward bald zum Verehrer und Verkünder. So studierte er die Upanischaden, die Bibel, Luther, Franziskus von Assisi, die italienischen Renaissancenovellisten (mit welcher Reinheit wußte er den Decamerone vorzulesen!), so trieb er Lautenspiel und manchen Sport.« Ich höre, daß er einer der ersten war, die in Böhmen den Skisport übten.

Ich selbst erinnere mich an Oskar Pollak als an einen sehr streng urteilenden, entschiedenen jungen Menschen. Seinen neunzehn Jahren zum Trotz trug er einen Vollbart. Diesen hat er, wie ich jetzt bei meinen Nachforschungen erfahre, in späterer Zeit ebenso abgelegt wie eine gewisse Schroffheit und Unzugänglichkeit des Wesens, die damals eine Annäherung an ihn nicht leicht zuließ. Auch mit ihm traf ich in der ›Halle‹ zusammen. Er empfahl mir angelegentlich den ›Rembrandtdeutschen‹. Die ernsteste jüdische Geistigkeit, ihres Ursprungs unbewußt, zeigte damals Züge, die einem auf seine reinen Quellkräfte zurückgreifenden Deutschtum manche Analogien bot und von ihm zu lernen suchte. Mit eigentlichen jüdischen Fragen hat sich Oskar Pollak meines Wissens nie beschäftigt, auch Kafka und ich langten erst viel später bei dieser unserer Heimatsphäre an. – Die Liebe zum Deutschtum führte, bei aller Ehrlichkeit und sozusagen in Unschuld des Herzens, gelegentlich auch zu rein äußerer Imitation, Deutschtümelei. So findet sich in einem Brief Kafkas an Oskar Pollak folgende Stelle, die für den Kenner des späteren Stils von Kafka seltsam klingt:

»Gerade gegenüber dem Weinberg an der Landstraße tief im Tal steht ein kleines Häuschen, das erste und letzte vom Dorf. Nicht viel ist daran. Unter Brüdern ist es allerhöchstens hundert miserable Gulden wert. Und was vielleicht noch schlimmer ist, nicht einmal Schultze-Naumburg könnte es brauchen, höchstens als abschreckendes Beispiel. Wahrscheinlich bin ich, den Besitzer mit eingeschlossen, der einzige, der es lieb hat und seine Träume darum zieht. Klein ist es und niedrig. Ja nicht einmal alt. Ja im Gegenteil, fünf bis zehn Jährchen zuhöchst. Ein Ziegeldach. Eine kleine Tür, durch die man wohl nur kriechen kann, und zur Seite zwei Fenster. Alles symmetrisch, wie aus einem Lehrbuch gekrochen. Aber – die Tür ist aus schwerem Holz, braun angestrichen, die Fensterläden sind braun angestrichen und stets zu, ob Sonne oder Regen. Und dabei ist das Haus doch bewohnt. Und vor der Tür ist eine schwere breite Steinbank, die scheint fast alt zu sein. Und kommen nun einmal drei Handwerksburschen des Wegs mit Stöcken in der Hand und dem allzu leichten Ränzel auf dem Rücken und setzen sich dort nieder, um auszuruhn, und wischen sich den Schweiß von der Stirn und stecken dann die Köpfe zusammen – das alles kann ich ganz gut von oben sehn – dann ist es wie ein liebes altes stilles deutsches Märchen.«

Der Einfluß der vom ›Kunstwart‹ propagierten Kunstwerke und Kunstwerte liegt hier in jeder Einzelheit klar zutage. Einen Autor betreffend, der wie Kafka so früh seine ganz persönliche, kaum mehr greifbar beeinflußte Haltung entwickelt hat, wirkt die Kenntnis dieses unselbständigen Anfangsstadiums geradezu grotesk und auch rührend, wie mich dünkt.

Die Briefe an Oskar Pollak sind aus den Jahren 1902 bis 1904. Kafka war in dieser Freundschaft der Werbende; in der Freundschaft mit mir, die diese erste starke geistige Beziehung ablöste, lagen die Dinge eher umgekehrt. Zumindest prävalierte Kafka im Freundschaftsverhältnis mit mir schon durch seine Ruhe und Zurückhaltung, wenn auch die Grundlage der Gleichberechtigung beiderseits freudig anerkannt wurde. – Mit Staunen entnehme ich den Jugendbriefen Kafkas an Pollak, daß er sich anbietet, ihm seine Dichtungen zu senden oder vorzulesen. Später kam das nicht vor; man mußte Kafka sehr bitten, eifrig in ihn dringen, ehe er etwas aus seinen Manuskripten zeigte. – Diese Haltung beruhte überdies nicht auf Stolz, sondern auf übermäßiger Selbstkritik. Sie setzt schon früh ein. So folgt dem fünften Brief an Pollak ein unveröffentlichter, dem ich die folgenden Zeilen entnehme (auch deshalb, weil sie einige Auskunft über diese ersten, nicht erhaltenen Werke Kafkas geben): »Unter

den paar tausend Zeilen, die ich Dir gebe, könnte ich vielleicht noch zehn duldsam anhören, die Posaunenstöße im vorigen Brief waren nicht nötig, statt der Offenbarung kommt Kindergekritzel ... Der größte Teil ist mir widerlich, das sage ich offen (zum Beispiel ›Der Morgen‹ und anderes), es ist mir unmöglich, das ganz zu lesen, und ich bin zufrieden, wenn Du Stichproben verträgst. Du mußt aber daran denken, daß ich in einer Zeit anfing, in der man ›Werke schuf‹, wenn man Schwulst schrieb; es gibt keine schlimmere Zeit zum Anfang. Und ich war so vertollt in die großen Worte. Unter den Papieren ist ein Blatt, auf dem ungewöhnliche und besonders feierliche Namen aus dem Kalender ausgesucht stehn. Ich brauchte nämlich zwei Namen für einen Roman und wählte endlich die unterstrichenen: Johannes und Beate (Renate war mir schon weggeschnappt*) wegen ihres dikken Glorienscheins. Das ist doch fast lustig.«
Es stehen in diesem Brief auch böse Bemerkungen Kafkas gegen einen anderen Schulkollegen, der großer Worte »unübersehbar viele« hatte – »das waren ja Blöcke und ich mußte verzweifeln, wenn ich sah, wie leicht er sie warf. Da war an ein Nahkommen nicht zu denken und ich gelobe, in meinem ganzen Leben nicht mehr so neidisch zu sein, wie ich es damals war.« Daran schließt sich noch härtere Selbstkritik: »Eines aber fehlt in den Heften ganz, das ist Fleiß, Ausdauer und wie alle diese fremden Dinge heißen.« Im Folgenden schreibt er noch: »Was mir fehlt, ist Zucht. Das halbe Lesen der Hefte ist heute das wenigste, was ich von Dir will. Du hast ein schönes Zimmer. Die Lichtlein von den Geschäften unten blinken verdeckt und eifrig. Ich will, daß Du mich dort jeden Samstag, vom nächstnächsten Samstag angefangen, vorlesen läßt, eine halbe Stunde. Ich will drei Monate fleißig sein. Vor allem weiß ich heute eines: Die Kunst hat das Handwerk nötiger als das Handwerk die Kunst. Natürlich glaube ich nicht, daß man sich zum Gebären zwingen kann, wohl aber zum Erziehen der Kinder.«
Ich weiß nicht, wie Oskar Pollak die seinem strengen Gericht unterbreiteten Werke Kafkas aufgenommen hat, ob er ihn so bewundert hat, wie ich von allem Anfang es tat, redlicherweise tun *mußte*. Oskar Pollaks Interessengebiet lag wohl von Kafkas phantastischer, damals besonders schrullenhaft anmutender Kleinwelt einigermaßen fern, – mir gefiel gerade das Seltsame, unwiederholbar Neue, – den ersten Jugendfreund, der bald Prag verließ, zog es ins Große, wissenschaftlich Gesetzhafte. So blieb zunächst Kafkas Sehnsuchtsruf ungehört, der Ruf, der in den Briefen erschütternd aufklingt

* Anspielung auf ein Frühwerk Wassermanns

und schon die spätere Sehnsucht nach Gemeinschaft vorausnimmt: »Du wirst nichts tun ohne andere« – »Einsiedelei ist widerlich« – und die geradezu divinatorisch wirkende Polemik gegen den in Kafkas Spätzeit zum Symbol werdenden ›Maulwurf‹.

»Ich weiß, daß zwei fremde Augen alles wärmer und regsamer machen werden, wenn sie darauf schauen« – das ist für mich der zentrale Satz des jungen Kafka in diesem Werben, in dieser Freundschaft, von der ich erst aus dem Dokument der Briefe Kunde erhielt, von der mir Franz merkwürdigerweise selbst kaum je ein betontes Wort erzählt hat. Vielleicht ist es damals beim Freundschaftsversuch geblieben, und es wurde keine rechte Beziehung daraus; darauf scheint mir Kafkas späteres Schweigen (auch in den Tagebüchern findet sich nichts) hinzudeuten. Aber das beeinträchtigt durchaus nicht die große richtunggebende Bedeutung, die der erste Kamerad auf ihn gehabt hat. Er entschwand unseren Augen, erst zu Hofmeisterstellen auf dem Lande, dann zu rühmlichem wissenschaftlichem Wirken in Rom. Gelegentlich hörten wir, daß er Freunden, Romfahrern aus unserem Kreise auf eine besonders liebenswürdige, gar nicht mehr schroffe und freilich außergewöhnlich kenntnisreiche Art die Baudenkmäler Roms zeigte und erklärte. Dann störte uns die Schreckensnachricht von seinem viel zu frühen Tod auf.

Einige Jahre lang verkehrte ich mit Kafka, ohne zu wissen, daß er schrieb. Ich selbst hatte schon manches in Zeitungen und Zeitschriften publiziert, 1906 erschien mein erstes Buch. Eine der ersten Erwähnungen seiner literarischen Tätigkeit machte der Freund, indem er mir sagte, er habe sich an dem Preisausschreiben der Wiener ›Zeit‹ mit einer Erzählung beteiligt. Die Einsendung geschah unter dem Deckwort: ›Himmel in engen Gassen‹. Möglicherweise war das auch der Name der Erzählung, ich weiß es nicht mehr genau. – Die Einsendung blieb bei der Preisverteilung unberücksichtigt und ist verschollen.

Dann las er mir einmal (1909) den Anfang eines Romans vor, der den Titel ›Hochzeitsvorbereitungen auf dem Lande‹ führte. Teile des Manuskriptes haben sich erhalten*. Der Held des Buches hieß Raban. Auch hier der Hinweis auf das Ich durch strukturelle Ähnlichkeit der Namen Kafka-Raban, wie sie Franz selbst am Helden seiner Novelle ›Das Urteil‹, Bendemann, analysiert hat. – Raban verläßt, dies wird im ersten Kapitel geschildert, seine Arbeitsstätte, um seine Braut zu besuchen, die auf dem Lande wohnt. Das

* Veröffentlicht im Band: Hochzeitsvorbereitungen auf dem Lande.

erste Kapitel stellt mit großer Gründlichkeit, im Zwielicht des Humors, nur den Weg zum Bahnhof, einen Regennachmittag, einige Begegnungen mit gleichgültigen Bekannten dar. Es ist außerordentlich. Ich war bestürzt und beglückt*. –

Ich hatte sofort den Eindruck, daß hier keine gewöhnliche Begabung, sondern ein Genie sprach. Von da an begannen meine Bemühungen, die Werke Kafkas in die Öffentlichkeit zu bringen, – ein Streben, das in mir übermächtig war und gegen das ich auch gar nicht ankämpfte, da ich es für richtig und natürlich hielt. Franz sträubte sich, manchmal stärker, manchmal schwächer, manchmal auch gar nicht; man kann nicht sagen, daß er sich grundsätzlich immer ablehnend verhielt (dies beweist auch die Beteiligung am oben erwähnten Preisausschreiben), – von Freude am literarischen Erfolg verspürte er wohl zuzeiten etwas. Es war freilich meist ein stilles Belächeln mit dabei; einmal aber habe ich ihn über eine abfällige verständnislose Kritik eines seiner Bücher im Almanach des ›Dürerbunds‹ sehr ärgerlich gesehen. Im allgemeinen waren seine Sorgen und Hoffnungen auf ganz andere Dinge gerichtet als literarische Wirkung, sie war ihm nicht gerade unangenehm, aber unwesentlich, das ganze Gebiet der Publizität interessierte ihn nicht allzusehr, war nicht gefühlsbetont, – daher auch die Abwehr der Veröffentlichung (von gewissen späteren Perioden seines Lebens abgesehen) keine große Sache, kein Affekt.

Seine noch durchaus unveröffentlichten Arbeiten erwähnte ich in der Berliner Wochenschrift ›Die Gegenwart‹, indem ich der Anführung einer Reihe von Namen berühmter Autoren (Blei, Mann, Wedekind, Meyrink) auch seinen Namen anfügte. Dies ist wohl der erste öffentliche Hinweis auf Kafka gewesen (9. Februar 1907). Kafka schrieb mir einen humorvollen Brief über das Faschinghafte dieses ersten Auftretens; denn es lag ja ein gewisser Übermut darin, daß ich den Namen eines Dichters, von dem damals noch keine Zeile gedruckt war, in einem Atem mit sehr bekannten Autoritäten so, als müsse jeder von ihm wissen, der Öffentlichkeit hinhielt. Ein kleiner bedeutungsloser Spaß. »Gut, so habe ich in diesem Winter doch einen Tanzschritt gemacht« spottete Franz. – Erst 1908 wurden zum erstenmal Prosastücke von

* Der Eindruck steigerte sich womöglich noch, als er mir (in meinem Tagebuch steht: am 14. März 1910) seine Novelle »Beschreibung eines Kampfes« vorlas. Die Abfassung dieser Arbeit, die Kafka wenig schätzte (am 18. März 1910 schrieb er mir: »An der Novelle, lieber Max, freut mich am meisten, daß ich sie aus dem Haus habe«) und deren Manuskript ich zu mir nahm, da er es vernichten wollte, liegt wohl einige Jahre zurück, weist deutlich in die Jahre der Hausbälle, in die Hochschulzeit. Bei genauer Durchsicht meiner Tagebücher konstatierte ich, daß mir Kafka schon vor 1909 kleinere Prosawerke gezeigt hat. Daher schon 1907 mein öffentlicher Hinweis auf ihn in der »Gegenwart«.

Franz gedruckt, und zwar in Franz Bleis Zeitschrift ›Hyperion‹ (Blei hatte sich für mein erstes Buch ›Tod den Toten‹ sehr warm eingesetzt, kam dann öfters nach Prag, ich brachte ihn mit Kafka zusammen), die zweite Veröffentlichung war ›Die Aeroplane in Brescia‹ (28. September 1909) in der Prager Tageszeitung ›Bohemia‹, die dritte in der Osterbeilage der ›Bohemia‹ am 27. März 1910. Unter dem Titel ›Betrachtungen‹ (Plural!) liest man da die Stücke: ›Am Fenster‹, ›In der Nacht‹, ›Kleider‹, ›Der Fahrgast‹, ›Zum Nachdenken für Herrenreiter‹. – Niemand beachtete die von mir unter großem Energieaufwand durchgesetzten Publikationen. (Im Buch ›Betrachtung‹ führen diese Stücke die Titel ›Zerstreutes Hinausschaun‹, ›Die Vorüberlaufenden‹, ›Kleider‹ usw. – Franz Blei hatte zwei Stellen aus der Erzählung ›Beschreibung eines Kampfes‹ gedruckt.)

1908 starb mein Jugendfreund Max Bäuml.
Von da an vertiefte sich meine Beziehung zu Franz. Wir kamen täglich zusammen, manchmal auch zweimal täglich. Solange Franz in Prag war (erst später zwang ihn seine Krankheit zum Aufenthalt auf dem Lande, in Sanatorien), wurde an dieser Gepflogenheit festgehalten. Als wir beide den ersehnten Beruf »mit einfacher Frequenz« (das heißt ohne Nachmittagsdienst) erlangt hatten, fügte es der Zufall, daß die Wege aus unseren Büros nach Hause die gleichen waren. So wartete ich täglich um 2 Uhr mittags beim Pulverturm auf Franz – wie gut und ausführlich habe ich dabei den alten kunstvollen doppelköpfigen Reichsadler im Giebel der Finanzlandesdirektion, Ecke Hybernergasse, studiert, denn Franz kam immer später als ich, er hatte noch amtlich zu tun oder verlor sich in ein Gespräch mit Kollegen – knurrenden Magens patrouillierte ich auf und ab, aber der Ärger war rasch vergessen, wenn die schlanke hohe Gestalt des Freundes auftauchte, meist mit einem verlegenen Lächeln, das höchsten Schreck, ja Entsetzen über seine lange Verspätung mehr posieren als wirklich ausdrücken sollte.
Dabei hielt er die Hand an sein Herz gepreßt. »Ich bin unschuldig«, bedeutete diese Geste. Und überdies kam er im Laufschritt herangetrabt, so daß man wirklich nichts Heftiges gegen ihn sagen konnte. Auf dem gemeinsamen Weg durch die Zeltnergasse bis zum Altstädter Ring gab es immer unendlich viel zu erzählen. Auch fanden wir, vor Franzens Wohnhaus, noch lange nicht das letzte Wort. Und am Nachmittag oder Abend waren wir dann wieder beisammen.
Ich habe in meinem Roman ›Zauberreich der Liebe‹ in der Gestalt von Richard Garta sehr viel dargestellt, was mir von Kafka in Herz und Sinn geblieben ist. Eine sachliche Bio-

graphie Kafkas zu schreiben – dazu fühlte ich mich damals, vier Jahre nach seinem Tod, nicht imstande. Erst jetzt, da weitere neun Jahre dahingegangen sind, also dreizehn Jahre nach der Katastrophe, sammle ich mich dazu. Damals aber *lebte* ich noch mit dem unvergeßlichen Freund, er war mir im wahrsten Sinne des Wortes anwesend, immer gegenwärtig, ich wußte genau, was er in dieser oder jener Situation gesagt, wie er Vorfälle in meiner Umgebung beurteilt hätte, ich fragte ihn, und ich konnte mir in seinem Namen Antwort geben. Daraus entstand in mir das Bedürfnis, den Unvergleichlichen in Form einer lebendigen Dichtung – nicht in einer die Daten sammelnden und mühsam zusammenfügenden historischen Studie – also als epische Gestalt sichtbar zu machen; vor allem mir selbst auf diese neue Art sichtbar. Solange ich in diesem Buch, in der Arbeit lebte, war er nicht gestorben, er lebte nochmals mit mir, griff nochmals wirkend in mein Leben ein (man wird finden, daß die ganze Handlung des Romans diesem Zwecke dient). Wie alles mißverstanden wird, so auch dies – man fand es seltsam oder sogar mit der Ehrfurcht gegenüber Kafka nicht vereinbar. Man entsann sich nicht, daß Platon auf ähnliche, allerdings weit umfassendere Art sein ganzes Leben lang seinen Lehrer und Freund Sokrates als lebendig weiterwirkend, als mitlebenden, mitdenkenden Wegbegleiter dem Tode abgetrotzt hatte, indem er ihn zum Helden fast aller Dialoge machte, die er nach des Sokrates Tod schrieb.

Ich entnehme hier (da ich mich sonst wiederholen müßte) dem Roman die Stelle über die ersten Bücher, auf die Kafka mich hinwies. Außer dem schon genannten Flaubert gehören hierher: Stefan George, von dem mir Kafka zu zwei Geburtstagen je einen Band schenkte, die wundervolle Prosaübersetzung chinesischer Lyrik von Heilmann – nicht in einem Atem zu nennen mit den späteren gereimten Nachdichtungen und Verwässerungen durch andere Autoren –, ferner Robert Walser. Über die unaufdringliche Art Kafkas, seine Lieblingsautoren dem Freund (im Roman heißt er Christof) nahezubringen, über die ganze Stimmung der ersten Jahre unserer Bekanntschaft und über deren Intensivierung nach dem Tode Max Bäumls wüßte ich nichts Entsprechenderes zu sagen als das, was ich im ›Zauberreich‹ schrieb:

»Garta überredet nicht, das ist nicht seine Art, auch entwickelt er kein System, das Systematische liegt ihm überhaupt nur wenig. Er liest nur immer und immer wieder diese und jene Stelle aus seinen Lieblingsautoren vor, mit seiner raschen, ganz unpathetischen, dabei aber Rhythmus und Steigerung mit geheim vibrierendem Gesange laut nachschaffenden Stimme, leuchtenden Auges, völlig hingegeben der Freude an menschlicher Größe; nur hie und da verzieht er leise, gar nicht bösartig, eher lustig zweifelnd (›na, na‹) den Mund, wenn ihm etwas nicht ganz geglückt, krampfig übertrieben scheint. Das Forcierte in jeglicher Kunstäußerung schiebt er immer am weitesten von sich, es sei denn, daß es als Anstrengung doch wieder echt, dem Autor notwendig ist, wobei es freilich seine gelegentliche Schwäche verrät und nur Mitgefühl mit dem aus andern Taten her Bewährten heischt. Kurz, er wirbt nicht für seine Erwählten, er sieht immer klar, Klarheit ist auch in seiner schrankenlosen Bewunderung, niemals versucht er, Christof zu überrennen; indes ist es bald so weit, daß Christof für die Schriften brennt, die ihm Garta eröffnet hat, ja daß er manches davon gegen Garta in Schutz nehmen zu müssen glaubt. Das alles geschieht mit freudigem Ernst, es ist ein holdes gegenseitiges Belehren zwischen beiden, jeder Anhauch von Eitelkeit und Schein ist fern, die beiden haben das Gefühl, als entscheide sich gerade jetzt in ihnen die ganze Welt zur lautersten Wahrheit oder zum Wertlosen. Übrigens ohne daß dieses Gefühl sie stolz oder auch nur übermäßig sorgenvoll, bedrückt vor Verantwortung machte. Es ist ein ganz einfaches Gefühl: — das Gute ist da, und in unserer Macht liegt es, mitzutun oder, was sinnlos dumm wäre, es wegzustoßen. Ach, wer wird denn das tun! So treten sie heiter ins Seelenland, das sonst durch Millionen von Vorbehalten, Zufällen, Trübungen, Leidenschaften, Rücksichten den armen Menschenkindern verdeckt ist, hier aber hat es sich einmal ganz leicht im hellsten, heilsamsten Licht seiner ewigen Pracht geöffnet, liegt da— einladend groß.

Dann die entscheidende Wendung: — Christofs erster Freund, der ihn durch alle acht Gymnasialklassen begleitet hat, ist gestorben. Einige Tage nach dem Begräbnisse geht Christof, zu Tod traurig, mit Richard Garta abends spazieren. Kleinseite, dunkle Schloßstiege aufwärts. ›Willst du mir — an seiner Stelle sein?‹ fragt er stockend, in der tiefen Bedrängnis seines Herzens, weiß, daß er Unmögliches fragt, versteht, daß Garta nicht antwortet, daß auch einem weniger zarten Menschen Antwort auf diese Frage unmöglich wäre — und daß dennoch etwas Berechtigtes, Kühnes, Gutes in der Frage lag, was von Garta auch voll anerkannt wird. Nur kann es nicht anders anerkannt werden als durch langes tiefes Schweigen. Sie gehen dann durch viele enge wirre Gassen nebeneinander her, immer schweigend, und Christof glaubt, die Anwesenheit des guten liebevollen Toten zu fühlen, mit dem ihm eigentlich sein ganzes Knabentum weggestorben ist, die Erinnerung an unzählige Schulerlebnisse, an die ersten Erkenntnisse und Schmerzen, schmale, doch tiefe

Risse des Herzens. Im Gymnasium entstand ja Freundschaft von selbst, in den Folgejahren muß sie erworben, ja erkämpft werden, zuletzt wird auch dies unmöglich. So will es das Gesetz der männlichen Welt... Von der Frage, der nicht gegebenen Antwort, wird dann auch späterhin nie geredet. Aber der Händedruck der beiden ist von dieser Nacht an kräftiger und länger.«

Waren gemeinsame Lektüre und Austausch unserer Lieblingsautoren das erste, was uns deutlich zueinander brachte, so spielte doch neben diesem Hohen, Großen von Anfang an eine unendliche Fülle von kleinen, an sich unscheinbaren Umständen mit, in denen wir einander ergänzten. Wenn ich nicht falsche Bescheidenheit heucheln will, so muß ich es hier gestehen: Kafka fühlte sich ebensosehr von mir bereichert, wie ich von ihm. Meine Initiative und Energie, — das waren wohl die Eigenschaften, die ihm an mir besonders gefielen. An sich betrachtet, war ich durchaus nicht so unbedenklich keck und unbelastet, wie er mich vielleicht sah. Schriebe ich jetzt meine eigene Biographie, so wüßte ich das des langen und breiten auszuführen und zu belegen. Hier genügt die Feststellung, daß ich *im Vergleich zu Kafka* der Wagelustige war; und das war ich wirklich. — In genaueren Umrissen darf ich aufzeigen, was mich an Kafka faszinierte. Es ging etwas ganz ungewöhnlich Starkes von ihm aus, was ich nie wieder angetroffen habe, auch bei Begegnungen mit sehr bedeutenden und berühmten Männern nicht. Oft habe ich dieses Besondere zu analysieren gesucht, namentlich nach Kafkas Tod; denn während er lebte, gab es sich als etwas so Natürliches, förmlich Selbstverständliches kund, daß man gar nicht darauf kam, es sei etwas zum Nachdenken. Am ehesten ließe sich dieses merkwürdige Allerpersönlichste etwa so ausdrücken: die niemals aussetzende Dichtigkeit seiner Einfälle duldete überhaupt keine Lücke, nie sprach er ein unbedeutsames Wort. Was von ihm kam, war auf eine Art, die im Laufe der Jahre immer ungezwungener wurde, ein kostbarer Ausdruck seiner ganz besonderen, geduldigen, lebenswilligen, den Narrheiten der Welt gegenüber ironisch nachsichtigen, daher schmerzlich humorvollen und doch niemals den echten Kern, das ›Unzerstörbare‹ vernachlässigenden, also stets dem Blasierten oder Zynischen am weitesten abgekehrten Betrachtungsweise. Ja, es war so: in seiner Gegenwart veränderte sich der Alltag, alles wirkte wie zum erstenmal gesehen, war neu, oft auf eine sehr traurige, ja niederschmetternde Art neu, die aber nie eine letzte Trost-Möglichkeit ausschloß, da sie nie uninteressant, nie flach wurde. Auf tausend ganz leichten Wegen, so schien es, flogen ihm als Betrachter Zusammenhänge zu, die man nie geahnt hatte, die aber nichts Willkürliches, nichts ›Surrealistisches‹*, Gewaltsames hatten, sondern echte Zusammenhänge waren, winzige, aber richtige getreue *Erkenntnisse*, aus denen ein ganz neues System von Erkenntnissen aufzubauen man große Lust verspürte, – ohne sich darüber unklar zu sein, daß das Unterfangen, die Welt und die Seele des Menschen auf so minuziöse Art erkennen zu wollen, zwar berechtigt und sogar sehr wesentlich sei, jedoch leider zu jenen Angelegenheiten gehöre, die, wie der von Kafka beschriebene ›Bau der chinesischen Mauer‹ oder der ›Prozeß‹, ihrer Natur nach nie zu einem Ende kommen können.

Übrigens wirkte Kafka nicht etwa nur auf mich, sondern auf viele in der bezeichneten Richtung. Im Kreis und im gastlichen Haus von Frau Bertha Fanta, in dem unter eifriger Teilnahme der Hausfrau exakte Philosophie getrieben wurde, stand Kafka in hohem Ansehen – einfach durch sein Wesen, seine gelegentlichen Bemerkungen, sein Gespräch –, denn seine literarischen Werke kannte damals niemand außer mir. Es bedurfte der Werke nicht: der Mensch selbst wirkte und wurde von Menschen von Rang bei aller Schüchternheit seines Auftretens rasch als etwas Besonderes erkannt. Zu allen Zeiten seines Lebens fühlten sich Frauen von Kafka angezogen, – er selbst zweifelte an dieser Wirkung, aber sie steht unbestreitbar fest.

Wie sehr ein besonderer Zauber jede Lebensäußerung Kafkas durchdrang, wie kein Wort, keine Zeile, die er (sei es auf einer flüchtigen Grußkarte, oder anläßlich eines Glückwunsches, einer Buchwidmung) schrieb, davon ausgenommen werden kann, das gehe aus den folgenden Rohrpostkarten und kleinen Briefchen an mich hervor. Meist enthalten sie nur Absagen einer Zusammenkunft, Entschuldigungen, – da wir einander täglich trafen, gab es ja keinen Anlaß, einander zu schreiben, als den des gelegentlichen Ausbleibens. Selbst für solche Alltagsmitteilungen hatte Franz nie eine geschäftliche feststehende Formel. Und deshalb scheinen mir gerade diese rasch hingeworfenen Schriftstücke (sie betreffen die Zeit der Studien, der juridischen Prüfungen, dann die des Berufsantritts) als besonders charakteristische Dokumente eines nie der Erstarrung, der Konvention erliegenden, unendlich reichen Geistes. Hier eine Auswahl:

1

Ich bin jetzt halb froh darüber, daß ich doch endlich lerne, und deshalb werde ich diese Woche nicht ins Kaffeehaus kommen. Den Abend über würde ich sehr gern dort sein, denn ich

* Das Wort gab es damals noch nicht. Die Surrealisten reklamieren Kafka zu Unrecht für sich.

lerne niemals über 7 Uhr hinaus, aber habe ich mich so aufgefrischt, so stört es mir das Lernen den ganzen nächsten Tag. Und verschwenden darf ich keine Zeit. Also ist es besser, wenn ich am Abend den ›Kügelgen‹ lese, gute Beschäftigung für ein kleines Herz und für den Schlaf, wenn er anfängt. Ich grüße Dich schön. Franz.

2
Lieber Max,
jetzt hätte ich es am Ende noch versäumt, Dir zu schreiben, daß ich morgen nicht in die Ausstellung gehn kann und überhaupt nicht mehr. Ich habe mich nämlich verführen lassen und mir einen unsinnig frühen Termin genommen, während meine Kenntnisse noch nicht einmal geringfügig sind. Das wäre nun leichtsinnig und darum sehr hübsch, wenn ich nur nicht immer an das ärztliche Zeugnis denken würde, das ich mir bald geben lassen will, um zurückzutreten. Wie steht es mit dem Amethyst?* Mein Geld ist schon vorbereitet. – Sieh in der Ausstellung doch nach, ob sich nicht etwas Liebenswürdiges für kleines Geld kaufen ließe. Vielleicht auch als Hochzeitsgeschenk. Dein Franz.

3
Ich werde jetzt, mein Lieber, eine Zeitlang nirgends hingehn können. Der Dekan ist so leichtsinnig gewesen, meinen Termin ein wenig vorzurücken, und da ich mich geschämt habe, vorsichtiger zu sein als er, habe ich nichts eingewendet. Ich grüße Dich bestens. Franz.

4
Lieber Max
ich bitte Dich, verzeih mir den gestrigen Abend. – Ich werde um 5 Uhr zu Dir kommen. Meine Entschuldigung wird ein wenig komisch sein, so daß Du sie ganz sicher glauben wirst. Dein Franz.

5
Mein lieber Max
ich bin doch ganz unbrauchbar, aber darin bin ich unveränderlich. Gestern nachmittag schrieb ich Dir eine Rohrpostkarte: »Hier in der Grabentabaktrafik bitte ich Dich um Verzeihung dafür, daß ich heute abend nicht zu Dir komme. Ich habe Kopfschmerzen, die Zähne bröckeln mir ab, mein Rasiermesser ist stumpf; es ist ein unangenehmer Anblick. Dein F.«
Jetzt abend lege ich mich auf das Kanapé, denke daran, daß ich mich also entschuldigt habe und daß wieder ein wenig

* Von Franz Blei herausgegebene Zeitschrift, die wir gemeinsam abonnierten.

Ordnung in der Welt ist, aber wie ich das so überlege, erinnere ich mich daran, daß ich Wladislawgasse* statt Schalengasse geschrieben habe.
Ich bitte jetzt, ärgere Dich darüber und rede deshalb nicht mehr mit mir. Mein Weg ist gar nicht gut und ich muß — soviel Übersicht habe ich — wie ein Hund zugrunde gehn. Auch ich würde mir gern ausweichen, aber da das nicht möglich ist, freue ich mich nur noch darüber, daß ich kein Mitleid mit mir habe und so egoistisch also endlich geworden bin. Diesen Höhepunkt sollten wir noch feiern, ich und Du, meine ich; gerade als künftiger Feind dürftest Du das feiern.
Es ist spät. Du sollst wissen, daß ich Dir heute eine gute Nacht gewünscht habe. Dein Franz.

6
Rasch im Bureau, wir haben uns das Mittagsmahl erarbeitet. — Verzeih, wenn ich heute nicht komme, ich hatte etwas am Sonntag zu tun und habe es versäumt, denn der Sonntag ist kurz. Vormittag schläft man, nachmittag wäscht man sich die Haare und in der Dämmerung geht man spazieren, als wenn man ein Faulenzer wäre. Ich verwende den Sonntag immer wie einen Anlauf zu Vergnügungen, das ist ziemlich lächerlich. Schreibe mir, wann Du Zeit hast, außer Donnerstag und Freitag. Beste Grüße Dein Franz.

7
Mein lieber Max, wir veranstalten ja ein Wettrennen der Unzuverlässigkeit und Unpünktlichkeit. Natürlich denke ich nicht daran hier Sieger zu werden, denn ich bin nur einfältig unpünktlich aus italienischem** Fleiß, du aber aus Vergnügungssucht. Da Du das aber wieder dadurch auszugleichen suchst, daß Du zu mir kommen willst (Mittwoch, nicht?), so ist mir das wieder recht. Aber vielleicht tust Du es nur, weil man einen Besuch leichter absagen kann als einen Empfang. Dein Franz.

8
Mein Max,
es geht mir so schlecht, daß ich glaube, nur auskommen zu können, wenn ich eine Woche oder so lange, als es notwendig sein wird, mit niemandem rede. Daraus, daß Du mir auf diese Karte auf keine Weise zu antworten versuchen wirst, werde ich sehn, daß Du mich gern hast. Dein Franz.

* Adresse Oskar Pollaks. Ich wohnte damals in der Schalengasse.
** Italienischstunden vor der Reise nach Riva.

9
Mein liebster Max, ich küsse Dich hier auf einer schmutzigen, aber meiner schönsten Ansichtskarte, also vor der ganzen Bevölkerung. Da ich Dir mehr glaube als mir, dachte ich gestern, ich wäre wirklich schuld, nur meinte ich, es mache nicht so viel aus, da wir noch lange leben werden. Wenn es aber so ist, wie Du schreibst, und ich bin schon wieder davon überzeugt, so ist es noch besser und Du wirst halt nächstens mit dem Aufzug fahren. Übrigens ist mir heute so gut, wie wenn ich zu leben anfinge, da paßt auch Deine Karte, denn was für eine hübsche Bekanntschaft, die so beginnt. Dein Franz. Mit dem Datum machst Du mir keine Angst, denn Du bekommst ja noch vorher den Posten, und wenn nicht, erscheint das ›Dienstmädchen‹*, das außerdem auf jeden Fall erscheint, also was willst Du denn noch. In der Nacht kann man noch mehr wollen, aber am Vormittag?

10
Mein lieber Max – es scheint, daß ich nicht werde kommen können. Früh, gerade als ich mich auf den Nachmittag und Abend freute, sagt man mir, daß ich nachmittag ins Bureau kommen soll, mittag, als ich mich nur noch auf den Abend freute, sagt man mir, daß ich nachmittag und abend im Geschäft sein muß. Es ist viel zu tun, ein Kommis ist krank, dem Vater ist nicht gut. Es gäbe einen Mord, wenn ich nicht bis acht im Geschäft wäre, und wahrscheinlich auch, wenn ich nachts wegginge.
Also entschuldige mich hübsch, bitte.

11
Mein liebster Max, schau, so werden alle, die ich gerne habe, auf mich böse werden außer der einen, die mich aber sowieso nicht gerne hat. Meine gestrige Lebensbeschreibung ist einfach. Ich war bis 10 Uhr dort und bis 1 Uhr in der Bar. 1/28 Uhr, als Eure Musik wahrscheinlich angefangen hat, habe ich noch schlagen hören. Dem Vater und der Mutter ist nicht ganz gut, der Großvater ist krank, im Eßzimmer wird gemalt und die Familie lebt in meinem Zimmer wie in einem Zigeunerwagen, heute nachmittag muß ich ins Bureau. Es fehlt mir der Mut, mich bei Baum zu entschuldigen. Verlaß mich nicht. Dein Franz.

12
Aber Dein Gedächtnis, lieber Max! Ich erinnere mich so genau. Vor Deinem Hause Sonntag in der Nacht schüttelte ich

* Kleiner Roman von mir »Ein tschechisches Dienstmädchen«.

mich und sagte: Dienstag geh ich da und dorthin. Du sagtest: Komm Mittwoch. Ich: Ich werde müde sein, auch will ich zu Pr. Du: Also komm Donnerstag. Gut. Donnerstag war ich bei Dir. Übrigens geht es mir derart, daß selbst gerechte Vorwürfe zu arg für mich wären. Dein Franz.

13
Mein lieber Max, Du hast Glück, daß Du nicht zu Hause bist, Du entgehst einigen Wohltaten, die Du mir vielleicht hättest machen wollen. Ich habe Glück, denn ich kann Dich so leichter und entschiedener bitten, mir zu verzeihen und mich der Welt zu entschuldigen, wenn ich morgen erst so um neun zu Baum kommen kann. Es sind irgendwelche Verwandten bei uns. Übrigens komme ich Montag um fünf auf einen Augenblick zu Dir, sollte ich Dich im Arbeiten stören, verleugne Dich. Dein Franz.

14
Lieber Max, Du weißt, ich habe einen Posten, es hat also ein neues Jahr angefangen und meine Leiden, vorausgesetzt, daß sie bis jetzt zu Fuß gegangen sind, gehn jetzt entsprechend auf den Händen. Ich möchte sehr gern Dich um 1/2 3 bei der Marienstatue am Ring treffen, pünktlich, bitte, mach es möglich. Dein Franz K.

15
Lieber Max, geschrieben auf der Gasse, wie wir uns jetzt immer schreiben werden, denn die Stöße der Vorübergehenden beleben die Schrift.
Vor der Photographie der Paula K. Gestern sah ich sie lebendig einige Male. Sie stand ein Weilchen und ging ein Weilchen ganz weiß durch die Hybernergasse mit einem jungen Mann, der faltenwerfende Hosen trug. Nur um sich an etwas festzuhalten: die Zähne sind ihr im Mund verwirrt, sie hat nur in der rechten Wange ein Grübchen, ihre Gesichtshaut ist mit Maß verwittert, mit Asche, gar nicht mit Puder bedeckt; offenbar ruht die Haut am Tage aus. — Ich komme Donnerstag. Mach mir Freude und arbeite viel. Franz.

Ins Uferlose käme man, wollte man diese schriftlichen Zufallsäußerungen, in denen gerade der Zufall das Geniale anleuchtet und klarmacht, durch mündliche Äußerungen Kafkas ergänzen. — Einige Beispiele aber seien angeführt. — Als er einmal nachmittags zu mir kam (ich wohnte damals noch bei den Eltern) und durch sein Eintreten meinen Vater weckte, der auf dem Sofa schlief, sagte er, statt einer Entschuldigung, auf unendlich zarte Weise, wie zur Beschwichtigung die Arme hebend und leise auf den Fußspitzen durchs Zimmer gehend: »Bitte, betrachten Sie mich als einen Traum.« – Mit meiner Freundin besuchte er einmal das Berliner Aquarium. Da sprach er zu den Fischen in den leuchtenden Kästen (sie erzählte es mir später mit Erschütterung): »Jetzt kann ich euch schon ruhig anschaun, ich esse euch nicht mehr.« Es war die Zeit, in der er strenger Vegetarianer geworden war. – Wenn man solche Aussprüche Kafkas nicht selbst aus seinem Munde gehört hat, kann man sich schwerlich eine Vorstellung davon machen, wie einfach und leicht, ohne alle Affektation, ohne das geringste Pathos (das ihm überhaupt fast völlig fremd war) derartiges von ihm gesagt wurde. – Über Vegetarianismus finde ich noch einen andern Ausspruch Kafkas in meinen Notizen. Er verglich die Vegetarianer mit den ersten Christen, überall verfolgt und ausgelacht, in unsauberen Lokalen. »Im niedrigen Volk verbreitet sich, was seinem Wesen nach für die Höchsten und Besten bestimmt ist.« Aus denselben Notizen, die ich mir noch zu Lebzeiten Kafkas gemacht habe: »Theosophie ist nur ein Surrogat für Literatur« (womit nach unserem damaligen Sprachgebrauch, im Sinne Flaubert, wahre Dichtung gemeint war). – »Das Versicherungswesen* gleicht der Religion primitiver Völkerschaften, die an die Abwendung von Unheil durch allerlei Manipulationen glauben.« – »Karl Kraus sperrt die jüdischen Autoren in seine Hölle, gibt gut acht auf sie, hält strenge Zucht. Er vergißt nur, daß er in diese Hölle mit hineingehört.« – Er erzählte mir als seinen ›schönsten Traum‹, wie er »in einem Kahn sitzend, durch ein leeres Flußbett flog«. – Über seine Kopfschmerzen, eine schreckliche Spannung in den Schläfen, sagte er: »Solch ein Gefühl müßte eine Glasscheibe an der Stelle haben, wo sie zerspringt.« – Über leicht beschneite Nadelbäume, bei einem Winterspaziergang mit mir in Schelesen: »Sie haben noch nicht so lange Kopfschmerzen wie ich.« Sein tiefschwarzes Haar war damals an den Schläfen ergraut. – Über ein Drama, das er geschrieben hatte – es handelte sich wohl um den ›Gruftwächter‹ – sagte er, als wir es gern hören wollten: »Das einzige Nicht-Dilettantische an dem Stück ist, daß ich es *nicht* vorlese.« (Aus Oskar Baums ›Erinnerungen an Franz Kafka‹ im ›Witiko‹ 1929, 3. Stück.) – Anfang 1911 notierte ich mir: Kafka macht sonntags einsame Spaziergänge, ohne Ziel, ohne Denken. Er sagt: »Ich wünsche mich täglich von der Erde weg.« »Nichts fehlt mir, außer ich selbst.« Hat nichts gearbeitet. Nachmittag schläft er oder sieht sich im Kunstgewerbemuseum Zeitschriften an. In Gesellschaft ist er heiter, witzig, als

* Bezieht sich auf Kafkas Berufsarbeit

Kritiker unübertrefflich in geistreichen Bemerkungen, ebenso im Gespräch, man könnte und sollte alles aufschreiben. Befragt, worin denn sein trauriger Zustand bestehe und warum er nicht schreiben könne, sagte er: »Ich habe hunderttausend falsche Gefühle, schreckliche – die richtigen kommen nicht heraus – oder nur so in Fetzen, ganz schwach.« Ich erwidere, daß man sich im Schreiben manchmal durch die ersten wertlosen Einfälle hindurcharbeiten muß, bis man zu den edleren Gedanken, die unten liegen, durchdringt. Er: »Für dich paßt das, für mich nicht – das hieße, diesen falschen Gefühlen die Oberhand geben.« – Ein anderes Gespräch, das ich am 28. II. 1920 aufzeichnete. Er: »Wir sind nihilistische Gedanken, die in Gottes Kopf aufsteigen.« Ich stellte damit die Lehre der Gnosis vom Demiurgen, dem bösen Weltschöpfer, von der Welt als Sündenfall Gottes in Entsprechung. »Nein«, sagte Kafka, »ich glaube, wir sind nicht ein so radikales Hinabsinken Gottes, nur eine seiner schlechten Launen, ein schlechter Tag.« »So gäbe es außerhalb unserer Welt Hoffnung?« Er lächelte: »Viel Hoffnung – für Gott – unendlich viel Hoffnung –, nur nicht für uns.«
Doch nicht nur, wenn es um so große Themen ging, offenbarte sich Kafkas anschaulich starke Bildkraft, sondern immer, ununterbrochen – gerade das war ja das Besondere an ihm. Was uns an seinen Aussprüchen eigenartig erscheint, war nichts als die ihm natürliche, gar nicht anders mögliche Lebens- und Denkform. Er konnte gar nicht anders als in dieser Art sprechen und schreiben. Sie war Natur, sie findet sich teilweise sogar auch noch in der Ausdrucksweise seiner Schwestern wieder. Höchstpersönlich sind die träumerisch-poetischen wie die paradox-humoristischen Wendungen. Über einen Kollegen in seinem Amt bemerkte er, halb anerkennend, halb spöttisch: »Er macht sich nichts aus seiner langen Arbeitszeit« – und setzte nachdenklich fort: »– aber man könnte ihn vielleicht darauf bringen.« – Als wir nach einer unserer durchschwärmten Nächte erst gegen Morgen heimkamen und die ersten Geräusche des erwachenden Stadtlebens (Milchwagen und so weiter) sich bemerkbar machten, horchte er auf: »Die Grillen der Großstadt!« – Als er einmal meine Zeit in Anspruch nahm, eine Gefälligkeit verlangte: »Verzeih es mir, denn ich verzeih es mir nicht.« – Noch eines seiner letzten Worte hatte dieselbe paradoxe Prägung. Zu Doktor Klopstock, der ihn behandelte, sagte er, als dieser ihm kein Morphium geben wollte: »Töten Sie mich, sonst sind Sie ein Mörder.« – Über den ersten Blutsturz, der die Tuberkulose ankündigte, äußerte er (und bezeichnet die Krankheit damit als einen gleichsam gewollten Ausweg aus seinen damaligen Schwierigkeiten, die geplante Ehe betreffend): »Mein Kopf

hat sich hinter meinem Rücken mit meiner Lunge verabredet.« –

So klarstellend die Anführung der Details ist, so vermag sie doch die von Kafkas Persönlichkeit ausgehende Gesamtwirkung nicht zu erschöpfen. Nicht das Geistvolle seiner Art, sondern die tiefe Sicherheit, auf der sie beruhte, die Ruhe in der Bewegung – das war wohl das Eigentliche, was sich rund um ihn kundtat. Ich nehme nun wieder meinen ›Garta‹ zu Hilfe und zitiere: »In seiner Gegenwart fühlte man unmittelbar, daß *Großes sich als groß erweisen muß*, auch wenn aller Schein zunächst dagegen spricht, – daß der edle Kern der Welt von allen Mißständen und Mißbräuchen ewig unberührt bleibt. Er sagte das nicht, er spricht nur selten von Ähnlichem und dann nur zögernd, in verfliegenden, oft fast scherzhaft klingenden Bildern. Aber sein ganzes Benehmen selbst im Kleinsten, selbst wenn man ihn nur dabei beobachtet, wie er seine Haare bürstet, ist danach eingerichtet, daß es zur stillschweigenden Voraussetzung eine ganz feste Überzeugung von einer richtigen, tüchtigen, reinen, unumstößlichen Lebensweise hat. Sie ist da. Nur sie zu finden, zu ihr zu gelangen – das ist das Schwere. Diese ungeheure Schwierigkeit wegzuleugnen – davon ist er weit entfernt. Im Gegenteil: das Undeutliche, auf böse Art Komische der Welt sieht er intensiver als alle Menschen. Daß man keinen Schritt machen kann, ohne sich zu verwickeln, ohne zu stolpern. Und dennoch dieses Vertrauen auf das Reifwerden des innerlich Vorzüglichen.«

DRITTES KAPITEL

Kämpfe um Beruf und Berufung

Am 18. Juni 1906 wurde Kafka an der k. k. deutschen Karl-Ferdinands-Universität in Prag zum Doktor der Rechte promoviert.

Er absolvierte nun üblicherweise das sogenannte Gerichtsjahr, das heißt die unbesoldete Gerichtspraxis für jene Juristen, die sich der Advokatie widmen wollen. Kafka hatte nie die Absicht, Advokat zu werden, – er benützte dieses Jahr nur als Atempause nach den anstrengenden Prüfungen, als Atempause auch, um einen richtigen bezahlten Posten zu suchen. Denn es galt als abgemacht, daß er den Eltern nicht einen Tag länger als nötig auf der Tasche liegen würde. Das hätte ja auch der Vater überhaupt nicht begriffen und als allerärgste Zumutung angesehen. Wie gesagt: die Frage stand gar nicht zur Diskussion, ob dem außergewöhnlich begabten Sohn (aber war denn seine Begabung den Eltern klar, war sie überhaupt hervorgetreten?) nicht eine außergewöhnliche Freiheit, etwa eine Reihe von Studienjahren im Ausland, zugebilligt werden solle. Die materiellen Voraussetzungen der Familie waren damals günstig genug. Aber Franz hätte wohl Ellbogen haben müssen, um solch eine Begünstigung für sich zu erkämpfen. Und was hatte er weniger als Ellbogen? Seine Energie ging nur nach innen, zeigte sich allenfalls als Eigensinn, passive Zähigkeit. Darin mag man seine tragische Schuld finden. Er litt und schwieg. Wobei aber nicht vergessen sei, daß die besondere Art seiner Begabung auch tatsächlich, und nicht nur im Sinne der Eltern, praktische Verwertung auszuschließen schien. Übrigens vertrug sich solch eine Verwertung ganz und gar nicht mit der Reinheit, in der Franz die Kunst erfaßte. »Schreiben als Form des Gebetes« stellt das Tagebuch fest. Ja, als es sich nun darum handelte, einen Brotberuf zu finden, postulierte Franz: Der Posten dürfe mit Literatur nichts zu tun haben; das wäre ihm als eine Entwürdigung des dichterischen Schaffens erschienen. Brotberuf und Schreibkunst sollten scharf voneinander getrennt bleiben, eine ›Mischung‹ der beiden, wie sie etwa der Journalismus darstellt, wurde von Kafka abgelehnt, – wobei er aber nie Dogmen aufstellte, sondern sich etwa auf die lächelnde Darlegung zurückzog, er »könne das eben nicht«. – Mit diesen Ansichten hat er auch mich und meine Berufswahl auf Jahre hinaus beeinflußt, ich habe mich (wie er) aus Achtung vor der Kunst in den gräßlichsten kunstfernen trockenen Rechtsberufen herumgequält und erst viel später den Weg zur Theater- und Musikkritik gefunden. Heute sehe ich Kafkas Strenge in diesem Punkt als einen edlen Irrtum an und bedaure viele hundert freudlose Stunden, die ich in Ämtern von ähnlicher Art, wie Kafka sie nun zu durchleiden begann, in einer nahezu verzweifelten Stimmung verfließen ließ, Gottes hohe Schöpfung, die Zeit, schändend.

Was wir beide mit heißer Inbrunst anstrebten, war ein Posten mit ›einfacher Frequenz‹ – also Dienst von früh bis 2 oder 3 Uhr mittags (ich schreibe dieses ›oder‹ jetzt so leicht hin, als ob an dieser *einen* Stunde nicht, unserer damaligen Meinung nach, unser ganzes Seelenheil gehangen wäre) und nachmittags frei. Posten im Privatdienst, die vormittags und nachmittags Dienststunden hatten, ließen vom Tag nichts Zusammenhängendes mehr für literarische Arbeit, Spaziergänge, Lektüre, Theater usw. übrig. Und schon wenn man nach 3 Uhr nach Hause kam, dann erst essen, sich ein wenig von der geisttötenden Arbeit erholen und in den erwünschten freien Zustand umschalten wollte, – schon dann blieb vom Tag nicht mehr viel. Die ersehnte Frequenz bis 2 Uhr wiesen aber nur äußerst wenige Dienststellen auf, fast nur solche in Staatsämtern, die schon damals, im alten Österreich, Juden nur bei sehr hoher Protektion zugänglich waren. – Ich will hier nicht die Geschichte unserer oft enttäuschten Hoffnungen auf passende Stellungen schreiben, die damals in unserem täglichen Gespräch spukten. Genug, Kafka erlangte nach kurzem Vorspiel in anstrengendstem Privatdienst (Assicurazioni Generali) endlich im Juli 1908 den ersehnten Posten in einem halbstaatlichen Institut, der ›Arbeiter-Unfall-Versicherungs-Anstalt für das Königreich Böhmen in Prag‹.

In beiden Stellungen hatte Franz Vorgesetzte, die ihm wohlgesinnt waren. Dennoch zeigte sich bald, daß es ihm nicht gelang, trotz vielen Experimentierens eine Zeiteinteilung zu finden, die ihm gestattet hätte, sich ungehemmt seiner Leidenschaft, dem Schreiben, hinzugeben. Dazu bedurfte es einer Folge von vielen Stunden, um den großen Schwung, in den ihn seine schaffende Kraft brachte, sich gehörig steigern und dann wieder abklingen zu lassen. Dies aber war in dem kurzen Nachmittag, der wieder die Aussicht auf den nächsten öden Tag in der Versicherungsanstalt bot, für Kafka unmöglich, – für mich, der bald den analogen Fall zu durchleben hatte, nur unter Einsatz äußerster Energie und Konzentration halbwegs möglich. So begannen für uns beide böse Zeiten. Bezeichnend für unsere Leiden ist das Gedicht, das ich während einer unserer gemeinsamen Ferienreisen geschrieben und dem Freunde gewidmet habe.

Lugano-See

Für Franz Kafka

Libellen rasteten an unsern Beinen,
Die zarten Flügelpaare ausgespannt.
Ins Wasser hingestreckt von heißer Wand
Mochten wir ihnen Felsen oder Blumen scheinen.

Hoch oben zackte sich mit ihrem reinen
Kalkstaub die Straße, sonnenweiß gebrannt;
Zu uns die schweren Trauben zugewandt
Neigte sich Kühle frauenhaft aus Weinlaubhainen.

Doch unsre Seelen waren, lieber Freund,
Erregt von leidvoller Vergangenheit,
Und klangen auf in Worten schwarz und weit.

Auch wußten wir, wiewohl jetzt hold gebräunt,
Daß nahe Tage uns in gleiche Bürden
Beugen und unerbittlich bleichen würden.

Kafka versuchte, nachmittags zu schlafen und in den Nächten zu schreiben. Das gelang jedesmal eine gewisse Zeitspanne hindurch, aber der richtige Schlaf fehlte (an schlechtem Schlaf und außerordentlicher Empfindlichkeit gegen Lärm litt Franz ohnehin), es stellten sich Erschöpfungszustände ein, und so mußte er die letzten Reserven seiner Kraft einsetzen, um der Büroarbeit gewachsen zu sein. Es wurde von ihm viel verlangt, unter anderem auch Dinge, die er (dies das schärfste Wort der Ablehnung, das ich von ihm hörte) ›abscheulich‹ fand, so zum Beispiel eine Art von Pressepropaganda gegen nicht unberechtigte Angriffe, denen die damalige Sozialversicherung ausgesetzt war. Deshalb verzeichnet sein Tagebuch: »Einen sophistischen Artikel für und gegen die Anstalt geschrieben.« (Welche Ironie, daß er also dem Journalismus doch nicht völlig entronnen ist.)
Die Jahre, die ich als Postbeamter verbracht habe und in denen ich nachmittags und abends unter anderem meinen ›Tycho Brahe‹ schrieb, stehen so dunkel in meiner Erinnerung, daß ich kaum mehr ein Detail sehe. Alles ist gewaltsam in den Schlund des Unbewußten gestopft. Vielleicht taucht es noch einmal hervor. Geblieben ist mir ein unmittelbares Gefühl für das kaum faßbare Leid, das auf der Arbeiterklasse ruht. Auf allen, die etwas arbeiten müssen, was sie nicht interessiert. Ein Leid, das durch Taylor-System und ›Laufendes Band‹ geradezu ins Phantastische gesteigert wird. Wie kann es überhaupt ertragen werden? Vielleicht träumen wir alle nur, daß es ertragen wird, dieses kaum vorstellbare Leid, denn in Wirklichkeit übersteigt es ja die Ausmaße menschlicher Widerstandskraft und (was leider in diesem Falle dasselbe ist) menschlicher Erniedrigungsmöglichkeit. Jene Einstellung zur sozialen Frage, die gerechte Verteilung des Arbeitsertrages wünscht, hat meine volle Billigung, aber mein Erlebnis weist doch noch auf ein ganz anderes, viel tiefer liegendes Problem, auf das des Arbeits*glücks*, der Freude an der Arbeit, am eigenen Werk. – Darüber wird vielleicht noch manches zu sagen sein.

Vor einigen Tagen war ich nach einem Abstand von vielen Jahren wieder einmal im Gebäude der Arbeiter-Unfall-Versicherung am Poříč, an Franz Kafkas Arbeitsstätte. Wie oft habe ich ihn da besucht, ging mit ihm in einem der öden hallenden Korridore auf und ab. – Jetzt sprach ich mit einem der leitenden Beamten, der einst Kafkas Kollege war. Franz Kafka war (so erzählt der Herr) allgemein beliebt, er hatte überhaupt keinen Feind. Seine Pflichttreue war vorbildlich, seine Arbeit wurde hoch gewertet. Der Herr hebt hervor, daß Franz Kafka alle Angelegenheiten vom andern Ende an-

zupacken pflegte als die andern. (Eine sehr treffende Bemerkung des Herrn, der überdies nicht wußte, daß Kafka seit jener Zeit weltberühmt geworden ist.) Hervorgehoben wird noch eine gewisse Naivität in Kafkas Wesen. Er war ›unser Amtskind‹. Eine für Kafka charakteristische Anekdote wird erzählt: »Er kam einmal ins Zimmer, als ich gerade ein Butterbrot aß. Wie können Sie nur das Fett hinunterschlingen, sagte er, das beste Nahrungsmittel ist eine Zitrone.«
Sein Ressort in der Arbeiter-Unfall-Versicherungsanstalt war: Unfallverhütung und Bearbeitung der Rekurse bezüglich Einreihung von Betrieben in die einzelnen Gefahrenklassen.
Er selbst hielt seine fachliche Arbeit nicht für vollwertig. Seine Vorgesetzten aber schätzten sie hoch. Er pflegte von den Sachkenntnissen und der ›Gescheitheit‹ seines Chefs (Marschner) mit einer an Verzückung grenzenden Bewunderung zu sprechen. In noch höherem Maße gilt das von seinem späteren Chef Dr. Ostrčil, dem Bruder des berühmten tschechischen Dirigenten und Komponisten.
Sein soziales Gefühl wurde mächtig aufgewühlt, wenn er die Verstümmelungen sah, die sich Arbeiter infolge mangelhafter Sicherheitsvorkehrungen zugezogen hatten. »Wie bescheiden diese Menschen sind«, sagte er mir einmal, mit ganz großen Augen. »Sie kommen zu uns bitten. Statt die Anstalt zu stürmen und alles kurz und klein zu schlagen, kommen sie bitten.«
Der Jahresbericht der Unfall-Anstalt vom Jahre 1909 enthält einen Abschnitt, den Kafka als Beamter geschrieben hat und den ich im Folgenden publiziere. Im Jahresbericht selbst ist Kafka natürlich nicht genannt. Aber ich erinnere mich genau, daß Kafka mir damals den Jahresbericht gebracht und diesen Absatz als sein Werk bezeichnet hat. Der Chef hat sein Konzept korrigiert, dennoch ist Kafkas Stil an einzelnen Stellen selbst in dieser fachlichen Arbeit nicht zu verkennen. Auch der leitende Beamte, der mich zu empfangen die Güte hatte, bezeichnet den Passus, und übrigens auch noch einen Passus aus dem Jahresbericht 1910, als Franz Kafkas Arbeit.
Hier ein Teil des in mehr als einer Hinsicht interessanten Dokuments:
»Unsere Abbildungen zeigen den Unterschied der Vierkantwellen und der runden Wellen in schutztechnischer Hinsicht. Die Messer der Vierkantwelle, direkt durch Schrauben an der Welle befestigt, drehen sich mit ihrer nackten Schneide bei dreitausendachthundert bis viertausend Umdrehungen in der Minute. Die Gefahren, die für den Arbeiter durch den großen Abstand zwischen Messerwelle und Tischfläche entstehen, treten deutlich hervor. An diesen Wellen wurde daher entweder gearbeitet in Unkenntnis der Gefahr, die dann wo-

möglich noch größer wurde, oder es wurde im Bewußtsein einer ununterbrochenen Gefahr gearbeitet, die sich nicht vermeiden ließ. Ein äußerst vorsichtiger Arbeiter konnte wohl darauf achten, daß bei der Arbeit, also bei dem Hinwegführen des Holzstückes über den Hobelmesserkopf, kein Fingerglied über das Arbeitsstück hinaus vorstand, aber die Hauptgefahr spottete jeder Vorsicht. Selbst die Hand des vorsichtigsten Arbeiters mußte in die Messerspalte geraten beim Abrutschen, bzw. bei dem nicht selten vorkommenden Zurückschleudern des Holzes, wenn er mit der einen Hand das zu hobelnde Stück auf den Maschinentisch aufdrückte und es mit der anderen Hand der Messerwelle zuführte. Dieses Emporheben und Zurückschleudern des Holzes war weder vorherzusehen, noch zu verhindern, denn dies geschah schon, wenn das Holz an einzelnen Stellen verwachsen oder ästig war, wenn sich die Messer nicht schnell genug drehten oder sich selbst schlecht stellten oder wenn der Druck der Hände auf das Holz ungleichmäßig verteilt war. Ein solcher Unfall aber ging nicht vorüber, ohne daß mehrere Fingerglieder, ja selbst ganze Finger abgeschnitten wurden.
Aber nicht nur alle Vorsichtsmaßregeln, auch alle Schutzvorrichtungen schienen dieser Gefahr gegenüber zu versagen, indem sie sich entweder als durchaus ungenügend erwiesen, oder zwar einerseits die Gefahr verminderten (im Wege selbsttätiger Zudeckung der Messerspalte durch Schutzblechschieber oder durch Verkleinerung der Messerspalte), andrerseits aber die Gefahr erhöhten, indem sie den Spänen keinen genügenden Fallraum gaben, so daß die Messerspalte sich verstopfte und häufig Verletzungen von Fingern vorkamen, wenn der Arbeiter die Spalte von Spänen freimachen wollte.
Dadurch, daß die Welle nach Patent Schrader hinterdreht ist und vor den Messern in sanfter Neigung sich verflacht, ist verhindert, daß die Wellen sich verschmieren, und gleichzeitig bewirkt, daß das Holz sich leicht in die Welle schiebt und die Späne genügenden Fallraum haben.
Das Wichtigste jedoch in schutztechnischer Hinsicht ist, daß die Messer gerade nur mit ihrer Schneide vorragen und daß diese Messer, da sie mit der Welle förmlich verwachsen sind, ganz dünn sein dürfen, ohne die Gefahr eines Bruches.«

Es ist klar, daß Kafka einen großen Teil seiner Welt- und Lebenskenntnis, sowie seines skeptischen Pessimismus aus amtlichen Erfahrungen, aus der Berührung mit den Unrecht leidenden Arbeitern und aus dem Getriebe schleppenden amtlichen Geschäftsgangs, dem stagnierenden Leben der

Akten empfangen hat. Ganze Kapitel der Romane ›Der Prozeß‹ und ›Das Schloß‹ nehmen ihre Schale, ihre realistischen Deckblätter aus dem in der Arbeiter-Unfall-Versicherung erlebten Milieu. Dazu vergleiche man auch die Skizze ›Neue Lampen‹ (Tagebücher S. 111) und die Tagebucheintragung vom 2. Juli 1913: »Geschluchzt über dem Prozeßbericht einer dreiundzwanzigjährigen Marie Abraham, die ihr fast dreiviertel Jahre altes Kind Barbara wegen Not und Hunger erwürgte, mit einer Männerkrawatte, die ihr als Strumpfband diente und die sie abband. Ganz schematische Geschichte.« Sowie den folgenden Reform-Entwurf aus einem der letzten Jahre, der in Kafkas Werk sehr isoliert steht, der Plan eines wohl freiwilligen, fast klostermäßigen oder essäischen Arbeitskollektivs:

»*Die besitzlose Arbeiterschaft.*

Pflichten: Kein Geld, keine Kostbarkeiten besitzen oder annehmen. Nur folgender Besitz ist erlaubt: einfachstes Kleid (im einzelnen festzusetzen), zur Arbeit Nötiges, Bücher, Lebensmittel für den eigenen Gebrauch. Alles andere gehört den Armen.

Nur durch Arbeit den Lebensunterhalt erwerben. Vor keiner Arbeit sich scheuen, zu welcher die Kräfte ohne Schädigung der Gesundheit hinreichen. Entweder selbst die Arbeit wählen, oder, falls dies nicht möglich, sich der Anordnung des Arbeitsrates fügen, welcher sich der Regierung unterstellt.

Für keinen andern Lohn arbeiten als den Lebensunterhalt (im einzelnen nach den Gegenden festzusetzen) für zwei Tage.

Mäßigstes Leben. Nur das unbedingt Notwendige essen, zum Beispiel als Minimallöhnung, die in gewissem Sinn auch Maximallöhnung ist: Brot, Wasser, Datteln. Essen der Ärmsten, Lager der Ärmsten.

Das Verhältnis zum Arbeitgeber als Vertrauensverhältnis behandeln, niemals Vermittlung der Gerichte verlangen. Jede übernommene Arbeit zu Ende führen unter allen Umständen, es wären denn schwere Gesundheitsrücksichten dem entgegen.

Rechte: Maximalarbeitszeit sechs Stunden, für körperliche Arbeit vier bis fünf.

Bei Krankheit und im arbeitsunfähigen Alter Aufnahme in staatliche Altersheime, Krankenhäuser.

Das Arbeitsleben als eine Angelegenheit des Gewissens und eine Angelegenheit des Glaubens an den Mitmenschen. Mitgebrachten Besitz dem Staat schenken zur Errichtung von Krankenhäusern, Heimen.

Vorläufig wenigstens Ausschluß von Selbständigen, Verheirateten und Frauen.

Rat (schwere Pflicht) vermittelt mit der Regierung.
Auch in kapitalistischen Betrieben, [zwei Worte unlesbar].
Dort wo man helfen kann, in verlassenen Gegenden, Armenhäuser, [als] Lehrer.
500 Männer Höchstgrenze.
Ein Probejahr.«

An politischen Begegnungen hat Kafka allerdings nie aktiv teilgenommen. Aber seine betrachtende Teilnahme gehörte allen Bemühungen, die auf Verbesserung des Menschenloses hinzielten. Deshalb besuchte er eifrig tschechische Massenversammlungen und Diskussionen, oft habe ich ihn die Eigenart großer Volksredner wie Soukup, Klofáč, Kramář detailliert (und meist sehr kritisch) darstellen gehört. — Erst nach seinem Tode erfuhr ich durch Zufall, als ich für meinen Roman ›Stefan Rott‹ Material über die tschechische anarchistisch-revolutionäre Bewegung vor dem ersten Weltkrieg sammelte, daß Kafka einem Überlebenden dieser Bewegung, dem alten Herrn Kácha, persönlich bekannt war. Auf Grund seiner authentischen, auch anderweitig bestätigten Berichte konnte ich in meinem Roman die Zeilen aufnehmen: »In einer andern Gruppe von Tschechen am Tisch in der großen Wirtsstube saß noch ein anderer deutscher Gast, sehr schlank, sehr jugendlich aussehend, obwohl er schon über dreißig Jahre alt sein sollte. Er sprach den ganzen Abend kein Wort, schaute nur aufmerksam aus großen grauen leuchtenden Augen, die zu dem braunen Gesicht unter dem dichten kohlschwarzen Haar seltsam kontrastierten. Es war der Dichter Franz Kafka. Ruhig pflegte er diesem Zirkel öfters zu assistieren. Kácha hatte ihn gern und nannte ihn einen ›klidas‹, also einen ›Schweigerich‹ oder ›Schweig-Koloß‹ (falls man eine Neubildung des Prager Argot-Tschechisch nachzuformen unternähme).« — Es handelte sich um jenen ›Klub Mladých‹ (Klub der Jungen), in dem auch die tschechischen Dichter Gellner, Toman, Šrámek, Stanislaw Neumann, Mareš, Hašek erschienen.
Natürlich herrschten nicht immer in Kafkas Berufsleben die völlig dunklen Töne vor. Er hatte die Fähigkeit, sich mit Kollegen und Untergebenen, auch mit sehr einfachen oder sehr verworrenen Seelen unter ihnen, herzlich anzufreunden. So findet sich in meinen Papieren das seltsame Memorandum eines dieser Herren, das er mir brachte. Es beginnt mit den Worten: »Nos exules filii Evae in hoc lacrimarum valle« und trägt am Schluß Franzens handschriftliche Notiz: »Aus einem im Anfang angedeuteten Erlebnis des Verfassers, eines fünfzigjährigen Mannes, ist das weitere ekstatisch erfaßte Programm hervorgegangen, nach welchem eine Verbindung

des östlichen Judentums (Dalila – die gegenwärtige jüdische Mutter) und des Slawentums (Ursus – der gegenwärtige slawische Mann) die Erlösung beider und die Bildung Simsons, eines neuen religiös schöpferischen Menschen, bewirken soll.« Den Autor dieser seltsamen Denkschrift hat Franz mir zugeführt, wir waren dann zu dritt bei einer der ostjüdischen Theateraufführungen, über die noch zu berichten sein wird.*

In einem seiner Absagebriefe an mich nimmt seine Berufstätigkeit folgende humoristische Form eines vorgeahnten Chaplinfilms an: »Denn was ich zu tun habe! In meinen vier Bezirkshauptmannschaften fallen – von meinen übrigen Arbeiten abgesehen – wie betrunken Leute von den Gerüsten herunter, in die Maschinen hinein, alle Balken kippen um, alle Böschungen lockern sich, alle Leitern rutschen aus, was man hinaufgibt, das stürzt hinunter, was man hinuntergibt, darüber stürzt man selbst. Und man bekommt Kopfschmerzen von diesen jungen Mädchen in den Porzellanfabriken, die unaufhörlich mit Türmen von Geschirr sich auf die Treppen werfen. Montag habe ich vielleicht das Ärgste hinter mir ...«

Im Tagebuch notiert er ausführlich die Jugenderlebnisse eines Kontrollors. Aber die Würde der ganz oben Thronenden verträgt er schwer. – Einmal kam er in größter Aufregung zu mir. Soeben habe er einen ganz schlimmen Streich gemacht, der ihn vielleicht um den schönen, unter so viel Mühe ergatterten Posten (auf den er seiner Eltern wegen Wert legte) bringen würde. Er sei nämlich zum Konzipisten ernannt worden. Ein hoher Herr aus dem Vorstand der Anstalt habe nun die neuen Konzipisten zu sich beschieden und ihnen eine so feierliche, von väterlicher Salbung getragene Ansprache gehalten, daß er (Franz) plötzlich mit Lachen herausgeplatzt sei und sich gar nicht mehr habe beruhigen können. – Ich entwarf gemeinsam mit dem untröstlichen Franz einen Entschuldigungsbrief an den hohen Beamten, der sich denn glücklicherweise als ein einsichtsvolles und nicht humorloses Exemplar erwies. Es ist überhaupt merkwürdig, daß Franz fast immer, wie zum Ausgleich für seine inneren Hemmungen, auf wohlwollende Menschen gestoßen ist, die ihn förderten oder doch wenigstens ihm nicht wissentlich zu nahe traten – während andere, die in sich ausgeglichen sind, im Leben fast nur mit Widersachern sich herumbalgen müssen. So wird alles in eine gewisse Ordnung gebracht, das heißt: es ist dafür gesorgt, daß es niemand leicht hat.

* Der Sohn dieses Kollegen war Gustav Janouch. Wie aus den »Briefen an Milena« (Seite 171) hervorgeht, führte der Vater nicht den Namen Janouch. – Ich entsinne mich ferner, daß Kafka mit einem andern Herrn in der Versicherungsanstalt öfter am Sonntag Ausflüge machte und ihm beim Fischen zuschaute.

Die scherzhaften und die anregenden Episoden im Beruf müssen gleichwohl als seltene Ausnahmen im Flusse einer sich täglich steigernden, weil täglich als immer weniger tragbar empfundenen Last betrachtet werden. Zum Thema der Behinderung des Schreibens durch die Büroarbeit sagen die Tagebücher so Erschütterndes, daß nichts hinzuzusetzen ist. Nur unterstrichen sei eine Äußerung des sonst so Bescheidenen, der sich ein amtliches Schriftstück abringen muß, als reiße er ein Stück Fleisch aus seinem Körper, und der dann in ›großem Schrecken‹ konstatiert: »... daß zu einer dichterischen Arbeit alles in mir bereit ist und eine solche Arbeit eine himmlische Auflösung und ein wirkliches Lebendigwerden für mich wäre, während ich hier im Bureau um eines so elenden Aktenstücks willen einen solchen Glückes fähigen Körper um ein Stück seines Fleisches berauben muß.« – Solche Akzente steigern sich ganz gewaltig mit dem Zeitpunkt, in dem er im Interesse der Familie formell einen Anteil an einer Fabrik übernimmt und später dazu verhalten wird, sich wenigstens gelegentlich auch praktisch um dieses Etablissement zu kümmern. Das ist ihm ganz unerträglich. Er weiß ja, welche ungeheuren Schaffenskräfte in ihm zur Entladung drängen und durch derartige Pflichten zurückgedämmt werden. Seine Klage klingt ganz ähnlich jenem Brief aus Paris, in dem Mozart dem zur Aufnahme von ›Scolaren‹ drängenden Vater die Erwiderung schreibt: »Sie dürfen nicht glauben, daß es Faulheit ist – nein! – sondern weil es ganz wider mein Genie, wider meine Lebensart ist – Sie wissen, daß ich sozusagen in der Musique stecke – daß ich den ganzen Tag damit umgehe – daß ich gern spekuliere – studiere – überlege. Nun bin ich hier durch diese Lebensart (sc. die Lektionen) dessen behindert – ich werde freilich einige Stunden frei haben, allein – die wenigen Stunden werden mir mehr zum Ausrasten als zum Arbeiten notwendig sein.« – Es wird leider immer Spießer geben, die der Meinung sind, es genüge, wenn das Genie »einige Stunden frei« habe, – die nicht verstehen, daß nur *sämtliche* verfügbare Stunden des Tages und der Nacht gerade knapp ausreichen, um dem halbwegs ungestörten Kommen und Gehen von Inspiration und Ausruhen die rechten weitausholenden Schwingungsamplituden zu gewährleisten. – Jenen, die der Meinung sind, Kafka habe allen Ernstes seine dichterische Arbeit für schlecht oder gering gehalten und aus *diesem* Grund nichts veröffentlichen wollen, wird es eine gewisse Überraschung bedeuten, ihn mit genau derselben Sicherheit, mit der Mozart im Brief von seinem ›Genie‹ spricht, im Tagebuch die folgenden Bemerkungen über seine ›Fähigkeiten‹ und deren Irritation durch die unheilvolle Tagesfron notieren zu sehen. Es ist auch wirklich lächerlich anzunehmen, daß das Genie, das klarsichtige formenmächtige Genie, gerade über seine ureigensten Kräfte im unklaren sein solle. Nach außen hin zeigte wohl Kafka eine gewisse Selbstunterschätzung, – im Verhältnis zu dem, was er anstrebte, zur religiösen Erleuchtung, um die es ihm letzten Endes ging, fühlte er sich klein, – das hinderte ihn aber durchaus nicht, das Maß der ihm geschenkten Gnade und das Verdrehte ihrer irdischen Behinderung richtig abzuschätzen. Er schreibt:

15. 11. 1911. Gestern abend schon mit einem Vorgefühl die Decke vom Bett gezogen, mich gelegt und wieder aller meiner Fähigkeiten mir bewußt geworden, als hielte ich sie in der Hand; sie spannten mir die Brust, sie entflammten mir den Kopf, ein Weilchen wiederholte ich, um mich darüber zu trösten, daß ich nicht aufstand, um zu arbeiten: »Das kann nicht gesund sein, das kann nicht gesund sein«, und wollte den Schlaf mit fast sichtbarer Absicht mir über den Kopf ziehn. Immer dachte ich an eine Mütze mit Schirm, die ich, um mich zu schützen, mit starker Hand mir in die Stirne drücke. Wieviel habe ich gestern verloren, wie drückte sich das Blut im engen Kopf, fähig zu allem, und nur gehalten von Kräften, die für mein bloßes Leben unentbehrlich sind und hier verschwendet werden.

Sicher ist, daß alles, was ich im voraus selbst im guten Gefühl Wort für Wort oder sogar nur beiläufig, aber in ausdrücklichen Worten erfunden habe, auf dem Schreibtisch, beim Versuch des Niederschreibens, trocken, verkehrt, unbeweglich, der ganzen Umgebung hinderlich, ängstlich, vor allem aber lückenhaft erscheint, trotzdem von der ursprünglichen Erfindung nichts vergessen worden ist. Es liegt natürlich zum großen Teil daran, daß ich frei vom Papier nur in der Zeit der Erhebung, die ich mehr fürchte als ersehne, wie sehr ich sie auch ersehne, Gutes erfinde, daß dann aber die Fülle so groß ist, daß ich verzichten muß, blindlings also nehme, nur dem Zufall nach, aus der Strömung heraus, griffweise, so daß die Erwerbung beim überlegten Niederschreiben nichts ist im Vergleich zur Fülle, in der sie lebte, unfähig, diese Fülle herbeizubringen, und daher schlecht und störend ist, weil sie nutzlos lockt.

28. 12. 1911. Die Qual, die mir die Fabrik macht. Warum habe ich es hingehen lassen, als man mich verpflichtete, daß ich nachmittags dort arbeiten werde. Nun zwingt mich niemand mit Gewalt, aber der Vater durch Vorwürfe, Karl durch Schweigen und mein Schuldbewußtsein. Ich weiß

nichts von der Fabrik und stand bei der kommissionellen Besichtigung heute früh nutzlos und wie geprügelt herum. Ich leugne für mich die Möglichkeit, hinter alle Einzelheiten des Fabrikbetriebes zu kommen. Und wenn es durch endlose Fragerei und Belästigung aller Beteiligten gelänge, was wäre erreicht? Ich wüßte mit diesem Wissen nichts Tatsächliches anzufangen, ich bin nur zu Scheinverrichtungen geeignet, denen der gerade Sinn meines Chefs* das Salz beigibt und das Ansehn einer wirklichen guten Leistung. Durch diese nichtige für die Fabrik aufgewendete Anstrengung würde ich mich auf der andern Seite aber der Möglichkeit berauben, die paar Nachmittagsstunden für mich aufzuwenden, was notwendig zur gänzlichen Vernichtung meiner Existenz führen müßte, die sich auch ohnedies immer mehr einschränkt.

21. 6. 1913. Die ungeheure Welt, die ich im Kopf habe. Aber wie mich befreien und sie befreien, ohne zu zerreißen. Und tausendmal lieber zerreißen, als sie in mir zurückhalten oder begraben. Dazu bin ich ja hier, das ist mir ganz klar.

»Die ungeheure Welt, die ich im Kopfe habe« – die Tagebücher wimmeln von Plänen, Skizzen, Anfängen, das Allerwenigste ist ausgeführt worden. – Mozart wehrte sich, erwiderte dem Vater. Kafka schwieg. Aber ich besitze ein Schreiben von ihm, das das Unheil seiner Verstrickung in den Brotberuf völlig greifbar werden läßt. Hier (und nicht in der Vaterbindung) liegt meiner Meinung nach die Wurzel seiner weiteren Entwicklung in die Welt des Leidens hinein, die schließlich zu Krankheit und Tod führte. Und nur sofern die übersteigerte Vaterbindung ihn in den Fesseln des Berufs festhielt, wirkte sie an dem Unheil mit – das aber im wesentlichen durch die Tatsache gegeben war, daß ein Mensch von so ungeheuer reicher Begabung und drängender Gestaltenfülle gerade in der Zeit sich entfaltender Jugendkraft gezwungen wurde, tagaus, tagein bis zur Ermattung sich mit Dingen zu befassen, die ihn innerlich gar nichts angingen. – In dem Brief an mich heißt es:
»Nachdem ich in der Nacht von Sonntag auf Montag gut geschrieben hatte – ich hätte die Nacht durchschreiben können und den Tag und die Nacht und den Tag und schließlich wegfliegen – und heute sicher auch gut hätte schreiben können – eine Seite, eigentlich nur ein Ausatmen der gestrigen zehn ist sogar fertig – muß ich aus folgenden Gründen aufhören: Herr X, – der Fabrikant, ist, was ich in meiner glücklichen Zerstreutheit kaum beachtet hatte, heute früh zu

* In der Arbeiter-Unfall-Versicherung

einer Geschäftsreise ausgefahren, die zehn bis vierzehn Tage dauern wird. In dieser Zeit ist die Fabrik tatsächlich dem Werkmeister allein überlassen, und kein Geldgeber, um wieviel weniger ein so nervöser wie mein Vater, wird an der vollkommen betrügerischen Wirtschaft zweifeln, die jetzt in der Fabrik vor sich geht. Im übrigen glaube ich dasselbe, zwar nicht so sehr aus Angst um das Geld, als aus Uninformiertheit und Gewissensunruhe. Schließlich aber dürfte auch ein Unbeteiligter, soweit ich mir ihn vorstellen kann, an der Berechtigung der Angst meines Vaters nicht besonders zweifeln, wenn ich auch nicht vergessen darf, daß *ich* im letzten Grunde es gar nicht einsehe, warum nicht ein reichsdeutscher Werkmeister auch in Abwesenheit des Herrn X, dem er in allem Technischen und Organisatorischen himmelweit überlegen ist, alles in der gleichen Ordnung führen könnte, wie sonst, denn schließlich sind wir Menschen und nicht Diebe.

... Wie ich einmal in letzter Zeit Dir gegenüber behauptet habe, daß mich von außen her nichts im Schreiben stören könne (was natürlich keine Prahlerei, sondern Selbsttröstung war), dachte ich nur daran, wie die Mutter mir fast jeden Abend vorwimmert, ich solle doch einmal hie und da zur Beruhigung des Vaters in die Fabrik schauen, und wie mir das auch von seiner Seite der Vater mit Blicken und sonst auf Umwegen viel ärger gesagt hat. Solche Bitten und Vorwürfe gingen zwar zum größten Teil nicht auf Unsinn hinaus, nur kann ich aber – und darin liegt der nicht aus der Welt zu schaffende Unsinn jenes Geredes – eine derartige Überwachung auch in meinen hellsten Zuständen nicht leisten. Darum handelt es sich aber für die nächsten vierzehn Tage nicht, für die ja nichts anderes nötig ist, als zwei beliebige Augen, und seien es auch nur die meinen, in der Fabrik herumgehen zu lassen. Dagegen, daß diese Forderung gerade an mich gestellt wird, ist nicht das geringste zu sagen, denn ich trage nach der Meinung aller die Hauptschuld an der Gründung der Fabrik – ich muß diese Schuld halb im Traum übernommen haben, scheint mir allerdings – und außerdem ist auch niemand da, der sonst in die Fabrik gehen könnte, denn die Eltern, an die übrigens auch sonst nicht zu denken wäre, haben jetzt gerade die stärkste Geschäftssaison (das Geschäft scheint auch in dem neuen Lokal besser zu gehn) und heute war zum Beispiel die Mutter gar nicht beim Mittagessen zu Hause.

Als heute abend die Mutter also wieder mit der alten Klage anfing und, abgesehen von dem Hinweis auf die Verbitterung und das Krankwerden des Vaters durch meine Schuld, auch die neue Begründung von der Abreise des X. und der

vollständigen Verlassenheit der Fabrik vorbrachte, und mir die Bitterkeit – ich weiß nicht, ob es nur Galle war – durch den ganzen Körper rann, sah ich vollkommen klar ein, daß es für mich jetzt nur zwei Möglichkeiten gab, entweder nach dem allgemeinen Schlafengehen aus dem Fenster zu springen oder in den nächsten vierzehn Tagen täglich in die Fabrik und in das Bureau des X. zu gehn. Das erstere gab mir die Möglichkeit, alle Verantwortung sowohl für das gestörte Schreiben als auch für die verlassene Fabrik abzuwerfen, das zweite unterbrach mein Schreiben unbedingt – ich kann mir nicht den Schlaf von vierzehn Nächten einfach aus den Augen wischen – und ließ mir, wenn ich genug Kraft des Willens und der Hoffnung hatte, die Aussicht, in vierzehn Tagen möglicherweise dort anzusetzen, wo ich heute aufgehört habe.
Ich bin also nicht hinuntergesprungen und auch die Lockungen, diesen Brief zu einem Abschiedsbrief zu machen (meine Eingebungen für ihn gehn in anderer Richtung) sind nicht sehr stark. Ich bin lange am Fenster gestanden und habe mich gegen die Scheibe gedrückt und es hätte mir öfters gepaßt, den Mauteinnehmer auf der Brücke durch meinen Sturz aufzuschrecken. Aber ich habe mich doch die ganze Zeit über zu fest gefühlt, als daß mir der Entschluß, mich auf dem Pflaster zu zerschlagen, in die richtige entscheidende Tiefe hätte dringen können. Es schien mir auch, daß das Amlebenbleiben mein Schreiben – selbst wenn man nur, nur vom Unterbrechen spricht – weniger unterbricht, als der Tod, und daß ich zwischen dem Anfang des Romans und seiner Fortsetzung in vierzehn Tagen mich irgendwie in der Fabrik, gerade gegenüber meinen zufriedengestellten Eltern im Innersten meines Romans bewegen und darin leben werde.
Ich lege Dir, mein liebster Max, das Ganze nicht vielleicht zur Beurteilung vor, denn darüber kannst Du ja kein Urteil haben, aber da ich fest entschlossen war, ohne Abschiedsbrief hinunterzuspringen – vor dem Ende darf man doch müde sein – so wollte ich, da ich wieder als Bewohner in mein Zimmer zurücktreten soll, an Dich dafür einen langen Wiedersehensbrief schreiben und da ist er.
Und jetzt noch einen Kuß und gute Nacht, damit ich morgen ein Fabrikchef bin, wie es verlangt wird.«
Kaltes Entsetzen faßte mich, als ich den Brief las. Ich schrieb frei und offen an Franzens Mutter, machte sie auf die Selbstmordgefahr aufmerksam, in der der Sohn schwebte. Natürlich bat ich, Franz von meinem Eingreifen nichts zu sagen. Die Antwort, die ich am 8. Oktober 1912 bekam, ist von rührender Mutterliebe erfüllt. Sie beginnt: »Ihren werten

Brief habe soeben erhalten und Sie werden an meiner zitternden Schrift erkennen, wie mich derselbe aufgeregt hat. Ich, die ich mein Herzblut für jedes meiner Kinder hergeben würde, um sie alle glücklich zu machen, stehe hier machtlos. Aber ich werde trotzdem alles tun, um meinen Sohn glücklich zu sehen.« Die Mutter entwirft dann den Plan einer Notlüge. Dem Vater, der seiner Krankheit wegen auf keinen Fall aufgeregt werden dürfe, wolle sie vortäuschen, daß Franz täglich in die Fabrik gehe, und sich inzwischen nach einem anderen Kompagnon umschaun. »Ich werde noch heute mit Franz sprechen, ohne daß ich von Ihrem Brief Erwähnung mache, daß er morgen nicht mehr in die Fabrik gehen muß. Hoffentlich wird er mir beistimmen und sich beruhigen. Ich bitte auch Sie, geehrter Herr Doktor, ihn zu beruhigen und danke Ihnen vielmals für Ihre Liebe zum Franz ...«

Welche Bewandtnis es mit Franzens Schreiben hatte und welche Wichtigkeit man ihm beimißt, davon hängt die Beurteilung des Falles ab.

»Schreiben als Form des Gebetes« ist, wie schon gesagt, die aufschlußreichste Tagebuchnotiz. Aus dem leider Fragment gebliebenen Bericht, den Franz über seine Unterredung mit dem Anthroposophen Dr. Rudolf Steiner gibt, geht hervor, daß Franz während seiner Arbeit Zustände erlebte, die den von Dr. Steiner beschriebenen »hellseherischen Zuständen sehr nahe stehen«. Mit einer »neuen Geheimlehre, einer Kabbala«, vergleicht er sein Schaffen. Literarische Arbeit sei sein »einziges Verlangen«, sein »einziger Beruf«, – sagt er in dem merkwürdigen und in mehr als einer Richtung bedeutsamen Briefentwurf an den präsumtiven Schwiegervater. Und am 6. August 1914 schreibt er in sein Tagebuch: »Der Sinn für die Darstellung meines traumhaften innern Lebens hat alles andere ins Nebensächliche gerückt und es ist in einer schrecklichen Weise verkümmert und hört nicht auf zu verkümmern. Nichts anderes kann mich zufriedenstellen. Nun ist aber meine Kraft für jene Darstellung ganz unberechenbar, vielleicht ist sie schon für immer verschwunden, vielleicht kommt sie doch noch einmal über mich, meine Lebensumstände sind ihr allerdings nicht günstig. So schwanke ich also, fliege unaufhörlich zur Spitze des Berges, kann mich aber kaum einen Augenblick oben erhalten.« – »Ich habe ein Mandat«, erklärt er anderwärts, und es hätte zunächst den Anschein, daß es sich um ein rein literarisches Mandat handelt, spürte man nicht, daß im Grunde doch schon vom Anfang an das Religiöse hinter dem Literarischen steht, – das Religiöse in der besonderen Art der Religion Kafkas, die eine Religion des erfüllten Lebens, der sinnvoll das Leben er-

füllenden, guten Arbeit, der Einordnung in ein richtiges Leben der Volks- und Menschengemeinschaft war.
»Alleinsein bringt nur Strafen« – dieser Satz aus dem Tagebuch ist ein Leitmotiv, das bei Kafka immer wiederkehrt und gerade in dem Letzten, was er geschrieben hat, in der Erzählung ›Josefine – oder das Volk der Mäuse‹ den stärksten positiven Akzent empfängt. Am 6. Jänner 1914 notiert er nach der Lektüre von Diltheys ›Das Erlebnis und die Dichtung‹: »Liebe zur Menschheit, höchste Achtung vor allen von ihr ausgebildeten Formen, ein ruhiges Zurückstehen auf dem geeignetsten Beobachtungsplatz«. Schon die Briefe an Oskar Pollak (»Man beiße lieber ins Leben statt in seine Zunge«) bringen wiederholt das Motiv tätiger Eingliederung. Und Ende 1913 findet man die folgende Formulierung: »Die von jedem, selbst dem zugänglichsten und anschmiegsamsten Menschen hie und da, wenn auch nur gefühlsmäßig angezweifelte Einheitlichkeit der Menschheit zeigt sich andererseits auch jedem, oder scheint sich zu zeigen in der vollständigen, immer wieder aufzufindenden Gemeinsamkeit gesamt- und einzelmenschlicher Entwicklung. Selbst in den verschlossensten Gefühlen des einzelnen.« – Sagt das derselbe Dichter, in dessen Werk immer wieder Schilderungen der äußersten Menschenferne und Einsamkeit auftauchen wie all die Tiergeschichten (die Seele des Tieres ist dem Menschen unzugänglich), wie die Maulwurfsgedanken des ›Bau‹ oder das Fragment vom August 1914, das mit dem Satz beginnt: »Eine Zeit meines Lebens hatte ich eine Anstellung bei einer kleinen Bahn im Innern Rußlands« und in dem es dann heißt: »Je mehr Einsamkeit mir um die Ohren schlug, desto lieber war es mir«? – Zwei entgegenstrebende Tendenzen bekämpfen einander in Kafka: die Einsamkeitssehnsucht und der Wille zur Gemeinschaft. Aber man versteht ihn nur dann richtig, wenn man erkennt, daß er die (in ihm unbestreitbar vorhandene) Tendenz zur Einsamkeit prinzipiell mißbilligte, daß ihm ein Leben in der Gemeinschaft und sinnvollen Arbeit (ein Leben, in das der Held K. des Schloß-Romans vergebens einzudringen sucht) das oberste Ziel und Ideal bedeutet hat. So sind auch die vielen Darstellungen des Junggesellentums, das in seinem Werk eine so große Rolle spielt, durchaus als Gegenbilder, Gegensymbole des Richtigen und Erstrebten aufzufassen. – Einsamkeit brauchte Kafka allerdings um seiner dichterischen Arbeit willen, einen hohen Grad von Versunkenheit in sich selbst, der manchmal schon durch ein Gespräch gestört wird, wie das Tagebuch sagt, – den schon eine Mitteilung an den Freund gefährdet. Aber er prüft sich genau. Ende 1911 befindet er über sich: »In Übergangszeiten, wie es für mich die letzte Woche und zu-

mindest mehr noch dieser Augenblick ist, erfaßt mich oft ein trauriges, aber ruhiges Erstaunen über meine Gefühllosigkeit. Ich bin von allen Dingen durch einen Raum getrennt, an dessen Begrenzung ich mich nicht einmal dränge.« Und im März 1912: »Wer bestätigt mir die Wahrheit oder Wahrscheinlichkeit dessen, daß ich nur infolge meiner literarischen Bestimmung sonst interesselos und infolgedessen herzlos bin.«

Allzu gewissenhafter Freund! Die literarische Arbeit selbst war dir doch nur Symbol des richtig erfüllten Lebens, sie war freilich gleichzeitig auch mehr: sie war schon die Sache selbst, war dein Leben, der richtige Gebrauch der eingeborenen Kräfte. Das war es ja, was du von dir und von allen Menschen verlangtest: die vorhandenen guten Kräfte nicht mißbrauchen, nicht verfallen lassen, sondern zur Erfüllung des »Mandats« einsetzen und auf solche Art einzutreten in das ›Gesetz‹, den bösen Türhüter zurückschiebend, der den Eintritt verwehren will. Es ist allerdings sehr schwer. Der Verlockungen sind viele. »Einmal dem Fehlläuten der Nachtglocke gefolgt – es ist niemals gutzumachen.« »Niemand, niemand kann nach Indien führen. Schon damals waren Indiens Tore unerreichbar, aber ihre Richtung war durch das Königsschwert bezeichnet. Heute sind die Tore ganz anderswohin und weiter und höher vertragen; niemand zeigt die Richtung; viele halten Schwerter; aber nur, um mit ihnen zu fuchteln, und der Blick, der ihnen folgen will, verwirrt sich.« (Erzählungen S. 145.) Und dennoch blieb das ›Unzerstörbare‹ in uns. Wir suchen es, »fern dem Getöse der Alexanderschlacht« lesen und wenden wir die »Blätter unserer alten Bücher«, warten auf das Einlangen der ›Kaiserlichen Botschaft‹. Es ist so, wie Rabbi Tarfon in den ›Sprüchen der Väter‹ mit ganz genau der gleichen elastischen Spannung zwischen Pessimismus und Optimismus es gelehrt hat: »Es ist dir nicht gegeben, das Werk zu vollenden, – dennoch darfst du dich nicht entziehen.«

Die literarische Arbeit war, obwohl viele wörtlich genommene Tagebuchstellen es zu sagen scheinen, nicht das Letzte für Kafka. Seine Sache lag ein wenig anders als die Flauberts, dem Kunst wirklich die Essenz, den eigentlichen Sinn des Daseins bedeutete, das im übrigen bei Flaubert fast immer (fast! bitte) skeptisch, feindselig betrachtet wird. Man sehe dagegen Kafka: »Unsere Kunst ist ein von der Wahrheit Geblendet-Sein. Das Licht auf dem zurückweichenden Fratzengesicht ist wahr, sonst nichts.« Kunst als Abglanz religiöser Erkenntnis. Aber sie ist bei Kafka nicht nur in diesem Sinne ein Weg zu Gott (auch der Zurückweichende sieht den Weg, vor dem Weg weicht er ja zurück), sondern auch in dem oben dargelegten positiven Sinn – als Entbinderin der

Kräfte, als Erzieherin zur Erfüllung des Lebens den natürlichen Anlagen gemäß. So stellt Kafka am 15. August 1914 fest: »Ich schreibe seit ein paar Tagen, möchte es sich halten. So ganz geschützt und in die Arbeit eingekrochen, wie ich es vor zwei Jahren war*, bin ich heute nicht, immerhin habe ich doch einen Sinn bekommen, mein regelmäßiges, leeres, irrsinniges junggesellenmäßiges Leben hat eine Rechtfertigung. Ich kann wieder ein Zwiegespräch mit mir führen und starre nicht in so vollständige Leere. Nur auf diesem Wege gibt es für mich eine Besserung.«

So dient die Kunst dem religiösen Prinzip einer Sinngebung des Lebens. Sie ist als Arbeit, als Entfaltung gottgegebener guter schöpferischer Anlagen den anderen Arbeiten gleichberechtigt, die sinnvoll und aufbauend von Menschen verrichtet werden, führt den Schreibenden aus der Öde des Nichtstuns in den Kreis des tätigen Gemeinwesens zurück. Noch so gutes Schreiben allein genügte allerdings nach Kafkas Auffassung nicht. Es bedurfte noch anderer Dinge, zum Beispiel der Familiengründung, um ein vollgültiger Bürger dieser Erde zu werden. Ich werde nie vergessen, mit welch tiefer Bewegung mir Kafka den Passus am Ende der »Souvenirs intimes« von Flauberts Nichte, Caroline Commanville, vorlas. Es wird an dieser Stelle erzählt, wie Flaubert seinem Idol ›La littérature‹ alles geopfert hat, Liebe, Zärtlichkeit, alles, und die Erzählerin fragt, ob er nicht etwa in den letzten Jahren diese Abweichung von der ›route commune‹ bedauert habe. Sie ist geneigt, dies anzunehmen. Einige bewegte Worte, die Flaubert einmal bei einem seiner letzten Spaziergänge mit ihr sagte, lassen es sie glauben. Sie hatten eine ihrer Freundinnen besucht, sie im Kreise ihrer entzückenden Kinder angetroffen. Auf dem Heimweg längs der Seine bemerkte Flaubert: »›Ils sont dans le vrai‹... en faisant allusion à cet intérieur de famille honnête et bon. ›Oui‹ se répétait-il à lui-même gravement. ›Ils sont dans le vrai‹«, diesen Satz hat Kafka oft zitiert. – Die Kunst allein also hätte ihm zum Aufbau des richtigen Lebens nicht genügt. Aber sie war in diesem Aufbau unentbehrlich, war gleichsam der Anfang, der innerste Kreis, an dessen Gesundheit andere Kreise sich hätten ansetzen sollen. Man begreife daraus die tiefe Tragik, die darin lag, daß die Umstände ihn hinderten, diesen ersten Schritt zum erfüllten, also in seinem Sinne religiös richtigen Leben zu machen, das Gebet voll auszusprechen, zu dem er sich befähigt fühlte. Hätte er seine künstlerische Befähigung ausleben dürfen, so wäre ihm wohl auch manches andere später besser geglückt. Da dies nicht geschah, griff die schädigende

* Im Jahre 1912 schrieb Kafka das »Urteil«, den »Heizer« und die »Verwandlung«.

Wirkung des aufgezwungenen freudlosen Brotberufs allmählich in metaphysische Tiefen.
Damit ist selbstverständlich nicht gesagt, daß bei Gelingen des ersten Schrittes Kafka alle weiteren Probleme seines Lebens glatt gelöst hätte. Aber ohne den ersten Schritt war das Mißlingen sicher. Nur das kann erkannt werden, nicht mehr. Es scheint ja, daß manche von Kafkas Problemen ans absolut Unlösbare zumindest dicht angrenzten. Dennoch – bei einem Maximum von physischer und seelischer Ungebrochenheit (einem Maximum, das gerade der Fronberuf ebenso stark wie der unheilvolle Vater von vornherein verhinderte) hätten wir in der späteren Entwicklung Kafkas – davon bin ich überzeugt – Dinge erlebt, die weit über unsere heutigen Ahnungen hinausgehen.

VIERTES KAPITEL

Bis zum Erscheinen der »Betrachtung«

Die kurzen Sommerurlaube, die uns für zwei oder drei Wochen aus der Haft unserer Büroarbeit befreiten, gewannen in diesem Zusammenhang doppelte Bedeutung. Einige Tage lang frei sein, der Welt und neuen Menschen unbefangen, mit offenen Sinnen entgegentreten zu können, – wir genossen dieses Glück mit ungebrochener Jugendkraft. Wir machten unsere Reisen gemeinsam, monatelang vorher freuten wir uns schon auf diese Zeit, bereiteten uns mit einer Sorgfalt vor, über die wir selbst am meisten lachten, die aber wie ein Sonnenstrahl die grauen Arbeitstage überglänzte. Endlich war der Tag der Abreise da. Nie im Leben bin ich je wieder so ausgeglichen heiter gewesen wie in den mit Kafka verbrachten Reisewochen. Alle Sorgen, alle Verdrießlichkeiten blieben in Prag zurück. Wir wurden zu fröhlichen Kindern, wir kamen auf die absonderlichsten hübschesten Witze, – es war ein großes Glück, in Kafkas Nähe zu leben und seine lebhaft hervorsprudelnden Gedanken (selbst seine Hypochondrie noch war einfallsreich und unterhaltend) aus erster Hand zu genießen.
Es gab übrigens nicht nur die großen gemeinsamen Sommerreisen, sondern all die Jahre hindurch viele Wanderungen in die nähere und weitere Umgebung Prags. Manchen Sommer machten wir an jedem Sonntag große Fußtouren, Ostern und Pfingsten blieben wir zwei oder drei Tage weg, auch sonst verließen wir oft schon Samstagmittag die Stadt. Meist war Felix Weltsch der dritte im Bunde. Wir marschierten (so finde ich es in meinem Tagebuch, nebst dem Epitheton »un-

beschreiblich schön«) sieben bis acht Stunden täglich, es war unser Sport. Freibäder in Flüssen und Bächen gehörten mit dazu. Wir schwammen, wir sonnten uns stundenlang, wir waren abgehärtet. Einmal wurde der junge Franz Werfel, damals noch Gymnasiast, nach Senohrab mitgenommen und in unser hemmungsloses Naturleben eingeführt. Er holte sich dabei einen fürchterlichen Sonnenbrand. Seine Gedichte, die er uns am schilfigen Ufer der Sazawa rezitierte, hatten uns begeistert. — Ich zitiere hier einen der vielen originellen Briefe, mit dem Kafka solche Ausflüge zu proponieren pflegte: »Mein lieber Max, stürze Dich nicht in Kosten wegen einer Rohrpostkarte, in der Du mir schreibst, daß Du um 6.05 nicht auf der Franz-Josefs-Bahn sein kannst, denn das mußt Du, da der Zug, mit dem wir nach Wran fahren, um 6 Uhr 05 fährt. Um 3/48 gehen wir den ersten Schritt gegen Davle, wo wir um 10 Uhr bei Lederer ein Paprika essen werden, um 12 Uhr in Stěchowitz mittagmahlen, von 2 bis 1/4 4 Uhr gehn wir durch den Wald zu den Stromschnellen, auf denen wir herumfahren werden. Um 7 Uhr fahren wir mit dem Dampfer nach Prag. Überlege es Dir nicht weiter und sei um 3/46 auf der Bahn. — Übrigens kannst Du doch eine Rohrpostkarte schreiben, daß Du nach Dobřichowitz oder anderswohin fahren willst.« — Ungezählte schöne Stunden verbrachten wir auf den Brettern der Prager Badeanstalten, in Kähnen auf der Moldau, mit Kletterkunststücken auf den Mühlwehren des Stromes, wovon man in meinem Roman ›Stefan Rott‹ manchen Abglanz findet. Ich bewunderte Franzens Schwimm- und Ruderkünste, besonders geschickt lenkte er einen sogenannten ›Seelentränker‹. Er war immer gewandter, kühner als ich und hatte eine besondere Art, einen in halsbrecherischen Situationen mit fast grausamem Lächeln (es bedeutete etwa: »Hilf dir selbst«) dem Schicksal zu überlassen. Wie habe ich dieses Lächeln geliebt, in dem doch auch so viel Zuversicht und Ermutigung lag! Franz war unerschöpflich, so schien es mir, im Erfinden neuer sportlicher Varianten. Auch darin drückte sich seine Persönlichkeit aus, auch das trieb er (wie alles) mit ganzer Hingabe.

Die erste gemeinsame Sommerreise startete am 4. September 1909 und führte nach Riva. Kafka, mein Bruder Otto und ich verlebten die beschaulichsten Stunden in der kleinen Badeanstalt unter der Ponalestraße, in den ›Bagni della Madonnina‹, — als ich nach dem ersten Weltkrieg wieder nach Riva kam, fand ich die lieben besonnten grauen Bretter nicht mehr, sah nicht mehr die funkelnden Eidechsen über die Gartenwege schlüpfen, die den Übergang von der autobefahrenen staubigen Straße zum kühlen Frieden des Bades gebildet hatten. Unvergeßliches bescheidenes Etablissement unter der ragenden Felswand, ich habe dir und unserem Glück in deiner Bucht einen Nachruf gewidmet, – hier waren wir bei der Ruhe, bei der klassischen Einfachheit des Südens selbst zu Gast gewesen. Nie hat er sich uns je wieder so lieblich und so erhaben gezeigt. – Auch Kafka hat es in späteren Jahren nochmals nach Riva gezogen, aber da lebte er (1913) nach seinem ersten großen Liebesunglück allein, auf der anderen Seeseite, im Sanatorium Hartungen.

1909 ging es uns allen dreien noch sehr gut. Und auch die Diskussionen mit dem Dichter und Naturapostel Dallago, der in derselben Badeanstalt hauste wie wir, störten unser Behagen nicht. Die Reiseerfahrungen meines praktisch tüchtigeren Bruders, den Kafka sehr bewunderte, halfen uns über manche Schwierigkeit hinweg. Mein Bruder hatte Riva sozusagen für uns ›entdeckt‹, war schon im Jahr zuvor dort gewesen, er führte uns nun auf den leichtesten Wegen zu allem, was schön und interessant war. Ein Photo zeigt unseren Franz unter den Arkaden des Castells Toblino, ein anderes mit meinem Bruder auf einer Marmorplatte hockend, in der grünen Wildnis des Seeufers. – In das Idyll des Madonninabads platzte die Zeitungsmeldung herein (selbstverständlich lasen wir damals nur die italienische Lokalpresse von Riva), daß in Brescia das erste Flugmeeting stattfinde. – Aeroplane hatten wir noch nie gesehen, mit großer Begeisterung faßten wir den Entschluß, trotz knappen Kassabestandes nach Brescia zu fahren. Kafka vor allem trieb zu diesem Ausflug, – und es ist hier wohl der Ort, nochmals nachdrücklich darauf hinzuweisen, wie falsch die Ansicht ist, die Kafka in einer turris eburnea, einer lebensfernen Phantasiewelt, beheimatet glaubt, ihn als einen nur von religiösen Spekulationen verzehrten Asketen imaginiert. Ganz anders war er: für alles Neue, Aktuelle, Technische interessierte er sich, so zum Beispiel auch für die Anfänge des Films; niemals zog er sich stolz zurück, selbst Mißbräuchen und Auswüchsen der modernen Entwicklung ging er mit Geduld und unerschöpflicher Neugierde bis an die Wurzeln nach, bewahrte sich seine Hoffnungen auf den geraden Sinn der Menschen, lehnte nie in stolzer ›Vornehmheit‹, nie in der Haltung Stefan Georges den Kontakt mit der niedriger organisierten Umwelt ab. Nur das Unanständige, Sittenlose schien keinen Reiz für ihn zu haben. Er hatte die großartige Gabe, es einfach langweilig zu finden. So zum Beispiel habe ich ihn nie dazu bringen können, von Casanova (den ich damals vielleicht über Gebühr schätzte, aber auch heute noch bedeutend und sehr lesenswert finde), mehr zu lesen als die Beschreibung der Flucht aus den Bleikammern. – Brescia war überfüllt. Da wir sehr sparen mußten, übernachteten wir schließlich in

einem Zimmer, das wir für eine Räuberhöhle hielten und in dessen Fußbodenmitte (noch heute frage ich mich, ob das nicht etwa eine Erinnerungstäuschung ist) ein kreisrundes Loch in die darunter liegende Wirtsstube blicken ließ. Wir glaubten, jeden Augenblick müsse Sparafucile bei uns eintreten. – Aber in der Sonne des Aerodroms lachten wir am andern Tag die bösen Nachtstunden in Fransen. Auf der Heimreise, in Desenzano übernachtend, wurden wir freilich von den unter Hunderten von Heiligenbildern lauernden Wanzen auf die Straße getrieben, fröstelten auf den Bänken am Quai des Sees dem Morgen entgegen. Ja, so reisten wir damals, von Luxushotels wußten wir nichts und waren dennoch unbeschwert lustig. – Es war allerdings eine Zeit, die ihre großen Vorteile hatte. Riva war österreichisch, Brescia italienisch, – von Spannungen war manchmal die Rede, von unterirdischen Befestigungen des Monte Brione bei Riva wurde gemunkelt, – aber im Grunde nahm das kein Mensch ernst, der Krieg war ein irrealer Begriff, etwa wie der ›Stein der Weisen‹, und als wir bei unserem Ausflug die Grenze überschritten, bemerkten wir es gar nicht.
Die ersten Flüge, die wir sahen, machten tiefen Eindruck auf uns. Ich verlangte von Franz, er möge all das, was er beobachten würde, sofort niederschreiben und in einem Artikel zusammenfassen. Durch die Idee eines sportlichen Zweikampfs zwischen ihm und mir machte ich ihm diese Idee schmackhaft. Auch ich wolle einen Artikel schreiben, und wir würden feststellen, wem die treffenderen Bemerkungen gelungen seien. Solche spielerische, fast kindliche Zielsetzungen verfehlten meist ihre Wirkung auf Kafka nicht. Namentlich machte es ihm ungeheuren Spaß, daß wir während des Ausflugs uns große Mühe gaben, unsere Aperçus voreinander zu verstecken, nichts von unserer Einstellung zu all dem, was wir sahen, zu verraten. Erst zum Schluß würde man sehen, wer den Vogel abgeschossen habe ... Bei diesem ganzen Anliegen verfolgte ich aber einen geheimen Plan. Kafkas schriftstellerische Arbeit lag um jene Zeit brach, er hatte Monate lang nichts zuwege gebracht und klagte mir oft, daß sein Talent offenbar versickere, daß es mit ihm ganz und gar vorbei sei. Er lebte ja manchmal monatelang in einer Art von Lethargie, ganz verzweifelt, in meinen Tagebüchern finde ich immer wieder Notizen über seine Traurigkeit. Le cœur triste, l'esprit gai – dieser Satz paßt auf ihn ganz vorzüglich und erklärt, wie es kam, daß er selbst in äußerst deprimierten Zuständen auf die, mit denen er verkehrte, von Stunden letzter Vertrautheit abgesehen, nicht deprimierend, sondern anregend wirkte. Doch wie tief er litt, wußte ich damals schon aus vielen Konfessionen, und so wollte ich ihm

nun handgreiflich zeigen, wie man sich zusammenraffen müsse, wollte ihm beweisen, daß seine literarischen Unfruchtbarkeits-Befürchtungen keinen Grund hätten, daß es nur eines gewissen Willens bedürfe, einer Konzentration, um seine Begabung wieder auf den rechten Weg zu bringen. – Mein Plan gelang. Der Artikel ›Die Aeroplane in Brescia‹, von Franz mit Lust geschrieben, wurde fertig, erschien zunächst, stark gekürzt, Ende September 1909 in der ›Bohemia‹ (ich hatte ihn Paul Wiegler, damaligem Redakteur der ›Bohemia‹ übergeben) und später setzte ich durch, daß Franz mir gestattete, ihn komplett (neben meinem Aufsatz über das gleiche Thema) in mein Buch ›Über die Schönheit häßlicher Bilder‹ aufzunehmen. In diesem Buch leitete ich Franzens Beitrag mit folgender Anmerkung ein:
»Es ist eigentlich ein weit hergeholter und dabei doch auch banaler Gedanke, daß in *einem* Buch nur *ein* Autor zu Worte kommen soll. – Und wenn wir beiden Freunde, unzertrennlich auf dieser Reise und auch sonst in unseren Gedanken, auf fremder Erde immer so nah nebeneinander standen, so sollten wir es in diesem heimischen Buch nicht tun dürfen? Und wenn nun gar diese beiden Variationen über dasselbe Thema ohne einander gar nicht entstanden wären, obwohl die beiden Verfasser mit komischer und absichtlich übertriebener Angst ihre Einfälle voreinander geheimhielten oder in der Hitze des Wetteifers den dritten Reisegefährten, meinen Bruder Otto, um Hilfe bestürmten? Wenn diese Variationen also zusammengehören, einander ergänzen, verdeutlichen, verschönern? Und wenn wir es wollen? Und wenn es gar nicht anders geht?« Die Umbruchkorrektur der beiden Stücke liegt mir vor. Ich war stolz darauf, auf diese Art die erste *Buch*veröffentlichung Kafkas bewirkt zu haben. Aber leider blieb es beim guten Willen. Zum Schluß erwies sich das Buch als viel zu umfangreich, mit vielen andern Essais mußten auf Wunsch des Verlegers auch diese beiden aus dem fertigen Satz herausgenommen werden. – Kafkas Beitrag ist nun hier im Anhang veröffentlicht.
Der Artikel als solcher war mir natürlich durchaus nicht Endzweck gewesen, er sollte nur als Anregung dienen, Franzens Schaffenslust neu in Fluß zu bringen. Diesen Erfolg habe ich erreicht. Allerdings immer unter großen Widerständen, die mir der störrische Autor entgegensetzte. Manchmal war ich wie eine Zuchtrute über ihm, trieb und drängte, natürlich nicht direkt, sondern immer wieder durch neue Mittel und auf Schleichwegen, jedenfalls ließ ich seine Begabung nun nicht wieder ins Stocken kommen. Es gab Zeiten, in denen er mir dafür dankte. Oft aber war ich ihm mit meinem Anfeuern auch lästig, er wünschte es zum Teufel, sein Tagebuch gibt

Kunde davon. Ich spürte das auch, es lag mir aber nichts daran. Mir ging es um die Sache, um einen Hilfsdienst, allenfalls auch gegen den Willen des Freundes. — Daß es überhaupt zu diesem Tagebuch kam, das spreche ich mir als Verdienst zu. Franzens Quarthefte wuchsen unmittelbar aus unseren kleinen Reisenotizen heraus, waren gewissermaßen ihre Fortsetzung — eine in Kafka bereits vorgebildete und wache Tendenz, sich über seine Erlebnisse Rechenschaft zu geben, empfing aus den gemeinsam betriebenen Reise-Reportagen frische Nahrung und wurde nun systematisch ausgebaut. Gerade das hatte ich gewollt. Die Tagebücher haben ja für Kafka durchaus nicht nur autobiographische, der Beherrschung der Seele dienende Bedeutung*, mitten zwischen Bemerkungen persönlichen Inhalts stehen die Stücke, die er dann später in sein erstes Buch ›Betrachtung‹ aufnahm, ja viele dieser von ihm selbst veröffentlichten Stücke sind ihrer Substanz nach von den Tagebucheintragungen nicht zu unterscheiden, wir wissen nicht, warum der Autor die einen für wert hielt, veröffentlicht zu werden, die andern zurückhielt. Im Kontext der Tagebücher stehen auch viele mehr oder weniger gediehene Novellenfragmente, sie häufen sich, bis plötzlich aus dem Gedränge die erste vollendete größere Erzählung ›Das Urteil‹ wie eine heiße Stichflamme aufschießt. Mit ihr erfolgt (in der Nacht vom 22. zum 23. September 1912) der Durchbruch des Dichters zu der ihm gemäßen Form, die endgültige Freiwerdung eines gewaltigen und in seiner Art unwiederholbaren Erzählergenies.

Die Urlaubsreise des nächsten Jahres (Oktober 1910) ging nach Paris. Kafka, mein Bruder und ich. — Unser Freundschaftsbund hatte sich erweitert, eine Entwicklung, die schon einige Jahre vorher einsetzte. Ich hatte Kafka zu Felix Weltsch und Oskar Baum gebracht. Der scharfblickende Philosoph (›Gnade und Freiheit‹, ›Das Wagnis der Mitte‹ sind seine Hauptwerke, ferner die mit mir gemeinsam verfaßte

* Hierüber folgende schöne Tagebuchstellen:
»Ein Vorteil der Tagebuchführung besteht darin, daß man sich mit beruhigender Klarheit der Wandlungen bewußt wird, denen man unaufhörlich unterliegt, die man auch im allgemeinen natürlich glaubt, ahnt und zugesteht, die man aber unbewußt immer dann leugnet, wenn es darauf ankommt, sich aus einem solchen Zugeständnis Hoffnung oder Ruhe zu holen. Im Tagebuch findet man Beweise dafür, daß man selbst in Zuständen, die heute unerträglich scheinen, gelebt, herumgeschaut und Beobachtungen aufgeschrieben hat, daß also diese Rechte sich bewegt hat wie heute, wo wir zwar durch die Möglichkeit des Überblickes über den damaligen Zustand klüger sind, darum aber desto mehr die Unerschrockenheit unseres damaligen, in lauter Unwissenheit sich dennoch erhaltenden Strebens anerkennen müssen.« Und: »Auf dem Nachhauseweg nach dem Abschied Reue über meine Falschheit und Schmerz über ihre Unumgänglichkeit. Absicht, ein eigenes Heft über mein Verhältnis zu Max anzulegen. Was nicht aufgeschrieben ist, flimmert einem vor den Augen, und optische Zufälle bestimmen das Ergebnis.«

Untersuchung ›Anschauung und Begriff‹) wie der Dichter fühlten sich von Kafka angezogen, – das Bündnis zu viert war insofern ganz einzigartig, als auch zwischen je zweien der Partner innige, nie durch einen Mißton getrübte Freundschaft herrschte. Die regelmäßigen Zusammenkünfte zu viert gaben viele Jahre hindurch unserem Leben einen festen Rhythmus. – Über sein erstes Zusammentreffen mit Kafka schreibt der Dichter Oskar Baum in dem schon oben zitierten Aufsatz:

»Unsre erste Begegnung steht mir noch in klarer Erinnerung. Max Brod vermittelte sie. Er brachte Franz Kafka zu mir und las uns an jenem Herbstnachmittag des Jahres 1904 seine eben vollendete Novelle ›Ausflüge ins Dunkelrote‹ vor. Wir waren damals wenig über zwanzig Jahre alt. Aus dem begeisterten Meinungswechsel, in den uns die Probleme der Erzählung verwickelten, und der in äußerst gezügelter Wortsparsamkeit nach unserer damaligen Art geführt wurde, ist mir noch mancher Ausspruch erinnerlich. So sagte Kafka unter anderem: »Wenn man nicht nötig hat, durch Stileinfälle vom Geschehen abzulenken, ist die Verlockung hierzu am stärksten.«

Einen tiefen Eindruck hinterließ mir die erste Bewegung, mit der Kafka in mein Zimmer trat. Er wußte sich bei einem Erblindeten. Und machte mir, während der vorstellenden Worte Brods eine *stumme* Verbeugung. Das war, sollte man glauben, eine sinnlose Förmlichkeit *mir* gegenüber, der ich sie ja nicht sehen konnte. Sein glattgestrichener Haarscheitel berührte indes, wohl infolge meiner etwas zu heftigen gleichzeitigen Verbeugung, flüchtig meine Stirn. Ich fühlte eine Ergriffenheit, deren Grund mir im ersten Augenblick nicht völlig klar wurde. Hier hatte einer als *erster* unter allen Menschen, die mir begegnet waren, meinen Mangel als etwas, das nur mich allein anging, (nicht durch Anpassung oder Rücksicht, nicht durch die geringste Veränderung seines Verhaltens) festgestellt.

So war er. So wirkte seine einfache und natürliche Entfernung vom Zweckhaft-Üblichen, so überbot seine strenge kühle Distanz die landläufige Güte (die ich sonst bei ersten Begegnungen durch grundlos gesteigerte Wärme der Reden, des Tonfalls, des Händedrucks kennenlerne) an Tiefe der Menschlichkeit.

Solche Einordnung jeder unwillkürlichen Bewegung, jedes alltäglichen Worts in seine ganze persönliche Weltauffassung gestaltete trotz der abstrakten Kämpfe, die ständig seinen Geist beherrschten, sein Auftreten, seine äußere Erscheinung ungemein lebensvoll. Wenn er vorlas – das war seine besondre Leidenschaft – unterordnete sich der Ausdruck des

einzelnen Worts bei voller Klarheit jedes Lautes, in zuweilen schwindelerregendem Zungentempo, ganz einer musikalischen Breite der Phrasierung von endlos langem Atem und gewaltig sich steigernden Crescendi der dynamischen Terrassen – wie sie ja auch seine Prosa hat, deren abgeschlossene Stücke zuweilen, wie ›Die Zirkusreiterin‹, im Wunderbau eines einzigen Satzes gewachsen sind.«
Ich möchte jedoch nicht den Eindruck erwecken, als ob Kafka nur in dem innersten Kreis der ›Prager Vier‹ anzutreffen gewesen wäre, – seinem Wesen entsprach es vielmehr, Umgang mit jedem, der gleichgestimmt schien, aufzusuchen oder doch, zumindest in den Tagen seiner Gesundheit, sich nicht zu versagen. Zu denen, die mit Kafka verkehrt haben, gehören Martin Buber, Franz Werfel, Otto Pick, Ernst Weiss, Willy Haas, Rudolf Fuchs, in späterer Zeit der Rezitator Ludwig Hardt, Wolfenstein und andere. – Es wird vielleicht noch mancher von diesen das Wort nehmen und das Lebensbild Kafkas ergänzen (vergleiche Anhang II, III). –
Die Pariser Reise mißglückte infolge einer kleinen Furunkulose, die Franz befiel, und einiger abschreckender Erfahrungen, die er mit französischen Ärzten machte. Er kehrte nach wenigen Tagen nach Prag heim. Allen Schädigungen seiner Gesundheit gegenüber war Kafka sehr empfindlich – jede Unvollkommenheit des Körpers quälte ihn, so zum Beispiel schon Schuppenbildung oder Verstopfung oder eine nicht voll entwickelte Fußzehe. Arzneien und Ärzten gegenüber war er mißtrauisch – er verlangte, daß die Natur selbst wieder das Gleichgewicht herstellen solle, alle ›unnatürlichen‹ Mittel verschmähte er. – Diese Richtung verstärkte sich, als er 1911 bei einer (wohl amtlichen) Reise nach Warnsdorf den Naturheilapostel Fabrikant Schnitzer kennenlernte. Darüber finde ich in meinen Aufzeichnungen (Mai 1911): »Kafka kam Freitag nach Prag, nicht zu mir, nicht zu Baum. Endlich nächsten Donnerstag rief ich ihn wütend an. Er war ›so schwach, so auseinander, Magen verdorben, immer zu Hause, so traurig‹. Freitag nachmittag besuchte er mich, erzählt sehr hübsche Dinge von der Gartenstadt Warnsdorf, einem ›Zauberer‹, Naturheilmenschen, reichen Fabrikanten, der ihn untersucht, nur den Hals im Profil und von vorn, dann von Giften im Rückenmark und fast schon im Gehirn spricht, die infolge verkehrter Lebensweise entstanden seien. Als Heilmittel empfiehlt er: bei offenem Fenster schlafen, Sonnenbad, Gartenarbeit, Tätigkeit in einem Naturheil-Verein und Abonnement der von diesem Verein, respektive dem Fabrikanten selbst, herausgegebenen Zeitschrift. Spricht gegen Ärzte, Medizinen, Impfen. Erklärt die Bibel vegetarisch: Moses führte die Juden durch die Wüste, damit sie in den vierzig Jahren Vege-

tarianer werden. Manna als fleischlose Kost. Die toten Wachteln. Sehnsucht nach den ›Fleischtöpfen Ägyptens‹. Noch deutlicher sagt Jesus im Neuen Testament zum Brot: ›Dies ist mein Leib.‹« – Franzens Stellung zur Naturheilmethode und zu verwandten Reformbestrebungen war die eines sehr intensiven Interesses, das durch gutartigen Spott über die Narreteien und Verschrobenheiten, die bei diesen Bewegungen mitunterlaufen, liebenswürdig alteriert wurde. Im Grunde sah er in der Arbeit, einen neuen gesunden Menschen zu schaffen und die geheimnisvoll offen dargebotenen Heilkräfte der Natur hiezu zu benützen, etwas sehr Positives, das mit vielen seiner eigenen Instinke und Überlegungen übereinstimmte und das er auch weitgehend praktizierte. Er schlief zu jeder Jahreszeit bei offenem Fenster. Besuchte man ihn in seinem Zimmer, so war die frische kühle Luft etwas Auffallendes. Er trug immer leichte Kleider, auch im Winter, aß während langer Zeitperioden kein Fleisch, trank keinen Alkohol. Als er krank wurde, zog er die häusliche Pflege (in Zürau) in ländlich primitiver Umgebung Sanatorien weit vor, und erst notgedrungen suchte er Sanatorien auf.

Das Jahr 1910 brachte noch eine bedeutsame Begegnung. Am 1. Mai dieses Jahres finde ich in meinem Tagebuch vermerkt: »Café Savoy. Lemberger Gesellschaft. Sehr wichtig für J. P.« (einen Roman, den ich damals plante). Am 4. Mai: »Abends mit Kafka im Savoy. Großartig.« – Franzens Notizen über diese ostjüdische Theatertruppe, die ihre Volksstücke jiddisch (Jargon) spielte und sang, setzten allerdings erst im nächsten Jahr ein, von da ab aber füllen sie viele Seiten in den Quartheften, und selten sind die größten Schauspieler, sowohl hinsichtlich ihrer Kunst wie ihres Privatlebens, mit so viel Liebe und eindringlichem Verständnisbemühen beschrieben worden, wie dies Kafka Herrn und Frau Klug, Herrn und Frau Tschissik, Herrn Pipes, besonders aber dem jungen Isak Löwy angedeihen läßt.
In diesem Fall war ich der Anreger gewesen. Gerade darin lag ja das Schöne unserer Freundschaft, daß in vielen Punkten ich von Kafka lernte, wie bereits dargelegt, in anderen Angelegenheiten wieder Kafka meinem Weg folgte. Meist führte er dabei allerdings den ersten Anstoß, den er von mir empfing, in eine Tiefe und Breite, die ich zuvor nie geahnt hätte. So zum Beispiel war ich zwar häufig Gast der Aufführungen im Café Savoy, lernte dort viel zur Erkenntnis jüdischen Volkstums, – Franz aber ging, nachdem ich ihn erst einmal hingebracht hatte, förmlich in diesem Milieu auf. Es war dieselbe hochgradige und schöpferisch fruchtbare Verbissenheit, mit der er alles trieb. Eine seltsame Art schüch-

terner Liebe und Verehrung band ihn an eine der Schauspielerinnen, die davon kaum etwas merken mochte*. Den Schauspieler Löwy behandelte er als einen Freund, brachte ihn oft in seine Wohnung mit (zum außerordentlichen Ärger des Vaters, dem alle Freunde Franzens nicht paßten), ließ sich das ganze Leben, Umwelt und Entwicklung dieses leidenschaftlichen Menschen erzählen, erhielt tiefe Einblicke in Bräuche und geistige Krise der polnisch-russischen Judenheit. Seine Tagebücher fixieren das von Löwy empfangene Gut; Kafka wurde auf diese Art auch dazu geführt, jüdische Geschichte (Graetz) und die Geschichte der jiddischen Literatur (nach der französischen Ausgabe des Buches von Pines**) zu studieren, – lange Partien der Quarthefte enthalten Auszüge aus dem letzteren Buch, denen sich gedankenreiche Untersuchungen über die Struktur und Besonderheit der Literaturen kleiner Völker anschließen. Hiebei fällt auch manches Streiflicht auf die von Kafka bis in alle Einzelheiten verfolgte Entwicklung der tschechischen Dichtung. Und die Vielseitigkeit seiner Interessen zeigt sich darin, daß den Auszügen aus Pines ebenso ausführliche aus Biedermanns ›Gesprächen mit Goethe‹ folgen. Es sei hier erwähnt, daß in späteren Tagebüchern Kafkas Auszüge aus den ›Memoiren der Gräfin Thürheim‹ – »die mein Vergnügen der letzten Tage ausmacht« –, aus den ›Memoiren des Generals Marcellin de Marbot‹ und aus Paul Holzhausen ›Die Deutschen in Rußland 1812‹ enthalten sind. – Kafka las mit Vorliebe biographische und autobiographische Werke. Grillparzers und Hebbels Tagebücher, Fontanes Briefe gehörten zu seiner Lieblingslektüre, er kannte sie weit genauer als die Dichtungen dieser Autoren. Zu seinen Lieblingsbüchern gehörten ferner Tatsachenberichte wie Franklins Selbstbiographie, Sarcey ›Die Belagerung von Paris 1870/71‹, François Coppée ›Souvenirs d'un Parisien‹, in letzterem Buch speziell die Kapitel ›La Princesse Mathilde‹, ›Les belles phrases de Gustave Flaubert‹. Wie grandios las Kafka die hier zitierten Lieblingsstellen Flauberts vor. Er schenkte mir das Buch, in dem ich noch heute gern die von ihm angestrichenen Stellen nachlese, es handelt sich charakteristischerweise meist um Stellen, in denen die Eitelkeit, die Seltsamkeit eines Autors bezeugt wird, so zum Beispiel folgende Anekdote über Lamartine: »Je n'augure pas bien de ce jeune homme – disait-il après la visite d'un inconnu qu'on venait de lui présenter – il n'a pas été ému devant moi.«

* Unter seinen literarischen Plänen notiert er im Tagebuch: »Liebe zu einer Schauspielerin«, auch mehrere Träume vom Theater.

** Histoire de la Littérature Judéo-Allemande, Paris 1911, später auch deutsch erschienen. Kafka schreibt im Tagebuch, er lese diese Literaturgeschichte »wie ich es mit solcher Gründlichkeit, Eile und Freude bei ähnlichen Büchern noch niemals getan habe«.

Von der Begeisterung und Freude, mit der Kafka sich in die uns neue Welt ostjüdischer Volkskraft stürzte, macht vielleicht folgende Karte einen Begriff: »Lieber Max, das haben wir aber getroffen! Sulamith von Goldfaden wird gespielt! Mit Freude verschwende ich eine Karte, um Dir zu sagen, was Du schon gelesen hast. Ich hoffe nur, daß Du mir auch geschrieben hast.« Nach den Angaben Isak Löwys begann Franz eine Art Selbstbiographie des Genannten mit Umblick auf das jiddische Theaterwesen niederzuschreiben, deren Anfang sich erhalten hat. Die kleine Arbeit gibt ein gutes Bild von den Gesprächen, die die beiden führten und an denen auch ich oft teilnahm, von dem Interessenkreis, der damals Kafka beschäftigte, der ihm und mir die Sache des Judentums von einer lebendigeren, farbigeren Seite her zeigte, als es die abstrakten Theorien des Zionismus vermochten. Es war die Zeit, in der zum erstenmal Zionisten und zionistische Weltbetrachtung an mich herangetreten waren, ich vermittelte diese Einflüsse meinem Freund, Einflüsse, die vom Prager Verein Bar-Kochba und besonders von dem wundervollen Hugo Bergmann ausgingen. Kafka verhielt sich zunächst ablehnend – auch ich war anfangs mit all dem, was mir von dieser Seite gepredigt wurde (oft in allzu schöner, glatter Form), nicht einverstanden und war anfangs geradezu aus Protest gegen zionistischen Akademismus in das kleine, wenig verlockende Café Savoy am Ziegenplatz gegangen, wo die allgemein verachtete »Schmiere« spielte. Ich verfocht mit Eifer den Satz, daß aus den Darbietungen dieser Schauspieler, wiewohl sie oft ans Unfreiwillig-Komische und an Kitsch grenzten, über das Wesen des Judentums mehr zu erfahren sei als aus philosophischen Deduktionen der Westler, die dem Volkstum zwar zustreben, ihm aber doch im Kern bereits entfremdet seien.

Später erst lernte ich in mühsamem Wachstum der Erkenntnis, wie Ost und West, Zion und Diaspora zusammenhingen. Kafka widersetzte sich diesen Einsichten länger als ich, es kam sogar, als ich später überzeugter Zionist wurde und Kafka (auf unseren Moldau-Kahnfahrten) vergebens zur Anerkennung der Notwendigkeit dieser Politik zu bekehren suchte, zu manchem Streit, ja zu der einzigen vorübergehenden kurzen Entfremdung. – So finde ich in meinem Tagebuch am 18. Januar 1913 ein offenbar diesen Themen gewidmetes Gespräch zwischen Buber, Werfel, Kafka, Pick, Baum und mir eingetragen, am 23. August 1913: »Nachmittag mit Kafka. Baden, Rudern. Gespräch über Gemeinschaftsgefühle. Kafka sagt, er habe keines, weil seine Kraft nur eben für ihn hinreiche. Debatte im Boot. Meine Wandlung in diesem Punkt. Er zeigt mir Kierkegaard, Beethovens Briefe.« Im Dezember steht die Notiz über Entfremdung. Aber am 24. Dezember bereits wieder: »Kafka. Über Soziales. Stadtpark.« – Von da an hat sich Kafka meiner zionistischen Grundhaltung immer entschiedener genähert, in den bewegten Tagen von 1918, 1919 (Gründung des jüdischen Nationalrats, der jüdischen Schule) stand er mir mit Rat, Teilnahme, Anfeuerung, liebender Zustimmung zur Seite, seine Anerkennung meiner Arbeit war meine beste Stütze, – schließlich hat er mich durch Vertiefung in die hebräische Sprache auch auf diesem Gebiet weit überholt.

Doch ich habe vorgegriffen. Bleiben wir noch einen Augenblick bei der armen jiddischen Schauspielertruppe, von der für uns beide der Anstoß zu scheinbar so entlegenen späteren Entwicklungsstadien ausging. Kafka war unermüdlich im Dienste der immer bedürftigen Künstler. So entwarf er ein Rundschreiben an alle zionistischen Vereine Böhmens, um eine Tournee dieser Bühne zu ermöglichen; er ließ es auch selbst vervielfältigen. Es zeigte sich bei dieser Gelegenheit, wieviel verhaltene Energie und Aktivität in ihm schlummerte, solange er noch gesund und durch Beruf, Ehepläne u.s.w. nicht ganz gelähmt war. Am 18. Februar 1912 veranstaltete er einen Rezitationsabend Löwys im Festsaal des jüdischen Rathauses, die ganze Last der Vorbereitungen, des technischen Arrangements lag auf ihm, er trug sie ächzend, doch mit Grazie und nicht ohne Stolz. Die Ansprache, mit der Franz den Abend eröffnete, hat sich in der Niederschrift meiner Frau erhalten. Sie beginnt:

»Vor den ersten Versen der ostjüdischen Dichter möchte ich Ihnen, sehr geehrte Damen und Herren, noch sagen, wieviel mehr Jargon Sie verstehen, als Sie glauben. Ich habe nicht eigentlich Sorge um die Wirkung, die für jeden von Ihnen in dem heutigen Abend vorbereitet ist, aber ich will, daß sie gleich frei werde, wenn sie es verdient. Dies kann aber nicht geschehen, solange manche unter Ihnen eine solche Angst vor dem Jargon haben, daß man es fast auf Ihren Gesichtern sieht ...«

Daß der russische Freund im ›Urteil‹ auch manche Züge des Schauspielers Löwy trägt, ist klar. Und wie innig ans Herz greift der schöne Satz der Tagebücher: »Das Mitleid, das wir mit diesen Schauspielern haben, die so gut sind und nichts verdienen und auch sonst bei weitem nicht genug Dank und Ruhm bekommen, ist eigentlich nur das Mitleid über das traurige Schicksal vieler edler Bestrebungen und vor allem der unseren.« – Von Prag wandte sich Löwy, mit seiner Truppe entzweit, nach Budapest. In Kafkas Nachlaß finde ich einen Brief Löwys an Franz, datiert 28. Oktober 1913, aus Wien. Es heißt hier (in der charakteristischen Original-Orthographie und -Grammatik): »Denken Sie, wie tief gesunken ich bin, das sogar mit Ihnen habe ich das verbindung aufgehoben... Und wie fehlen mir Ihre Briefe?! Von allen bin ich schon längst abgerüssen, keine Freunde mehr, keine Eltern, kein Familie... und den liebsten von allen, den Dr. Kafka auch verloren... Auf diesen Verlust habe ich nie geahnt... Sie waren doch der Einziger was war so gutt zu mir... der einzige was hat zu meiner Seele gesprochen, der einzige was hat mich halbe Wegs verstanden. Und Ihnen mußte ich leider auch verlieren... Sie dürfen leider an mich nicht schreiben. Sie dürfen nicht sein gut zu mir. Ich bitte halten Sie mich nicht für ›Wahnsinnig‹, ich bin normal kalt wie der Todt.« Im Folgenden steht in dem Briefe dann der traurige Satz: »Was habe ich zu erwarten? Noch eine Morfiumeinsprizung...« Franzens Antwort auf diesen oder einen andern Brief liegt im Entwurf bei. Sie lautet:

»Lieber Löwy

Es hat mich viel mehr gefreut, daß Sie sich meiner erinnert haben, als man daraus schließen könnte, daß ich so spät antworte. Ich bin in großer Verwirrung und Beschäftigung, ohne daß es mir oder jemandem sonst vielen Nutzen bringt.

Übrigens eine Neuigkeit: Ich habe mich verlobt und glaube damit etwas Gutes und Notwendiges getan zu haben, wenn es natürlich auch so viele Zweifel in der Welt gibt, daß auch die beste Sache vor ihnen nicht sicher ist.

Daß Sie sich noch immer quälen und keinen Ausweg finden können, ist sehr traurig. Daß Sie gerade in Ungarn so lange bleiben, ist merkwürdig, wird aber wohl seine schlimmen Gründe haben. Es kommt mir vor, als wären wir beide viel hoffnungsvoller gewesen, als wir an den Abenden in Prag herumzogen. Ich dachte damals, Sie müßten irgendwie durchbrechen und zwar mit einem Schlag. Übrigens gebe ich die Hoffnung für Sie gar nicht auf, das muß ich Ihnen sagen. Sie sind leicht verzweifelt, aber auch leicht glücklich, denken Sie in der Verzweiflung daran. Bewahren Sie nur Ihre Gesundheit für spätere bessere Zeiten. Das was Sie erleben müssen, scheint schlimm genug, verschärfen Sie es nicht noch dadurch, daß Sie Ihre Gesundheit schädigen.

Ich würde sehr gern etwas Näheres über Sie und Ihre Freunde hören. Fahren Sie diesmal nicht nach Karlsbad? Mit den herzlichsten Grüßen Ihr Franz K.«

Ich weiß nicht, ob dieses Schreiben Löwy erreicht hat und was aus ihm geworden ist. – Ob er wohl heute noch lebt?

1911, Ende August. Urlaubsjubel. Fahrt nach Zürich. Dann Flüelen, dann Lugano. Überall interessierte uns das Schwimmmen im See am meisten. Es waren Tage der Sonne und aller

Herrlichkeiten der Welt. Unsere Freundschaft war zu jener Zeit immer inniger geworden, das abgelaufene Arbeitsjahr hatte wieder viele Höhepunkte gebracht, auch solche der teilnehmenden Besorgnis. So finde ich am 13. März in meinen Aufzeichnungen: »Kafka antelephoniert, weil das Licht in seinem Zimmer erlischt und wieder entbrennt.« Meine Liebe bezeugte ich dem Freunde auch dadurch, daß ich sein Gedicht: ›Kleine Seele – springst im Tanze...‹ (Hochzeitsvorbereitungen S. 131) komponierte, mit Klaviervariationen über die einfache Melodie. Hier sei eingefügt, daß Kafka, wie zum Ausgleich für die besondere Gabe seiner musikalischen Sprachkunst, der eigentlichen Musikbegabung ermangelte. Ich habe es öfters beobachtet, daß manche Autoren, deren Verse oder Prosa alle Zeichen guter Musik in Rhythmik und Dynamik tragen, ihre musikalische Kraft gleichsam in der Sprache ausgeben, so daß für das Tonreich keine spezifische Eignung mehr übrigbleibt. Kafka spielte kein Instrument. Einmal sagte er mir, er könne die ›Lustige Witwe‹ nicht von ›Tristan‹ unterscheiden. Daran stimmt jedenfalls so viel, daß er sich um Kennenlernen hoher Musik nie sehr bemüht hat. Aber ein natürliches Gefühl für Rhythmus und Melos fehlte nicht. Oft hörte ich ihn die Löwe-Ballade vom ›Grafen Eberstein‹ vor sich hinsingen, sie war sein Lieblingsstück. – Ich schleppte ihn öfters zu Konzerten, gab es aber bald auf, da seine Eindrücke bei ihnen rein visueller Art waren. »Die gehörte Musik zieht natürlich eine Mauer um mich«, schreibt er im Tagebuch über ein Brahms-Konzert, »und meine einzige dauernde musikalische Beeinflussung ist die, daß ich, so eingesperrt, anders bin als frei.« Es folgen Beschreibungen der Sängerinnen, des Publikums, der geistlichen Herren in einer Loge, keine Bemerkung über Musik. – Um so aufgeschlossener war Franz für Schauspiele, Rezitationen. Wie viele Abende verbrachten wir gemeinsam in Theatern, Kabaretts, ferner auch in Weinstuben bei schönen Mädchen. Es ist nämlich auch die Meinung, die in Kafka so etwas wie einen Wüstenmönch und Anachoreten sieht, völlig falsch. Zumindest für seine Studienzeit gilt das nicht. Und später? Später verlangte er nicht zu wenig vom Leben, sondern eher zu viel, nämlich das Vollkommene, auch in der Liebe nur das Vollkommene oder gar nichts, – und das führte allerdings dazu, daß er sich von Liebeleien ganz fernhielt, daß er erotische Dinge nur von der allerschwersten Seite nahm, ja daß er nie einen ›unanständigen‹ Witz erzählte oder auch nur duldete, daß ein solcher in seiner Gegenwart erzählt wurde. Das heißt: er verwehrte das nicht, es wäre aber niemandem eingefallen, es in seiner Gegenwart zu tun. Sein ganzes Wesen war Sehnsucht nach Reinheit. – In jenen jungen Jahren aber hatte sich die strenge Denkart noch nicht so deutlich ausgebildet. Ich erinnere mich an seine Leidenschaft zu einer Weinstubenkellnerin namens Hansi, von der er einmal sagte, ganze Kavallerieregimenter seien über ihren Leib geritten. Franz war in dieser Liaison sehr unglücklich. Das sieht man auch aus einer Photographie, auf der er zusammen mit Hansi abgebildet ist, aber so ausschaut, als wolle er im nächsten Augenblick davonlaufen. Eine Tagebuchnotiz von mir besagt: »Weinstube Trocadéro. Dort liebt er [Franz] die Germania der deutschen Reichspostmarken. Chambre separée. Aber er ist so seltsam zurückweichend. Wenn er sagt: Ich werde Ihnen die Wohnung bezahlen — lacht er, als ob es ironisch wäre.« Darauf oder auf ähnliche Beziehungen spielen verschiedene Briefe an. Diese unklaren und, man kann es wohl auch in seinem Sinn — vornehmlich in seinem Sinn — so nennen: unreinen Frauenangelegenheiten haben in seinen drei großen Romanen und anderwärts in seinem Werk viele Spuren hinterlassen. Ich führe hier noch eine Ansichtskarte vom Spitzberg im Böhmerwald und drei Briefe an, die von der sehnsüchtigen und unbefriedigten Stimmung im Verhältnis zur weiblichen Welt zeugen (das Buch, das Franz erwähnt, ist mein Roman ›Schloß Nornepygge‹, 1908).

(Ansichtskarte)
Mein lieber Max,
ich sitze unter dem Verandendach, vorn will es zu regnen anfangen, die Füße schütze ich, indem ich sie von dem kalten Ziegelboden auf eine Tischleiste setze und nur die Hände gebe ich preis, indem ich schreibe. Und ich schreibe, daß ich sehr glücklich bin und daß ich froh wäre, wärest Du hier, denn in den Wäldern sind Dinge, über die nachzudenken man Jahre lang im Moos liegen könnte — Adieu, ich komme ja bald. Dein Franz.

(Briefpapier der Assicurazioni Generali)

9. 6. 1908

Lieber Max,
ich danke Dir. Sicher verzeihst Du mir Unglücklichem, daß ich Dir nicht früher gedankt habe, wenn ich Sonntag vormittag und nachmittag anfangs mich ganz nutzlos, schrecklich nutzlos, allerdings bloß durch meine Körperhaltung nur, um einen Posten bewarb, den weitern Nachmittag bei meinem Großvater gesessen bin, doch oft ergriffen von den freien Stunden, und dann in der Dämmerung freilich im Sopha neben dem Bett der lieben H. gewesen bin, während sie unter der roten Decke ihren Bubenkörper schlug. Abends in der Ausstellung mit der andern, in der Nacht in Weinstuben,

um halb sechs zuhause. Da erst habe ich zum erstenmal Dein Buch gelesen, für das ich Dir wieder danke. Gelesen habe ich nur wenig, das, was ich schon kannte. Was für ein Lärm, ein wie beherrschter Lärm. Dein Franz.

Mein lieber Max – es ist halb eins Nacht, also eine ungewöhnliche Zeit zum Briefschreiben, selbst wenn die Nacht so heiß wie heute ist. Nicht einmal Nachtfalter kommen zum Licht. – Nach den glücklichen Tagen im Böhmerwald – die Schmetterlinge fliegen dort so hoch wie die Schwalben bei uns – bin ich jetzt vier Tage in Prag und so hilflos. Niemand kann mich leiden und ich niemand, aber das Zweite ist erst die Folge, nur Dein Buch, das ich jetzt endlich geradenwegs lese, tut mir gut. So tief im Unglück ohne Erklärung war ich schon lange nicht. Solange ich es lese, halte ich mich daran fest, wenn es auch gar nicht Unglücklichen helfen will, aber sonst muß ich so dringend jemanden suchen, der mich nur freundlich berührt, daß ich gestern mit einer Dirne im Hotel war. Sie ist zu alt, um noch melancholisch zu sein, nur tut ihr leid, wenn es sie auch nicht wundert, daß man zu Dirnen nicht so lieb wie zu einem Verhältnis ist. Ich habe sie nicht getröstet, da sie auch mich nicht getröstet hat.

Liebster Max, nicht weil es an und für sich unaufschieblich gesagt werden muß, aber weil es doch immerhin auf Deine Frage eine Antwort ist, für deren Gegenantwort der gestrige Weg schon zu kurz geworden war. (Nicht ›gestrig‹, es ist nämlich viertel drei in der Nacht.) Du sagtest, sie liebt mich. Warum das? War das Spaß oder Ernst des Verschlafenseins? Sie liebt mich, und es fällt ihr nicht ein, zu fragen, mit wem ich in Stechowitz gewesen bin, was ich so mache, warum ich an einem Wochentag einen Ausflug nicht machen kann und so weiter. In der Bar war vielleicht nicht genug Zeit, aber auf dem Ausflug war Zeit und was Du willst und doch war ihr jede Antwort gut genug. Aber alles kann man scheinbar widerlegen, bei dem Folgenden aber kann man eine Widerlegung gar nicht versuchen: Ich hatte in D. Angst davor, die W. zu treffen, und sagte es ihr, worauf sie sofort auch Angst hatte, für mich Angst hatte, die W. zu treffen. Daraus ergibt sich eine einfache geometrische Zeichnung. Wie sie zu mir steht, das ist die größte Freundlichkeit, so entwicklungsunfähig als nur möglich und von der höchsten wie von der geringsten Liebe gleich weit entfernt, da sie etwas ganz anderes ist. Mich brauche ich natürlich gar nicht in die Zeichnung zu mischen, soll sie klar bleiben.
Jetzt habe ich mir den Schlaf ganz verdient. Dein Franz.

Es ist selbstverständlich, daß wir einander auch sonst noch viel über unsere ersten Erlebnisse mit Frauen zu sagen hatten, wobei Franz manchmal einer weiter zurückliegenden Beziehung zu einer Französischlehrerin gedachte. Auch von einer Frau, die er einmal in Zuckmantel kennengelernt hatte, sprach er. Und eine rätselhafte Ansichtskarte aus Zuckmantel findet sich in meinem Besitz, aus sehr früher Zeit: die Adresse an mich ist von Franz geschrieben, der Text unter dem Bild der Waldpromenade rührt von einer unbekannten Frauenhand her. »Das ist ein Wald und in diesem Wald kann man glücklich sein. Deshalb komm her!« Die Unterschrift stenographiert, nicht zu entziffern. Auf diese Episode und eine spätere in Riva 1913 (über die letztere bewahrte Franz unverbrüchlich Stillschweigen, hatte dies dem Mädchen gelobt) bezieht sich die Tagebuchnotiz aus dem Jahr 1916: »Ich war noch niemals außer in Zuckmantel mit einer Frau vertraut. Dann noch mit der Schweizerin in Riva. Die erste war eine Frau, ich unwissend, die zweite ein Kind, ich ganz und gar verwirrt.« –
Wir lebten in Lugano glücklich in der Natur. Franz war ein Meister der lebenspendenden, die Erde träumerisch dem Himmel vermählenden Naturfreude. (Man lese nochmals die Zeilen, die er mir nach seiner Rückkehr aus dem Böhmerwald schrieb: »Die Schmetterlinge fliegen dort so hoch wie die Schwalben bei uns.«) Im Hotel Belvedere au Lac (Lugano) und in der nahen Badeanstalt sowie auf unseren Fußtouren genossen wir unsere guten freien Tage, am Abend auf der Hotelterrasse führten wir beide eifrig Tagebuch, diesmal aber nicht geheim voreinander, sondern im Einverständnis. Dabei entstand der Plan eines gemeinsamen Romans ›Richard und Samuel‹, in dem wir einander gutartig ein wenig auslachten (Erzählungen S. 296). Ohne kleine Bosheit, die aber stets mit sehr viel Liebe verbunden war, ging es bei Kafka selten ab, wenn er fröhlich war. Aus dem Tagebuchführen machten wir übrigens damals eine ganze Theorie des Lebens- oder doch Reisegenusses. Ich erinnere mich, wie wir auf einem Dampfer des Vierwaldstättersees jene Reisenden bemitleideten, die ›nur‹ Photoapparate mitführten und von der höheren Kunst der Reiseerinnerung mit Hilfe eines Tagebuchs offenbar keine Ahnung hatten. – Und noch ein zweiter Plan entstand auf jener kurzen, aber so unendlich inhaltsreichen Reise (die auch noch nach Mailand, von da, durch Cholera-Angst abgeknickt, nach Stresa und Paris führte), ein Plan, der an Verrücktheit grenzte, von uns beiden aber mit Beharrlichkeit und immer neuen Späßen ausgesponnen wurde. Es war uns der Einfall gekommen, einen neuen Typ von Reiseführern zu schaffen. Er sollte ›Billig‹ heißen. Also etwa ›Billig durch die Schweiz‹,

›Billig in Paris‹ und so fort. Franz war unermüdlich und hatte eine kindische Freude daran, die Prinzipien dieses Typs, der uns zu Millionären machen und vor allem der scheußlichen Amtsarbeit entreißen sollte, bis in alle Feinheiten auszubauen. Ich habe dann allen Ernstes mit Verlegern über unsere ›Reform der Reisehandbücher‹ Korrespondenz gepflogen. Die Verhandlungen scheiterten daran, daß wir das kostbare Geheimnis ohne einen Riesenvorschuß nicht preisgeben wollten. – Auf solch einer Grenzlinie zwischen Ernst und Scherz balancierte Franz besonders gern und mit hoher Virtuosität. Man konnte oft nicht wissen, ob er etwas schwer oder spaßhaft meinte; er selbst wußte es wohl nicht immer und gab sich einfach den schöpferischen Phantasien eines großen Märchenerzählers hin. So spielte er auch mit mir das Spiel vom neuen Baedeker, unserem ›Billig‹, den wir schon an allen Wänden der Pariser Untergrundbahn neben Byrrh und den anderen meistgenannten Apéritifs plakatiert sahen. ›Billig‹ also sollte vor allem dem Reisenden die Wahl ersparen, er brachte daher imperative Routen, nur *ein* Hotel in jeder Stadt, nur *ein* Verkehrsmittel, das preiswerteste. Eine Organisation sollte die Angaben häufig nachprüfen. »Genaue Trinkgelder«, schreibt Kafka in unser gemeinsames Memorandum ein. Und die Notiz: »Nicht rasch oder langsam Reisende, sondern eine bestimmte Mittelgruppe. Abweichungen sind leichter möglich, da immer an ein Präzises angeschlossen werden kann.« ›Billig‹ sollte ferner in eigenen Abteilungen folgende Fragen behandeln: »Was macht man an Regentagen?« »Reiseandenken«, »Passende Kleidung«, »Freikonzerte«, »Wo und wie bekommt man Freikarten ins Theater wie ein Einheimischer?« »In Bildergalerien nur wenig wichtige Bilder, diese aber gründlich anschaun.« Besonderen Ulk trieben wir mit einem Sprachführer ›Billig‹, der von dem Grundsatz ausging: »Es ist unmöglich, eine fremde Sprache vollständig zu erlernen. Wir lehren daher lieber gleich das Falsche. Es macht weniger Mühe und genügt zur Verständigung. Eine Art Esperanto, ein von uns erfundenes falsches Französisch oder Englisch. Dazu Dialekt und Zeichensprache nach lokalem Gebrauch.« – Alle unsere mit viel Lust und Liebe entwickelten Pläne, bei denen wir ganz toll lachten, enthielten natürlich eine tiefgefühlte Ironie, die sich gegen unsere eigenen Mängel (wir waren beide für Fremdsprachen unbegabt) und unsere durch die Umstände leider erzwungene Sparsamkeit wandte. – Zur Abschattung jener Tage, die vielleicht allzu hell in meinem Gedächtnis leuchten, will ich gewissenhafterweise noch eine spätere Tagebuchstelle von mir anführen: »Ergreifend, daß Platon seine Lehre mehrmals praktisch durchsetzen wollte (Sizilien). Was mag da alles vorgegangen sein, in ihm, um ihn? – Gerade der gemessene Klang, den man mit dem Namen Platon verbindet, paßt gar nicht zu dieser wohl närrischen Wirklichkeit*. – Und muß den Mitlebenden nicht solch ein Mann, der doch in vielem auch Unrecht hat, legaliter als Narr und lästig erscheinen? Die Nachwelt leidet weniger oder gar nicht an seinen Exzessen, so tritt dann leuchtend das ›Ideale‹ an ihm hervor, – aber man vergißt, daß diese Exzesse und dieses Ideale zusammengehören. Wenn ich ganz aufrichtig sein will: fiel mir nicht auch Kafka hie und da einmal lästig? Zum Beispiel in Lugano, als er kein Abführmittel nehmen wollte, seinem Naturprinzip treu, mir aber durch Jammern die Laune verdarb? – Dabei war Kafka ein Ausnahmefall des Genies, so unsagbar zart und rücksichtsvoll. – Persönlich bemüht, die aus dem Prinzip des Genialen hervorflutenden Mißhelligkeiten bis zur völligen Unfühlbarkeit auszulöschen. Sie waren auch kaum merklich, nur Rudimente davon, zum Beispiel Unpünktlichkeit.«

Für die Reise nach Weimar im nächsten Jahr 1912 waren wir durch unsere Liebe zu Goethe, unsere seit Jahren betriebenen Goethe-Studien besonders gut vorbereitet. Kafka mit Andacht über Goethe sprechen zu hören, – das war etwas ganz Besonderes; es war, als spreche ein Kind von seinem Ahnherrn, der in glücklicheren, reineren Zeiten und in unmittelbarer Berührung mit dem Göttlichen gelebt habe. Und um nun gleich wieder die kleine Bosheit zu Wort kommen zu lassen: Kafka betonte gelegentlich, er sei sehr erstaunt, daß mancher Schriftsteller so unvorsichtig sei, Goethe zu zitieren, – ein Satz von Goethe leuchte doch unfehlbar aus dem sonstigen Text jedes Autors allzu blendend hervor. Für die ungewöhnliche Verehrung, die Kafka für Goethe hatte, zeugt folgende Tagebuchstelle (der ich eine Stelle über eine Figur Lessings anschließe, um den ganzen Komplex der Stellung Kafkas zu den deutschen Klassikern wenigstens andeutend zu umreißen):
»Goethe hält durch die Macht seiner Werke die Entwicklung der deutschen Sprache wahrscheinlich zurück. Wenn sich auch die Prosa in der Zwischenzeit öfters von ihm entfernt, so ist sie doch schließlich, wie gerade gegenwärtig, mit verstärkter Sehnsucht zu ihm zurückgekehrt und hat sich selbst alte, bei Goethe vorfindliche, sonst aber mit ihm nicht zusammenhängende Wendungen angeeignet, um sich an dem vervollständigten Anblick ihrer grenzenlosen Abhängigkeit zu erfreuen.«

* Diese Notiz von mir beweist, wie fern ich damals noch von einem rechten Verständnis Platons entfernt war.

Über Tellheim (in ›Minna von Barnhelm‹) notiert er in sein Tagebuch aus dem erwähnten Buch Diltheys: »Er hat jene freie Beweglichkeit des Seelenlebens, welche unter den wechselnden Lebensumständen immer wieder durch ganz neue Seiten überrascht, wie sie nur die Schöpfungen echter Dichter besitzen.«

In dieser Stimmung verehrungsvoller Dankbarkeit besuchten wir, zum ersten und letzten Mal, Weimar. Zur Ergänzung des Tagebuchs dieser Reise wiederhole ich hier die entsprechende Stelle aus meinem ›Zauberreich der Liebe‹, mit der einzigen Korrektur, daß wir beiden armen kleinen Beamten keinen vollen Monat, sondern nur wenig über eine Woche Zeit für Weimar hatten.

»Sie machen die Sommerreise gemeinsam. Nur Weimar, einen Monat lang Weimar; in der Verehrung der Urkraft Goethe waren sie von Anfang an einig, von modischen Einflüsterungen gegen ihn beide gänzlich unberührt. Da bedurfte es keiner gegenseitigen Einflußnahme, es kam nur vielleicht zu einer Verstärkung ihres Gefühls. Übrigens wollen sie nicht etwa Weimar studieren, sondern sie leben da wie in einer Sommerfrische, baden täglich im Stadtteich, essen abends in einem Restaurant auf dem Hauptplatze viele Schalen guter Erdbeeren, wollen sich vor allem erholen. Wie alles, was Garta angeht, bekommt aber auch dieser Aufenthalt eine besondere Formung – gleichsam ohne Gartas Willen, nur aus den Grundzügen seiner Natur, einer besonderen Redlichkeit und Genauigkeit (nicht des Kopfes, sondern der Empfindung) hervor. Es knüpft sich nämlich eine kleine, ganz zarte Beziehung zwischen ihm und der hübschen Tochter des Beschließers im Goethehaus am Frauenplan. Liebesbeziehung wäre wohl zuviel gesagt, es ist nur ein schüchternes, neckisches, vielleicht auch leise schmerzliches Sich-gern-Sehen der beiden jungen Leute. Es hat zur Folge, daß Garta und mit ihm Christof in die Wohnung des Beschließers eingeladen werden, daß sie dann mit dem schönen Mädchen in der Wohnung Goethes aus- und eingehen wie zu Hause, daß sie in den sonst nicht zugänglichen Garten Einlaß haben, in den Zimmern Goethes außerhalb der Besuchsstunden, also ungestört von Touristen-Getrappel sich umtun dürfen. Es ist ihnen, als gehörten sie, wenn auch nur im entferntesten, im altrömischen Sinne, zur ›Familie‹ Goethes. Geisterhaft tönt etwas von Goethes Musik in das fröhliche Zusammensein mit dem Verwalterskind, in sommerlich grünumlaubte, rosenumrankte Abende an der alten Efeumauer seines Gartens. Er ist da, der königliche Alte, er ist unsichtbar da! – – Von all den Denkwürdigkeiten Weimars, auch von den auf Goethe bezüglichen, sehen sie sonst nicht viel. Gartas Erlebnisse sind immer lückenhaft, es wird immer nur das einzelne erfaßt, das allerdings mit liebevoller Eindringlichkeit bis in die Tiefe; aber von Vollständigkeit ist nie die Rede. Leicht könnte auch dies in schablonenhaftes Lob gedreht werden: ein intensives, nicht registriersüchtiges Leben. Aber Garta empfindet es nicht als Vorzug, nur als persönliche Schwäche, als Mangel, daß er nicht auch für das vollständige Erfassen ausreicht, und wenn er bei jemandem dieses Lückenlose der Erfahrung oder das kraftvolle Bestreben danach voraussetzen zu können glaubt, so bewundert er ihn maßlos. Manche Äußerung läßt erkennen, daß er Christof (vielleicht nicht ganz mit Recht) für solch einen vorzüglichen Menschen hält. Jedenfalls ergänzen sie einander auf das wohltuendste. Es tut ihnen einigermaßen weh, wie sie nach den Weimarer Tagen voneinander weg müssen. Christof nach Hause, Richard noch in ein Naturheilsanatorium im Harz. Sie fahren dann noch eine kleine Bahnstrecke miteinander. Auf der Abzweigstation umarmt in einer plötzlichen Aufwallung Christof den Freund und küßt ihn – nur dieses eine Mal – leicht auf die Wange. Heimgekehrt vergeht ihnen nun kein Tag, an dem sie nicht wenigstens flüchtig miteinander gesprochen hätten. Manche Woche verbringen sie Nachmittag um Nachmittag auf der guten alten Prager Zivilschwimmschule, auf den heißen Brettern unter Herbstkastanien, im schon kühleren Moldaustrom. Berufssorgen, Familie, die ersten Begegnungen mit Mädchen – alles vertrauen sie einander an.«

Die Weimarer Reise war auch insofern bedeutsam, als sie uns über Leipzig führte, wo ich Franz mit Ernst Rowohlt und Kurt Wolff, die damals gemeinsam den Verlag Rowohlt leiteten, zusammenbrachte. Denn längst brannte in mir der heiße Wunsch, ein Buch meines Freundes gedruckt zu sehen.
Franz stellte sich zu diesem Wunsch recht zwiespältig. Er wollte – und wollte auch wieder nicht. Zuzeiten überwog die Ablehnung, namentlich als er, nach Prag zurückgekehrt, daran gehen mußte, jene kleinen Prosastücke, die er für druckreif hielt, aus der Fülle seiner Manuskripte, namentlich der Tagebücher, herauszusuchen und die letzte Feile anzulegen, – wobei es nicht ohne große Bedenken, Nachschlagen im ›Grimm‹ und Verzweiflung über die Ungewißheit von Interpunktionsregeln, orthographischen Details abging. – Der Verlag hatte nach den Proben, die ich nach Leipzig mitgebracht hatte, von Anfang an (es waren glückliche Zeiten!) seine Bereitwilligkeit dargetan, es lag nur an Franz, das definitive Manuskript einzusenden. Und da bockte er allerdings ganz gehörig und fand alles schlecht, was er geschrieben hatte, fand, daß ihn die Zusammenstellung der alten ›wert-

losen‹ Stücke an Hervorbringung besserer Werke hinderte. Aber ich ließ nicht mehr locker. Kafkas Tagebuch ist Zeuge seiner Auflehnung gegen mich, die ihm aber nichts half. Das Buch mußte fertig werden und wurde fertig. Als der Umfang der von Franz für würdig befundenen Auswahl sich als geradezu unwahrscheinlich klein erwies, entschloß sich der Verlag, die ›Betrachtung‹ (so hieß das Buch) in einer ungewöhnlich großen Type setzen zu lassen. Die neunundneunzig Seiten der jetzt sehr seltenen, in achthundert numerierten Exemplaren gedruckten Erstausgabe ähneln mit ihren Riesenlettern antiken Votivtafeln. Und damit ist durch einen jener seltsamen Zufälle, die im Sinne Schopenhauers nichts Zufälliges mehr an sich haben, der innerste Charakter dieser großen Prosa eigentlich unübertrefflich zum Ausdruck gekommen.

So wurde Franzens Widerstreben durch gute Kräfte, die in jener legendären Zeit den bösen Kräften der Welt noch zumindest das Gleichgewicht hielten, überwunden und ins Heilsame umgebogen. – Hier sei eingefügt, daß mir Kafka im Jahre vorher einen ähnlichen Tanz gemacht hatte. Ich bestand auf der Ausführung des in Lugano gefaßten Plans ›Richard und Samuel‹. Wir begannen, die Arbeit geriet bald ins Stocken. Ich gab aber nicht nach, bis wenigstens ein nennenswertes Bruchstück niedergeschrieben war. Ein Teil davon erschien 1912 in den von Willy Haas herausgegebenen ›Herderblättern‹; (vergleiche Erzählungen S. 296 ff.). Die Fortsetzung sollte zeigen, daß eine Freundschaft ebensolchen Schwankungen und Komplikationen unterworfen ist wie eine Liebe, – die beiden Freunde sollten während der Reise recht böse miteinander werden, ihre Gegensätzlichkeit sollte hervortreten und erst die gemeinsame Choleragefahr in dem dumpfig überheißen Mailand (wo ich Franz durch die Bitte fast zu Tränen rührte, er möge mich, wenn ich da in der Fremde sterbe, nicht ohne Herzstich begraben lassen), sollte ihre alte Zuneigung zu allem Glanz entfachen. »Die Reise schließt damit, daß die beiden Freunde ihre Fähigkeit zu einem neuen eigenartigen Kunstunternehmen vereinigen«, heißt es in der Vorbemerkung des publizierten Kapitels. Die Freunde waren selbstverständlich nicht nach der Natur gezeichnet, vor allem Samuel nicht, der praktisch, reich und unabhängig sein sollte, – doch machte es uns viel Spaß, für Richard vorzugsweise die Eigenheiten und Reisenotizen Kafkas, für Samuel die meinen (manchmal aber auch umgekehrt) zu verwenden. Auch gegen diese Arbeit wehrte sich Franz (vergleiche seine Tagebuchnotiz vom Silvester 1911–1912), dennoch ist es gut, daß ich ihn wenigstens eine Zeitlang bei der Stange gehalten habe. Er gewöhnte sich an regelmäßiges Arbeiten, überwand

innere Hemmungen, riß sich gewaltsam aus einer Periode der Sterilität – gerade in der Zeit, in der wir an ›Richard und Samuel‹ schrieben, beginnen auch seine eigenen Tagebücher reicher zu strömen –, auch die Arbeit an ›Richard und Samuel‹ freute ihn manchmal, ausnahmsweise, und die Zucht, die er sich antat, eröffnete ihm den Gedanken, daß sich in ihm die von Schiller postulierte »Umbildung des Affekts in Charakter« anbahnte. So wuchs die Wucht und das Gefälle seiner Produktion, bis mit der Niederschrift des ›Urteils‹ in einem einzigen Zug, in der Nacht vom 22. zum 23. September 1912 der endgültige Durchbruch erfolgte. Erschütternd beschreibt Kafka in seinem Tagebuch die Nacht, – ich glaube, daß diese Selbstdarstellung für immer ein wichtiges Dokument für die Erkenntnis des echten Künstlertums bleiben wird. »*Nur so* kann geschrieben werden, nur in einem solchen Zusammenhang, mit solcher vollständigen Öffnung des Leibes und der Seele.« Womit Franz gleichzeitig, ohne anzuklagen, die schärfste Kritik der ihm aufgedrängten Brotberufsplage gibt.
Auslösendes Moment für diesen plötzlichen Durchbruch war der Besuch eines Berliner Mädchens bei uns, Fräulein F. B., – fünf Jahre lang beherrschte die Beziehung zu ihr Franzens Leben. »Als ich am 13. VIII. zu Brod kam, saß sie bei Tisch«, hebt das Tagebuch von dieser schicksalsvollen Begegnung zu erzählen an und bringt dann den Satz: »Während ich mich setzte, sah ich sie zum erstenmal genauer an, als ich saß, hatte ich schon ein unerschütterliches Urteil.« – In meinem Tagebuch ist unter dem 13. VIII. diese Begegnung gleichfalls festgehalten und anschließend an die Notiz über das Zusammentreffen im Hause meiner Eltern heißt es: »Café City. Kafka mit dem fertigen Buch, das mir eine ungeheure Freude macht. Fräulein B. Dann lese ich nochmals die Betrachtung. Göttlich. Mittwoch, 14. August, schickte ich die Betrachtung an Rowohlt.«

Das Jahr 1912 ist ein Entscheidungsjahr in Kafkas Leben. Und zwei wichtige Ereignisse treffen an dem einen Tag, dem 13. August, zusammen. Ich bewahre ein Brieflein auf, das mir Franz am Morgen des nächsten Tages durch Boten sandte, – es zeigt (nebst anderem), daß es unrichtig wäre, mich nur in der Rolle des auf Veröffentlichung Drängenden, Kafka nur in der des Abwehrenden zu sehen. Der Brief sagt: »Guten Morgen! Lieber Max, ich stand gestern beim Ordnen der Stückchen unter dem Einfluß des Fräuleins, es ist leicht möglich, daß irgendeine Dummheit, eine vielleicht nur im geheimen komische Aufeinanderfolge dadurch entstanden ist. Bitte, schau das noch nach und laß mich den Dank dafür in den ganz großen Dank einschließen, den ich Dir schuldig bin.« Es folgen noch zwei kleine Änderungsanweisungen.

Als ich am 29. September aus Portorose zurückkam, wo ich mit meinem Freund Felix Weltsch an dem Buch »Anschauung und Begriff« gearbeitet hatte, erwartete uns Franz an der Bahn und sprach sofort vom ›Urteil‹, der eben fertiggestellten Novelle, die er mir gern für mein Jahrbuch ›Arkadia‹ gab. Da erschien sie denn auch, in dem einzigen Jahrgang dieser Publikation (1913) – mit der Widmung für die Verlobte.

Gleich nach dem ›Urteil‹ setzte Franz die Arbeit an dem ersten Kapitel des Romans fort, den er wohl schon etwas früher begonnen hatte, der aber erst jetzt in Schwung kam. Es war ›Der Verschollene‹ – oder ›Amerika‹. Ich zitiere meine Tagebuchnotizen aus dieser Zeit. 29. September: »Kafka in Ekstase, schreibt die Nächte durch. Ein Roman, der in Amerika spielt.« 1. Oktober: »Kafka in unglaublicher Ekstase.« 2. Oktober: »Kafka, der weiter sehr inspiriert ist. Ein Kapitel fertig. Ich bin glücklich darüber.« 3. Oktober: »Kafka, dem es gut geht.« Am 6. Oktober las er mir das ›Urteil‹ und den ›Heizer‹ (das erste Kapitel des Amerika-Romans) vor. Unmittelbar darauf (am 8. Oktober) spielte sich der Briefwechsel zwischen seiner Mutter und mir (über den geplanten Selbstmord) ab. Am 14. Oktober war der große Wiener Erzähler Otto Stoessl, den Kafka und ich außerordentlich schätzten, bei mir zu Besuch, und wir spazierten zu dritt durch die Gassen der Prager Kleinseite. Aber schon der 28. Oktober bringt die unheilverkündende Bemerkung, daß Franz einen zweiundzwanzig Seiten langen Brief an Fräulein F. geschrieben habe und von Zukunftssorgen bewegt sei. Damit setzte die Tragödie dieser Beziehung ein. (Franzens eigene Tagebücher weisen eine Lücke vom Oktober 1912 bis Februar 1913 auf, weshalb ich gerade für diese Zeit meine eigenen Notizen heranziehe.) Am 3. November finde ich verzeichnet: »Zu Baum, wo Kafka sein wunderbares zweites Kapitel vorliest. Er ist ganz verliebt in F. und glücklich. Dieser Roman von ihm – ein Zauberwerk.« Und schon am 24. November dieses ungewöhnlich reichen Jahresschlusses liest Kafka uns bei Baum »seine herrliche Novelle vom Ungeziefer« (also ›Die Verwandlung‹) vor. So sind drei Hauptwerke Kafkas zwischen Ende September und November 1912, also binnen zwei Monaten, entstanden oder doch, was den Roman anlangt, entscheidend angesetzt worden.

Zum ›Urteil‹, dieser stürmischen Erzählung, in der der gute und gehorsame Sohn trotz allem vom Vater als widerspenstig und teuflisch befunden und zum ›Tode des Ertrinkens‹ verurteilt wird, worauf er sich mit dem Ruf »Liebe Eltern, ich habe euch doch immer geliebt« in den Fluß hinabfallen läßt, – zu dieser auf den ersten Blick psychoanalytisch klar scheinenden, aber schon auf den zweiten und dritten Blick sich wieder verschleiernden Geschichte hat Franz selbst drei Kommentare geliefert. Einen im Gespräch mit mir. Er sagte mir nämlich einmal, meines Erinnerns ziemlich unvermittelt: »Weißt du, was der Schlußsatz bedeutet?* – Ich habe dabei an eine starke Ejakulation gedacht.« Die beiden anderen Deutungen stehen im Tagebuch, sie stammen aus der Zeit der Drucklegung:

»11. 2. 1913. Anläßlich der Korrektur des ›Urteils‹ schreibe ich alle Beziehungen auf, die mir in der Geschichte klar geworden sind, soweit ich sie gegenwärtig habe. Es ist dies notwendig, denn die Geschichte ist wie eine regelrechte Geburt mit Schmutz und Schleim bedeckt aus mir herausgekommen und nur ich habe die Hand, die bis zum Körper dringen kann und Lust dazu hat:

Der Freund ist die Verbindung zwischen Vater und Sohn, er ist ihre größte Gemeinsamkeit. Allein bei seinem Fenster sitzend wühlt Georg in diesem Gemeinsamen mit Wollust, glaubt den Vater in sich zu haben und hält alles bis auf eine flüchtige traurige Nachdenklichkeit für friedlich. Die Entwicklung der Geschichte zeigt nun, wie aus dem Gemeinsamen, dem Freund, der Vater hervorsteigt und sich als Gegensatz Georg gegenüber aufstellt, verstärkt durch andere kleinere Gemeinsamkeiten, nämlich durch die Liebe, Anhänglichkeit der Mutter, durch die treue Erinnerung an sie und durch die Kundschaft, die ja der Vater doch ursprünglich für das Geschäft erworben hat. Georg hat nichts, die Braut, die in der Geschichte nur durch die Beziehung zum Freund, also zum Gemeinsamen, lebt, und die, da eben noch nicht Hochzeit war, in den Blutkreis, der sich um Vater und Sohn zieht, nicht eintreten kann, wird vom Vater leicht vertrieben. Das Gemeinsame ist alles um den Vater aufgetürmt, Georg fühlt es nur als Fremdes, Selbständiggewordenes, von ihm niemals genug Beschütztes, russischen Revolutionen Ausgesetztes, und nur weil er selbst nichts mehr hat als den Blick auf den Vater, wirkt das Urteil, das ihm den Vater gänzlich verschließt, so stark auf ihn.

Georg hat soviel Buchstaben wie Franz. In Bendemann ist ›mann‹ nur eine für alle noch unbekannten Möglichkeiten der Geschichte vorgenommene Verstärkung von ›Bende‹. Bende aber hat ebenso viele Buchstaben wie Kafka und der Vokal e wiederholt sich an den gleichen Stellen wie der Vokal a in Kafka.

* Er lautet, nach der Beschreibung des Selbstmordes: »In diesem Augenblick ging über die Brücke ein geradezu unendlicher Verkehr.«
Notiz vom 13. 3. 1968. Ich las in Goethes Pandora. Auch hier wird ein Sohn zum Tod durch Ertrinken verurteilt! Seltsam!

Frieda hat ebensoviel Buchstaben wie F. und den gleichen Anfangsbuchstaben, Brandenfeld hat den gleichen Anfangsbuchstaben wie B. und durch das Wort ›Feld‹ auch in der Bedeutung eine gewisse Beziehung. Vielleicht ist sogar der Gedanke an Berlin nicht ohne Einfluß gewesen und die Erinnerung an die Mark Brandenburg hat vielleicht eingewirkt.
12. II. Ich habe bei der Beschreibung des Freundes in der Fremde viel an Steuer* gedacht. Als ich nun zufällig ein Vierteljahr nach dieser Geschichte mit ihm zusammenkam, erzählte er mir, daß er sich vor etwa einem Vierteljahr verlobt habe.
Nachdem ich die Geschichte gestern bei Weltsch vorgelesen hatte, ging der alte Weltsch hinaus und lobte, als er nach einem Weilchen zurückkam, besonders die bildliche Darstellung in der Geschichte. Mit ausgestreckter Hand sagte er: ›Ich sehe diesen Vater vor mir‹ und dabei sah er ausschließlich auf den leeren Sessel, in dem er während der Vorlesung gesessen war.
Die Schwester sagte: ›Es ist unsere Wohnung.‹ Ich staunte darüber, wie sie die Örtlichkeit mißverstand, und sagte: ›Da müßte ja der Vater auf dem Klosett wohnen.‹«
Im Januar 1913 erschien die Betrachtung. Das Buch trägt die Widmung: »Für M. B.« und in das Exemplar, das Franz mir schenkte, ist unter diese Zeile eingetragen: »So wie es hier schon gedruckt ist, für meinen liebsten Max – Franz K.« Ich durfte ein Jahr später mit der Widmung meines Romans ›Tycho Brahes Weg zu Gott‹ danken.
Über sein erstes Buch und das Gesamtthema seiner Dichtung schrieb ich in dem einzigen großen Essai, der zu Franzens Lebzeiten über ihn erschienen ist (›Neue Rundschau‹, November 1921), unter anderem Folgendes:

Wo anfangen? – Es ist einerlei. Denn zu dem Besonderen dieser Erscheinung gehört es, daß man von jeder Seite her zu demselben Ergebnis kommt.
Schon das zeigt, wie sehr Wahrhaftigkeit, unerschütterliche Echtheit, Reinheit sie ist. Denn die Lüge bietet nach jeder Seite hin einen anderen Anblick, und das Unreine schillert. Hier aber, bei Franz Kafka, und es sei gesagt: bei ihm allein, im ganzen literarischen Umkreis der Moderne, gibt es kein Schillern, keinen Prospektwechsel, keine Verschiebung der Kulissen. Hier ist Wahrheit und nichts als sie.
Nehmt beispielsweise seine Sprache! Die billigen Mittel (neue Worte zu drehen, Zusammensetzungen, Rochade der Satzteile usw.), diese Mittel verschmäht er. ›Verschmäht‹ ist nicht einmal das richtige Wort. Sie sind ihm unzugänglich,

* Steuer, ein Jugendfreund Kafkas

wie eben dem Reinen Unreines unzugänglich, verboten ist. Seine Sprache ist kristallklar, und an der Oberfläche merkt man gleichsam kein anderes Bestreben, als richtig, deutlich, dem Gegenstand angemessen zu sein. Und doch ziehen Träume, Visionen von unermeßlicher Tiefe unter dem heiteren Spiegel dieses reinen Sprachbaches. Man blickt hinein und ist gebannt von Schönheit und Eigenart. Man kann aber nicht sagen, zumindest auf den ersten Blick nicht sagen, worin das Eigene dieser doch nichts als richtigen, gesunden, einfachen Satzformen besteht. Liest man ein paar Sätze von Kafka, so empfindet die Zunge, der Atem eine Süßigkeit, nie zuvor erlebt. Die Kadenzen, die Abschnitte scheinen geheimnisvollen Gesetzen zu folgen, die kleinen Pausen zwischen den Wortgruppen haben ihre eigene Architektur, eine Melodie spricht sich aus, die nicht aus Materie dieser Erde besteht. Es ist Vollendung, die Vollendung schlechthin, jene Vollkommenheit der reinen Form, die Flaubert vor den Trümmern einer Akropolismauer weinen machte. Aber es ist Vollendung in Bewegtheit, auf dem Marsch, im Sturmschritt sogar. Ich denke etwa an ›Die Kinder auf der Landstraße‹, diese klassisch schöne und doch so ganz aus dem Häuschen gebrachte Prosa, die sein erstes Buch (›Betrachtung‹) einleitete. Da ist Feuer, das ganze unruhige Feuer und Blut einer ahnungsvoll gespannten Kindheit; aber die Flammenwände gehorchen einem unsichtbaren Kapellmeisterstab; nicht Feuerfetzen sind sie, sondern ein Palast, jeder seiner Bausteine brausende Glut. Vollkommenheit – und eben deshalb nicht outriert, nicht extravagant. Sprünge macht man nur, solange die äußerste Grenze, die Linie, die das All umfaßt, nicht erreicht ist. Das Allumfassende braucht keine Sprünge zu machen. – Wird es da aber nicht langweilig? Hier liegt die Mitte von Kafkas künstlerischer Bedeutung. Ich sagte es schon: er ist das Vollendete in Bewegung, unterwegs. Daher paart sich Allumfassendes zwanglos mit allerkleinstem, ja skurrilstem Detail, der Okeanos mit spaßigen Graukünsten des Bürolebens, Erlösungssüße mit einem neuen Advokaten, der allerdings eigentlich das Streitroß Bucephalus ist, oder mit einem geplagten Landarzt oder kleinen Geschäftsreisenden oder mit der Zirkusreiterin rosa Flitterkleid. Daher die große kunstvolle Periode und die Schlichtheit des Stils, jedoch von Einfällen erleuchtet in jedem Satz, in jedem Wort. Daher die Unauffälligkeit der Metaphern, die doch immer (man merkt es überrascht erst eine Weile nachher) Neues sagen. Daher Stille, Übersicht, Freiheit wie über den Wolken – und doch die gute Träne und das mitleidige Herz. Würden die Engel im Himmel Witze machen, so müßte es in der Sprache Franz Kafkas geschehen. Diese Sprache ist Feuer, das aber kei-

nen Ruß hinterläßt. Sie hat die Erhabenheit des unendlichen Raumes, und dennoch zuckt sie alle Zuckungen der Kreatur.
Daß der Reine Unreines nicht anzurühren vermag, ist nun allerdings sowohl seine Stärke wie seine Schwäche. Stärke: weil es bedeutet, den Abstand zwischen sich und dem Absoluten durchfühlen, zu Ende fühlen. Dieser Abstand selbst aber ist etwas Negatives, ist Schwäche. Und so kann sich die Stärke des Reinen nur darin äußern, daß er darauf beharrt, sich seinen Abstand vom Absoluten nicht wegschwindeln zu wollen, daß er seine Schwäche wie durch tausendfältige Vergrößerungsgläser geradezu übertreibt. Daß aber gerade dies Stärke ist, darf und kann er, solange er seine Position wahren will, nicht zugeben. So entsteht ein doppelter Boden und, wie überall, wo es doppelten Boden gibt: Humor. Ja, auch mitten durch das Grauen solchen Eigensinns, solchen Beharrens in der gefährlichsten aller Haltungen (es geht ja um Leben und Tod dabei) spielt ein liebliches Lächeln. Es ist ein neues Lächeln, das Kafkas Werk auszeichnet, ein Lächeln in der Nähe der letzten Dinge, ein metaphysisches Lächeln gleichsam, – ja manchmal, wenn er uns Freunden eine seiner Erzählungen vorlas, steigerte es sich, und wir lachten laut heraus. Aber wir schwiegen bald. Es ist kein Lachen, das für Menschen bestimmt wäre. Nur Engel dürfen so lachen (die man sich freilich nicht als Raffaelsche Putten vorstellen darf – nein, Engel, Seraphimmänner mit drei riesigen Flügelpaaren, dämonische Wesen zwischen Mensch und Gott).
In ganz besonderer Art also durchdringen einander Stärke und Schwäche, Aufstieg und Erliegen in Kafkas Werk. Auf den ersten Blick ersichtlich ist Schwäche – etwas, was oberflächlich an Dekadenz, an Satanismus gemahnt, an die Liebe zum Verwesenden, Sterbenden, Grauenhaften, die bei Poe, bei Villiers de l'Isle Adam und einigen Neueren ausbricht. Aber dieser erste Blick führt völlig irre. Eine Novelle wie Kafkas ›Strafkolonie‹ hat mit Poe gar nichts zu tun, obwohl thematisch-ähnliche Greuelszenen auftauchen. – Schon die Vergleichung des Sprachstils sollte darüber belehren, zumindest stutzig machen. Was hat die hellfarbige, wie von Ingres sicher liniierte Darstellung Kafkas gemeinsam mit der vibrierenden, manchmal auch geradezu gewaltsam in Vibration gesetzten Form jener Gruselexperten? Jene sind Spezialisten der Höllentiefseeforschung mit mehr oder minder wissenschaftlichem Interesse; ein religiöses Schwänzchen, eine Art ›Moral‹ ist gewissermaßen nur aus Verlegenheit angehängt. Dichter, gewiß, große Dichter sogar und ehrlich zerrüttet – doch klingt nicht auch ein wenig »Stolzsein auf die Zerrüttung« überall mit? Bei Kafka ist es jedoch tiefer

Ernst des religiösen Menschen, der die Szene füllt. Er zeigt keine Neugierde nach den Abgründen. *Wider seinen Willen* sieht er sie. Er ist nicht lüstern nach Zerfall. Er zerfällt, obwohl er den guten Weg, die Entschlossenheit, den Zusammenhalt sieht und liebt und nichts so sehr liebt wie den blauen, unbefleckten Himmel über sich, den ewig rettenden, vollkommenen. Aber dieser Himmel beginnt sich in Falten zu legen wie ein zürnendes Vaterantlitz. Und wievielmal die Angst um Glatterhaltung des Himmels furchtbarer ist und grausam-grauenhafter als die Durchstudierung von ein paar passablen Höllenabnormitäten, um so viel gewaltiger ist die Erschütterung, die von Kafkas geformtem Kunstwerk ausgeht, als die Sensation jener interessant-pathologischen Skizzenbücher des ›unheimlichen‹ Genres. Gerade deshalb wirken seine Bücher (›Verwandlung‹ oder ›Urteil‹ usw.) so schauerlich. Weil rings um sie herum und eigentlich auch mitten in ihnen die ganze freie Welt offensteht. Weil sie nicht »aus Prinzip schauerlich« sind – sondern aus Prinzip vielmehr das Gegenteil von »schauerlich«, aus Prinzip idyllisch vielleicht oder heroisch, jedenfalls aufrecht, gesund, positiv, allem Lebenwollenden zugeneigt, allem Milden und Guten, dem blühenden Mädchenkörper, der am Schluß der ›Verwandlung‹ über dem Aas des Helden aufglänzt, der Landarbeit, allem Natürlichen, Einfachen und Kindlich-Frischen, voll von Streben nach Freude, Glück, Anständigkeit, körperlicher wie seelischer Kraft – aus Prinzip also etwas wie der Vorsatz eines gütigen Gottes bei der Weltschöpfung – aber »nicht für uns«. Vor dem Hintergrund des guten göttlichen Willens wirkt dieses »nur nicht für uns« doppelt erschreckend, als Sündenbekenntnis von allerletzter Gewalt. Nicht das Leben verwirft Kafka. Er hadert nicht mit Gott, nur mit sich selbst. Daher die furchtbare Strenge, mit der er ins Gericht geht. Überall in seiner Dichtung stehen Richterthrone, werden Exekutionen vollzogen. Die ›Verwandlung‹ – der Mensch, der nicht vollkommen ist, Kafka erniedrigt ihn zum Tier, zum Insekt. Oder, was noch gräßlicher ist, er läßt (›Bericht für eine Akademie‹) das Tier zum Menschtum aufrücken, aber zu was für einem Menschtum, zu einer Maskerade, die den Menschen demaskiert. Aber auch damit nicht genug! Noch tiefer hinab muß der Mensch sinken – es gibt da nur »alles oder nichts« –, und wenn er zu Gott hinauf sich nicht erheben kann, wenn der Vater ihn verurteilt hat, wenn restlose Vereinigung mit der Urmoral, der Eintritt in das ›Gesetz‹ durch einen starken Türhüter verwehrt ist, oder wenn vielmehr der Mensch den Mut nicht hat, diesen Türhüter beiseite zu schieben – wenn die ›kaiserliche Botschaft‹ des sterbenden Sonnenfürsten dich ja doch niemals erreicht –

wohlan, so verwandle dich in ein nutzloses Ding, das weder belebt ist noch unbelebt, in eine Zwirnspule, die als »Sorge des himmlischen Hausvaters« ruhelos treppauf, treppab wandelt. »Wie heißt du denn?« – »Odradek« (und eine ganze Skala slawischer Worte klingt an, die ›Abtrünniger‹ bedeuten, abtrünnig vom Geschlecht, rod, vom Rat, dem göttlichen Schöpfungsbeschluß, rada). »Und wo wohnst du?« »Unbestimmter Wohnsitz.« – Da versteht man, daß Kafka neben allgemeiner Menschheitstragik insbesondere das Leid seines unglücklichen Volkes, des heimatlosen, gespenstischen Judentums, der Masse ohne Gestalt, ohne Körper, schreibt wie kein anderer sonst. Schreibt, ohne daß das Wort ›Jude‹ in einem seiner Bücher vorkommt.

Im Mai 1913 erschien ›Der Heizer‹, das erste Kapitel des (erst posthum veröffentlichten) Amerika-Romans. Diesmal hatte Franz die Verhandlungen ohne mein Dazutun und ohne mein Drängen geführt. – Ich zitiere einen Brief aus späterer Zeit, er zeigt die besondere Beziehung, die zwischen Franz Kafka und seinem Verleger Kurt Wolff statthatte und die dem Autor wie dem Verleger persönlich gleicherweise Ehre macht. Sie kann wohl auch auf das Lob, den Reiz der Seltenheit für sich zu haben, Anspruch erheben. Kurt Wolff schreibt (am 3. X. 1921):
»Verehrter und lieber Herr Kafka!
Vor vierzehn Tagen traf ich zufällig in Leipzig den aus Prag kommenden Ludwig Hardt und fuhr mit ihm zusammen von Leipzig nach Berlin. Auf dieser gemeinsamen Fahrt erzählte mir Ludwig Hardt von seinen Prager Vortragsabenden und von der besonderen Freude, die ihm das Zusammensein mit Ihnen war.
Das Gespräch mit Ludwig Hardt gibt mir Veranlassung, Ihnen einmal wieder unmittelbar ein Lebenszeichen zu geben. Unser Briefaustausch ist selten und spärlich. Keiner der Autoren, mit denen wir in Verbindung stehen, tritt so selten mit Wünschen oder Fragen an uns heran wie Sie, und bei keinem haben wir das Gefühl, daß ihm das äußere Schicksal der veröffentlichten Bücher so gleichgültig sei wie Ihnen. Da scheint es wohl angebracht, wenn der Verleger von Zeit zu Zeit dem Autor sagt, daß diese Teilnahmslosigkeit des Autors am Schicksal der Bücher den Verleger nicht in seinem Glauben und Vertrauen an die besondere Qualität der Publikationen beirrt. Aus aufrichtigem Herzen kommt mir die Versicherung, daß ich persönlich kaum zu zwei, dreien der Dichter, die wir vertreten und an die Öffentlichkeit bringen dürfen, innerlich ein so leidenschaftlich starkes Verhältnis habe wie zu Ihnen und Ihrem Schaffen.

Sie dürfen die äußeren Erfolge, die wir mit Ihren Büchern erzielen, nicht als Maßstab der Arbeit, die wir an den Vertrieb wenden, nehmen. Sie und wir wissen, daß es gemeinhin gerade die besten und wertvollsten Dinge sind, die ihr Echo nicht sofort, sondern erst später finden, und wir haben noch den Glauben an die deutschen Leserschichten, daß sie einmal die Aufnahmefähigkeit haben werden, die diese Bücher verdienen.
Es wäre mir nun eine besonders große Freude, wenn Sie uns die Möglichkeit geben wollten, nach außen hin das unbeirrbare Vertrauen, das uns mit Ihnen und Ihrem Schaffen verbindet, dadurch praktisch betätigen zu dürfen, daß Sie uns weitere Bücher zur Veröffentlichung übergeben. Jedes Manuskript, zu dessen Übersendung an uns Sie sich entschließen können, wird willkommen sein und mit Liebe und Sorgfalt in Buchform veröffentlicht werden. Wenn im Laufe der Zeit Sie neben Sammlungen kurzer Prosastücke uns einmal eine große zusammenhängende Erzählung oder einen Roman übergeben könnten – ich weiß ja von Ihnen selbst und von Max Brod, wieviel Manuskripte dieser Art fast beendet oder gar ganz beendet sind –, so würden wir das mit besonderer Dankbarkeit begrüßen. Es kommt hinzu, daß naturgemäß die Aufnahmewilligkeit für eine zusammenhängende umfangreiche Prosaarbeit größer ist als für Sammlungen kürzerer Prosastücke. Das ist eine banale und sinnlose Einstellung der Leser; aber sie ist nun einmal Tatsache. Die Resonanz, die eine solche größere Prosaarbeit finden wird, ermöglicht jedenfalls eine ungleich stärkere Verbreitung, als wir sie bisher erzielten, und der Erfolg eines solchen Buches würde zugleich die Möglichkeit zu einer lebhafteren Propagierung der früher erschienenen bieten.
Bitte, lieber Herr Kafka, machen Sie mir die Freude und geben Sie mir Nachricht, ob und was wir für die nächste Zukunft erhoffen dürfen.
Ich hoffe, daß es Ihnen gesundheitlich wieder leidlich geht, und grüße Sie in unveränderter Gesinnung als Ihr aufrichtig und herzlich ergebener Kurt Wolff.«
Trotz solchen Zuspruchs konnte sich Franz nicht entschließen, einen seiner drei großen Romane zu vollenden. – Über den geplanten Abschluß des Amerika-Romans (den ich hier behandle, weil die Abfassung seiner beiden ersten Kapitel noch in die Zeit vor Erscheinen der ›Betrachtung‹ fällt) habe ich in Erinnerung, daß er als einziges der Werke Kafkas optimistisch, in weiträumigen Lebensmöglichkeiten enden sollte. Manchmal scheint Franz allerdings einen anderen, tragischen Ausgang seines Helden Karl Roßmann ins Auge gefaßt zu haben. Das geht aus seiner Tagebuchnotiz vom

29. IX. 1915 hervor, in der er seine beiden Romane, den ›Verschollenen‹ und den ›Prozeß‹ (dessen Held K. heißt), in Vergleich stellt: »Roßmann und K., der Schuldlose und der Schuldige, schließlich beide unterschiedslos strafweise umgebracht, der Schuldlose mit leichterer Hand, mehr zur Seite geschoben als niedergeschlagen.«
Mit leichter Hand, in helleren Farben, hoffnungsfreudiger ist der Amerika-Roman gehalten als die beiden späteren großen Bücher. Auch über diesen Roman findet sich ein kleiner Kommentar, eine Selbstdarstellung in den Tagebüchern, – ich bringe die folgenden Zeilen auch deshalb, weil aus ihnen die große Besonnenheit hervorgeht, mit der Kafka die Bewunderung für Dickens mit scharfer Kritik verbindet. Man fühlt vielleicht ahnungsweise gerade aus solch einem Aperçu, welcher Reichtum, welche Sicherheit des Urteils im Umgang mit einem Mann zutage trat, der bei aller Hingabe an das Unergründliche nüchtern, billigen Mystik-Verführungen abhold blieb, der sich durch Vorzüge eines Menschen oder eines Dichters nie so weit verblenden ließ, die Schattenseiten zu übersehen, und dem andrerseits offen zutagetretende Laster und Fehler einer Erscheinung nie den Blick auf eine gerechte Würdigung ihrer gleichzeitigen Vorzüge verstellten. So klar, wahr und kompliziert, wie er hier Dickens einreiht, sah Kafka die ganze Welt.
Das Tagebuchblatt lautet:
»Dickens Copperfield. (›Der Heizer‹ – glatte Dickensnachahmung, noch mehr der geplante Roman). Koffergeschichte, der Beglückende und Bezaubernde, die niedrigen Arbeiten, die Geliebte auf dem Landgut, die schmutzigen Häuser und anderes, vor allem aber die Methode. Meine Absicht war, wie ich jetzt sehe, einen Dickens-Roman zu schreiben, nur bereichert um die schärferen Lichter, die ich der Zeit entnommen, und die mattern, die ich aus mir selbst aufgesteckt hätte. Dickens' Reichtum und bedenkenloses mächtiges Hinströmen, aber infolgedessen Stellen grauenhafter Kraftlosigkeit, wo er müde nur das bereits Erreichte durcheinanderrührt. Barbarisch der Eindruck des unsinnigen Ganzen, ein Barbarentum, das allerdings ich dank meiner Schwäche und belehrt durch mein Epigonentum vermieden habe. Herzlosigkeit hinter der von Gefühl überströmenden Manier. Diese Klötze roher Charakterisierung, die künstlich bei jedem Menschen eingetrieben werden und ohne die Dickens nicht imstande wäre, seine Geschichte auch nur einmal flüchtig hinaufzuklettern.«

FÜNFTES KAPITEL

Die Verlobungsjahre

Von der Ehe hat Franz Kafka den höchsten Begriff gehabt. Er schreibt darüber in dem ›Brief an den Vater‹: »Heiraten, eine Familie gründen, alle Kinder, welche kommen, hinnehmen, in dieser unsicheren Welt erhalten und gar noch ein wenig führen, ist meiner Überzeugung nach das *Äußerste,* was einem Menschen überhaupt gelingen kann. Daß es scheinbar so vielen leicht gelingt, ist kein Gegenbeweis, denn erstens gelingt es tatsächlich nicht vielen und zweitens ›tun‹ es diese Nichtvielen meistens nicht, sondern es ›geschieht‹ bloß mit ihnen; das ist zwar nicht jenes Äußerste, aber doch noch sehr groß und sehr ehrenvoll (besonders da sich ›tun‹ und ›geschehen‹ nicht rein von einander scheiden lassen). Und schließlich handelt es sich auch gar nicht um dieses Äußerste, sondern nur um irgendeine ferne, aber anständige Annäherung; es ist doch nicht notwendig, mitten in die Sonne hineinzufliegen, aber doch bis zu einem reinen Plätzchen auf der Erde hinzukriechen, wo manchmal die Sonne hinscheint und man sich ein wenig wärmen kann.«

In gleicher Weise geht aus einer Erzählung wie ›Elf Söhne‹ die Wertschätzung der Familie, ja der patriarchalischen Lebensform hervor, wie sie Franz als natürliche Haltung seines Vaters bewunderte. Die mächtige Freude des Vaters, der die Geburt eines Enkelkindes allen in der Wohnung verkündet, wird einmal im Tagebuch mit jener Mischung von Staunen, tiefer Billigung und leichtem, kritischem Spott geschildert, wie sie auch das Verhältnis des Sohnes zum Vater im ›Urteil‹ kennzeichnet. – Das Prosastück ›Elf Söhne‹, das schon einige recht gewaltsame Deutungen auf den Plan gerufen hat, ist meines Erachtens als Wunschbild einer Vaterschaft, einer Familiengründung zu verstehen, die dem Vorbild des Vaters etwas Gleichwertiges, das heißt, ebenso Patriarchalisch-Großartiges, in aller Lebensschlichtheit ans Mythische Grenzendes entgegenhalten kann. Dieser Erklärung widerspricht es nicht, daß mir Franz einmal sagte: »Die elf Söhne sind ganz einfach elf Geschichten, an denen ich jetzt gerade arbeite.« Geschichten waren ja seine Kinder, im Schreiben leistete er auf entlegenem Gebiet, aber selbständig etwas, was der Schöpferkraft des Vaters (ich gebe hier Franzens, nicht meine Auffassung wieder) analog war und ihr an die Seite gestellt werden konnte. – Als Ideal schwebt ihm einmal vor, während er »mit unterdrücktem Schluchzen« ein Buch über den Krieg 1870/71 liest: »Vater sein und ruhig mit

seinem Sohn reden. Dann darf man aber kein Spielzeughämmerchen anstelle des Herzens haben.«
Man wird nach all dem verstehen, daß das Zusammentreffen mit dem Mädchen, das zum ersten Male den Ehewunsch in ihm weckte, ihn bis in alle Tiefen aufwühlte. Im August 1912 hatte er F. kennengelernt. Schon mit dem Datum 9. XI. 1912 findet sich im Nachlaß ein Briefentwurf, von dem ich nicht weiß, ob der entsprechende Brief abgeschickt worden ist, der aber jedenfalls die Stimmung des ersten Erschrekkens und Zurückweichens scharf genug wiedergibt. »Liebstes Fräulein! Sie dürfen mir nicht mehr schreiben, auch ich werde Ihnen nicht mehr schreiben. Ich müßte Sie durch mein Schreiben unglücklich machen, und mir ist doch nicht zu helfen. Um das einzusehen, hätte ich es nicht nötig gehabt, alle Uhrenschläge der heutigen Nacht abzuzählen, ich habe es ja vor meinem ersten Briefe klar gewußt, und wenn ich mich trotzdem an Sie zu hängen versucht habe, so verdiente ich allerdings dafür verflucht zu werden, wenn ich es nicht schon wäre. – Wenn Sie Ihre Briefe haben wollen, schicke ich sie natürlich zurück, so gerne ich sie behielte. Wenn Sie sie dennoch wollen, schreiben Sie mir eine leere Postkarte, zum Zeichen dessen. Dagegen bitte ich Sie, so sehr ich kann, meine Briefe zu behalten. – Vergessen Sie rasch das Gespenst, das ich bin, und leben Sie fröhlich und ruhig wie früher.«
Diesem Brief oder Briefentwurf zum Trotz ging die Post zwischen Prag und Berlin sehr lebhaft hin und her. Lange schwankt die Waage. Das Mädchen wird mißtrauisch, Franz erscheint ihr (was man ihr nicht verübeln kann) unheimlich und in den gewöhnlichen Lauf der Dinge nicht einzureihen. Sie will abbrechen. Nun verdoppelt er seine Bemühungen um sie. Kommt keine Nachricht, so ist er unglücklich. Kommt Nachricht, zerquält er sich in Zweifeln. Wie soll er ein Leben zu zweit einrichten?
Es kommt bald zu Mißverständnissen, zu Spannungen. Ich werde in eine Vermittlerrolle gedrängt. Aus dieser Zeit stammen meine beiden Briefe an Kafkas Braut (November 1912 – über die hier zur Sprache kommende Situation vgl. Seite 86). Diese beiden Briefe waren meinem Gedächtnis völlig entrückt, als sie mir heuer im Hochsommer (1961) von meiner in Amerika lebenden Schwester anläßlich ihres Besuches in Israel in meinen handschriftlichen Originalen überbracht wurden. Sie hatte sie für mich von verwandter, befreundeter Seite erhalten. Kafka war damals, als ich diese Briefe schrieb, als Schriftsteller fast völlig unbekannt, er hatte nur in Franz Bleis Hyperion und in der Bohemia einige wenige Prosastücke veröffentlicht. Sein erstes Buch, Betrachtung, war zwar fertiggestellt, erschien aber erst im Januar

1913. – Der Roman, der am Schluß beider Briefe erwähnt wird, ist Der Verschollene (Amerika). Es wird dem Leser nicht entgehen, daß ich bei aller Naivität meiner damaligen Jugend doch mit einer gewissen Diplomatie bei dem Mädchen, das mein Freund so innig liebte, um besseres Verständnis für ihn und seine Eigenart werbe, indem ich scheinbar nur (oder in der Hauptsache) gegen das mangelnde Verständnis seiner Eltern polemisiere. – Meine Bemühungen um besseres Verständnis hatten indes auf die Dauer keinen Erfolg.

(I. Brief)
Fräulein Felice Bauer
pr. Adr. Carl Lindström A.-G.
Berlin O 17
Große Frankfurterstraße 137

15. 11. 1912

Liebes gnädiges Fräulein –
Vielen Dank für Ihren freundlichen Brief. Ich werde heute Nachmittag mit Franz reden, natürlich ohne Erwähnung Ihres Briefes, und werde Ihnen dann sofort schreiben, *falls dies nicht*, wie ich hoffe, durch inzwischen eingetretene Aufklärung der Situation *überflüssig geworden* ist. – Ich bitte Sie nur, dem Franz und seiner oft krankhaften Sensibilität manches zu Gute zu halten. Er gehorcht ganz der augenblicklichen Stimmung. Überhaupt ist er ein Mensch, der nur das Unbedingte will, das Äußerste in Allem. Niemals gibt er sich mit Kompromissen ab. Beispielsweise: wenn er nicht die ganze Kraft zum Schreiben in sich fühlt, so ist er im Stande, monatelang keine Zeile zu dichten, statt sich mit einer halben und auch-guten Dichtung zufriedenzustellen. Und so wie in der Literatur ist es bei ihm mit Allem. Dadurch entsteht oft der Anschein, als sei er launenhaft, überspannt u. s. f. Das ist aber nie der Fall, wie ich aus genauer Kenntnis seines Charakters weiß, er ist sogar, wenn es darauf ankommt, sehr klug und geschickt in der Wahl praktischer Mittel. Nur in den idealen Dingen versteht er keinen Spaß, da ist er schrecklich streng, vor allem mit sich selbst, und daraus entstehn, da er an sich einen schwachen Körper hat und da seine äußeren Lebensumstände (Büro!!) nicht die günstigsten sind, Konflikte, über die man ihm durch Verständnis und Güte hinweghelfen muß, in dem Bewußtsein, daß ein so einzigartiger wundervoller Mensch eben anders behandelt zu werden verdient als Millionen banaler Dutzendleute. – Ich bin überzeugt, daß Sie meine Worte nicht mißverstehn werden. Ich bitte Sie, sich (in) Fällen wie dem heutigen an mich zu wenden. – Viel leidet Franz darunter, daß er täglich bis 2 im Büro sein muß. Nachmittag ist er abgespannt und so

bleibt ihm für die »Fülle der Gesichte« nur die Nacht. Das ist ein Jammer! Und dabei schreibt er einen Roman, der alles Literarische, das ich kenne, in den Schatten stellt. Was könnte er leisten, wenn er frei und in guten Händen aufgehoben wäre!
Ich bitte Sie noch herzlichst, *niemandem* zu sagen, daß ich in Berlin war. Ich habe niemanden besucht, nur mit Ihnen gesprochen. – Ich hoffe, daß es Ihnen recht gut geht und daß alles glücklich ausfällt.

Herzlichst Ihr
Max Brod

(II. Brief)
Fräulein Felice Bauer
pr. Adr. Carl Lindström
Aktiengesellschaft
Berlin O 17

Abs. Dr. Brod, Prag,
Postdirektion

Prag, Postdirektion 22. 11. 1912

Wertes gnädiges Fräulein – Franz scheint durch Ihren Brief schon irgendwie vorbereitet gewesen zu sein, denn als ich ihm Andeutungen machte, erriet er schnell und ich konnte es nicht lang leugnen, daß seine Mutter Ihren Brief gelesen hat u.s.f. – Überdies ist ja die Sache gut ausgefallen und von nun an wird er besser aufpassen.
Zur Sache des Briefes muß ich wohl nicht viel sagen: Franzens Mutter liebt ihn sehr, aber sie hat nicht die leiseste Ahnung davon, wer ihr Sohn ist und *was für Bedürfnisse er hat.* Literatur ist ›Zeitvertreib‹! Mein Gott! Als ob sie nicht unser Herz auffressen würde; aber wir opfern uns gerne. – Ich bin mit Frau Kafka schon öfter gegensätzlich zusammengeraten. Es nützt eben alle Liebe nichts, wenn man so gar kein Verständnis hat. Der Brief zeugt wieder mal davon. – Franz hat nach jahrelangem Probieren endlich die für ihn einzig bekömmliche Kost gefunden, die vegetarische. Jahrelang hat er an Magenkrankheiten gelitten, jetzt ist er so gesund und frisch wie nie, seit ich ihn kenne. Aber natürlich, da kommen die Eltern mit ihrer banalen Liebe und wollen ihn zum Fleisch und in seine Krankheit zurückzwingen. – Genau so ist es mit der Schlafeinteilung. Endlich hat er das für ihn Richtige gefunden, kann schlafen, in dem unsinnigen Büro seine Pflicht tun und literarisch schaffen. Die Eltern aber... Ich muß da wirklich bitter werden. – Gott sei Dank, ist Franz von einer erfreulichen Halsstarrigkeit und hält genau an dem fest, was für ihn heilsam ist. Die Eltern

wollen eben nicht einsehn, daß für einen *Ausnahmemenschen*, wie Franz einer ist, auch *Ausnahmebedingungen* notwendig sind, damit seine zarte Geistigkeit nicht verkümmert. Neulich habe ich an Frau Kafka erst einen 8 Seiten langen Brief darüber schreiben müssen. Die Eltern wollten, daß Franz Nachmittag ins Geschäft geht. Darauf war Franz zum *Selbstmord fest entschlossen* und schrieb mir schon einen Abschiedsbrief. Im letzten Moment gelang es mir, durch ganz rücksichtsloses Eingreifen ihn gegen seine ›liebenden‹ Eltern zu schützen.
Wenn die Eltern ihn so lieben, warum geben sie ihm nicht 30 000 Gulden wie einer Tochter, damit er aus dem Büro austreten kann und irgendwo an der Riviera, in einem billigen Örtchen, die Werke schafft, die Gott durch sein Gehirn hindurch in die Welt zu setzen verlangt? – Solange Franz nicht in dieser Lage ist, wird er nie vollständig glücklich sein. Denn seine ganze Organisation schreit nach einem friedlichen, der Dichtkunst gewidmeten, sorglosen Leben. Unter den heutigen Umständen ist sein Leben mehr minder ein Vegetieren mit glücklicheren Lichtmomenten. – Nun werden Sie auch seine Nervosität besser verstehn.
Jetzt erscheint ja ein schönes Buch von Kafka. Vielleicht hat er damit Glück und kann ein rein literarisches Leben beginnen. Auch schreibt er einen großen Roman, hält schon im 7. Kapitel, von dem ich mir großen Erfolg verspreche.
Über *Nornepygge* spreche ich nicht gern, das Buch ist das einzige von meinen Arbeiten, das mir ganz entfremdet ist.
Ich danke für Ihr freundliches Interesse.
Mit herzlichen Grüßen

ergeben Ihr Max Brod

Gleichzeitig erlebt Kafka damals eine Epoche stärkster dichterischer Produktivität. Unmittelbar nach dem ›Urteil‹ wird (neben den später veröffentlichten Werken) auch noch eine Erzählung, deren Hauptperson ›Gustav Blenkelt‹ heißt, begonnen, die Geschichte eines »einfachen Mannes mit regelmäßigen Gewohnheiten«, der im fünfunddreißigsten Lebensjahre stirbt. »Vom Schreiben mich mit Gewalt zurückgehalten«, heißt es zweimal hintereinander im Tagebuch. Und: »Der Blutandrang im Kopf und das nutzlose Vorüberfließen. Was für Schädlichkeiten.« Bei Baum liest er das ›Urteil‹ vor und hat Tränen in den Augen. »Die Zweifellosigkeit der Geschichte bestätigte sich.« Das sind starke Worte des Überzeugtseins von sich selbst, selten genug bei Franz. – Im Mai 1913 sucht er seine hochgehenden Erregungen durch Gärtnerarbeit ins Gleichgewicht zu bringen. Am 1. Juli ergreift ihn »der Wunsch nach besinnungsloser Einsamkeit. Nur mir gegenübergestellt sein. Vielleicht werde ich es in Riva haben«. Am 3. Juli aber: »Die Erweiterung und Erhöhung der Existenz durch eine Heirat. Predigtspruch. Aber ich ahne es fast.« Am 21. Juli macht er sich eine »Zusammenstellung alles dessen, was für und gegen meine Heirat spricht«. Das erschütternde Dokument schließt mit dem Ausruf in ganz großen Lettern: »Ich elender Mensch!« und »Was für Not!« Es zählt folgende Punkte auf:

»1. Unfähigkeit, allein das Leben zu ertragen, nicht etwa Unfähigkeit zu leben, ganz im Gegenteil, es ist sogar unwahrscheinlich, daß ich es verstehe, mit jemandem zu leben, aber unfähig bin ich, den Ansturm meines eigenen Lebens, die Anforderungen meiner eigenen Person, den Angriff der Zeit und des Alters, den vagen Andrang der Schreiblust, die Schlaflosigkeit, die Nähe des Irreseins – alles dies allein zu ertragen bin ich unfähig. Vielleicht, füge ich natürlich hinzu. Die Verbindung mit F. wird meiner Existenz mehr Widerstandskraft geben.

2. Alles gibt mir gleich zu denken. Jeder Witz im Witzblatt, die Erinnerung an Flaubert und Grillparzer, der Anblick der Nachthemden auf den für die Nacht vorbereiteten Betten meiner Eltern, Maxens Ehe. Gestern sagte meine Schwester: »Alle Verheirateten (unserer Bekanntschaft) sind glücklich, ich begreife es nicht«, auch dieser Ausspruch gab mir zu denken, ich bekam wieder Angst.

3. Ich muß viel allein sein. Was ich geleistet habe, ist nur ein Erfolg des Alleinseins.

4. Alles, was sich nicht auf Literatur bezieht, hasse ich, es langweilt mich, Gespräche zu führen (selbst wenn sie sich auf Literatur beziehen), es langweilt mich, Besuche zu machen, Leiden und Freuden meiner Verwandten langweilen mich in die Seele hinein. Gespräche nehmen allem, was ich denke, die Wichtigkeit, den Ernst, die Wahrheit.

5. Die Angst vor der Verbindung, dem Hinüberfließen. Dann bin ich nie mehr allein.

6. Ich bin vor meinen Schwestern, besonders früher war es so, oft ein ganz anderer Mensch gewesen, als vor andern Leuten. Furchtlos, bloßgestellt, mächtig, überraschend, ergriffen wie sonst nur beim Schreiben. Wenn ich es durch Vermittlung meiner Frau vor allen sein könnte! Wäre es dann aber nicht dem Schreiben entzogen? Nur das nicht, nur das nicht!

7. Allein könnte ich vielleicht einmal meinen Posten wirklich aufgeben. Verheiratet wird es nie möglich sein.«

Am 13. August notiert er: »Vielleicht ist nun alles zu Ende und mein gestriger Brief [sc. an F.] der letzte. Es wäre unbedingt das Richtige. Was ich leiden werde, was sie leiden wird – es ist nicht zu vergleichen mit dem gemeinsamen

Leid, das entstehen würde. Ich werde mich langsam sammeln, sie wird heiraten, es ist der einzige Ausweg unter Lebendigen. Wir zwei können nicht für uns zwei einen Weg in einen Felsen schlagen, es ist genug, daß wir ein Jahr lang daran geweint und uns abgequält haben. Sie wird es aus meinen letzten Briefen einsehn. Wenn nicht, dann werde ich sie gewiß heiraten, denn ich bin zu schwach, ihrer Meinung über unser gemeinsames Glück zu widerstehn und außerstande, etwas, was sie für möglich hält, nicht zu verwirklichen, soweit es an mir liegt.«
Doch die Entwicklung geht einen andern Weg. Am 14. August: »Es ist das Gegenteil eingetroffen. Es kamen drei Briefe. Dem letzten konnte ich nicht widerstehn. Ich habe sie lieb, soweit ich dessen fähig bin, aber die Liebe liegt zum Ersticken begraben unter Angst und Selbstvorwürfen.« – Am 18. August sagte er mir auf einem langen Spaziergang, er habe um F. angehalten. Ich hatte ihn von der Gärtnerei in Troja abgeholt, dann hatte er mir zur Abstellung meiner Sorgen, die sich damals gehäuft hatten, sehr lebenskluge, positive Ratschläge gegeben. Schließlich kam er, doch nun weniger souverän, auf seine eigenen Angelegenheiten zu sprechen. Ich notierte darüber in mein Tagebuch: »Franz über seine Ehe. Er hat angehalten. Sein Unglück. Alles oder nichts. Seine Begründung durch das bloße Gefühl, ohne Zergliederung, ohne Möglichkeit und Bedürfnis einer Zergliederung. Verwickelte Situation, die mich tief beschäftigt. Er spricht über Radeschowitz*, wo die Ehefrauen vor Sexualität zerplatzt sind, in den Kindern, auch den ungeborenen, die alles beherrschen. – Er rät zu völliger Abgeschlossenheit vor der Welt.« – Dieselbe verzweifelte Stimmung äußert sich in seinen eigenen Tagebuchaufzeichnungen. So vom 15. August: »Qualen im Bett gegen Morgen. Einzige Lösung im Sprung aus dem Fenster gesehn. Die Mutter kam zum Bett und fragte, ob ich den Brief** abgeschickt habe und ob es mein alter Text gewesen sei. Ich sagte, es wäre der alte Text, nur noch verschärfter. Ich sagte, sie verstehe mich allerdings nicht und nicht etwa nur in dieser Sache. Später fragte sie mich, ob ich dem Onkel Alfred schreiben werde, er verdiene es, daß ich ihm schreibe. Ich fragte, wodurch er es verdiene. Er hat telegraphiert, er hat geschrieben, er meint es so gut mit dir. ›Das sind nur Äußerlichkeiten‹, sagte ich, ›er ist mir ganz fremd, er mißversteht mich vollständig, er weiß nicht, was ich will und brauche, ich habe nichts mit ihm zu tun.‹ ›Also keiner versteht dich‹, sagte die Mutter, ›ich bin dir wahrscheinlich auch fremd und der Vater auch. Wir alle wollen nur dein

* Sommerfrische bei Prag
** An die Eltern von F.

Schlechtes.‹ ›Gewiß, ihr seid mir alle fremd, nur die Blutnähe besteht, aber sie äußert sich nicht. Mein Schlechtes wollt ihr gewiß nicht.‹

Durch dieses und durch einige andere Selbstbeobachtungen bin ich dazu geführt worden, daß in meiner immer größer werdenden innern Bestimmtheit und Überzeugtheit Möglichkeiten liegen, in einer Ehe trotz allem bestehen zu können, ja sie sogar zu einer für meine Bestimmung vorteilhaften Entwicklung zu führen. Es ist das allerdings ein Glaube, den ich gewissermaßen schon auf der Fensterkante fasse.«

»Ich werde mich bis zur Besinnungslosigkeit von allen absperren. Mit allen mich verfeinden, mit niemandem reden. –«

Er liest eine Kierkegaard-Anthologie ›Buch des Richters‹. Die Ähnlichkeit von Kierkegaards Schicksal mit dem seinen wird ihm deutlich.

Im September 1913 flüchtet er nach Riva, Sanatorium Hartungen. »Die Vorstellung einer Hochzeitsreise macht mir Entsetzen«, schreibt er an mich. – Er erlebt die seltsame Episode mit der Schweizerin. Sie bleibt im Dunkel. »Alles wehrt sich gegen das Aufgeschriebenwerden. Wüßte ich, daß darin ihr Gebot wirkt, nichts über sie zu sagen (ich habe es streng, fast ohne Mühe gehalten), dann wäre ich zufrieden.« Und später die Worte: »Zu spät. Die Süßigkeit der Trauer und der Liebe. Von ihr angelächelt werden im Boot. Das war das Allerschönste. Immer das Verlangen zu sterben und das Sich-noch-Halten, das allein ist Liebe.«

Im November erscheint ›eine Abgesandte von F.‹ in Prag, eine Freundin, die später eine nicht ganz durchsichtige Rolle in dieser Beziehung spielte. – Sehr unpassender Weise quälte ich ihn gerade damals mit meiner ›Erziehung zur Gemeinschaft‹ zum Zionismus. Es ist die schon erwähnte einzige kurze Trübung unserer Freundschaft. »Vorgestern abends bei Max. Er wird immer fremder, mir war er es schon oft, nun werde ich es auch ihm.« Und etwas später auch noch die (nachher durch Tat und Werk widerrufene) Exklamation: »Was habe ich mit Juden gemeinsam? Ich habe kaum etwas mit mir gemeinsam und sollte mich ganz still, zufrieden damit, daß ich atmen kann, in einen Winkel stellen.« – In seinen Tagebüchern wimmelt es von Träumen, von Novellenanfängen, Skizzen. Alles scheint in einer ungeheuren Gärung begriffen. Und es findet sich die wichtige Notiz, die eine Wurzel seines geistigen Haushalts und Schaffens deutlich macht, aus der Überfülle der Selbstanalysen, die ja auch den Eheplan benagen, ins Reich der Erzählung, des Fabulierens weisend: »Haß gegenüber aktiver Selbstbeobachtung, Seelendeutung wie: Gestern war ich so und zwar deshalb, heute bin ich so und deshalb. Es ist nicht wahr, nicht deshalb und nicht deshalb und darum auch nicht so und so. Sich ruhig ertragen, ohne voreilig zu sein, so leben, wie man muß, nicht sich hündisch umlaufen.«

Im nächsten Jahr (1914) tritt eine Krise in der Beziehung zu F. ein. Sie will nichts von ihm wissen. Am 5. April notiert er: »Wenn es möglich wäre, nach Berlin zu gehn, selbständig zu werden, von Tag zu Tag zu leben, auch zu hungern, aber seine ganze Kraft ausströmen lassen, statt hier zu sparen oder besser sich abzuwenden in das Nichts! Wenn F. es wollte, mir beistehn würde!« Er will in Berlin als Journalist, als freier Schriftsteller leben. – Ende Mai oder Anfang Juni fand in Berlin die offizielle Verlobung statt. In Prag wurde eine Wohnung gemietet.

Der Verlobung, die unter ungünstigen Auspizien vor sich ging (»War gebunden wie ein Verbrecher usw.«), folgte schon Ende Juli der Bruch, gleichfalls in Berlin. »Der Gerichtshof im Hotel«, notiert er. Es war, wie er mir erzählte, das Hotel ›Askanischer Hof‹ beim Anhalter Bahnhof. Anwesend bei der entscheidenden Aussprache war außer F. auch deren Freundin. Dann die Szene bei den Eltern. »Vereinzelte Tränen der Mutter. Ich sage die Lektion auf. Der Vater erfaßt es richtig von allen Seiten. Kam eigens meinetwegen von Malmö, Nachtreise, sitzt in Hemdsärmeln. Sie geben mir recht, es läßt sich nichts oder nicht viel gegen mich sagen. Teuflisch in aller Unschuld.« Ich glaube nicht fehlzugehen, wenn ich in diesen furchtbaren Erschütterungen, in denen Kafka immer wieder die Gewissensfrage an sich selbst stellt (»Solche Leiden tragen müssen und verursachen«, klagt das Tagebuch), den Ursprung zweier neuer großer Werke suche, die bald nach der Entlobung entstanden. Im September las er mir das erste Kapitel des Romans ›Der Prozeß‹ und im November ›Aus einer Strafkolonie‹ vor. Dokumente dichterischer Selbstbestrafung, imaginierte Sühnehandlungen. Was K., der Held des Prozeßromans, getan hat, wird nicht gesagt. Nach bürgerlichen Maßen ist er wohl unschuldig. Es läßt sich »nichts oder nicht viel gegen ihn sagen«. Dennoch ist er »teuflisch in aller Unschuld«. Irgendwie hat er den Gesetzen eines richtigen Lebens nicht genügt. Von einem geheimnisvollen Gerichtshof wird er zur Rechenschaft gezogen und schließlich wird die Exekution an ihm vollzogen. »Am Vorabend seines einunddreißigsten Geburtstages«, heißt es im Schlußkapitel. Tatsächlich war Kafka, als er den Roman begann, einunddreißig Jahre alt. Ein Mädchen taucht mehrmals in dem Buch auf, Fräulein Bürstner, im Manuskript bezeichnet Kafka diese Gestalt meist abgekürzt als Frl. B. oder

F. B., und da wird der Zusammenhang wohl ganz klar. Zum Schluß wehrt sich K. noch gegen die Häscher. »Da stieg vor ihnen aus einer tiefer gelegenen Gasse auf einer kleinen Treppe Fräulein Bürstner zum Platz empor. Es war nicht ganz sicher, ob sie es war, die Ähnlichkeit war freilich groß. Aber K. lag auch nichts daran, ob es bestimmt Fräulein Bürstner war, bloß die Wertlosigkeit seines Widerstands kam ihm gleich zum Bewußtsein.« – Es ist tatsächlich nicht wichtig, ob die Erscheinung Fräulein Bürstner oder nur ihr ähnlich ist. Der ganze mißlungene Eheversuch war ja, wie sich noch zeigen sollte, für Kafkas Leben als Schema nicht individuell bedeutsam, war unabhängig von der Person der Braut, – oder war vielmehr ein Schema, das, wie das letzte Lebensjahr zeigte, nur durch eine besonders geartete Frauenpersönlichkeit durchbrochen werden konnte.

Von einer Reise nach dem dänischen Ostseebad Marienlyst, die er mit dem von ihm sehr geschätzten Dichter Ernst Weiß machte (Ernst Weiß scheint an den Vorgängen in Berlin beratend einen gewissen Anteil gehabt zu haben), entwirft er einen aufschlußreichen Brief an die Eltern, aufschlußreich auch deshalb, weil er zeigt, daß es Zeitabschnitte gegeben hat, in denen Franz mit der Möglichkeit einer beruflichen Verwertung seiner literarischen Arbeit rechnete. In dem Brief heißt es unter anderem:

»Insoferne aber bin ich mit Berlin nicht fertig, als ich glaube, daß mich diese ganze Sache zu euerem und zu meinem Wohle (denn die sind ganz gewiß eines) hindert, so weiter zu leben wie bisher. Seht, ein wirklich schweres Leid habe ich euch vielleicht noch nicht gemacht, es müßte denn sein, daß diese Entlobung ein solches ist, von der Ferne kann ich es nicht so beurteilen. Aber eine wirkliche dauernde Freude habe ich euch noch viel weniger gemacht und das, glaubt mir, nur aus dem Grunde, weil ich selbst mir diese Freude nicht dauernd machen konnte. Warum das so ist, wirst gerade Du, Vater, obwohl Du das Eigentliche, was ich will, nicht anerkennen kannst, am leichtesten verstehn. Du erzählst manchmal, wie schlecht es Dir in Deinen ersten Anfängen gegangen ist. Glaubst Du nicht, daß das eine gute Erziehung zur Selbstachtung und Zufriedenheit war? Glaubst Du nicht, übrigens hast Du es auch schon geradezu gesagt, daß es mir zu gut gegangen ist? Ich bin bis jetzt durchaus in Unselbständigkeit und äußerlichem Wohlbehagen aufgewachsen. Glaubst Du nicht, daß das für meine Natur gar nicht gut gewesen ist, so gütig und lieb es auch von allen war, die dafür sorgten? Gewiß es gibt Menschen, die sich ihre Selbständigkeit überall zu sichern verstehn, ich gehöre aber nicht zu ihnen. Allerdings gibt es auch Menschen, die ihre Unselbständigkeit nirgends verlieren, aber nachzuprüfen, ob ich zu diesen doch nicht gehöre, scheint mir kein Versuch zu schade. Auch der Einwand, daß ich zu einem solchen Versuch zu alt bin, gilt nicht. Ich bin jünger, als es den Anschein hat. Es ist die einzige gute Wirkung der Unselbständigkeit, daß sie jung erhält. Allerdings nur dann, wenn sie ein Ende nimmt.

Im Bureau werde ich aber diese Besserung niemals erreichen können. Überhaupt in Prag nicht. Hier ist alles darauf angelegt, mich, den im Grunde nach Unselbständigkeit verlangenden Menschen, darin zu erhalten. Es wird mir alles so nahe angeboten. Das Bureau ist mir sehr lästig und oft unerträglich, aber im Grunde doch leicht. Ich verdiene auf diese Weise mehr als ich brauche. Wozu? Für wen? Ich werde auf der Gehaltsleiter weitersteigen. Zu welchem Zweck? Mir ist diese Arbeit nicht entsprechend und bringt sie mir nicht einmal Selbständigkeit als Lohn, warum werfe ich sie nicht weg? Ich habe nichts zu riskieren und alles zu gewinnen, wenn ich kündige und von Prag fortgehe. Ich riskiere nichts, denn mein Leben in Prag führt zu nichts Gutem. Ihr vergleicht mich manchmal zum Spaß mit Onkel R. Aber gar zu weit führt mich mein Weg von ihm nicht ab, wenn ich in Prag bleibe. Ich werde voraussichtlich mehr Geld, mehr Interessen und weniger Glauben haben als er, ich werde dementsprechend unzufriedener sein, viel mehr Unterschiede wird es kaum geben. – Ich kann außerhalb Prags alles gewinnen, das heißt ich kann ein selbständiger ruhiger Mensch werden, der alle seine Fähigkeiten ausnützt und als Lohn guter und wahrhaftiger Arbeit das Gefühl wirklichen Lebendigseins und dauernder Zufriedenheit bekommt. Ein solcher Mensch wird sich – es wird nicht der kleinste Gewinn sein – auch zu euch besser stellen. Ihr werdet einen Sohn haben, dessen einzelne Handlungen ihr vielleicht nicht billigen werdet, mit dem ihr aber im Ganzen zufrieden sein werdet, denn ihr werdet euch sagen müssen: ›Er tut, was er kann.‹ Dieses Gefühl habt ihr heute nicht, mit Recht.

Die Ausführung meines Planes denke ich mir so: Ich habe fünftausend Kronen. Sie ermöglichen mir, irgendwo in Deutschland in Berlin oder München zwei Jahre, wenn es sein muß, ohne Geldverdienst zu leben. Diese zwei Jahre ermöglichen mir, literarisch zu arbeiten und das aus mir herauszubringen, was ich in Prag zwischen innerer Schlaffheit und äußerer Störung in dieser Deutlichkeit, Fülle und Einheitlichkeit nicht erreichen könnte. Diese literarische Arbeit wird es mir ermöglichen, nach diesen zwei Jahren von eigenem Verdienst zu leben und sei es auch noch so bescheiden. Sei es aber auch noch so bescheiden, es wird unvergleichlich sein zu dem Leben, das ich jetzt in Prag führe und das mich dort für späterhin erwartet. Ihr werdet einwenden, daß ich mich in meinen Fähigkeiten und in der durch diese Fähigkeiten zu bildenden Erwerbsmöglichkeit täusche. Gewiß, das ist nicht ausgeschlossen. Nur spricht dagegen, daß ich einunddreißig Jahre alt bin und derartige Täuschungen in einem solchen Alter nicht in Rechnung gezogen werden können, sonst wäre jedes Rechnen unmöglich, ferner spricht dagegen, daß ich schon einiges, wenn auch wenig, geschrieben habe, das halbwegs Anerkennung gefunden hat, endlich aber wird der Einwand dadurch aufgehoben, daß ich durchaus nicht faul und ziemlich bedürfnislos bin und daher, wenn auch eine Hoffnung mißlingen sollte, eine andere Erwerbsmöglichkeit finden und jedenfalls euch nicht in Anspruch nehmen werde, denn das wäre allerdings sowohl in der Wirkung auf mich als auf euch noch viel ärger als das gegenwärtige Leben in Prag, ja es wäre gänzlich unerträglich.

Meine Lage scheint mir danach klar genug zu sein, und ich bin begierig, was ihr dazu sagen werdet. Denn wenn ich auch die Überzeugung habe, daß es das einzig Richtige ist und daß ich, wenn ich die Ausführung dieses Planes versäume, etwas Entscheidendes versäume, — so ist es mir doch natürlich sehr wichtig zu wissen, was ihr dazu sagt.

Mit den herzlichsten Grüßen Euer Franz.«

Doch diese Pläne sollten nicht reifen. Der große Krieg brach aus. — Es begann eine Zeit, der gegenüber alles, was wir bisher gelitten hatten, vergleichsweise in ein von rosig kindlichem Glanz umspieltes Märchenland zurücktrat.

Allen Aufregungen Widerstand leistend, arbeitete Franz gleichzeitig an drei Werken (›Prozeß‹, ›Strafkolonie‹, ›Die Eisenbahn in Rußland‹). Im Oktober nimmt er eine Woche Urlaub, »um den Roman vorwärtszutreiben«. Er verlängert den Urlaub um eine weitere Woche. »Vierzehn Tage, gute Arbeit zum Teil, vollständiges Begreifen meiner Lage.« — Ein Brief der Freundin von F. trifft ein, die zu vermitteln sucht. Die Verbindung mit F. ruhte nur zwei Monate lang, es gab aber auch in dieser Zeit einen Briefwechsel mit F.'s Schwester. Zu der Antwort an die Freundin, die er für sich abschreibt und in der es heißt: »Ich will das, womit Ihr Brief zusammengetroffen ist, nicht nennen«, notiert er: »Selbstmord, Brief an Max mit vielen Aufträgen.« Und etwas später: »Das Tagebuch ein wenig durchgeblättert. Eine Art Ahnung von der Organisation eines solchen Lebens bekommen.«

Es ist erstaunlich, daß seine Schöpferkraft inmitten dieser Heimsuchungen nicht versiegt. Aber sie stand vielmehr gerade in jener Zeit in Blüte. Am 13. Dezember vollendet er die ›Exegese der Legende‹; so charakterisiert er selbst das

Kapitel, das ich dann als neuntes (vorletztes) des ›Prozeß‹ veröffentlicht habe, — und sagt im Tagebuch darüber aus: »... Zufriedenheits- und Glücksgefühl, wie ich es besonders der Legende* gegenüber habe...« Schon am 19. Dezember heißt es: »Gestern den ›Dorfschullehrer‹ fast bewußtlos geschrieben.« Es handelt sich um die Erzählung ›Der Riesenmaulwurf‹. — In den Weihnachtsferien macht er mit meiner Frau und mir eine kleine Reise nach Kuttenberg, zur Besichtigung der dortigen Baudenkmäler und zu kurzer (kaum viertägiger) Erholung von den in der Großstadt schon sehr fühlbaren Schrecken und Entbehrungen des Krieges, er liest uns in einem Koliner Hotel das unvollendete Schlußkapitel des Amerika-Romans vor, das uns zu hellem Entzücken begeistert**. (In demselben Jahr, im Sommer, war eine Fahrt mit Otto Pick nach Hellerau vorausgegangen.) Am letzten Dezember 1914 macht er, seiner Gewohnheit entgegen, einen Überschlag: »Seit August gearbeitet, im allgemeinen nicht wenig und nicht schlecht, aber weder in ersterer noch in letzterer Hinsicht bis an die Grenze meiner Fähigkeit, wie es hätte sein müssen, besonders da meine Fähigkeit aller Voraussicht nach (Schlaflosigkeit, Kopfschmerzen, Herzschwäche) nicht mehr lange andauern wird. Geschrieben an Unfertigem: Der Prozeß, Erinnerungen an die Kaldabahn, der Dorfschullehrer, der Unterstaatsanwalt und kleinere Anfänge. An Fertigem nur: In der Strafkolonie und ein Kapitel des Verschollenen, beides während des vierzehntägigen Urlaubs. Ich weiß nicht, warum ich diese Übersicht mache, es entspricht mir gar nicht.«

Die Beziehung zu F. war noch längst nicht ausgeschöpft, sie erlebte in den letzten Monaten 1914 eine schmerzliche Wiedergeburt, — es widerstrebt mir, ins einzelne zu gehen, es genügt, außer dem intensiven Briefwechsel (es mögen einige hundert Briefe von Franz an F. erhalten geblieben sein) die Hauptstationen zu erwähnen, ein Zusammentreffen in Bodenbach (Januar 1915) und in Marienbad (Juli 1916), so-

* »Vor dem Gesetz«

** In der kleinen Stadt Kolin steht auf dem Marktplatz ein Hus-Denkmal des eigenartigen tschechischen Bildhauers Bílek, den Kafka sehr bewunderte. Wir drei fuhren auf seinen speziellen Wunsch eigens von Kuttenberg nach Kolin, um das Denkmal zu besichtigen, das ohne Sockel unmittelbar aus dem Erdboden aufzuschießen scheint. In späterer Zeit hat Kafka öfters kategorisch von mir verlangt (ich führe das als Beispiel seines energischen Einsatzes für alles Bedeutende an), ich möge einen Atelierbesuch bei Bílek machen und durch eine Monographie sein Werk für die große Welt entdecken, wie es mir mit der Musik Janáceks (und leider nicht mit der ebenso grandiosen Musik Vycpáleks) gelungen ist. Ich war aber meiner Ansicht nach für die von Kafka angeregte Arbeit nicht geeignet, und sie unterblieb. — Zwischen der asketisch-phrasenlosen, gleichsam gotisch-tiefernsten Musik Vycpáleks und den visionären Erscheinungen Bíleks wie auch Kafkas ließen sich interessante Parallelen unter dem gemeinsamen Zeichen »Prag« ziehen.

wie den ständigen und in seiner Bedeutung sich steigernden Zusammenhang dieses großen Erlebnisses mit Kafkas Schaffen und religiöser Entwicklung klarzustellen. Seine Stimmung ist verzweifelt. Er schreibt ins Tagebuch: »Klage ich hier, um hier Erlösung zu finden? Aus diesem Heft wird sie nicht kommen, sie wird kommen, wenn ich im Bett bin, und wird mich auf den Rücken legen, so daß ich schön und leicht und bläulichweiß liege, eine andere Erlösung wird nicht kommen.« – Oder: »Ich glaube, es ist unmöglich, daß wir uns jemals vereinigen, wage es aber weder ihr noch im entscheidenden Augenblick mir zu sagen.« – Oder: »Mühsal des Zusammenlebens. Erzwungen von Fremdheit, Mitleid, Feigheit, Eitelkeit und nur im tiefen Grunde vielleicht ein dünnes Bächlein, würdig, Liebe genannt zu werden, unzugänglich dem Suchen, aufblitzend einmal im Augenblick eines Augenblicks.« – Oder noch eine dieser Zusammenstellungen, die eine Entscheidung weit eher erschweren als anbahnen:

30. August 1916

Rein bleiben	Verheiratetsein
Junggeselle	Ehemann
Ich bleibe rein	Rein?
Ich halte alle meine Kräfte zusammen	Du bleibst außerhalb des Zusammenhangs, wirst ein Narr, fliegst in alle Windrichtungen, kommst aber nicht weiter, ich ziehe aus dem Blutkreislauf des menschlichen Lebens alle Kraft, die mir überhaupt zugänglich ist.
Nur für mich verantwortlich	Desto mehr für (in) dich vernarrt. (Grillparzer, Flaubert)
Keine Sorge. Konzentration auf die Arbeit.	Da ich an Kräften wachse, trage ich mehr. Hier ist aber eine gewisse Wahrheit.

Daneben fehlt es nicht an Äußerungen, in denen er sich eine Ehe mit F. als durchaus möglich und wünschenswert ausmalt. So schreibt er mir aus Marienbad: »Jetzt aber sah ich den Blick des Vertrauens einer Frau und konnte mich nicht verschließen. Es wird manches aufgerissen, das ich für immer bewahren wollte (es ist nichts einzelnes, sondern ein Ganzes) und aus diesem Riß kommt auch, das weiß ich, genug Unglück für mehr als ein Menschenleben hervor, aber es ist nicht ein heraufbeschworenes, sondern ein auferlegtes.

Ich habe kein Recht, mich dagegen zu wehren, umsoweniger als ich das, was geschieht, wenn es nicht geschähe, selbst mit freiwilliger Hand täte, um nur wieder jenen Blick zu erhalten.« Und: »Jetzt ist es anders und gut. Unser Vertrag ist in Kürze: Kurz nach Kriegsende heiraten, in einem Berliner Vorort zwei, drei Zimmer nehmen, jedem nur die wirtschaftliche Sorge für sich lassen, F. wird weiter arbeiten wie bisher, und ich, nun ich, das kann ich noch nicht sagen. Will man sich allerdings das Verhältnis anschaulich darstellen, so ergibt sich der Anblick zweier Zimmer, etwa in Karlshorst, in einem steht F. früh auf, läuft weg und fällt abends müde ins Bett; in dem andern steht ein Kanapee, auf dem ich liege und mich von Milch und Honig nähre. Da liegt und streckt sich dann der unmoralische Mann (nach dem bekannten Ausspruch). Trotzdem – jetzt ist darin Ruhe, Bestimmtheit und damit Lebensmöglichkeit.« Nachschrift: »Nachträglich angesehen, starke Worte, kaum dauernd niederzudrücken von einer schwachen Feder.«

In gewisser Hinsicht ist F. auch späterhin, nach dem endgültigen Abschied, für Franz eine Idealgestalt geblieben. So schrieb er mir noch 1921 aus einem Sanatorium, als ich ihm über meine Vorträge in Berlin berichtete: »F. war nicht in deinen Vorlesungen? – In Berlin gewesen sein und F. nicht gesehen haben, kommt mir privat nicht richtig vor, obwohl es natürlich bei mir auch so wäre. Ich habe für F. die Liebe eines unglücklichen Feldherrn zu der Stadt, die er nicht erobern konnte, die aber trotzdem etwas Großes – glückliche Mutter zweier Kinder – geworden ist.« (Vergleiche auch Hochzeitsvorbereitungen S. 252: »Ich liebte ein Mädchen, das mich auch liebte, ich mußte es aber verlassen ...« und so weiter.)

Fünf Jahre lang ist Kafkas Mühen, sich und den widrigen Umständen den Ehebund mit F. abzuringen, das vorherrschende Motiv seines Lebens, der Stachel seiner schöpferischen Arbeit und seiner religiös beunruhigten Überlegungen geblieben. – Er liest in dieser Zeit viel von Strindberg. Ferner die Bibel, Dostojewski, Pascal, Herzen und Kropotkin. Über Herzens ›Londoner Nebel‹ urteilt er: »Wußte gar nicht, um was es sich handelt, und doch tritt der ganze unbekannte Mensch heraus, entschlossen, selbstquälerisch, sich beherrschend und wieder vergehend.« Werfel liest ihm Gedichte vor, sowie aus einem Drama ›Esther, Kaiserin von Persien‹. Lebhaften Anteil nimmt er an allen positiven Bestrebungen der Freunde, so an den Unterrichtskursen, die Felix Weltsch gibt; immer ermuntert er, lobt, kritisiert, treibt an, läßt bei niemand (außer bei sich selbst) Verzweiflung einreißen, interessiert sich für meine Arbeit in der Schule für galizische Flüchtlingskinder, kommt oft in meine Stunden, befreundet sich mit der Familie einer meiner Schülerinnen*. Zwischen ihm und der ältesten Tochter dieser Familie spinnt sich auf zarteste Art Sympathie an. Auch an Debattenabenden zwischen Ost- und Westjuden nimmt er (schweigend, beobachtend) teil. Damals verkehrte ich, gemeinsam mit meinem kabbalistischen Freund Georg Langer, viel bei einem Wunderrabbi**, der, aus Galizien geflüchtet, in der Prager Vorstadt Žižkow dunkle, unfreundliche, von vielen Menschen erfüllte Zimmer bewohnte. Besondere Lebensumstände hatten mich einer Art religiöser Schwärmerei nahegebracht. Es ist bemerkenswert, daß Franz, den ich zu einer der ›Dritten Mahlzeiten‹ am Sabbatausgang mit ihrem Flüstern und chassidischen Gesang mitnahm, eigentlich recht kühl blieb. Bewegt von den Urlauten eines alten Volkstums war er wohl, sagte aber doch beim Heimgehen: »Genau genommen war es etwa so wie bei einem wilden afrikanischen Volksstamm. Krasser Aberglauben.« Es lag nichts Verletzendes, wohl aber nüchtern Abwehrendes in diesem Ausspruch. Ich verstand ihn wohl: Franz hatte seine eigene persönliche Mystik, er konnte nicht gebrauchsfertige Ritualien von anderen übernehmen***. – Er war viel und gern allein. Als den »schönsten Ort in Prag« bezeichnet er die Chotekanlagen, die er auf einsamen Spaziergängen immer wieder aufsucht. »Vögel sangen, das Schloß mit der Galerie, die alten Bäume, mit vorjährigem Laub behängt, das Halbdunkel.«

Er unternimmt nun auch einige energische Versuche, dem Bannkreis der Familie zu entgehen, selbständig zu sein. Eine Zeitlang wohnt er nicht bei den Eltern, sondern in einem eigenen Zimmer, das er zuerst in der Bílekgasse (Februar 1915), dann im Haus ›zum goldenen Hecht‹ in der Langengasse, Dlouhá, mietet, wo er mich im April 1915 durch Vorlesung des fünften und sechsten Kapitels des ›Prozeß‹ unsagbar erfreut und zu Bewunderung hinreißt. Im Februar schrieb er die ›Hundegeschichte‹ (vielleicht ›Forschungen eines Hundes‹? Dann wäre sie allerdings durchaus nicht seine letzte Erzählung, wie ich bisher annahm). Über dieses Werk urteilt er im Tagebuch sehr hart: »Jetzt den Anfang gelesen. Es ist häßlich und verursacht Kopfschmerzen. Es ist trotz aller Wahrheit böse, pedantisch, mechanisch, auf einer Sandbank ein noch knapp atmender Fisch. Ich schreibe ›Bouvard und Pécuchet‹**** sehr frühzeitig. Wenn sich die beiden Elemente

* »Die Lembergerin« des Tagebuchs, Fanny Reis, und ihre Schwestern.

** Der Rabbi von Grodeck.

*** Der Eindruck war dennoch sehr stark und nachwirkend. Der Beginn einer Golemerzählung im Tagebuch scheint auf ihm zu beruhen.

**** das heißt ein Opus mit allen Anzeichen des Alterswerks.

– am ausgeprägtesten im ›Heizer‹ und ›Strafkolonie‹ – nicht vereinigen, bin ich am Ende. Ist aber für diese Vereinigung Aussicht vorhanden?« Mit den beiden Elementen ist wohl der realistisch-hoffnungsvolle und der ideell-strenge Zug in seiner Dichtung gemeint.

Nahe an die Front führt eine Reise, die Franz mit seiner Schwester nach Wien, Budapest, Nagy-Mihály zum Besuch des eingerückten Schwagers machte. Dann wird Franz assentiert, jedoch als Beamter eines staatsnotwendigen Instituts vom Waffendienst enthoben. Später will er, da er aus seinen Wirrnissen keinen Ausweg mehr weiß, die Enthebung rückgängig machen lassen und den Militärdienst antreten. Seine Erkrankung vereitelt diesen Plan.

Die Erteilung des Fontanepreises (Oktober 1915) war inmitten dieser Leiden vorübergehend ein schwacher Trost, wurde mit einiger Genugtuung aufgenommen. Wenn ich nicht irre, ging die Sache so vonstatten, daß eigentlich Sternheim den Preis erhielt, aber an den ›jungen Dichter‹ für dessen Novelle ›Der Heizer‹ weitergab, die 1913 erschienen war. – Schwacher Trost. Denn in den Tagebüchern gibt es wilde Federzeichnungen, ununterbrochen Klagen über Schlaflosigkeit und Kopfschmerzen, den Anfang der Meditationen über den Sündenfall, Zeilen wie »Wüten Gottes gegen die Menschenfamilie«, »Nur das alte Testament sieht – nichts darüber noch sagen«, »Nimm mich, nimm mich, Geflecht aus Narrheit und Schmerz«, ferner die Bruchstücke, aus denen ich das Gedicht ›Im trüben Sinn schlägt eine Uhr‹ rekonstruiert habe. Er wirft sich (in seinem Benehmen gegen F.) die »Beamtenlaster der Schwäche, Sparsamkeit, Unschlüssigkeit, Berechnungskunst, Vorsorge« vor. Und nochmals: »Beamtengeist, Knabenhaftigkeit, vom Vater her gebrochener Wille«. »*Das* bessere, daran arbeite, das liegt unmittelbar vor deiner Hand. Das heißt also, schone dich nicht (überdies auf Kosten des doch von dir geliebten Menschenlebens von F.), denn schonen ist unmöglich, das scheinbare Schonen hat dich heute fast zugrundegerichtet. Es ist nicht nur das Schonen, was F., Ehe, Kinder, Verantwortung und so weiter betrifft, es ist auch das Schonen, was das Amt betrifft, in dem du hockst.« Und es entringt sich ihm in seinen Qualen das Gebet: »Erbarme dich meiner, ich bin sündig bis in alle Winkel meines Wesens. Hatte aber nicht ganz verächtliche Anlagen, kleine zarte Fähigkeiten, wüstete mit ihnen, unberatenes Wesen, das ich war, bin jetzt nahe am Ende, gerade zu einer Zeit, wo sich äußerlich alles zum Guten für mich wenden könnte. Schiebe mich nicht zu den Verlorenen.«

Nicht zu verkennen, daß zwei Arten von Gründen an Franzens Verlobungsunglück genau wie an seinem Berufsunglück mitwirkten: solche metaphysischer wie solche wirtschaftlicher Natur. Was die letzteren anlangt, so läßt sich ja gar nicht davon absehen, daß Franzens finanzielle Situation tatsächlich sehr ungünstig war, falls er die Hilfe der Eltern (seinem Stolz gemäß) nicht in Anspruch nehmen und seine literarische Begabung nicht vergewaltigen wollte. Vielleicht läßt sich eine Gesellschafts- und Staatsordnung denken, in der ein so eigenartiges Erzählertalent und Dichtergenie zu voller Freiheit emporblühen könnte und nicht dazu verdammt wäre, Akten zu schmieren und bei dem Gedanken an den erwünschten Eheschluß und die damit zusammenhängende Verantwortung gegenüber Frau und Kindern sich vor das Nichts und helle Verzweiflung gestellt zu sehen. »Du gehörst zu mir«, schreibt er einmal (laut Abschrift des Briefes im Tagebuch) an F., »ich habe dich zu mir genommen, ich kann nicht glauben, daß in irgendeinem Märchen um irgendeine Frau mehr und verzweifelter gekämpft worden ist als um dich in mir.« — Gewiß hätte es Kafka auch in einer idealen Gesellschaftsordnung sehr schwer gehabt; die metaphysisch-erotischen Wurzeln seines Leids, das unbehebbare Unglück, wäre dann schärfer aufgetreten. Aber in seiner Seele hätten sich auch die entsprechenden Gegenkräfte gefunden. Jedenfalls ist er, infolge unserer vorläufig noch sehr niedrig organisierten Gemeinschaft, an Widerständen gescheitert, die behebbar (wie ich es an anderer Stelle nenne ›unedel‹) waren, und der große Kampf im metaphysischen Sinn ist daher an der richtigen Stelle gar nicht zur Austragung gelangt.

Im Winter 1916—17 wohnte Franz in der Alchymistengasse. An diesen Aufenthalt knüpfen sich heute schon Legenden, und den Fremden, die Prag besuchen, wird das winzige Häuschen und das von ›einem Dichter‹ benützte Zimmer gezeigt (beides fast identisch, das Haus besteht nur aus einem Zimmer nebst winziger Küche und Dachboden). Aber Franz hatte dieses Quartier durchaus nicht aus mystischer oder romantischer Neigung gewählt, zumindest war eine solche Neigung nicht entscheidend, spielte nur vielleicht unterbewußt als alte Liebe zum alten Prag mit; im Vordergrund aber stand ganz nüchtern sein Bedürfnis nach einer ruhigen Arbeitsstätte. Seine außerordentliche Lärmempfindlichkeit, mit der er zuzeiten (zum Beispiel während unserer Reisen) auch mich suggestiv ansteckte, machte die Wahl schwer. — In der Alchymistengasse fühlte sich Franz verhältnismäßig glücklich und war seiner jüngsten Schwester, die ihm dieses Asyl (so wie später das in Zürau) geschaffen hatte, sehr dankbar. Am 11. Februar 1917, einem Sonntag, verzeichne ich: »Bei Kafka in der Alchymistengasse. Er liest schön vor.

Klosterzelle eines wirklichen Dichters.« – Über diese Wohnung, in der, einzig schönes Ergebnis der damaligen Kohlennot, der wehmütig-lustige, alle Menschenschwäche wie von einem himmlischen Punkt aus ironisierende, gesanghafte ›Kübelreiter‹ entstand, und über die nächste Wohnung Franzens im Schönborn-Palais berichtet ein Brief an F., dessen Durchschlag sich im Nachlaß erhalten hat. Zugleich geht aus diesem Brief der Ernst hervor, mit dem Franz diesmal die Hochzeitsvorbereitungen in Angriff nahm. Tatsächlich wurde im darauffolgenden Sommer eine Wohnung für das junge Paar gemietet, Möbel wurden gekauft, und Franz machte mit F. bereits die konventionellen Antrittsbesuche bei Verwandten und Bekannten, fuhr auch nach Ungarn mit F. zu deren Schwester, nach Arad. Franz und die Konvention! – es war ein jämmerlicher Anblick, dabei gab er sich aber alle Mühe, der als richtig erkannten Konvention zu entsprechen. Es hätte ihn freilich eine andere Partnerin vielleicht mit gewaltigem Lachen von solchem Zwang erlöst. Doch ist es auch wieder fraglich, ob Franz solche Freiheit akzeptiert und gewollt hätte. – Einen formellen Besuch machten die zwei komischerweise auch bei mir (am 9. Juli 1917), – der Anblick der beiden ziemlich verlegenen Menschen, vor allem Franzens im ungewohnt hohen Stehkragen, hatte etwas Rührendes und zugleich Schauerliches. (Der 23. Juli sieht dann noch eine größere Gesellschaft bei mir, an der außer Kafka der Musiker Adolf Schreiber, Werfel, Otto Groß und dessen Frau teilnahmen. Groß entwickelte einen Zeitschriftenplan, für den sich Kafka sehr interessierte. – Dies meine letzte Aufzeichnung über ihn vor der Katastrophe.)

Der Brief an F. über Wohnungs- und Ehefragen ist der folgende (der Anfang bezieht sich auf die Wohnung in der Langengasse, – der Münchener Aufenthalt diente einer Vorlesung, bei der Kafka außer eigenen Werken auch Gedichte aus meinem ›Gelobten Land‹ las, in seiner Gewissenhaftigkeit bestand er dann darauf, mir einen Teil seines Honorars abzugeben):

»Liebste, also meine Wohnungsgeschichte. Ein gewaltiges Thema. Es erschreckt mich, ich werde es nicht bewältigen können. Zu groß für mich. Nur ein Tausendstel werde ich darstellen können und davon nur ein Tausendstel wird mir beim Schreiben gerade gegenwärtig sein und davon nur ein Tausendstel werde ich Dir begreiflich machen können und so weiter. Trotzdem, es muß sein, ich will Deinen Rat hören. Also lies genau und rate gut: Mein zweijähriges Leid kennst Du, klein zum gleichzeitigen Leid der Welt, für mich aber genügend. Ein bequemes freundliches Eckzimmer, zwei Fenster, eine Balkontüre. Aussicht auf viele Dächer und Kirchen.

Erträgliche Leute, da ich sie bei einiger Übung überhaupt nicht sehen muß. Lärmende Gasse, Schwerfuhrwerke am frühesten Morgen, an das ich aber schon fast gewöhnt bin. Das Zimmer aber doch für mich unbewohnbar. Zwar liegt es am Ende eines sehr langen Vorzimmers und ist äußerlich abgesondert genug, aber es ist ein Betonhaus, ich höre oder vielmehr hörte bis über 10 Uhr hinaus das Seufzen der Nachbarn, die Unterhaltung der Tieferwohnenden, hie und da einen Krach aus der Küche. Außerdem ist über der dünnen Zimmerdecke der Boden und es ist unberechenbar, an welchen Spätnachmittagen, da ich gerade etwas arbeiten wollte, ein wäschehängendes Dienstmädchen mir förmlich, ganz unschuldig, mit dem Stiefelabsatz in den Schädel trat. Hie und da gab es auch ein Klavierspiel und im Sommer aus dem Halbkreis der andern nahegerückten Häuser Gesang, eine Violine und ein Grammophon. Annähernd vollständige Ruhe also erst von 11 Uhr nachts. Also Unmöglichkeit zum Frieden zu kommen, vollkommene Heimatlosigkeit, Brutstätte allen Wahnes, immer größere Schwäche und Aussichtslosigkeit. Wie viel ist darüber noch zu sagen, aber weiter. Im Sommer einmal ging ich mit Ottla Wohnung suchen, an die Möglichkeit wirklicher Ruhe glaubte ich nicht mehr, immerhin ich ging suchen. Wir sahen einiges auf der Kleinseite an, immerfort dachte ich, wenn doch in einem der alten Palais irgendwo in einem Bodenwinkel ein stilles Loch wäre, um sich dort endlich in Frieden auszustrecken. Nichts, wir fanden nichts Eigentliches. Zum Spaß fragten wir in dem kleinen Gäßchen nach. Ja, ein Häuschen wäre im November zu vermieten. Ottla, die auch, aber in ihrer Art, Ruhe sucht, verliebte sich in den Gedanken, das Haus zu mieten. Ich in meiner eingeborenen Schwäche riet ab. Daß auch ich dort sein könnte, daran dachte ich kaum. So klein, so schmutzig, so unbewohnbar, mit allen möglichen Mängeln. Sie bestand aber darauf, ließ es, als es von der großen Familie, die drin gewohnt hatte, ausgeräumt war, ausmalen, kaufte paar Rohrmöbel (ich kenne keinen bequemeren Stuhl als diesen), hielt es und hält es als Geheimnis vor der übrigen Familie. Zu jener Zeit etwa kam ich aus München mit neuem Mut zurück, ging in ein Wohnungsbüro, wo mir als erstes fast eine Wohnung in einem der schönsten Palais genannt wurde. Zwei Zimmer, ein Vorzimmer, dessen eine Hälfte als Badezimmer eingerichtet war. Sechshundert Kronen jährlich. Es war wie die Erfüllung eines Traumes. Ich ging hin. Zimmer hoch und schön, rot und gold, wie etwa in Versailles. Vier Fenster in einen ganz versunken stillen Hof, ein Fenster in den Garten. Der Garten! Wenn man in den Torweg des Schlosses kommt, glaubt man kaum, was man sieht. Durch das hohe Halbrund des von Karyatiden flankierten zweiten Tores sieht man von schön verteilten, gebrochen verzweigten steinernen Treppen an den großen Garten eine weite Lehne langsam und breit hinaufsteigen bis zu einer Gloriette. Nun hatte die Wohnung einen kleinen Fehler. Der bisherige Mieter, ein getrennt von seiner Frau lebender junger Mann, hatte in der Wohnung mit seinem Diener nur ein paar Monate gewirtschaftet, war dann überraschend versetzt worden (er ist Beamter), mußte von Prag weg, hatte aber in der kurzen Zeit schon so viel in der Wohnung investiert, daß er sie nicht ohne weiteres aufgeben wollte. Er behielt sie deshalb und suchte jemanden, der ihm die Auslagen (Einführung des elektrischen Lichtes, Einrichtung des Badezimmers, Einbau von Schränken, Einführung eines Telephons, einen großen aufgespannten Teppich) wenigstens teilweise ersetzen würde. Ich war dieser jemand nicht. Er wollte dafür (sicherlich wenig genug) sechshundertfünfzig Kronen. Es war mir zu viel, auch waren mir die überhohen kalten Zimmer zu prachtvoll, schließlich hatte ich ja auch keine Möbel, kleinere Rücksichten kamen noch dazu. Nun fand sich aber in dem gleichen Schloß, direkt von der Verwaltung zu mieten, eine andere Wohnung, im zweiten Stock, etwas niedrigere Zimmer, Gassenaussicht, vor den Fenstern ganz nahegerückt der Hradschin. Freundlicher, menschlicher, bescheiden eingerichtet, eine zu Gast hiergewesene Komtesse, wahrscheinlich mit bescheideneren Ansprüchen, hatte hier gewohnt, die mädchenhafte, aus alten Möbeln zusammengesetzte Einrichtung stand noch da. Es waren aber Zweifel, ob die Wohnung zu haben sein wird. Das machte mich damals verzweifelt. Und ich ging in diesem Zustand in Ottlas Haus, das damals gerade fertig geworden war. Es hatte viele Mängel des Anfangs, ich habe nicht Zeit genug, um die Entwicklung zu erzählen. Heute entspricht es mir ganz und gar. In allem: der schöne Weg hinauf, die Stille dort, von einem Nachbarn trennt mich nur eine sehr dünne Wand, aber der Nachbar ist still genug; ich trage mir das Abendessen hinauf und bin dort meistens bis Mitternacht; dann der Vorzug des Weges nach Hause: ich muß mich entschließen aufzuhören, ich habe dann den Weg, der mir den Kopf kühlt. Und das Leben dort: es ist etwas Besonderes, sein Haus zu haben, hinter der Welt die Tür nicht des Zimmers, nicht der Wohnung, sondern gleich des Hauses abzusperren; aus der Wohnungstür geradezu in den Schnee der stillen Gasse zu treten. Das Ganze zwanzig Kronen monatlich, von der Schwester mit allem Nötigen versorgt, von dem kleinen Blumenmädchen (Ottlas Schülerin) so geringfügig als es nötig ist bedient, alles in Ordnung und schön. Und gerade jetzt entscheidet es sich, daß die Wohnung im Schloß mir nun doch zur Verfügung steht. Der Verwalter, dem ich eine Gefälligkeit getan, ist mir sehr freundlich gesinnt. Ich bekomme jene Gassenwohnung um sechshundert, allerdings ohne Möbel, auf die ich gerechnet hatte. Es sind zwei Zimmer, ein Vorzimmer. Elektrisches Licht ist da, allerdings kein Badezimmer, keine Wanne, aber ich brauche sie auch nicht. Nun kurz die Vorteile des gegenwärtigen Standes gegenüber der Schloßwohnung: 1. der Vorteil des Alles-bleibt-beim-alten, 2. ich bin doch jetzt zufrieden, warum mir doch möglicherweise Reue schaffen, 3. Verlust des eigenen Hauses, 4. Verlust des Weges in der Nacht, der mir den Schlaf bessert, 5. ich müßte mir Möbel von der jetzt bei uns wohnenden Schwester ausborgen, für das eine Zimmer, das riesenhaft groß ist, hätte ich eigentlich nur ein Bett. Kosten der Übersiedlung, 6. jetzt wohne ich um zehn Minuten dem Büro näher. Die Schloßwohnung geht, glaube ich, nach Westen, mein Zimmer hat Morgenlicht. Dagegen Vorteile der Schloßwohnung: 1. der Vorteil des Wechsels überhaupt und des Wechsels im besonderen, 2. der Vorteil einer eigenen stillen Wohnung, 3. in der gegenwärtigen Arbeitswohnung bin ich doch nicht ganz unabhängig, eigentlich nehme ich sie doch Ottla weg; so lieb und aufopfernd sie zu mir ist, bei schlechter Laune läßt sie es wider Willen doch einmal in der Zeit merken. Allerdings wird es ihr gewiß leid tun, wenn ich nicht mehr in das Häuschen komme, im Grunde genügt es ihr, hie und da, mittag und Sonntag bis 6 Uhr dort zu sein, 4. den Nachhauseweg werde ich allerdings nicht haben, auch herausgehn wird in der Nacht schwer sein, da das Tor nicht von außen aufsperrbar ist, aber dafür kann ich in der Nacht in dem sonst nur den Herrschaften vorbehaltenen Teil des Parkes gern und gut ein Weilchen spazieren gehn, 5. nach dem Krieg will ich doch versuchen, zunächst ein Jahr Urlaub zu bekommen, gleich wird das, wenn überhaupt, wohl nicht möglich sein. Nun, dann hätten wir zwei die wunderbarste Wohnung, die ich in Prag denken kann, für Dich vorbereitet, allerdings nur für verhältnismäßig kurze Zeit, während welcher Du auch auf eigene Küche und sogar aufs Badezimmer verzichten müßtest. Trotzdem wäre es in meinem Sinn und Du könntest Dich zwei, drei Monate tief ausruhn. Und der unbeschreibliche Park etwa im Frühjahr, Sommer (Herrschaft ist weg) oder Herbst. Sichere ich mir die Wohnung aber nicht gleich jetzt, sei es daß ich hinziehe oder (wahnsinnige, alle Beamtenbegriffe übersteigende Verschwendung!) sie nur bezahle, hundertfünfzig Kronen vierteljährig, bekomme ich sie kaum mehr, eigentlich habe ich sie ja schon genommen, aber der Verwalter entläßt mich gewiß gern aus dem Wort, besonders da für ihn die Angelegenheit begreiflicherweise nicht den winzigsten Teil der Bedeutung hat wie für mich. Wie wenig habe ich gesagt. Nun aber urteile, und bald.«

Den Bluthusten, der im August zum ersten Male auftrat, bezeichnete Franz als psychisch bedingt. So finde ich es unzweideutig als seine Äußerung in meinem Tagebuch notiert. »24. August 1917. Maßnahmen wegen Kafkas Krankheit. Er stellt sie als psychisch dar, gleichsam Rettung vor der Heirat. Er nennt sie: seine endgültige Niederlage! Doch schläft er seither gut. Befreit? – Gequälte Seele!« (Vergleiche Tagebücher S. 529.) – Es ist möglich, daß die nicht zu erheizende Wohnung im Schönborn-Palais den Ausbruch der Krankheit beschleunigt hat und daß damit der Vater, der vor derartigen ›Extravaganzen‹ warnte und stets seinen tiefen Abscheu vor ihnen zu erkennen gab, in einem gewissen Sinn doch wieder einen Anschein von Recht erhält. Dieser von Kafka wohl nie in Erwägung gezogene Aspekt könnte einer seiner Novellen entnommen sein, woraus aber nichts hervorgeht als die enge Verbundenheit seines Lebens und Schaffens. – Im tieferen Grunde aber wurde die Krankheit wohl doch nur ausgelöst durch die jahrelangen Aufregungen, die Bemühungen, über alle Hemmnisse des Berufs und der Ehepläne hinweg die dichterische Gabe voll zu entfalten, und durch die mit all dem verbundene Körperschwächung nebst ›hygienischen‹ Maßnahmen, die nur ein kraftvoller Körper vertragen hätte.

Es dauerte bis zum 4. September, ehe ich Franz endgültig dazu überredet hatte, einen Arzt zu Rate zu ziehen. In solchen Dingen war er ganz unglaublich bockbeinig, es gehörte viel Geduld und Beharrlichkeit dazu, ihn richtig zu behandeln. Meine Aufzeichnung über den entscheidenden bösen Tag lautet: »4. September. Nachmittag mit Kafka bei Professor Friedl Pick. So lange brauchte es, um das durchzusetzen. Konstatiert Lungenspitzenkatarrh. Urlaub drei Monate nötig. Es ist Gefahr Tuberkulose. Mein Gott! Es wird doch nicht etwas so Grauenhaftes geschehen. – Dann Sophieninsel. Badeanstalt, mit Franz. Er fühlt sich befreit und besiegt zugleich. Widerstrebender Teil in ihm hält die Ehe für Ablenkung von der einen Blickrichtung aufs Abolute. Ein anderer Teil strebt Ehe als Naturgemäßes an. Dieser Kampf hat ihn zermürbt. Die Krankheit betrachtet er als Strafe, weil er sich oft eine gewaltsame Lösung gewünscht hat. Doch diese ist ihm zu grob. Er zitiert, gegen Gott (aus den Meistersingern): Ich hätt' ihn für feiner gehalten.«

Dann: »10. September. Nachmittag mit Kafka nochmals bei Professor Pick. – Seine Eröffnung, daß er Hebräisch gelernt hat, fünfundvierzig Lektionen im Lehrbuch von Rath, mir nichts gesagt. Er hat mich also geprüft, als er mich neulich scheinbar unwissend fragte, wie man hebräisch zähle. Diese einsame Geheimnistuerei. Es ist etwas sehr Großes darin, doch auch Böses.«

In ein Lungenheilsanatorium zu gehen – dagegen wehrte sich Franz mit aller Kraft. Erst in späteren Jahren mußte er nachgeben. Man wird vielleicht einen gewissen Widerspruch darin finden, daß er jetzt, wo es ratsam war, kein Sanatorium aufsuchen wollte, indes er in den Jahren zuvor in Sanatorien, wie Erlenbach bei Zürich, Jungborn im Harz, Hartungen in Riva, Rast genommen hatte. Doch dies waren Stätten der Naturheilkunde gewesen, in denen Franz tage- oder wochenlang der von ihm ebenso geliebten wie bespöttelten, im tiefsten Grund aber doch hoffnungsvoll begrüßten ›naturgemäßen Lebensweise‹ sozusagen genußvoll gefrönt hat. Etwas ganz anderes stellte nun die Drohung mit schulmedizinmäßig geleiteten Anstalten dar; und es ist aus Franzens Anschauungsweise hervor zu verstehen, daß er sich so lang wie möglich solchem Ansinnen widersetzte. Ein Zufall kam ihm diesmal zu Hilfe. Franzens jüngste Schwester hatte in Zürau (Post Flöhau, bei Saaz) die Bewirtschaftung eines kleinen, dem Schwager gehörigen Gutes übernommen. Es wurde beschlossen und endlich allseits zugestanden, daß Franz dort seinen Erholungsurlaub verbringen sollte. Dieser Urlaub wurde mehrmals verlängert, ein oder das andere Mal versuchte Franz noch, die Berufsarbeit wieder aufzunehmen, doch gelang es nur für kurze Zeitspannen. Die Versetzung in den Ruhestand war schließlich unausweichbar. – Aus dem Zürauer Milieu, das Franz zum erstenmal in enge Berührung mit Landleben, Landwirtschaft, deutschem Bauerntum brachte, erwuchs dann der Roman ›Das Schloß‹.

Am 12. September notiere ich: »Abschied von Kafka. Tut mir weh. Für so lange Zeit war ich seit Jahren nicht ohne ihn. Er ist der Ansicht, daß er nun F. nicht heiraten kann, der Krankheit wegen. Verzweifelter Brief von ihr, obwohl sie noch nichts weiß. – Zwei Leute aus dem Geschäft kommen mit Schubkarren, um sein Gepäck zu holen. Er sagt: Sie kommen um den Sarg.«

Nun erhalte ich viele Briefe von ihm; sie sind zu kostbar, um stückweise wiedergegeben zu werden. Ich muß hoffen, sie einmal vollständig veröffentlichen zu können*. Über Kafkas sich intensivierende Kierkegaard-Studien, über seine religiöse und ethische Entwicklung geben sie Aufschlüsse. – Andere Briefe aus Zürau an Baum und Weltsch zeigen das immer deutlicher werdende Bild des Mannes, der sich in der allereinfachsten ländlichen Umgebung wohl fühlt, nie mehr in

* Ein Band mit Briefen Kafkas (1902–1924) – abgesehen von den separat erschienenen ›Briefen an Milena‹ – erschien 1958.

die Stadt zurückkehren möchte. Charakteristisch für seine Stimmung wie für die Grundsubstanz des Schloßromans sind etwa Tagebuchblätter wie dieses: »Beim Bauer Lüftner. Die große Diele. Theatralisch das Ganze: er nervös mit Hihi und Haha und Auf-den-Tisch-Schlagen und Armheben und Achselzucken und Bierglasheben wie ein Wallensteiner. Daneben die Frau, eine Greisin, die er als ihr Knecht vor zehn Jahren geheiratet hat. Ist leidenschaftlicher Jäger, vernachlässigt die Wirtschaft. Riesige zwei Pferde im Stall, homerische Gestalten, in einem flüchtigen Sonnenschein, der durch das Stallfenster kam.« – Franz erholt sich langsam. Nur wenn ein Brief von F. kommt, ißt er einen halben Tag lang nichts, öffnet den Brief nicht.

Ich selbst, um jene Zeit gleichfalls in arge Seelenkämpfe und überdies in viel Arbeit verstrickt, habe Franz in Zürau leider nie besucht. Ich traf ihn nur, als ich in der Nähe des Ortes einen Vortrag hielt, auf der Bahnstation Michelob, wohin er mir entgegengereist war. Übrigens kam er von Zeit zu Zeit für einige Tage nach Prag, um Unaufschiebliches zu erledigen. – Oskar Baum war acht Tage lang sein Gast in Zürau, dem ›damals tief verschneiten Dorf‹, und sagt darüber in den ›Erinnerungen‹: »In den langen Nächten, die wir bis zum Morgen durchplauderten, erfuhr ich mehr von ihm als in den zehn Jahren vorher und den fünf nachher.«

Noch im September, also bald nach Konstatierung der schweren Krankheit, besucht ihn F. Das Tagebuch meldet: »F. war hier, fährt, um mich zu sehen, dreißig Stunden, ich hätte es verhindern müssen. So wie ich es mir vorstelle, trägt sie, wesentlich durch meine Schuld, ein Äußerstes an Unglück. Ich selbst weiß mich nicht zu fassen, bin gänzlich gefühllos, ebenso hilflos, denke an die Störung einiger meiner Bequemlichkeiten und spiele als einziges Zugeständnis etwas Komödie. In Kleinigkeiten hat sie Unrecht, Unrecht in der Verteidigung ihres angeblichen oder auch wirklichen Rechtes, im Ganzen aber ist sie eine unschuldig zu schwerer Folter Verurteilte; ich habe das Unrecht getan, wegen dessen sie gefoltert wird, und bediene außerdem die Foltermaschine. – Mit ihrer Abfahrt (der Wagen mit ihr und Ottla umfährt den Teich, ich schneide geradeaus den Weg ab und komme ihr noch einmal nahe) und einem Kopfschmerz (Erdenrest des Komödianten) endet der Tag.«

Anfang November vermerke ich ein Gespräch mit Franz. Es bezieht sich auf meinen eigenen Zwiespalt, wirft aber auch auf den seinen einiges Licht:

»Er: So ist es immer. Die Schuld liegt eben darin, daß man überlegt.

Ich: Soll man denn unüberlegt sein?

Er: Das ist natürlich kein Gesetz. Aber es heißt: Du sollst nicht überlegen *können*. – Man kann das nicht erzwingen. Überlegen ist der Rat der Schlange. Aber auch er ist gut und menschlich. Ohne ihn ist man verloren.«

Ende Dezember kommt Franz nach Prag, trifft hier mit F. zusammen, die als Direktrice eines großen Berliner Unternehmens (Umsicht, Tüchtigkeit, Großzügigkeit gehören zu ihren vorzüglichen Eigenschaften) ihre Weihnachtsferien benützen muß, um die letzte Unterredung herbeizuführen. Das Trauerspiel geht seinem Ende entgegen. Am Abend des 25. Dezembers sind Franz und F. bei meiner Frau und mir zu Gast. »Beide unglücklich, reden nichts.« Am 26. Dezember notiere ich: »Kafka kam früh um halb acht, ich soll ihm den Vormittag schenken. Café Paris. Doch will er mich nicht als Berater, sein Entschluß ist bewundernswert fest. Nur die Zeit verbringen. Er hat gestern F. alles ganz klar gesagt. Wir sprachen von allem, nur nicht davon. Kafka über Tolstois ›Auferstehung‹: ›Man kann die Erlösung nicht schreiben, nur leben.‹ – Am Nachmittag Ausflug mit Baum, Weltsch. Also drei Ehepaare nebst Kafka und F. Schipkapaß. Kafka unglücklich. Er sagt mir: ›Was ich zu tun habe, kann ich nur allein tun. Über die letzten Dinge klar werden. Der Westjude ist darüber nicht klar und hat daher kein Recht zu heiraten. Es gibt hier keine Ehen. Es sei denn, daß ihn diese Dinge nicht interessieren, zum Beispiel Geschäftsleute.‹«
Am nächsten Vormittag kam Franz zu mir ins Büro. Um sich einen Moment auszuruhen, sagte er. Er hatte eben F. zur Bahn gebracht. Sein Gesicht war blaß, hart und streng. Aber plötzlich begann er zu weinen. Es war das einzige Mal, daß ich ihn weinen sah. Ich werde diese Szene nie vergessen, sie gehört zu dem Schrecklichsten, was ich erlebt habe. – Ich saß im Büro nicht allein, dicht neben meinem Schreibtisch stand der Schreibtisch eines Kollegen, wir arbeiteten in einer der juristischen Abteilungen der Postdirektion – im obersten Stockwerk eines Privatgebäudes war diese Abteilung untergebracht, nicht im Haupt- und Amtsgebäude der Direktion. Die Art und Weise, in der es dem Amt gelungen war, aus einer freundlichen Vierzimmerwohnung mit Küche und Bad eine richtige verstaubte, häßliche, unpersönliche Amtslokalität, etwas Mißlaunig-Unwirkliches zu machen, hatte etwas Gespenstisches an sich. Private Besuche, die manchmal zu mir kamen, empfing ich meist (und dies immer schlechten Gewissens) in der zur Aktenrumpelkammer umgewandelten und halb demolierten Küche. Kafka aber war direkt zu mir ins Arbeitszimmer gekommen, mitten in den Betrieb, saß neben meinem Schreibtisch auf dem Sesselchen, das für Bittsteller, Pensio-

nisten, Beschuldigte bereit stand. Und hier weinte er, hier sagte er schluchzend: »Ist es nicht schrecklich, daß so etwas geschehen muß?« Die Tränen liefen ihm über die Wangen, ich habe ihn nie außer diesem einen Male fassungslos, ohne Haltung gesehen.
Einige Tage nachher kehrte er nach Zürau zurück. Er hatte mir noch einen sehr unglücklichen Brief von F. gezeigt. Seine Stellung ihr gegenüber war aber ganz fest, er hatte nicht nur auf sie, sondern auf *jede* Möglichkeit eines Eheglücks verzichtet. Der Schmerz, den er sich selbst zufügte, gab ihm die Kraft, auch anderen gegenüber die natürliche Weichheit seines Herzens zu bezwingen und nicht nachzugeben, wo er einmal die Unumgänglichkeit des bitteren Entschlusses erkannt hatte.
Etwa fünf Vierteljahre später erhielt ich die Nachricht, daß F. geheiratet hatte. Ich gab dies, unter schonender Vorbereitung, an Franz weiter. Er war bewegt, von redlichsten Glückwünschen für den neuen Ehebund erfüllt, die denn auch zu seiner großen Freude in Erfüllung gingen. »Es ist gut, daß sich doch manches Unentwirrbare zu lösen scheint«, resümierte ich für mich den Fall, wohl wissend, daß zumindest auf Franzens Seite mit dem Wegfall dieses einen überschattenden Problems noch bei weitem kein rettender Weg sich aufgetan hatte.

SECHSTES KAPITEL

Religiöse Entwicklung

Die *Ausweglosigkeit* war nun vor allem eine Abfolge der Krankheit, die, aus den seelischen Krisen entstanden oder doch durch sie unheilvoll gefördert, ein selbständig wirkendes, Schaden stiftendes, ja verwüstendes Übel geworden war und der Franz schließlich erlag. – Franz ertrug die Leiden heroisch, meist sogar mit heiterem Gleichmut. Nur einmal, in späteren Jahren, habe ich ihn über Schmerzen klagen hören. Ich besuchte ihn, nachdem er schwere Fieberanfälle erlitten hatte. Er lag zu Bett, im Sprechen verzerrte er das Gesicht: »Das dauert so lange, ehe man ganz klein zusammengedrückt und durch dieses letzte enge Loch durchgestopft wird.« Dabei ballte er die Hand, als zerknülle er in ihr ein Taschentuch.
Bis zum Sommer 1918 blieb Franz, mit kurzen Unterbrechungen, in Zürau. Dann kam er nach Prag, arbeitete wieder eine Zeitlang als Beamter, die Nachmittage aber widmete er gärtnerischer Arbeit im Pomologischen Institut in Troja (einem Vorort Prags). Dort holte ich ihn oft zu langen Spaziergän-

gen ab. Wir hatten zwei Hauptthemen: den Krieg, das Hebräischlernen. Damals nahm ich seinen Rat auch bei einer literarischen Affäre in Anspruch. Unübertrefflich war Kafkas Gerechtigkeitsgefühl, seine Wahrheitsliebe, seine schlichte, nie auch nur im geringsten posierende Redlichkeit. »Man muß sich auf das beschränken, was man unbedingt beherrscht« – ist eines seiner Worte, das ich aus jener Zeit aufbewahre. Manchmal führte das freilich bei ihm zu einem Zustand, in dem er sich schmerzlich ganz und gar in sich zusammenkrümmte. Er wollte sich von allem zurückziehen, schließlich auch den Umgang mit mir aufgeben.

Am 1. Juli 1918 notierte ich als seine Ansicht: »Land gegen Stadt. Doch fühlt er sich in Prag besser, denn in Zürau faulenzte er. Hier betrachtet er Hebräisch und Gartenbau als Positiva seines Lebens. Will sich diese ganz rein erhalten, sie sind das ›Ländliche‹. Will sich von allem andern zurückziehen.« – »3. Juli. Schlaflose Nacht wegen Kafka. Fühle mich verlassen, aber respektiere seinen Entschluß. Es gab nie eine Trübung. Seine gute Art, an allen (auch an Gegnern) das Positive zu sehen, das, worin sie recht haben, worin sie nicht anders können (zum Beispiel Hans Blüher), tröstete mich oft, gab mir Grundlagen. Sein Vertrauen darauf, daß eine reine Absicht, eine sachliche Arbeit niemals sinnlos bleibt, daß nichts Gutes verloren gehen kann, – darauf stütze ich mich.«

Diesem ›Nachruf‹ folgt aber sofort die Korrektur: »Wenige Tage später kam er zu mir. Dann oft Sophieninsel, Badeanstalt mit ihm. Auch Troja.«

Von der Strenge, in der er damals lebte und alles beurteilte, gibt die nachfolgende Briefstelle einen Bericht. Ich hatte ihm die Bitte einer Schauspielerin übermittelt, die in Frankfurt aus seinen Büchern vortragen wollte. Er antwortete mir (aus Zürau): »Nach Frankfurt schicke ich nichts, ich fühle es nicht als eine Sache, die mich zu kümmern hat. Schicke ich es, tue ich es nur aus Eitelkeit, schicke ich es nicht, ist es auch Eitelkeit, aber nicht nur Eitelkeit, also etwas Besseres. Die Stücke, die ich schicken könnte, bedeuten für mich wesentlich gar nichts, ich respektiere nur den Augenblick, in dem ich sie geschrieben habe, und nun soll sie eine Schauspielerin, die für ihren Vorteil viel Wirksameres finden wird, aus dem Nichts, in das sie schnell oder langsamer hinunterfallen, für einen Augenblick eines Abends hochheben? Das ist sinnlose Mühe.«

Doch nicht von allen seinen dichterischen Arbeiten und nicht immer urteilte er so abfällig. Er begann, die zum Band ›Der Landarzt‹ sich zusammenschließenden Erzählungen zu ordnen. Diesmal drängte er sogar auf Publikation. Das geht aus folgenden Zeilen hervor (gleichfalls aus Zürau an mich gerichtet): »Dank für die Vermittlung bei Wolff. Seitdem ich mich entschlossen habe, das Buch meinem Vater zu widmen, liegt mir viel daran, daß es bald erscheint. Nicht als ob ich dadurch den Vater versöhnen könnte, die Wurzeln dieser Feindschaft sind hier unausreißbar, aber ich hätte doch etwas getan, wäre, wenn schon nicht nach Palästina übersiedelt, doch mit dem Finger auf der Landkarte hingefahren.«

Man sieht aus diesen Zeilen, wie stark bei Kafka die Sehnsucht nach richtiger Eingliederung in die *Familie*, nach Frieden mit dem Vater, Beziehung schlägt zu der Einordnung in die naturgemäße, sittlich richtige Lebensform des *Volkes* (Palästina), – und in der Tat dringen diese Motive, die nichts anderes sind als Konkretisierungen von Kafkas Grundproblem (wie ist ein richtiges erfülltes Leben für alle, die ganze *Menschheit* möglich?), in seinen letzten Lebensjahren immer kräftiger durch.

Was ich betone und was, wie ich glaube, meine Darstellung Kafkas von anderen Darstellungen (zum Beispiel von Schoeps, Vietta, Stumpf) unterscheidet, ist die Tatsache, daß ich das Positive, Lebensfreundliche, liebevoll Wirkende und im Sinn eines rechten erfüllten Lebens Religiöse, nicht aber Selbstverlorenheit, Lebensabgekehrtheit, Verzweiflung, ›tragische Position‹ für sein entscheidendes Wort halte.

Die drei Zitate aus Kafkas Tagebüchern, die ich meiner Monographie vorangestellt habe, sprechen eine deutliche Sprache. Ich bitte, sie nochmals zu lesen, ehe man die Lektüre hier fortsetzt. Ohne diese Leitsätze kann man, wie ich glaube, Kafkas religiöse Haltung niemals verstehen. Das Hoffnungsvolle, das in solchen und ähnlichen Sätzen Kafkas liegt, darf nicht wegeskamotiert werden. Nur indem man über solche positiv gerichtete Thesen weglas, konnte man dahin kommen, Kafka in eine Reihe mit der ›Theologie der Krise‹ zu stellen, – mit jener Glaubensrichtung, die zwischen Gott und dem Menschen, zwischen dem Menschen und dem durch menschliche Kraft zu bewirkenden guten Tun einen nie zu schließenden Abgrund klaffen sieht. Es ist bezeichnend, daß Franz in einem Brief an mich gerade auf eine jener Stellen bei Kierkegaard hinweist, die nicht die Ohnmacht, sondern die gute sittliche Kraft und Wirkungsmöglichkeit des Menschen darlegen. Kafka zitiert Kierkegaard (mit den Einleitungsworten: »Und die folgende Stelle ist nicht aus dem Talmud«, was im Zusammenhang mit meinem Brief bedeutet: sie entspricht der Anschauungsweise des Judentums, obwohl sie nicht im Talmud, sondern eben bei Kierkegaard steht), er zitiert die nachstehenden großen Sätze: »Sobald ein Mensch kommt, der etwas Primitives mit sich bringt, so daß er also nicht sagt: Man muß die Welt nehmen, wie sie ist ... sondern der sagt: Wie die Welt auch ist, ich bleibe bei einer Ursprünglichkeit, die ich nicht nach dem Gutbefinden der Welt zu verändern gedenke: im selben Augenblick, als dieses Wort gehört wird, geht im ganzen Dasein eine Verwandlung vor sich. Wie im Märchen – wenn das Wort gesagt wird, sich das seit hundert Jahren verzauberte Schloß öffnet und alles Leben wird: so wird das Dasein lauter Aufmerksamkeit. Die Engel bekommen zu tun und sehen neugierig zu, was daraus werden wird, denn dies beschäftigt sie. Auf der anderen Seite: finstere unheimliche Dämonen, die lange untätig dagesessen und an ihren Fingern genagt haben, springen auf und recken die Glieder, denn, sagen sie, hier gibt's etwas für uns usw.« Indem ich auf die hoffnungsvolle, tatfreudige Seite im Werk Kafkas besonderen Wert lege, das heißt auf die Grundeinsicht, daß der Mensch mit seinem Fünkchen Vernunft, Willen und ethischer Erkenntnis *nicht durchaus ein Spielball übermächtiger Kräfte* ist, die nach anderen Gesetzen richten als er, die er nicht versteht, nie verstehen kann, denen gegenüber er verloren und nur auf Gnade und Ungnade angewiesen ist (die alte Hiobsfrage), – indem ich also die *Position menschlicher Freiheit* bei Kafka unterstreiche, will ich selbstverständlich nicht vergessen, daß diese Position Kafkas nur eine fünkchenweise ist und daß weitaus in überwiegender Mehrheit Sätze, die den Menschen entmachten, auf den Leser eindringen. Aber die Thesen der Freiheit und Hoffnung sind *auch da*! Und wenn bei einem religiösen Denker auch nur *eine* solche These gefunden wird, so hat sie schon die Merkwürdigkeit, sein Gesamtbild entscheidend zu ändern. Nur das will ich sagen, nicht mehr! Diese Ansätze zu einer optimistischeren Weltdeutung dürfen nicht vernachlässigt werden, wenn man Kafka richtig lesen will, – ja ich glaube, daß gerade diese zarten Ansätze, unendlichen Mißstimmungen und Fehlschlägen eines grauenvoll schweren Lebens abgerungen, Ansätze zu einem »Kampf für das Gute trotz allem und allem« den Kern, das Beste und Eigentlichste in Kafkas denkerischer Haltung ausmachen. *Gerade weil die Ansätze des Glaubens einer so radikalen Skepsis abgezwungen sind, sind sie in ihrer Wahrhaftigkeit, durch letzte Prüfungen geläutert, unendlich wertvoll und stark.* »Der Mensch kann nicht leben ohne ein dauerndes Vertrauen zu etwas Unzerstörbarem in sich«, sagt Kafka. Und fügt hinzu: »– wobei sowohl das Unzerstörbare als auch das Vertrauen ihm dauernd verborgen bleiben können.« Sehr bedeutend der Nachsatz, der den Theismus der üblichen Observanz modifiziert: »Eine der Ausdrucksmöglichkeiten dieses Verborgenbleibens ist der Glaube an einen persönlichen Gott.« – Man kann wohl sagen,

daß Skepsis und Glaube sich nicht inniger vermählen können als in diesem Aphorismus.
Ähnlich: »Wenn das, was im Paradies zerstört worden sein soll, zerstörbar war, dann war es nicht entscheidend; war es aber unzerstörbar, dann leben wir in einem falschen Glauben.« – Hier lehnt Kafka das Dogma von der Erbsünde deutlich ab.
Kafka rechtet mit Gott, wie einst Hiob es getan hat. Er rechtet über den Sündenfall, die Austreibung aus dem Paradies. Er sucht, das abschließende Wort findet er nicht. Er sucht einen Glauben »wie ein Fallbeil, so schwer, so leicht«. Aber eines wird ihm auf jeden Fall zur Gewißheit: ganz unabhängig davon, wie wir die Stellung Gottes zu uns beurteilen mögen, – die Stellung und Aufgabe des Menschen ist klar, ist Aktivität im Dienst des Guten, so weit es uns erkennbar wird. »Der Tod ist vor uns, etwa wie im Schulzimmer an der Wand ein Bild der Alexanderschlacht. Es kommt darauf an, *durch unsere Taten noch in diesem Leben* das Bild zu verdunkeln oder gar auszulöschen.«
Damit vergleiche man eine Tagebucheintragung vom 11. 11. 1911 – für mein Gefühl eine der erschütterndsten: »Sobald ich irgendwie erkenne, daß ich Übelstände, zu deren Beseitigung ich eigentlich bestimmt wäre (zum Beispiel das äußerst zufriedene, von mir aus gesehen trostlose Leben meiner verheirateten Schwester), auf sich beruhen lasse, verliere ich auf einen Augenblick das Gefühl meiner Armmuskeln.«
Ähnlich heißt es (im Mai 1914), doch schon mit stärkerer Betonung der Unübersichtlichkeit und Kompliziertheit alles Irdischen, die ja den Kampf für das Gute so unendlich beirren – (man könnte sagen: *Jeder* große Dichter hat irgend etwas im Leben deutlich gemacht, was vor ihm *keiner so deutlich* gesehen hat. *Und was ist durch Kafka deutlich geworden? Die Undeutlichkeit des Lebens!)* –: »Wenn ich mich nicht sehr täusche, komme ich doch näher. Es ist, als wäre irgendwo in einer Waldlichtung der geistige Kampf. Ich dringe in den Wald ein, finde nichts und eile aus Schwäche bald wieder hinaus; oft wenn ich den Wald verlasse, höre ich oder glaube ich das Klirren der Waffen jenes Kampfes zu hören. Vielleicht suchen mich die Blicke der Kämpfer durch das Walddunkel, aber ich weiß nur so wenig und Täuschendes von ihnen.«
Groß ist die Unberatenheit des Menschen. Und dennoch, dennoch – man läßt ›den Wagen‹ Gottes und des richtigen Lebens nur dann an sich vorüberfahren, ohne einzusteigen, man verfehlt ihn nur dann, wenn man die Dinge nicht ernst nimmt. »Bleibst du aber fest« (besagt jene Meditation, die ich für die schlechthin entscheidende halte), » . . . dann wirst du auch die unveränderliche dunkle Ferne sehen, aus der nichts

kommen kann als eben nur einmal der Wagen, er rollt heran, wird immer größer, wird in dem Augenblick, in dem er bei dir eintrifft, welterfüllend – und du versinkst in ihm wie ein Kind in den Polstern eines Reisewagens, der durch Sturm und Nacht fährt.«

Kafkas Grundanschauung ließe sich etwa in die Formel fassen: Fast alles ist unsicher, aber von einem gewissen Grad der Erkenntnis an irrt man nicht mehr. – Das ist Platons Lehre in ihrer reinsten Form. Denn auch Platon versichert im ›Phaidros‹, daß jenen, die einmal den oberen Pfad beschritten hätten, nicht bestimmt sei, auf den unteren zu geraten.

Bei aller Trauer um die Unvollkommenheit und Undurchsichtigkeit menschlichen Tuns war Kafka davon überzeugt, daß es Wahrheiten gebe, an denen nicht zu rütteln sei. Nicht durch Worte sprach er das aus, wohl aber durch sein ganzes Verhalten sein Leben lang. Das war es, weshalb einem in seiner Nähe, all dem Depressiven zum Trotz, das von ihm ausging, unendlich wohl wurde. Das ›Unzerstörbare‹ gab sich kund, Kafkas unaufdringlich leises, aber festes Benehmen war gleichsam ein Unterpfand für die ewigen Gesetze der Liebe, Vernunft und Güte. – Wohl war er fast grenzenlos skeptisch und ironisch. Aber es gab für ihn (beispielsweise) keine Skepsis am Wesen und Kern Goethes. Also doch nicht ›grenzenlos skeptisch‹? Nein, die Grenze war da, eine sehr ferne Grenze, – aber eine Grenze trotz allem.

Glaube an eine absolute Welt, – aber wir irren, wir sind zu schwach, wir ergreifen sie nicht. Neben den Glauben an das Absolute tritt bei Kafka das Bewußtsein menschlicher Insuffizienz. Dieses Schwächegefühl wird von Schoeps aus der speziellen Situation des heutigen Juden erklärt, der das überlieferte Religionsgesetz nicht befolgt. Es gibt auch eine Deutung von katholischer Seite: der Jude, der Christus nicht annimmt. Man darf aber als Motiv des Schwächegefühls die Zeitlage, den Krieg, die vielen privaten akzidentellen Mängel und Leiden Kafkas nicht vergessen, von den Jugendeindrücken und der »verfehlten Erziehung« angefangen, sie alle bedingen das in seinem Werk sich so eindringlich aussprechende Gefühl der Gottferne. Damit begreift man das wirkliche Leben und die Wahrheit besser als mit theologischen Konstruktionen. »Gott nahe sein« und »richtig leben« – war für Kafka identisch. Als Glied eines Volkes ohne Land kann man nicht richtig leben. Diese gleichsam realistisch-jüdische Deutung Kafkas, in der der Zionismus als eine Lebensform von religiöser Relevanz aufgefaßt wird, werde ich an späterer Stelle zu entwickeln suchen.

Doch sei zuerst das Allgemein-Religiöse sichergestellt.
Das Absolute ist da, – aber es ist dem menschlichen Leben inkommensurabel: dies scheint das Grunderlebnis Kafkas zu sein, aus der Tiefe der Erlebnisse immer neu variiert. In bitterster Ironie, in Verzweiflung, in Selbsterniedrigung ohne Beispiel und in einer zarten Hoffnung, die durch all die wilde Skepsis hindurchsingt, nicht oft, aber um so eindeutiger da und dort. Hauptthema bleibt die ungeheuerliche Gefahr, daß wir den rechten Weg verlieren, eine Gefahr von so groteskem Übergewicht, daß uns eigentlich nur ein Zufall (›gratia praeveniens‹) dazu bringen kann, in das ›Gesetz‹, das heißt in das richtige vollendete Leben, ins ›Tao‹ einzutreten. Um wie viel wahrscheinlicher dagegen ist es, daß wir den Weg verfehlen. »Einmal dem Fehlläuten der Nachtglocke gefolgt – es ist niemals gutzumachen.« Das ewige Mißverstehen zwischen Mensch und Gott reizt Kafka, diese Disproportion immer wieder im Bilde zweier Welten darzustellen, die einander nie, nie verstehen können – daher ist der unendliche Abstand zwischen dem stummen Tier und dem Menschen eines seiner Hauptthemen, in so vielen Tiergeschichten, die sein Werk nicht zufälligerweise enthält. Ebenso die trennende Wand zwischen Vater und Sohn. Auf allem, was *Inkommensurabilität* ausdrückt, haftet der Blick dieses Dichters mit unendlichem Mitleids-Verständnis und bringt es mit dem verhängnisvollsten größten aller Mißverständnisse, dem Versagen des Menschen vor Gott, in einen stummen Zusammenhang.
Diese Erkenntnis hat ihren Kern zweifellos in dem Gefühl, daß es eine Welt der Absolutheit, der Sündenlosigkeit, der Vollkommenheit gibt, – also das, was die Gläubigen ›Gott‹ nennen. Dieses Gefühl für ›das Unzerstörbare‹ war für Kafka unmittelbare Gewißheit und Zentrum seines Daseins, dabei aber übersah er (denn er war mit den schärfsten Augen der Seele ausgestattet) keinen der zahllosen abscheulichen Fehltritte, keine Sünde, keine der Lächerlichkeiten, mit denen die Menschen einander das Leben vergällen, ja unmöglich machen, mit denen sie immer weiter vom Quell des Lebens abirren. Ein gutes Leben ist uns vorgeschrieben, aber wir sind aus innersten Stücken unfähig, dieses Leben zu ergreifen. Dadurch wird uns die göttliche Welt zu einem transzendenten Gebiet und im wahrsten Sinne des Wortes unheimisch, unheimlich. Der Wille Gottes klingt unseren Ohren unlogisch, das heißt unserer *menschlichen* Logik auf groteske Art entgegengesetzt, ja er erscheint uns grausam, sogar unmoralisch. Seit dem biblischen Buche Hiob ist nicht so wild mit Gott gehadert worden wie in Kafkas ›Prozeß‹ und ›Schloß‹ oder in seiner ›Strafkolonie‹, in der die Gerechtigkeit im Bilde

einer mit raffinierter Grausamkeit ersonnenen, unmenschlichen, fast teuflischen Maschine und eines schrullenhaften Verehrers dieser Maschine dargestellt ist. Ganz ähnlich tut Gott im Buche ›Hiob‹ das, was dem Menschen absurd und ungerecht erscheint. Aber es erscheint eben nur dem Menschen so, und was als letztes Resultat bei Hiob wie bei Kafka sich ergibt, ist die Feststellung, daß das Maß, mit dem der Mensch arbeitet, nicht jenes ist, nach dem in der Welt des Absoluten gemessen wird. Ist das Agnostizismus? Nein; denn das Grundgefühl bleibt, daß auf geheimnisvolle Art der Mensch dennoch mit dem transzendenten Reich Gottes verbunden ist. Nur die gewöhnliche, flache, rational faßbare Art von Verbundenheit ist es eben nicht. Und mit Phrasen, mit frommem Augenaufschlag und halber Verkleisterung des Bösen, mit schöngeistiger Salbung ist der furchtbare Zweifel, den Kafkas immer neuer Witz und immer neu schaffende, bizarre Phantasie in unser Moralsystem reißt, nicht zu heilen. Sondern nur durch ein ungeheuer sich aufbäumendes Gefühl des Positiven, das all diesem unverhüllt Negativen Trotz zu bieten wagt. Das Negative und schauerlich Mangelhafte der Natur ohne Verschleierung registriert und dennoch zugleich aus tiefstem Herzen immer die ›Welt der Ideen‹ (im Sinne Platons) gesehen zu haben: das war das Auszeichnende im Leben wie im Schaffen Kafkas, das, was sich seinen Freunden, ohne daß je ein Wort darüber gesprochen worden wäre, als eine Art von Offenbarung, Ruhe, Gewißheit mitten im Sturm der Leiden und Undeutlichkeiten kundtat.

Vielleicht hat es Menschen gegeben, die tiefer, das heißt unangefochtener geglaubt haben als Kafka, – vielleicht hat es auch Menschen mit noch beißenderer Skepsis gegeben, – das weiß ich nicht. Was ich aber wohl weiß, ist das Einzigartige, daß bei Kafka diese beiden entgegengesetzten Eigenschaften zu einer höchsten Synthese gediehen sind. Man könnte seine Bedeutung in den Satz fassen: Von allen Gläubigen ist er der illusionsfernste und unter allen, die ohne Illusion die Welt sehen, wie sie ist, der unerschütterlich Gläubigste gewesen.

Es ist die uralte Hiobsfrage. Aber Kafka tritt fast vollständig auf die Seite des Menschen. So in der Erzählung ›Vor dem Gesetz‹. Der Türhüter hat den Mann, der Einlaß heischt, getäuscht oder ist zu einfältig. Abschließend sagt K., dem die Legende erzählt wird: »Die Lüge wird zur Weltordnung gemacht.« – Freilich ist auch das noch nicht das letzte Wort: der Geistliche widerspricht, protestiert durch Wort und Benehmen. So wird die Gerechtigkeit des obersten

Gerichtes (im Roman ›Prozeß‹), die Möglichkeit eines dem göttlichen Auftrag, eben dem ›Gesetz‹ entsprechenden guten Lebens nicht geleugnet, – aber diese Möglichkeit ist keine Gewißheit. Alles bleibt in Schwebe. Nacht und Licht halten einander die Waage. – Zu welcher Zeit spielt dieser ›zeitlose‹ Roman? Eine Minute vor der Weltschöpfung. Wird sie gelingen oder nicht? Ungeheure Bangnis des Zweifels, der Unsicherheit erfüllt die Brust.

Was ist nun der Grund dafür, daß der Mensch zum Eigentlichen, Wahren nicht gelangt, daß er bei bestem Willen vom Weg abirrt wie jener Landarzt, der dem ›Fehlläuten der Nachtglocke‹ gefolgt ist? – Kafka war seinem ganzen Wesen nach nicht geneigt, irgendwelche Versprechungen, Anweisungen zum seligen Leben zu geben. Er bewunderte alle, die das vermochten, – er selbst blieb in Schwebe. Aber gerade diese Schwebe wäre leer und öde gewesen, hätte er nicht das Absolute als ein Unsagbares (Arrheton) in sich gefühlt. In seiner Unsicherheit spürt man ein fernes Sicheres, durch das allein diese Unsicherheit möglich gemacht und gehalten wird. Ich sagte schon, daß dieser positive Zug vielleicht in seinen Schriften weniger stark hervortritt (weshalb sie von vielen als niederdrückend empfunden werden), als er in seiner persönlichen Ruhe und Heiterkeit, in dem Sanften, Besonnenen, niemals Hastigen seines Wesens fühlbar wurde. Aber auch wer Kafkas Werk aufmerksam liest, muß durch die düstere Hülle immer wieder in diesen leuchtenden oder vielmehr mild strahlenden Kern Einblick erhalten. Obenauf liegt Zerrissenheit, Verzweiflung in dem, was erzählt wird, – aber die Gelassenheit und Ausführlichkeit, mit der es erzählt wird, der ins Detail, also ins reale Leben und in die naturtreue Darstellung verliebte ›Akribismus‹, der Humor im komprimierenden, oft wie durch Kurzschluß wirkenden Satzbau, in so vielen Stilwendungen (die Schuldner »sind verschwenderisch geworden und geben ein Fest in einem Wirtshausgarten, und andere halten sich für ein Weilchen auf der Flucht nach Amerika bei diesem Feste auf«), – all das deutet *schon durch die Form* auf das ›Unzerstörbare‹ in Kafka und in dem von ihm erkannten allgemeinen Menschenwesen hin.

Wenn Kafka selbst vorlas, wurde dieser Humor besonders deutlich. So zum Beispiel lachten wir Freunde ganz unbändig, als er uns das erste Kapitel des ›Prozeß‹ zu Gehör brachte. Und er selbst lachte so sehr, daß er weilchenweise nicht weiterlesen konnte. – Erstaunlich genug, wenn man den fürchterlichen Ernst dieses Kapitels bedenkt. Aber es war so. Gewiß, es war kein durchaus gutes, behagliches Lachen. Aber eine Komponente guten Lachens war mit dabei, – neben den hundert Komponenten der Unheimlichkeit, die ich nicht verkleinern will. Ich weise nur auch auf das hin, was man sonst bei Betrachtung Kafkas leicht vergißt: den Einschlag von Welt- und Lebensfreude.

Was er sich selbst vorwarf, war ja eben, daß sein Glauben an das Leben wankte, daß das Leben in ihm nicht stark genug war. Und er bewundert alle, die fest und tätig im Leben stehen. Daher seine Liebe für das Rustikale, schon in einem (unveröffentlichten) Jugendbrief an Oskar Pollak (»Hast Du schon gemerkt, wie sich die Erde entgegenhebt der fressenden Kuh, wie zutraulich sie sich entgegenhebt? Hast Du schon gemerkt, wie schwere, fette Ackererde unter den allzu feinen Fingern zerbröckelt, wie feierlich sie zerbrökkelt?«) –, deutlicher in seinem Zürauer Tagebuch, das unter anderem aussagt: »Allgemeiner Eindruck der Bauern: Edelmänner, die sich in die Landwirtschaft gerettet haben, wo sie ihre Arbeit so weise und demütig eingerichtet haben, daß sie sich lückenlos ins Ganze fügt und sie vor jeder Schwankung und Seekrankheit bewahrt werden bis zu ihrem seligen Sterben. Wirkliche Erdenbürger.« Aber selbstverständlich blieb seine Bewunderung nicht etwa auf das Landvolk begrenzt, ganz ähnlich schreibt er (20. 10. 1913) im Tagebuch über einen seines Weges bewußten, durchaus städtischen Autor: »Fall Jacobsohn gelesen. Diese Kraft zu leben, sich zu entscheiden, den Fuß mit Lust auf den richtigen Ort zu setzen. Er sitzt in sich, wie ein meisterhafter Ruderer in seinem Boot und in jedem Boot sitzen würde.« Die *Wertskala*, die Kafka anlegte, wird aus solchen Notizen klar. Lebenstüchtigkeit liebte er, aber nur solche, die im Dienst des Guten, Aufbauenden stand. (Schwer zu befriedigende Doppelforderung!) An sich selbst tadelte er immer, daß er »nichts Nützliches gelernt« habe. Er beklagt (Tagebuch 25. 10. 1921), daß »mich der Lebensstrom niemals ergriffen hat, daß ich von Prag nie loskam, niemals auf Sport oder auf ein Handwerk gestoßen wurde«. Den Vorwurf der Kälte, der Lebensunfähigkeit, der Leblosigkeit macht er sich oft, man findet ihn in Briefen, im Schlußkapitel des ›Prozeß‹. Die zwei schwarzen geheimnisvollen Schergen vollziehen nur ein Urteil, das bereits vollzogen ist. Wenn sie K. abführen, bilden sie zusammen mit ihm »eine Einheit, wie sie fast nur Lebloses bilden kann«. Er ist bereits tot, das heißt: dem rechten Leben erstorben*. Daher wirkt die gespenstische Erscheinung

* Die in so vielen Kommentaren wiederholte Behauptung (die auch in Gides verfehlter Dramatisierung spukt), daß K. im ›Prozeß‹ schuldlos sei, ist unrichtig. Kafka stellt in feinsten Nuancen dar, daß K. nicht liebt, nie geliebt hat, weder zu Fräulein B. noch zu seiner Mutter, noch zum Beruf eine andere Beziehung als die der Routine und Korrektheit gefunden hat. Das ist seine ihm selbst halbunbewußte und ihn dennoch quälende, allerdings allgemein-menschliche Schuld, um deretwillen sein eigenes Gewissen ihm den Prozeß macht.

des Fräuleins Bürstner zuletzt so lähmend auf ihn. Er will sie sehen, nicht weil er sich Hilfe verspricht, sondern »um die Mahnung, die sie für ihn bedeutete, nicht zu vergessen«. K. hat nicht geheiratet, ist Junggeselle geblieben, hat sich von der Realität des Lebens schrecken lassen, sich vor ihr nicht bewährt, – das ist seine geheime Schuld, die ihn bereits vor der Verurteilung aus dem Kreis des Lebens ausgesondert hat. »Es war nichts Heldenhaftes, wenn er widerstand«, heißt es daher zum Schluß, »wenn er jetzt den Herren (den Schergen) Schwierigkeiten bereitete, wenn er jetzt in der Abwehr noch den letzten *Schein des Lebens* zu genießen versuchte.« – K. stirbt an Lebensschwäche, ist von Beginn des Buches an bereits gestorben (vom Moment der Verhaftung an, den Kafka in einem Anfall von Trance, von Hellsichtigkeit geschrieben haben muß, – denn gab es im Jahre 1914 diese anliegenden schwarzen Uniformen mit Schnallen, Taschen, Knöpfen, Gürtel?), – freilich ist Schwäche ein relativer Begriff, und übersetzt man den Roman ins Autobiographische zurück, aus dem er hervorgegoren ist, so mag man nicht vergessen, daß Kafkas Leben nur gemessen an der heroisch-sittlichen, ja monumentalen Forderung, die er an sich selbst stellte, als schwächebehaftet angesehen werden kann. Aber was wäre dann keine Schwäche!? Ein Gefühl hiervon lebt im über alle Maßen ergreifenden Schlußpassus des ›Prozeß‹ auf, wo »die Verantwortung für diesen letzten Fehler« abgelehnt wird, wo K. sich aufbäumt, nach einem fernen unbekannten undeutlichen Menschen langt, der die Arme ausstreckt. »Wer war es? Ein Freund? Ein guter Mensch? Einer, der teilnahm? Einer, der helfen wollte? War es ein einzelner? *Waren es alle?* War noch Hilfe? Gab es Einwände, die man vergessen hatte? Gewiß gab es solche. Die Logik ist zwar unerschütterlich, aber einem Menschen, der leben will, widersteht sie nicht. Wo war der Richter, den er nie gesehen hatte? Wo war das hohe Gericht, bis zu dem er nie gekommen war?«

Die alte Hiobsfrage.

Grundzug Kafkas: Mitleid mit der Menschheit, die es so schwer hat, das Richtige zu tun. Mitleid, halblächelndes, halbweinendes Mitleid. Nicht der Bannstrahl der ›Theologie der Krise‹, die so genau weiß, womit es die Menschen verfehlt haben.

Kafkas Forderungen an sich selbst waren die strengsten. Fast nie glaubte er, ihnen zu genügen. Dagegen war er kein ›Kulturkritiker‹ im landläufigen Sinn. Denn sehr vieles, was rings geschah, viele recht gewöhnliche Personen, die ihm begegneten, erschienen ihm in sich geschlossen, bewundernswert an Leistung und Kraft, ja geradezu von Gott begnadet. Daran war insofern etwas Richtiges, als niemand so brennend stark wie er des »Abstandes von Gott« bewußt war. In diesem Wissen um den Abstand sah aber Kafka in seiner Demut keine Tugend, sondern nur Unsicherheit, also Schwäche. Da es ihm aber Vorbedingung alles Lebens war, den Abstand von Gott (von der Vollkommenheit des rechten Lebenswandels) klar und ohne rituale oder mystische Verschleierung zu fühlen, hatte sein Lob und seine Bewunderung des Alltagsmenschen (des ›Pedestren‹, wie Kierkegaard sagt) oft eine überaus zarte, unbeabsichtigte, spielerische und dabei rührende Ironie in sich. Er legte den Alltagssiegern, gleichsam aus der Güte seines Überreichtums hervor, fiktiv den Vorzug bei: Sie wissen vom Abgrund wie ich – und balancieren trotzdem glücklich über ihn hin. – Wußten sie denn wirklich? Die scherzhafte Hypothese des Vordersatzes lockerte die persönliche Tragik seines Lebens auf, war eine der Wurzeln seines ganz eigenartigen Humors.

So ist die Haltung Kafkas der Haltung Hiobs verwandt – und doch in manchen Punkten eine ganz andere. Diese Verschiedenheit kann ich nicht, wie Schoeps und Margarethe Susmann, im wesentlichen auf historische Unterschiede in der damaligen und heutigen Entwicklungsstufe des jüdischen Volkes zurückführen.

Schon daß Hiob von Anfang an als ein vollkommener Gerechter erscheint, anderen wie sich selbst, – Kafka aber sich (mit der eben angeführten Einschränkung) als besonders unvollkommen empfindet: statuiert einen anderen Ansatz des Problems.

In der gegen Gott erhobenen Frage und Anklage vereinen sich nun allerdings die beiden. Es ist das Erlebnis der Inkommensurabilität, das beiden gemeinsam ist. Die Welt der Gerechtigkeit Gottes und die Welt menschlicher Ethik klaffen auseinander – der Raum für Kierkegaards ›Furcht und Zittern‹ entsteht. Oder wie Kafka es einmal im Tagebuch ausdrückt: »Nicht durchaus frevelhaft, als Tuberkulöser Kinder zu haben. Flauberts Vater tuberkulös. Wahl: Entweder geht dem Kind die Lunge flöten (sehr schöner Ausdrück für die Musik, um deretwillen der Arzt das Ohr an die Brust legt) oder es wird Flaubert. Zittern des Vaters, während im Leeren darüber beraten wird.« Man ermesse die furchtbare Hoffnungslosigkeit, die in dem Ausdruck liegt: »... im Leeren darüber beraten wird.« Er erinnert an jene alte dämonische, Kafka wohl unbekannte Kirchenhymne: ›Sederunt principes.‹ – So nimmt auch Hiob kein Blatt vor den Mund; wenn er mit Gott hadert, ist kein Ausdruck zu stark, Gott zu schmähen:

Fürwahr, er zieht an mir vorüber, aber ich
gewahre ihn nicht.
Rafft er hinweg, wer will ihm wehren?
Wer darf zu ihm sprechen: Was tust du da?
Geschweige, daß ich ihm erwidern dürfte,
Der ich, *auch wenn ich recht habe*, keine Antwort
bekomme.
Wenn ich ihn riefe und er gäbe mir Antwort,
So würde ich's doch nicht glauben, daß er mich
anhören wird.
Vielmehr im Sturmwind würde er mich anschnauben
Und meine Wunden ohne Ursache mehren,
Würde mich nimmer aufatmen lassen,
Sondern mich sättigen mit bitterem Weh.
Gilt's Kraft der Starken, so ist er da,
Aber gilt's den Rechtsweg, so heißt es: Wer darf mich
vorfordern.

Das ist genau derselbe Richter, zu dem K. im ›Prozeß‹ nicht vordringen kann; das ist die Schloßherrschaft, die sich nicht sprechen läßt, die immer nur untergeordnete Instanzen ohne Verantwortung vorschiebt, die sehr böse Dinge anstellen.

Bei Hiob:

Wenn die Geißel jählings tötet,
So lacht er über die Verzweiflung Unschuldiger.
Die Erde ist in der Frevler Hand gegeben,
Die Augen ihrer Richter hält er zu.
Wenn ich mich mit Schnee wüsche
Und meine Hände mit Lauge reinigte,
So würdest du mich in den Pfuhl eintauchen,
Daß meine Kleider vor mir Abscheu hätten.
Denn er ist nicht ein Mensch wie ich, daß ich ihm
Antwort gebe,
Daß wir miteinander vor Gericht treten könnten.
Kein Schiedsmann ist zwischen uns,
Der auf uns beide seine Hand legen könnte.
Er nehme seinen Stock von mir hinweg,
So will ich reden, ohne ihn zu fürchten.

Die Auflösung im Buche Hiob geschieht dann durch Gottes Ruf im Wettersturm: »Wo warst du, als ich die Erde gründete!« Damit aber wird nur die Heteronomie zwischen Gott und Mensch bekräftigt. Göttliches Recht wäre damit also von menschlichem Recht toto coelo unterschieden. Zum Überfluß endet das Buch Hiob mit der hymnischen Beschreibung zweier Monstra, Untiere, des Nilpferds und des Krokodils, deren völlig menschheitsentrückte Schönheit gepriesen wird. »Hinter ihm leuchtet ein Pfad auf – man hält die Flut für Silberhaar – ein König ist es über alle Stolzen.« Ganz großartig. Aber es bleibt eben das Paradox bestehen, daß Gottes Maßstab nicht der des Menschen ist. Gott erscheint, nach irdischen Maßen gemessen, ungerecht – die Wunde bleibt, Hiob freilich findet sich mit diesem »Jenseits von Gut und Böse« doch noch irgendwie ab.

Anders Kafka. Seine Anklage geht dabei noch einen Schritt weiter als die Hiobs, obwohl man das kaum mehr für denkbar hält. Um folgenden Schritt: Nilpferd und Krokodil haben zwar keine menschlich faßbare Ethik, aber im ästhetischen Sinn werden sie gerühmt, als Gottes Werke herrlich anzuschaun in ihrer Kraft. Bei Kafka nun ist das »Gericht« überdies noch schmutzig und lächerlich, verachtenswert, bestechlich, in Vorstadthäusern tagt es, wirkt dumm-bürokratisch, wird also auch als ästhetisch minderwertig betrachtet. – Die Absicht beider Autoren ist natürlich dieselbe. Das Heteronome Gottes soll geschildert werden, das nicht mit Menschenmaß Meßbare. Dieses Heteronome hat man sonst immer nur in einer unendlichen Steigerung nach der positiven Seite hin darzustellen versucht: mehr Licht, als man sich vorstellen kann, größer, stärker als menschlicher Fassungskraft entspricht. Kafka macht die Andersartigkeit der vollkommenen Welt dadurch begreiflich, daß er sie mit negativen Vorzeichen ausstattet. Schon bei Hiob ist die Welt Gottes (als die seiner Untiere) der des Menschen radikal entgegengesetzt, aber sie ist wenigstens grandios. Bei Kafka erscheint sie überdies als kleinlich, zäh, schmierig, – auch dies nur ein Symbol für das Anderssein, Entgegengesetztsein. Dem Menschen erscheint die Welt der Vollkommenheit so scheußlich, der Mensch urteilt eben unrichtig. Das ist damit in allerkühnster Konsequenz ausgedrückt – und die Welt der Vollkommenheit bleibt mit solch absichtlich schmähender Schilderung bei Kafka natürlich ebenso unangetastet, im Grunde unantastbar wie bei Hiob.

Aber Hiob beruhigt sich dabei, daß Gott und Mensch nicht auf gleiche Ebene zu bringen sind. Kafka beruhigt sich nicht. Und das schaltet ihn aus der Linie Hiob – Kierkegaard – Theologie der Krise aus. Das bringt ihn zum jüdischen Glaubensbekenntnis zurück, in dessen Wortlaut: »Unser Gott ist eine Einheit« ich die stärkste Beschwörungsformel gegen alle Versuche sehe, für Gott von Grund aus andere ethische Gesetze als für den Menschen zu hypostasieren. Gott, die Welt der Vollkommenheit, des platonischen ›höchsten Guten‹ steht unter demselben Gesetz wie wir, unsere Moral läuft gegen die-

se Spitze hin zu, ohne daß uns freilich die Spitze faßbar würde; aber die Richtung zu ihr hin fassen wir und erkennen nicht eine heidnisch-göttliche Naturethik an, die ihr echt heteronom wäre. Darin liegt wohl auch der tiefste Grund des biblischen Gebots, sich von Gott kein Abbild machen zu dürfen. Die Theologie der Krise, ja schon Hiob, schon Kierkegaards Abraham-Auffassung fällt leicht der Gefahr anheim, aus der Ungleichartigkeit Gottes und des Menschen, des Vollkommenen und des Endlichen, eine Unmoral oder Naturmoral Gottes abzuleiten, sich Gott als Negerfetisch, der die Zähne bleckt, vorzustellen. Aber »Du sollst dir kein Abbild machen«. Auch Nilpferd und Krokodil sagen nichts Letztes über die Artung Gottes aus. Wohl aber hat Gott den Menschen »in seinem Ebenbilde« geschaffen, — die humane alttestamentarische Lehre, zu der der große Thomas von Aquino nach den pessimistischen Irrungen des Augustinus wieder zurückgefunden hat: »Signatum est super nos lumen vultus tui, Domine.« — So sieht auch Kafka zwischen Gott und Mensch nicht Heteronomie, sondern nur Undeutlichkeit, eine allerdings fast trostlose Komplikation durch bürokratisch sich einschiebende, immer wieder das Gute verhindernde Zwischeninstanzen voll Tücke und Gift.
Diesen Zwischeninstanzen zum Trotz, die in seinem Werk einen so breiten Raum, ja manchmal alle Lebensluft wegnehmen, schreibt er Sätze wie die folgenden, die voll von Hoffnung und Liebe sind, voll von einem durch tausend Leiden schwer erkauften Trost:
»Es ist keine Widerlegung der Vorahnung einer endgültigen Befreiung, wenn am nächsten Tag die Gefangenschaft noch unverändert bleibt oder gar sich verschärft oder selbst wenn ausdrücklich erklärt wird, daß sie niemals aufhören soll. Alles das kann vielmehr notwendige Voraussetzung der endgültigen Befreiung sein.«
»Er ist der Meinung, man müsse nun einmal zum Guten übergehen und sei schon gerettet, ohne Rücksicht auf die Vergangenheit und sogar ohne Rücksicht auf die Zukunft.«
Kafka sah die Welt des Absoluten nicht rettungslos vor sich und uns verschlossen. Hoffnung — auch für uns! Der entgegengesetzte Ausspruch, den er einmal tat, ist nicht entscheidend gegenüber den vielen ›Einstiegen‹ ins Absolute, die er immer wieder erkannte und die ich in dieser Biographie als immer wieder auftauchende Möglichkeiten des richtigen Berufes, der richtigen Ehe usw. darzustellen unternommen habe. Denn es scheint mir, daß gerade dies der wichtigste Punkt bei der Darstellung eines religiös bewegten Menschen ist: die Verklammerungen zu zeigen, die dieser Mensch zwischen sichtbar endlicher und jenseitig vollkommener Welt an-

erkennt, wo sie liegen, ob er sie etwa überhaupt geleugnet und gemieden oder nur akzidentell verfehlt, aber im Prinzip erkannt und ihnen zuzustreben, sie zu erleben gesucht hat.

Am 15. März 1922 las mir Franz den Anfang seines Romans ›Das Schloß‹ vor*.

— Im ›Schloß‹ wird die erschöpfende Darstellung, wie ein bestimmter Menschentypus sich gegen die Welt verhält, gegeben, und insofern ein jeder Mensch ein Element dieses Typs in sich spürt (ganz ebenso wie Faust oder Don Quixote oder Julien Sorel in jedem von uns stecken, sei es auch nur als Anlage, als Sehnsucht, als Teilkomponente des Ich), so bedeutet Kafkas ›Schloß‹ bei aller Individualität des geschilderten Charakters ein Buch der Erkenntnis für jeden. Kafkas Held, den er in autobiographischer Weise einfach ›K.‹ nennt, geht *einsam* durchs Leben. Es ist die *Einsamkeitskomponente* in uns, die dieser Roman in überlebensgroßer, erschreckender Deutlichkeit herausarbeitet. Es handelt sich aber dabei um eine ganz bestimmte Nuance der Einsamkeit (und auch die wissen wir tief in uns, spüren sie in stillen Stunden an die Oberfläche steigen). K. ist nämlich durchaus ein Mensch guten Willens, *er wünscht die Einsamkeit nicht* und ist nicht stolz auf sie, im Gegenteil, sie wird ihm aufgedrungen, denn von sich aus würde er gerne ein tätiges Mitglied der menschlichen Gesellschaft sein, möchte auf anständige Art und Weise mitarbeiten, sich einordnen; er strebt einen nützlichen Beruf an, will heiraten, eine Familie gründen. Aber alles das mißlingt. Man merkt immer deutlicher, daß die kalte Isolierschicht, die um K. liegt, nichts Zufälliges ist, — Zufall ist es auch nicht, daß sich die alteingesessene Bevölkerung des Dorfes, in dem K. seine Wohnstätte sich erzwungen hat, von ihm abschließt und daß er in seinem Bestreben, Anknüpfungen zu finden, gerade an jene Bauernfamilie gerät, die von allen anderen

* Er kam jetzt nur vorübergehend und für kurze Zeit nach Prag. 1919 lebte er einige Monate lang in Schelesen bei Liboch, Pension Stüdl, erst allein, dann im Winter mit mir. Eine zweite unglückselige Liebes- und Verlobungsgeschichte nahm dort ihren Anfang, ging aber rasch zu Ende. Der ›Brief an den Vater‹ entstand. Ins Jahr 1920 fällt sein Aufenthalt in Meran und eine Liebe, die sich für kurze Zeit sehr hoffnungsfreudig anließ. Viele Briefe über diese Episode sind erhalten geblieben. Sie sind jetzt 1952 als ›Briefe an Milena‹ erschienen. Siehe auch das ergänzende achte Kapitel dieser Biographie. Ende 1920 suchte er in der Tatra, in einem Sanatorium in Tatranské Matliary, Heilung vor der immer drängenderen Krankheit, die manchmal zu den schwersten Krisen führte. Dort fand er in seinem Mitpatienten und Arzt Dr. Robert Klopstock einen Freund. Er hustete viel, litt an Fieber und Kurzatmigkeit, — er, dessen schön gebaute Sätze, herrliche Perioden sich durch so großen langen Atem auszeichnen. So ließ eine grausame Natur Beethoven und Smetana taub, Renoir zuletzt handbehindert werden, — gerade das vorzüglich ausgebildete Organ wird vernichtet. — Die genaue Zeit, wann Kafka das ›Schloß‹ schrieb, kann ich nicht ermitteln. Nur das Datum der ersten Vorlesung (es liegt aber wahrscheinlich nicht weit vom Beginn der Niederschrift) steht auf Grund meines Tagebuches fest.

geächtet wird. Aber das Rätsel, warum K. sich nicht heimisch machen kann, wird nicht gelöst. Er ist fremd – und er ist in ein Dorf geraten, in dem Fremde mit Mißtrauen betrachtet werden. Mehr wird nicht gesagt. Man fühlt bald: dies ist das allgemeine Fremdheitsgefühl unter den Menschen, nur eben auf einen speziellen Fall konkretisiert. »Keiner kann keines Gefährte hier sein.« Man kann in dieser Konkretisierung noch einen Schritt weitergehen. Es ist das besondere Gefühl des Juden, der sich in einer fremden Umgebung einwurzeln möchte, der aus allen Kräften seiner Seele danach strebt, den Fremden sich anzunähern, gänzlich ihresgleichen zu werden, – und dem diese Verschmelzung doch nicht gelingt.

Das Wort ›Jude‹ kommt im ›Schloß‹ nicht vor. Dennoch ist mit Händen zu greifen, daß Kafka im ›Schloß‹ aus seiner jüdischen Seele hervor in einer schlichten Erzählung über die Gesamtsituation des heutigen Judentums mehr gesagt hat, als in hundert gelehrten Abhandlungen zu lesen ist. Wobei immer *diese spezifisch jüdische Deutung mit der allgemeinen menschlichen Hand in Hand geht, ohne daß die eine die andere ausschließt oder auch nur stört. Die allgemeine religiöse Deutung habe ich im Nachwort zum ›Schloß‹, das der Buchausgabe beigegeben ist, versucht. Hier einige Andeutungen über die Beziehung des Romans zum jüdischen Schicksal.*

Gleich das erste Zusammentreffen mit den Bauern ist charakteristisch. K. hat sich in dem ihm fremden Dorf verirrt. Er ist müde. Sieht einen alten Bauern. »Darf ich ein wenig zu euch kommen«, fragt K. Der Bauer sagt etwas Undeutliches. Sofort faßt K. dies als Aufforderung auf und tritt in die Hütte. Es zeigt sich später, daß es ein Schwachsinniger war, der ihn eingelassen hat. Die merkwürdigen Rechtstitel, auf denen die Juden in der Diaspora ihr ›Wohnrecht‹ aufbauen, fallen einem als Parallele ein, wenn man sich in diese halbzufällige ›Toleranz‹ einlebt, die K. in Anspruch nimmt. Ganz ähnlich einige Seiten vorher. K. hat den recht unfreundlichen Lehrer gefragt, ob er ihn einmal besuchen könnte. Antwort des Lehrers: »Ich wohne in der Schwanengasse beim Fleischhauer.« Der Dichter glossiert: »Das war nun zwar mehr eine Adressenangabe als eine Einladung«, dennoch sagte K.: »Gut, ich werde kommen.« Schon in dieser kleinen präludierenden Szene findet man die Situation der ›Völker‹ in ihrer ruhigen Ablehnung und die des Juden in seiner notgedrungenen Freundlichkeit, Anbiederung, ja Aufdringlichkeit mit erschütternd objektiver Melancholie gezeichnet (dies eine Stileigentümlichkeit Kafkas: Melancholie, die aus den Objekten, nicht aus subjektiver Willkür hervorzudringen scheint).

Doch weiter! In der Hütte zeigt es sich sofort, daß K. den Anwesenden durchaus unwillkommen ist, daß er sie in sehr intimen häuslichen Verrichtungen (Boden- und Wäschewaschen, Säugen) stört. Zur Not gestatten sie, daß er dort ein wenig schläft. Dann wird er hinauskomplimentiert. Ein »stiller langsam denkender Mann, von breiter Gestalt, auch das Gesicht breit«, tritt an ihn heran. »Hier könnt Ihr nicht bleiben.« Der Jude wird nicht immer unhöflich oder aus Justamentsgründen hinausgeworfen. Sondern die Sache geht mit der Folgerichtigkeit eines Naturgesetzes, leidenschaftslos, zwanghaft vor sich. »Wir brauchen keine Gäste.« K. beruft sich darauf, daß man ihn eingeladen hat, daß er hier eine richtige Stellung, die eines Landvermessers, erhalten soll. Ob es mit dieser Einladung seine Richtigkeit hat oder ob K. sie sich bloß einbildet, darum dreht sich eigentlich der ganze Roman – auch hier ist die Parallele zur Judenfrage leicht zu erfühlen. In diesem Anfangskapitel nun gibt der schlichte Mann aus dem Volke die provisorische Antwort, die etwa der Stellungnahme des instinktiven Antisemitismus entspricht: »(Ob man Euch braucht) ... das weiß ich nicht. Hat man Euch gerufen, so braucht man Euch wahrscheinlich, das ist wohl eine Ausnahme, wir aber, wir kleinen Leute, halten uns an die Regel, das könnt Ihr uns nicht verdenken.« K. will noch rasch mit einem Mädchen im Zimmer ein Gespräch anknüpfen, aber »schon hatte K. rechts und links einen der Männer und wurde, als gäbe es kein anderes Verständigungsmittel, schweigend, aber mit aller Kraft zur Tür gezogen. Der Alte freute sich über irgend etwas dabei und klatschte in die Hände. Auch die Wäscherin lachte bei den plötzlich wie toll lärmenden Kindern.« Die Szene, ewiges Judenschicksal, klingt wie eine sehr unparteiische Umschreibung des: »Tut nichts, der Jude wird verbrannt.« Argumente haben in der Judendebatte, die die Welt mit uns führt, keinen Platz. »Schweigend, als gäbe es kein anderes Verständigungsmittel.«

Die feindliche Umwelt gliedert sich für K. in zwei Schichten: Das Dorf – und das beherrschende Schloß. Um sich im Dorf anzusiedeln, braucht er die Erlaubnis des Schlosses. Aber das Schloß versperrt sich ihm ebenso, wie die Bauern sich abwenden. Das Schloß repräsentiert in der eigenartigen Symbolsprache des Romanes die göttliche Leitung, das Dorf mit seiner Bauernschaft bedeutet ›Mutter Erde‹. Namentlich die Frauen ziehen K. an, – durch sie hofft er Zugang zu den Familien, festen Boden unter den Füßen zu finden. Ebenso ist ihm der Beruf eine Verbindung mit der Erde, Einwurzelung. Sowie sich ihm die Aussicht auf ein Mädchen des Ortes und auf einen Beruf eröffnet, glaubt er seine Sache gewonnen, wiegt er sich im Traum, ›ununterscheidbar‹ unter der Dorfbevölkerung aufzugehen. Die ganze Stelle atmet den illusionistischen Geist aller Assimilanten-Psychologie: »Nur als Dorfarbeiter, möglichst weit den Herrn vom Schloß entrückt, war er imstande, etwas im Schlosse zu erreichen, diese Leute, die noch so mißtrauisch gegen ihn waren, würden zu sprechen anfangen, wenn er wohl nicht ihr Freund, so doch ihr Mitbürger geworden war, und war er einmal ununterscheidbar von Gerstäcker oder Lasemann — und sehr schnell mußte das geschehen, davon hing alles ab — dann erschlossen sich ihm mit einem Schlage alle Wege...« — K.s Überlegung geht den vertrauten Weg: durch die Gemeinschaft mit den Menschen empor zu Gott zu gelangen, aus dem Zusammenwachsen mit einer natürlichen Lebensform religiöse Kraft zu schöpfen. Aber K. vermag es wohl, dieses Geheimnis rational auseinanderzulegen, — es bis in die Tiefe zu erleben vermag er (in diesem fremden Umkreis) nicht. »Ich bleibe längere Zeit hier und fühle mich schon ein wenig verlassen«, klagt er dem Lehrer, »zu den Bauern gehöre ich nicht und ins Schloß wohl auch nicht.« »Zwischen den Bauern und dem Schloß ist kein Unterschied«, weist ihn der Lehrer zurecht. — Und auch das klingt wieder wie Paraphrase eines berühmten Wortes, eines Psalmwortes: »Wie könnten wir singen das Lied Gottes im fremden Land!« Die Differenzen zwischen K. und den Einheimischen weisen im Folgenden wohlvertraute Züge auf. Überall stößt der Jude gegen alte Sitten, — ohne zu wollen, wird er lästig — dabei hat er das illusionäre Gefühl, alles besser zu wissen als die Ansässigen, er möchte die ganze Sache einfacher, praktischer machen als sie, sie aber in ihrem unbegreiflichen Eigensinn bleiben unzugänglich. In zahlreichen Szenen zeigt Kafka mit überlegener Ironie, welch ungeahnte Widerstandskraft die scheinbar veralteten und verschrobenen Einrichtungen des Dorfes und Schlosses gegen den Eindringling entwickeln. »Sie sind nicht aus dem Schloß«, sagt ihm die Wirtin brutal offen, »Sie sind nicht aus dem Dorfe, Sie sind nichts. Leider sind Sie aber doch etwas, ein Fremder, einer, der überzählig und überall im Wege ist, einer, wegen dessen man immerfort Scherereien hat, einer, dessen Absichten unbekannt sind... Wegen alles dessen mache ich Ihnen ja im Grunde keine Vorwürfe. Sie sind, was Sie sind, ich habe in meinem Leben schon zuviel gesehen, als daß ich nicht noch diesen Anblick ertragen sollte. Nun aber stellen Sie sich vor, was Sie eigentlich verlangen... Sie sind ein paar Tage im Ort, und schon wollen Sie alles besser kennen als die Eingeborenen. Ich leugne nicht, daß es möglich ist, einmal auch etwas ganz gegen die Vorschriften und gegen das Althergebrachte zu erreichen, aber dann geschieht es gewiß nicht auf die Weise, wie Sie es tun, indem man immerfort nein sagt und nur auf seinen Kopf schwört.«

Ähnlich der Gemeindevorsteher, der seiner elementaren Abneigung gegen K. mit einer anderen Nuance, aber ebenso entschieden Ausdruck gibt. »Sie sind als Landvermesser aufgenommen, aber wir haben keine Arbeit für Sie da... Niemand hält Sie hier zurück, aber das ist doch kein Hinauswurf... Wer wollte wagen, Sie hinauszuwerfen, Herr Landvermesser, schon die Unklarheit der Vorfragen verbürgt Ihnen die höfliche Behandlung. Nur sind Sie dem Anschein nach zu empfindlich.«

In der langen Leidensgeschichte des Judentums hat man all diese Klänge schon gehört. K. scheitert auf kläglich lächerliche Art, wiewohl er alles so ernst und gewissenhaft in Angriff genommen hat. Er bleibt einsam. Über all den peinlichen Situationen, durch die dieser Roman führt, über all dem unverschuldeten Unglück schwebt unsichtbar-sichtbar die Devise: So geht es nicht. Ein neuer, ein ganz anderer Weg der Verwurzelung muß gesucht werden.

In einem Fragment aus dem Jahr 1914 stellt Kafka dasselbe Grundgefühl noch schärfer dar. »Ich kam einmal im Sommer gegen Abend in ein Dorf, in dem ich noch nie gewesen war«, beginnt die über 14 Quartseiten fortgeführte, dann leider abgebrochene Novelle. »Überall vor den Bauernhöfen sah man hohe alte Bäume. Es war nach einem Regen, die Luft ging frisch, mir gefiel alles so gut.« Eine Tür in der Mauer öffnet sich. Die Kinder des Pächters haben nachgeschaut, wer so spät abends vorbeigeht. Der Erzähler erschrickt, bekommt aber von einem Vorübergehenden Auskunft. »Einem Fremden kommt leicht alles sonderbar vor«, entschuldigt er sich lächelnd. Der Erzähler möchte in dem Dorf übernachten, sucht ein Gasthaus, wird beobachtet. Der erste, mit dem er geredet hat, sagt zu seiner Frau: »Ich will nur noch sehen, was dieser Mann hier machen wird. Er ist ein Fremder. Er treibt sich hier ganz unnötigerweise herum. Sieh nur.« Und Kafka fährt fort: »Er redete von mir, als sei ich taub oder als verstünde ich seine Sprache nicht.« – Ein unheimliches Gespräch mit dem Ehepaar folgt. Der Fremde bekommt bei ihnen ein Nachtquartier. Alles geschieht in einer Luft halber oder ganzer unausgesprochener Feindseligkeiten. »›Wenn Ihnen meine Aufnahme nur die geringsten Schwierigkeiten machen sollte, so sagen Sie es offen, ich bestehe durchaus nicht darauf. Ich gehe in den Gasthof, es ist mir ganz gleichgültig.‹ ›Er redet so viel‹, sagte die Frau leise. Es konnte nur als Beleidigung gemeint sein, auf meine Höflichkeiten antwortete man also mit Beleidigungen, aber es war eine alte Frau, ich konnte mich nicht wehren. Und gerade diese Wehrlosigkeit war vielleicht der Grund dessen, daß die nicht zurückzutreibende Bemerkung der Frau in mir viel mehr wirkte, als sie es verdiente. Ich fühlte irgendeine Berechtigung irgendeines Tadels, nicht deshalb, weil ich zuviel gesprochen hatte, denn ich hatte tatsächlich nur das Notwendige gesagt, *aber aus sonstigen ganz nah an meine Existenz heranreichenden Gründen.*« Schließlich wird geschildert, wie der Fremde, ohne es zu wollen, durch Ungeschicklichkeit und Mißverständnisse die Kinder aus dem Schlaf stört, das ganze Haus in Unordnung bringt.

Der negative Aspekt der Judenfrage, die Unhaltbarkeit der jüdischen Situation wird auch in der Erzählung ›Josefine, die Sängerin, oder das Volk der Mäuse‹ klar, dem letzten von Kafka vollendeten und von ihm selbst zum Druck bestimmten Werk. Auf welches Volk die Darstellung der gehetzten schutzlosen Mäusescharen den nächsten Bezug hat, braucht nicht ausdrücklich gesagt zu werden. Wie sich innerhalb der tiefsten Bedrängnis des Volkes immer noch Eitelkeit des Stars, des Literaten, der führenden ›Persönlichkeit‹ geltend macht: diese äußerst ironische Darstellung des Protagonisten, der glaubt, nur auf ihn, auf sein allereinzigstes Erlösungswort habe die Welt gewartet, trifft leider auch eine gerade im jüdischen Partei- und Literaturwesen besonders häufige Erscheinung, — den Mann, der nur sich allein berufen meint und alles, was andere raten, tun, sagen, mit höhnischer Überlegenheit als unwichtig abtut oder kaum zur Kenntnis nimmt*. — Man mißverstehe mich nicht! Die Situation der schutzlosen Mäuse ist gleichzeitig ein universales Bild, ist das Symbol der schwachen Menschheit im Kampf mit der Dämonie des Bösen. Der eitle Prophet findet sich auch bei andern Völkern. Und nur insofern die Situation der Ohnmacht wie des unverantwortlichen gewissenlosen ›berühmten Mannes‹ bei den Juden im besonders grellen Scheinwerferlicht der jüdischen Massen- und Seelennot steht, ist sie gleichsam ein besonders scharfes Miniaturporträt, eine karikaturistisch verdeutlichte Abbreviatur der allgemein-menschlichen Leiden.

In ›Josefine‹ zeigt sich aber auch bereits der Weg zur positiven Lösung (und es scheint mir nicht gleichgültig, daß dies gerade in der letzten von Kafka vollendeten Arbeit geschieht). Josefine, die Sängerin, trotzt, versteckt sich vor dem Volk, das ihre Kunst so heiß bewundert, ja als unent-

* Kafka selbst ist das Beispiel des Gegentyps, der bescheiden, demütig, nicht das Geringste von solcher ›Erlösergeste‹ an sich hatte. Er ging in dieser Richtung, wie mich dünkt, fast zu weit, — es ist die Frage, wie weit die ungünstigen Lebensumstände an seiner gelegentlichen Selbstunterschätzung schuld waren, und ob er ohne diese nicht etwa den Rang der großen historisch wirksamen Verkünder wahrer Religiosität erreicht hätte.

behrlich betrachtet hat, und nun heißt es: »Aber das Volk, ruhig, ohne sichtbare Enttäuschung, herrisch, eine in sich ruhende Masse, die förmlich, auch wenn der Anschein dagegen spricht, *Geschenke nur geben, niemals empfangen kann*, auch von Josefine nicht, dieses Volk *zieht weiter seines Weges*. Mit Josefine aber muß es abwärts gehen. Bald wird die Zeit kommen, wo ihr letzter Pfiff ertönt und verstummt. Sie ist eine *kleine Episode in der ewigen Geschichte unseres Volkes* und das Volk wird den Verlust überwinden.« — Die *Einordnung* des einzelnen in das Schicksal des Volkes, dabei gleichzeitig die strengste Prüfung des Gewissens, die Läuterung, die in der Freiheit des einzelnen liegt, seine tätige Mitwirkung wird verlangt. Der Leser dieser Biographie findet genügend Anhaltspunkte dafür, wie Kafka in seinem speziellen jüdischen Falle diesen Anschluß an das Volk gesucht hat. Auch das siebente Kapitel bringt hierzu noch einige Belege. — Natürlich glaubte Kafka nicht, daß eine geographische Ortsveränderung ausreiche; eine Umkehr der Herzen erschien ihm *mit*erforderlich. Beides mußte prästiert werden, beides war gleich notwendig. Umkehr in der Seele — wie Normalisierung der äußeren Lebensbedingungen.

Man könnte nun noch fragen, warum Kafka dies nur in Tagebüchern und Briefen, nicht in seinem dichterischen Werk ausdrücklich gesagt, warum er sich als Dichter stets nur in Gleichnissen, allegorisch oder symbolisch ausgedrückt hat.

Man erkenne zunächst die Besonderheit des Kafkaschen Denkens an, das in Bildern, nicht diskursiv vor sich ging. Auch im Gespräch, in der Debatte herrschte das Bild vor. Und im Tagebuch — die unsagbar schöne lyrische Stelle, eine von vielen: »Träume sind angekommen, flußaufwärts sind sie gekommen, auf einer Leiter steigen sie die Quaimauer hinauf. Man bleibt stehen, unterhält sich mit ihnen, sie wissen mancherlei, nur, woher sie kommen, wissen sie nicht... Warum hebt ihr die Arme, statt uns in sie zu schließen?«

Ferner darf man ›Allegorie‹ und ›Symbol‹ nicht verwechseln. Allegorisch ist Kafka nie, wohl aber symbolhaft im höchsten Sinn. — Eine Allegorie kommt zustande, indem man für etwas »etwas anderes sagt«, dieses andere ist an sich wenig bedeutsam. Der Anker, der die Hoffnung bedeutet, interessiert uns in seiner Eigenschaft als Anker gar nicht, gleichgültig, welche Farbe, Form, Größe er hat. Daher steht er auch als bloßes hieroglyphisches Zeichen so eindeutig und scharf umrissen für ›Hoffnung‹ da. Aber Andersens ›standhafter Zinnsoldat‹, der vielleicht ein gutes ausdauerndes liebevolles Herz und noch viel anderes, in die Unendlichkeit Verlaufendes ausdrückt, kommt uns auch mit seinem persönlich detaillierten Schicksal als Zinnsoldat nahe. Der Zinnsoldat interessiert uns auch in seiner konkreten Gestalt als Zinnsoldat und nicht bloß als das, was er etwa außerdem noch in abstracto bedeutet. Das ist der genaue Unterschied zwischen Allegorie und Symbol. Die Allegorie interessiert uns nur als das, was sie vertritt, das, worauf sie hinweist. Das Symbol interessiert uns als das, was es vertritt und bedeutet, aber zugleich auch als das, was es einfach für sich selbst ist, was es uns konkret vor die Augen stellt, was es erzählt und wie es uns diese konkrete Erzählung, diese spezielle Tatsachenfolge vorführt, um etwas Fernes, Allgemeines zu bedeuten. Der Zinnsoldat ist nicht mehr Allegorie, sondern Symbol. Das Symbol steht auf beiden Ebenen zugleich, auf der, die es ahnungsweise anzeigt, und auf der gegenständlich realen. Beide Ebenen vereint es auf besondere Art, wirft sie, wie das griechische Wort auch ausdrückt, ineinander zusammen, – und zwar so, daß man, je tiefer man in den Einzelfall mit all seinen Zinnsoldaten-Details eindringt, desto klarer auch das Allgemeine sieht. Die ›Marquise von O.‹ handelt vom Vertrauen zwischen Eltern und Kind, aber dahinter steht auf der höheren Ebene die Frage des Vertrauens überhaupt, des Vertrauens zur Weltordnung. Warum hat nun der Dichter nicht gleich das Allgemeine, das er zu sagen hat, gesagt? Weil es nicht zu Ende zu sagen ist, weil es ins Unendliche geht. Im besonderen Fall, den er erzählt, gibt der Dichter nur den Anfangspunkt eines unendlichen Prozesses. Allgorie geht den umgekehrten Weg, gibt den Endpunkt eines solchen Prozesses, gibt das klar Umgrenzte als Spielerei, – Kennzeichen eines müden Geistes. Symbol dagegen ist geistiger Aufbruch, ist Sache der Spannkraft, die den Einzelfall ins Grenzenlose ausstrahlen läßt, – wobei man dann je nach der Entfernung der Schnittebene, die man durch den Strahl legt, die Angelegenheit des Individuums, des Volkes oder der Menschheit verhandelt findet. Und zwar dies gleichzeitig, mit denselben Worten, in einer einzigen Situation.

Hinter allen Szenen Kafkas tut sich diese unendliche Reihe auf. Doch auch die Szene selbst, die plane Erzählung, von der der Strahl ausgeht, ist voll von Naturliebe* und Naturtreue, von feiner, nie langweiliger Beobachtung (man lese daraufhin etwa – doch es gibt tausend Beispiele – die so durchaus erlebten Winterlandschaften des ›Schloß‹). Nur wer im tiefsten Grunde das Leben liebt, kann auf solche Art erzählen. Kein Wort, das der Darstellung nicht eine neue Farbe hinzufügte, keines bedeutungslos, – diese besondere stilistische Meisterschaft ist keine bloß ästhetische, ist auch eine sittliche Erscheinung, ist eine Folge der besonderen Redlich-

* Diese starke und eigenartige Naturliebe Kafkas und anderer Dichter Prags wird von Peter Demetz in seinem Buch gegen Rilke aufs Gröblichste verkannt.

keit Kafkas. Dies wäre auch dann schon groß, wenn es sich um eine schlichte realistische Darstellung handelte. Doch die berichteten Geschehnisse bedeuten bei Kafka wohl zunächst sich selbst, bedeuten aber zugleich *nicht nur* sich selbst. Ein Strahl streckt sich von jedem Detail aus, ins Ewige, Transzendente weist er, in die Welt der Ideen. Dies Durchscheinen des Ewigen durch die irdischen Formen findet man in jedem großen Kunstwerk. Bei Kafka ist es aber außerdem zum formalen Prinzip seiner Dichtung geworden; man kann Inhalt und Struktur, die so innig übereinstimmen, schlechterdings nicht mehr scheiden.

SIEBENTES KAPITEL

Die letzten Jahre

»Niemand ist hier, der Verständnis für mich im Ganzen hat. Einen haben, der dieses Verständnis hat, etwa eine Frau, das hieße Halt auf allen Seiten haben, Gott haben« – so schrieb Kafka 1915 in sein Tagebuch. Es scheint, daß ihm in seiner letzten Lebenszeit dieses Glück zuteil geworden ist, daß der Ausgang seines Schicksals positiver, lebensvoller war als die ganze Entwicklung bis dahin.

Im Sommer 1923 weilte Franz mit seiner Schwester und deren Kindern im Ostseebad Müritz. Dort fand er zufällig eine Ferienkolonie des Berliner Jüdischen Volksheimes vor, das, von Dr. Lehmann gegründet, ihn wie mich mit Hoffnung erfüllt hatte. Schon an den Anfängen der Arbeit, die später in Palästina große schöne Ausmaße gewonnen hat, nahm er lebhaften Anteil, hatte seinerzeit auch seine Verlobte F. in Berlin bewogen, als freiwillige Helferin im Kreis dieses Heims mitzuwirken. – Nun, viele Jahre später, begegnet er am Strand den Kindern dieses Heims, spielt mit ihnen, lernt die Erzieher kennen, kommt zu geselligen Abenden. Einmal bemerkt er in der Küche des Heims ein Mädchen. Sie ist damit beschäftigt, Fische abzuschuppen. »So zarte Hände und solch eine blutige Arbeit!« sagt er mißbilligend. Das Mädchen schämt sich und läßt sich eine andere Arbeit zuweisen.

Das ist der Beginn seiner Bekanntschaft mit Dora Dymant, seiner Lebensgefährtin.

Dora Dymant, damals wohl neunzehn oder zwanzig Jahre alt, stammte aus einer angesehenen ostjüdischen chassidischen Familie. Bei aller Verehrung gegenüber dem geliebten Vater konnte sie den Zwang, die Enge der Tradition nicht ertragen, – ein ähnlicher Fall wie der des Schauspielers Löwy, der große Ehrfurcht vor den Eltern mit der Einsicht, in ihrer

Bahn nicht weiterleben zu können, vereinigte. Dora entwich aus dem Städtchen in Polen, nahm zuerst in Breslau, dann in Berlin Stellungen an, als Angestellte des Volksheims kam sie nach Müritz. – Sie war eine vorzügliche Hebraistin, Kafka lernte zu jener Zeit mit besonderem Eifer Hebräisch*. (In seinem Nachlaß haben sich nicht viel weniger Papiere mit hebräischen Übungen als solche mit deutschen literarischen Arbeiten gefunden.) Eines der ersten Gespräche der beiden endete damit, daß Dora ein Kapitel aus Jesaja in der Ursprache vorlas. Franz erkannte ihre schauspielerische Begabung, auf seinen Rat und unter seiner Leitung bildete sie sich später in dieser Kunst aus.

Von der Sommerfrische kam Franz hohen Mutes zurück. Sein Entschluß, nunmehr alle Bindungen zu zerreißen, nach Berlin zu ziehen, mit Dora zu leben, stand fest – und er führte ihn diesmal auch durch, unerschütterlich. Ende Juli 1923 verließ er Prag, allen Einwänden der Familie erfolgreich Widerstand leistend. Aus Berlin schrieb er mir zum erstenmal, daß er sich glücklich fühle, daß er sogar (unerhörtes Novum in diesen letzten Jahren) gut schlafe. Er wohnte mit Dora im Vorort Steglitz, zuerst Miquelstraße 8 bei Hermann. Dort entstand die vergleichsweise fröhliche Erzählung ›Eine kleine Frau‹. Die ›Kleine Richterin‹, die in dauerndem Ärger über den ihr eigentlich fremden ›Ich‹ dahinlebt, ist niemand anderer als die Zimmervermieterin. Sie machte wohl dem jungen Paar einige Schwierigkeiten. Sechs Wochen später finden wir es daher in der Grunewaldstraße 13, bei Frau Dr. Rethberg, in einer Villa, von deren Herrlichkeit Franz schwärmte, wiewohl er nur zwei bescheidene Zimmerchen bewohnte. Dort habe ich ihn besucht, sooft ich nach Berlin kam, im ganzen wohl dreimal. Ich fand ein Idyll, endlich sah ich meinen Freund in guter Stimmung, sein körperliches Befinden hatte sich allerdings verschlechtert. Doch zunächst nicht eben gefahrdrohend. Franz sprach von den Dämonen, die ihn endlich freigelassen hätten. »Ich bin ihnen entwischt, diese Übersiedlung nach Berlin war großartig, jetzt suchen sie mich, finden mich aber nicht, wenigstens vorläufig nicht.« Das Ideal des selbständigen Lebens, des eigenen Heims hatte er endlich erreicht, er war nicht mehr Familiensohn, sondern gewissermaßen selbst pater familias. Es zeigte sich, daß Kafka durchaus nicht einem Paradox, einem prinzipiell unerfüllbaren Ideal nachstrebte – wie Kierkegaard, wie die ›Theologie der Krise‹ –, sondern (und das ist das Entscheidende), daß er ein sinnvoll erfülltes gutes richtiges Leben

* In späteren Jahren betonte Dora mehr ihre Hinneigung zum Jiddischen. Kafka hatte, wie schon seine Erlebnisse mit der Schauspielertruppe zeigen, auch für das Jiddische Verständnis und Liebe.

wollte, daß er etwa auf der Linie Martin Bubers stand, der in Abwehr Kierkegaards, des prinzipiell Einsamen, über das Zusammenleben mit der Frau sagt: »Die Ehe ist die exemplarische Bindung, sie trägt uns wie keine andere in die große Gebundenheit, und nur als Gebundene können wir in die Freiheit der Kinder Gottes gelangen... Ja, das Weib steht im gefährlichen Rapport zur Endlichkeit, und ja, die Endlichkeit ist die Gefahr, denn nichts bedroht uns so sehr, wie an ihr haften zu bleiben; aber an eben diese Gefahr ist unsere Heilshoffnung geschmiedet, denn nur über die erfüllte Endlichkeit führt unsere menschliche Bahn zum Unendlichen.« (Buber: ›Die Frage an den Einzelnen‹, 1936). — In diesem Sinn habe ich Kafka in seinem letzten Lebensjahr, das trotz der grauenhaften Krankheit ihn vollendete, auf dem richtigen Weg und mit seiner Lebensgefährtin wahrhaft glücklich gesehen. — Er arbeitete mit Lust, las mir ›Eine kleine Frau‹ vor, schrieb den ›Bau‹, aus dem er mir gleichfalls einige Teile vorlas. Als ich ihn mit dem Leiter des Verlags ›Die Schmiede‹ bekannt machte, willigte er, ohne daß es langer Überredungskünste bedurft hätte, in die Herausgabe von vier Novellen ein, denen er (nach einer von ihnen) den gemeinsamen Titel ›Ein Hungerkünstler‹ gab. Aus dieser seiner prinzipiellen Wandlung, aus all diesen lebenszugewandten Indizien habe ich dann später den Mut geschöpft, seine (lange vorher niedergeschriebene) Weisung an mich, die jede Publikation des Nachlasses verbot, als ungültig zu betrachten (›Prozeß‹ S. 315 ff.). —

Nicht nur mir erschien Franz in seinem Gehaben damals erlöst, zu einem neuen Menschen geworden, — man kann auch aus den Briefen seine gute Laune und endlich gewonnene Festigkeit erkennen. So etwa aus folgendem Brief an die Schwester:

»Liebe Valli, der Tisch steht beim Ofen, eben bin ich vom Ofenplatz weggerückt, weil dort zu warm wird, selbst dem ewig kalten Rücken, meine Petroleumlampe brennt wunderbar, ein Meisterwerk sowohl der Lampenmacherei als auch des Einkaufs (sie ist aus einzelnen Stücken zusammengeborgt und zusammengekauft, freilich nicht von mir, wie brächte ich das zustande! Eine Lampe mit einem Brenner, groß wie eine Teetasse, und einer Konstruktion, die es ermöglicht, sie anzuzünden, ohne Zylinder und Glocke abzunehmen; eigentlich hat sie nur den Fehler, daß sie ohne Petroleum nicht brennt, aber das tun wir andern ja auch nicht) und so sitze ich und nehme deinen jetzt so alten, lieben Brief vor. Die Uhr tickt, sogar an das Ticken der Uhr habe ich mich gewöhnt, höre es übrigens nur selten, gewöhnlich dann, wenn ich besonders billigenswerte Dinge tue, sie hat, die Uhr, gewisse persönliche Beziehungen zu mir, wie überhaupt manche Dinge im Zimmer, nur daß sie jetzt, seitdem ich gekündigt habe (oder genauer: seitdem mir gekündigt worden ist, was in jeder Beziehung gut ist und im übrigen eine komplizierte seitenlang beschreibbare Angelegenheit ist), sich zum Teil von mir abzuwenden anfangen, vor allem der Kalender, von dessen Aussprüchen ich schon einmal den Eltern schrieb. In der letzten Zeit ist er wie verwandelt, entweder ist er ganz verschlossen, man braucht zum Beispiel dringend seinen Rat, geht zu ihm, er aber sagt nichts weiter als: Reformationsfest, was ja wahrscheinlich einen tieferen Sinn hat, aber wer kann ihn auffinden; oder aber er ist bösartig ironisch, letzthin zum Beispiel las ich etwas und hatte dazu einen Einfall, der mir sehr gut oder vielmehr bedeutungsvoll vorkam, so sehr, daß ich den Kalender darüber fragen wollte (nur bei so zufälligen Gelegenheiten antwortet er im Laufe seines Tags, nicht etwa, wenn man zu bestimmter Stunde pedantisch das Kalenderblatt abreißt). ›Manchmal findet auch ein blindes Huhn usw.‹, sagte er; ein anderesmal war ich entsetzt über die Kohlenrechnung, worauf er sagte: ›Glück und Zufriedenheit ist des Lebens Seligkeit‹, darin liegt freilich neben der Ironie eine beleidigende Stumpfsinnigkeit, er ist ungeduldig, er kann es schon gar nicht aushalten, daß ich wegkomme, vielleicht aber ist es auch nur, daß er mir den Abschied nicht schwer machen will, vielleicht wird hinter dem Kalenderblatt meines Ausziehtages ein Blatt kommen, das ich nicht mehr sehen werde und auf dem irgend etwas stehn wird, wie: ›Es ist bestimmt in Gottes Rat usw.‹ Nein, man darf doch nicht alles aufschreiben, was man von seinem Kalender denkt, ›er ist doch auch nur ein Mensch‹.

Wenn ich dir in dieser Weise von allem schreiben wollte, womit ich in Berührung komme, käme ich natürlich zu keinem Ende, und es bekäme den Anschein, als wenn ich ein sehr bewegtes Gesellschaftsleben führen würde, in Wirklichkeit ist es aber sehr still um mich, übrigens niemals zu still. Von den Aufregungen Berlins, den schlimmen und den guten, erfahre ich wenig, von den ersteren natürlich mehr. Weiß übrigens Peppo, was man in Berlin sagt, wenn man gefragt wird: ›Wie geht's?‹ Ach, er weiß es ja gewiß, ihr wißt alle über Berlin mehr als ich. Nun auf die Gefahr hin, etwas ganz Veraltetes zu sagen, sachlich ist es ja noch immer aktuell, man sagt: ›Mies mal Index‹. Und dieses: Einer erzählt begeistert vom Leipziger Turnfest: ›— der ungeheure Anblick, wie die 750000 Turner einmarschiert sind!‹ Der andere sagt, langsam rechnend: ›Na, was ist denn das, dreieinhalb Friedensturner.‹

Wie geht es (das ist schon gar kein Witz mehr, aber hoffentlich auch nichts Trauriges) in der jüdischen Schule? Hast du den Aufsatz des jungen Lehrers in der ›Selbstwehr‹ gelesen? Sehr gut gemeint und eifrig. Wieder habe ich gehört, daß es A. sehr gut geht und Fräulein M. soll das ganze palästinensische Turnen reformiert haben. Dem alten Arnstein mußt du seinen Geschäftssinn nicht übelnehmen, es ist immerhin schon etwas Ungeheures, seine Familie auf den Rücken zu nehmen und durch das Meer nach Palästina zu tragen. Daß so viele es tun von seiner Art, ist kein kleineres Meerwunder als jenes im Schilfmeer.
M. und L.* danke ich vielmals für ihre Briefe. Merkwürdig, wie ihre Schriften, nebeneinandergestellt, vielleicht nicht ihre Wesensunterschiede, aber fast ihre Körperunterschiede darstellen, wenigstens scheint es mir so in diesen letzten Briefen. M. fragt, was mich aus ihrem Leben besonders interessiert, nun: was sie liest, ob sie noch tanzt (hier, in dem jüdischen Volksheim lernen alle Mädchen rhythmisches Tanzen, allerdings unentgeltlich) und ob sie noch die Brille trägt. L. soll ich von Anny G. grüßen. Ein liebes, schönes, kluges Kind (L. nämlich, aber auch Anni), lernt fleißig Hebräisch, kann schon fast lesen und ein neues Liedchen singen. Macht auch L. Fortschritte?
Nun ist aber schon allerhöchste Zeit, schlafen zu gehn. Nun war ich fast einen ganzen Abend bei euch und aus der Stockhausgasse in die Miquelstraße ist es so weit. Lebt wohl**.«

Der schreckliche Inflationswinter 1923 ist angebrochen. Er ist es, der recht eigentlich Franz getötet hat, wie ich glaube. — Wenn Franz einmal aus dem stillen Vorort nach Berlin fährt, kommt er heim »wie aus dem Schlachtgetümmel« (Bericht Doras). Die Not der Armen greift ihm ans Herz, ›aschgrau‹ kommt er zurück. »Er lebt mit so ungeheurer Intensität«, sagte Dora, »daß er in seinem Leben tausend Tode gestorben ist.« — Aber es ist nicht Mitleid allein, auch er selbst duldet große Entbehrungen, denn hartnäckig will er

* Peppo ist der Mann von Kafkas Schwester Valli, M. und L. sind die Töchter.
** Obwohl es nicht nötig ist, Kafkas Sehnsucht nach Einwurzelung und einem Kind noch durch ein weiteres Zitat zu erhärten (neben dem vielen, was er über dieses Thema geschrieben hat), möchte ich um ihrer Prägnanz willen die folgende Stelle anführen. Sie ist einem Brief entnommen, den mir Dora Dymant am 25. August 1949 geschrieben hat, als sie mir lange nach Kafkas Tod ihre Reise hierher ankündigte: »Mir kommt noch diese ganze Sache ganz unglaubhaft vor. Es wird mir eben klar, daß ich mich unbeschreiblich freue, Dich zu sehen. Ich sehne mich so unsagbar nach Franz. Die Sehnsucht all dieser Jahre drängt sich so zusammen, daß ich ganz hilflos werde, wenn ich bei ihr verweile. Franz's Traum war, ein Kind zu haben und nach Palästina zu gehen. Nun habe ich ein Kind — ohne Franz, und gehe nach Palästina — ohne Franz, aber mit seinem Gelde kaufe ich die Fahrkarte dorthin. Wenigstens so viel.«

mit seiner kleinen Pension auskommen, nur im äußersten Fall und sehr bedrückt nimmt er von der Familie Geld und Lebensmittelpakete an. Denn dadurch fühlt er ja seine kaum gewonnene Selbständigkeit bedroht. Kaum hat er (durch den Vertrag mit der ›Schmiede‹) eine Kleinigkeit verdient, denkt er an Rückzahlung der ›Familienschulden‹, an reiche Geburtstagsgeschenke – der Familie, die in banger Sorgsamkeit seiner gedenkt, verschweigt er, solange es geht, den wahren Stand der Dinge. – Es mangelt an Kohle. Butter erhält er aus Prag. – Da er erfährt, daß die Schwester Mitglied eines Prager Jüdischen Frauenvereins ist, der Liebesgabenpakete nach Berlin schickt, gibt er ihr Adressen mittelloser Bekannter an. »Um nichts zu versäumen (denn für solche Sendungen pflegt das Geld bald auszugehen), schicke ich gleich die Adressen, könnte natürlich noch weitere schicken, der Vorrat geht nicht aus.« Bei einigen der Adressen merkt er ›koscher‹ an. Dann bekommt er ein solches Paket zu Gesicht und kritisiert: »Da lag es nun vor uns, totenernst, ohne das geringste Lächeln eines Täfelchens Schokolade, eines Apfels oder dergleichen, so als ob es sagte: Jetzt lebe noch ein paar Tage von dem Grieß, Reis, Mehl, Zucker, Tee und Kaffee und dann stirb, wie es sein muß, mehr können wir nicht tun.« – So konnte seinem feinen Gefühl nie genug getan werden.

Solange er gesund ist, besucht er die ›Hochschule für Wissenschaft des Judentums‹ in der Artilleriestraße. Er hört in der Präparandie Professor Torczyner und Professor Guttmanns Vorträge über den Talmud. Er liest leichtere hebräische Texte. Nur dieser Kurse wegen kommt er regelmäßig aus dem stillen Vorort nach Berlin.

Zwischen Weihnachten und Neujahr macht er schwere Fieberanfälle durch, erholt sich aber wieder. Im Fieber zieht er nach Zehlendorf um, Hausfrau ist jetzt die Witwe des Dichters Carl Busse. Er lebt zurückgezogen. Ganz selten kommt einmal ein Besuch aus Berlin: Dr. Rudolf Kayser, Ernst Blass.

Die Teuerung beginnt ihn zu beunruhigen. »Wenn man eingeschränkt auf Wohnung (allerdings eine überschöne, nächsten Monat gebe ich ein Zimmer ab) und Essen (allerdings ausgezeichnetes, herausgezaubert aus zwei Spirituskochern und einer Kochkiste – was allerdings vielleicht doch noch ein übermäßiger Aufwand ist, verglichen mit dem System des Herrn, von dem meine frühere Hausfrau öfters erzählte, der alles ausschließlich in seinem Bett kocht), wenn man so in der Stille lebt, geht es, allerdings auch nur unter Mithilfe der Eltern und Schwestern, aber wenn etwas Besonderes kommt, scheint plötzlich alles unmöglich. Ich hatte den Arzt einmal bei mir, Frau L. hatte mir ihren Verwandten, einen großen

Professor empfohlen, er kam glücklicherweise nicht selbst, sondern schickte zunächst einen Assistenten, einen jungen Mann, noch nicht dreißig, er konnte außer dem Fieber nichts Besonderes finden, verordnete auch vorläufig nichts anderes als im Bett zu bleiben und zu warten. Für diesen Besuch verlangte er zwanzig Mark, das sind hundertsechzig Kronen. Das Schlimmste dabei aber ist, daß dieser Preis nicht nur tarifweise irgendwie berechtigt ist (hier verlangt niemand etwas über den Tarif), aber daß er auch sachlich im Vergleich zu den anderen Preisen völlig entsprechend ist, es ist alles so teuer, man muß Goldmark verdienen, wenn man hier leben will, ich denke schon manchmal daran, im Kampf mit den Berliner Preisen zu weichen, denke an Schelesen, Wien, Gardasee.«

Wenn man Franz besuchte, sprach er seine Sorgen nur in scherzhafter Form aus. So entwickelte er mir einmal ausführlich den Plan, mit Dora gemeinsam, die so vorzüglich koche, einen kleinen Restaurationsbetrieb zu mieten, in dem er als Kellner sich nützlich machen werde.

Dora erzählte mir später, daß Kafka diesen Plan im Zusammenhang mit seiner Absicht darlegte, nach Palästina zu übersiedeln, wenn er gesund würde. Auf diese Art wollten die beiden ›drüben‹ in der ersten Zeit ihren Lebensunterhalt verdienen. Dora hat mir berichtet, daß sie in einer der Berliner Wohnungen auf Geheiß Kafkas Manuskripte von ihm verbrannte. Er befahl es, sie gehorchte zitternd; noch viele Jahre später tat es ihr leid, daß sie gehorcht hatte. Dabei betonte sie aber, daß sie, vor die gleiche Situation gestellt, auch heute sich dem Willen Kafkas beugen würde. Unter den verbrannten Schriften befand sich laut Doras Angabe auch eine Erzählung Kafkas, die den Odessaer Ritualmordprozeß gegen Beilis zum Gegenstand hatte, ferner auch ein Drama unbekannten Inhalts. – Andere Schriften Kafkas, die bei Dora zurückblieben, wurden nach 1933 von der Gestapo beschlagnahmt und offenbar vernichtet. Ich bat den Dichter Camill Hoffmann, der damals Attaché an der Gesandtschaft der noch unabhängigen tschechoslowakischen Republik in Berlin war, bei den deutschen Behörden wegen dieser Schriften zu intervenieren. Er erzielte keinen Erfolg, später fiel er selbst den Verfolgungen durch die Nazis zum Opfer.

Es war schließlich nicht darüber hinwegzusehen, daß sich – trotz seines seelischen Gleichgewichtes, das anhielt – Franzens körperlicher Zustand verschlimmerte. Eine Schwester besuchte ihn, dann alarmierte ich, aus Berlin heimgekehrt, den Onkel (Arzt), der nach Berlin fuhr und das Schlimmste konstatierte. Am 14. März 1924 kam ich zur Janáček-Premiere (›Jenufa‹) in der Staatsoper nach Berlin, am 17.

brachte ich Franz nach Prag. Dora und Dr. Klopstock hatten ihn zur Bahn geführt. Einige Tage später kam Dora nach.
Nun wohnte Franz wieder bei den Eltern, er empfand das trotz aller Sorgfalt, die ihn umgab, als Scheitern seiner Selbständigkeitspläne, als Niederlage. Er wünschte nun, daß ich ihn täglich besuchte. Sonst hatte er nie so entschieden geredet, hatte die größte Rücksicht auf meine Arbeitsüberhäufung genommen. Jetzt sprach er, als wisse er, daß wir einander nicht mehr lange haben würden. »Morgen komm wieder um diese Zeit!« sagte er fast mit einer gewissen Strenge.
Da er immer mehr verfiel, mußte er in ein Sanatorium gebracht werden.
»Alle Schrecknisse überboten am 10. April«, steht in meinem Tagebuch, »durch die Nachricht, daß Kafka vom Sanatorium ›Wiener Wald‹ zurückgeschickt wurde. Wiener Klinik. Kehlkopftuberkulose festgestellt. Fürchterlichster Unglückstag.«
Für die Fahrt vom Sanatorium nach Wien war nur ein offenes Auto zur Verfügung. Regen und Wind. Während der ganzen Fahrt stand Dora aufrecht im Wagen, suchte Franz mit ihrem Leib gegen das schlimme Wetter zu schützen.
Auch Robert Klopstock erwies seine große Liebe und Treue. Er brach seine Studien in Berlin ab (die später zu bedeutsamen Forschungsergebnissen auf dem Gebiet der Lungentherapie führen sollten) und widmete sich von da ab bis zu Franzens Tod ausschließlich der Pflege des teuren Kranken. Diese beiden, Dora und Dr. Klopstock, nannten sich nun scherzhaft Franzens ›kleine Familie‹, es war ein inniges Zusammenleben im Angesicht des Todes. Franz selbst wußte sich schwerkrank, doch war er, wie ich bei einem Besuch miterleben konnte, voll von Hoffnung und Mut, er schien sich der unmittelbaren Gefahr nicht bewußt. In der Wiener Klinik (Professor Hajek) ging es ihm nicht gut. Vergeblich waren alle Bemühungen, eine rücksichtsvollere Behandlung, zum Beispiel ein Einzelzimmer für ihn zu erwirken. Ein paar Tage lang mußte er sogar neben einem Sterbenden liegen und erzählte mir dann, mit großer Bewunderung, von der Geduld des Priesters, der bei dem Sterbenden bis zum letzten Augenblick tröstend ausharrte, nachdem die Ärzte »längst weggelaufen waren«. Ich schrieb Briefe an einflußreiche Personen in Wien, Werfel setzte sich energisch für Franz ein, aber der recht herz- und kulturlose Professor erklärte ebenso energisch, in Kafka nichts anderes zu sehen als den Patienten auf Zimmer Nummer soundsoviel. Er drückte das Ganze folgendermaßen aus: »Da schreibt mir ein gewisser Werfel, ich soll etwas für einen gewissen Kafka tun. Wer Kafka ist, das weiß ich. Das ist der Patient auf Numero 12. Aber wer ist Werfel?«

Dora und Robert Klopstock setzten es endlich durch, daß Franz Ende April in das freundliche lichte Sanatorium Kierling bei Klosterneuburg übergeführt wurde. Aus einem Brief Werfels an mich: »Professor Hajek hat behauptet, es wäre für Kafka die einzige Möglichkeit, daß er im Spital bleibt, weil alle Heilbehelfe und Kurmöglichkeiten bei der Hand sind. Er hat sich geradezu gesträubt, ihn wegzulassen.« – In Kierling hat Kafka in einem schönen blumengeschmückten Zimmer mit Ausblick ins Grüne, umhegt von seinen beiden Getreuen, die letzten Wochen verbracht, – soweit die Schmerzen es zuließen, gelassen und heiter.
Professor Neumann und Dozent Dr. Oscar Beck kamen ans Krankenlager nach Kierling. Ich zitiere aus einem Brief des letzteren vom 3. Mai (an Dr. Felix Weltsch): »Gestern wurde ich von Fräulein Diamant nach Kierling gerufen. Herr Kafka hatte sehr starke Schmerzen im Kehlkopf, besonders beim Husten. Bei der Nahrungsaufnahme steigern sich die Schmerzen derart, daß das Schlucken fast unmöglich ist. Ich konnte im Kehlkopf einen zerfallenden tuberkulösen Prozeß konstatieren, der auch einen Teil des Kehldeckels mit einbezieht. Bei diesem Befund ist an irgendeinen operativen Eingriff überhaupt nicht zu denken, und ich habe eine Alkoholinjektion in den nervus laryngeus superior gegeben. Heute rief mich Fräulein Diamant wieder an, um mir zu sagen, daß der Erfolg nur ein vorübergehender war und die Schmerzen in derselben Intensität wieder aufgetreten sind. Ich habe Fräulein Diamant geraten, Herrn Dr. Kafka nach Prag zu bringen, da auch Professor Neumann seine Lebensdauer auf zirka drei Monate geschätzt hat. Fräulein Diamant hat dies abgelehnt, da sie glaubt, daß dadurch dem Patienten die Schwere seiner Erkrankung klar würde.
Es wird angezeigt sein, wenn Sie seine Verwandten über den Ernst der Situation vollständig aufklären. Es ist mir psychologisch begreiflich, daß Fräulein Diamant, die sich in aufopfernder und rührender Weise des Kranken annimmt, das Verlangen hat, noch eine Anzahl von Spezialisten zum Consilium nach Kierling zu rufen. Ich mußte ihr daher klarmachen, daß Dr. Kafka sowohl an der Lunge als auch im Kehlkopf in einem Zustand sich befinde, in dem kein Spezialist ihm mehr Hilfe bringen kann und man nur durch Pantopon oder Morphium die Schmerzen lindern kann.«
In den letzten Wochen sollte er möglichst wenig reden. Daher verständigte er sich durch schriftliche Mitteilungen auf Zetteln, von denen ich einige besitze. Einmal schreibt er: »Die Geschichte bekommt einen neuen Titel. ›Josefine, die Sängerin – oder – Das Volk der Mäuse‹. Solche Oder-Titel sind zwar nicht sehr hübsch, aber hier hat es vielleicht besonde-

ren Sinn. Es hat etwas von einer Waage.« Sehr viel denkt er an den Vater, an Besuche der Badeanstalt mit ihm, an kräftiges Essen und Trinken. Er erzählt Dora. »Als kleiner Junge, als ich noch nicht schwimmen konnte, ging ich manchmal mit dem Vater, der auch nicht schwimmen kann, in die Nichtschwimmerabteilung. Dann saßen wir nackt beim Buffet, jeder mit einer Wurst und einem halben Liter Bier zusammen. Gewöhnlich brachte der Vater die Wurst mit, weil sie auf der Schwimmschule zu teuer war. – Du mußt dir das richtig vorstellen, der ungeheure Mann mit dem kleinen ängstlichen Knochenbündel an der Hand, wie wir uns zum Beispiel in der kleinen Kabine im Dunkel auskleideten, wie er mich dann hinauszog, weil ich mich schämte, wie er mir dann sein angebliches Schwimmen beibringen wollte und so weiter. Aber das Bier dann!« – Wiewohl er Antialkoholiker und Vegetarianer war, wußte er die Genüsse von Bier, Wein, Fleisch zu schätzen, roch manchmal an Getränken, lobte ihren herrlichen Duft, man wußte nie recht, ob ironisch oder aufrichtig; ganz zuletzt trank er wohl auch einigemal wieder Bier und Wein, war entzückt. »Hast du nicht das Gefühl, daß Leonhard während des Diktierens ein Glas Pschorr vor sich stehn hat«, schreibt er (mit einer mir unklaren Bezugnahme auf irgendeinen Leonhard) auf einen der Konversationszettel. – Bilder der Lebenskraft überwiegen: »Mein Cousin, dieser herrliche Mensch. Wenn dieser Robert, er war schon etwa vierzig Jahre, gegen Abend, früher konnte er nicht, er war Advokat, hatte viel zu tun, sowohl mit Arbeit als mit Vergnügen, wenn er also nach fünf Uhr nachmittag auf die Sophienschwimmschule kam, die Kleider mit ein paar Griffen abwarf, ins Wasser sprang und sich dort herumwälzte mit der Kraft eines schönen wilden Tieres, glänzend vom Wasser, mit strahlenden Augen und gleich weit fort war gegen das Wehr zu – das war herrlich. Und ein halbes Jahr später war er tot, totgequält von Ärzten. Eine geheimnisvolle Milzkrankheit, gegen die man hauptsächlich mit Milchinjektionen gearbeitet hat, im Bewußtsein, daß es nichts hilft.« – Er schreibt auch viel über seinen Zustand, über augenblickliche Bedürfnisse, Pillen, Umschläge. Er verlangt »so einen Zylinderhut aus Wasser«. Dazwischen Worte wie »Söhne der Könige«, »In die Tiefe, in den tiefen Hafen«. Er ist müde, voll Ungeduld. Und dann wieder: »Max hat am 27. Mai Geburtstag.« »Biete öfters der Schwester vom Wein an.« »Hier ist es schön zu schenken, weil jeder doch ein wenig Kenner ist.« »Das ist ein Glück, zu schenken, was dem andern ganz gewiß und ehrlich und im Augenblick Freude macht.« »Dafür müßte man noch sorgen, daß die untersten Blüten dort, wo sie in die Vasen gedrängt werden, nicht leiden. Wie könnte man das machen. Vielleicht sind wirklich Schalen das Beste.« – Am Sonntag 11. Mai fuhr ich nach Wien, um Franz noch einmal zu sehen. Eine seltsame Szene war vorangegangen. Als ich Samstag nachmittag in die Redaktion kam, rief man mir zu: »Schnell zum Telephon, eine Dame aus Wien ruft eben.« Im Mantel stürzte ich in die Telephonzelle. Es ist Dora, die mich mit den Worten begrüßte: »Du hast angerufen.« Ich: »Nein, ich komme ja erst diesen Augenblick.« Dora: »Prag hat angerufen, Prager Tagblatt meldete sich, daher fragte ich nach dir.« Die Sache ist trotz all meiner Bemühungen unaufgeklärt geblieben, denn das ›Prager Tagblatt‹ ruft zwar oft Wien an, nie aber Kierling. Auch keine der Schwestern Kafkas hatte an diesem Tage Kierling angerufen. – Auf besondere Art stand dann die ganze Fahrt im Zeichen des Todes. Knapp ehe ich das Haus verließ, erfuhr ich, daß ein junger Mensch in der Wohnung unter der unsrigen im Sterben liege. In der Bahn sprach mich eine schwarzgekleidete Dame an, die ich nicht sofort erkannte. Es war die Witwe des Ministers Tusar, die mir vom Sterben ihres Mannes, von ihrem Unglück berichtete. In Wien sprach ich mit keinem Menschen, machte nur den Weg vom Bahnhof zum Hotel, vom Hotel zum Bahnhof*. Am Morgen fuhr ich mit dem ersten Zug nach Klosterneuburg, von da nach Kierling. Blieb bis Abend, fuhr nach Wien, am nächsten Morgen nach Prag. – Am Vormittag war Franz sehr frisch gewesen, allen ärztlichen Attesten entgegen erschien mir seine Lage nicht hoffnungslos. Wir besprachen unser nächstes Zusammensein, ich plante eine Italienreise, die sollte wieder über Wien führen. Das erste, was Dora mir erzählte und Franz mir bestätigte (er durfte nicht viel reden), war die merkwürdige Geschichte seiner Werbung. Er wollte Dora heiraten, hatte an ihren frommen Vater einen Brief abgeschickt, in dem er darlegte, daß er zwar in des Vaters Sinn kein gläubiger Jude, aber ein ›Bereuender‹, ein ›Umkehrender‹ sei und daher vielleicht doch hoffen dürfe, in die Familie des frommen Mannes aufgenommen zu werden. Der Vater war mit dem Brief zu dem Menschen gereist, den er am meisten verehrte, dessen Autorität ihm über alles ging, zum ›Gerer Rebbe‹. Dieser Rabbi las den Brief, legte ihn weg und sagte nichts als ein kurzes »Nein«. Ohne nähere Erklärung. Er pflegte nie Erklärungen zu geben. – Dieses ›Nein‹ des Wunderrabbi hat durch

* Die Darstellung, als wäre ich nach Wien zu einem Vortrag gekommen, ist falsch. Ich hatte keinen Vortrag in Wien. Ich war ausschließlich gekommen, um Franz noch einmal zu sehen, und ich habe mich mit nichts anderem beschäftigt, wäre gar nicht fähig dazu gewesen. Möglich ist, daß ich Franz, um ihn nicht zu erschrecken, mein Kommen mit einem Vortrag erklärt habe und daß daraus ein unwillkürlicher Gedächtnisfehler Doras entstanden ist, der dann in einem Interview mit ihr ans Licht kam.

Franzens bald darauf erfolgten Tod seine Bestätigung erhalten; Franz faßte auch den Brief des Vaters, der knapp vor meiner Ankunft angelangt war und gewissermaßen das Tagesgespräch der ›kleinen Familie‹ bildete, als schlechtes Vorzeichen auf. Er lächelte, und doch schien er beeindruckt; wir bemühten uns, ihn auf andere Gedanken zu bringen. – Doch bald darauf nahm mich Dora zur Seite und flüsterte mir zu, jede Nacht erscheine eine Eule an Franzens Fenster. Der Totenvogel.

Franz aber wollte leben, er befolgte mit einer Pünktlichkeit, die ich sonst nie an ihm beobachtet hatte, und ohne Widerstand die ärztlichen Vorschriften. – Hätte er Dora früher kennengelernt, so wäre sein Lebenswille schon früher, rechtzeitig, stärker gewesen. Das ist mein Eindruck. – Die beiden Menschen paßten ganz wundervoll zueinander. Der reiche Schatz ostjüdischer religiöser Tradition, über den Dora verfügte, war für Franz eine stete Quelle des Entzückens; während das junge Mädchen, das von manchen Großtaten westlicher Kultur noch nichts wußte, den großen Lehrer nicht minder liebte und verehrte wie seine träumerischen seltsamen Phantasien, in die sie sich leicht und spielerisch einlebte. Sie scherzten oft wie Kinder miteinander. So erinnere ich mich, daß sie ihre Hände gemeinsam in dasselbe Waschbecken tauchten und dies ›unser Familienbad‹ nannten. Rührend war Doras Sorgfalt für den Kranken, rührend das späte Erwachen all seiner vitalen Energien. Dora erzählte mir, daß Franz vor Freude geweint habe, als ihm Professor Tschiassny (schon in seinem letzten Stadium) sagte, im Hals sehe es besser aus. Er habe sie immer wieder umarmt und gesagt, nie habe er so sehr Leben und Gesundheit gewünscht wie jetzt. – Ich vergleiche das etwa mit unserer gemeinsamen Fahrt nach Schelesen (November 1919), an diese Eisenbahnfahrt sind mir zwei Erinnerungen geblieben: Kafka sprach über Hamsuns ›Segen der Erde‹ und legte ausführlich dar, wie in diesem Roman, zum Teil sogar gegen den Willen des Dichters, alles Böse von den Frauen komme, – ferner sagte er einmal, als der Zug hielt, im Ton tiefster Klage: »Daß es so viele Stationen gibt auf der Fahrt zum Tode, daß es gar so langsam geht!« – Und jetzt, in articulo mortis, hätte er zu leben gewußt und gerne gelebt.

Am 3. Juni, einem Dienstag, starb Franz Kafka. – Die Leiche wurde in einem verlöteten Sarg nach Prag überführt und am 11. Juni um vier Uhr auf dem jüdischen Friedhof in Prag-Straschnitz an bevorzugter Stelle, am Außenrand des Friedhofs nahe einem der großen Tore, beigesetzt. Als wir um ein Viertel sechs in das Trauerhaus, in Franzens Wohnung am Altstädter Ring zurückkehrten, sahen wir, daß die große Rathausuhr um vier Uhr stehengeblieben war und daß ihre Zeiger immer noch diese Stunde zeigten. – Franzens Vater und Mutter fanden später in demselben Grab ihre Ruhestätte.

Über die letzten Stunden Franzens konnte ich, größtenteils aus Berichten Dr. Robert Klopstocks, das Nachstehende in Erfahrung bringen*.

Am Montagabend ging es Franz sehr gut, er war lustig, zeigte Freude an allem, was Klopstock aus der Stadt mitgebracht hatte, aß Erdbeeren und Kirschen, roch sehr lange an ihnen, genoß ihren Duft, wie er überhaupt in den letzten Tagen alles mit verdoppelter Intensität genoß. Er wünschte, daß man vor ihm Wasser (auch Bier) in langen Zügen trank, was ihm unmöglich war; an dem Genuß der anderen freute er sich mit. Er sprach in den letzten Tagen viel über Getränke und Obst.

Am Montag schrieb er auch noch den folgenden Brief an die Eltern, die nach Kierling kommen wollten, – ein Dokument der Selbstbeherrschung und Kindesliebe, vergleichbar nur etwa den Briefen, die Heine von seinem Krankenlager an die Mutter sandte, um keine Spur von Beunruhigung aufkommen zu lassen. Der Brief lautet:

»Liebste Eltern, also die Besuche, von denen Ihr manchmal schreibt. Ich überlege es jeden Tag, denn es ist für mich eine sehr wichtige Sache. So schön wäre es, so lange waren wir schon nicht beisammen, das Prager Beisammensein rechne ich nicht, das war eine Wohnungsstörung, aber friedlich ein paar Tage beisammen zu sein in einer schönen Gegend, allein, ich erinnere mich gar nicht, wann das eigentlich war, einmal ein paar Stunden in Franzensbad. Und dann ›ein gutes Glas Bier‹ zusammen trinken, wie Ihr schreibt, woraus ich sehe, daß der Vater vom Heurigen nicht viel hält, worin ich ihm hinsichtlich des Bieres auch zustimme. Übrigens sind wir, wie ich mich jetzt, während der Hitzen öfters erinnere, schon einmal regelmäßig gemeinsame Biertrinker gewesen, vor vielen Jahren, wenn der Vater auf die Zivilschwimmschule mich mitnahm.

Das und vieles andere spricht für den Besuch, aber zu viel spricht dagegen. Nun, erstens wird ja wahrscheinlich der Vater wegen der Paßschwierigkeiten nicht kommen können. Das nimmt natürlich dem Besuch einen großen Teil seines Sinnes, vor allem aber wird dadurch die Mutter, von wem immer sie auch sonst begleitet sei, allzusehr auf mich hingeleitet sein, auf mich verwiesen sein und ich bin noch immer

* Die Angabe eines neueren Literaturlexikons, Franz sei in geistiger Umnachtung gestorben, ist völlig aus der Luft gegriffen. Mein Freund blieb bis zum letzten Moment im Vollbesitz seiner geistig-seelischen Kräfte.

nicht sehr schön, gar nicht sehenswert. Die Schwierigkeiten der ersten Zeit hier und in Wien kennt Ihr, sie haben mich etwas heruntergebracht; sie verhinderten ein schnelles Hinuntergehen des Fiebers, das an meiner weiteren Schwächung arbeitete; die Überraschung der Kehlkopfsache schwächte in der ersten Zeit mehr, als sachlich ihr zukam. –
Erst jetzt arbeite ich mich mit der in der Ferne völlig unvorstellbaren Hilfe von Dora und Robert (was wäre ich ohne sie!) aus allen diesen Schwächungen hinaus. Störungen gibt es auch jetzt, so zum Beispiel ein noch nicht ganz überwundener Darmkatarrh aus den letzten Tagen. Das alles wirkt zusammen, daß ich trotz meiner wunderbaren Helfer, trotz guter Luft und Kost, fast täglichen Luftbadens noch immer nicht recht erholt bin, ja im Ganzen nicht einmal so im Stande, wie etwa letzthin in Prag. Rechnet Ihr noch hinzu, daß ich nur flüsternd sprechen darf und auch dies nicht zu oft, Ihr werdet gern auch den Besuch verschieben. Alles ist in den besten Anfängen – letzthin konstatierte ein Professor eine wesentliche Besserung des Kehlkopfes und wenn ich auch gerade diesem sehr liebenswürdigen und uneigennützigen Mann – er kommt wöchentlich einmal mit eigenem Automobil heraus und verlangt dafür fast nichts…, so waren mir seine Worte doch ein großer Trost – alles ist wie gesagt in den besten Anfängen, aber noch die besten Anfänge sind nichts; wenn man dem Besuch – und gar einem Besuch wie Ihr es wäret – nicht große, unleugbare, mit Laienaugen meßbare Fortschritte zeigen kann, soll man es lieber lassen. Sollen wir es nicht also vorläufig bleiben lassen, meine lieben Eltern?
Daß Ihr etwa meine Behandlung hier verbessern oder bereichern könntet, müßt Ihr nicht glauben. Zwar ist der Besitzer des Sanatoriums ein alter, kranker Herr, der sich mit der Sache nicht viel abgeben kann, und der Verkehr mit dem sehr unangenehmen Assistenzarzt ist mehr freundschaftlich als medizinisch, aber außer gelegentlichen Spezialistenbesuchen ist vor allem Robert da, der sich von mir nicht rührt und, statt an seine Prüfungen zu denken, mit allen seinen Kräften an mich denkt, dann ein junger Arzt, zu dem ich großes Vertrauen habe (ich verdanke ihn wie auch den erwähnten Professor dem Arch. Ehrmann) und der allerdings noch nicht im Auto, sondern bescheiden mit Bahn und Autobus dreimal wöchentlich herauskommt.« –
Am Montag (und angeblich auch noch am Dienstag morgen, was ich aber kaum glauben kann) arbeitete Franz an der kurz zuvor eingelangten ersten Korrektur seines letzten Buches ›Der Hungerkünstler‹. Gab Anordnungen wegen Umstellung der Novellen, zeigte sich über den Verlag gekränkt, der diese und jene Weisung nicht

genügend sorgsam beachtet hatte. Sehr richtig bemerkte Dora einmal: »Er hat eigentlich sehr viel Respekt für sich verlangt. Wenn man ihm achtungsvoll entgegenkam, so war alles gut und legte er wenig Wert auf Formen. Tat man es aber nicht, war er sehr gekränkt.« Um zwölf Uhr nachts schlief er. Um vier Uhr morgens wurde Klopstock von Dora ins Zimmer gerufen, weil Franz »schlecht atme«. Klopstock erkannte die Gefahr, weckte den Arzt, der eine Kampferinjektion gab. Es begann der Kampf um das Morphium. Franz sagte zu Klopstock: »Sie haben es mir immer versprochen, seit vier Jahren. Sie quälen mich, haben mich immer gequält. Ich rede nichts mehr mit Ihnen. So werde ich eben so sterben.« – Er bekam zwei Spritzen. Nach der zweiten sagte er: »Schwindeln Sie nicht, Sie geben mir ein Gegenmittel.« – Dann der schon erwähnte Ausspruch: »Töten Sie mich, sonst sind Sie ein Mörder.« – Man gab ihm Pantopon, er war glücklich darüber: »So ist gut, aber mehr, mehr, es hilft ja nicht.« Dann schlief er langsam ein. – Seine letzten Worte galten seiner Schwester Elly. Klopstock hielt seinen Kopf. Kafka, der immer die größte Angst hatte, er könnte jemanden anstecken, sagte (wobei er statt des ärztlichen Freundes die Schwester sah): »Geh, Elly, nicht so nahe, nicht so nahe –« und als Klopstock sich ein wenig erhob, war er zufrieden: »Ja so – so ist es gut.«

Noch vor diesen letzten Szenen winkte er brüsk, daß die Wärterin weggehen solle. »So brüsk, wie er sonst nie war«, sagte mir Klopstock. Dann riß er mit aller Gewalt den Herzschlauch weg, warf ihn ins Zimmer: »Jetzt nicht mehr quälen, wozu verlängern.« – Als Klopstock sich vom Bett entfernte, um etwas an der Spritze zu reinigen, sagte Franz: »Gehen Sie nicht fort.« Der Freund erwiderte: »Ich gehe ja nicht fort.« Franz erwiderte mit tiefer Stimme: »Aber ich gehe fort.«

Aus einem Brief, den Klopstock am 4. Juni aus Kierling schrieb, sei angeführt, ohne das charakteristische Ungarisch-Deutsch zu ändern. »Die arme Dora, ach wir alle sind arm, wer noch so verarmt auf der Welt wie wir – schläft ein wenig, aber selbst im Schlaf flüstert sie ununterbrochen, man versteht nur: Mein Lieber, mein Lieber, mein Guter du! . . . Ich versprach ihr, daß wir heute nachmittag wieder zu Franz gehen werden, wenn sie sich hinlegt. So hat sie sich gelegt. Zu ihm, ›der ja so allein, so ganz allein ist, wir haben ja gar nichts zu tun und sitzen hier, und ihn lassen wir dort*, allein im Finstern, unbedeckt – o mein Guter, mein Lieber du‹ – und so geht es immer. Was hier bei uns zugeht, ist nicht zu beschreiben und soll auch nicht beschrieben werden.

* In der Leichenhalle.

Der Dora kennt, nur der kann wissen, was Liebe heißt. So wenige verstehen es, und das vergrößert Qual und Schmerz. Ihr aber ja, nicht wahr, ihr aber ja, ihr werdet es verstehen! ... Wir wissen ja noch gar nicht, was mit uns geschehen ist, langsam, wird es immer klärer, und schmerzhaft dunkler damit. Besonders wir wissen es nicht, die ihn noch immer bei uns haben. Jetzt gehen wir wieder hin, zum Franz. – So starr, streng, unnahbar ist sein Gesicht, wie rein und streng sein Geist war. Streng – ein Königsgesicht von edelstem, ältestem Geschlechte. Die Milde seines menschlichen Daseins ist dahin, nur sein unvergleichlicher Geist formt noch sein starres teueres Gesicht. So schön ist es wie eine alte Marmorbüste.«

ACHTES KAPITEL

Ergänzungen

Neue Züge zu Kafkas Bild

Es ist wenigen Schriftstellern das Schicksal widerfahren, das jetzt Kafkas Schicksal geworden ist: im Leben fast völlig unbekannt zu bleiben und nach dem Tode rasch zur Weltberühmtheit zu gelangen.

Bei Franz Kafka ist das Schicksal dadurch gemildert, daß ihm der Ruhm vollständig gleichgültig war. Für ihn war Schreiben (wie es in einem seiner Tagebücher heißt) »eine Form des Gebetes«. Auf innere Vervollkommnung, auf ein fleckenreines Leben waren seine Bemühungen gerichtet. Man kann nicht sagen, daß ihm nichts daran lag, was die Welt von ihm dachte. Er hatte nur einfach keine Zeit dazu, sich darum zu kümmern. Denn völlig ausgefüllt war er vom Streben nach dem ethisch Höchsten, das ein Mensch erreichen und eigentlich kaum mehr erreichen kann, von einem bis zum Schmerz und halbem Wahnsinn gesteigerten Drang, kein Laster, keine Lüge, keinen Selbstbetrug wie auch keine Benachteiligung des Nebenmenschen in sich zu dulden, einem Drang, der oft die Form der Selbsterniedrigung annahm, da Kafka seine eigenen Schwächen gleichsam unter dem Mikroskop sah und die innigste Vereinigung mit dem Reinen, Göttlichen ersehnte, das er in seinen Aphorismen als das ›Unzerstörbare‹ beschrieb; – diese Hingabe nahm sein ganzes Leben in Anspruch. In diesem Sinn ist Kafka von allen modernen Autoren derjenige, der Tolstoi am nächsten verwandt ist. »Der Mensch kann nicht leben, ohne ein dauern-

des Vertrauen zu etwas Unzerstörbarem in sich«, mit diesem Satz hat Kafka selbst seine religiöse Position klar angegeben.
Nur wenige nahmen Notiz von ihm.
So lagen die Verhältnisse zu Kafkas Lebzeiten.
Nach seinem Tode war für die Nachlaßbände zunächst nicht leicht ein großer Verlag zu finden. Fast jeden Band mußte ich zunächst in einem andern Verlag herausbringen. Ich versuchte, für diese Ausgaben einige Prominente zu interessieren. Gerhart Hauptmann schrieb mir, er habe leider den Namen Kafka noch nie gehört ... Heute kann man kaum eine Nummer einer deutschen, französischen, englischen, amerikanischen oder italienischen Revue aufschlagen, ohne diesem Namen zu begegnen.
Die grelle Beleuchtung, in der heute die Persönlichkeit Kafkas erscheint, hat selbstverständlich auch zu manchen Verzerrungen seines Bildes geführt, über die man getrost hinweggehen kann, in dem vollen Vertrauen auf eben jenes ›Unzerstörbare‹, das Kafka selbst gelehrt hat. Mit andern Worten: der Ablauf der Zeit wird allmählich die richtigen Konturen dieses Bildes einer diffizilen Persönlichkeit ganz von selbst hervortreten lassen, die heute noch so umstritten sind.
Dennoch ist es erfreulich, wenn schon heute gelegentlich das Wesentliche und Richtige dargestellt wird, – und namentlich wenn sich Zeugen zum Wort melden, die noch mit Kafka persönlich in Verbindung gestanden sind. So wurden mir neulich ›Erinnerungen an Kafka‹ zur Verfügung gestellt, die ein Freund Kafkas (Friedrich Thieberger, jetzt in Jerusalem) verfaßt hat; so hat Frau Dora Dymant, die in Kafkas letztem Lebensjahre bis zu seinem Tode seine Lebensgefährtin war (sie ist kürzlich, im August 1952, in London gestorben), bei ihrem leider allzu kurzen Aufenthalt hier in Israel in öffentlicher Rede und privat viel über ihr Zusammensein mit Kafka berichtet, was zum großen Teil von Felix Weltsch aufgezeichnet worden ist. An diese Zeugnisse, zu denen die Nachrichten von Marthe Robert über Dora kommen, reiht sich die bemerkenswerte Schrift von Gustav Janouch, deren besonderer Wert darin besteht, daß Janouch noch zu Lebzeiten Kafkas dessen Aussprüche für sich niedergeschrieben hat, ähnlich wie Eckermann die Äußerungen Goethes unmittelbar nach jedem der stattgehabten Gespräche fixiert und uns damit eine unschätzbare Quelle zur Erschließung des wahren Phänomens Goethe hinterlassen hat.
Über seinen eigenen Lebenslauf und die Entstehung der ›Gespräche mit Kafka‹ sowie die Geschichte des Manuskripts berichtet Janouch selbst in der ›Vorbemerkung‹ seines Buches und in den ›Anmerkungen und Erläuterungen‹ des Anhangs. Hier möge ergänzend dargelegt sein, wie das Manuskript

zu mir kam und wie es sich in unsere Kenntnis von Kafkas Leben gerade in der Zeitspanne von Ende März 1920 an einfügt, also seit dem Tag, an dem Janouch Kafka kennengelernt hat. Es ist dies eine Zeitepoche, über die bis vor kurzem nicht viel Veröffentlichtes vorlag. Janouchs Schrift füllt eine Lücke aus.

Im Mai 1947, also acht Jahre nachdem ich meine Geburtsstadt Prag endgültig verlassen hatte, erhielt ich einen Brief aus Prag, der mit den Worten begann: »Ich weiß nicht, ob Sie sich meiner noch erinnern. Ich bin jener Musiker, über den Sie kurz vor Ihrer Abfahrt von hier im ›Prager Tagblatt‹ berichtet haben; derselbe, der die tschechische Ausgabe der ›Verwandlung‹ von Franz Kafka bei Florian bewerkstelligte.« Der Briefschreiber fragt, ob er mir seine ›Tagebucheintragungen über Franz Kafka‹ zusenden dürfe, für die er einen Verlag suche. »Franz Kafka ist meine Jugend – und mehr. Sie können sich also meine Spannung vorstellen«, heißt es in einem zweiten Brief Janouchs an mich.

Das Manuskript kam mit großer Verspätung an und blieb infolge Überfülle von Arbeit, unter der ich damals litt, ziemlich lange ungelesen liegen, bis meine Sekretärin, Frau Ester Hoffe, der ich auch für ihre Mithilfe bei Sichtung und Herausgabe des Nachlasses von Franz Kafka unendlich vielen Dank schulde, das Werk an sich nahm und mir nach Lektüre mitteilte, daß es sich um eine sehr wertvolle wichtige Arbeit handle. Nun las ich die Aufzeichnungen und war frappiert von der Fülle des Neuen, das auf mich eindrang und das ganz deutlich und unverwechselbar den Stempel des Genies trug, wie es sich in Kafka manifestiert hatte. Auch das Äußere Kafkas, seine Sprechweise, seine besonders ausdrucksvolle und dabei zarte Weise, mit den Händen zu gestikulieren, und ähnlich Physiognomisches war auf das anschaulichste wiedergegeben. Mir war zumute, als sei mein Freund plötzlich wieder zum Leben erwacht und soeben ins Zimmer getreten. Aufs neue hörte ich ihn reden, sah seinen glänzenden lebhaften Blick auf mir ruhen, empfand sein stilles schmerzliches Lächeln, fühlte mich von seiner Weisheit ergriffen und gerührt.

Nicht lange darauf fand Dora Dymants Reise hierher statt, sie besuchte mich wiederholt, und ich las ihr dann einmal aus dem noch ungedruckten Buch Janouchs vor. Sie war sofort sehr eingenommen davon und erkannte den unverwechselbaren Stil Kafkas und seine Denkweise in allem, was durch Janouch aufbewahrt worden ist. Sie empfand das Buch als wahre Wiederbegegnung mit Kafka und war erschüttert. So ist die Echtheit dieser Gespräche durch zwei Zeugen erhärtet; und bald trat unerwarteterweise ein dritter hinzu. Es kamen Kafkas ›Briefe an Milena‹ ans Licht, die von meinem Freunde Willy Haas herausgegeben wurden. Sie waren mehr als zwei Jahrzehnte lang im Panzerfach einer Prager Bank aufbewahrt gewesen, ich kannte sie nicht. Jetzt las ich diese Briefe, die meiner Ansicht nach zu den großartigsten Liebesbriefen aller Zeiten gehören und neben den glühend-demutsvollen Briefen der Julie de l'Espinasse ihren Platz einnehmen werden. Hier nun stieß ich in einigen Episoden wieder auf jenen schüchternen jungen Dichter Gustav Janouch, der dem von ihm hochverehrten Kafka seine ersten Gedichte zur Prüfung bringt, mit ihm diskutiert und ihn, der mit ganz anderen Gedanken und Leidenschaften beschäftigt ist, recht deutlich stört. Die ganze Situation der Gespräche, von denen Janouch Rechenschaft gibt und natürlich nur die eine Seite sieht, erscheint nun nicht ohne einige Teufelströpfchen von Ironie in anderer Perspektive, von der Gegenseite aus betrachtet, wird aber gerade dadurch in ihrer Authentizität bestätigt.

Übrigens kommt Janouch bereits in meiner zum erstenmal 1937 erschienenen Kafka-Biographie vor, allerdings nur gleichnisweise, besser gesagt: in Gestalt seines Vaters und ohne Namensnennung. Im dritten Kapitel erzähle ich davon, wie es Kafka verstand, sich mit seinen Kollegen in dem Büro, in dem er tätig war, in der Arbeiter-Unfall-Versicherungsanstalt anzufreunden, auch »mit sehr einfachen oder sehr verworrenen Seelen«. Ich erwähne dort als Beispiel einen Kontrollor, dessen Memorandum Franz mir übergab. Ich habe es nun wieder aufgefunden, so daß es in diesem Augenblick auf dem Schreibtisch vor mir liegt. Das Memorandum beginnt mit den Worten NOS EXULES FILII EVAE IN HAC LACRIMARUM VALLE (siehe oben, drittes Kapitel). Der phantasievoll und eigenartig denkende Verfasser dieses Memorandums ist niemand anderer als Janouchs Vater. Sowohl den Vater wie etwas später auch den Sohn habe ich damals persönlich kennengelernt. Man wird vielleicht einen gewissen Zusammenhang mit dem erwähnten Memorandum ahnen, wenn man beachtet, daß die Anmerkungen in Janouchs Buch mit dem Pseudonym ›Alma Urs‹ gezeichnet sind. Die edle Gestalt von Janouchs Vater, die Geschichte seiner unglücklichen Mischehe tritt übrigens aus Gustav Janouchs Schrift neben der dominierenden Figur Kafkas als eine Art von ergreifendem Nebenmotiv deutlich hervor (vgl. hierzu die Notiz Kafkas über Janouchs Vater ›Briefe an Milena‹ Seite 171). Für Kafka selbst stand die ganze Periode, in der er mit Janouch verkehrte, unter dem schicksalentscheidenden Zeichen ›Milena Jesenská-Polak‹. Janouch lernte Kafka Ende März 1920 kennen. In Kafkas Tagebüchern ist über die Zeit von Januar

1920 bis 15. Oktober 1921 nichts gesagt, die betreffenden Hefte oder Seiten fehlen. Am 15. Oktober 1921 zeigt die erste Notiz Kafkas an, daß er alle seine Tagebücher Milena übergeben hat. Es ist möglich, daß er damals die gerade auf diese große Liebesepisode bezüglichen Teile vernichtet hat. Nach seinem Tode hat Milena mir die Tagebücher gebracht, ebenso die Manuskripte der Romane ›Amerika‹ und ›Schloß‹, die bei ihr verwahrt und für mich bestimmt waren. Der betreffende Brief Milenas an mich, der nach Kafkas Tod geschrieben ist, ist im Folgenden als vorletzter in der Reihe zitiert. Die Notizen Kafkas über Milena, die er in den Tagebüchern als M. bezeichnet, lassen sich in jenem Teil des Tagebuchs, den ich anderweitig (in der Wohnung von Kafkas Eltern, in dem zeitweilig von Franz benutzten Zimmerchen) aufgefunden habe, bis in den Mai 1922 verfolgen. Die leidenschaftserfüllte Beziehung, die anfangs für Kafka höchstes Glück bedeutete, nahm bald eine tragische Wendung, und ich besitze einen Brief Kafkas, in dem er mich flehentlich bittet, einen weiteren Besuch Milenas bei ihm zu verhindern. Man wird in dem Band, der alle Briefe Kafkas bringt, auch dieses Schreiben finden.

Dies also ist der düstere Hintergrund, vor dem die Gespräche stattfinden, die Janouch uns überliefert hat. Daß Kafka von seinem großen Leid, das ihn damals erfüllte, nur andeutungsweise spricht und im übrigen als objektiv philosophierender, die Weltereignisse, den Kampf der Völker und der Klassen, sowie der Religionen überblickender Weiser erscheint, mag einen Begriff von der ungeheuren Selbstbeherrschung geben, die Kafka in fast allen Situationen seines Lebens übte – außer wenn er sich an sein Tagebuch setzte oder im allervertrautesten Gespräch.

Die Worte Kafkas, die Janouch übermittelt, machen den Eindruck der Echtheit und Zuverlässigkeit, sie tragen die unverkennbaren Zeichen des Stils, in dem Kafka zu sprechen pflegte und der womöglich noch konziser, noch prägnanter war als der Stil, in dem er schrieb. Es war Kafka absolut unmöglich, etwas Unbedeutendes zu sagen. Ich habe nie ein untiefes Wort aus seinem Munde gehört. Auch dann nicht, wenn er von den alltäglichsten Dingen sprach. Es gab eben für ihn (und für den, mit dem er gerade sprach) keinen Alltag. Und dabei zwang er sich nie zu geistreich zugespitzten Sentenzen, es kam vielmehr alles ganz zwanglos und leicht hervor, sein Wort war vom Ursprung her originell geboren und brauchte nicht etwa nach Originalität zu suchen. Hatte er nichts Wesentliches zu sagen, so schwieg er lieber. Auch die Stoffkreise, die in den Gesprächen mit Janouch behandelt werden, sind mir selbst aus unzähligen Gesprächen mit Kafka

vertraut, und ich erkenne sie unschwer als die zentrale Interessensphäre, in der Kafka sich bewegte.
In meiner Kafkabiographie bin ich mit einer knappen Anmerkung über diese ganze Periode hinweggegangen, von der Janouch Zeugnis gibt. Da damals Milena noch lebte, übte ich Zurückhaltung. Inzwischen haben wir über diese grandiose Frau aus dem Buch von Margarethe Buber-Neumann (›Als Gefangene bei Stalin und Hitler‹) mehr erfahren, auch über ihren schrecklichen Tod im Konzentrationslager, desgleichen über die magische und ermutigende Kraft, die von ihr auf alle ausging, mit denen sie zusammentraf. Als ›Furchtlosigkeit‹ hat Kafka (Tagebuch 18. 1. 1922) ihre Wesensart charakterisiert. Als weitere Erkenntnismittel kommen jetzt die Briefe Kafkas an sie hinzu, ferner das von Willy Haas verfaßte Nachwort mit dem bedeutsamen Porträt Milenas, dieser wahrhaft großen Frau. Und in gewissem Sinne reflektieren sich Strahlen ihrer Seinsweise auch in den Aufzeichnungen von Janouch, obwohl ihr Name nie genannt wird. Aber vieles, was Kafka zu Janouch sagt, kann nur verstanden werden und findet seine rechte Resonanz erst, wenn man bedenkt, daß Kafka, der das jüdische Problem damals (wie die Gespräche zeigen) besonders intensiv durchzudenken begann, in Milena eine christliche Tschechin liebte, deren beide Freundinnen übrigens auch mit Juden verheiratet waren. Auch Milenas Mann war Jude, was die heftigsten Konflikte mit ihrem Vater ausgelöst hatte, der als besonders nationalistisch eingestellter Tscheche auf der politischen Bühne stand. In diesem für Kafka neuen und aufregenden Milieu, vor solche Entscheidungen gestellt, vertieften sich seine Einblicke in das jüdische Problem.
Den wesentlichen Kommentar dazu liefert, wie mir erst nach der Lektüre dieser ›Gespräche‹ mit Janouch sowie der ›Briefe an Milena‹ klar wird, Kafkas großer Roman ›Das Schloß‹, die ungeheure Ballade von dem Fremden, Heimatlosen, der sich in seiner Wahlheimat verwurzeln will, dies aber nicht zustande bringt.
Von allen umfassenderen, ja universal-religiösen Horizonten abgesehen, die ›Das Schloß‹ *außerdem* bietet, darf dieser biographische Vordergrund nicht vernachlässigt werden. Janouch liefert unbewußt wichtige Beiträge für die Erfassung der Zusammenhänge, zu denen auch die Briefe Milenas an mich (acht Briefe, teilweise mit umfangreichen Analysen Kafkas und seiner Beziehung zu ihr) und meine eigenen Notizen über jene Epoche im Leben Kafkas sowie Milenas mündliche Mitteilungen an mich noch einiges zu sagen haben. Im Roman vom ›Schloß‹ kann man die Liebesbeziehung Kafkas zu Milena mit seltsamer Skepsis und in pejorativer Weise

widergespiegelt finden, eine eigenartige heftige Deformation der Geschehnisse, die vielleicht allein ihn aus der Krise retten konnte. Milena, im Roman in höchst karikierter Gestalt als ›Frieda‹ auftretend, tut entscheidende Schritte, um Kafka (K.) zu retten; sie verbündet sich mit ihm, begründet mit ihm einen Hausstand in Armut und Entsagung, aber fröhlich und entschlossen, sie will für immer die Seine sein und ihn gerade dadurch in die Naivität und Unmittelbarkeit des wahren Lebens zurückführen, – aber sowie K. einschlägt, die dargebotene Hand ergreift, melden sich die früheren Bindungen, die die Frau beeinflussen (das ›Schloß‹, das Volkstum, die Gesellschaft, vor allem aber der geheimnisvolle Herr Klamm, in dem man ein übersteigertes und dämonisiertes Schreckbild des legalen Gatten zu sehen hat, von dem Milena innerlich nicht loskam), das erträumte Glück findet ein rasches Ende, da K. für Halbheiten nicht zu haben ist und seine Frieda als Ehefrau für sich allein haben will, ohne daß sie ständig von den Sendboten des ›Schlosses‹, den rätselhaften Gehilfen, und von Klamm beherrscht wird. Sie aber verrät ihn, wendet sich zur Sphäre des ›Schlosses‹ zurück, aus der sie kam. Es wird klar, daß in K. der Wille zur integralen Rettung weit kompromißloser aufgeflammt ist als in Frieda, die sich mit einer Art Strohfeuer begnügt oder doch zu rasch der Enttäuschung Raum gibt. Mündlich hat Milena mir mitgeteilt, daß ihr Mann, als er erfuhr, daß Kafka sein Rivale sei und sie heiraten wolle, sich aufs neue für sie zu interessieren begann.

Die Parallele zwischen Roman und Erlebnis ließe sich noch viel weiterführen, wobei der selbstquälerische Zug in K. stark hervortritt. Im Roman sieht er sich selbst als einen Schwindler, der eine Einladung, eine Berufung auf einen Posten fingiert. Die Freundinnen Milenas, die abraten, haben im Roman eine gewaltige Steigerung zur mythischen, ja parzenhaften Figur der ›Wirtin‹ erfahren. Sie vertritt gewissermaßen den Chor der antiken Tragödie. Die seltsame Eifersucht und Verachtung Friedas gegenüber Olga (im Roman) erweist sich als Gegenstück zu der Haltung, die laut den Briefen Milena gegenüber J. W. einnahm, mit der Kafka damals verlobt war. Sie verlangte kategorisch, daß Kafka sich von W. und ihrer Familie völlig löse. Sie war in dieser Forderung scharf und sogar ungerecht, wie Kafka selbst einwendet, der ihr dabei gehorcht. Auch das Pariahafte der Olga-Familie läßt sich durch Entsprechungen in der Wirklichkeit belegen. Und von derartigen realistischen Bausteinen ist im ›Schloß‹ noch allerlei aufzufinden, wobei man natürlich zu noch größerer Bewunderung des Romans hingerissen wird, wenn man den all diese Bausteine hoch überragenden Bau, die ahnungsvolle, stets im Zwielicht schwebende und dabei prophetisch gültige Einheit gewahr wird, in die der Dichter alle die irdischen Bestandstücke phantasievoll umgeformt und emporgebildet hat. Die Wichtigkeit des biographisch erlebten Details für die Genese eines Kunstwerkes soll gewiß nicht überschätzt werden; aber wenn man sie völlig minimalisiert, gelangt man allzu leicht zu falschen Aspekten.

Der Roman vom ›Schloß‹ bildet also die Kulisse und Bühne der ›Gespräche‹ sowie der ›Briefe an Milena‹. Kafka schrieb diesen Roman in den Jahren 1921 und 1922. Das erste Datum, das ich für seine Beschäftigung mit dem Roman nachweisen kann, ist der 15. März 1922, an dem Kafka mir große Teile des Anfangs des werdenden Buches vorlas. Ähnliche Motive tauchen freilich schon lange vorher in seinen Tagebüchern auf (zum Beispiel am 11. Juni 1914: ›Verlockung im Dorf‹), Kafkas Erlebnisse in Zürau 1917 formen das Milieu, ja ich habe sogar die Verknüpfung des Stoffs mit der Lektüre seiner Gymnasialzeit (mit dem schönen tschechischen Roman ›Die Großmutter‹ von Božena Němcová, in dem gleichfalls ein fremdartiges Schloß über ein Dorf regiert) nachzuweisen vermocht. Auch die Milenabriefe bringen eine Anspielung auf diese klassische Autorin. Das alles aber verhindert uns nicht anzuerkennen, daß erst durch die Bekanntschaft mit Milena all die in der Seele des Dichters präformierten Gefäße mit dem brausenden Inhalt erfüllt wurden, der ihn trunken machte und zur Inspiration des ›Schloß‹-Romans hinriß. Für diese Zeit nun, in der das ›Schloß‹ entstand, bilden neben den Briefen Kafkas an Milena und den Briefen Milenas an mich die Erinnerungen Janouchs eine unentbehrliche Dokumentation, die um so wichtiger ist, als gerade in dieser Epoche das Tagebuch Kafkas ganz aussetzt und auch für die wenigen noch nachfolgenden Jahre sehr lückenhaft ist.

Die acht Briefe Milenas an mich, die ich hier zum erstenmal veröffentliche, geben Tiefblicke in die ganze Beziehung zwischen ihr und Kafka, von der Seite des weiblichen Partners aus gesehen. Sie ergänzen damit das durch die ›Briefe an Milena‹ geschaffene Bild dieser Liebe in wesentlichen Zügen.

Der erste Brief ist vom 21. Juli 1920 datiert und (wie auch der zweite) in deutscher Sprache geschrieben, die ich unverändert, unverbessert zitiere. Die Briefe 3 bis inklusive 6, die das Wesentliche enthalten und von Milena mit dem ganzen Einsatz ihrer leidenschaftlichen Persönlichkeit hingeworfen sind, weisen auch ihr schönes originales Tschechisch auf, das ich hier in Übersetzung wiederzugeben versuche. Mit dem Abklingen der Beziehung zu Franz wird Milena sichtlich auch mir gegenüber zurückhaltender; so finden denn auch ihre beiden letzten Briefe wieder zum Deutschen zurück, das konventioneller wirkt als ihre tschechische Ausdrucksweise.

Zur tschechischen Sprache Milenas hier noch eine Bemerkung. Frau Milena Jesenská war eine hervorragende Schriftstellerin, übrigens nicht die einzige in ihrer Familie; von der zweiten Autorin gleichen Familiennamens, die, wenn ich nicht irre, ihre Tante war, wurde ihrer tschechisch-chauvinistischen, spießbürgerlichen Gesinnung wegen in unserem Kreise mit Ablehnung gesprochen. Milena dagegen war regelmäßige Mitarbeiterin der liberalen Tageszeitung ›Tribuna‹ in Prag, eines Blattes, das von Juden, die sich als Tschechen fühlten, radikalen Assimilanten also und Gegnern des Zionismus, gegründet und zu einem literarisch vielbeachteten Organ ausgebaut worden war, an dem viele der besten tschechischen Autoren mitarbeiteten. Milena veröffentlichte eine lange Zeit hindurch zumindest jeden Sonntag einen aus Wien gesandten Artikel in diesem Blatt. Ich sehe noch, mit welchem Eifer Kafka zu einem Zeitungsstand läuft, um nachzuschaun, ob die neue Nummer etwas von Milena enthält. Milena schrieb Berichte über das Leben in Wien, gesellschaftliche Plaudereien, auch über Bücher, über Damenmode, über Tagesereignisse, ferner allgemeine psychologische Betrachtungen, — Kafka konnte gar nicht genug Lobesworte finden, um die Feinheit, die Lebendigkeit, die stilistische Gelöstheit dieser Artikel zu erheben, die er gerne mit den Briefen und Reiseberichten Fontanes verglich, eines seiner Lieblingsautoren. Er las mir auch immer wieder lange Partien aus der Zeitung vor, die er regelmäßig kaufte; ich gestehe, daß mir nichts von diesen gepriesenen Schilderungen besonderen Eindruck gemacht hat, nichts in Erinnerung geblieben ist. Doch mag die Schuld an mir liegen. Und man sollte sich bemühen, diese journalistischen Arbeiten Milenas aufzufinden, zu sammeln; denn Kafkas literarische Hochschätzung war gewiß nicht bloß in seiner Liebe, sondern auch in einer objektiven Wertung der schriftstellerischen Qualitäten Milenas gegründet. Sein Urteil über Dinge der Literatur war immer höchst eigenartig, prägnant, nur selten irrte er. Wo Entgleisungen vorkommen (zum Beispiel das auffallende Fehlurteil über Grillparzers ›Spielmann‹ in den ›Briefen an Milena‹ Seite 101, wo sogar von ›Dilettantischem, Geziertem‹ die Rede ist — meiner Ansicht nach völlig unberechtigt und überdies im Widerspruch mit Kafkas eigenem begeistertem Urteil über den ›Spielmann‹ in seinem Tagebuch, auch mündlich), muß man immer in Rechnnung ziehen, daß Kafka selbsthasserisch Aspekte des Autors angreift, die er sich selbst vorwerfen zu müssen glaubt. Eine zu weit getriebene Selbstidentifikation mit dem Autor.

In Buchform ist meines Wissens nichts von Milena erschienen, abgesehen von Übersetzungen.
Der erste Brief beginnt mit einer Angelegenheit, die auf den ersten Blick etwas entlegen scheint. Man hatte mir mitgeteilt, daß in der Nervenheilanstalt Weleslawin bei Prag seit vielen Jahren ein Unglücklicher festgehalten wird, an dessen Detention seine Familie interessiert ist. Man hatte mich aufgefordert, den Kampf für die verfolgte Unschuld zu beginnen. Nun hatte mir Kafka erzählt, daß früher einmal auch Milena in dieser Anstalt gewesen war und diesen Herrn N. N. kennengelernt hatte. Daher schrieb ich an Milena, bat sie um Auskunft über N. N. Ich kannte ja Milena von früher her, war ihr, allerdings nur flüchtig, öfters begegnet, in der Gesellschaft Werfels, auch des Dichters Paul Kornfeld. Ich wußte, daß sie in Wien in sehr unglücklicher Ehe mit Ernst Polak, einem Freund Werfels, lebte, daß dieser hochbegabte und vielseitig gebildete, auch als Philosoph (Logistiker) forschend bemühte Mann, allgemein als »Kenner Polak« bekannt, eine unheimlich starke Macht über sie (wie auch über andere Frauen) ausübte. Wozu man das vergleichen mag, was an mehreren Stellen des ›Schloß‹ über Klamm gesagt wird. – Ich wußte, daß Milena dem Widerstand ihrer ganzen Familie entgegen zu Polak gegangen war; vielleicht hatte auch ihr erzwungener Aufenthalt in Weleslawin etwas mit dem Bestreben der Familie zu tun, sie von Polak abzubringen. Polak hatte gleichzeitig eine Liebesbeziehung zu einer sehr schönen, intellektuell unbedeutenden Frau in Wien, die übrigens mit einem andern liiert oder verheiratet war. Polak tat ostentativ, was ihm beliebte, nahm keine Rücksicht auf Milenas Gefühle – und sie scheint unter seiner Unbedenklichkeit wohl viel gelitten, doch gleichzeitig diese Qual geliebt zu haben. Sie mußte sich ihr Brot selbst verdienen, sprach davon, daß sie manchmal auch auf einem Wiener Bahnhof den Reisenden die Koffer trüge, um nicht hungern zu müssen. Die millionenreiche Familie in Prag ließ der ›verlorenen Tochter‹ jahrelang keine Unterstützung zukommen. In dieser Misère hatte Franz sie kennengelernt. Als er in der ersten Hälfte 1920 von seinem Kuraufenthalt aus Meran nach Prag zurückkam, erkannte ich ihn kaum wieder; so beglückt und stürmisch erzählte er, der sonst so Stille, von den Wiener Tagen mit Milena. Dann schrieb er täglich mehrere Briefe an sie, bekam auch viel Post, doch für seinen Geschmack lange nicht genug. Es wurden Telegramme gewechselt. Wie oft mußte ich Franz in seinem Büro (Unfallversicherungsanstalt) besuchen und ihm helfen, die langen Stunden zu verbringen, in denen er auf ein Telegramm Milenas wartete. Ich sah, daß diese fürchterlichen Aufregungen seinen

ohnehin von der schweren Krankheit schon erschütterten Zustand erschreckend verschlechterten. Als treuer Sekundant meines Freundes, der mir seinerseits in meiner großen Liebe später den gleichen Dienst erwies, plädierte ich bei Milena um schonungsvollere Behandlung des Kranken. Darauf bezieht sich Milenas zweiter Brief. Im ersten Brief ist die Atmosphäre noch verhältnismäßig ruhig; und das drückt sich gerade darin aus, daß der erste Brief in seinem Anfang und Hauptteil von einer fernliegenderen Angelegenheit handelt, – die aber auch wieder auf Kafkas Humanität ein helles Licht wirft, denn gerade er drängte mich immer wieder zur Intervention für den von den Ärzten eingesperrten Herrn N. N. Immerhin hatten wir beide damals noch Kraft genug, nicht bloß die eigenen Schicksalsprüfungen, sondern auch das Leiden eines dritten auf uns zu nehmen. Dennoch klingen mir noch heute unsere Schritte in den hallenden Korridoren der Versicherungsanstalt unheilvoll in den Ohren. Sonst hatte Franz nur am Vormittag seine Amtsstunden in dem alten Gebäude abzusitzen. Doch in jener Zeit verbrachte er auch seine Nachmittage im Amt, es konnte ja jeden Augenblick ein Telegramm oder ein Eilbrief von Milena kommen.

Milenas erster Brief an mich beginnt mit folgenden Worten:
»Sehr geehrter Herr Doktor!

Sie wollten von mir irgendeine Beweisen, daß dem Herrn N. N. in Weleslawin Unrecht geschieht. Ich kann Ihnen leider sehr wenig bestimmtes für Behörden reifes sagen, obgleich ich es ungemein gern täte. Ich war in Weleslawin seit Juni 1917 bis März 1918, ich wohnte in derselben Villa und alles, was ich für ihn tun konnte war, daß ich ihm einigesmal Bücher borgte und mich einigesmal einsperren ließ; er darf nämlich mit keinen Menschen reden, wenn es gesehen ist, daß er, auch ganz belanklos und in Anwesenheit des Pflegers, mit jemanden redet, sind dann alle eingesperrt und Pfleger entlassen.«

Es folgt die Schilderung des verzweifelten Zustands, in dem der Festgehaltene sich befand. Ein charakteristischer Satz, vielleicht auch eigene Erfahrung mitenthaltend, lautet: »Nur ist Psychiatrie eine entsetzliche Sache, wenn sie mißbraucht ist, anormal kann alles sein und jedes Wort ist neue Waffe für den Quäler. Daß es im Grunde so ist, daß Herr N. N. auch anders im Welt existieren kann, das will ich schwören. Beweisen allerdings – kann ich nichts.«

Meine Intervention brachte keinen Erfolg. Doch das gehört einer späteren Zeit an. Der Brief selbst geht im Schlußteil auf Franz über, den Milena immer ›Frank‹ nennt.

»Ich habe noch eine große Bitte an Sie, Herr Doktor. Sie wissen ja, daß ich nie von Frank erfahren kann, wie es ihm

geht, daß er immer eigentlich ›ausgezeichnet‹ daran ist, der liebe Mensch, und daß er sozusagen übergesund und überruhig ist und so weiter. Ich möchte Sie bitten, wirklich bitten, *bitten* – wenn Sie sehen, wenn Sie spüren, daß er leidet, daß er meinetwegen körperlich leidet, bitte, schreiben Sie mir sofort davon, ich sage ihm nicht, daß ich es von Ihnen weiß, und ich werde ein bißchen ruhiger, wenn Sie es mir versprechen. Wie ich ihm dann helfen werde, weiß ich nicht, aber *daß* ich helfen werde, weiß ich ganz genau. Frank sagt, man muß Sie ›lieben, auf Sie stolz sein, Sie bewundern‹, nun tue ich das alles und danke Ihnen vielmals schon voraus – schon dafür, daß ich mich auf Sie verlassen kann.«
In meiner Antwort verhehlte ich nicht, daß Kafkas Befinden sich in letzter Zeit bedenklich verschlechtert habe. Am 29. Juli schreibt Milena an mich:

»Ich war wirklich sehr erschrocken, ich wußte es nicht, daß Franzens Krankheit so ernst ist, hier war er wirklich wie gesund, husten habe ich ihn überhaupt nicht gehört, er war frisch und froh und schlief gut. Sie danken mir, lieber, lieber Max, Sie danken mir, anstatt mir Vorwürfe zu machen, daß ich schon längst nicht bei ihm bin, daß ich hier sitze und *nur* Briefe schreibe. Ich bitte Sie – ich bitte Sie darum: denken Sie nicht von mir, daß ich schlecht bin, daß ich es mir leicht mache. Ich bin ganz zerquält hier, ganz verzweifelt (nicht Frank sagen!) und weiß für mich keinen Rat und keine Hilfe. Daß Sie aber schreiben, daß Frank doch etwas aus mir hat und von mir hat, etwas gutes, das ist, wirklich Max, das ist das größte Glück überhaupt. Frank wird gewiß irgendwohin fahren*, ich werde alles dazu tun, und wenn es nicht anders gehen wird, komme ich selbst nach Prag im Herbst, und wir werden ihn schon wegschicken, nicht wahr, und auch das hoffe ich, daß er dort ruhig und mit guten seelischen Zustand sein wird, ich – muß ich es sagen? – ich werde alles dafür tun.
Die Geschichte meiner Ehe und meiner Liebe zu meinem Mann ist sehr kompliciert, um sie hier erzählen zu können. Nur ist sie so, daß ich jetzt nicht fort kann, ich kann vielleicht überhaupt nicht, ich – nein, Worte sind nur dumm. Aber ich suche immerfort Ausweg für mich selbst, immerfort Lösung, immerfort das Gute und Richtige. Max, bitte, seien Sie überzeugt, daß ich Frank nicht leiden lasse, bitte, glauben Sie es mir, daß es mir wichtiger ist als alles andere auf der Welt.

* Dieser Satz bezieht sich auf mein ständiges Drängen, Kafka möge das Amt aufgeben und ein Sanatorium aufsuchen. Erst Ende 1920 entschloß er sich zu diesem notwendigen Schritt.

Nun jetzt sind Sie dort bei ihm, und sie werden mir sofort sagen, wenn irgend etwas zu sagen wäre, Sie werden streng und wahrhaftig zu mir sein, nicht wahr, es ist mir heute etwas leichter, weil ich Sie habe, weil ich nicht mehr so ganz allein bin.
Bitte, wenn Sie dann zurückkommen, schreiben Sie mir die äußerliche Bedingungen der Reise (Bureau, zum Beispiel) und überhaupt, wie und was dazu nötig ist und vor allem: ob wirklich vom Arzt hin eine Hoffnung dasteht, daß er gesunden kann? Das alles ist unwichtig, was schreibe ich das? Hauptsache, daß er wegfährt, und er wird es tun, gewiß ja.
Ich danke Ihnen vielmals. Ich bin Ihnen wirklich tief dankbar, Ihr Brief war so gut zu mir. Verzeihen Sie, daß ich Sie Max nenne, Franz tut es so und ich bin schon so gewöhnt.

Viele Grüße Milena P.«

Der zweite Brief ist wörtlich und ungekürzt hier angeführt. Nur die vielen Unterstreichungen, mit denen Milena nicht spart, habe ich nicht wiedergegeben. Ihre Schrift hat übrigens, wie mir scheint, eine gewisse Ähnlichkeit mit der Schrift Thomas Manns; was sehr seltsam ist, da die Schrift Thomas Manns, besonders in früheren Jahren, ein Unikum zu sein scheint.
Der Anfang des dritten Briefes bezieht sich auf eines meiner Bücher, das Milena sehr lobt. Dann fährt sie fort (ich übersetze jetzt aus dem Tschechischen):
»Auf Ihren Brief hätte ich tage- und nächtelang zu antworten. Sie sagen, wie es komme, daß sich Frank vor der Liebe fürchtet und vor dem Leben nicht fürchtet? Aber ich denke, daß es anders ist. Für ihn ist das Leben etwas gänzlich anderes als für alle andern Menschen, vor allem sind für ihn das Geld, die Börse, die Devisenzentrale, eine Schreibmaschine völlig mystische Dinge (und sie sind es ja in der Tat, nur für uns andere nicht), sie sind für ihn die seltsamsten Rätsel, zu denen er durchaus nicht so steht wie wir —. Ist denn etwa seine Beamtenarbeit eine gewöhnliche Ausführung eines Dienstes? Für ihn ist das Amt — auch sein eigenes — etwas so Rätselhaftes, so Bewundernswertes wie für ein kleines Kind eine Lokomotive. Die einfachste Sache auf der Welt versteht er nicht. Waren Sie einmal mit ihm in einem Postamt? Wenn er ein Telegramm stilisiert und kopfschüttelnd ein Schalterfensterchen sucht, das ihm am besten gefällt, wenn er dann, ohne im geringsten zu begreifen, warum und weswegen, von einem Schalter zum nächsten wandert, bis er an den richtigen gerät, und wenn er zahlt und Kleingeld zurückbekommt, zählt er nach, was er erhalten hat, findet, daß man ihm eine Krone zu viel herausgegeben hat, und gibt

dem Fräulein hinter dem Fenster die Krone zurück. Dann geht er langsam weg, zählt nochmals nach und auf der letzten Stiege unten sieht er nun, daß die zurückerstattete Krone ihm gehört hat. Nun, jetzt stehen Sie ratlos neben ihm, er tritt von einem Fuß auf den andern und denkt nach, was zu tun wäre. Zurückgehen, das ist schwer, oben drängt sich ein Haufen von Menschen. ›Also laß es doch sein‹, sage ich. Er schaut mich ganz entsetzt an. Wie kann man es lassen? Nicht daß ihm um die Krone leid wäre. Aber gut ist es nicht. Da ist um eine Krone zu wenig. Wie kann man das auf sich beruhen lassen? Er hat lange darüber geredet. War mit mir sehr unzufrieden. Und das wiederholte sich in jedem Geschäft, in jedem Restaurant, bei jeder Bettlerin, in verschiedenen Variationen. Einmal hat er einer Bettlerin zwei Kronen gegeben und wollte eine Krone heraushaben. Sie sagte, daß sie nichts habe. Wir sind gute zwei Minuten dagestanden und haben darüber nachgedacht, wie wir die Sache durchführen sollten. Da fällt ihm ein, er könnte ihr beide Kronen lassen. Aber kaum hat er ein paar Schritte gemacht, wird er sehr verdrießlich*. Und derselbe Mensch würde mir selbstverständlich sofort mit Begeisterung, voll Glück zwanzigtausend Kronen geben. Aber würde ich ihn um zwanzigtausendundeine Kronen bitten und wir müßten irgendwo Geld wechseln und wüßten nicht, wo, so würde er ernstlich überlegen, wie er das mit der einen Krone machen solle, die mir nicht gebührt. Seine Beengtheit dem Geld gegenüber ist fast die gleiche wie der Frau gegenüber. Seine Angst vor dem Amt ebenso. Ich habe ihm einmal telegraphiert, telephoniert, geschrieben, ihn bei Gott angefleht, er möge für einen Tag zu mir kommen. Es war mir damals sehr notwendig. Ich habe ihn auf Tod und Leben verflucht. Er hat nächtelang nicht geschlafen, sich gequält, Briefe voll Selbstvernichtung geschrieben, ist aber nicht gekommen. Warum? Er hat nicht um Urlaub ersuchen können. Er hat doch dem Direktor, demselben Direktor, den er aus tiefster Seele bewundert (ernstlich!), weil er so schnell Maschine schreibt, – er hat ihm doch nicht sagen können, daß er zu mir fährt. Und etwas anderes sagen – wieder ein entsetzter Brief – wie denn? Lügen? Dem Direktor eine Lüge sagen? Unmöglich. Wenn Sie ihn fragen, warum er seine erste Braut geliebt hat, antwortet er: ›Sie war so geschäftstüchtig‹**und sein Gesicht beginnt vor Ehrerbietung zu strahlen.

* Vergl. Kafkas Brief an Milena über diese Episode S. 120 f.

** Diese vier Worte im Originalbrief deutsch. – Es ist überdies klar, daß hier ein gründliches Mißverständnis Milenas vorliegt. Das geht aus einem Brief Kafkas hervor (›Briefe an Milena‹, Seite 80/81), den er ihr gleichzeitig mit Grillparzers ›Armem Spielmann‹ schickt. Er schickt ihr das Buch, weil Grillparzer »im Volksgarten auf uns hinuntergesehen hat . . ., weil er so bureaukratisch ist und weil er

Ach nein, diese ganze Welt ist und bleibt ihm rätselhaft. Ein mystisches Geheimnis. Etwas, was er nicht zu leisten vermag und was er mit rührender reiner Naivität hochschätzt, weil es ›geschäftstüchtig‹ ist. Als ich ihm von meinem Mann erzählte, der mir hundertmal im Jahr untreu ist, der mich und viele andere Frauen in einer Art Bann hält, erhellte sich sein Gesicht in derselben Ehrfurcht wie damals, als er von seinem Direktor sprach, der so schnell Maschine schreibt und daher ein so vorzüglicher Mensch ist, und wie damals, als er von seiner Braut sprach, die so ›geschäftstüchtig‹ war. Das alles ist für ihn etwas Fremdes. Ein Mensch, der an der Schreibmaschine schnell ist, und einer, der vier Liebchen hat, ist ihm genau so unbegreiflich wie die Krone beim Postamt und die Krone bei der Bettlerin, unbegreiflich deshalb, weil es lebendig ist. Aber Frank kann nicht leben. Frank hat nicht die Fähigkeit zu leben. Frank wird nie gesund werden. Frank wird bald sterben.

Gewiß steht die Sache so, daß wir alle dem Augenschein nach fähig sind zu leben, weil wir irgendeinmal zur Lüge geflohen sind, zur Blindheit, zur Begeisterung, zum Optimismus, zu einer Überzeugung, zum Pessimismus oder zu sonst etwas. Aber er ist nie in ein schützendes Asyl geflohen, in keines. Er ist absolut unfähig zu lügen, so wie er unfähig ist, sich zu betrinken. Er ist ohne die geringste Zuflucht, ohne Obdach. Darum ist er allem ausgesetzt, wovor wir geschützt sind. Er ist wie ein Nackter unter Angekleideten. Es ist das alles nicht einmal Wahrheit, was er sagt, was er ist und lebt. Es ist solch ein determiniertes Sein an und für sich, von allen Zutaten entledigt, die ihm helfen könnten, das Leben zu verzeichnen — in Schönheit oder in Elend, einerlei. Und seine Askese ist durchaus unheroisch — hierdurch allerdings um so größer und höher. Jeder ›Heroismus‹ ist Lüge und Feigheit. Das ist kein Mensch, der sich seine Askese als Mittel zu einem Ziel konstruiert, das ist ein Mensch, der durch seine schreckliche Hellsichtigkeit, Reinheit und Unfähigkeit zum Kompromiß zur Askese gezwungen ist.

Es gibt sehr gescheite Menschen, die auch keine Kompromisse machen wollen. Aber sie legen Wunderbrillen an, mit denen

ein geschäftstüchtiges Mädchen geliebt hat.« Kafka meinte natürlich die Braut des ›armen Spielmanns‹, deren aufrechten, lebenstüchtigen, dem Leben unter allen Umständen gewachsenen Charakter er in der ihm eigentümlichen, ironisch bewundernden, aber im Grunde doch bewundernden Ausdrucksweise als ›geschäftstüchtig‹ bezeichnet. So war auch Kafkas erste Verlobte; also nicht ›geschäftstüchtig‹ im banalen Sinne, sondern aufrecht, klar, energisch, durch Tapferkeit das Leben bezwingend — lauter Eigenschaften, die Kafka aufs höchste schätzte und die er an sich selbst, sei es auch mit Unrecht (nicht *ganz* mit Unrecht!) vermißte. Obwohl also Kafka durch Hinweis auf Grillparzers Novelle sagen will, daß er als ›geschäftstüchtig‹ Menschen vom Schlage der Spielmannsbraut bezeichnet, faßt Milena auch weiterhin das Wort im gewöhnlichen Sinne auf.

sie alles anders sehen. Darum brauchen sie keine Kompromisse. Dann können sie rasch Maschine schreiben und Weiber haben. Er steht neben ihnen und schaut sie verwundert an, alles, auch diese Schreibmaschine und diese Weiber. Nie wird er es begreifen.
Seine Bücher sind erstaunlich. Er selbst ist viel erstaunlicher. Ihnen danke ich vielmals für alles. Alles Gute. Wenn ich nach Prag komme, darf ich Sie besuchen, nicht wahr. Ich grüße Sie herzlichst.«
Der nächste Brief, undatiert, ist ein einziger wilder Schrei der Verzweiflung. Milena hat Kafkas Brief aus dem Tatra-Sanatorium erhalten, in dem er die Beziehung abbricht. Sie führt an, was er ihr geschrieben hat: »Nicht schreiben und verhindern, daß wir zusammenkommen.« — Der Grund liegt klar zutage. Milena war bereit, immer wieder für eine Zeitlang mit Kafka zusammenzukommen. Sie war aber nicht bereit, ihren Mann zu verlassen und mit Kafka dauernd zu leben. Mit einem Ehe-Surrogat aber konnte sich Kafka nicht zufriedengeben, für den die Ehe als schicksalhafte Gemeinschaft mit Frau und *Kindern* die heiligste Krönung des Lebens bedeutete. Vielleicht war damals, bei Kafkas sich immer weiter verschlimmerndem Gesundheitszustand, vernünftigerweise an eine Ehe gar nicht mehr zu denken. Nur die Verwirklichung des Unmöglichen, des Unvernünftigen, nur ein Wunder konnte retten. Dieses Wunder suchte Kafka; es ist ihm dann später in Dora Dymant tatsächlich noch ein Abglanz solch eines Wunders zuteil geworden, das Milena ihrer ganzen erdnahen Natur gemäß ihm nicht schenken konnte, so sehr sie sich darum mühte, so nahe sie dem alle Schranken brechenden Ereignis kam. »Bin ich schuldig oder nicht?« fragt sie mich in dem Sturmbrief (in dem sie selbst vieles unleserlich gemacht hat). Sie will von mir wissen, ob sie auch nur eine jener Frauen war, die Franz nicht retten konnten.
Ich zitiere nun den ganzen Brief, indem ich ihn übersetze:
»Lieber Herr Doktor.
Verzeihen Sie, daß ich nicht deutsch schreiben kann. Vielleicht können Sie so viel Tschechisch, daß sie mich verstehen; verzeihen Sie, daß ich Sie belästige. Ich weiß mir nur einfach keinen Rat, mein Gehirn erträgt keine Eindrücke und keine Gedanken mehr, nimmt keine mehr auf, ich weiß nichts, ich fühle nichts, ich begreife nichts; es scheint mir, daß mir in diesen Monaten etwas ganz Entsetzliches zugestoßen ist, aber ich weiß nicht viel davon. Ich weiß überhaupt nichts von der Welt, ich fühle nur, daß ich mich töten würde, wenn ich mir irgendwie das zu Bewußtsein bringen könnte, was sich eben meinem Bewußtsein entzieht.
Ich könnte Ihnen erzählen, wie und wodurch und warum

alles geschehen ist; ich könnte Ihnen alles über mich, über mein Leben erzählen; aber wozu das – und ferner: ich weiß es nicht, ich halte nur Franks Brief aus Tatra in der Hand, eine ganz tödliche Bitte und zugleich einen Befehl: ›Nicht schreiben und verhindern, daß wir zusammenkommen, nur diese Bitte erfülle mir im stillen, sie allein kann mir irgendein Weiterleben ermöglichen, alles andere zerstört weiter*.‹ Ich traue mich nicht, eine Frage, ein Wort zu senden; ich weiß auch nicht, was ich von Ihnen erfragen will. Ich weiß nicht, was – weiß nicht, was ich wissen will. Jesus Christus, ich möchte meine Schläfen ins Gehirn hineindrükken. Nur eines sagen Sie mir, Sie sind mit ihm während der letzten Zeit beisammen gewesen, Sie wissen es: bin ich schuldig oder bin ich nicht schuldig? Ich bitte Sie um Gottes willen, schreiben Sie mir keinen Trost, schreiben Sie mir nicht, daß niemand schuld daran ist, schreiben Sie mir keine Psychoanalyse. Das alles, hören Sie, das alles, was Sie mir schreiben könnten, weiß ich. Ich habe zu Ihnen Vertrauen, Max, in der vielleicht schwersten Stunde meines Lebens, Gott weiß es; ich bitte Sie, haben auch Sie Vertrauen. Bitte verstehen Sie, was ich will. Ich weiß, wer Frank ist; ich weiß, was geschehen ist, und ich weiß nicht, was geschehen ist, ich bin an den Grenzen des Wahnsinns; ich habe mich bemüht, richtig zu handeln, zu leben, zu denken, zu fühlen, dem Gewissen gemäß, aber irgendwo *ist* Schuld. Darüber will ich hören. Freilich weiß ich nicht, ob Sie mich verstehen können. Ich will wissen, ob es mit mir so steht, daß auch unter mir Frank leidet und gelitten hat wie unter jeder andern Frau, so daß seine Krankheit ärger wurde, so daß er auch vor mir in seine Angst fliehen mußte und so daß auch ich jetzt verschwinden muß, ob ich schuld daran bin oder ob es eine Konsequenz seines eigenen Wesens ist. Ist es klar, was ich sage? Ich *muß* es wissen. Sie sind der einzige, der vielleicht etwas weiß. Ich bitte Sie, antworten Sie mir, bitte antworten Sie mir die völlig nackte, einfache, allenfalls brutale Wahrheit, nämlich das, was Sie wirklich denken. [Drei Zeilen gestrichen, unlesbar.] Ich werde Ihnen sehr dankbar sein, wenn Sie mir antworten. Das ist ein gewisser Ausgangspunkt für mich. Ferner bitte ich um Nachricht, wie es ihm geht? Seit Monaten weiß ich nichts von ihm. [Zwei Zeilen gestrichen.] Meine Adresse: M. K., Wien VIII, Postamt 65, Bennnogasse. Verzeihen Sie, ich kann den Brief nicht umschreiben; ich kann ihn nicht einmal lesen. Ich danke. Milena.«

Der nächste Brief ist in etwas ruhigerem Tone gehalten. Doch die gewaltige Erregung hält gleichsam unter der Oberfläche an. Hier der Text des Briefes:

* Diese Worte Kafkas werden von Milena deutsch angeführt.

»Ich danke Ihnen für Ihre Liebenswürdigkeit. Inzwischen bin ich etwas zur Besinnung gekommen. Ich kann wieder denken. Es ist mir dadurch nicht etwa besser geworden. Daß ich Frank nicht schreiben werde – ist doch absolut selbstverständlich. Wie könnte ich denn! Wenn es wahr ist, daß die Menschen auf der Erde eine Aufgabe zu erfüllen haben, so habe ich diese Aufgabe neben ihm sehr schlecht erfüllt. Wie könnte ich so unbescheiden sein und ihm schaden, wenn ich ihm nicht zu helfen vermocht habe?
Was seine Angst ist, das weiß ich bis in den letzten Nerv. Sie existierte auch schon immer vor mir, solange er mich nicht kannte. Ich habe seine Angst eher gekannt, als ich ihn gekannt habe. Ich habe mich gegen sie gepanzert, indem ich sie begriffen habe. In den vier Tagen, in denen Frank neben mir war, hat er sie verloren. Wir haben über sie gelacht. Ich weiß gewiß, daß es keinem Sanatorium gelingen wird, ihn zu heilen. Er wird nie gesund werden, Max, solange er diese Angst haben wird. Und keine psychische Stärkung kann diese Angst überwinden, denn die Angst verhindert die Stärkung. Diese Angst bezieht sich nicht nur auf mich, sondern auf alles, was schamlos lebt, auch beispielsweise auf das Fleisch. Das Fleisch ist zu enthüllt, er erträgt nicht, es zu sehen. Das also habe ich damals zu beseitigen vermocht. Wenn er diese Angst spürte, hat er mir in die Augen gesehen, wir haben eine Weile gewartet, so als ob wir keinen Atem bekommen könnten oder als ob uns die Füße wehtäten, und nach einer Weile ist es vergangen. Es war nicht die geringste Anstrengung nötig, alles war einfach und klar, ich habe ihn über die Hügel hinter Wien geschleppt, ich bin vorausgelaufen, da er langsam gegangen ist, er ist hinter mir hergestampft, und wenn ich die Augen schließe, sehe ich noch sein weißes Hemd und den abgebrannten Hals und wie er sich anstrengt. Er ist den ganzen Tag gelaufen, hinauf, hinunter, er ist in der Sonne gegangen, nicht ein einziges Mal hat er gehustet, er hat schrecklich viel gegessen und wie ein Dudelsack geschlafen, er war einfach gesund, und seine Krankheit war uns in diesen Tagen etwas wie eine kleine Erkältung. Wäre ich damals mit ihm nach Prag gefahren, so wäre ich ihm die geblieben, die ich ihm war. Aber ich war mit beiden Füßen unendlich fest mit dieser Erde hier zusammengewachsen, ich war nicht imstande meinen Mann zu verlassen und vielleicht war ich zu sehr Weib, um die Kraft zu haben, mich diesem Leben zu unterwerfen, von dem ich wußte, daß es strengste Askese bedeuten würde, auf Lebenszeit. In mir aber ist eine unbezwingbare Sehnsucht, ja eine rasende Sehnsucht nach einem ganz anderen Leben, als ich es führe und als ich es wohl je führen werde, nach einem Leben mit einem Kinde, nach

einem Leben, das der Erde sehr nahe wäre. Und das hat also wohl in mir über alles andere gesiegt, über die Liebe, über die Liebe zum Flug, über die Bewunderung und nochmals die Liebe. Man mag übrigens darüber was immer sagen, so kommt doch nur eine Lüge heraus. Diese ist vielleicht noch die kleinste. Und dann war es eben schon zu spät. Dann ist dieser Kampf in mir zu deutlich sichtbar geworden und das hat ihn erschreckt. Gerade das ist es ja, wogegen er sein ganzes Leben lang ankämpft, von der andern Seite her. Bei mir hat er sich ausruhen können. Aber dann hat es begonnen, ihn auch bei mir zu verfolgen. Gegen meinen Willen. Ich habe ganz gut gewußt, daß etwas geschehen ist, was nicht mehr beseitigt werden kann. Ich war zu schwach, als daß ich das hätte tun und erfüllen können, wovon ich gewußt habe, daß es einzig und allein ihm geholfen hätte. Es *ist* dies meine Schuld. Und auch Sie wissen, daß es meine Schuld ist. Das, was man auf Franks Nicht-Normalität schiebt, gerade das ist sein Vorzug. Die Frauen, die mit ihm zusammengekommen sind, waren gewöhnliche Frauen und haben nicht anders zu leben gewußt als eben Frauen. Ich glaube eher, daß wir alle, die ganze Welt und alle Menschen krank sind und er der einzige Gesunde und richtig Auffassende und richtig Fühlende und der einzige reine Mensch. Ich weiß, daß er sich nicht gegen das *Leben* wehrt, sondern nur gegen *diese Art von Leben da* wehrt er sich. Hätte ich es zustande gebracht, mit ihm zu gehen, so hätte er mit mir glücklich leben können. Aber das weiß ich erst heute, all dies. Damals war ich ein gewöhnliches Weib wie alle Weiber auf der Welt, ein kleines, triebhaftes Weibchen. Und daraus ist seine Angst entstanden. Sie war richtig. Ist es denn möglich, daß dieser Mensch etwas fühlte, was nicht richtig wäre? Er weiß von der Welt zehntausendmal mehr als alle Menschen der Welt. Diese seine Angst war richtig. Und Sie irren, Frank wird mir nicht von selbst schreiben. Es gibt nichts, was er mir schreiben könnte. Es gibt in der Tat kein einziges Wort, das er mir in dieser Angst sagen könnte. Daß er mich liebt, weiß ich. Er ist zu gut und schamhaft, als daß er aufhören könnte, mich zu lieben. Er würde das als eine Schuld ansehen. Er hält ja immer sich für den, der schuldig ist und der schwach ist. Und dabei gibt es auf der ganzen Welt keinen zweiten Menschen, der seine ungeheure Kraft hätte: diese absolute unumstößliche Notwendigkeit zur Vollkommenheit hin, zur Reinheit und zur Wahrheit. So ist es. Bis zum letzten Blutstropfen weiß ich, daß es so ist. Ich kann es mir nur nicht ganz zu Bewußtsein bringen. Wenn das geschehen wird, wird es schrecklich sein. Ich renne durch die Gassen, sitze ganze Nächte lang am Fenster, manchmal hüpfen mir die Gedanken wie die

kleinen Funken beim Messerschleifen, und das Herz hängt mir wie an einem Angelhaken, wissen Sie, an einem ganz dünnen Häkchen, und das reißt so, mit solch einem ganz dünnen, entsetzlich scharfen Schmerz.
Mit meiner Gesundheit bin ich ganz am Ende angelangt, und wenn mich etwas noch oben hält, so geschieht es gegen meinen Willen, und es ist wohl dasselbe, was mich bis hierher getragen hat, etwas sehr Unbewußtes, eine unwillkürliche Liebe zum Leben. Neulich habe ich irgendwo am andern Ende von Wien plötzlich solche Geleise gefunden, wissen Sie, stellen Sie sich kilometerlange Gassen vor, wie eine würfelförmige Grube – und unten Geleise, rote Lichter, Lokomotiven, Viadukte, Waggons, solch ein schwarzer gauenhafter Organismus war das, ich bin daneben gesessen und es war, als ob etwas atmete. Ich dachte, daß ich verrückt werden muß vor lauter Leid, Sehnsucht und schrecklicher Liebe zum Leben. Ich bin so allein, wie Stumme allein sind, und wenn ich Ihnen da von mir spreche, so deshalb, weil ich die Worte schon auskotze, sie jagen gänzlich gegen meinen Willen hervor, da ich schon nicht mehr schweigen kann. Verzeihen Sie.
Ich werde Frank nicht schreiben, keine Zeile, und was weiterhin geschehen wird, weiß ich nicht. Im Frühling komme ich nach Prag und werde Sie besuchen. Und wenn Sie mir von Zeit zu Zeit schreiben, wie es ihm geht – ich gehe täglich zur Post, ich kann es mir nicht abgewöhnen –, werde ich sehr glücklich sein.

Ich danke Ihnen nochmals. M. P.

Noch eine Bitte: eine sehr lächerliche. Meine Übersetzung der Bücher ›Urteil‹, ›Verwandlung‹, ›Heizer‹, ›Betrachtung‹, wird bei Neumann erscheinen – Edition ›Červen‹ – in der gleichen Ausstattung wie Charles Louis Philippes ›Bubu‹, Sie kennen das Buch doch wohl. –
Nun, ich bin damit fertig – Hirn und Herz hat es mir in den letzten Monaten gefressen, es war gräßlich, so verlassen zu sein und an seinen Büchern zu arbeiten – aber Neumann will von mir, daß ich ›für das tschechische Lesepublikum einige Worte über ihn voraussende‹. Jesus Christus, ich soll über ihn für die Leute schreiben –? Und ferner: ich habe einfach nicht die Fähigkeit dazu. Wollen Sie mir das nicht tun? Ich weiß nicht, ob Sie nicht politisch etwas dagegen haben – Červen ist kommunistisch, aber die Buchreihe ist parteilos. – Neumann gibt das Büchlein so herzlich und gern heraus und freut sich auf das Erscheinen – freilich würde Ihr Name mit dabei sein – stört Sie das? Wo nicht, bitte ich Sie darum. Etwa drei oder vier Seiten, ich werde sie übersetzen und als Vorwort beifügen. Ich habe einmal so etwas von

Ihnen gelesen – eine Einleitung zu Laforgue – eine sehr sehr schöne Sache. Wollen Sie das für mich machen? Ich hätte Freude. Das Buch muß prachtvoll herauskommen, nicht wahr. Die Übersetzung *ist* gut. Und die Einführung von Ihnen wäre bestimmt gut. Bitte, wenn Sie keine politischen Bedenken haben, machen Sie das für mich. Freilich muß es eine Art Information für die tschechischen Leser sein. Aber schreiben Sie es nicht für die Leute, sondern so für sich selbst wie diese Laforgue-Vorrede. Sie sind dort, wo Sie lieben, aufrichtig und sehr hellseherisch. Und dann ist das, wie Sie sagen, sehr sehr schön. Es müßte sehr bald sein, Max, und ich bitte, tun Sie das für mich. Gern würde ich mit diesem nach allen Kräften vollkommenen Buch vor die Augen der Welt treten – wissen Sie, ich habe das Gefühl, als müsse ich etwas verteidigen, etwas rechtfertigen. Ich bitte Sie darum.
Und sagen Sie F. nichts. Wir werden ihn überraschen, einverstanden? Vielleicht – vielleicht wird er ein wenig Freude daran haben.«
Es scheint eine längere Pause in der Korrespondenz zwischen Milena und mir eingetreten zu sein, wie der Anfang des nächsten Schreibens beweist. Ich habe keine Erinnerung daran, ob das von Milena übersetzte Buch tatsächlich erschienen und was aus meiner Vorrede geworden ist. Ich besitze weder von dem Buch noch von der Vorrede ein Exemplar. Die von Milena erwähnte andere Vorrede bezog sich auf das von mir gemeinsam mit Franz Blei übersetzte Buch ›Pierrot der Spaßvogel‹ von Jules Laforgue (1909). Vorangegangen in der Entdeckung Laforgues war Paul Wiegler mit seiner leider allzu manierierten, doch an vielen Stellen meisterlichen Übersetzung der ›Sagenhaften Sinnspiele‹ (Moralités légendaires) von Laforgue. – Meiner Meinung nach ist Laforgue einer der größten französischen Dichter seit den Zeiten Flauberts. Er ist (auch in Frankreich) heute nahezu unbekannt, die einst (1902) im ›Mercure de France‹ erschienene dreibändige Gesamtausgabe vergriffen. Wann erscheint sie neu und möglichst komplett? – Doch ich komme vom Thema ab. Es scheint mir freilich, daß im Reiche des Schönen und der Liebe alles innig zusammenhängt und daß dies im Grunde die einzige wahre Bindung zwischen Menschenherzen ist; wie denn meine Laforgue-Übersetzung auch in der Tat einen wichtigen Einfluß auf Kafka wie auf die frühen Gedichte Werfels ausgeübt hat. – Hier Milenas sechster Brief:
»Sehr geehrter Herr Doktor.
Verzeihen Sie, daß ich so spät antworte. Ich bin gestern zum erstenmal aus dem Bett aufgestanden, meine Lungen haben zu Ende gewirtschaftet, der Arzt gibt mir nur noch ein paar Monate, wenn ich nicht sofort wegfahre. Gleichzeitig

schreibe ich meinem Vater; schickt er mir Geld, fahre ich, wohin und wann, weiß ich noch nicht. Vorher aber komme ich bestimmt nach Prag und werde mir erlauben, Sie aufzusuchen, um etwas Genaueres über Frank zu erfahren. Ich schreibe Ihnen noch, wann ich einlange. Ich bitte Sie aber entschieden, F. von meiner Krankheit nichts zu sagen.
Ich habe keine Ahnung, wann das Buch erscheint, offenbar im Winter. Herausgegeben wird es von K. St. Neumann, im Verlag Borový, als Bändchen der Reihe Červen, Stefansgasse 37, vielleicht könnten Sie bei ihm anfragen, ob Sie die Vorrede separat veröffentlichen können, ehe sie im Buch erscheint. Es gibt wenig Papier und Geld, alles dauert lange, ich wollte von Ihrer Vorrede nichts streichen. (Sie ist so schön.)
Ich habe den Eindruck, als ob Sie sich irgendwie über mich ärgerten? Ich weiß nicht, warum ich diesen Eindruck hatte, so aus diesem Brief. Verzeihen Sie mir die ›Analysen‹ Franks, es ist schändlich und ich schäme mich, daß ich mir das erlaubt habe, aber es ist mir manchmal, als müßte ich mein Gehirn mit den Handflächen zusammenpressen, damit es nicht zerspringt.
Ich danke Ihnen für alles und auf Wiedersehen.

Ihre M. P.«

Die beiden letzten Briefe Milenas fallen bereits in die Monate nach Kafkas Tod. Als wirkliche Begegnungen mit Milena kommen nur die »vier Tage« in Wien und das kurze unglückselige Zusammentreffen in Gmünd in Frage, das bereits die Entfremdung einleitete. Auch im Roman vom ›Schloß‹ dauert das gute Einvernehmen zwischen den beiden Liebenden nur kurz. Und nach der ersten Liebesnacht heißt es: »Allzuglücklich war er, Frieda in seinen Händen zu halten, allzu ängstlich glücklich auch, denn es schien ihm, wenn Frieda ihn verlasse, verlasse ihn alles, was er habe.« Unmittelbar nachher beginnen die Störungen, nur von seltenen Episoden des Vertrauens unterbrochen. Über das zweite Beisammensein mit Frieda läßt das vierte Kapitel (gleich am Anfang, auf der zweiten Seite) eine schauerliche Verfluchung erschallen. – Ich sagte ja schon, daß die Romandarstellung als pejorativ karikaturistisch aufzufassen ist. Die Wirklichkeit war gnadenreicher als die offenbar aus Abwehrgründen verzerrte Darstellung. Die Wirklichkeit schenkte dem Dichter die aus den herrlichen Stücken der ersten Briefe hervorleuchtenden Glücksmomente, die (leider vernichteten) Briefe Milenas und seinen bis an den Himmel schlagenden Dank. Der Höhepunkt liegt zwischen den »vier Tagen« und dem zweiten Beisammensein. Wohl hat Milena auch später noch den Dichter in Prag besucht, doch dies waren nur mehr Krankenbesuche, die Kafka, wenn er mir von ihnen sprach, zwar mit Wertschätzung der guten Wirkungen, die von Milenas Persönlichkeit immer noch ausgingen, aber im ganzen doch eher als schmerzlich und störend erwähnte. Eine Begegnung in Marienbad, von der Haas im Nachwort zu den Milenabriefen spricht, hat nicht stattgefunden; die Tagebuchnotiz vom 29. Januar 1922 bezieht sich auf eine um viele Jahre zurückliegende Episode, auf das Zusammensein in Marienbad mit F. im Juli 1916. – Man wird, wie ich glaube, die machtvolle jugendliche Erscheinung Milenas aus den Briefen, die ich deshalb auch in extenso angeführt habe, als eine wesentliche Ergänzung zu den Briefen Kafkas an sie herausfühlen, was um so wesentlicher ist, als andere direkte Dokumente über diese Zeit fehlen.

Die beiden letzten Briefe an mich (in deutscher Sprache) seien abschließend angeführt. Der erste ist auf Briefpapier mit der gedruckten Adresse ihres Vaters geschrieben, was wohl auf eine Versöhnung mit ihm hindeutet.

»Lieber Herr Doktor.

Ich schicke Ihnen dankend das Buch zurück, verzeihen Sie, bitte, daß ich Sie nicht aufsuche. Ich glaube kaum, daß ich über Franz jetzt sprechen könnte, und Sie werden sicher auch jetzt nicht mit mir darüber sprechen wollen. Ich werde Sie, bis ich im September nach Prag komme, verständigen, wenn Sie gestatten. Ich bitte Sie mich in freundlicher Erinnerung zu behalten und einen herzlichen Gruß Ihrer Frau auszurichten, der ich einmal, ohne es zu wollen, wahrscheinlich ein Unrecht angetan habe. Wenn Sie Gelegenheit dazu haben, sorgen Sie bitte dafür, daß meine Briefe, die Franz hatte, ins Feuer kommen, ich vertraue sie Ihnen ruhig an, wichtig ist es freilich nicht. Seine Manuskripte und Tagebücher (ganz und gar nicht mir bestimmt, sondern aus der Zeit stammend, bevor er mich kannte, ungefähr fünfzehn große Hefte) liegen bei mir und sind Ihnen, falls Sie sie brauchen, zur Disposition. Es ist so nach seinem Wunsch, er hat mich gebeten, es niemandem außer Ihnen zu zeigen und erst dann, bis er stirbt. Vielleicht kennen Sie sie schon auch teilweise.

Ich grüße Sie herzlichst und bleibe freundschaftlichst

Ihre Milena Polak.«

27. VII. 24.

»Lieber Herr Doktor.

Ich konnte nicht nach Prag fahren um Ihnen die Manuskripte zu übergeben, trotzdem ich es sehr gerne getan hätte. Ich habe auch niemanden gefunden, dem ich es anvertrauen

könnte, und per Post traue ich mich noch weniger die Hefte zu schicken. Ich werde trachten meine Reise nach Prag bis zum Oktober zu verlegen, wo Sie hoffentlich schon zurück sind und ich Ihnen persönlich alles geben kann. Ich werde Sie auch bitten mir meine Briefe von der Familie Kafkas zu holen, Sie erweisen mir damit etwas sehr Gutes. Persönlich will ich nicht um sie bitten, ich stand mit seinen Verwandten nie gut.
Ich danke Ihnen vielmals und nach dem 1. Oktober in Prag auf Wiedersehen! Sollten Sie auch da nicht in Prag sein, schreiben Sie mir, bitte, nach Wien, wann Sie von Italien zurückkommen.

Aufrichtige Grüße

Milena Polak.«

Ich habe dann Milena noch öfters gesprochen und auch die Manuskripte Kafkas in Empfang genommen.

Wie sehr vor einer allzu vereinfachten Psychologie bei der Betrachtung Kafkas gewarnt werden muß, möge den im Nachfolgenden mitgeteilten Tatsachen entnommen werden, die mir erst vor einigen Jahren bekannt geworden sind.
Im Frühjahr 1948 schrieb mir der damals in Jerusalem wohnende Musiker Wolfgang Schocken*, daß aus dem, was ihm einst anvertraut worden sei, klar hervorgehe, Kafka habe einen Sohn gehabt. Als Beweis zeigte er mir den Brief einer Dame M. M. (Grete Bloch; über die Briefe an sie vgl. ›Verzweiflung u. Erlösung‹), mit der er (der Erzähler) gut befreundet gewesen sei. Die Dame lebte damals (1948) nicht mehr, das Kind war schon länger als zwanzig Jahre tot. Die besondere Tragik der Geschehnisse liegt darin, daß Kafka von der Existenz dieses Kindes, das nicht ganz sieben Jahre alt wurde und noch vor Kafka gestorben ist, nie eine Ahnung gehabt hat. Die Mutter des Kindes, eine sehr stolze, geistig wie materiell unabhängige Dame, die sich aus Empfindlichkeit leicht in sich selbst zurückzog, hatte vielleicht Hemmungen seelischer Art, sich Kafka anzuvertrauen, denn der kurzen Beziehung war eine langdauernde und endgültige Entfremdung gefolgt. Ich habe Frau M. M. flüchtig gekannt; doch von der Freundschaft zwischen ihr und Kafka hatte ich keine Ahnung. Diese Beziehung hatte ich auf Grund dessen, was Franz mir mitgeteilt hatte, eher für eine intermittierend feindselige gehalten. Im Tagebuch Franzens finden sich Andeutungen, die in die gleiche Richtung weisen. Jedenfalls aber war M. M. ein bedeutender, erfolgreicher, sehr willensstar-

* Kein Verwandter des Verlegers.

ker und ungemein kluger Mensch von weitestem Überblick über das Leben. — Es ist nun allerdings gar nicht abzusehen, welchen segensreichen Einfluß es auf Kafkas Entwicklung gehabt hätte, wenn er erfahren hätte, daß er Vater eines Sohnes geworden sei. Nichts hat er sich inniger gewünscht als Kinder, an keiner Möglichkeit hat er mehr gezweifelt als gerade an dieser. Jeder Kenner seines Werkes weiß um die entsprechenden Stellen, in denen Kafka die Sehnsucht ausspricht, als Vater an der Wiege eines Kindes sitzen zu dürfen. Die Erfüllung dieser Sehnsucht wäre für ihn mehr als das, wäre ihm als Bestätigung seines Wertes von höchster Instanz her vielleicht entscheidend gewesen; er hätte sich geadelt gefühlt; sowie er ja im Fehlen von Nachkommenschaft stets ein besonderes, über ihn ausgesprochenes Verdammungsurteil gesehen hat. Vielleicht hätte dieses Kind, wenn Kafka es zu sich genommen hätte, nicht sterben müssen, — vielleicht hätte neu erwachte Selbstsicherheit auch Kafkas eigenes Leben gerettet, vielleicht säße er heute neben mir, statt daß ich ins Leere hinaus schreibe. »Da es aber nicht so ist«, wird man jedenfalls zumindest zugeben müssen, daß das Leben hier eine Geschichte gedichtet hat, die all dem Kompliziert-Abenteuerlich-Grausamen und ironisch Bittern im Werk Kafkas erstaunlich ähnlich sieht.

Frau M. M. besuchte Kafkas Grab in Prag. Lange Zeit nachher schrieb sie meinem Gewährsmann, dem sie damals in Prag wiederum begegnet war, am 21. April 1940 einen Brief aus Florenz hierher nach Israel, dem ich die entscheidenden Zeilen entnehme. »Du warst der Erste, der mich in Prag in großer Not von damals erst ahnungsvollen Ängsten sehr gedrückt sah. Und selbst damals halfen Dein Musizieren, im ungeordneten Zimmer Deiner Freunde, und kurze Spaziergänge durch die zauberhafte Stadt, die ich mehr liebte als Du ahnst, über sehr schwere Ängste hinweg. — Ich besuchte damals das Grab des Mannes, der mir so unendlich viel bedeutete, 1924 starb, seine Meisterschaft wird heute noch gepriesen. — Er war der Vater meines Jungen, der nahezu sieben Jahre alt plötzlich in München 1921 starb. Fern von mir und von ihm, von dem ich mich schon im Krieg trennen mußte und dann nicht wiedersah — bis auf wenige Stunden — weil er einer tödlichen Krankheit, in seiner Heimat, fern von uns, erlag. Niemals sprach ich darüber. — Ich glaube, es ist das erste Mal, daß ich davon etwas sage. Meine Familie und meine Freunde haben es nie gewußt, nur mein späterer Chef. Er war deshalb gut und furchtbar anständig zu mir. Deshalb habe ich auch viel verloren, alles, als er 1936 starb. Ich bin jetzt still und glücklich, daß sie sich nicht mehr mit der Zeit plagen müssen.« Frau M. M. hat während einer

Reihe von Jahren immer in einer so besonderen Weise von Kafka und Kafkas Werk gesprochen, daß mein Gewährsmann eine andere Deutung dieser Briefstelle als auf Kafka für ausgeschlossen bezeichnet. Bald nachher trat Italien in den Krieg ein, und die Korrespondenz zwischen M. M. und meinem Gewährsmann mußte unterbrochen werden. – Der Besuch in Prag hatte bereits im Schatten der in Deutschland durchgeführten Machtergreifung der Nazis stattgefunden. M. M., deren Wohnsitz damals Berlin war, spricht mit Recht von ahnungsvollen Ängsten, die sie peinigten. Sie floh in die Schweiz, nach Israel, zuletzt nach Italien*. Die letzte Nachricht, die mein Gewährsmann über sie erhielt, stammt vom britischen Roten Kreuz, datiert 16. Mai 1945, und meldet: »Mrs. M. M. was taken away from S. Donato di Comino, Frosinone, by the Germans in May 1944 together with other Jewish people living in the district. We regret that at the present time there is nothing more wie can do.« Weitere Nachforschungen ergaben, daß M. M. von einem deutschen Soldaten mit dem Gewehrkolben erschlagen worden ist. Ich habe alle Spuren verfolgt, die mir mein Gewährsmann freundlichst angegeben hat. Sie führten zu mehreren Personen in Florenz, zu den Pensionen San Giorgio und Jennings-Riccioli. Es bestand eine geringe Aussicht, die Verlassenschaft von M. M. aufzufinden, zu der auch viele Briefe Kafkas gehörten. Der Dichter Max Krell, der in Florenz wohnt, half mir bei diesen Bemühungen. Sie blieben ergebnislos. Es könnte immerhin sein, daß die Briefe Kafkas heute bei einem Herrn E. Pr. aufbewahrt sind, dem M. M. die Auswanderung nach Chile ermöglicht hat. (Bei dieser Gelegenheit sei bemerkt, daß die Briefe, die Kafka an die »Berlinerin« geschrieben hat, mit der er zweimal verlobt war, noch heute der Publikation harren.) – Es läßt sich nicht feststellen, wie Kafkas Sohn mit Vornamen geheißen hat, unter welchen Umständen er gelebt hat und gestorben ist. Es gibt wohl kein Wesen, das den Bereich der Historie unter Zurücklassung einer so geringen Spur verlassen hat wie Kafkas einziger Sohn.

Der Weltruhm Kafkas hat nicht gerade dazu geführt, daß man Kafka versteht. Es bildet sich bereits eine Legende um Kafka, die die wahren Züge seiner Persönlichkeit verwischt. So brachte neulich eine Schweizer Zeitschrift einen Artikel, der in dem Bestreben, Kafka für den gewöhnlichen Leser »interessant« zu machen, die merkwürdigsten Dinge über ihn

* Ein weiterer Zeuge hat mir nun, unabhängig von Wolfgang Schocken, bestätigt, daß ihm Frau M. M. in Florenz viel über Kafka und ihr Kind sowie über die »Berlinerin« erzählt hat. Ich gehe weiteren Spuren nach.

zu erzählen wußte, zum Beispiel daß bei seiner Vorlesung in München drei Damen ohnmächtig aus dem Saal getragen werden mußten, so schauerlich sei die Schilderung der Greuelszenen gewesen, die Kafka las. Ferner sei an seinem offenen Grab ein Streit zwischen zwei Frauen entbrannt, die beide Anspruch darauf machten, seine Frau zu sein. – Von all dem ist kein Wort wahr. Über die Münchener Vorlesung hat mir Kafka ausführlich erzählt. Und er hätte gewiß einen solch sensationellen Vorfall erwähnt; denn es lag ja in seiner Art, alles, was eventuell *gegen* ihn ausgenutzt werden konnte, was ihn demütigte, dick zu unterstreichen. Wäre wirklich etwas Ähnliches damals in München vorgefallen, so hätte mir Kafka schon im Prager Bahnhof, wo ich ihn abholte, gesagt: »Da siehst du, Max, was für ein schlechter Autor ich bin, wie ich den Menschen nur Schaden bringe, statt ihnen Gutes zu tun. Drei Ohnmächtige – das ist mein trauriger Erfolg.« Ich bin überzeugt, daß er das mit einer Art von triumphierender Schadenfreude gegen sich selbst ungefähr mit diesen Worten gesagt hätte. Was aber sein Begräbnis betrifft, so hatte ich selbst die traurige Pflicht, damals seine Lebensgefährtin am Arm zu führen, und ich kann bezeugen, daß nichts geschehen ist, was nur im entferntesten zu solch einem peinlichen Gerücht hätte Anlaß geben können.

Über die Geschichte von Kafkas literarischem Nachlaß habe ich in den Nachworten zu den einzelnen Bänden (speziell im Nachwort zum ›Prozeß‹), ferner auch in meinem Buch ›Franz Kafka als wegweisende Gestalt‹ eingehend Rechenschaft abgelegt. Alles, was Kafka selbst veröffentlicht hat, findet im ersten Band (Erzählungen) Raum; nur noch die kleine entzückende Prosaskizze ›Kübelreiter‹ ist gleichfalls zu Lebzeiten Kafkas gedruckt worden, und zwar in der Zeitung ›Prager Presse‹; ebenso ›Aeroplane in Brescia‹ in der ›Bohemia‹ 1909. Genau genommen gehören also auch noch diese zwei Prosastücke in den ersten Band. Für alle übrigen Bände hat Kafkas Nachlaß das Material geliefert. Meinen Helfern Hans Joachim Schoeps, Heinz Politzer und Ester Hoffe habe ich in den entsprechenden Nachworten für ihre Mitwirkung gedankt; doch kann Dank nicht oft genug wiederholt werden.
Auch über die Methode meiner Editionsarbeit habe ich in den Nachworten einiges gesagt. Ergänzungen hierzu findet man in den zwei weiteren Büchern, die ich außer dieser Biographie über das Thema Kafka publiziert habe: 1. ›Franz Kafkas Glauben und Lehre (Kafka und Tolstoi)‹ mit einem Anhang ›Religiöser Humor bei Franz Kafka‹ von Felix Weltsch – Mondial-Verlag in Winterthur und Verlag Kurt Desch, München. (vgl. S. 221 ff.) 2. ›Franz Kafka als wegweisende Ge-

stalt‹, Tschudy-Verlag, St. Gallen. – Die Diskussion, wie ein Kafka-Text mit letzter Korrektheit herauszugeben sei, führt ins Uferlose. Letzten Endes würde nur die Photographie der Originalhandschrift vollständige Sicherheit und Lückenlosigkeit gewährleisten. Jede andere Art der Herausgabe bedingt ein Auswählen. Prinzipiell ist zu unterscheiden, ob ein Autor einen Text zur Herausgabe bestimmt, ob er ihn nicht zur Herausgabe bestimmt oder ob er (was noch ein drittes ist) ihn ausdrücklich zur Nicht-Herausgabe bestimmt hat. Im letzteren Falle wird seine Gleichgültigkeit gegen Unvollkommenes, In-der-Luft-Hängengebliebenes, Widerspruchsvolles wesentlich größer sein als im zweiten. Leider ist dies bei Kafka der Fall. Nun weiß ich aber (denn ich wurde von ihm oft als Berater zugezogen), mit welcher Akribie Kafka an den von ihm selbst herausgegebenen Büchern gefeilt, wie er das Grimmsche Wörterbuch eifrig nachgeschlagen, wie er über Setzung oder Nichtsetzung eines Beistrichs mit mir und andern diskutiert hat usw. Daher würde es gegen mein Gewissen gehen, Nachlässigkeiten, offenkundige Sprachfehler, ›Pragismen‹, die eine Beeinflussung des deutschen Stils durch die tschechische Syntax darstellen, und ähnliches stehen zu lassen, da ich weiß, daß Kafka derartige Flüchtigkeiten bei einer allfälligen Publikation unbedingt getilgt hätte. Ich glaube, durch langes Zusammenleben mit meinem Freunde in seine Intentionen und in sein Sprachgefühl genügend eingeweiht zu sein, um derartige Verstöße wegkorrigieren zu können. Es handelt sich dabei nur um einige wenige Stellen und nur um zweifellose Unkorrektheiten bei der ersten, vom Autor nicht mehr revidierten Niederschrift. Ich gebe ein Beispiel: In den Manuskripten verwendet Kafka öfters den Pragismus »paar« in Sinne von »ein paar« – er sagt etwa: »Nach paar Schritten« statt »nach ein paar Schritten«. Dort aber, wo er selbst seine Manuskripte zum Druck befördert hat, hat er regelmäßig diesen Fehler verbessert; man wird ihn in keinem der von Kafka selbst veröffentlichten Werke finden. Daher habe ich mich für berechtigt gehalten, im Nachlaß in *diesem* Fall jedesmal meine ordnende Hand an die Stelle der seinen zu setzen, die nicht mehr da war. – Im übrigen habe ich viele Textvarianten und in einem Anhang sogar die gestrichenen Stellen gebracht, die öfters zur Aufhellung von Kafkas Darstellungsziel dienen. Vielleicht werden künftige Generationen in der Genauigkeit und Ausführlichkeit noch weitergehen als ich; es gibt hier keine Grenze, von der photographischen Platte abgesehen.

In dem ersten der beiden angeführten Bücher von mir (›Franz Kafkas Glauben und Lehre‹) findet man auch eine Darlegung, die auf Kafkas große zeichnerische Kunst zielt;

man hat sie bisher wohl durchgehends nur als Kuriosum aufgefaßt. Diese Meinung wird sich ändern. Ich beabsichtige, die von mir gesammelten Zeichnungen Kafkas, die er selbst meist in den Papierkorb geworfen hat, als Monographie zu edieren. – Im übrigen befassen sich meine beiden genannten Bücher mit der Deutung Kafkas, bringen aber auch noch etliches biographische Material bei. Dasselbe gilt von meinem Roman ›Stefan Rott‹ (1931), sowie von meinen nachfolgenden Publikationen: ›Bemerkungen zu Kafkas Schloß‹ (›Neue Zürcher Zeitung‹ 20. 10. 1951, ferner im ›Eckart‹), ›Ermordung einer Puppe namens Franz Kafka‹ (Polemik gegen eine Fehldeutung, nebst Duplik – im Februar- und Maiheft der ›Neuen Schweizer Rundschau‹), ›Exkurs über Kierkegaard, Heidegger, Kafka‹ im ersten Band meines Werkes ›Diesseits und Jenseits‹ (1946). Die einzigartigen Vorzüge des Dichters Kafka und seiner Erzählungskunst, aber auch seiner noch kaum erkannten Lyrik sind selbstverständliche Voraussetzungen meiner Darstellung, die keines speziellen Hervorhebens bedürfen. Meine Liebe zu seiner Lyrik habe ich übrigens auch in Form zweier Lieder (in Klavierfassung wie auch für Orchester) nach Versen Kafkas ausgedrückt. Die Deutung seiner Weltschau wird in den beiden Büchern einerseits durch Hinweis auf seine seelische Entwicklung unternommen (im Gegensatz zu einer *statischen* Auffassung seiner Gestalt) – andrerseits durch Sonderung seiner Aphorismen (die das ›Unzerstörbare‹ im Menschen, den Glauben, das positive Vertrauen auf Gott hervorheben) vom erzählenden Werk (das allen Zweifeln und Unsicherheiten die Bahn freigibt). In den Erzählungen zeigt Kafka, wie der Mensch verwirrt wird und seinen Weg verfehlt, in den Aphorismen wird dieser Weg selbst gezeigt und Entwirrung kündigt sich an. – Selbstverständlich soll und kann man diese beiden Weltsichten bei Kafka nicht mechanisch sondern. Auch in den Aphorismen steht viel, wobei einem vor Weh und Ratlosigkeit der Atem stehen bleibt; andrerseits gibt es auch in den Romanen Durchblicke zur Hoffnung hin, nicht bloß Aspekte der Hoffnungslosigkeit. Immer ist Kafka der *ganze* Kafka; hat man aber dies gesagt und nochmals gesagt und bekräftigt, so bleibt es einem letzten Endes doch nicht benommen, im ›Kafka der Aphorismen‹ stärker seine lehrende, helfende Qualität hervorleuchten, im Kafka der erzählenden Phantasie seine chaotischen Selbstbedrängungen und Krisen sich entrollen zu sehen. Beide Seiten des einen Wesens gehören zusammen. Wird schließlich gefragt, worin dieser gradweise Unterschied im Hervortreten der einen oder der andern Seite sich gründet, so könnte etwa in Anschlag gebracht werden, daß in den Erzählungen, auch in Briefen und Tagebüchern Kafka sich gehenläßt, sich hingibt, sich seinen Engeln und Dämonen zügellos überläßt, – während er in den Kristallen der Meditation (in den Aphorismen, auch in einigen Briefen) zur Selbstkontrolle gelangt, sich menschlich beherrscht, sich einzuordnen sucht, sich um einer gedachten oder einer wirklichen Umwelt willen zu Ergebnissen zu steigern bemüht ist. Hier stehen denn auch die entscheidenden Stellen, in denen gegen Schicksalsverstrickung: die Freiheit des menschlichen Willens –, gegen Verdammnis: die Gnade –, gegen Verzweiflung: die Aufforderung steht, der ›Alexanderschlacht‹ ein Ende, eine Ablösung durch friedliche Zeiten zu schaffen, und Hoffnung zu setzen auf jene, in den Briefen an Milena erlebte Manifestation von Kräften, die aus der Tiefe rufen: »Trotzdem, ihr stummen, geschobenen, marschierenden, bis zur Wildheit vertrauensvollen Menschen, trotzdem werden wir euch nicht verlassen, auch in euren größten Dummheiten nicht und besonders in ihnen nicht.« Durch das Chaos und Nihil in Kafkas Welt klingt leise, aber nicht verkennbar, der Ton der Liebe zur menschlichen Kreatur, die von jenen ›Kräften‹ Gottes – so ist es verheißen – ›trotzdem‹ nicht verlassen und ein Segen werden soll.

Zu Kafkas »Curriculum Vitae«

Die nachfolgenden Angaben sind mit gütiger Erlaubnis des Verfassers Dr. Giuseppe Stefani einem Essay entnommen, der unter dem Titel ›Franz Kafka, impiegato delle Generali‹ (Franz Kafka, Beamter der Assicurazioni Generali) in der Hauszeitung (›Bollettino‹) der genannten Versicherungsgesellschaft im Dezember 1952 in Triest erschienen ist, wo sich die Zentrale dieses Instituts befindet. Außer einer ansprechenden Gesamtdarstellung des literarischen Werks bringt der Essay Daten biographischer Art. Kafka hat, so werden wir informiert, am 2. Oktober 1907 sein Gesuch um Aufnahme in den Dienst der ›Generali‹ eingebracht und dem Usus gemäß eine Darstellung seines Lebenslaufs beigefügt, die unten im Wortlaut wiedergegeben wird. Das Wort ›Rechtspraxis‹ bedeutet das in Österreich übliche Jahr, das ein in die Advokatenlaufbahn oder gewisse Staatsposten Anstrebender nach Absolvierung der Universität unentgeltlich als Protokollführer, Assistent des Untersuchungsrichters usw. teils beim Strafgericht, teils beim Zivilgericht abzudienen hatte. – Dem Artikel von Stefani ist ferner zu entnehmen, daß Kafka vor der Aufnahme in die Assicurazioni Generali ärztlich untersucht und »von zarter Konstitution, doch gesund« befunden wurde. Er war schlank, 1,81 groß. Schon am 14. Juli 1908 liegt ein weiteres ärztliches Gutachten vor, laut dem Kafka wegen seiner angegriffenen Nerven und einer »großen Reizbarkeit des Herzens« den Dienst quittieren muß. Faktisch war dieses zweite ärztliche Zeugnis nicht ernst zu nehmen, Kafka wollte vielmehr reibungslos aus dem Privatdienst in den wesentlich leichteren Dienst in der halbamtlichen Unfallversicherung hinüberwechseln. Mit Rücksicht auf gewisse Familienverbindungen des Madrider Onkels mit der Direktion der Assicurazioni Generali empfahl es sich, Krankheit als Grund des Austritts anzugeben.

Curriculum Vitae

Ich bin am 3. Juli 1883 in Prag geboren, besuchte die Altstädter Volksschule bis zur 4ten Klasse, trat dann in das Altstädter deutsche Staatsgymnasium; mit 18 Jahren begann ich meine Studien an der deutschen Karl-Ferdinands-Universität in Prag. Nachdem ich die letzte Staatsprüfung absolviert hatte, trat ich am 1. April 1906 als Concipient beim Adv. Dr. Richard Löwy Altstädter Ring ein. Im Juni legte ich

das historische Rigorosum ab und wurde in demselben Monat zum Doktor der Rechte promoviert.
Ich war, wie ich es mit dem Herrn Advokaten auch gleich vereinbart hatte, in die Kanzlei nur eingetreten, um die Zeit auszunützen, denn schon am Anfang hatte ich die Absicht, nicht bei der Advokatur zu bleiben. Am 1. Oktober 1906 trat ich in die Rechtspraxis ein und blieb dort bis zum 1. Oktober 1907.

Dr. Franz Kafka

Nachwort zur zweiten Auflage

Als ich im Jahre 1937 dieses Buch für die erste Ausgabe abschloß, hatte ich im Schlußabsatz (7. Kapitel) schon des starken Widerhalls zu gedenken, den Kafka in vielen Sprachen und im Urteil solcher Männer wie Aldous Huxley, André Gide, Hermann Hesse, Martin Buber, Thomas Mann, Heinrich Mann, Franz Werfel und anderer gefunden hatte. Seither ist der starke Eindruck hinzugekommen, den Kafka auf Virginia Woolf, Rex Warner, Camus und eine ganze Reihe anderer Dichter und Essayisten gemacht hat. Die Kunst Kafkas ist auch sonst in vielen Punkten stilbildend geworden, ohne daß ihre religiöse Tiefe und verwandelnde Kraft jedem, der unter Kafkas Einfluß zu stehen glaubt oder der über ihn schreibt, klar wäre. Ja oft hat man den Eindruck, daß da und dort nur Äußerlichkeiten der Methode Kafkas nachgeahmt oder analysiert werden, nicht aber sein wesentliches Streben, das vielleicht einigen, die so viele Worte über ihn und seine Kunst machen, ganz unzugänglich ist. Würde die Menschheit besser verstehen, was ihr in der Person und im Werk Kafkas geschenkt worden ist, so wäre es wohl ganz anders um sie bestellt; weshalb denn auch der Versuch, in den Intentionen Kafkas wirksam zu werden, mit diesem Buch nicht als abgeschlossen gelten kann.

Nachwort zur dritten Auflage

Diese Auflage meiner Kafka-Biographie enthält ein neues Kapitel, das achte, das sich im wesentlichen auf die seit Kafkas Tode bekanntgewordenen Tatsachen bezieht, deren Kreis überdies durch einige neue Dokumente (zum Beispiel die Briefe Milenas über Kafka an mich) erweitert wird. Auch die Bildbeilagen sind vermehrt.*

Im übrigen habe ich das Buch möglichst in der Form belassen, in der es als zeitlich erstes der Bücher, die über Kafka geschrieben wurden, seine Funktion erfüllt hat. Einzelne Irrtümer habe ich teils im Text, teils in Fußnoten berichtigt, auch einige Zusätze gemacht. Die Zeittafel enthält überdies eine Reihe von Daten, die in der ›Biographie‹ nicht erwähnt werden. Sie ist hier neuerlich ergänzt und korrigiert, übrigens durch ein neu aufgefundenes ›Curriculum vitae‹ Kafkas bereichert. Die ursprünglich in der Biographie mit-

* Die Photographien der dritten Auflage wurden nicht in die Taschenbuchausgabe übernommen. Zu Kafkas Zeichnungen vgl. S. 391 ff.

geteilten ›zwei Briefe über Kindererziehung‹ habe ich in den Band überführt, der sämtliche Briefe Kafkas bringen wird.
Es sind nun bald dreißig Jahre seit Kafkas Tod verstrichen. In dieser Zeit ist sein Werk ins Bewußtsein der großen Welt und vieler Verehrer eingegangen. Die erste Auflage der Biographie erschien dreizehn Jahre nach Kafkas Tod, im Jahre 1937 im Verlag Heinr. Mercy Sohn, Prag, die zweite Auflage wurde 1946 im Verlag Schocken Books Inc. in New York veröffentlicht.

1954

II

Franz Kafkas Glauben und Lehre

Dem Abschnitt liegt folgender Text zugrunde: Franz Kafkas Glauben und Lehre. (Kafka und Tolstoi.) Eine Studie von Max Brod. Mit einem Anhang »Religiöser Humor bei Franz Kafka« von Felix Weltsch. Winterthur: Mondial-Verlag (1948). — Vom Autor neu durchgesehen. Der Aufsatz von Felix Weltsch wird hier nicht mit abgedruckt.

Der Grundgedanke der hier folgenden Bemerkungen geht dahin, daß eine richtige Deutung Kafkas nicht möglich ist, solange man nicht zwei Strömungen in seinem Werk unterscheidet: 1. die Aphorismen und 2. die erzählenden Schriften (Romane, Novellen, Fragmente).

1. Der Kafka der Aphorismen hat das »Unzerstörbare« im Menschen erkannt, er hat zu dem metaphysischen Kern der Welt ein positives gläubiges Verhältnis. Er ist ein religiöser Held vom Rang eines Propheten, der um seinen Glauben unter tausend Anfechtungen ringt, wobei er aber des Himmels, des Transzendenten im Wesentlichen gewiß ist.

2. Der Kafka der Romane und Novellen zeigt den irrenden Menschen in all seinem Schrecken, seiner Verlassenheit, – den Menschen der den Zusammenhang mit eben jenem »Unzerstörbaren«, von dem die Aphorismen und oft auch die Tagebücher melden, verloren hat, – den Menschen, der im Glauben unsicher geworden, gestört ist, den halt- und ratlosen Menschen, zu dem hin jener Urglaube nur noch von ferne, fast unerreichbar, fast unverständlich, wie eine dunkle Ahnung erklingt. (Aber trotz allem: doch noch irgendwie erklingt.)

Diese beiden Strömungen sind beinahe diametrale Gegensätze. Sie mischen sich in mancher Schöpfung Kafkas, gradweise gestuft. In anderen treten sie mit polarer Scheidung hervor.

Man kann aber Kafka niemals verstehen, *wenn man nicht beide Strömungen in ihm erkennt und berücksichtigt.*

In den *Aphorismen* gibt Kafka (in großen Umrissen gesehen) das *positive* Wort, das er der Menschheit zu sagen hat, einen Glauben, eine strenge Aufforderung, das persönliche Leben jedes Einzelnen zu ändern – mit der Lehre Tolstois eng verwandt.

In den *Romanen und Erzählungen* schildert er die grauenhaften Strafsanktionen, die eintreten, wenn man das Wort nicht hört, den rechten Weg verläßt. Das *negative* Wort ertönt hier, das Urteil, das Gericht.

Diese beiden Massen in Kafkas Werk, die Aphorismen und das erzählende Werk, gehören zusammen und ergänzen einander, wie eine Farbe und ihre Komplementärfarbe zu einander gehören. – –

Der große Ruhm, der Kafka jetzt posthum zuteil wird, steht in seltsamem Mißverhältnis zu dem Minimum an echter Wirkung, das seiner reinen Gestalt vorläufig beschieden ward.

Um hierin Wandlung zu schaffen, um ein richtigeres Verständnis dieser reinen Gestalt anzubahnen, ist die folgende Studie geschrieben und als Ergänzung zu meiner Kafka-Biographie gedacht. Sie richtet sich vor allem gegen die nihilistische Auffassung Kafkas, die heute das große Wort führt. Es ist einfach absurd und nichts als ein Zeichen für die geistige Verworrenheit unserer Zeit, wenn man einen Denker und Gestalter, der tief wie kaum ein anderer im Metaphysischen verwurzelt war, heute in die Linie des französischen Existenzialismus (Sartre) einreihen will, der nach dem Vorbild Heideggers die Welt ihrer metaphysischen Valenz zu entleeren sucht, der also geradezu die Gegenlinie Kafkas ist.

Eine weitere Mißdeutung, allerdings keine so grobe, liegt in der katholischen Interpretation. Die Grenzlinie ist hier eine zartere, sie erscheint in äußerst komplizierten Formen. Ich habe mich bemüht, sie im Folgenden da und dort aufzuzeigen. Die katholische Interpretation wird im Allgemeinen wohl dem metaphysischen Gehalt, nicht aber den von Kafka im sublimsten Sinn verehrten positiven Diesseitskräften gerecht, deren Reinheit Kafka bei all seiner scharfen Lebenskritik nie aus dem Blick verliert (vgl. vor allem seine Einstellung zur Ehe oder zur aufbauenden Arbeit des Alltags). –

Zusammengefaßt also: Die nihilistische Deutung möchte Kafka seiner Verwurzelung im Transzendenten entkleiden. Die katholische (und überhaupt radikal christliche) Deutung will ihn auf das Transzendente allein reduzieren. Beides ist unrichtig. – Doch unter den unrichtigen Deutungen Kafkas, die ja Legion sind, nehmen sich diese beiden noch anständig aus. Daneben, welch eine Galerie bizarrer Irrtümer! So wenn eine kommunistische Revue in Frankreich eine Rundfrage veranstaltet: »Soll man Kafkas Schriften verbrennen?« Und wenn dann unter denen, die antworten, kein einziger darauf hinweist, daß in Kafkas Weltschau (wiederum ähnlich wie bei Tolstoi) so starke Verbindungsfäden zu einer im menschlichsten und persönlichsten Sinne gemeinten sozialen Befreiung hinleiten. – Es haben sich auch Autoren gefunden, die Kafka auf einige neurotische Symptome, die er mit Millionen teilt, festlegen wollen; als sei dies Naturale sein eigentliches Geheimnis. An diesen und manchen anderen mit dem Blick vorbeizugehen, den Dante von Vergil gelernt hat (Inferno III 51), schiene mir das Angemessenste und Ratsamste, – hätte ich nicht gerade von Kafka den anderen Blick, an nichts achtlos vorbeizugehen, ein Leben lang zu lernen Gelegenheit gehabt.

In der ›Biographie‹ habe ich den Lebenslauf meines Freundes erzählt, wobei ich selbstverständlich bei einigen Gelegenheiten darstellen mußte, wie er selbst über sein Werk dachte und wie es unter Zugrundelegung der Intentionen des Autors gedeutet werden muß. – In der Abhandlung, die ich jetzt vorlege, steht Deutung und Bedeutung des Werkes von Franz Kafka an erster Stelle, wobei aber doch auch wieder auf bisher unbekannte Tatsachen seines Lebens Bezug genommen wird. Die Teile sollen einander wechselseitig erhellen, sofern meine Absicht gelungen ist.
Kafkas Name ist weltberühmt geworden. Das hat eine Unzahl von Fehldeutungen auf den Plan gerufen. Einige, die mir typisch schienen, habe ich hier zurückgewiesen, – doch durchaus nicht alle. Das ist auch gar nicht nötig, da sie mit der Zeit, als Modeerscheinungen erkannt, verschwinden werden, während Kafkas Werk bleibt und an Gewicht noch zunehmen wird. Zu den vielen psychoanalytischen Transkriptionen, die unter den Kommentatoren im Schwange sind, bemerke ich hier noch, daß sie meist nur das Selbstverständliche sagen, wenn sie den Schatten hervorheben, den Kafkas respektabler und elementarisch schöpferischer Vater, ohne es zu wollen, über das Leben des empfindungsreichen Sohnes warf. Damit aber, daß man diesen Schatten sieht, wie Kafka selbst es tat (und ich mit ihm, noch zu seinen Lebzeiten wie auch nachher), ist noch gar nichts von der besonderen Genialität Kafkas erklärt, nichts auch von den individuellen Reaktionen und geistigen Ergebnissen, zu denen Kafka im Kampf mit dem lastenden Schatten emporwuchs. Das Allgemeine dieser Entwicklung, das, was Kafkas Lebenslauf mit den Lebensläufen von Millionen Söhnen gemeinsam hat, gehört der Psychoanalyse an; doch erst dort, wo dieses Allgemeine überspielt ist und Kafkas spezielle Lebenssituation sich formt, beginnt das geistig Relevante und Einzige des Dichters sich abzuzeichnen.
Hie und da warf man mir ein, ich hätte Kafkas großen Brief an den Vater nur deshalb stückweise, mit Auslassungen und nicht in extenso in meiner Biographie veröffentlicht, weil ich die psychoanalytisch deutbaren Tatsachen seines Daseins verdunkeln wollte. Nichts lag mir ferner. Ich habe in meiner Kafka-Biographie diese Tatsachen selbst ausführlich dargelegt, ihre Bedeutung nie bestritten, nur ihre im Letzten entscheidende Kraft für die Formung von Kafkas Leben und Werk in Abrede gestellt. Sämtliche Fortlassungen aus dem Brief hatten den einen Grund: das Gefühl lebender Personen, insbesondere der Schwestern Kafkas, nicht zu verletzen. Leider ist dieser Grund weggefallen. Alle drei Schwestern sind Opfer der Nazis geworden. Der erwähnte Brief an den

Vater hat nunmehr im Wesentlichen ungekürzt in der Gesamtausgabe seinen Platz gefunden.

Öfters las ich die Aufforderung, meine Kafka-Biographie als Vorarbeit zu betrachten und nun das eigentliche Werk einer systematischen Evokation zu unternehmen. Diesen Erwartungen einiger Leser kann ich aus mancherlei Gründen nicht entsprechen. Ich betrachte meine Arbeiten über Kafka als eine Darstellung, die, im Rahmen meiner Kraft, und natürlich erst dann, *wenn man sie mit dem Werk Kafkas, insbesondere mit seinen Briefen und Tagebüchern, sowie mit meinen Nachworten und Anmerkungen zu seinen Büchern zusammennimmt,* jenen Einblick in die Organisation dieses außerordentlichen Lebens und Schaffens gewährt, die es dem befähigt Mitschauenden und Mitdenkenden gestattet, an den Bemühungen Kafkas aktiv teilzunehmen und sein eigen Seelenheil wie den Frieden der Welt mit verstärkter Kraft anzustreben. Und darauf allein kommt es wesentlich an; — wobei ich nicht übersehen will, daß der systematischen Sichtung und Ordnung des biographischen und autobiographischen Materials sowie der Erschließung neuer Daten noch manche Aufgabe in der Zukunft gestellt sein mag.

> Hauptsächlich tut es not zu wissen, daß, wenn in mir Nicht-Liebe ist, ich schon deshalb, weil diese Nicht-Liebe in mir ist, schuldig bin.
>
> Leo Tolstoi, Tagebuch, November 1896.

I

Eine systematische Darstellung seiner Philosophie und seiner religiösen Weltanschauung hat Kafka nie gegeben. Dennoch lassen sich aus seinem Werk, speziell aus den Aphorismen, aber auch aus den Dichtungen, Briefen, Tagebüchern, ferner aus der Art seiner Lebensführung (vor allem aus dieser) ziemlich deutliche Grundlagen ableiten, die einem Kafkas Stellungnahme zu den Grundphänomenen des Menschseins erschließen.

Seine Stellungnahme war selbstverständlich in verschiedenen Perioden seines Lebens verschieden. Zeiten jugendlichen Spiels, gefolgt von solchen äußerster Skepsis und voll von Verzweiflung, wechseln mit Epochen einer Art von Verankerung im Glauben. Die konflikthaften Situationen, in die er sich gestellt sieht, die Kriegsgreuel seit 1914, die schreckliche Krankheit, – das alles übt fallweise und nachwirkend seinen Einfluß. Auch ist seine Entwicklung in manchen Punkten nicht als abgeschlossen anzusehen. – Wenn man aber erkannt hat, daß seine letzten Lebensjahre (etwa von 1917 angefangen) die weltanschaulich entscheidenden waren, zeigt sich doch eine innere Klärung, ein Resultat seiner Leiden, seines gewaltigen und schmerzlichen Ringens um einen festen Halt. Die Ansicht dieser *letzten* Lebensjahre bietet ein zusammenhängendes, geschlossenes Bild. Die Tiefe, in die dieses Bild mit all seinen Hintergründen hinweist, kann heute noch gar nicht ermessen werden, – sie gibt künftigen Generationen eine Aufgabe, nicht etwa bloß des Erkennens, sondern der Verwirklichung. Würde die Menschheit Kafkas Lehre annehmen, so würde dies das Antlitz der ganzen Erde verändern, – und zwar etwa in derselben Richtung, in die Tolstoi hinweist. Gerade die Verwandtschaft Kafkas mit Tolstoi ist bisher zu wenig bemerkt worden. Sie liegt etwa im Wort Kafkas: »Nicht jeder kann die Wahrheit sehn, aber (jeder kann sie) sein.« Ein wahrhaft tröstliches, ein befreiendes Wort, – hier öffnet sich der Weg zu einer echteren Demokratie als der, die heute zum zweideutigen Schlagwort geworden ist.

Es bedarf keiner langen Erörterung, um zu erkennen, daß eine Darstellung der Lehre Kafkas keinerlei Aequivalent für seine Schriften bietet und vernünftigerweise auch gar nicht zu bieten beabsichtigen kann. Die Schriften seien dem wiederholten Studium der Leser empfohlen. Wenn die Darstellung der Lehre dabei eine noch so geringe Hilfe bietet, hat sie ihren Zweck erfüllt.

Der systematischen Darstellung werden stets die besonderen

Valeurs der Schriften Kafkas fehlen, seine Ironie, sein Humor, seine mit einer gewissen Verschlagenheit des Scharfsinns fast unbegreiflich eng gepaarte Einfachheit. An Nüancen und Unterscheidungen, an überraschenden Ausblicken und Nebenepisoden ist er reich, obwohl er sich oft den Anschein gibt, in schlichter Erzählung nur den Tatsachen zu folgen, und obwohl er sich wirklich von ihnen in einem einzigen großen Zuge hinreißen läßt. Das Subjektive bleibt gegenüber der objektiven Logik der Geschehnisse manchmal so versteckt wie bei Mérimée, – nie aber so absichtlich versteckt wie bei diesem. – Die Vorzüge des Erzählers Kafka, die lyrischen Schönheiten jener Stellen, an denen der Erzähler mit dunkel sinnendem Auge zu verweilen scheint, die Intensität des Aphoristikers, seine unbedingte Wahrheit in der Erforschung seiner geheimsten Gemütsregungen, der besondere Fall und Rhythmus seiner Prosa – das alles sei also hier einfürallemal vorausgesetzt, ohne im Folgenden immer wieder erwähnt zu werden. Auch mit diesem Vorbehalt wird die theoretische Darlegung zum Original sich etwa so verhalten wie der bloße Operntext zum wirklichen Opernwerk, das den Text durch die Musik steigert, erleuchtet, verlebendigt, ihm erst Sinn und eigentliche Inhaltsfülle gibt. Wäre die Musik glatt ablösbar von der Struktur der Oper, so könnte ja der Text für sich allein bestehen. Läßt man sich auf solch einen Versuch ein, so merkt man bald, daß mit der Musik mehr als die Musik zum Text hinzugetreten ist. Eine Theorie der Weltanschauung Kafkas ist beinahe nicht viel mehr als solch ein Operntext ohne Musik.
Aber wenn man das weiß und sich stets vor Augen hält, dann kann auch die Theorie einige gute Arbeit leisten, zumindest manches Mißverständnis aus dem Weg wälzen helfen.

Es ist nie so viel Einkehr und Umkehr gepredigt worden wie heute, – es ist selten so wenig Ernst bewiesen worden wie heute, bei sich selbst (und desgleichen im Zusammenleben der Völker) mit Einkehr und Umkehr den Anfang zu machen.
Bücher, die zu solcher Wandlung auffordern, halte ich dabei durchaus nicht etwa für überflüssig. Sie können in manchen Fällen den Weg weisen, dem Willigen über Schwierigkeiten hinweghelfen. Wichtiger aber, freilich auch unvergleichlich schwieriger ist das Beispiel des gelebten Lebens. Von einem Lebensbeispiel her kann, in zunächst wenig merklichen Anfängen, eine Veränderung der menschlichen Haltung vieler, vielleicht eine innerste Revolution der Weltordnung ihren Anfang nehmen, – wie es in den Tagen des Franciscus von

Assisi oder der Begründer der chassidischen Bewegung oder Tolstois Ansätze hiezu gegeben hat (in gewissem Sinne heute auch durch Kierkegaard, obwohl – ja weil er niemandes Lehrer sein wollte). Den Weg des Verzichtes gehen, indem man die angeborenen Raubtierkrallen nicht gebraucht, so weit es menschenmöglich ist und etwa noch einen Schritt darüber hinaus, niemandem ein Weh zufügen, es sei denn, um Böses zu verhindern, (was allerdings zu den bekannten Widersprüchen führt), sein eigenes Sein zu einem brennenden und dabei ruhigen Herzen der Liebe und nur der Liebe machen, in diesem Bestreben sich dem Geistigen aufschließen, das unendlich ist, und in der Freiheit (als dem Glück der Unendlichkeit solch geistiger Welt) den materiellen Hemmungen sich immer weiter entrückt wissen, wiewohl man die materielle wie die geistige Notlage der Menschheit nie aus den Augen verliert und Abhilfe zu schaffen sucht –: es kann nur sehr unzureichend und fast nur in Paradoxen gesagt, es kann uns aber in unparadoxer Schlichtheit exemplarisch vorgelebt werden.

Kafka hat in unseren Tagen ein solches Exemplum gegeben. Darin liegt seine Bedeutung, – darin reicht sie weit über die Tatsache hinaus, daß er außerdem auch ein exzellenter und origineller Schriftsteller war. Es soll erkannt werden, daß in der Tiefe seiner Persönlichkeit das Vorzügliche seiner dichterischen Leistung mit dem Vorzüglichen seiner ethisch-religiösen Natur zusammenhängt. Es kann gar nicht getrennt werden, höchstens den Worten nach, da es ja eine Tiefe der Persönlichkeit gibt (wenige erreichen diese Tiefenschicht mit ihrem Sein wie mit ihrer Erkenntnis), in der alles mit allem zusammenhängt, in der alle Eigenschaften eines bestimmten Individuums zur Einheit zusammenfließen – und an diesem Punkt sind sie auch reif, mit dem unendlich schöpferischen Sein der Welt eins zu werden. In Erscheinung aber treten in der Regel nur die oberen Schichten einer Person. So hat Kafkas Werk zuerst nur durch eine gewisse Bizarrerie (die er gar nie gewollt hat) Eindruck gemacht. Von da wurden Einzelne zu seinem Kern geführt. Heute kann man zum Glück sagen, daß das große Ansehen, das Kafkas Werk überall genießt, nicht rein-literarisch ist. Ich werde auf die weniger erfreulichen Seiten dieses Erfolgs später zu sprechen kommen, auf den ›Kafka-Boom‹, wie man manchmal zu sagen versucht wäre.* Da und dort ist der viele Lärm um Kafka heute aber doch auch von der Ahnung begleitet, daß hier ein beispielhaftes Leben – in aller Demut zumindest versucht, jedenfalls aufs

* Neulich schrieb mir ein Freund aus Amerika, er sei in einer Gesellschaft mit vier Schriftstellern zusammengetroffen und da habe es sich gezeigt, daß jeder von den vieren ein Buch über Kafka vorbereite.

Ernsteste gewollt worden ist. Der Versuch wurde unter den denkbar ungünstigsten Umständen unternommen, er führte auch, zumindest äußerlich, zu keiner endgültigen Realisierung. Das aber tut seiner Valenz keinen entscheidenden Abbruch. Das Beispiel ist eben doch gegeben, der halsbrecherisch kühne Versuch gemacht worden. Und damit wird die Möglichkeit einer Nachfolge (die niemals eine Nachahmung sein wird) für jeden von uns brennend aktuell. »Entscheide dich«, ist das Wort Kafkas. Und wie von der antiken Statue in einem Gedicht Rilkes geht auch hier der Befehl aus: »Du mußt dein Leben ändern.«

Nicht-Eitelkeit ist die erste Vorbedingung, wenn man im Sinne Kafkas Ernst zu machen gedenkt. Daher sagt er: »Vor dem Betreten des Allerheiligsten mußt du die Schuhe ausziehen, aber nicht nur die Schuhe, sondern alles, Reisekleid und Gepäck, und darunter die Nacktheit, und alles, was unter der Nacktheit ist, und alles, was sich unter dieser verbirgt, und dann den Kern und den Kern des Kerns, dann das übrige und dann den Rest und dann noch den Schein des unvergänglichen Feuers. Erst das Feuer selbst wird vom Allerheiligsten aufgesogen und läßt sich von ihm aufsaugen, keines von beiden kann dem widerstehen.«

Kafka war fast völlig uneitel. Wo er Spuren von Eitelkeit an sich merkte, z. B. einmal bei Erscheinen einer Novelle in einer Zeitschrift, brannte er sie entschlossen, ja grausam aus (vgl. ›Aus den Oktavheften‹ – im 8. Band der Gesamtausgabe). Wenn etwas Gutes und Richtiges geschah oder geschaffen wurde, so war es ihm von Natur aus – und vermöge der scharfen Selbstkontrolle, die er ausübte, um diese natürliche Anlage zu verstärken – völlig einerlei, ob es durch ihn oder durch andere geschah. Seine Freude war dabei die gleiche, – sofern er sich dabei nur nicht etwa einer Pflichtverletzung anzuklagen hatte. Die Pflicht einem andern zuzuschieben: das wäre ihm natürlich erbärmlich erschienen. Aber zu eigenem Ruhme strebte er nichts an. Er drängte das, was er schrieb, nie auf. Man mußte es ihm fast mit Gewalt, jedenfalls mit viel Überredung zu entreißen suchen. Seine Hauptwerke wurden zu seinen Lebzeiten nicht gedruckt. Es gab Perioden, in denen er sie überhaupt nicht veröffentlicht wünschte, – wenn ich auch Grund habe anzunehmen, daß das nicht sein letztes Wort war. (Ich habe das andernorts ausgeführt – in meiner Kafka-Biographie und im Nachwort zum ›Prozeß‹ –, auch die Gründe, die mich veranlaßten, sein ausdrückliches Verbot pro non scripto anzusehen.) Er hat vieles nicht vollendet, vieles selbst vernichtet, um das Schicksal seiner Manuskripte hat er sich ebenso wenig gekümmert wie etwa Schubert. Nach seinem Tode tauchten da und dort Manuskripte auf, viele davon in allerschlimmstem Zustand. Mosaikartig mußten einige seiner besten nachgelassenen Erzählungen (z. B. ›Der Jäger Gracchus‹) aus zerstreuten Notizen zusammengefügt werden. Teile sind in einer Stenographie geschrieben, die allen Regeln widerspricht und, wie ich glaube, kaum von jemand anderem als mir entziffert werden kann. Aber viele Fragmente sind über Blätter, die aus Heften herausgefetzt sind, so hingesplittert, daß ihre richtige Zusammensetzung mir bis heute trotz vieler Mühe nicht gelungen ist. Auch fehlt ja vieles. Es ist wie ein aufregendes Puzzle-Spiel, in das ich mich eingelassen habe. Ich habe es der Mithilfe von Hans Joachim Schoeps, später von Heinz Politzer, jetzt von Frau Ester Hoffe zu danken, wenn die Arbeit zuzeiten keinen ganz hoffnungslosen Eindruck macht.

Die ausschließliche Liebe zum Vollkommenen bewirkte es, daß Kafka alle seine Intensität in die Arbeit selbst einströmen ließ. Die Ergebnisse dieser Arbeit, die seiner Meinung nach (von wenigen Ausnahmen z. B. der Novelle ›Das Urteil‹ abgesehen) *unter* dem Niveau dieser Vollkommenheit lagen, interessierten ihn nicht mehr. Seiner Meinung nach schadeten sie ihm sogar. Die Intensität der Arbeit selbst ging ihm jedenfalls über alles. Ich erinnere mich an unseren Besuch im Pariser ›Musée Carnavalet‹, das Erinnerungen an die große Revolution und ihre Vorgeschichte zeigt. (Es gibt keinen Ort in Paris, den ich häufiger besucht hätte als diesen.) Kafka blieb vor einem alten Stich stehen, der eine Episode aus dem Leben Voltaires zeigt; von dieser Darstellung konnte er sich nicht losreißen, auch später sprach er oft von ihr. Man sieht Voltaire, der eben aus dem Bett aufgesprungen ist, er hat noch die Nachtmütze auf dem Kopf – und, die eine Hand befehlend ausgestreckt, während er mit der andern die Hose hält, in die er schlüpft, beginnt er schon blitzenden Auges seinem Diener, der seitwärts an einem Tischchen sitzt, etwas zu diktieren. Ich verstand wohl, was Kafka an dem Stich (er dürfte überdies noch heute in diesem Museum zu finden sein) so sehr bezauberte: das Feuer des Geistes, die direkt in Geist umgesetzte ungemeine Vitalität eines auserkorenen Menschen.

»*Nur so* kann geschrieben werden, nur in einem solchen Zusammenhang, mit solcher vollständigen Öffnung des Leibes und der Seele« – notiert er am Morgen nach der Nacht, in der er »in einem Zuge« von 10 Uhr abends bis 6 Uhr früh die Erzählung ›Das Urteil‹ niedergeschrieben hatte. »Die vom Sitzen steif gewordenen Beine konnte ich kaum unter dem Schreibtisch hervorziehen.« Alles, was nicht in solcher Selbstvergessenheit und Hingabe geschaffen wurde, hieß bei meinem Freunde »Flickarbeit«. Dies war das Wort, das er häufig gebrauchte, war das Verdammungsurteil, das er kaum je gegen andere, allzu oft gegen sich selbst aussprach. Und zwar nicht nur in Dingen der Literatur, sondern auch in Angelegenheiten des Lebens, in denen er gleichsam (ohne es je zu formulieren) verlangte, daß das Gute, das Vollkommene in einem einzigen grandiosen ununterbrochenen Strome hervorbrechen müsse. Anders war es eben nur Flickarbeit und taugte zu nichts.

Deshalb sehen wir ihn in seinen Tagebüchern mit solcher Inbrunst alle Störung, zuzeiten auch alle Geselligkeit, den Umgang mit den Freunden, den er sonst liebte, heftig abwehren. Nur keine Zerstreuung, nur das Höchstmaß an Konzentration erreichen. Lieber wochenlang, monatelang in der Wüste warten, solange das richtige Wort im Innern nicht erklungen ist! Nur warten, nur Geduld haben, unendlich viel Geduld! – Die Arbeitsmethode Kafkas erinnert an das, was von Leonardo da Vinci berichtet wird. Er habe sich mit seiner Dienerschaft in einem Kloster einquartiert, das ein Bild bei ihm bestellt hatte, dann aber habe er lange gezögert, den ersten Pinselstrich zu tun. »Ganz ebenso hatte er es in Mailand gemacht, ehe er das Abendmahl begann. Tagelang saß er dort, ohne die Hand zu rühren, vor seinem angefangenen Werke, in Betrachtungen verloren, und erwartete den Moment, wo sich ihm das Antlitz Christi so offenbaren würde, wie er es im Geiste zu erblicken wünschte. Es half nichts, daß der Prior des Klosters sich beim Herzog selber beklagte.« – Diese Zeilen im ›Leben Michelangelos‹ von Hermann Grimm rufen mir sehr lebhaft Kafkas Beziehung zu seiner Arbeit in Erinnerung, – von der »Dienerschaft« abgesehen, die in seine bescheidene Lebensführung allerdings nicht hineingepaßt hätte.

Um der Vollkommenheit willen verband ihn eine tiefe Liebe mit dem gesegneten Andenken des großen Meisters Gustave Flaubert. Darüber wie wir beide uns in das Studium der Werke und auch der Briefe Flauberts, der Memoiren seiner Nichte und alles Biographischen vertieften, das mit dem verehrten Mann zusammenhing, sogar in die Lektüre der Dichtungen seines Freundes Bouilhet, habe ich schon manches berichtet. Hier Ergänzungen: Unter den Büchern, die Kafka mir schenkte, befindet sich auch René Dumesnil ›Flaubert (son hérédité, son milieu, sa méthode)‹ und François Coppée ›Souvenirs d'un Parisien‹, – letzteres wohl nur wegen der Erinnerungen Coppées an Flaubert. In beiden Büchern, die in meiner Bibliothek stehen, sind die Bleistiftstriche noch frisch, mit denen Kafka einige Stellen angestrichen hat. In dem Buch von Dumesnil sind es vor allem auf Flauberts Vater und seine

Mutter bezügliche Stellen. Bei Coppée das Kapitel ›Les belles phrases de Gustave Flaubert‹. Coppée erzählt, wie er sich mit Flaubert, als er ihn bei der Prinzessin Mathilde kennen lernte, in der Liebe zu schöngebauten Sätzen der Klassiker und anderer, auch weniger bekannter Autoren traf. Flaubert wußte eine Fülle solch schöner Prosasätze auswendig, »une excellente anthologie de la prose française« – alle hatte er der furchtbaren Probe seines »gueuloir«, seiner Brüll-Methode, unterworfen. Nur dann ist ein Satz gut, wenn er diese Probe besteht, – das war eine These Flauberts. Einmal deklamiert er dem erstaunten Coppée lange Stücke aus Montesquieus ›Geist der Gesetze‹, den berühmten Dialog zwischen Sulla und Eucrates. Immer wieder unterbricht er sich, voll von Entzücken, wiederholt Sätze mit der Wollust eines Liebhabers, – an einer Stelle aber ist er von Bewunderung wie erstickt (suffoqué d'admiration). – Ich habe es noch heute im Ohr, wie Kafka mir den letzten Teil dieser Episode vorlas. Es war, als wäre Flaubert selbst lebendig geworden, – seine Stimme zitterte durch das Zimmer. Ich lasse diese mir teuren Zeilen (gerade in ihrer Halbverrücktheit sind sie mir teuer) in Coppées Original hier folgen:

»›Sylla, lui dis-je‹... Là, Flaubert s'arrêtait toujours, suffoqué d'admiration. ›Sylla, lui dis-je‹ répétait-il en faisant traîner le ›lui dis-je‹ comme la vibration mourante d'un gong... ›Est-ce beau! Toute l'histoire romaine est là dedans!‹«

Kafka lächelte und hatte Tränen in den Augen, als er mir das vorlas.

Er liebte es, Stellen vorzulesen, die er bei Autoren (oft auch solchen, die sonst von niemandem geschätzt wurden) als inspiriert aufgefunden hatte – und seine ganze Begeisterung flammte auf, wenn er mit stillen, aber aufs Äußerste überzeugenden Gesten seinen Fund ins rechte Licht setzte. So hat er mir auch einmal, und zwar auf der Gasse, beim Licht einer Straßenlaterne (ich sehe die Stelle noch vor mir, es war auf dem Altstädter Ring, beim Eingang zur Langengasse) aus einer kleinen Talmud-Anthologie, einem zerfetzten Heftchen, jene Erzählung vorgelesen, deren Hauptsatz dann der Angelpunkt meines Buches ›Heidentum, Christentum, Judentum‹ (1921) geworden ist, der Satz Schimon bar Jochais: »Mir ist ein Wunder widerfahren; daher will ich eine nützliche Einrichtung treffen.« – Ja, auch diesen Satz wie so vieles andere verdanke ich meinem Freunde.

Das absolute Bestehen auf der Wahrhaftigkeit des Ausdrucks, das Suchen des *einen*, völlig richtigen Wortes für eine Sache, diese sublime Werktreue, die sich mit nichts zufrieden gab, was auch nur im Geringsten mangelhaft war, das sind Eigenschaften, die das schriftstellerische Profil Flauberts und Kafkas wie ihren menschlichen Adel kennzeichnen. Die Energie, mit der Kafka alles ablehnte, was sein Werk und sein Leben hätte verfälschen können, bot gemeinsam mit seinem sonst so bescheidenen zurückhaltenden unauffälligen Wesen für Fernstehende manchmal einen verwirrenden Aspekt. Was war das, – ein aufs Äußerste gefälliger, entgegenkommender, sanfter, geradezu schüchterner junger Mensch, der aber doch, wenn man gewisse Punkte berührte, völlig unzugänglich, ja hart und eigensinnig werden konnte? Viele wußten das nicht zusammenzureimen und meinten, es mit einem Sonderling zu tun zu haben, während Kafka doch in allem und jedem die unverkünstelte Natürlichkeit selbst war. Nicht leicht hatte er sich zu dieser Schlichtheit erzogen, in den Jugendbriefen und Jugendschriften findet sich noch (zusammen mit der spitzen Kurrentschrift) manche barocke Kuriosität, – die aber auch hier kaum je über den Rahmen des Anmutigen hinausgeht. Je weiter Kafka in der Liebe zur letzten Vollkommenheit fortschritt (ein Zug, der sich gleicherweise in seinem Schreiben wie in seiner Lebensführung ausdrückte), desto entschiedener neigte er zu maßvoller Einheitlichkeit und Größe der Konzeption. Er versank in seine Arbeit bis zu völliger Entrücktheit. »Schreiben als Form des Gebetes.« Daher liebte er es nicht, in kleinen Quanten zu schreiben, mit Störungen zwischendurch. Das vermochte er auch gar nicht. Er brauchte viele, viele Stunden in ununterbrochener Folge hintereinander (am besten in der Nacht), um sich richtig loszulassen, fliegen lassen zu können. Aber tagsüber war er an sein Büro gefesselt, zeitweise sollte er auch noch nachmittags in der Fabrik seines Schwagers die Aufsicht führen. An der Unmöglichkeit einer richtigen Zeiteinteilung wetzte sich seine Seele wund, die zu weitem ruhigem Aufschwung langsam, tiefatmend ansetzte. Hier wurde auch zum erstenmal seine Gesundheit erschüttert. Denn er brauchte die schrankenlose Ausbreitung in der Zeit, die gewaltigen ungebrochenen Räume. Nichts war ihm so sehr verhaßt, wie das Forcierte, Schrille, das Gewollte, das er manchmal als »Hilfskonstruktion« bezeichnete, das sensationell Aufgemachte, das ohne innere Nötigung aus einem halbleeren Herzen kommt und sich groß aufbläst. Daher suchte und fand er nie eine Beziehung zum Werk Oscar Wildes, Wedekinds oder Sternheims. – Die Ehrgeizlinge und Lärmmacher der Literatur blieben ihm fremd. Seine Kraft, das ihm nicht Gemäße still zurückzuweisen, war bei aller Verbindlichkeit der äußeren Formen unzerbrechlich. Auch gegen sich selbst wandte er diese Abweisungskraft im strengsten Grade an, – seine Anmerkungshefte sind voll von Einfällen, die eine Strecke weit fortgeführt werden, und dann heißt es, offenbar weil weitere Inspiration sich nicht zwanglos einstellte: »Nein, nein.« Es ist wie ein Aufschrei, der auf dem Weg zur Vollkommenheit Unreines zurückscheucht. Sofort bricht er die Aufzeichnung ab und kommt nie mehr auf sie zurück. Er scheut die »Flickarbeit«. Auch dafür findet sich übrigens in den Tagebüchern Tolstois ein Analogon; sehr oft ist da einem aufgezeichneten Gedanken in Klammern die Bemerkung »unrichtig« oder »unklar« oder »Unsinn« nachgesendet.

II

Zentral für Kafkas Lehre ist das 50. Aphorisma in den ›Betrachtungen über Sünde, Leid, Hoffnung und den wahren Weg‹ (bisher im 6. Band der ›Gesammelten Schriften‹ – jetzt im 8. Band der neuen Gesamtausgabe, die bei Schocken in New York, deutsch bei S. Fischer, erscheint). *»Der Mensch kann nicht leben ohne ein dauerndes Vertrauen zu etwas Unzerstörbarem in sich.«* – Kafka führt dann aus, daß dieses Unzerstörbare und das Vertrauen darauf den Menschen verborgen bleiben oder sich unter Formen eines unverstandenen Mythos verstecken kann, daß es aber dennoch unter allen Umständen wirkt. »Glauben heißt: das Unzerstörbare in sich befreien, oder richtiger: sich befreien, oder richtiger: unzerstörbar sein, oder richtiger: sein.«
Dieses »Unzerstörbare« ist an anderer Stelle als die »geistige Welt« agnosziert. Kafka ist des Glaubens, daß es nichts anderes gibt als diese geistige Welt. Was sonst als Welt, als Welt der Sinne sich vordrängt, ist nur Täuschung. Bei starkem Erkenntnislicht kann man die sinnliche Welt in ihr Nichts auflösen, nur »vor schwachen Augen wird sie fest«. »Die feste Abgegrenztheit der menschlichen Körper ist schauerlich.« – Man könnte hier meinen, daß Kafkas Doktrin direkt von den Erkenntnissen Platons herstammt, würde nicht andrerseits gerade aus dem Zitierten hervorgehen, daß er bis zur letzten Konsequenz und Paradoxie Platons nicht vorgestoßen ist, – zumindest theoretisch hat Kafka Platons Grundproblem (das Zusammenbestehen des Individuellen, Konkreten mit der »Idee«) allzu sehr vereinfacht. Praktisch aber ist er an dieser Komplikation nie vorbeigegangen, er hat sie bis in die tiefste Dialektik der Welt hinein mit immerwährender Anspannung erlebt, – die theoretische Auseinanderwicklung war nicht seine Sache.
Wenn man sich mit Kafka in den Gedanken einfühlt, daß es nichts gibt als die Welt des Geistes (des Guten, der Liebe), dann hat man die »Gewißheit« und kann die »Hoffnung«

als überflüssig, als überholt verabschieden. Für den, der in die geistige Welt eintritt, gibt es daher nur noch »das Ziel«. Er hat es erreicht. Er bedarf keines »Weges«, denn im Augenblick, heute und hier, befindet man sich ja schon in der geistigen Welt. Ekstatisch beschreibt Kafka dieses Erlebnis: »Mit dem Himmel Brust an Brust. Friede, Versöhnung, Versinkung.« Im Gespräch mit dem Anthroposophen Dr. R. Steiner bekennt er sich zu »hellseherischen Zuständen«. Mit Mißtrauen betrachtet er die, die den Weg suchen und für die dies Suchen vielleicht nur eine Ausrede ist, den entscheidenden Schritt zu tun: »Was wir Weg nennen, ist Zögern.« Sehr nahe kommt er dabei einer Tagebucheintragung Tolstois vom 26. Juni 1899: »Beständig denkst du daran, wie gut du es haben wirst, wenn das Gute einmal eingetreten sein wird. Doch das Gute wird nicht, sondern es ist oder ist nicht.« – An anderer Stelle lesen wir bei Kafka: »Erkenntnis (d.h. dessen, was gut und was böse ist) haben wir. Wer sich besonders um sie bemüht, ist verdächtig, sich gegen sie zu bemühn.« Und wie kraftvoll weiß Kafka, den einige seiner Ausleger zum Dekadenten Apostel der Ratlosigkeit stempeln möchten, um die befreiende Gewalt unseres menschlichen Willens, der Freiheit; während allerdings im Zyklus ›Er‹ das Fehlen des Gefühls der Freiheit, ja sogar der »Vorstellung der Freiheit« beklagt wird – doch vielleicht will sich Kafka vom Subjekt gerade dieser Betrachtungen distanzieren und spricht deshalb dort von »er« statt von »ich« (V, 279 ff.) – jedenfalls bezeichnen diese ›Er‹-Aphorismen einen Tiefpunkt, ein Erlahmen seiner Glaubenskraft. (Dichterisch gehören sie in ihrer stillen Trauer zu dem Schönsten, was er geschrieben hat.) Auf die Höhe der Glaubenskraft, des Freiheitsbewußtseins führen dagegen Aphorismen wie Nr. 95: »Das Böse ist manchmal in der Hand wie ein Werkzeug, erkannt oder unerkannt läßt es sich, *wenn man den Willen hat,* ohne Widerspruch zur Seite legen.« Hier mag eingeschaltet werden, daß Maimonides die Überzeugung von unserer Willensfreiheit als ein Hauptstück der jüdischen Lehre bezeichnet; – während christliche Lehrer wie Augustinus und Luther den Willen für unfrei halten. In der katholischen Kirche ist die Frage des Determinismus seit Jahrhunderten kontrovers, mit stärkerer Hinneigung zur Unfreiheit zugunsten der göttlichen Gnade. – Kafkas Denken ist durchaus auf der Überzeugung von der Freiheit des Menschen aufgebaut, in die geistige Welt eintreten zu können. »Dieses Gefühl: ›hier ankere ich nicht‹ – und gleich die wogende tragende Flut um sich fühlen!«

Nun erscheint freilich die Welt des unbeirrbar Guten, die zu wählen ist, so erhaben, daß der Mensch Angst vor ihr hat.

Kafka selbst kennt diese Angst sehr genau. »Das Gute ist in gewissem Sinne trostlos«, gesteht er mit verblüffender Aufrichtigkeit (nämlich dann, wenn man es nur als Pflicht ausübt, wenn die Liebe nicht von innen her wirkt). Namentlich in den Tagebüchern aus Spindelmühle 1922 ist diese Angst vor dem Eintritt in die Welt Gottes so stark fühlbar, daß als drohende Alternative (wie bei Hölderlin) der Wahnsinn auftaucht. In rührender Weise beschwichtigt Kafka sich selbst, wie man zu einem Kinde redet: »Nichts Böses! Hast du die Schwelle überschritten, ist alles gut. Eine andere Welt, und du mußt nicht reden.«

Im Einvernehmen damit schreibt er wiederholt Aperçus wie: »Stummheit gehört zu den Attributen der Vollkommenheit.« Und auch hier mag man an Sokrates und Platon erinnert werden, an das »Nicht-Wissen« des Sokrates, an das »Arrheton«, das Nicht-Aussagbare, zu dem Platon auf den höchsten Spitzen seines Erlebens gelangt. Und der sanfte, einsichtsreiche Novalis gesellt sich zu ihnen: »Freundschaft, Liebe und Pietät sollten geheimnisvoll behandelt werden. Man sollte nur in seltnen vertrauten Momenten davon reden, sich stillschweigend darüber einverstehen. – Vieles ist zu zart, um gedacht, noch mehreres, um besprochen zu werden.«

Kafka, den ja überhaupt sein Radikalismus auszeichnet, geht noch weiter. Er lebt (in seinen ausgezeichneten Momenten) so völlig in der Welt Gottes, daß er sogar das »Wunder« ausschließt. Die Welt Gottes und des Geistes ist ihm dann eben zur zweiten Natur geworden, nein, zur ersten. Sie ist ihm das Vertrauteste, was es gibt, tageshell und einfach. Diese Aphorismen Kafkas sind ganz besonders charakteristisch für ihn: »Wer glaubt, kann keine Wunder erleben. Bei Tag sieht man keine Sterne.« »Wer Wunder tut, sagt: Ich kann die Erde nicht lassen.« Das Wunder erscheint ihm, von oben her gesehen, als Kompromiß mit der Welt der Sinne. Dies gibt (nebenbei bemerkt und ins Ästhetische transponiert) eine ausreichende Erklärung dafür, daß in Kafkas Erzählungen das Seltsamste, Wunderlichste auf gleichsam leichte, harmlose, natürliche Art vor sich geht, ohne der geringsten Erklärung oder Rationalisierung etwa im Stil von E. A. Poe, E. Th. A. Hoffmann oder Barbey d'Aurévilly zu bedürfen. Wer hier immer auf Träume rekurrieren zu müssen glaubt, zeigt damit nur an, daß er die Erlebnishöhe Kafkas nicht erreicht hat.

Versuchen wir nun den Gegenpol der Konzeption Kafkas zu erfassen: Der in sich ruhenden seligen Welt (die bei Kafka auch im Symbol des »Schlosses« erscheint, das dem Menschen in seinem Alltag unerreichbar bleibt, des »Gesetzes«, in

das er einzutreten versäumt, der »kaiserlichen Botschaft«, auf die er träumerisch sehnend wartet usw.) tritt nun der Mensch als das unvollkommene Wesen gegenüber, das er wirklich ist – und versteht Gott nicht, kann ihn nicht fassen, außer in sehr entfernten Ableitungen. Es ist die »Unmöglichkeit des Einzelnen, dauernd gut zu sein«, die ihn hindert, die in ihm als ein »Teufel« den erbitterten Kampf gegen das »Unzerstörbare« führt. (Band VI. 222, 223 der älteren Ausgabe.) – »Was tue ich«, fragt Kafka, »wenn die sichtbaren Krallen des Guten nach mir greifen?« »Ich weiche einen Schritt zurück« (dies die Antwort) »und rücke weich und traurig ins Böse, das hinter mir die ganze Zeit über auf meine Entscheidung gewartet hatte.«
So wird neben der Vollkommenheit des »Ziels«, des Lebens im Geiste, die Unvollkommenheit des Menschen zum zweiten Hauptthema Kafkas.
Man kann die Frage aufwerfen, ob Kafka eine schicksalhafte *Notwendigkeit* darin gesehen hat, daß der Mensch sein höchstes und einziges Ziel nicht erreicht, daß er immer nur irrt, nur Scheinerfolge erzielt –, oder, etwas optimistischer ausgedrückt, daß er zwar in der Annäherung an das Unendliche erreicht, was menschlich erreichbar ist und was sich auch als sinnvoll erweist; ohne daß er dabei aber je in das Absolute wirklich einträte, da die Entfernung auch bei gesteigerter Annäherung doch immer unüberbrückbar, der letzte Schritt nicht durchführbar bleibt.
Tatsächlich hat Kafka in seinen großen Romanen (vom Schluß des ›Amerika‹-Romans etwa abgesehen) und in vielen seiner Erzählungen immer wieder, in mannigfachen Variationen die Erfolglosigkeit menschlichen Strebens nach letzter, absoluter Reinheit und die Irrwege dieses Strebens, das von allen Kobolden ausgelacht wird, dargestellt. Daher der überwiegend pessimistische Klang seines Werkes. In seinen Aphorismen aber, in denen er die Quintessenz seines Glaubens gibt, in einigen Fragmenten und Tagebuchnotizen hat er doch, wie mir scheint, die Erreichung des Zieles behauptet und nicht bloß postuliert, auch direkt dargestellt, insoweit eben ein solch metaphysisches Faktum noch darstellbar ist. Als habe er vorausgesehen, daß man einmal dieses direkte Eintreten in die göttliche Existenz als unmöglich oder als bloße Illusion oder als vergänglich und daher durch den Zeitablauf widerlegt ansehen könnte, formuliert er von seinen vielen Paradoxen das schärfste und stärkste in folgenden Worten: »Er ist der Meinung, man müsse nur einmal zum Guten übergehen und sei schon gerettet, ohne Rücksicht auf die Vergangenheit und sogar ohne Rücksicht auf die Zukunft.« Das Wichtigste ist hier der Schlußpassus: »Sogar ohne Rück-

sicht auf die Zukunft.« Also auch dann, wenn man aus dem Guten wieder herausfällt, wenn man den Zusammenhang mit dem Absoluten wieder verliert, ist und bleibt man gerettet. Denn die auch nur einmalige Berührung mit dem Absoluten hat einem ein Heilsmal eingebrannt, das nie mehr verschwindet, sie verleiht einem einen »character indelebilis«; nachfolgende Zeit kann nicht rückgängig machen, was seinem ganzen Wesen nach in die Sphäre des Zeitlosen gehört.

Und dennoch umfaßt das Reich Kafkas eine Fülle von labyrinthischen Gängen und von Menschen, die in solchen Gängen von ihrer Bestimmung abgetrieben werden. – Kafka selbst gibt keinen Hinweis darauf, wie der Widerstreit zwischen der quasi-alltagsmäßigen Welt seiner Romane und den überirdisch aufleuchtenden Höhepunkten seiner Aphorismen geschlichtet werden soll. Offenbar hatte er hier gar nicht das Bedürfnis nach einem Ausgleich, einer In-Eins-Setzung der beiden dialektischen Pole. Ich selbst bin der Ansicht, die ich in der ›Einleitung‹ ausgedrückt habe. Die Aphorismen also stellen das richtige Verhalten des Menschen dar; die Romane schildern die Strafe des ewigen fruchtlosen Umherirrens für den Fall, daß man das einzig richtige Verhalten versäumt.

Fraglos, daß Kafka selbst an seinem Widerspruch, an dem vielleicht unausweichlichen Gegensatz von Ziel und Weg schwer gelitten hat.

Viele Seiten der Tagebücher Kafkas handeln von diesem Kampf, den von Aufrichtigkeit strahlenden Tagebüchern Tolstois vergleichbar. – Es scheint mir dabei, daß Kafka schärfer blickt als Tolstoi, mehr Illusionen durchschaut, auch die des Asketen (VI, 221, 222), des ›Hungerkünstlers‹, den er so ergreifend geschildert hat. – Die nicht durchgefühlte Enthaltsamkeit ist kein Ausweg für ihn. Auch die fürchterliche Strenge des »alten Kommandanten« (vgl. die ›Strafkolonie‹) bietet nicht die rechte Abhilfe, obwohl der leichtfertige Libertinismus, die allzu gefühlvolle Disziplinlosigkeit des neuen Regimes gleichfalls verworfen werden. Wo öffnet sich der schmale Weg zwischen diesen Extremen? Solange Kafka am »Ziel« ist, erscheint ihm jeder »Weg« als bloße Ausflucht, als »Zögern«. Aber in neue Zweifel geworfen, ist er doch wieder auf das Suchen des Weges angewiesen. Dieser innere Widerspruch in der Welt Kafkas hängt mit dem zusammen, was ich oben im Bild einer mangelhaften Platon-Interpretation angedeutet und für meinen Teil in einigen Schriften* anders zu erfassen versucht habe. Doch

* vgl. insbesondere mein Buch ›Diesseits und Jenseits‹.

jedenfalls existiert dieser Weg, daran zweifelt Kafka nicht, der Weg ist sogar »deutlich erkennbar« (VI, 160), allerdings wird die Gefahr, sich zu verirren, als eine riesenhafte kund. Ein einziger Schritt vom Wege ab und man ist »gleich tausend Schritt im Wald, verlassen, daß man umfallen möchte und liegen bleiben für immer« (vgl. dazu den Schluß der Novelle ›Ein Landarzt‹). – Dennoch bleibt, über alle Schwierigkeiten hinweg, Kafkas Glauben unerschüttert. Er paraphrasiert die Erzählung vom Sündenfall im Paradiese und wendet sich dabei deutlich gegen die christliche Auffassung, daß damit eine »Erbsünde« gesetzt worden sei, daß die gute Natur des Menschen durch Adams Schuld für immer gelitten habe. »Wenn das, was im Paradies zerstört worden sein soll, zerstörbar war, dann war es nicht entscheidend; war es aber unzerstörbar, so leben wir in einem falschen Glauben.«
Wieder erscheint dieses »Unzerstörbare« im Menschen als der zentrale Punkt von Kafkas Weltgefühl. Ja, es bekommt (Aph. 70, 71) eine Präzisierung: »Das Unzerstörbare ist eines; jeder einzelne Mensch ist es und gleichzeitig ist es allen gemeinsam, daher die beispiellos untrennbare Verbindung der Menschen.« An anderer Stelle (Aph. 102): »Alle Leiden um uns müssen auch wir leiden. Wir alle haben nicht *einen* Leib, aber *ein* Wachstum, und das führt uns durch alle Schmerzen, ob in dieser oder jener Form.« An anderer Stelle (und so könnten noch viele übereinstimmende Hinweise Kafkas auf diese wichtige Einsicht angeführt werden): »Mitteilen kann man nur das, was man nicht ist, also die Lüge. Erst im Chor mag eine gewisse Wahrheit liegen.« Noch deutlicher: »Er war früher Teil einer monumentalen Gruppe. Um irgendeine erhöhte Mitte standen in durchdachter Anordnung Sinnbilder des Soldatenstandes, der Künste, der Wissenschaften, der Handwerke. Ein jeder von diesen Vielen war er. Nun ist die Gruppe längst aufgelöst oder wenigstens er hat sie verlassen und bringt sich allein durchs Leben. Nicht einmal seinen alten Beruf hat er mehr, ja er hat sogar vergessen, was er damals darstellte. Wohl gerade durch dieses Vergessen ergibt sich eine gewisse Traurigkeit, Unsicherheit, Unruhe, ein gewisses die Gegenwart trübendes Verlangen nach den vergangenen Zeiten. Und doch ist dieses Verlangen ein wichtiges Element der Lebenskraft oder vielleicht sie selbst.« Was aber der Terminus »Lebenskraft« bei Kafka bedeutet, ergibt sich aus Notizen wie der folgenden (VI, 161): »Geringe Lebenskraft, mißverständliche Erziehung, Junggesellentum ergeben den Skeptiker« (»aber nicht notwendig«, setzt er als Trost für sich selbst dazu).
Kafka geht also vom Einzelnen, vom Ich aus, – aber gerade im Ich, wenn es mit voller Wahrheit, in Gotthingegebenheit,

in Liebe erlebt wird, fühlt sich der Mensch eins mit all seinen Mitmenschen. Daher sucht Kafka (im ›Schloß‹) die Verbindung mit den Bauern des sich feindlich vor ihm abschließenden Dorfes, weil er ahnt, daß ihm diese Verbindung helfen würde, den Weg ins Schloß zu finden. Und umgekehrt: wer mit sich selbst ernst macht, dem erschließt sich die Gruppe, das Volk, das All der Menschheit und aller Kreatur. »Geständnis, unbedingtes Geständnis, aufspringendes Tor, es erscheint im Innern des Hauses die Welt, deren trüber Abglanz bisher draußen lag.« Hier wird die Verwandtschaft mit Novalis (den Kafka meines Wissens nie gelesen hat) ganz deutlich. Bei Novalis heißt es: »Wir träumen von Reisen durch das Weltall; ist denn das Weltall nicht in uns? Die Tiefen unseres Geistes kennen wir nicht. Nach innen geht der geheimnisvolle Weg.«

III

Das richtig erlebte Ich und die richtig erlebte Gemeinschaft sind also für Kafka nicht etwa Gegensätze, sondern sie fallen in eins zusammen. Daher kann man Kafka weder als Kollektivisten noch als Individualisten auffassen. Sondern sein zentraler Begriff des »Unzerstörbaren« steht genau da, wo der scheinbare Gegensatz zwischen Ich und Kollektiv als scheinbar erkannt und als wesenlos aufgehoben wird.
Wenn also Kafka von Individualismus, Einsiedlertum, Junggesellentum spricht, so ist das immer (und hier liegt sein entscheidender Gegensatz gegenüber Kierkegaard) im negativen, im kritischen Sinne gemeint. Kierkegaard war mit Begeisterung Junggeselle, er sah im Verzicht auf die Frau ein göttliches Gebot, ja ein Grundelement seines Christentums. Für Kafka ist umgekehrt der asoziale Junggeselle ein Symbol für jenen Menschentyp, der ihm alles Schlechte, Mangelhafte repräsentiert. So wird in einem Tagebuchblatt des Jahres 1912 ein Sonntagsausflug geschildert, bei dem es überall nur Paare und Familien gibt. Dann heißt es: »Allein gelassene Männer suchten sich noch mehr abzuschließen, indem sie die Hände in die Taschen steckten. Es war kleinliche Narrheit.« — An sich selbst stellt Kafka immer wieder im Tagebuch die »Beamtenlaster der Schwäche, Sparsamkeit, Unschlüssigkeit, Berechnungskunst, Vorsorge«, also Egozentrizität fest — und all dies zusammengenommen nennt er »Junggesellentum«, dem er übrigens schon in seinem ersten Buche eine melancholische Schilderung (›Das Unglück des Junggesellen‹) widmet und auf das er in vielen seiner Entwürfe und Fragmente immer wieder zurückkommt. Die ungeheure metaphysische Be-

deutung, die Kafka der Ehe beimaß, hängt damit zusammen. – Selbstverständlich besaß Kafka die erwähnten »Beamtenlaster« in weit geringerem Maße als die meisten Menschen; aber auf seinem Wege der allerstrengsten Gewissensprüfung, der der Weg (ich gebrauche das folgende Wort mit Vorbedacht) eines Heiligen war, schickte es sich, die eigenen Mängel unter das stärkste Vergrößerungsglas zu legen, das erreichbar war.

Nochmals: »Individualismus« ist im Munde Kafkas nicht Lob und Zustimmung, sondern Kritik und Ironie. Das hat Pierre Klossowski übersehen, wenn er in seinem (im Übrigen viel Ernst beweisenden) Vorwort zur französischen Übersetzung von Kafkas Tagebüchern (Journal Intime, Editions Bernard Grasset) in einem Aphorisma Kafkas ein Zusammenfließen des jüdischen und christlichen Gedankens (une confluence du Judaisme et du Christianisme) konstatieren will.

Man muß Klossowski Dank dafür wissen, daß er (im Gegensatz zu anderen Kommentatoren) drei Dinge richtig hervorhebt: 1. daß Kafka kein uferloser Pessimist und Dichter der Verzweiflung war, daß er sogar eine deutliche Abneigung gegen alle Systematisierung der Verzweiflung (»aversion indubitable pour toute systématisation du désespoir«) an den Tag gelegt hat. Wie könnte auch ein tiefreligiöser Mensch, der an das »Unzerstörbare« im Menschen, in allen Menschen glaubt, verzweifeln! Ich werde gegen jene noch einiges zu sagen haben, die in Kafka nur Negatives, Selbstzerstörerisches, Ausweglosigkeit, die Romantik und Phantastik des verlorenen Sohnes sehen wollen und die sich dabei etwa auf seinen (von mir überlieferten) mündlichen Satz: »Unendlich viel Hoffnung – nur nicht für uns« stützen. Verzweifeln kann nur der isolierte Mensch, der Junggeselle. Und nicht einmal er *muß* es, wie Kierkegaards Beispiel zeigt. 2. Klossowski betont darüber hinaus den positiven Sinn dieses seines richtigen Einblicks in das Wesen Kafkas. »Wir können in keinem Falle von ihm so sprechen, als habe er keine Vision eines letzten Zieles gehabt.« »Nous ne pouvons en aucun cas parler de lui comme s'il n'avait pas eu de vision finale.« 3. Endlich wird energisch abgelehnt, Kafka unter rein ästhetischem Blickwinkel zu sehen. Er ist, auch als Schriftsteller, in erster Reihe ein Phänomen der religiösen Welt. Daß Kafka überdies selbst eine rein ästhetische Deutung seiner Schriften abgelehnt hat, geht aus seinen Äußerungen über das Wesen der Kunst hervor:* »Die Kunst fliegt um die Wahrheit, aber mit der entschiedenen Absicht, sich nicht zu ver-

* VI, 229, 228 und Aph. 63.

brennen. Ihre Fähigkeit besteht darin, in der dunklen Leere einen Ort zu finden, wo der Strahl des Lichts, ohne daß dies vorher zu erkennen gewesen wäre, kräftig aufgefangen werden kann.« – »Selbstvergessenheit und Selbstaufhebung der Kunst: Was Flucht ist, wird vorgeblich Spaziergang oder gar Angriff.« – »Unsere Kunst ist ein von der Wahrheit Geblendet-Sein: Das Licht auf dem zurückweichenden Fratzengesicht ist wahr, sonst nichts.« Dasselbe besagt sein ganzes Verhalten in Kunst-Fragen, vor allem aber die wundervolle schwermütige Darlegung in den ›Er‹-Aphorismen (V, 281), die mit den Worten beginnt: »Es handelt sich um Folgendes: Ich saß einmal vor vielen Jahren etc.« Hier erscheint die Kunst als »eine Verteidigung des Nichts, eine Verbürgerlichung des Nichts, ein Hauch von Munterkeit, den er dem Nichts geben wollte.« Kunst läßt Kafka nur dann gelten (ganz ebenso wie Platon und Tolstoi es tun, letzterer allerdings von vielen irrigen Details geplagt), wenn sie religiöse Valenz hat. Daher sagt ja Kafka: »Schreiben als Form des Gebetes.« Ein andermal ist sie ihm ein »Hinausspringen aus der Totschlägerreihe« (siehe unten). Das sollte, dächte ich, deutlich genug sein. Wird aber doch von manchen Kommentatoren geflissentlich übersehen.

Stimme ich bis hierher überein, so muß ich gegen andere Ansichten Klossowskis doch starke Bedenken erheben. Sie beginnen bei der Interpretation des oben erwähnten Aphorismas vom Messias (VI, 226). Wenn Kafka an anderer Stelle davon spricht, daß der wahre Glaube darin besteht, das »Unzerstörbare in sich zu befreien«, so meint er damit jene Tat, die jedem Einzelnen von uns und überdies allen gemeinsam auferlegt ist. Das Unzerstörbare in uns freilegen – bis auf den tiefsten Urgrund unseres Ich vorstoßen – das wird von Kafka einmal auch dahin erklärt: »Die Angst vor dem Tode und das Verlangen, ihn zu widerlegen« (V, 287), noch deutlicher im 88. Aphorisma: »Der Tod ist vor uns, etwa wie im Schulzimmer an der Wand ein Bild der Alexanderschlacht. Es kommt darauf an, *durch unsere Taten noch in diesem Leben* (NB. von mir gesperrt) das Bild zu verdunkeln oder gar auszulöschen.« Wer österreichische Gymnasien erlebt hat (und Kafka wie ich wurden in solchen Gymnasien erzogen), der kennt das große Wandbild, nach einem berühmten antiken Mosaik angefertigt, das den mordenden, sogenannten Helden Alexander von Makedonien und den furchtbaren Schreckensblick des von Alexanders Lanze durchbohrten Persers, das Leid des Besiegten zeigt. Es ist der grauenhafte Würgegriff am Hals, von dem Kafka an einer anderen Stelle (VI, 164) spricht, der Griff der Kausalität, die gewöhnliche Ordnung der Natur, in der der Stärkere notwendig den Schwächeren unterjocht und nichts von der Freiheit des Geistes weiß. Kafka stellt einmal dar, wie er sich von einem Unbekannten gewürgt fühlt, wie er selbst aber wieder einen dritten würgt. »Und so setzt es sich fort bis zu den Bewegungen der Gestirne und darüber hinaus. Alles fühlt den Griff am Hals.« So will es der Lauf der Welt, so ist es im Bild der ›Alexanderschlacht‹ konkretisiert. Wir aber sollen das nicht mitmachen. Wir sollen dieses Bild der Schlacht, des gegenseitigen Abschlachtens »durch unsere Taten« »auslöschen«, wir sollen jenes große »Halt« rufen, von dem in Kafkas erschütternder Erzählung von der Zirkusreiterin die Rede ist (›Auf der Galerie‹, Band I). In einer Tagebuchnotiz spricht Kafka von der Kunst als einem »Hinausspringen aus der Totschlägerreihe«. »Je höher sie ist, je unerreichbarer von der ›Reihe‹ aus, desto unabhängiger wird sie, desto mehr eigenen Gesetzen der Bewegung folgend, desto unberechenbarer, freudiger, steigender ihr Weg.« – Die Kunst steht hier als Repräsentant jener Grundphänomene der Freiheit, die ich als »Zerbrechen der Kausalstruktur« beschrieben habe; dieselbe Freiheit von der Materie liegt also der Ethik Kafkas, wie der praktischen Lehre Tolstois zugrunde, man hört sie auch bei jedem jüdischen Begräbnis ausgerufen: »Wohltun rettet vor dem Tode« – nämlich vor dem ewigen Tode des kausalen Kriegs aller gegen alle, dem Würgegriff des Ego, dem Verworfensein vor Gott. Denn, wie Kafka sagt: »Unsere Rettung ist der Tod, aber nicht dieser.« Der Tod, der zur Unendlichkeit der geistigen Welt hinüberleitet, ist aufs höchste wünschenswert; der banale Tod, der alles unverändert läßt, der den Menschen nur aus einer hassenswerten Zelle in eine andere ebensolche übersiedelt (Aph. 13), ist nichts als eine Grausamkeit (VI, 234): »Ein scheinbares Ende verursacht einen wirklichen Schmerz.« Wir wollen im Sterben Gottes Ruf hören: »Diesen sollt ihr nicht wieder einsperren. Er kommt zu mir.«

Dem Räderwerk der Natur durch die innerlichste Wandlung seines Ich entrinnen: das ist der Punkt, den Kafka wie Tolstoi anstreben.

»Aber wer anders kann das erzielen als der eigentliche Befreier, der Messias.« (Mais qui d'autre le pourra, si ce n'est le Libérateur par excellence: le Messie?) So beginnt nun Klossowski dazwischenzureden. Kafka hat so etwas nie gesagt, auch Tolstoi hat bekanntlich in Christus nichts als den vorbildlichen Menschen gesehen und wurde daher von den Kirchengläubigen verurteilt, sogar von seinen besten Freunden unter ihnen, wie der Briefwechsel mit der Hofdame Alexandra Andrejewna Tolstoi, einer im Übrigen verehrungswürdigen Frau, bezeugt. – Kafka lehnt die christliche

Lehre vom »Mittler« (Médiateur) gerade da ab, wo Klossowski Zustimmung herauslesen will. »Der Messias wird kommen, sobald der zügelloseste Individualismus des Glaubens möglich ist« – das kann im Munde Kafkas und nach seiner eben dargelegten Terminologie, die den Individualismus (und gar einen »zügellosen« Individualismus) verurteilt, kein Lob, sondern nur Ironie bedeuten. Eben darauf deutet das spätere Aphorisma, bei dem die Ironie schon mit Händen zu greifen ist: »Der Messias wird erst kommen, wenn er nicht mehr nötig sein wird«, – was, im Zusammenhalt mit dem Aphorisma von der ›Alexanderschlacht‹ nur heißen kann: Der Messias wird erst kommen, wenn wir selbst durch unsere eigenen Taten in diesem Leben den Zusammenhang mit dem ewigen Leben, mit der Welt des Unzerstörbaren erlangt, den Tod vernichtigt haben werden. – Und dies ist eine spezifisch jüdische Auffassung von der Erlösung, wie durch viele Parallelstellen aus dem Talmud und Midrasch nachgewiesen werden könnte. Übrigens hat Kafka immer wieder den stellvertretenden Opfertod, bei dem ein anderer (oder Gott selbst) das Gute an meiner Stelle tut, ausdrücklich abgelehnt. »Ist die Tatsache der Religionen ein Beweis für die Unmöglichkeit des Einzelnen, dauernd gut zu sein? Der Gründer reißt sich vom Guten los, verkörpert sich.« In einem andern Aphorisma (Variante zu Aph. 102): »Alles Leiden um uns werden auch wir leiden müssen. Christus hat für die Menschheit gelitten, aber die Menschheit muß für Christus leiden. Wir alle haben nicht einen Leib (von da an wörtlich unveränderter Text).« – Es führt daher weit ab von richtiger Erkenntnis des Wesens Kafkas, wenn Klossowski annimmt, er habe die christliche Zuversicht wie die jüdische Hoffnung auf sich wirken lassen, ohne an der einen wie der anderen völlig teilzunehmen. (Sollicité par la confiance chrétienne comme par l'espérance judaique sans participer absolument ni à l'une ni à l'autre.) Kafka ist voll von Gewißheit, die sich bei ihm in der besonderen Form des »Glaubens an das Unzerstörbare in uns« manifestiert. Diese Hinwendung zum Absoluten, Überzeitlichen kann aber durchaus nicht spezifisch christlich genannt werden – sie ist vielmehr, wenn schon registriert werden soll, der christlichen und der jüdischen Weltschau gemeinsam, ist gemeinschaftlicher Mutterboden beider, vielleicht aller religiösen Bekenntnisse. Was aber die »Hoffnung« anlangt, so erinnern wir uns an Kafkas Wort, daß der, welcher die Gewißheit hat, der Hoffnung nicht bedarf. »Was wir Weg nennen, ist Zögern.«

Auf dem Wege zur Befestigung im Glauben begegnet Kafka der Gemeinschaft, wieder ganz ähnlich wie Tolstoi, der in Gesellschaft einfacher guter Bauern ein Aufleben aller Kräfte fühlt. Tolstoi begegnet dem russischen Volk, Kafka dem jüdischen, speziell den Ostjuden, in denen heimischer Brauch und Zusammenhang mit den Vorfahren noch lebendig ist. In den Westjuden ist das zusammenhaltende Gefühl meist schon erstorben, gespenstert nur noch wie jenes seltsame scheue Tier in einer ländlichen Synagoge, das Kafka als sinnlos gewordenes Relikt einer längst vergangenen Zeit beschreibt, dem nur noch Ruhe erwünscht ist. In den Ostjuden pulsiert aber noch das starke jüdische Leben (sei es auch öfters unter verfälschenden Masken), daher fühlt sich Kafka zu einer ostjüdischen Theatertruppe, speziell zu einem aus frömmstem Milieu stammenden Schauspieler hingezogen, dessen Biographie er teilweise aufzeichnet, dessen Informationen über uralte Frömmigkeit er sorgfältig in seinem Tagebuch notiert. Für westjüdische Gedankenlosigkeit z. B. bei einer Beschneidung äußert Kafka in dem gleichen Tagebuch schmerzliche Ironie, während er ostjüdische Gebräuche bei dem gleichen Anlaß oder beim Sterben eines Frommen wenige Seiten später mit fühlbarer Anteilnahme überliefert. Auch in seinem weiteren Leben blieb Kafka, ohne unkritisch zu werden, dieser Sympathie treu, so etwa in seinem Eifer für das Volksheim in Berlin, dessen Milieu vorwiegend ostjüdisch war, in dem Brief über den Belzer Rebbe etc., vor allem in der Wahl seiner Lebensgefährtin. Über Westjuden dagegen schreibt er, daß sie gar nicht das Recht besäßen, zu heiraten. Auf sie ist das Wort gemünzt, daß es für diese Generation keine Hoffnung gibt, obwohl bei Gott Hoffnung im Überfluß vorhanden ist. Man darf dieses Wort nicht verallgemeinern. Es ist die religiöse Gleichgültigkeit Prags, speziell die in der zeitgenössischen Generation damals herrschende Schattenhaftigkeit (aus der nur einige wenige ausnahmsweise den Weg zum Glauben suchten), spezieller noch: die religiöse Dekadenz in der eigenen Familie, in der Person des Vaters, – es ist all dieses zum bloßen Schemen gewordene Judentum, was ihn zur Verzweiflung treibt. Klossowski irrt grundlegend, wenn er meint, Kafka habe den Konflikt mit dem Vater und den Konflikt mit der patriarchalischen Tradition des religiösen Judentums gleichsam auf *einer* Ebene erlebt. Der Konflikt mit dem Vater bestand (unter anderem) darin, daß der Vater *zu wenig* Jude war, zu wenig in der Tradition, sogar schon außerhalb des Rituals stand, sei es sogar eines Rituals ohne Sinn. Sogar ein solches Ritual ohne Sinn wäre dem

Sohn eine Art von Symbol, von Führung gewesen; er fand aber das abolute Nichts vor. Tradition, sei es auch vielfach ohne den alten Sinn, lernte Kafka erst bei den ostjüdischen Schauspielern kennen und stürzte sich sofort mit inniger Liebe auf diese letzten Reste eines großen Weltgefühls. Aber der Vater mißbilligte sogar diese geringen Reste. Kafka mußte, um des bescheidenen Inhalts an Judentum willen, den er bei den Schauspielern lernte, gegen den Vater kämpfen. Hiefür ein Dokument: Er ist im Ganzen meines Wissens dreimal öffentlich aufgetreten: einmal las er in München aus seinen Werken, einmal las er eine Novelle von Kleist in der jüdischen Toynbee-Halle vor, einmal hielt er eine meisterhafte Rede (seine einzige) über die jiddische Sprache als Einleitung zu dem Vortragsabend des oben erwähnten Schauspielers. Er beschreibt im Tagebuch mit Stolz all die Mühe, die er beim Arrangement dieses Abends gehabt hat, freut sich über die dabei bewiesene Energie und schließt die Notiz mit dem in seiner schlicht referierenden Traurigkeit unüberbietbaren Satz: »Meine Eltern waren nicht dort.« – Es ist also unrichtig, wenn Klossowski meint, daß Kafka, weil er beim Vater keinen Fonds von jüdischem Glauben antraf, das Bedürfnis empfand, Gott außerhalb der jüdischen Gemeinschaft zu finden (» . . . éprouve le besoin de trouver Dieu en dehors de la communauté réligieuse d'où Dieu semble s'être retiré«). Nie hat Kafka ein solches Bedürfnis empfunden, die jüdische Gemeinschaft zu verlassen. Im Gegenteil: die Bande, die ihn anfangs an diese Gemeinschaft fesselten, waren schwach, waren konventionell, – aber Kafka hat in seinem weiteren Leben diese Bande zur jüdischen Gemeinschaft immer fester und fester geknüpft; er hat das Scheinjudentum, zu dem ihn der Vater erzog oder auch nicht erzog, durch einen von Jahr zu Jahr echteren lebensvolleren Zusammenhang mit dem wirklichen Judentum ersetzt. Da Klossowski diese biographische Tatsache nicht sieht oder nicht sehen will, greift er zu willkürlichen Konstruktionen über das »Gesetz« (Loi) und die Ehe, die mit der Wahrheit über Kafka gar nichts mehr gemein haben (Seite 25, 26 der Einleitung). Die durch keine Realität gestützte Erfindung Klossowskis, Kafka habe die jüdische Gemeinschaft mit ihrer väterlichen Tradition zurückgewiesen, (»rejeté la communauté juive avec sa tradition partriarcale«) ist der Grundfehler seiner tendenziös-katholischen Darstellung, die aus Kafka eine Art Werfel oder gar Shalom Asch machen möchte, was aber eben im Falle Kafka nie gelingen kann. Faktisch hat Kafka den Vater (unter anderem) deshalb zurückgewiesen, weil dieser nicht genug Jude oder nur noch im Unbewußten Jude (der Zerfallszeit) war; dagegen hat er die lebendige jüdische Gemein-

schaft begierig aufgesucht, wo immer er sie antraf, und hat sie mit steigender Intensität in den Mittelpunkt seines Lebens gestellt, im Widerspruch gegen den Vater, wie ja der ›Brief an den Vater‹ deutlich berichtet.
Wie der Einzelne sich durch die Gemeinschaft gerade in der Schicht gestützt fühlen kann, die die tiefste des individuellen Ich ist und zur liebenden Erkenntnis des Absoluten (Gottes) hindrängt, das hat Tolstoi (›Gespräche mit Tolstoi‹, mitgeteilt von J. Teneromo, Verlag Erich Reiß, Berlin, 1911) eindrucksvoll geschildert. Zuerst führt er aus, »daß das Christentum in seiner reinen und klaren Form am meisten der russischen Seele verwandt ist«. Mit dieser Behauptung nähert er sich freilich einer nationalen Selbstüberschätzung, die er an einer andern Stelle, den Zionismus mißdeutend, scharf verwirft. Doch nicht darüber ist hier zu reden, auch nicht über die bekannte Tatsache, daß Tolstois Christentum mit dem dogmatisch festgelegten Christentum nicht viel mehr als den Namen gemein hat und daß Dostojewski, dem ein ganz anderes, den Dogmen weit näheres Christentum vorschwebt, dennoch seltsam genug derselben nationalen Selbstüberschätzung huldigt, die Russen seien die besten Christen. Nicht darauf kommt es hier an, wenn ich die Stellung Tolstois zur Gemeinschaft mit der Kafkas vergleiche, sondern nur auf das Erlebnis der Volksgemeinschaft, die den Schwankenden, ja dem Untergang Nahen, im Glauben an Gott, an den Lebenssinn zu festigen vermag. Über dieses Erlebnis sagte Tolstoi zu Teneromo: »Ich erinnere mich, daß ich gerade dieses Gefühl empfand, als ich aufhörte, Nihilist zu sein, und es mich zum Volksglauben zog. Mir war wie einem Menschen zumute, der ins Meer steigt und fühlt, er müsse jeden Moment untertauchen und verschwinden. Und wie weit wurde es mir in der Seele, als ich untertauchte und kopfüber in dieses mitreißende, große Element stürzte. Ich sah vor mir eine andere Welt, eine mächtige Welt von Menschen, deren Leben nicht bloß auf Worten, sondern auf Taten aufgebaut ist, auf Taten von unmittelbarer Nähe zu Gott, Menschen, die sich als seine Arbeiter anerkennen und gehorsam mit Freuden das erfüllen, was er von ihnen verlangt.«
Nun ist natürlich über dem Verbindenden das Trennende nicht zu vergessen. Es fällt mir nicht ein, Tolstoi und Kafka ihrem gemeinsamen Wesen nach in durchgehende Parallele zu setzten. Tolstoi übertrifft Kafka hundertfach an Altersreife, an praktischer Entschlußkraft, an vitaler Gesundheit, an Gunst der sein Wirken begleitenden äußeren Lebensumstände, – Kafka dagegen scheint mir Tolstoi tausendfach an Sagazität und an jener Logik zu übertreffen, die nicht eine Sache des Kopfes, sondern der ganzen Persönlichkeit, des Herzens

ist und von der Flaubert einmal sagte: »Von einer gewissen Stufe der Erkenntnis an irrt man nicht mehr.« Konfusionen, schiefe Ansichten gibt es bei Kafka nicht, die Schriften Tolstois – man denke an seine Urteile über Beethoven, Shakespeare etc. – wimmeln von ihnen. Vergleichbar sind die beiden nur in der Reinheit ihres Wollens und in der Feinheit des Gewissens, in dem furchtbaren Schmerz, mit dem ihre Seelen auf Lieblosigkeit (auch die eigene) und auf alles Unreine rings und innen reagieren. – Welch ein Unterschied aber, in der Begleitung russischer Bauern, eines kraftvollen ungebrochenen Menschenschlags, die Befestigung im Glauben zu suchen – und sie unter den Juden der Diaspora (sei es auch unter denen, deren Verbindung mit den früheren Geschlechtern noch die relativ am wenigsten beschädigte war) gleichsam aus dem zerbröckelnden Boden stampfen zu wollen. Die Gefahr, an dieser fast unlösbaren Aufgabe zu scheitern, blickt in Kafkas Schriften überall, in hunderten von Gleichnissen durch, nicht nur in den großen Werken, auch in den Fragmenten. So heißt es in einer der Tagebuchnotizen (VI, 164): »Eine heikle Aufgabe, ein Auf-den-Fußspitzen gehn über einen brüchigen Balken, der als Brücke dient, nichts unter den Füßen haben, mit den Füßen erst den Balken zusammenscharren, auf dem man gehn wird, auf nichts gehn als auf seinem Spiegelbild, das man unter sich im Wasser sieht, mit den Füßen die Welt zusammenhalten, die Hände nur oben in der Luft verkrampfen, um diese Mühe bestehn zu können.« – Aber sieht man die Schwierigkeit, ja paradoxe Unlösbarkeit dieser Aufgabe ein, fühlt sie nahe am bedrängten Herzen Kafkas mit, so erschließt sich einem als etwas umso Erstaunlicheres die Tatsache, daß es dem Dichter dennoch gelungen ist, die Situation des einzelnen Juden in seiner Beziehung zu seinem Volke mit dem Blick des ganz großen Humoristen zu sehen und darzustellen. In einer seiner letzten Novellen ›Josefine, die Sängerin, oder das Volk der Mäuse‹ vollzieht sich dieses Wunder, – wobei selbstverständlich die von mir an anderer Stelle (in der Biographie) geschilderte Vieldeutigkeit der Symbolsprache Kafkas dahin führt, daß man in dem hier dargestellten Gemeinwesen ebenso das Allgemein-Menschliche, die prekäre Situation aller Menschen am Rande des metaphysischen Nichts agnoszieren wie sich angesichts des Mäusevolks in den engeren speziellen Kreis des Judentums verwiesen fühlen kann. Beide Deutungen, die allgemeine wie die spezielle, sind richtig; wahrscheinlich gibt es sogar für jedes Symbol Kafkas eine unendliche Folge von Deutungen – und gerade das verleiht ja dem echt Gleichnishaften die besondere Tönung, das Geheimnis einer durch nichts anderes ersetzbaren Musik, die zu den Quellen des Lichts führt. – Klar ist, daß der Versuch einer konkreten Deutung zwanglos auf das jüdische Volk in seinem schon damals rechtlosen, schutzlosen Zustand stößt, der sich später zur Katastrophe der Hitlerzeit (deren Prophet eben Kafka war) schauerlich genug akzentuiert hat. Das Mäusevolk, unmusikalisch, aber mit Gesangsüberlieferungen (»In den alten Zeiten unseres Volkes gab es Gesang; Sagen erzählen davon, und sogar Lieder sind erhalten, die freilich niemand mehr singen kann. Eine Ahnung, was Gesang ist, haben wir also«) – immer gehetzt, daher »eine gewisse praktische Schlauheit pflegend, die wir freilich auch äußerst dringend brauchen« – »fast immer in Bewegung befindlich, wegen oft nicht sehr klarer Zwecke hin- und herschießend« – man kennt das Porträt, kennt diese tiefen Schatten, vielleicht aber auch die Lichtseiten, denn nach Kafka ist das »Volk der Mäuse« doch andrerseits »leidensgewohnt, sich nicht schonend, schnell in Entschlüssen, den Tod wohl kennend, nur dem Anscheine nach ängstlich in der Atmosphäre von Tollkühnheit, in der es ständig lebt, und überdies ebenso fruchtbar wie wagemutig – es ist leicht, sage ich, sich nachträglich als Retter dieses Volkes aufzuspielen, das sich noch immer irgendwie selbst gerettet hat, sei es auch unter Opfern, über die der Geschichtsforscher – im allgemeinen vernachlässigen wir Geschichtsforschung gänzlich – vor Schrecken erstarrt.« Wie furchtbar richtig ist auch die folgende Schilderung: »In unserem Volke kennt man keine Jugend, kaum eine winzige Kinderzeit ... die Gebiete, auf denen wir aus wirtschaftlichen Gründen zerstreut leben müssen, sind zu groß, unserer Feinde sind zu viele, die uns überall bereiteten Gefahren zu unberechenbar – wir können die Kinder vom Existenzkampfe nicht fernhalten, täten wir es, es wäre ihr vorzeitiges Ende.« Die Tragödie der jüdischen Diaspora kann man vielleicht ausführlicher, nicht eindringlicher gestalten. – Diesem gequälten Volk tritt nun die einzelne Individualität, die Sängerin, die Künstlerpersönlichkeit entgegen. Sie will verwöhnt sein, sie braucht eine Ausnahmestellung, auf die sie denn auch ihren Anspruch nachdrücklich anzumelden nicht unterläßt. Dieser wird zurückgewiesen, das Volk in seiner Bedrängnis hat nicht Zeit für den noch so begabten Einzelnen. Dennoch ist es ihm ergeben (»nur nicht bedingungslos«). – Doch es wäre vergebliche Mühe, all die merkwürdigen zarten Reflexe nachzeichnen zu wollen, die Kafka aus dieser seltsamen widerspruchsvollen Beziehung hervorlockt. Nur die ergreifenden Höhepunkte müssen gesehen, mögen hervorgehoben werden: Da ist die Stelle, an der das Lächerliche an Josefines Aspirationen hervortritt, an der aber doch klar wird, daß das Volk es für seine Pflicht hält, für solch ein zerbrechliches,

»durch Gesang ausgezeichnetes Wesen« zu sorgen, »das ihm (dem Volke) anvertraut ist«. Und nun heißt es: »So sorgt also das Volk für Josefine in der Art eines Vaters, der sich eines Kindes annimmt, das sein Händchen – man weiß nicht recht, ob bittend oder fordernd – nach ihm ausstreckt. Man sollte meinen, unser Volk tauge nicht zur Erfüllung solcher väterlicher Pflichten, aber in Wirklichkeit versieht es sie, wenigstens in diesem Falle, musterhaft; kein einzelner könnte es, was in dieser Hinsicht das Volk als Ganzes zu tun imstande ist. Freilich, der Kraftunterschied zwischen dem Volk und dem einzelnen ist so ungeheuer, es genügt, daß es den Schützling in die Wärme seiner Nähe zieht, und er ist geschützt genug.« Hier wird die Analogie zu Tolstois Freude an der verwandten russischen Volksseele recht klar. Und Josefinens Kunst (übrigens ein höchst problematisches »Pfeifen«) »kommt fast wie eine Botschaft des Volkes zu dem einzelnen; das dünne Pfeifen Josefinens mitten in den schweren Entscheidungen ist fast wie die armselige Existenz unseres Volkes mitten im Tumult der feindlichen Welt.« Und später nochmals: »Hier in den dürftigen Pausen zwischen den Kämpfen träumt das Volk, es ist, als lösten sich dem einzelnen die Glieder, als dürfte sich der Ruhelose einmal nach seiner Lust im großen warmen Bett des Volkes dehnen und strecken.« (Wie himmelweit sind wir an solchen Stellen von der Konstruktion Klossowskis entfernt, die Kafka als aus der jüdischen Gemeinschaft fliehend fingiert.) – Die Erzählung endet freilich mit einem Konflikt, Josefine fühlt sich als unverstandenes Genie, stellt ihr Singen ein. Aber gerade hier erhebt Kafka seine Stimme für das Volk, gegen den Einzelnen und dessen Willkür, steigert seine immer rhythmisch bewegte Prosa zur großartigen Schicksalhaftigkeit und Trauer einer antiken Ode (und nie – das ist das Wunderbare – ohne den ihm eigenen sanften humoristischen Schimmer): »Sie versteckt sich und singt nicht, aber das Volk, ruhig, ohne sichtbare Enttäuschung, herrisch, eine in sich ruhende Masse, die förmlich, auch wenn der Anschein dagegen spricht, Geschenke nur geben, niemals empfangen kann, auch von Josefine nicht, dieses Volk zieht weiter seines Weges. Mit Josefine aber muß es abwärts gehn. Bald wird die Zeit kommen, wo ihr letzter Pfiff ertönt und verstummt. Sie ist eine kleine Episode in der ewigen Geschichte unseres Volkes und das Volk wird den Verlust überwinden.«

Wie ein Kommentar zu einem der wichtigsten Moralsätze des Talmud (»Sondere dich nicht von der Gemeinschaft ab«) liest sich die Erzählung von Josefine. Und es ist kein Zufall, daß Kafka immer wieder Figuren schildert, die sich von der Gemeinschaft absondern, willentlich oder ohne eigene Schuld, durch Fügung der Umstände, — die Verwandlung in ein Insekt als in einen Zustand, in dem sich der Mensch mit seiner Umgebung überhaupt nicht mehr verständlich machen kann, ist solch ein unerklärlicher und verhängnisvoller Umstand. Doch liest man in Kafkas Romanfragment ›Hochzeitsvorbereitungen auf dem Lande‹ die Wunschphantasie des Helden, namens Raban, der als Käfer im Bett liegen will, um unangenehmen Pflichten der Gemeinschaft zu entgehen, — so bekommt die Novelle von der ›Verwandlung‹ eine neue, gleichsam von innen erhellte Physiognomie. Am Zufall, am Unverschuldetsein des Unglücks beginnt man leise zu zweifeln. Und zwischen einer der frühesten Arbeiten Kafkas (die Geschichte von Raban ist das erste oder zweite Werk, das er mir vor 1907 vorlas) und einem Werk der Reifezeit (1921) tut sich der überraschendste Motivzusammenhang auf.

Dieser Raban ist besonders aufschlußreich — der Typus des nur für sein eigenes Wohl sorgenden, ängstlichen, kleinlichen Junggesellen, mit all den von Kafka verworfenen »Beamtenlastern« — dabei doch nicht unsympathisch, weil das schüchterne, still kontemplative, unsagbar feine, unaggressive, dabei allen Erscheinungsformen der Welt weitaufgetane Knabenantlitz Kafkas durch das absichtlich zur Karikatur verzerrte Kleinbürgergesicht seines Helden zart hindurchschimmert. Mit zweideutigem Zauber hält uns dieser vom Leben bedrohte, dem Leben nicht gewachsene junge Mann mit seiner Mischung von Kälte und Liebebedürftigkeit fest, er und die von ihm so übergenau (mit Proustscher Genauigkeit, lange vor Proust) gesehene Stadt und Eisenbahnfahrt in ewigem Regen, die sich mit immer neuen Hindernissen zwischen ihn und seine Braut (»ein ältliches Mädchen«) einschieben. — Es ist leicht zu sehen, daß auch Raban eine Selbstporträtstudie Kafkas ist; allerdings ein Porträt, gesehen mit dem Blick des Feindes, des strengen Gewissensprüfers, des »alten Kommandanten« gleichsam. Nach derselben Methode, mit der Kafka in seinem eigenen Kommentar zur Novelle ›Das Urteil‹ den Namen der Hauptperson — Bendemann — mit den Buchstaben des Namens Kafka und ihrer Anordnung in Zusammenhang bringt, könnte man auch den Namen »Raban« aus »Kafka« ableiten. (Ebenso auch »Samsa«, den Namen des Helden der ›Verwandlung‹.) Darüber hinaus weckt »Raban« die Assoziationen »Rabe«, »Dohle« (Kavka heißt im Tschechischen: Dohle), aber auch »Rabbi« — und es liegt eine arge Ironie darin, daß der schülerhafte unbeholfene junge Mann, der zu seiner Unterweisung sehr wohl eines vortrefflichen Lehrers oder eines ganzen Lehrerkollegiums bedürfte, selbst »Rabbi« (Lehrer) heißt. — Übrigens las ich neulich den Namen »Raban«, den Kafka wohl ebenso wie ich für erfunden hielt, auf dem Schild einer Villa in Bet-Hakerem bei Jerusalem. Es war mir wie ein geheimnisvoller Gruß von meinem traurigen Lieblings- und Jugendhelden, dem mattherzigen scheuen Heiratskandidaten mit seinem sauberen tuchüberzogenen Köfferchen.

Raban ist in seinem ganzen Wesen und Gehaben eine Vorform jenes Josef K., über den im ›Prozeß‹ alles Ungemach und Unheil hereinbricht. Raban reist in das Unheil hinein, aber der Vorhang fällt verfrüht. Nichts hat sich ereignet. Alle Prügel erhält erst Herr Josef K. Wenn sich nun dieser Josef K. auch für schuldlos hält und in der Sphäre Rabans noch überhaupt nicht von Gericht und Sünde geredet wird, nur eine unbestimmte Angst und Unbehaglichkeit (der Regen, die peinliche Erwartung des Landlebens etc.) die Szene beherrscht, – so ist damit doch durchaus nicht gesagt, daß Kafka selbst seine Ich-Repräsentanten von Schuld freispricht. Im Gegenteil: man kann Kafka nicht verstehen, wenn man nicht zwischen den Zeilen seiner drei großen Werke das sich steigernde Schuldgefühl herauszulesen weiß, obwohl der Dichter nicht gerade Hand und Finger ausstreckt, um auf die Wunde zu zeigen. Der kindliche Karl Roßmann in ›Amerika‹, von Kafka selbst einmal in einer Tagebuchnotiz als schuldlos bezeichnet (und als Nachahmung der unschuldig leidenden Kinderfiguren bei Dickens charakterisiert, womit Kafka aber die Tiefe seiner eigenen Schöpfung nicht zu Ende lotet), hat noch am ehesten etwas von jener paradiesischen Fülle und Reinheit, in die ihn daher dieser Roman am Schlusse zurückführt. Er kann höchstens einer gewissen Leicht-Verführbarkeit, Schwäche, Vertrauensseligkeit bezichtigt werden. – Josef K. dagegen (im ›Prozeß‹) ist der *Lieblosigkeit* schuldig, die Beziehungen zur Umwelt wahrt er zwar mit Korrektheit (mit einer fast allzu starken Korrektheit freilich, die verdächtig ist), ein echtes Verhältnis der Hingabe, der Wärme, der Vertrautheit hat er aber zu niemandem, nicht einmal zu seiner Mutter, die er schon drei Jahre lang nicht besucht hat (»plötzlich, beim Mittagessen« fällt ihm das ein), – er hat ihr zwar versprochen, stets an seinem Geburtstag sie zu besuchen, hat es aber schon zweimal unterlassen –; daß er sich jetzt entschließt, zu der Halberblindeten zu fahren, erscheint ihm als »Wehleidigkeit«, die der Prozeß in ihm aufrührt, – bisher hatte es ihm genügt, der alten Frau Geld zu schicken und sich alle zwei Monate von einem Vetter Bericht über sie geben zu lassen. Von ebenso empörender Kälte ist sein Benehmen gegen Fräulein Bürstner. Kafka schildert hier (ohne ein Wort der Kritik, aber gerade in seiner Objektivität unerbittlich) die niedrigste Sexualität, die in der Frau nur ein Objekt (des Genusses, allenfalls noch des Trostbedürfnisses) sieht, ohne die Personalität der Frau anzuerkennen. Es ist nicht die Geschlechtlichkeit als solche, die Kafka (etwa im Sinne Kierkegaards) ablehnt, – er verwirft vielmehr die nicht mit dem ganzen Herzen erlebte, im Körperlichen steckenbleibende, nicht zum wahren »philosophischen Eros«, wie ihn Platon meint, erhobene Liebe, er verwirft also jene Liebe, die nicht vom ganzen Menschen ausgeht und nicht den ganzen Menschen meint. Die Egozentrizität sprengend leitet der »philosophische Eros« ins Unendliche, daher zum Erkennen, zur Liebe Gottes. Josef K. ist sehr weit von dieser hohen Stufe entfernt – und darin besteht seine Schuld, die er sich nicht eingestehen will und die ihm dennoch keine Ruhe gibt, ihn von einem Verhör zum andern jagt. Daß der ›Prozeß‹ wirklich so gemeint ist, ergibt sich (unter anderem) aus Kafkas Tagebuch-Notiz vom 12. 2. 1922 – wobei man sich natürlich immer wieder vor Augen halten muß, daß er an sich selbst die allerhöchsten Maßstäbe legt und mit unbarmherziger Härte den geringsten Mangel seines Herzens als entscheidendes Versagen auffaßt. Diese Tagebuchnotiz könnte (mit dem eben bemerkten Vorbehalt) als Motto vor dem ganzen Prozeß-Roman stehen. Sie lautet (VI, 118): »Die abweisende Gestalt, die ich immer traf, war nicht die, welche sagt: ›Ich liebe dich nicht‹, sondern welche sagt: ›Du kannst mich nicht lieben, so sehr du es willst, du liebst unglücklich die Liebe zu mir, die Liebe zu mir liebt dich nicht‹. Infolgedessen ist es unrichtig zu sagen, daß ich das Wort ›Ich liebe dich‹ erfahren habe, ich habe nur die wartende Stille erfahren, welche von meinem ›Ich liebe dich‹ hätte unterbrochen werden sollen, nur das habe ich erfahren, sonst nichts.« – Dazu vergleiche man eine Eintragung in einem der Oktavhefte (1918): »Der Weg zum Nebenmenschen ist für mich sehr lang.« In die Sprache der Abstrakta übertragen, heißt das: Kafka hatte den Eindruck, daß er nie genug Liebe zu den Nebenmenschen oder zu einem speziellen Nebenmenschen, der erwählten Frau, empfand. Nun gibt es ja einerseits keine obere Grenze dieser Liebeserfülltheit (nur das Unendliche ist diese Grenze) und auch die Tagebücher Tolstois enthalten dauernd Ermahnungen an sich selbst, in dieser Liebe nicht nachzulassen, sie in steter Wirksamkeit zu erhalten, – andrerseits war Kafka wirklich *in manchen Momenten* wie erstorben, auch den Nächsten gegenüber fremd; dies machte seine spezielle Gefahr aus, die wahrscheinlich in seiner psychophysischen Anlage, so etwa in seiner ungewöhnlichen Magerkeit (vgl. Kretschmer über den »schizoiden Typus«) Nahrung fand. Das Große an Kafka ist, daß er dieses momentweise Aussetzen der Liebeskraft mit Gewissenhaftigkeit registriert (in den Tagebüchern), daß er es haßt und bekämpft. In den Romanen erhitzt sich sein Vorstürmen gegen seine Grenzen, der Kampf gegen das innerlich Abgestorbensein zu tausend Visionen der Einsamkeit und der in der Einsamkeit liegenden Strafe, – wobei Kafkas Auge immer schärfer, immer selbstkritischer wird. Daher konnte ich oben von seinem sich steigernden Schuldgefühl in den drei großen Werken sprechen – Roßmann ist relativ schuldlos, naiv – Josef K. im ›Prozeß‹ hat diese oder jene Tatsache des kalten Beamtentums zu verantworten – K. im ›Schloß‹ hat überhaupt keine einzelne Tatsache mehr zu verantworten, er ist seiner Umgebung *konstitutiv* fremd geworden, er ist von weither zugereist, den Gebräuchen und Bedürfnissen der Ortsansässigen gegenüber völlig unerfahren und verständnislos. Die Frage der Schuld wird hier gar nicht mehr aufgeworfen, denn K. (im ›Schloß‹) ist mit seiner Schuld wesenseins geworden, er ist durch und durch nichts als Schuld, selbst ohne, ja gegen seinen Willen. Der scheinbar schuldloseste von den drei Helden erscheint so (mit den Augen des Dichters gesehen) am tiefsten in Schuld verstrickt. Das ist die dritte, die schlimmste Höllensphäre, – die ich an anderer Stelle (in meiner Kafka-Biographie) in ihrer Beziehung auf das allgemeine Problem des Mensch-Seins wie auf die speziell jüdische Bedeutung zu interpretieren versucht habe. Weshalb ich hier, ohne mich zu wiederholen, zum ›Prozeß‹-Roman zurückkehren kann.

Josef K.'s Sünde ist die mangelhafte, die nicht bis ans Ende durchgefühlte Liebe. Diese Liebe fehlt nicht ganz, aber sie ist weit entfernt davon, sich zu ihren hohen immanenten Möglichkeiten zu entwickeln – während des Prozesses allerdings entwickelt sie sich, unter dem Druck des Gewissens, gegen den starrsinnigen Widerspruch des kleinen Ich, – wofür das »Schönerwerden« aller Angeklagten während des Prozesses (III, 195) ein ergreifendes Symbol ist. Josef K. also, der überdies auch noch mit der Weinstubenkellnerin Elsa auf eine gleichgültige Weise liiert ist und während der Erzählung rasch mit Leni, dem Dienstmädchen des Advokaten, trotz ihrer warnenden Nixenhaftigkeit sich einläßt, hat nicht gerade ein heftiges Verlangen nach Fräulein Bürstner (»er konnte sich nicht einmal genau erinnern, wie sie aussah«), – kommt sie ihm aber in die Quere, so möchte er sich ganz gerne von ihr über den rätselhaften Prozeß beruhigen lassen, den man ihm angehängt hat; dann küßt er sie »über das ganze Gesicht, wie ein durstiges Tier mit der Zunge über das endlich gefundene Quellwasser hinjagt« – zuletzt beim Abschied will er sie beim Vornamen nennen, weiß ihn aber nicht. Ich denke, das genügt, – mehr braucht über die tiefe

Herzenskälte und Beziehungslosigkeit von Josef K. zu seiner Umgebung, sein eingewurzeltes Junggesellentum (im Sinne der Kafka'schen Rüge, die in diesem Wort liegt) nicht gesagt zu werden. – Trotzdem hat sich nun in Amerika ein Kommentator Kafkas gefunden, der behauptet, Josef K. sei eigentlich völlig unschuldig, seine Sünde bilde er sich bloß ein, der ganze Prozeß bedeute nichts als eine neurotische Illusion, eine hysterische Einbildung, von der er sich leider, infolge dekadenter Schwäche, nicht frei machen könne.

Es ist klar, daß durch eine solche Fehldeutung der Roman vom ›Prozeß‹ und analog das ganze Werk Kafkas zwar nicht seine ganze ästhetische Farbenfülle (wohl aber doch einen Teil von ihr) verliert, – daß dieses fast übermenschliche Werk aber vorzüglich um seine versittlichende Kraft und Anstrengung gebracht wird, die für Kafka selbst eine der Triebfedern seines Schaffens (vielleicht die Haupttriebfeder) war und die eine segensreiche Wirkung seiner Schriften für die ganze Menschheit zur Folge haben könnte, wenn man diese Schriften richtig liest. Davon sind wir aber weit entfernt, obwohl der Ruhm Kafkas immer weitere Kreise zieht. Offen gesagt, es scheint mir etwas nicht ganz geheuer an diesem Ruhm. Er ist mit zu viel Mißverständnissen, zu viel Verfälschungen verbunden, er hat noch lange nicht jene Richtung genommen, in der Kafka allein zu einem freundlichen Blick auf dieses sein Nachwirken zu bewegen gewesen wäre. Wer Kafka liest und während des Lesens nicht einen unabweisbaren Verdacht gegen sich selbst faßt, den Verdacht, daß er, dieser bestimmte, ganz konkrete Leser, ein doch wohl nur äußerst lässiger Wahrheitsfreund und Befolger des göttlichen Gebots »Liebe deinen Nächsten wie dich selbst« sein könne, – wer sich nicht bei dieser Lektüre mit verschärfter Gewissenhaftigkeit prüft, wer sich nicht vornimmt, demütiger und womöglich besser zu werden, wer nachher die vielen Ausflüchte, die das empörte Ich solchem Vorsatz gegenüber wie Advokatentricks vorzubringen pflegt, nicht durchschaut und beseitigt: der kann sicher sein, Kafka nicht in der Intention aufgenommen zu haben, in der der Dichter, leidvoll suchend, seine leidvoll suchenden Gestalten geschaffen hat.

Frühzeitig erkannte Kafka in sich die Gefahr, dem Gift des lieblosen Sich-Isolierens zu erliegen. Die Gefahr war ambivalent: denn Selbst-Isolation ist ja für den Schaffenden gleichzeitig eine Notwendigkeit. Nur in der Stille des Alleinseins hört der Schaffende das einzig richtige Wort; nur da darf der Glaubende hoffen, sich selbst in der tiefsten Schicht seines Gläubigseins und damit die Unendlichkeit der geistigen Welt zu verstehen. So mündet das Alleinsein, von dessen Segen Kafka in den Tagebüchern oft spricht, doch wieder in die große Liebe – und bezeugt sich damit als das richtige (nicht egozentrische, nicht ängstlich-kleinliche und »junggesellenhafte«) Alleinsein, es kann mit jener Beflissenheit für das eigene Wohl, in der das Herz sich zusammenzieht, nicht verwechselt werden. Im richtigen Alleinsein weitet sich ja das Herz und hat Platz für alle Kreatur. Die Grenzen zwischen Individuum und Gemeinschaft sind, wie oben ausgeführt, bei Erreichung einer solchen Konvergenz-Perspektive längst aufgehoben. Der so erreichte Punkt ist nur ein anderer Aspekt des »Ziels«, von dem Kafka spricht, – des Eintritts in die geistige, vom Kausalzwang erlöste Welt. Und Kafkas Werke sind Etappen seiner Selbst-Erziehung auf dieses Ziel hin. Sein Leben gibt Zeugnis dafür, – sein letztes Jahr war von einer wirklichen Liebe erfüllt. Josef K. wurde im Roman allerdings zum Tode verurteilt – doch um diesen Preis, weil der Romantod bis in die unwahrscheinlichste letzte Tiefe erlebt war, sprach der unsichtbare Gerichtshof den wirklichen K. frei. – Der Vergleich mit Goethes ›Werther‹ ist hier so naheliegend, daß er nicht ausgeführt zu werden braucht.

V

Man steht hier an der Grenze, wo Moral aufhört, bloßes Moralisieren mit allerlei wohlmeinenden Abstraktionen zu sein, wo sie, mit Lebensfülle beladen, in ein die individuelle konkrete Situation erschöpfendes, verantwortliches, »existenzielles« Philosophieren umschlägt. Moral von solcher Art, aus erlebter Wahrheit des Einen und Unendlichen strömend, könnte die heutige Welt, die gequälte, sich selbst ermüdende, ausbeutende und blutig peitschende Menschheit, dem Werk Kafkas entnehmen. Wenn jeder einzelne an sich selbst die strengsten Anforderungen stellt, jede Bemäntelung des Egoismus, jede Maske ablehnt und lieber verzichtet als in benachbarte »Lebensräume« einzubrechen, wenn dasselbe Prinzip auch als Leitmotiv der Politik anerkannt wird: dann wird man wohl ähnlich zu seufzen und zu klagen haben wie Kafka, denn nicht leicht trennt man sich von seiner tierischen Basis, man wird aber, wenn man beharrlich bleibt, schließlich dennoch den großen Wagen in der »unveränderlichen dunklen Ferne« sehen. »Er rollt heran, wird immer größer, wird in dem Augenblick, in dem er bei dir eintrifft, welterfüllend und du versinkst in ihm wie ein Kind in den Polstern eines Reisewagens, der durch Sturm und Nacht fährt.« (VI, 239.)
Das ist Kafkas Glaube an das »Unzerstörbare« in uns und an das »Unzerstörbare« in der Welt, das in zwei Begriffen doch

nur ein und dasselbe ist. Es ist das Feuer in uns, das vom Allerheiligsten aufgesogen wird »und es läßt sich von ihm aufsaugen, keines von beiden kann dem widerstehen«. – Monotheismus in seiner reinsten Form, wie mich dünkt.

Von dem schmerzensreichen Leben und Werk Kafkas gilt, in vollem Ausmaß, und überdies mit metaphysischem Tiefgang, das Epigramm Ibsens – (der sinngemäß interpretierte Prozeß-Roman hat es klar gemacht):

Leben – ein Kampf mit den Wichten
In unserm Herzen und Hirn.
Dichten – sich selber richten
Mit unbefangener Stirn.

Um dieses »Richten«, dieses Gericht, das freiwillige Sich-dem-Richter-Stellen (»Das Gericht will nichts von dir. Es nimmt dich auf, wenn du kommst, und es entläßt dich, wenn du gehst«), um diese nicht als Nervenhygiene gemeinte, sondern religiöse Katharsis geht es Kafka in allem. – Wie töricht haben viele von uns (der Schreiber dieser Zeilen unter ihnen) den ›Mysterien‹ Knut Hamsuns Beifall geklatscht, die Ibsens Leitspruch verulkten. Die nachfolgende Entwicklung Hamsuns zum Nazi hat gezeigt, daß dieser Ulk alles andere als harmlos war, daß man überhaupt die Partei der dunklen Naturgewalten und des ungebändigten Lebens gegenüber den ordnenden Kräften der Vernunft und des Gewissens nicht nehmen kann, ohne (auch bei C. G. Jung ist es so) ins Kraftfeld des Verführers Nietzsche zu geraten. Ich schreibe dies im vollen Bewußtsein meiner Verantwortung nieder –, die Begründung dafür habe ich an anderer Stelle (in meinem Buch ›Diesseits und Jenseits‹) gegeben. Um wenigstens anzudeuten, warum ich den Einfluß Nietzsches auf unsere Zeit für radikal verderblich halte und der Meinung bin, daß dieser Einfluß ohne alle Zweideutigkeit und vollständig eliminiert werden muß, ehe wir die leiseste Hoffnung auf eine Änderung des Menschenherzens fassen können, führe ich nur zwei Nietzsche-Sätze an: »Eine Rechtsordnung, als Beschränkung des Krieges gedacht, wäre ein lebensfeindliches Prinzip; ein Zeichen der Ermüdung, ein Schleichweg zum Nichts!« – Ferner: »Wert ist das Quantum Macht, das sich ein Mensch einverleiben kann.« – Nein, und tausendmal nein! Macht ist böse (wie schon Burckhardt es erkannt hat, wenn auch noch ohne letzte Konsequenz, denn gleichzeitig war er in das Unwesen der Renaissance verliebt), Macht ist ein Unwert, wie Kierkegaard darlegt (den K. Jaspers sehr abwegig mit Nietzsche in Analogie bringt, im Buche ›Vernunft und Existenz‹), Macht ist der Würgegriff der Alexanderschlacht, den auszulöschen Inhalt unseres Seins bedeutet (so Kafka). Stellt man Nietzsche und Kierkegaard in ein und dieselbe Kategorie, so wird schließlich auch noch ein Interpret kommen und lehren, daß Kafka und Ernst Jünger etwas Verwandtes haben; wiewohl Jünger ein vergröberter Nietzsche, ein Nietzsche mit Taylor-System und Bombenflugzeugen ist, und von Kafka nur rein äußerlich, herzlos, einige Handgriffe der Erzählungsmethode abgeguckt hat. – Wenn sich hier die Gemüter nicht reinlich scheiden, wenn alles durcheinander gemischt wird und im Übrigen aller Ehren werte Schriftsteller immer noch Nietzsche um einiger philosemitischer Äußerungen willen, deren Tiefgang überschätzt wird, und wegen einiger Schlagworte (wie dem vom »guten Europäer«) für eine befreiende Macht statt für den großen Versklaver und Bestialisator des modernen Menschen, den Rückschrittler, den Verderber ansehen, – dann wird die Menschheit im Gestrüpp stecken bleiben und elend zugrundegehen. Dann blicke man aber auch nicht mit heuchlerisch verdrehten Augen zu Kafka auf und preise seinen Stil, seine Phantasie etc., unter geflissentlichem Vorbeisehen an seinem ethischreligiösen Impetus. Denn Nietzsche ist ja in der Geschichte des letzten Jahrhunderts der fast mathematisch genaue Gegenpol Kafkas. Es zeigt die Instinktlosigkeit mancher Kafka-Erklärer, daß sie sich nicht scheuen, Kafka und Nietzsche (etwa mit der Begründung, daß beide krank waren und zur Gesundheit strebten) auf einer Ebene zusammenzubringen, – als ob es hier irgendwelche noch so vage Bindungen, Vergleichsmöglichkeiten und nicht den puren Gegensatz gäbe; als ob das, was Kafka Gesundheit nennt, nämlich ein reines, liebevolles, niemanden schädigendes Leben, und Nietzsches betonte Mitleidslosigkeit der »blonden Bestie« einen gemeinsamen Nenner hätten. Der hohe Wert der Lyrik Nietzsches und sein feines Kunstverständnis (Carmen, Heine etc.) bleibt dabei unangetastet. Eine gerechte, im Wesentlichen scharf ablehnende Charakteristik Nietzsches und seiner Wirkung finde ich in Hans Barths ›Wahrheit und Ideologie‹ (Zürich 1945), einem umfassenden Werk, das klar zeigt, von welchen Irrlehren aus unsere Zeit erkrankt ist.

Vielleicht wird man meine Deutung Kafkas in diesem Punkt, an dem ich ihn mit dem einst gewaltig überschätzten, heute wieder unterschätzten Ibsen zusammenbringe, als allzu sehr von ethischem Rigorismus beeinflußt finden. Doch wird es wohl manche Kommentatoren Kafkas überraschen, die ihn so gern im unverbindlichen Dämmerlicht des Bloß-Phantastischen (oder des völlig Welt-Zerstörenden, Sich-selbst-Zerstörenden, Nihilistischen) festhalten möchten, in seinem Nachlaß das folgende, ethisch ganz einfache, klare Märchen zu finden, das das Verdammungsurteil über eine Gesellschaft von schmeichlerischer Nicht-Rigorosität spricht, über eine ganze Clique von solchen Josef K.'s, die sich das Leben leicht machen, sich der Verantwortung entziehen, die von ihnen verletzte Liebespflicht nicht eingestehen wollen, — also gewissermaßen die Skizze zu einem ins Kollektive erhobenen Prozeß-Roman. Sie lautet:

»Es war einmal eine Gemeinschaft von Schurken, das heißt, es waren keine Schurken, sondern gewöhnliche Menschen. Sie hielten immer zusammen. Wenn zum Beispiel einer von ihnen jemanden, einen Fremden, außerhalb ihrer Gemeinschaft Stehenden, auf etwas schurkenmäßige Weise unglücklich gemacht hatte, — das heißt wieder nichts Schurkenmäßiges, sondern so wie es gewöhnlich, wie es üblich ist, — und er dann vor der Gemeinschaft beichtete, untersuchten sie es, beurteilten es, legten Buße auf, verziehen und dgl. Es war nicht schlecht gemeint, die Interessen der einzelnen und der Gemeinschaft wurden streng gewahrt und dem Beichtenden wurde das Komplement gereicht, dessen Grundfarbe er gezeigt hatte: ›Wie? Darum machst du dir Kummer? Du hast doch das Selbstverständliche getan, so gehandelt, wie du mußtest. Alles andere wäre unbegreiflich. Du bist überreizt. Werde doch wieder verständig.‹ So hielten sie immer zusammen, auch nach ihrem Tode gaben sie die Gemeinschaft nicht auf, sondern stiegen im Reigen zum Himmel. Im Ganzen war es ein Anblick reinster Kinderunschuld, wie sie flogen. Da aber vor dem Himmel alles in seine Elemente zerschlagen wird, stürzten sie ab, wahre Felsblöcke.«

VI (INTERMEZZO)

An dieser Stelle möchte ich mir einen kleinen Exkurs über eine gewisse Klasse von Kafka-Kommentatoren gestatten, die alles bemerken oder zu bemerken glauben — mit Ausnahme der Hauptsache, auf die obige Skizze Kafkas hinweist: nämlich mit Ausnahme seiner sittlichen Strenge und zur Nachfolge mahnenden, das Vollkommene ersehnenden Selbstkritik, worin doch seine Bedeutung für die Zukunft und Erlösung der Menschheit liegt. Wenn ich sehe, wie diese Menschheit das in den Schriften Kafkas dargebotene Heilsgeschenk zurückweist — und zwar mit dem trügerischen Anschein zurückweist, als strecke sie tausend Hände danach aus: dann tut es mir manchmal leid, daß ich dieses Werk der Vernichtung entrissen habe, in deren Dunkel es nach dem Willen seines Verfassers hätte hinabsinken sollen. Hat Kafka vielleicht den Mißbrauch geahnt, dem sein Werk ausgesetzt sein wird, und deshalb die Veröffentlichung nicht gestatten wollen? – Es entspräche dies freilich nicht dem Liebesgebot. Denn viele Einzelne hat ja die Lehre Kafkas doch bereits ins innerste Herz getroffen; es sind dies freilich nicht gerade alle die, die Essays und Bücher über Kafka publizieren, – doch auch unter denen, die schreiben, verkenne ich einige adäquate Äußerungen nicht. Und wenn ich hoffnungslos werde, dann brauche ich nur an diese wenigen und etwa an die »Stillen im Lande« zu denken, an jenen Jüngling beispielsweise, der nach einem meiner Vorträge über Kafka (es war 1927 in Wiesbaden) sich durch die Zuhörer hindurchdrängte und mich förmlich anschrie: »Wissen Sie, daß man unsere Zeit einmal das Jahrhundert Kafkas nennen wird?« – Ich wußte es, aber es tat mir wohl, es von einem Unbekannten, der sofort danach in der Menge verschwand, bestätigt zu hören.

Die andern aber, die vielen Besserwisser, was haben sie alles herausgefunden, mit wie viel Nebendingen gaben sie sich ab, um (wie Josef K.) das Eine nicht hören zu müssen! Ein Beispiel: Da las ich neulich in einer Abhandlung über Kafka, es sei für ihn charakteristisch, daß er seitenweise keine Absätze mache, – und diese Eigenheit wurde mit seiner Tuberkulose, mit Kurzatmigkeit zusammengebracht (wenn man schon so »biologisch« denkt, so würde ich aus der gleichen Eigenheit eher auf Langatmigkeit schließen). Nun ich kann dem gelehrten Verfasser die Versicherung abgeben, daß die von ihm bemerkte Eigenheit weitgehend auf *mein* Konto fällt. Wohl schreibt Kafka seine Manuskripte seitenweise ohne jede Gliederung in Absätze. Aber wenn er dann eine Arbeit für den Druck vorbereitet, zeichnet er selbst mit dickem Bleistift Absätze in das Manuskript ein. Das kann man in den Oktavheften wiederholt beobachten. Der ›Kübelreiter‹ beispielsweise ist ohne Absatz niedergeschrieben. Kafka hat aber diese Arbeit selbst für den Druck (in der Zeitung ›Prager Presse‹) durchgesehen und im Original durch die erwähnten Bleistiftlinien sogar sehr reich, dialogisch gegliedert. So erschien dieses Capriccio in der ›Prager Presse‹, in der gleichen Form steht es heute im V. Band. (Genau genommen hätte es in den ersten Band gehört.) Dieselbe Beobachtung kann man beim Vergleich einiger von Kafka selbst publizierten ›Landarzt‹-Novellen mit der Original-Handschrift machen: überall diese Gliederungsstriche. – Als Herausgeber aber konnte ich mich nicht entschließen, vom Manuskript dort, wo es ungegliedert war, durch so viel Abschnitteinteilungen abzuweichen, wie Kafka es tat, wenn er selbst die letzte Hand anlegte. Daher machte ich, den Kontext schonend, nur an den wichtigsten Stellen Einschnitte, – und durch diese notgedrungene

Zurückhaltung oder vielleicht durch diesen allzu weitgehenden Respekt meinerseits entstand der Eindruck der weiten Flächen, der dann den scharfsinnigen Kommentator zu großen Folgerungen über Kafkas Charakter veranlaßt hat.
So viel über die Kommentatoren und die Nebendinge!
Es wäre noch manches zu diesem Thema zu bemerken, aber ich müßte damit dem und jenem persönlich nahetreten, – und ich möchte doch der Lehre Kafkas, kaum daß sie mir ein wenig klar geworden ist, nicht sofort untreu werden und mein eitles Ich polemisch aufgetakelt vorführen. Es ist mir nicht ganz leicht, mich hier zurückzuhalten, – denn unter den Kommentatoren Kafkas ist es Mode geworden, daß sie mit einer Verbeugung vor mir beginnen und daß sie mir dann unversehens da und dort kleinere oder größere Nasenstüber versetzen. – Doch will ich mich, ohne Namen zu nennen, nur mit der Sache selbst befassen. Die Sache selbst aber verlangt, daß jeder, der sich Kafka nähert, dies mit reinen Händen tut, mit jener Sorgfalt, intellektuellen Ehrlichkeit, die unlösbar zu Kafkas Stil gehören. Man darf, wenn man über Kafka schreibt, in einer kurzen biographischen Skizze nicht zwanzig Druckfehler stehen lassen – und wären es noch bloße Druckfehler! – aber daß Steglitz, der Ort, in dem Kafka seinen letzten Winter zubrachte, als »Vorort von Prag« (statt von Berlin) bezeichnet wird, das kann doch schwerlich ein Druckfehler sein. Und solch ein Versehen gibt ein ganz falsches Bild des letzten Winters. Es darf auch, wenn man gewissenhaft im Geiste Kafkas arbeiten will und diesen Geist auf sich wirken läßt, der (unter anderem) auch ein Geist der literarischen Sauberkeit und Genauigkeit ist, das ostjüdische »Tateleben« nicht mit »Großvater« (statt »Vater«) übersetzt werden, und wenn Kafka über einem Akt in seinem Arbeiter-Versicherungsbüro in Tränen ausbricht, weil er den Bericht über ein armes Dienstmädchen liest, das ihr Kind aus Not ermordet, so darf man die von Kafka hinzugefügte Bemerkung »Ganz schematische Geschichte«, mit der die furchtbare Alltagsfarbe des Vorgangs hervorgehoben wird, nicht als »Schema einer Geschichte« wiedergeben, als sei Kafka wie irgendein Skribifax darauf aus gewesen, interessante Motive für seine Novellen zu sammeln. Damit wird die Hauptsache in ihr Gegenteil verkehrt. Oder wenn ein anderer Interpret in der Absicht, Kafkas Gemütslage nach der Richtung der völligen Verlassenheit und Ausweglosigkeit hin zu schattieren, den Schluß des ›Prozeß‹-Romans mit den Worten umschreibt, daß während der Hinrichtung ein Taschentuch in einem Fenster geschwenkt wird, worauf Josef K. in absolute Verzweiflung gerät. Statt dessen heißt es an der zitierten Stelle, daß in der Ferne ein Licht aufzuckt und – nicht ein

Taschentuch – sondern »ein Mensch, schwach und dünn in der Ferne und Höhe« an einem offenen Fenster erscheint, sich vorbeugt und die Arme »noch weiter« ausstreckt. Also offenbar will Kafka hier dem Todesgeweihten eine Vision der Hilfe zuteil werden lassen, – wie auch aus den folgenden Zeilen klar hervorgeht: »Wer war es? Ein Freund? Ein guter Mensch? Einer, der teilnahm? Einer, der helfen wollte? War es ein einzelner? Waren es alle? War noch Hilfe? Gab es Einwände, die man vergessen hatte? Gewiß gab es solche. Die Logik ist zwar unerschütterlich, aber einem Menschen, der leben will, widersteht sie nicht. Wo war der Richter, den er nie gesehen hatte? Wo war das hohe Gericht, bis zu dem er nie gekommen war?« Und knapp zuvor ist davon die Rede, daß K. den Behörden »die Verantwortung für diesen letzten Fehler« zuschiebt, also offenbar bis zuletzt vom Kampf nicht abläßt. Bei aller Tragik dieser grauenerfüllten Szene kann man eher von finsterer Entschlossenheit, von Trotz und Auflehnung des Helden reden, also gerade von dem Gegenteil der »absoluten Verzweiflung«, die der Interpret bemerkt haben will.

Ja, manchem dieser Kafka-Erklärer möchte man die Worte ins Stammbuch schreiben, mit denen der alte Goethe seine Bewunderer parodierte:

»Deine Werke zu höchster Belehrung
Studier ich bei Tag und bei Nacht;
Drum hab ich in tiefster Verehrung
Dir ganz was Absurdes gebracht.«

VII

Die meisten, die in letzter Zeit das europäische Bewußtsein von Grund aus zu erneuern, aufzuwühlen, zum Absoluten hinzuwenden versucht haben, waren Christen. Vor diesen ehrwürdigen Männern neige ich mich in tiefer Verehrung.

Kafkas Beispiel zeigt (und es steht in dieser Hinsicht nicht ganz allein da), daß eine solche Erneuerung auch heute noch von der Basis des so oft totgesagten Judentums aus möglich ist und nicht nur von der des Christentums aus. – Ein anderes Beispiel sind die sozialistischen Siedlungen (Kibucim) in Palästina. Man mag gegen ihre Ideologie das und jenes einzuwenden haben; vor der Reinheit des hier in aller harten Wirklichkeit gelebten Lebens einer ganzen Generation junger Menschen ziemt es, in Andacht zu verstummen. – Auch der noch lange nicht in vollem Ausmaß gewürdigten Wirksamkeit Martin Bubers und einiger, die ihm nahe sind, sei hier mit Dank und Liebe gedacht.

In die Reihe der Erneuerer jüdischen Glaubens unserer Tage gehört Franz Kafka. Er hat mit einer besonderen bittern Verbissenheit, mit letzter Entschlossenheit die Bahn freigelegt, in äußerst gefährdeter Situation, oft ohne eine andere Hilfe als die aus seinem tiefsten Herzen hervorgeholte Ahnung. Die ist dann aber völlig lauter und unbeirrbar. Er zögert lange, ehe er etwas als wahr und bindend anerkennt. Es gibt Sätze von ihm, die sein Alleinsein unterstreichen, – Zeichen intellektueller Redlichkeit sind sie, die sich in diesen entscheidenden letzten Dingen keine Illusion gestattet, die lieber zu wenig als zu viel behauptet. Das alte Haus ist unsicher geworden, er will ein neues sicheres bauen, sei es auch aus den Trümmerstücken des bis in letzte biographische Einzelheiten zerlegten alten Heims der Seele. Er bekennt, daß er »nicht den letzten Zipfel des davonfliegenden jüdischen Gebetmantels noch gefangen hat wie die Zionisten.« Dies schreibt er in einer bestimmten, besonders qualvollen Übergangszeit. Aber das, was sich unter dem altertümlichen Gebetmantel verbirgt, und das, was hinter den Zukunftsvisionen der Zionisten in lebendigem Glanz winkt (es ist ein und dasselbe): das ist auch seine Sache. Nur muß er sie mit seinen eigenen Reserven an Gläubigkeit und kritischer Unterscheidungskraft erarbeiten. »Es ist ein Mandat. Ich kann meiner Natur nach nur ein Mandat übernehmen, das niemand mir gegeben hat.« »Ich bin ein Ende oder Anfang.« – Wohlgemerkt: ». . . oder Anfang«, das steht hier geschrieben, das ist die große Hoffnung, die ihn zu immer neuen Anstrengungen emporträgt, solange nur seine von der Todeskrankheit verletzten Kräfte es gestatten. Und dieser Anfang, diese Hoffnung, die dem Werk Kafkas zu entnehmen ist, – sie gilt natürlich nicht etwa nur für Israel, sie ist eine Botschaft an die ganze Menschheit.

Statt nun den Fall Kafka in seiner Besonderheit zu akzeptieren, beeilen sich manche Erklärer, nicht etwa bloß Pierre Klossowski, Kafka als einen Suchenden darzustellen, der zwar viel Jüdisches an sich hat, der aber im Wesentlichen »in vollem Bewußtsein mit der jüdischen Gemeinschaft gebrochen hat« (so schreibt Marthe Robert in ihrem Büchlein ›Introduction à la Lecture de Kafka‹), »der bis zuletzt eine Sehnsucht nach dieser Gemeinschaft hat und sich verbietet, zu ihr zurückzukehren.« (Un Juif qui a rompu avec la communauté juive, qui en garde jusqu'à la fin la nostalgie et qui s'interdit d'y rentrer.)

Eine solche Darstellung der Entwicklung Kafkas, der – wie schon oben dargelegt – mit zunehmender Reife die Bande zum Judentum immer enger zog, ist nicht nur irreführend, – sie ist auch geeignet, gerade das Besondere, das Auszeichnende an Kafka zu verwischen.

Das Besondere lag ja (unter anderem) gerade darin, daß jemand es unternommen hat, ausschließlich mit dem Material, das das klassische Judentum darbietet, also mit einem völlig reinen, von keinem Kompromiß mit christlichen Vater-Sohn-Vorstellungen beeinflußten Monotheismus den Weg des Heils und der Wahrheit zu suchen. Schon weil dies so selten geschieht, sollte man versuchen, es in seinem eigenen Licht zu sehen – und nicht tingiert durch konventionelle Vorstellungen, die sich allenthalben aufdrängen. Daß jemand glaubt, seinem jüdischen Sehnen nach dem Absoluten ein christliches Adelspatent beschaffen, eine christliche Ideologie als Stütze darbieten zu müssen, das ereignet sich alle Tage. Wir haben unter den jüdischen Dichtern heute viele Werfel, viele Shalom Asch, – aber nur *einen* Kafka. Auch diesen möchte man uns gern fortdisputieren. Aber dagegen erhebe ich Protest.

Es hat sich nämlich im Laufe der letzten Jahrzehnte ein ganz bestimmtes Denkschema herausgebildet, das von allen, die sich mit diesem Gegenstande (Religiosität, Judentum, Christentum) befassen, fast ausschließlich verwendet wird – und zwar wird es ganz unwillkürlich und unbewußt verwendet, es schlüpft gleichsam von selbst in die Darstellung hinein, es scheint denen, die über diese Dinge nachdenken, so selbstverständlich, so durchaus zureichend, daß es keinem auch nur in den Kopf kommt, die ganze Sache könne auch anders aufgefaßt werden. Nennen wir dieses Denkschema, das ich hiemit aufdecken möchte, etwa: »die Verchristlichungs-Maschinerie«. Sie ist, wie schon der Name andeutet, durchaus nicht anwendbar auf die *wirklichen Christen*, vor denen ich nicht nur den denkbar innigsten Respekt habe, sondern denen ich, da ich von ihnen viel gelernt habe und, so weit meine Kräfte reichen, weiter zu lernen gedenke, auch zu dem höchsten Dank verpflichtet bin, den ein Mensch dem andern schuldig sein kann. Von denen also ist hier nicht die Rede. Was sind »wirkliche Christen?« Menschen, die im Christentum geboren und erzogen worden sind oder die aus dem Heidentum zum Christentum kamen, – alle, denen nach einem außerordentlich treffenden Wort von Fritz Medicus (›Das Mythologische in der Religion‹) das Christentum zugleich »das Heimatliche« bedeutet, dessen Wichtigkeit (u. a. von der Geschichte der Marannen bezeugt) nie außeracht gelassen werden darf. Von »Verchristlichung« dagegen rede ich im Hinblick auf Juden. Ihnen ist, auch wenn sie es verleugnen, das Judentum Seelenheimat und bleibt es, selbst wenn sie wie Ratisbonne Erscheinungen haben und Klöster gründen. Es mag auch hier ganz selten einmal eine Ausnahme geben –, im Reich des Geistes ist ja nichts unmöglich, es sei denn das Böse; hier herrscht lautere Freiheit und alles, was uns als Regel erscheint, wird irdisch-begrenztes Stammeln vor ihrem Glanz. Wenn aber eine Regel zur Maschine geworden ist, dann erkennt man sie an dem Knarren, mit dem sie funktioniert. Und die erwähnte Verchristlichungs-Maschine knarrt etwa in folgender Weise: »Alle Juden sind doch bekanntlich Materialisten, rationalistische Kümmerlinge. Da zeigt sich mal einer, der gläubig ist. Hallo, da haben wir also natürlich einen Christen vor uns.« Oder noch kürzer: »Ein gläubiger moderner Jude – aha, ein Christ.« – Die prinzipiell-jüdische Gläubigkeit wird nicht gesehen, soll nicht gesehen werden. Äußerstenfalls darf sie ein wenig »Vorstufe« spielen. Sicherer und vornehmer aber bekommt sie sofort die Etikette »christlich« angepickt. Dann mag sie passieren.

In diese Maschine versucht man neuerdings mit aller Gewalt auch Kafka hineinzuzwängen, – wenn man es nicht vorzieht, ihn als lebensuntüchtigen Psychopathen zu »erklären«.

Eine der wenigen Analogien zum Falle Kafka finde ich dagegen gerade bei einem christlichen Autor, in dem schönen Buche ›Die graue Eminenz‹ von Aldous Huxley (das lange nach Kafkas Tod erschienen ist). Hier ist an einem historischen Beispiel gezeigt, wohin es führen kann, wenn sich in den reinen Monotheismus Elemente einmischen, die, streng genommen, mit ihm nicht verträglich sind. Diese Elemente und Dogmen stellen allerdings Verbindungsglieder mit dem offiziellen Katholizismus her. Aber es entstehen gleichzeitig sehr weltliche Gefahren, die dem Sinn der eigentlichen Religion aufs Heftigste widersprechen (man denke an die Inquisition; Huxley exemplifiziert hauptsächlich auf die religiösen Hintergründe der Politik Richelieus, des Paters Joseph, der dabei ein überzeugter Mystiker gewesen zu sein scheint, auf die Greuel des dreißigjährigen Krieges, auf das Fortwirken dieser Greuel bis in unsere Tage etc.), – man verschließt sich durch die genannten einengenden Elemente den Weg zu dem, was Huxley als persönliches Erlebnis des Unendlichen, als »äußerst wichtig und in höchstem Maß tröstend«, als eine »von nicht akzeptablen Dogmen befreite Religion« analysiert – während der christliche Theologe Karl Barth dieselbe Haltung als »esoterischen Atheismus« verdammt. – Nun, Kafka, der an das »Unzerstörbare« und die Alleinigkeit der geistigen Welt glaubte, steht gewiß nicht im Verdacht, Atheist gewesen zu sein; aber in seinem unbestechlich abwägenden, verantwortungsvollen Denken gab es auch für Dogmen keinen Platz. Sein Monotheismus war lauter und in ehrlicher Gewissensprüfung errungen, er lebte wirklich das, was Kierkegaard als ein »durchsichtig-sich-auf-Gott-Gründen« beschreibt, mit all den Kühnheiten, Gefahren und Leiden, die aus solch einem paradoxen Zusammen des Endlichen mit dem Unendlichen entstehen.

Was soll es nun heißen, daß Kafka die jüdische Gemeinschaft verlassen hat? Es gibt keine biographischen Data, die eine solche Behauptung auch nur im Entferntesten rechtfertigen könnten. Data, die in die genaue Gegenrichtung weisen, habe ich in meiner Biographie in genügender Dichte angeführt. Kafka ist ja dem jüdischen Gedanken und der Wirklichkeit des echten Judentums von Jahr zu Jahr näher gekommen. Zu diesem Prozeß gehört es immanenterweise, daß er das unechte Judentum, alle Lauheit, alles Ungefühlte, bloß aus Pietät verständnislos Mitgeschleppte im Judentum immer strenger kritisierte. Er tat es überdies mit liebevoller Hingabe an die echte Tradition. Pflegt man etwa von Savonarola oder von Origenes oder von Tertullian, den Kirchenvätern, zu sagen, daß sie mit der christlichen Gemeinschaft gebrochen hätten, weil sie sie immer entschiedener kritisierten, weil sie dieser Gemeinschaft gegenüber immer radikaler wurden, weil ihre Lehren von den offiziellen christlichen Tribunalen schließlich sogar als irrig und ketzerisch verworfen wurden?

Doch die Kritiker schlagen allenfalls einen andern Weg ein, wenn man sie hier faßt. Sie kommen dann mit Kafkas Traurigkeit (über die auch von unserem Standpunkt aus noch zu reden sein wird), mit Kafkas Verzweiflung. Sie argumentieren etwa, daß man Kafka gar nicht richtig versteht, wenn man ihn als Juden auffaßt, – man müsse ihn vielmehr als Christen sehen oder doch als einen, der, mit dem Judentum unzufrieden, eine außerhalb des Judentums liegende Lösung sucht, der also nicht zum Zionismus, sondern zum Christentum, zu einer christlichen Liquidierung des Judentums hintendiert. Nicht die weltliche Lösung der Judenfrage, wie sie vielleicht ein jüdischer Staat bieten würde, sondern die Beruhigung der jüdischen Seele im Glauben an die Erlösung, wie sie das Christentum verspricht, – das sei Kafkas Sehnsucht gewesen. Und wenn nicht bewußt, so doch in seinem Unbewußten. Und weil er die richtige Antwort auf seine Frage, die christliche Antwort nicht fand, – deshalb (so meinen die Kritiker) klinge Angst und Verzweiflung aus dem ganzen Werk Kafkas. Es ist die Angst der Seele, die fühlt, daß sie den richtigen Weg versäumt ... In jener französischen Kafka-Literatur, die unter neuthomistischen Einflüssen steht, taucht dieser Gedankengang öfter auf (vgl. die im Übrigen sehr verständnisinnige Würdigung Kafkas von Albert Béguin in ›Temps Présent‹ vom 12. 10. 1945 ›Franz Kafka et la destinée d'Israel‹).

Wenn mein Freund noch lebte, wie würde er sich zu all den Debatten stellen, die um sein Werk (von dem er selbst in so demütiger Weise dachte) entbrannt sind? – Ich sehe ihn vor mir, ich sehe sein trauriges Lächeln, seine Handbewegung, die unscheinbar ist, ohne jedes Pathos, und die dennoch in eine unbegrenzte Ferne zu deuten scheint. »Es ist schwer«, würde er wohl leise sagen (und in Gedanken würde ich ergänzen: wo ist denn etwas Leichtes und völlig Deutliches in der Welt, wenn man sie mit den Augen Kafkas sieht?). Und im nächsten Augenblick würde er vermutlich eine seiner scharfen, helläugigen, manchmal ins Boshafte spielenden Beobachtungen anschließen, die in der ehrlichen Absicht, eine Sache zu erklären, sie nur noch komplizierter machen, weil sie ganz in die Tiefe gehen und vor konventionellen Begriffen eine heilige Scheu haben.

Kafka liebte die Theorien nicht. Er sprach in Bildern, denn er dachte in Bildern. Bildersprache war die ihm natürliche Ausdrucksweise. Auch im sogenannten Alltag. Denn es gab bei ihm keine Unterscheidung von Alltag und Feiertag. Das ganze Leben, das ganze Dasein des Universums stand für Kafka unter einem einheitlichen Gesetz. Auch in diesem Sinne war Kafka der entschiedenste Monotheist, dem ich je begegnet bin. Es gab für ihn gar nicht die Möglichkeit, etwas zu denken, was nicht in irgendeiner (sei es noch so entfernten, sei es noch so schmerzlichen) Beziehung zum Allerheiligsten stünde.

Theorien aber verwirren diese Beziehung, weil sie ihr Gewalt antun. Hiefür finde ich in Kafkas Nachlaß folgendes Aphorisma: »Von außen wird man die Welt mit Theorien immer siegreich eindrücken und gleich mit in die eroberte Grube fallen; aber nur von innen sich und sie still und wahr erhalten.«

Ja, dies war die Grundhaltung, das Ziel und die tiefste Sehnsucht meines großen Freundes: sich still und wahr erhalten. »Von innen«, wie es hier heißt; also nicht unter dem Zwang bloß äußerlicher Begriffskonstruktionen, die dem irrationalen Kern unseres Daseins nicht entsprechen. – Fragt man sich nun im Angesicht dieser tiefsten Innerlichkeit nach Kafkas Beziehungen zum Christentum, zum Judentum, zum Zionismus, so muß man die hergebrachten Wege verlassen und versuchen, diese lebendigen Strömungen in ihrer ganzen Wahrheit zu erfassen. Dann wird man aber bemerken, daß sie sich zwar in einigem unterscheiden, in einigem aber doch auch so tief zusammenhängen, daß jede oberflächliche Scheidung ihr Ziel verfehlt.

Judentum und Christentum haben viel Gemeinsames. Der Abscheu gegen jede Gewalt, gegen jeden unsittlichen Zwang, die Sehnsucht nach einem unbefleckten reinen Leben, – sie ist beiden Religionen in ihren edelsten Formen gemein. Unter

Verzicht auf das »hassenswerte Ich« zur absoluten Wahrheit vordringen, diese Pascal'sche Gestalt des Christentums, sie findet sich natürlich auch bei Kafka; denn dieser Drang ins Metaphysische ist ebenso sehr jüdisch, wie er christlich ist. – Es ist sehr leicht, bei Kafka typisch christliche Züge zu entdecken, wenn man ganz einfach dem religiösen Grundzug, den das Judentum in die Welt gebracht hat, das Attribut »christlich« verleiht. Hier aber bewegt sich Kafka durchaus auf dem Boden, der dem Judentum und dem Christentum gemeinsam ist; hier gibt es keinen Unterschied. Und es ist Willkür, Kafka als Christen zu bezeichnen, weil er mit besonderer Innerlichkeit und Vertiefung jene Sehnsucht, das Unendliche zu erfassen, ausgebildet hat, die jüdisch-christliches Erbteil beider Bekenntnisse ist.

Was das Christentum vom Judentum trennt, ist der Glaube an Jesus Christus, an den Messias, der nach Ansicht der Juden noch kommen soll (»am Ende der Tage«), nach Ansicht der Christen aber bereits erschienen ist. – Nun wird man im Werke Kafkas keine Stelle entdecken, an der er dem Glauben an den bereits erschienenen »Mittler« auch nur nahe kommt. In dieser Hinsicht also ist Kafka ganz Jude. Die Sache der Erlösung ist zwischen ihm (dem Menschen überhaupt) und Gott auszutragen, ohne jegliche Vermittlung. Charakteristisch scheint mir zu sein, daß das christliche Denken Kierkegaards zwar einen ungeheuren Einfluß auf Kafka ausübte, aber nur jener Teil des Kierkegaard-Werkes, der sich auf Abraham und Hiob bezieht; dagegen nimmt Kafka von all den Schriften, die Kierkegaard seiner persönlichen Einstellung zu Jesus gewidmet hat, fast gar keine Notiz. Sie interessieren ihn nicht zentral.

Kafka strebt ein richtiges Leben an, also eines, das im Zeichen der Heiligung steht. Daher will er eine reine, wahre Ehe, einen anständigen Beruf, in dem er keinen Nebenmenschen ausbeutet, allen so viel wie möglich hilft, aber auch seine eigene Begabung nicht abtöten müßte. Diesen Problemen entflieht er nicht, indem er sie (wie der radikale Christ Kierkegaard es tut) für unlösbar erklärt. Er quält sich mit den genannten Problemen ab, er kann sie für seine arme schwache Person nicht lösen, aber er besteht darauf, daß sie lösbar sind und daß jeder, der wirklich Mensch sein will, sie lösen muß. Dabei ist einer für den andern verantwortlich. »Der Einzelne ist Lüge, im Chor ist Wahrheit« – das ist die Hauptlinie, die ihn, der ja in vielen Beziehungen ein einsamer, verschlossener Mensch war, von den großen Verschlossenen und Einsamen christlichen Stils wie Pascal und Kierkegaard deutlich abhebt. So wendet sich Kafkas beherrschendes Interesse für die Gemeinschaft, für das natürliche Leben,

auch der natürlichen Gemeinschaft zu, in die er hineingeboren wurde und deren hohe geistige Tradition er sich allmählich aneignete, – dem Judentum.
Bei der richtigen Bestimmung dieser natürlichen Gemeinschaft, in die er wirklich hineingehört, ist Kafka höchst behutsam und wach. Charakteristisch für das tiefe Verantwortungsgefühl, das ihn dabei leitet, ist ein Briefentwurf, den ich jetzt aus einem kaum lesbaren Stenogramm schließlich doch entziffern konnte und im 8. Band der Gesamtausgabe (Anmerkung 27) veröffentliche. Während des Krieges 1914–1918 erhielt Kafka die Einladung, sich an einem »patriotischen« Künstlerbund, dessen Ziel Groß-Österreich war, zu beteiligen. Seine Ablehnung ist höflich, aber klar. Er schreibt u. a.: »Ich bin nicht imstande, mir ein im Geiste irgendwie einheitliches Groß-Österreich klarzumachen, und noch weniger allerdings, mich in diesem Geistigen mitzudenken. Vor einer solchen Entscheidung schrecke ich zurück... Nehmen Sie mir, bitte, meine Absage nicht übel, sie ist mir eine Notwendigkeit.« Bekanntlich haben sehr berühmte Schriftsteller (sogenannte Pazifisten, Internationalisten, auch katholisierende Juden etc.) während des Weltkrieges in dieser Sache weniger rigoros gedacht und, entgegen ihrer Überzeugung, am Kriegspressequartier und ähnlichen Propagandaunternehmungen mitgetan. Auch Karl Kraus hat in der ersten Nummer der ›Fackel‹, die nach Kriegsausbruch erschien, das zum Krieg aufrufende Manifest des österreichischen Kaisers ›An meine Völker‹ in höchst lobenden Worten gefeiert, – eine Tatsache, die seine Verehrer gern verdunkeln möchten, die aber weder durch die grandiose Satire der ›Letzten Tage der Menschheit‹, noch durch sophistische Auslegung jenes Lobes (nachträglich, viel zu spät) aus der Welt geschafft werden kann. – Von allen Autoren, die ich kenne, ist Kafka fast der einzige, der in der damaligen Krise mit Strenge und unbeirrbarem Gefühl seine Wahl getroffen hat.
Getrieben von solch geheimen Kräften seiner Seele wurde Kafka Zionist. Er lernte sehr fleißig hebräisch. In seinem Nachlaß liegen eine Menge von Heften, die mit seinen hebräischen Sprachübungen gefüllt sind. Aus seinen Tagebuch-Notizen geht deutlich hervor, wie er bemüht war, die Lücken seiner jüdischen Bildung (er ist wie ich in einer völlig assimilierten Familie aufgewachsen) durch eifrige Studien auszufüllen. Er liest Werke über jüdische Geschichte, moderne jiddische Literatur (von Pines), – noch in seinem letzten Lebensjahr hört er an der Berliner ›Hochschule des Judentums‹ Vorlesungen über den Talmud. Er gelangt mit seinen hebräischen Sprachkenntnissen so weit, daß er eine Novelle von Brenner im Originaltext lesen kann. Er sprach mit mir sehr oft darüber,

daß er nach Erz-Israel auswandern und dort als einfacher Handwerker leben wolle. (Auch dies ein Tolstoi'scher Zug.) Seine Gesinnung war die des Chaluz, des Pioniers.

Wenn man freilich unter Zionismus nur das Interesse an Konferenzen, Debatten, politischen Schachzügen versteht, dann kann man sagen, daß sich Kafka am zionistischen Leben praktisch nicht beteiligt hat. Seine Beteiligung war eben eine viel persönlichere, war ganz und gar »von innen«, »still und wahr«, im Sinne des oben zitierten Aphorismas. Aber damit ist nicht gesagt, daß ihm der politische Kampf etwa gleichgültig war. Er verfolgte ihn von ferne, aber mit größter Anteilnahme (die er ja überhaupt keiner lebendigen Bewegung versagte). Hiefür können viele Beweise und Belege aus dem Nachlaß und aus Briefen beigebracht werden.

Wenn ich meiner Biographie einen Vorwurf machen kann, so ist es nicht der, daß ich Kafkas jüdisches Gefühl zu viel, – sondern der, daß ich es zu wenig hervorgehoben habe. Mit wenigen Worten bin ich über seine Begeisterung für eine ostjüdische Theatergruppe hinweggegangen. Kafkas eigene Tagebücher sind auf Dutzenden von Seiten viel beredter. Die Entdeckung der ostjüdischen Eigenart ist ein entscheidender Schritt seiner Entwicklung, sein religiöses Gefühl findet hier eine lebendige Stütze. In einem Brief an mich, der fast so lang wie ein Buch ist (und da er ein Buch von Kafka ist, ist der Brief natürlich unvollendet) schildert er einen chassidischen Rabbi, den er in Marienbad beobachtet, ja recht eigentlich studiert hat. – Als im Jahre 1917 die Prager zionistische Wochenschrift ›Selbstwehr‹ (unter dem damaligen Redakteur S. Kaznelson) die Sammelschrift ›Das jüdische Prag‹ herausgab, war unter denen, die Beiträge zur Verfügung stellten, Franz Kafka. Es ist die kleine Erzählung ›Ein Traum‹ (zwei Jahre später im ›Landarzt‹ abgedruckt), die er hier veröffentlichte. Kafka hat nur in ganz seltenen Fällen etwas außerhalb seiner Bücher zum Abdruck freigegeben, – so daß diese Publikation als Bekenntnis zu werten ist*. – Kafka war bis an seinen Tod eifriger Leser dieser Zeitschrift, die später von Felix Weltsch redigiert wurde. Und man kann in seinen Briefen nachlesen, wie wichtig ihm diese ständige Lektüre war, wie er jedes Heft, das ihm etwa in seine ländliche Stille nicht nachgesandt wurde, sofort lebhaft reklamierte. – Allzu kurz habe ich auch Kafkas Eintreten für die Gründung einer modernen jüdischen Schule in Prag behandelt. Wenn ich im Kampf für diese Schule erlahmte, so war es mein Freund, der mir Mut zusprach. Gemeinsam mit mir setzte er die feierlichen Eröffnungsworte auf, die ich zu spre-

* Auch in der Monatsschrift Martin Bubers ›Der Jude‹ veröffentlichte Kafka 1917 ›Zwei Tiergeschichten, I‹, ›Schakale und Araber, II‹, ›Ein Bericht für eine Akademie‹.

chen die Ehre hatte. Und er sorgte dafür, daß im Laufe der Jahre alle seine schulpflichtigen Familienmitglieder (vier Nichten, ein Neffe) in diese Schule eintraten, die der in Prag regierenden Assimilation ein gesundes Zurückgreifen auf die jüdischen Grundkräfte der Seele entgegensetzte. So nahm Kafka auch an der Arbeit Dr. Siegfried Lehmanns im ›Jüdischen Volksheim‹ (Berlin, jetzt Ben-Schemen in Palästina) tätigen Anteil. – Wenn dies nicht praktischer Zionismus ist, so wüßte ich nicht, was man als »praktischen Zionismus« bezeichnen sollte. Und solcher zionistischer Taten ließen sich noch manche andere aus dem Leben Kafkas anführen. Denn Kafka war nicht weltfern und in irgendwelche ästhetischen Spekulationen eingesponnen, wie einige seiner heutigen Verehrer ihn sehen. Er war, solange ihm die Krankheit noch einige Kräfte ließ, durchaus Freund des aktiven Lebens. Wo er Aktivität in sittlicher Richtung sah, lobte und ermunterte er mit Begeisterung. Was er sich selbst ständig verübelte, das war die Tatsache, daß er hinter seinem eigenen Ideal von Aktivität zurückblieb. Deutlich vor Augen hatte er dabei freilich, wie leicht alle menschliche Aktivität ins Nichts, ja in die Unreinheit führt. Gerade dieses Mißlingen selbst bestgemeinter Absichten gegenüber dem Wirrsal des Lebens ist gleichsam das philosophische Leitmotiv in vielen seiner Erzählungen, z. B. im ›Landarzt‹. Die Welt bleibt in Geheimnisse gehüllt. Doch alle Schwierigkeit und Unvollendbarkeit darf niemanden zum resignierten Nabelbeschauer machen. Im Gebiet des »unedlen Unglücks«, wie ich es nenne, gilt der Talmudsatz (Rabbi Tarfon): »Es ist dir nicht gegeben, das Werk zu vollenden; dennoch darfst du dich nicht entziehen.« Das war auch Kafkas Grundhaltung, eine charakteristisch jüdische Haltung. So ging er vom Jüdischen aus, aber seine Liebe umfaßte dabei die ganze Menschheit, das Universale, den verborgenen Gott (deus absconditus) wie auch den, der sich im Geschehen offenbart. Die Einheit war es, die Kafka suchte. »Unser Gott ist der Eine.« Wie klar mein Freund die allgemeinen Zusammenhänge *aller* Menschen, ja aller Kreatur sah, wie er die *Gemeinschaft* der Menschheit in ihrer allgegenwärtigen Gliederung (und nicht etwa einen separatistischen Nationalismus von engen Horizonten) verehrte, das geht etwa aus folgenden Zeilen hervor, die ich gleichfalls dem Nachlaß entnehme:

»Alle kämpfen wir *einen* Kampf. (Wenn ich, angegriffen von der letzten Frage, nach Waffen um mich greife, kann ich nicht unter den Waffen wählen, und selbst wenn ich wählen könnte, müßte ich fremde fassen, denn wir alle haben nur einen Waffenvorrat.) Ich kann keinen eigenen führen; glaube ich einmal, selbständig zu sein, sehe ich einmal niemanden um mich, so ergibt sich bald, daß ich infolge der mir nicht gleich oder überhaupt nicht zugänglichen Konstellation diesen Posten übernehmen mußte.«

Aber Kafka wäre nicht er selbst, er wäre nicht der gewissenhafte, illusionslose, von allen Segnungen und Flüchen der Skepsis getroffene geniale Realist, wenn er diesem in die höchsten Sphären emporstürmenden Blick nicht gleich die melancholische Korrektur nachschickte (die aber, das betone ich mit allem Nachdruck, den positiven Blick niemals völlig aufhebt, die ihn eben nur korrigiert, ins Präzise, in diese Kafka ganz eigentümliche, traumhafte Präzision und präzise Traumhaftigkeit verfeinert): »Dies schließt natürlich nicht aus, daß es Vorreiter, Nachzügler, Franktireure und alle Gewohnheiten und Sonderbarkeiten der Kriegsführung gibt.«

Es wird immer zwei Auffassungen der in ihrer Eigenart völlig originalen Werke Kafkas geben. Die einen werden nur die »Sonderbarkeiten« seiner Kriegsführung sehen. Die andern werden zwar kaum die Augen davor verschließen, daß er nicht zur Hauptarmee gehörte, sondern ein »Vorreiter, Nachzügler« war, — aber einer, der die brennende Sehnsucht hatte, nicht in der Isolierung zu verharren. Als Einsamer hat er gelitten, — aber um der Gemeinschaft willen hat er gelitten. Das wird in den Schlußworten des oben zitierten Aphorisma nachdrücklich unterstrichen. Der Schluß lautet: »Aber es gibt keinen selbständig Kriegführenden. Demütigung der Eitelkeit? Ja, aber auch notwendige und wahrheitsgemäße Ermutigung.«

Es wird öfters behauptet, daß Kafka sich unter meinem Einfluß dem Zionismus zugewandt habe, — manchmal tritt diese Behauptung auch in etwas abgewandelter Form auf: ich hätte diese Beeinflussung versucht, sie sei mir aber nicht gelungen, faktisch habe Kafka zwar hebräische Sprachstudien getrieben, dem Geist der zionistischen Erneuerung aber habe er sich ferngehalten.

Soweit es sich bei dieser Diskussion um mich, um rein biographische, persönliche Fakta handelt, will ich versuchen, nicht auf sie einzugehen (wiewohl es mir schwer fällt), — aber soweit dabei sachlich Relevantes in Frage kommt, halte ich es für meine Pflicht, die reine Wahrheit ans Licht zu bringen. Es ist unrichtig, daß Kafka der zionistischen Gesinnung und Tat ferngeblieben ist. Im Rahmen seiner physischen Möglichkeiten hat er wirksam Anteil genommen, auch andere sofort in diesem Sinne zu beeinflussen gesucht, sobald er ihnen näher trat. So war es mit Frl. Julie Wohryzek, seiner zweiten Verlobten. Über diese Episode im Leben Kafkas bin ich in der ›Biographie‹ mit wenigen Zeilen hinweggegangen, ich weiß auch nur wenig über sie, da Kafka in der übrigens kurzen Zeit, in der diese Liebe und Verlobung ihn in Anspruch nahm (1919), meist nicht in Prag war. Doch finden sich einzelne Daten in Tagebüchern und Briefen. Ort der Handlung ist anfangs die Pension Stüdl in Schelesen bei Liboch (Nordböhmen). Von hier aus schreibt mir Kafka, daß er ein Mädchen kennen gelernt habe, gibt in gutgelaunten Worten ihre Charakteristik, mit jener Mischung von Ironie und Rührung, die sich so häufig bei ihm findet, – man merkt gleich, daß er für die Dame, die krank ist wie er, lebhaftes Interesse hat. Es heißt dann in dem Brief (den ich vollständig im letzten Band der neuen Ausgabe veröffentliche): »Das Jüdische (hier) ist ein junges Mädchen, hoffentlich nur wenig krank. Eine gewöhnliche und eine erstaunliche Erscheinung. Nicht Jüdin und nicht Nicht-Jüdin, insbesondere nicht Nichtjüdin, nicht Deutsche, nicht Nicht-Deutsche, verliebt in das Kino, in Operetten und Lustspiele ... Will man ihre Volkszugehörigkeit genau umschreiben, muß man sagen, daß sie zum Volk der Komptoiristinnen gehört. Und dabei ist sie im Herzen tapfer, ehrlich, selbstvergessend ... Könntest Du mir vielleicht für sie ›Die dritte Phase des Zionismus‹ borgen oder etwas anderes, was Du für richtig hältst. Sie wird es nicht verstehen, es wird sie nicht interessieren, ich werde sie nicht drängen – aber trotzdem.« Dieses »aber trotzdem« ist so charakteristisch für Kafka, ich spüre ihn darin ganz und gar, mit seinem Vertrauen auf das Unzerstörbare, das Gute, das sich am Ende doch durchsetzen muß. (Die Schrift, die er von mir verlangt, ist meine Analyse der damaligen Lage der zionistischen Bewegung, in Hardens ›Zukunft‹ und auch als Separatdruck erschienen.) Ich sandte statt des angeforderten Essais mein Buch umfassenderen Inhalts. Im nächsten Brief Kafkas heißt es dann: »Auch das Fräulein läßt Dir sehr danken, sie hat es gründlich gelesen und sogar auffallend verstanden, allerdings mit einer besonderen Art mädchenhaften Augenblicksverständnisses. Sie ist übrigens nicht so beziehungslos gegenüber dem Zionismus als ich anfangs dachte. Ihr Bräutigam, der im Krieg gefallen ist, war Zionist, ihre Schwester geht in jüdische Vorträge, ihre beste Freundin ist beim Blau-Weiß.« – Der unvoreingenommene Leser wird schon aus diesen zwei Stellen merken, worauf Kafka sein Hauptaugenmerk richtete, wenn er einen jüdischen Menschen beurteilte, und für wie wesentlich er dabei den Zionismus, das Bewußtwerden der jüdischen Tiefenschicht hielt. In dieser Hinsicht ging er sogar viel weiter als ich. Ich besitze einen Brief von ihm, in dem er in einem Radikalismus, der meiner Meinung nach unrichtig ist, die deutschschreibenden jüdischen Autoren (im Anschluß an ›Literatur‹ von Karl Kraus) sehr abfällig, ja vernichtend beurteilt, – er begründet das mit Argumenten, die in der Zeit vor dem Nationalsozialismus noch einen anderen, vergleichsweise ungefährlicheren Klang hatten als heute, da wir ihre ganze heimtückische Gitftigkeit erfahren haben. Etwa so: Die Juden hätten kein Recht, sich der deutschen Sprache zu bedienen, sie hätten sie bloß usurpiert etc. Hiebei findet Kafka auch gegenüber Kraus scharfe Worte, sie sind aber mit einer ganz konkreten Anerkennung gepaart. Er schreibt: »Ich glaube, ich sondere ziemlich gut das, was in dem Buch nur Witz ist, allerdings prachtvoller, dann was erbarmungswürdige Kläglichkeit ist, und schließlich, was Wahrheit ist, zumindest so viel Wahrheit, als es meine schreibende Hand ist, auch so deutlich und beängstigend körperlich. Der Witz ist hauptsächlich das Mauscheln, mauscheln wie Kraus kann niemand, trotzdem doch in dieser deutsch-jüdischen Welt kaum jemand etwas anderes als mauscheln kann, das Mauscheln im weitesten Sinn genommen, in dem allein es genommen werden muß, nämlich als die laute oder stillschweigende oder auch selbstquälerische Anmaßung eines fremden Besitzes, den man nicht erworben, sondern durch einen (verhältnismäßig) flüchtigen Griff gestohlen hat und der fremder Besitz bleibt, auch wenn nicht der einzigste Sprachfehler nachgewiesen werden könnte, denn hier kann ja alles nachgewiesen werden, durch den leisesten Anruf des Gewissens...« Ich teile hier noch eine mündliche Äußerung Kafkas über Karl Kraus mit, die ich notiert habe und die dem Sinne nach mit dem zitierten Brief übereinstimmt. »In der Hölle des deutsch-jüdischen Schrifttums«, sagte Kafka einmal, »ist Karl Kraus der große Aufpasser und Zuchtmeister und das ist sein Verdienst. Nur vergißt er dabei, daß er selbst in diese Hölle, unter die zu Züchtigenden mithineingehört.« Und in dem Briefe heißt es, diesen Gedanken ergänzend: »Mit einem gewissen Recht übrigens (sc. vergißt er das), mit dem gleichen Recht, mit dem Schopenhauer in dem fortwährend von ihm erkannten Höllensturz leidlich fröhlich lebte.«

Gegen die ihr Judentum möglichst verdrängenden, deutsch-jüdischen Autoren führt dann Kafka in dem gleichen Brief aus (und ich wiederhole, daß er meiner Meinung nach hier übertreibt, – aber damals hatte das noch nicht den brennenden Stachel, den ähnliche Unterscheidungen und Scheidungen nachher bekommen haben, es konnte nicht auf so grobmaterielle Art mißverstanden und mißbraucht werden): »Besser als die Psychoanalyse gefällt mir in diesem Fall die Erkenntnis, daß dieser Vaterkomplex, von dem sich mancher geistig nährt, nicht den unschuldigen Vater, sondern das Judentum des Vaters betrifft. Weg vom Judentum, meist mit unklarer Zustimmung der Väter (diese Unklarheit war das Empörende), wollten die meisten, die deutsch zu schreiben anfingen, sie wollten es, aber mit den Hinterbeinchen klebten sie noch am Judentum des Vaters und mit den Vorderbeinchen fanden sie keinen neuen Boden. Die Verzweiflung darüber war ihre Inspiration. Eine Inspiration, ehrenwert wie irgendeine andere, aber bei näherem Zusehen doch mit einigen traurigen Besonderheiten. Zunächst konnte das, worin sich ihre Verzweiflung entlud, nicht deutsche Literatur sein, die es äußerlich zu sein schien. Sie lebten zwischen drei Unmöglichkeiten (die ich nur zufällig sprachliche Unmöglichkeiten nenne, es ist das Einfachste, sie so zu nennen, sie könnten aber auch ganz anders genannt werden): der Unmöglichkeit, nicht zu schreiben, der Unmöglichkeit, deutsch zu schreiben, der Unmöglichkeit, anders zu schreiben, fast könnte man eine vierte Unmöglichkeit hinzufügen, die Unmöglichkeit zu schreiben (denn die Verzweiflung war ja nicht etwas durch Schreiben zu beruhigendes, war ein Feind des Lebens *und* des Schreibens, das Schreiben war hier nur ein Provisorium, wie für einen, der sein Testament schreibt, knapp bevor er sich erhängt, — ein Provisorium, das ja recht gut ein Leben dauern kann).«

So scharf habe ich über Autoren wie z. B. Wassermann nie abgeurteilt, obwohl ich manche Bedenken gegen ihre Art hatte und habe. Übrigens zählte auch Kafka Wassermanns ›Kaspar Hauser‹ zu seinen liebsten Büchern, man darf also den zitierten Brief (er ist 1920 oder 1921 in Tatranské Matliary geschrieben) nicht bis ins Extrem wörtlich nehmen. Andere Werke Wassermanns habe ich ihn allerdings nie loben gehört.*

Ich gehe wohl nicht fehl, wenn ich Kafkas besondere Zurückhaltung im Gebrauch der deutschen Sprache auf die oben von ihm selbst dargelegte Einstellung gegenüber der deutsch-jüdi-

* Bei dieser Gelegenheit sei eingefügt, daß auch die Werke Stefan Zweigs und Schnitzlers auf Kafka ohne Eindruck geblieben zu sein scheinen; ich hörte ihn über diese beiden nie sprechen, mit einer einzigen Ausnahme: den Roman Schnitzlers ›Dr. Gräsler, Badearzt‹ erklärte er für außerordentlich interessant — mir ist in ganz verschwimmender Erinnerung, als habe er mit listigem Gesichtsausdruck von etwas »Entlarvendem« in diesem Werk gesprochen. Jedenfalls zeigte er sich von dem Junggesellen-Thema darin berührt, dessen entsinne ich mich genau. — Unter den zeitgenössischen Wiener Dichtern war nur einer, der ihn sehr beschäftigte, den er geradezu liebte: Hofmannsthal. Mit welcher Begeisterung hat er mir einmal das ›Gespräch über Gedichte‹ vorgelesen — oder den Schlußabsatz (nicht nur ihn) im Dialog ›Über Charaktere im Roman und im Drama‹. Ferner den ›Bassompierre‹. In dem ersten Gespräch, das wir hatten, zitierte er rühmend eine Stelle aus dem ›Brief des Lord Chandos‹. Man merkt an einigen sehr schönen Episoden (z. B. Kapitel 2, Abteilung b und c in ›Beschreibung eines Kampfes‹), wie wichtig dieser ›Brief‹ für die Entwicklung von Kafkas Weltanschauung geworden ist. Ich sehe hier geradezu einen Schlüssel zu mancher Skepsis, mit der Kafka seine Erwägungen begonnen hat und die als zarte Unsicherheit, die nie und nimmer grobe Verallgemeinerung zuläßt, fast sein ganzes Werk durchzittert, um endlich in den Aphoris-

schen Literatur zurückführe. Über diese Einstellung selbst mag man dieser oder jener Meinung sein; das Ergebnis in Kafkas Werk ist jedenfalls ein erstaunliches, großartiges, in seiner Geschlossenheit bewundernswertes. Es entsteht ein ganz eigenartiger, strenger, in gewisser Hinsicht wenig biegsamer und doch unendlich ausdrucksreicher Sprachstil. Wie Kafka mit einem vergleichsweise geringen Wortvorrat so vielfache und farbige Wirkungen erzielen kann: das ist sein allerpersönlichstes Geheimnis, – es ist einfach der Sieg des Geistes über die Materie. Kafka verwendet niemals altertümliche Worte, er gräbt nie die Sprache in ihrer ganzen historischen Tiefe auf (Gegenbeispiel: Rudolf Borchardt), er versagt es sich, dialektische Anklänge (von einigen unwillkürlichen Abfärbungen des Prager Idioms abgesehen) oder Wortneubildungen einzuführen. Nie wird man ein selten gebrauchtes Wort bei ihm finden, nie auch nur eine vom Normalgebrauch abweichende Bedeutung eines Wortes, nie hat er Worte »erfunden«, wie dies das schöne Vorrecht des sprachschöpferischen Dichters ist. Nur Eigennamen neuer Prägung (meist ins Slawische weisend wie »Odradek«) gestattet er sich. Man hat bei all dem manchmal den Eindruck, als wolle Kafka etwas ausdrücken wie: »In der deutschen Sprache bin ich nur Gast, als Gast kann und mag ich mir keinerlei Extravaganzen erlauben.« – Und bei all diesem strengen Einhalten einer selbstauferlegten Grenze und Beschränkung meistert er die Sprache in unübertrefflicher Vollendung, entlockt ihr nie zuvor gehörte und dabei natürliche, ihr gemäße Melodien. Sein Sprachleib ist keusch und einfach, an der Oberfläche faßt er sich kühl an, manchmal hat er den Anschein des Nüchternen, ja des Spitzfindigen, aber das ist nur Schein und tief im Innern lodert die ewige Flamme. Eine gewisse Unzugänglichkeit und Sprödigkeit herrscht vor, die am

men vom »Unzerstörbaren« (und in einigen verwandten Passagen) sich zu Harmonie auf höchster Stufe zu verklären. Kafkas dichterisches Werk scheint mir in großen Partien ein Negativgemälde zu seiner positiven Philosophie des »Unzerstörbaren« darzubieten. Dieses Werk ruft uns gleichsam zu: »Entweder ihr stützet euch bedingungslos und völlig auf das Unzerstörbare, auf die geistige Welt, das Ziel, das Gute, das den Frevel der »Alexanderschlacht« zum Erlöschen bringt, — oder es ist euch bestimmt, zeitlebens auf komischen Irrwegen in Prozeßkanzleien, auf Dachböden, bei anrüchigen Advokaten usw. euch abzuquälen, ohne je ans Ziel, zum Freispruch zu gelangen, ohne im Labyrinth der skurrilen Beamtenschaft je bis zum Schloß, zum Kaiser, zu Gott durchzudringen.« In diesem Sinne ist Kafkas ganzes Werk (von den seine Philosophie direkt aussagenden Aphorismen und Tagebüchern abgesehen) ein großes Humoristikum, das den Menschen, sobald er das Eigentliche verfehlt, in seiner ganzen ratlosen Verlorenheit, im Dickicht der nie endenden Mißgriffe und Mißverständnisse zeigt. — Man sieht aus dieser Bemerkung, wie ich mit Felix Weltsch wohl darin übereinstimme, daß ich dem Humoristischen als einem Urelement der Kunst unseres gemeinsamen Freundes Kafka größte Bedeutung zumesse; daß ich aber den Schwerpunkt hiebei an einer anderen Stelle suche als Weltsch.

Anfang seinen Wert vielen unerkennbar machte. Darunter habe ich viel gelitten. Ich entsinne mich, daß ich unmittelbar, nachdem zum erstenmal zwei Prosastücke von Kafka im Druck erschienen waren (in Bleis Zeitschrift ›Hyperion‹ 1909), diese das Eigentümlichste hervorkehrenden Phantasien Werfel und Willy Haas in der Wohnung des Letzteren (Hybernergasse) vorlas, – Kafka selbst war nicht dabei, wußte nichts davon, – die Stücke machten auf die beiden Zuhörer gar keinen Eindruck. Ich weinte beinahe. Ganz allein stand ich mit meiner ins Leere greifenden Begeisterung da. Werfel, der die epigrammatische Ausdrucksweise liebte, dabei oft ins Schwarze – manchmal aber auch daneben traf, äußerte sich sehr abfällig. Das sei nichts als eine Prager Lokalangelegenheit, meinte er und fügte hinzu: »Hinter Tetschen-Bodenbach wird kein Mensch Kafka verstehen.« – Er hat später seinen Irrtum lebhaft rektifiziert.

Ich fasse das Wesentliche der vorstehenden Ausführungen zusammen: Es ist tatsächlich unwahr, daß nur durch mich Kafka zum Zionismus gelangt ist – oder, wie andere sagen, daß er entgegen meinen Mühen diese Bewegung abgelehnt hat. Zunächst kann höchstens davon die Rede sein, daß ich ihm einen gewissen Anstoß, eine Anregung in dieser Richtung gegeben, ihm geholfen habe, einige Widerstände in sich selbst zu durchschauen und zu überwinden. Aber dann ist er weiter gegangen als ich, hat mich in den radikalen Konsequenzen, die er aus meiner Anregung zog, eine gute Strecke hinter sich gelassen, – stand ja damals auch der effektiven Auswanderung nach Palästina näher als ich und nur seine Krankheit hat diesen letzten Schritt verhindert, den er ernstlich plante.

Die Beziehung Kafkas zum Judentum wird aus seinen Briefen und Tagebüchern in einer über alle Zweifel erhabenen Art deutlich. Es erscheint einem dann geradezu *absurd*, daß ich immer wieder beschuldigt worden bin, das Bekenntnis Kafkas zum Judentum und seinen Willen, am Palästinaaufbau selbst mitzuhelfen, quasi erfunden zu haben. – Als einen Beweis, der den Vorzug hat, von dritter Seite zu stammen, führe ich Folgendes an. Hugo Bergmann, im Gymnasium Kafkas Mitschüler, später ohne intensiven Kontakt mit ihm, schrieb mir in einem vom 11. Juni 1924 datierten Briefe aus Jerusalem: »Lieber Freund, ich erfahre soeben, daß Franz Kafka gestorben ist. Ich will weiter nichts darüber sagen, wie viel jeder einzelne von uns verloren hat. Ich betrachte es *als eine Gnade des Schicksals, daß ich vor einem Jahre noch miterleben konnte, wie sehr Kafka Palästina geliebt hat.* Ich möchte, daß wir etwas tun, um seinen Namen in Palästina lebendig zu machen.« Es folgt der detaillierte Vorschlag,

eine Abteilung in der Jerusalemer Universitätsbibliothek auf Kafkas Namen zu stiften. Hugo Bergmann war damals Leiter (und eigentlich Begründer) dieser Bibliothek; der Plan wurde leider nicht verwirklicht... Ich fragte neulich (1947) Hugo Bergmann zum erstenmal nach der Vorgeschichte dieses Briefes. Er erzählte mir, er habe 1923, aus Palästina kommend, wo er schon damals seinen ständigen Wohnsitz hatte, in Prag einen Vortrag über die kulturellen Verhältnisse des Landes gehalten. Dem Vortrag habe Kafka beigewohnt und habe ihn sofort nach dem Vortrag angesprochen. Sie hatten einander viele Jahre lang nicht gesehen. Kafka drückte Bergmann die Hand und leuchtenden Auges sagte er: *»Diesen Vortrag hast du nur für mich gehalten.«* – – –
Ich resümiere: Kafka ist als ein *Erneuerer der altjüdischen Religiosität* aufzufassen, die den ganzen Menschen, die sittliche Tat und Entscheidung des Einzelnen im Geheimsten seiner Seele verlangt. Durch tausend quälende Zweifel hindurch und den ungünstigen Bedingungen seiner Physis entgegen strebte er nach einem religiösen Einsatz seines ganzen Ich. Im Hinweis auf eine verwandte Erscheinung innerhalb des nicht-orthodoxen Christentums (Tolstoi) wird seine Stellung klar. Es ist kein Zufall, daß Kafka Tolstois ›Volkserzählungen‹ besonders liebte und begeistert vorlas. Die Geschichte von den drei greisen Frommen auf einer Insel las er mir einmal unter Tränen vor. – In ihrem Erneuerungswillen wenden sich beide, Tolstoi wie Kafka, an die *ganze Menschheit, nicht an eine begrenzte Sondergemeinschaft*, obwohl sie von einer solchen *ausgehen*, in einer solchen *wurzeln*. Ich habe andernorts eine solche Haltung als »Nationalhumanismus« beschrieben und gegen den heute grassierenden üblen Nationalismus scharf abgegrenzt.
Dazu stimmt es, daß er in einem Fragment (Band VIII) darstellt, wie er von einer kleinen Gruppe junger starker Menschen gebeten wird, für sie eine Stadt zu bauen, und wie er, nach anfänglichen Bedenken, das Werk trotz aller Ungunst der äußeren Verhältnisse beginnt. Da küssen sie ihn. – Vgl. in dem gleichen Band die Geschichte vom Sieger im olympischen Wettschwimmen, und andere Aufzeichnungen.

Ganz konfus ist es, mir den Vorwurf zu machen, ich hätte Kafka zu eng, das heißt: zu sehr als Juden, als Exponenten des jüdischen Schicksals und als schmerzerschütterten Wortführer dieses unseres Schicksals gesehen. – Was hilft es mir, daß ich tausendmal versichert habe, daß ich das Besondere Kafkas gerade darin finde, daß sein Werk sowohl einer menschlich-universalen wie einer spezifisch-jüdischen und überdies noch einer dritten, einer ganz individuellen, auf seinem persönlichen Einsamkeitserlebnis ruhenden Deutung zugänglich ist. In meiner Kafka-Biographie (Seite 163–171 dieser Ausgabe, Seite 146 ff. der englischen Ausgabe) schreibe ich hierüber ausführlich, ließ die Hauptstelle gegen meine sonstige Gewohnheit gesperrt drucken (im deutschen Text), knüpfte daran eine Darlegung des gerade für das Verständnis Kafkas grundlegenden Unterschiedes zwischen *Symbol* und *Allegorie*. Aber kein Sperrdruck nützt, wenn Kritiker nicht zu lesen verstehen. Diese meine nun schon Jahre lang dauernde Debatte über Kafkas universelle *und gleichzeitig* jüdische Bedeutung ließe sich gesprächsmäßig etwa folgendermaßen darstellen:

Der Autor: Wenn man nach Italien fährt, dann soll man natürlich Rom besuchen, aber ganz ebenso wichtig ist es, Florenz zu sehen.

Der Kritiker: Gestatten Sie, daß ich Sie auf etwas ungeheuer Wichtiges aufmerksam mache. Sie haben neulich Vorschläge für eine Italienreise gemacht, sozusagen Anweisungen, Ratschläge für Touristen gegeben. Dabei haben Sie Rom erwähnt. Wäre es nicht richtig gewesen, auch Florenz in den Plan aufzunehmen?

Der Autor: Ja. Daher habe ich auch Florenz genannt.

Der Kritiker: Sie haben aber gesagt, daß es wichtiger ist, Rom zu sehen als Florenz. Das eben ist es, was ich bestreite, – und wenn Sie das nicht einsehen, so sind Sie sehr weit hinter der allein zeitgemäßen Einsicht zurück geblieben.

Der Autor: Ich sehe es ein. Und daher habe ich auch geschrieben, daß beide Städte für den Italienreisenden gleich wichtig sind. Lesen Sie nach! Ich schrieb wörtlich: »Ebenso wichtig«.

Der Kritiker: Ja, das wäre alles schön und gut, mein lieber Max Brod. Aber Sie haben eben doch einen kolossalen Fehler gemacht, als Sie schrieben, der Italienreisende solle nur Rom besuchen und könne auf Florenz leichten Herzens verzichten. Wie konnten Sie so weit gehen, Florenz ganz zu vergessen? Wie konnten Sie sich eine solche Engherzigkeit und Rückständigkeit erlauben?

Der Autor: (wie oben).

Der Kritiker: (wie oben).

......

VIII

Die Einstellung zum Zionismus ist nur ein Spezialfall in der allgemeinen Überlegung und Deutung, die sich auf Kafkas Einstellung zu den Werten des Lebens und zu der christlichen Negation dieser Werte (z. B. der Ehe) bezieht.

Daß man sich schmerzhaft und weit auftun muß, um die geistige Welt in sich aufzunehmen, ihrer würdig zu sein, fähig dazu, sie zu empfangen und in sich weiterzubilden, so weit nur die Kräfte reichen – daß dies und nichts anderes die Bestimmung des Menschen, die höchste, ja die einzige Bestimmung ist, das Unum Necessarium: darüber kann kein Zweifel bestehen. Zweifel und Fragen beginnen erst da, wo man bei Realisierung der eben umrissenen Grundhaltung mit den Dingen des physischen und überhaupt des kreatürlichen Lebens (wozu auch der eigene Trieb gehört) zusammenstößt, mit ihnen in Konflikt gerät. Jedes Protegieren der eigenen Triebe, auch unter dem Vorwand, daß man nur auf diese Art seine eigene Persönlichkeit rein und wahrhaftig ausbilden kann (vgl. Hermann Hesse ›Demian‹ als eines der edelsten Beispiele dieser Richtung), ist verwerflich – so sehr sich Scheingründe dafür häufen. Der Hexenmeister dieser Scheingründe ist Nietzsche. Damit also, mit der gesamten Literatur, die auf Nietzsche basiert, kommt man nicht weiter; es sind heidnische Verirrungen, Rückfälle. – Aber mit der Ablehnung dieses krassesten Irrwegs ist die Sache nicht abgetan. Denn jetzt erst erhebt sich die Frage: Wenn ich mich rein und empfänglich für die Berührung mit der geistigen Welt machen will, muß ich dann die Triebe und Ansprüche der diesseitigen sinnlich-faßbaren Welt radikal ablehnen (Origenes, Augustinus, Pascal, Savonarola, Kierkegaard, – unter sich sehr verschieden, sind in diesem Hauptpunkt einig, während Franciscus von Assisi, Novalis und Tolstoi auch im Hauptpunkt lebensnäher gefühlt zu haben scheinen) – oder gibt es irgendeine andere, nicht so radikale Ablehnung des weltlichen Treibens, eine Haltung, die gerade dadurch, daß sie das irdische Geschehen vollständig ernst und in der ihm eigenen Sinnerfülltheit aufnimmt, sich dahin entfaltet, diesen geistigen Sinn richtig zu verstehen und richtig zu bestätigen? Seit langem habe ich diese beiden Haltungen (jedoch nicht mit dem vollen Recht des Details, wie ich immer wieder betone) als die christliche und als die jüdische von einander unterschieden. Beiden Haltungen gemeinsam ist das Grundgefühl, daß das einzig Wesentliche des irdischen Lebenswandels darin liegt, daß man sich für die Aufnahme der geistigen Welt frei macht. In dieser Hinsicht sind die beiden Haltungen nicht etwa einander verwandt, sondern *geradezu identisch* (ein nicht weiter erstaunlicher Umstand für jeden, der die Geschichte der Entstehung des Christentums, sein historisches Hervorwachsen aus dem Judentum und aus jenen Elementen des Griechentums, die antiheidnisch waren, wie Sokrates, Platon, die Gnosis etc., versteht), – unterschieden sind sie aber in der Frage der Beziehung zu den Werten der Natur und der Macht, den triebhaft blühenden Lebenswerten, die heute durch Nietzsche und den nicht minder abzulehnenden Dilthey verwüstend in den Vordergrund getreten sind, auch durch den Sexualismus bei Freud und Jung und den Materialismus bei Marx; bei den zuletzt genannten Forschern freilich auch heilend. Ehe man von dieser Differenz redet, muß hervorgehoben werden: die beiden Schwesterreligionen sind trotz ihrer Unterschiede einander millionenfach näher als jede von ihnen dem Heidentum, sei es ein solches faszistischer oder existenzialistischer Tönung (Heidegger). Dem Heidentum gegenüber ist der Abstand der beiden Schwestern (richtiger wäre das Bild: Mutter und Tochter) ein tiefer Abgrund; – was sie hingegen von einander trennt, ist nur ein Demarkationsstrich, eine zarte, an vielen Stellen sehr schwer zu erfassende Grenzlinie. – Der Abstand zwischen Judentum und Christentum darf daher mit dem zwischen Christentum und Heidentum oder Judentum und Heidentum (d. h. Naturvergötzung) nicht als gleichwertig angesehen werden; die Größenordnung der Abstände, nicht nur ihre Größe, ist eine andere.

Was nun Judentum und Christentum trennt, ist die Frage der Askese oder der schlichten Verneinung der Lebenswerte. Und gerade dies ist ein Problemkomplex und zugleich ein Bestand wirklich gelebten Lebens, für den die Beschäftigung mit Kafka einen wesentlichen Einblick liefert, – wie man umgekehrt Kafka nicht in wesentlicher Tiefe verstehen kann, wenn dieser entscheidende Kreis von Konflikten nicht in möglichst klares Bewußtsein, in die Erkenntniszone gerückt wird.

Was bedeutet es, asketisch die Lebenswerte (also alles, was zur Notdurft des Lebens und zur Fortpflanzung gehört, in zweiter Linie alles, was diese Urtriebe ins Reich der schönen Gestalt emporhebt) völlig zu verneinen?

Eingefügt sei zunächst, daß das Schöne dabei eine merkwürdige Zwischenstellung einnimmt; es wird in streng asketischer Auffassung, die im Christentum beheimatet ist und auch einzelne Strömungen des Judentums charakterisiert, als völlig der niederen Welt angehörig verworfen. Savonarolas Bildersturm, das Puritanertum zeugen dafür ebenso sehr wie der bekannte Bannstrahl eines besonders naturfeindlichen Rabbi gegen den, der das Studium der Torá (der Lehre) mit dem Ausruf unterbricht: »Dies ist ein schöner Baum«. Was im Judentum Randerscheinung ist, rückt im Christentum gegen den Mittelpunkt hin vor. Aus einer extremen Seltsamkeit wird ein Charakteristikum, ohne das man sich nicht mehr behelfen zu können glaubt. Die Antike kannte übrigens den gleichen Vorgang. Bei Platon, im ›Phaidros‹ verkündet das

Schöne den Einblick ins Gottesreich (so ist es auch bei Goethe); Plotin geht von dieser Position aus, seine erste Vorlesung ist dem Schönen gewidmet, aber eben diese Vorlesung schließt er mit den Worten, daß das Gute »das Schöne wie einen Schirm um sich hat«, daß es »das erste Schöne« ist und daß das »Gute« und das »Schöne« nur insofern gleichzusetzen sind, als das Schöne »der oberen Welt angehört«. – Auch Kafkas Stellungnahme zum Phänomen der Kunst und speziell der eigenen Kunst schwankt innerhalb dieser Grenzen, bald ist die Kunst ein »Hinaustreten aus der Totschlägerreihe«, bald nur eine vor dem Absoluten zurückweichende Fratze. –

Ich sehe davon ab, daß in der Askese selbst wieder eine Lust, die Befriedigung eines Triebes zur Selbstqual mit all seinen pathologischen Entartungen gefunden werden kann. Wer sich auf solche Art, durch Askese, durch Selbstgeißelung in seelischer wie gar in grobmaterieller Hinsicht eine neue Freude verschafft, ist gar kein echter Asket, sondern ein sublimer Genießer in einem dunklen Bereich, das dem normal organisierten Menschen versperrt ist und versperrt bleiben soll. – Selbstverständlich ist immer die Gefahr vorhanden, daß echte Askese in diese Pseudoform übergeht, die unseren Gelüsten in ihren finsteren Verzweigungen Befriedigung schafft, unter dem Vorwand, diese Gelüste zu bändigen. Es gibt genügend Literatur, die diese Pseudoform und ihr Toben in Gefängnissen, Klöstern, Internaten etc. beschreibt. Schwer sind die Grenzen zwischen echter und scheinbarer Askese zu ziehen. Es finden auch unbewußte Übergänge statt. Und so ist auch innerhalb mancher Schilderungen Kafkas (in der ›Strafkolonie‹, in der ›Verwandlung‹, in Träumen und Wachträumen, die die Tagebücher mitteilen) eine gewisse Freude an der Grausamkeit nicht zu verkennen; obwohl mir scheint, daß bei ihm doch immer oder fast immer die Bedeutung der Askese als Strafe, als Gerechtigkeit, als Gericht hervortritt.

Doch die echte Askese will gar nicht strafen, – ebenso wenig, wie sie Lust und geheime Freude bereiten soll. Sie soll vielmehr das Körperliche wohltätig zurückdrängen, die Sinne bändigen, um das Ich zur Aufnahme der geistigen Elemente des Seins, also für das eigentliche Sein bereit zu machen.

Askese ist sie insofern, als sie diese Bereitmachung in der genau umgekehrten Richtung sucht, in der die Triebe ihr Streben entwickeln. Der Trieb des Mannes will die Frau. Die Askese sagt: Keine Frau! Ich verbiete die Frau! – Der Trieb sagt: Ich muß essen und trinken. Die Askese sagt: Iß nicht und trinke nicht! Gogol hat sich freiwillig zu Tode gehungert.

In dieser Form ist die Askese christlich, – ja sie ist sogar auch heidnisch, insofern sie ein völliger Umbruch des Heidentums in sein klares und krasses Gegenteil ist.

Kompliziert wird die Situation dadurch, daß es gewisse Richtungen im Judentum gibt und seit je gegeben hat, die gleichfalls asketische Elemente in sich haben (manche Strömungen innerhalb des Essäertums u. a.), – daß hinwiederum innerhalb des Christentums auch antiasketische Momente auftreten, wie denn der Satz des Thomas von Aquino, der für sich selbst das Leben eines Asketen gelebt hat, der Satz »Gratia naturam non tollit, sed perficit« (Die Gnade hebt die Natur nicht auf, sondern vervollkommnet sie) ein entschieden antiasketisches Motiv in sich trägt. Wenn also im Folgenden von Judentum und Christentum die Rede ist, so können in recht grober und recht unzulänglicher Weise nur Haupttendenzen der beiden Religionen, nicht die verfeinerten Ausbildungen berücksichtigt werden, die sie in vielem einander noch näher bringen als es ihr gemeinsamer Grundentwurf ohnehin bedingt.

Die Askese schlägt also eine Richtung ein, die der Triebrichtung fundamental entgegengesetzt ist. Nun zeigt aber eine einfache geometrische Betrachtung, daß der Begriff »entgegengesetzt« nicht so klar auf der Hand liegt und nicht so eindeutig ist, wie man von vornherein meinen sollte.

Denkt man sich einen Kreis und in ihm vom Mittelpunkt zur Peripherie waagrecht nach rechts eine Gerade, also einen Radius gezogen, so leuchtet ein, daß sämtliche, unendlich viele Radien diesem einem Radius insofern »entgegengesetzt« sind, als sie eine andere Richtung angeben.

Entgegengesetzt ist, um zwei Beispiele herauszugreifen, jener Radius, der mit dem ersten einen Winkel von 180 Grad bildet, sehr scharf entgegengesetzt und in gewisser Hinsicht gleichfalls ein Maximum ist aber auch jener, der um 90 Grad abweicht.

Man könnte sogar streiten, welcher der beiden letztgenannten Radien der der ursprünglichen Richtung »entgegengesetztere« ist, – falls der Komperativ hier überhaupt einen Sinn hat.

Der rechtwinklig abweichende Radius bringt jedenfalls ein völlig neues Bild, eine schöpferische Anschauung, – der um 180 Grad gedrehte Radius hebt dagegen die ursprüngliche Richtung völlig auf, negiert sie, macht sie unwirksam; dagegen bringt er nichts eigentlich Neues, er bildet ja (wenn auch im Gegensinn) mit dem ersten Radius eine einzige Gerade, macht überhaupt keinen Winkel, zeigt die größte, aber gerade deshalb überhaupt keine Abweichung, wenn man nur das visuelle Bild, nicht die entgegenwirkenden Zugkräfte beachtet.

Nun, in summarischer Weise und ohne auf etliche Feinheiten (siehe oben) einzugehen: in dem rechtwinklig abzweigenden

Radius sehe ich ein Symbol des Judentums sofern es von der Alltagsrichtung radikal abweicht und etwas Neues bauen will; im Radius, der sich um 180 Grad weiterbewegt hat, sehe ich ein Symbol der christlichen Askese.

Keine Frau — sagt die christliche Askese. Der rechtswinklig sich abhebende Ast dagegen verkündet: Keine Frau in der Gemeinheit des Alltags, sondern die richtige Gemeinschaft mit der richtigen Frau ist das, was zu suchen ist und was gefunden werden kann, wenn Gott unserem guten Willen die Gnade des Gelingens schenkt.

Analog steht es um Staat und Gemeinschaft. Der Asket kennt nur sich selbst als den Ausnahmefall und alle Menschen nur, sofern jeder einzelne der Ausnahmefall ist (Kierkegaard). Das Judentum will den Staat ohne Aggression, die in Reinheit lebende Gemeinschaft, das »Volk von Priestern«; aber es negiert den Staat nicht, es meint nicht »keinen Staat«, sondern »einen andern Staat als den heutigen«, ja es ist von Anfang an, vom Sinai her der Versuch einer grandiosen Gesetzgebung, deren Einzelheiten uns heute, im Abstand von so vielen Jahrtausenden, in vielen Punkten sehr fremd, unpraktikabel anmuten, deren Grundzüge aber ewig und unveränderlich, wahrhaft göttlich sind.

Hält man sich das eben Gesagte vor Augen, so wird man die richtige Einstellung zu den heroischen Kämpfen finden, die Kafka in sich selbst austrug, indem er den Weg zur richtigen Ehe und zur richtigen Gemeinschaft mit seinem Volk, mit der ganzen Menschheit suchte. — Nie begnügt er sich in all diesen Hinsichten, auch in den Vorstadien und gleichsam Grundbausteinen dieser Beziehungen (zum Vater, zur Berufsarbeit) mit einem »Nein«, wie es der Asket tut. Völlig fremd wäre ihm ein Satz, wie ihn Kierkegaard ausspricht, die Hoffnung, daß Gott in seiner Barmherzigkeit den Menschen die Werkzeuge der Fortpflanzung nehmen werde. — Mit aller Schärfe muß gesagt werden, daß Kafka diese Wendung um 180 Grad in der Gegenrichtung des Lebens nie gemacht, nie erträumt, nie für erwünscht gehalten hat, — trotz all der Bitterkeit und Hoffnungsleere, die aus vielen, ja den meisten dieser Schriften spricht. Gerade weil diese besondere Art von Bitterkeit und Hoffnungslosigkeit so stark hervortritt, wird ihr Unterschied von der christlichen Askese doppelt klar für jeden, der in die Tiefe der Schriften Kafkas eindringt.

Mit Kafkas Traurigkeit hat es ja überhaupt eine eigene Bewandtnis. In vielen Briefen ist sie überhaupt nicht spürbar, — vor allem in vielen von denen nicht, die vor seiner manifesten Erkrankung liegen. So machte sie sich auch in seinem täglichen Umgang nur selten geltend, erst als er in die Verlobungskrise geriet, trat sie deutlicher hervor. Und sie war in seinem letzten Lebensjahr wieder gemildert, da er das Glück der Gemeinschaft mit einer Frau erlebte. Freilich trat zugleich die Krankheit in ihren Apex. Alle jene, die sich ihr Kafka-Bild nur aus seinen Schriften aufbauen, haben eine wesentlich dunklere Tönung vor Augen als diejenigen, die ihn persönlich gekannt haben. Das ist mit einer der Gründe, aus denen ich meine Kafka-Biographie für nicht unwichtig zur Erkenntnis einiger Wesenszüge Kafkas halte; sie gibt einige Seiten dieses Wesens, die der Leser seiner Schriften (und vor allem seiner Tagebücher, die an einigen Stellen das Maximum seiner Verdüsterung darstellen) zur Ergänzung des Bildes nicht ohne Nutzen verwenden wird.

Ich habe damit nichts weiter getan, als ein konventionelles Schema zu korrigieren, – so wie etwa der oberflächliche Beurteiler Novalis als den Sänger der Nacht und des Todes bleich und ewig umwölkt imaginiert, während Tieck, der ihn wirklich und in persona gekannt hat, ein ganz anderes, dem Konventionalisten wohl erstaunliches Porträt nach dem Leben zeichnet: »Seine Miene war stets heiter und wohlwollend... Sein Gespräch war lebhaft und laut, seine Gebärde großartig... Wie er auch am liebsten die Tiefen des Gemüts im Gespräch enthüllte, so war er doch fröhlich wie ein Kind, scherzte in unbefangener Heiterkeit und gab sich selbst den Scherzen der Gesellschaft hin. Ohne Eitelkeit, gelehrten Hochmut, entfremdet jeder Affektation und Heuchelei.« Die gleiche Rückverwandlungsarbeit aus dem leeren Schema ins Rätselhaft-Wirkliche, die hier Tieck für die Gestalt des Novalis geleistet hat, habe ich für Kafka unternommen.

Daraus haben nun einige der Kommentatoren die Behauptung abgeleitet, ich hätte Kafka trivalisiert. Klossowski meint, es sei dadurch, daß ich Kafkas Sehnsucht nach Eingliederung in den richtigen Beruf, in die richtige Gemeinschaft und richtige Ehe als Grundmotiv seines Lebens darlegte, seine ins Jenseitige strebende, völlig geistige Richtung »auf ihren banalsten Ausdruck reduziert« worden (réduit à son expression la plus banale). Dies niederschreiben heißt nun eben, in meinen Augen, einem typisch christlichen Vorurteil und Mißverständnis der Lehre Kafkas die Tore öffnen. Als ob nicht gerade das das Charakteristische für Kafka wäre, daß er – wie Tolstoi – in Beruf, Gemeinschaft und Ehe des Menschen nichts sah (wohlgemerkt: im *richtigen* Beruf, dem *richtigen* Staat, der *richtigen* Ehe), was außerhalb der geistigen Welt beheimatet wäre. Gerade darin ist er Nicht-Asket, Nicht-Christ. Ja, er wollte einen tätigen Beruf, – aber nicht diesen, den ihm die Welt aufzwingen wollte. Er wollte einen Staat, eine Gemeinschaft, er sah das Höchste, das Unzerstörbare im

Menschen genau so gut im Einzelnen wie im Staat, ja in beiden in identischer Weise manifestiert (die Belege hiefür wurden oben aus seinen Schriften beigebracht), – aber mit den Raubstaaten, den Imperialismen von heute wollte er begreiflicherweise keinen Zusammenhang. Er wollte die Ehe, – aber nicht diese, die ihm die Zufälle unserer Gesellschaft nahelegten; zuletzt aber lernte er doch die wirkliche Ehe kennen, die er erträumt hatte, wenn die Verwirklichung auch nur fast schon in articulo mortis kam. Es waren also durchaus nicht die »Gemeinplätze des Glücks« (les lieux communs du bonheur), denen Kafka in Wirklichkeit und in meiner Darstellung nachstrebte. Es war das Gegenteil dieser Gemeinplätze, allerdings nicht in einer Abweichung von 180 Grad, sondern von 90 Grad, – dies ist der entscheidende Punkt, an dem ich Klossowski gegenüber festhalte und allen gegenüber, für die »Vergeistigung« nur als »Verneinung« faßbar ist.* Man verzerrt die ganze Haltung zum Problem von Beruf, Gemeinschaft, Ehe, kurz: zur Diesseitswelt, wenn man meint, Kafkas Ehewunsch sei eine Art Abirrung und in Widerspruch zu seinem Gottsuchen gewesen. Gerade umgekehrt: Kafkas Gottsuchen erwies sich nirgends so stark wie im Suchen der richtigen Ehe, der richtigen allmenschlichen, auch der staatlichen Gemeinschaft. Daher Kafkas starkes Interesse für tschechische Tagespolitik. Mit einer mir unbegreiflichen Geduld besuchte er Volksversammlungen, berichtete mir über die Eigenart der Demagogen wie Kramář, Klofáč u. a. Von der Ehe hatte Kafka dieselbe hohe Meinung, in der Novalis schreibt: »Die Ehe ist das höchste Geheimnis. Die Ehe ist bei uns ein popularisiertes Geheimnis. Schlimm, daß bei uns nur die Wahl zwischen Ehe und Einsamkeit ist. Die Extreme sind es — aber wie wenig Menschen sind einer eigentlichen Ehe fähig — wie wenig können auch Einsamkeit ertragen. — Es gibt Verbindungen aller Art. Eine unendliche Verbindung ist die Ehe.« Diese Sätze könnten ebensogut von Kafka geschrieben sein.

* Nach Abschluß dieser Arbeit fand ich eine bestätigende Parallele zu Kafkas ›Philosophie der Ehe‹ bei einem tiefen Kenner jüdischer Eigenart und ihrer jahrtausendealten Geschichte, in dem Buche ›Major Trends in Jewish Mysticism‹, von Gershom G. Sholem (Revised Edition 1946, Schocken Books, New York, Seite 235). Nach Sholem wurde bei den Juden der Sexualaskese nie der Rang eines religiösen Wertes zugebilligt. Er fährt fort: ». . . and the mystics made no exception. Too deeply was the first command of the Torah, Be fruitful and multiply, impressed upon their minds. The contrast to other forms of mysticism is striking enough to be worth mentioning.« Die jüdische Mystik, so führt der Gelehrte aus, »rejected asceticism and continued to regard marriage not as a concession to the frailty of the flesh but as one of the most sacred mysteries. Every true marriage is a symbolical realization of the union of God and the Shekhinah. In the tract on the ›union of a man with his wife‹ which was later ascribed to Nahmanides, Joseph Gikatila gave a similar interpretation of the mystical significance of marriage.« —

Es ist mir nie eingefallen zu behaupten, daß Kafka frischfröhlich, springlebendig das Diesseits und seine sogenannten »Freuden« bejaht habe. Das wäre ja pure Narrheit! Viel eher könnte man das Gegenteil behaupten und erweisen. Nur daß eben auch dieses Gegenteil falsch ist – wenn auch in viel zarterem Sinn falsch als die positive These! Auch ein Negativist ist Kafka eben in Wahrheit nie gewesen. Zwar gibt es viele selbstquälerische, verzweifelte Stellen in seinen Tagebüchern, doch warum übersieht man Notizen wie die folgende: »Von einer gewissen Stufe der Erkenntnis an muß Müdigkeit, Ungenügsamkeit, Beengung, Selbstverachtung verschwinden, nämlich dort, wo ich das, was mich früher als ein Fremdes erfrischte, befriedigte, befreite, erhob, als mein eigenes Wesen zu erkennen die Kraft habe« (4. Oktavheft 7. 2. 1918). – Den Unterschied zu lernen, der zwischen Kafkas besonderer, gewissenhaft nüancierter Haltung und einer Verneinung der Diesseitswelt schlechtweg liegt, sei dieser Unterschied gelegentlich auch ganz verschwimmend, kaum wahrnehmbar mit bloßem Auge: – das ist es, was Kafka uns und künftigen Geschlechtern auferlegt hat. Dieser haardünne Unterschied, der ihn vom Spezifisch-Christlichen scheidet, verkörpert geradezu seine Lehre und kann in seiner Wichtigkeit gar nicht überschätzt werden.
Im ›Brief an den Vater‹ schreibt Kafka zum Thema »Ehe«: »Heiraten, eine Familie gründen, alle Kinder, welche kommen, hinnehmen, in dieser unsicheren Welt erhalten und gar noch ein wenig führen, ist meiner Überzeugung nach das Äußerste, was einem Menschen überhaupt gelingen kann.« – Dazu nehme man als Gegenbild seinen Typus des »Junggesellen«, Raban und die übrigen. Ferner seine Briefe über Kindererziehung, die er an seine Schwester gerichtet hat. Und als letzte Grenze solch weltlich-geistiger Bestrebung Tagebuch-Notizen wie etwa die folgende: »Zeitweilige Befriedigung kann ich von Arbeiten wie ›Landarzt‹ noch haben . . ., Glück aber nur, falls ich die Welt ins Reine, Wahre, Unveränderliche heben kann.« Da ich den letzteren Satz meiner Kafka-Biographie als einen der drei Leitsprüche an die Stirn geschrieben habe (merkwürdigerweise gehen die Kommentatoren gerade an diesen Leitsprüchen oder schleichen vielmehr an ihnen gern vorbei), glaube ich das, was Kafka als sein »Glück« bezeichnet, weit entfernt von allen »Gemeinplätzen des Glücks«, treulich an die von Kafka gemeinte Stelle gerückt zu haben.
»Vater sein und ruhig mit seinem Sohn reden«, das ist ein Ideal, an das er »mit unterdrücktem Schluchzen« denkt. Und er ergänzt: »Dann darf man aber kein Spielzeughämmerchen an Stelle des Herzens haben«. – Ein andermal heißt es:

»Das unendliche, tiefe, warme, erlösende Glück, neben dem Korb seines Kindes zu sitzen, der Mutter gegenüber.« Die Eintragung schließt im Stil der von Kafka geliebten Mythologien mit dem lapidaren Satz: »Sisyphus war ein Junggeselle.« Oder wiederum: »Für alles gibt es künstlichen, jämmerlichen Ersatz: für Vorfahren, Ehe und Nachkommenschaft. In Krämpfen schafft man ihn und geht, wenn man nicht schon an den Krämpfen zugrunde gegangen ist, an der Trostlosigkeit des Ersatzes zugrunde.«
Für sich selbst also – das sieht man aus diesen und andern Betrachtungen – stellt Kafka alles andere als eine günstige Prognose. Er meint, daß er selbst einer solchen Erhöhung seines Status, als den er die Ehe ansieht, nicht fähig ist. »Die Frau, noch schärfer ausgedrückt vielleicht, die Ehe ist der Repräsentant des Lebens, mit dem du dich auseinandersetzen sollst«, schreibt er in einem der Oktavhefte. Hier greifen die Erwägungen über den Stand des dekadenten Westjudentums ein, das nichts von seiner alten Kraft und Heiligung in die neue Zeit hinübergetragen habe (ich gebe hier die Meinung Kafkas, nicht meine eigene wieder). Menschen, von denen er das Erfüllen der hohen Menschenaufgabe erwartet, sehen anders aus als die meisten der ihn umgebenden Prager jüdischen Sphäre. »Prag läßt nicht los«, schreibt er an seinen Jugendfreund Oskar Pollak. »Uns beide nicht. Dieses Mütterchen hat Krallen.« – Der letztere Satz ist im Anschluß an das bei den Tschechen beliebte Epitheton vom »Mütterchen Prag« gesagt. – Man vergleiche auch eine viel spätere Eintragung (1918), die den Titel ›Prag‹ führt und lautet: »Die Religionen verlieren sich wie die Menschen.« Die Menschenart, die ihm unter gewissen Umständen für die wahre Zukunftsarbeit geeignet scheint, findet er fallweise unter den Ostjuden. Oder auch auf dem Lande in Böhmen, wo er einmal folgende Charakteristik notiert: »Zwei Ökonomen. Junge frische Leute, die etwas wissen und kräftig genug sind, es mitten unter den notwendigerweise ein wenig Widerstand leistenden Menschen anzuwenden.« Solche Eindrücke zeigen, wie Kafka sein Herz in Liebe allem ungebrochen Menschlichen, allem Gesunden öffnet, wobei »gesund« selbstverständlich nie im Nietzscheschen Sinne »ruchlos, mitleidlos« bedeutet, sondern genau das Gegenteil: »geeignet und geschickt, das Gute zu bewerkstelligen«. Diesem Gesunden verschließt sich Kafka nicht. Wenn man das wahre Menschenwesen erkennt, muß man es lieben, – schreibt er. Wohl aber schließt er sich selbst aus, wenn von gutem Gelingen die Rede ist, – das ist nicht zu leugnen. Er leidet zu viel; schon allein die furchtbaren physischen Schmerzen, die er in einigen seiner Briefe an mich schildert, würden hinreichen, seine schwinden-

de Widerstandskraft zu erklären. Seine Nerven reißen. Übersteigerte Lärmempfindlichkeit kam gleichsam als Herold vor seiner schrecklichen Krankheit einhergeritten, um ihm alle Ruhe zu rauben.

Die unabsehbar vielen und nüancierten Störungen durch Lärm wußte er so suggestiv zu schildern, daß er auch mich mit dieser hypersensitiven Reaktion ansteckte, namentlich auf den gemeinsamen Reisen; vielleicht hatte ich übrigens auch einige Anlage zu ihr, jedenfalls bildete ich sie, unter seinem Einfluß, zu einem erschreckenden Popanz aus. Wir sprachen (es war wohl in Stresa) von einer »Lärmhölle«, in Analogie zu Strindbergs »Kothölle«. In diesem Örtchen am Lago Maggiore hatten wir endlich nach vielem Suchen einen ganz stillen Winkel gefunden. Als wir uns niederlegten, merkten wir, daß unsere Fenster in eine enge Hintergasse gingen, in der dicht gegenüber die Werkstätte eines Schmiedes uns angrinste. Richtig weckte er uns arme erschöpfte Wanderer früh am andern Morgen durch seine Hammerschläge auf. – Dennoch gehörten gerade die Tage dieser Sommerreise Lugano-Mailand-Paris 1911 für mich und, wie ich weiß, auch für Franz zu den glücklichsten Lebensabschnitten. Und es hat mich tief ergriffen, als ich jetzt, bei Ordnung seiner Briefe vom letzten Krankenlager, also aus einer Zeit, die mehr als ein Dezennium später liegt, seinen Satz las: »Und möge uns doch die Lugano-Sonne wieder scheinen.«

Seiner scharfen Selbstkritik, die oft übers Ziel schoß (so aber muß es bei Frommen sein), entspricht es, daß er die Werte des Lebens bei andern suchte, manchmal auch bei solchen, die tief unter ihm standen, – sich selbst aber keinen Anteil an diesen Gütern zubilligen mochte. So erkläre ich Aufzeichnungen, wie die folgende (die aber, wie ich der Wahrheit zu Ehren eingestehe, auch eine pessimistischere Deutung zuläßt, – wie ich überhaupt sowohl um meines Freundes wie um meiner selbst willen nicht den Anschein erwecken möchte, als ob ich das Problem Kafka glatt aufgehen sähe, als ob in gewissen Zeiten seines Lebens nicht Schatten der finstersten hamlethaftesten Schwermut auf ihm gelastet hätten): »Ich beneide nicht das einzelne Ehepaar, ich beneide nur alle Ehepaare, – auch wenn ich nur ein Ehepaar beneide, beneide ich eigentlich das ganze Eheglück in seiner unendlichen Vielgestalt, im Glück einer einzigen Ehe würde ich selbst im günstigsten Fall wahrscheinlich verzweifeln.«

Dennoch geht sogar noch aus solchen, schon ziemlich am Rande gleitenden Äußerungen Kafkas hervor, daß er die Ehe in ihrer wahren Gestalt, in der allerdings das »Geistige«, der »Blick des Vertrauens« den Sinn bestimmt, nie als etwas Verwerfliches, im Sinn der Askese zu Verneinendes oder etwa als Notbehelf im Sinne des Apostels Paulus ansah, sondern daß er in ihr göttliche Bestimmung des Menschen, eines der höchsten zu erreichenden Ziele fand. Insofern könnte, wenn man Kafka richtig liest, die Reinigung der Erlebnis-Sphäre, die man mit den Worten »gut, menschenwürdig« bezeichnet, von allen negativen, asketischen Elementen vielfache Förderung erfahren, ohne daß man damit gleich ins andere Extrem, ins Naturale, in Anbetung des Lebens pur et simple verfiele, – wovor eben die Schärfe der Kafka'schen Gewissensprüfung, der im Metaphysischen hausende ›Prozeß‹, warnen und zurückhalten würde. Man würde dann verstehen, warum Kafka die Ehe und schon die ihr vorangehende, als Vorbedingung notwendige Erhebung des Menschen in eine höhere, der Zersetzung unzugängliche Existenzform, die er als Gewinnung von Boden, von Luft, von Gesetzhaftigkeit beschreibt, für so fundamental hält: »Es ist sogar die ursprünglichste Aufgabe oder zumindest ihr Abglanz, so wie man beim Ersteigen einer luftdünnen Höhe plötzlich in den Schein der fernen Sonne treten kann.« Er für seine Person allerdings kann, so glaubt er, diese Aufgabe nicht lösen. »Es ist nicht Trägheit, böser Wille, Ungeschicklichkeit«, so sagt er, – was ihn zum Mißlingen verurteilt. Es ist eben Mangel der Vorbedingungen, »der Mangel des Bodens, der Luft, des Gebotes«, – also einer festen Überlieferung und solcher Daseinsbedingungen, in denen sich der Mensch, ohne Schädigung seiner Seele, gesund entwickeln kann. Daher an anderer Stelle die immer wieder neu einsetzende Bemerkung, die trotz damals noch spielerischer Form allen Ernst in sich trägt: »Wenn ich es bedenke, so muß ich sagen, daß mir meine Erziehung in mancher Richtung sehr geschadet hat.« Kafka insistiert aber darauf, die genannten Vorbedingungen zu schaffen. »Diese zu schaffen ist meine Aufgabe, nicht damit ich dann das Versäumte etwa nachholen kann, sondern damit ich nichts versäumt habe, denn die Aufgabe ist so gut wie eine andere. Es ist sogar die ursprünglichste Aufgabe etc. (oben bereits zitiert). Es ist dies auch keine ausnahmsweise Aufgabe, sie ist gewiß schon oft gestellt worden. Ob allerdings in solchem Ausmaß, weiß ich nicht. Ich habe von den Erfordernissen des Lebens nichts mitgebracht ...« Er ist also »Ende oder Anfang«, er muß ganz allein, ohne Lehrer, ohne Vorbild von vorn anfangen, und wenn ihm das nicht gelingt, ist er verloren. Er sieht sich hier völlig nackt, aller Hilfsmittel entblößt. Daher auch ohne jüdische Tradition; es ist dies eine der zwei bereits klassisch gewordenen, oft zitierten Stellen, in denen Kafkas Abneigung, sich ohne eigene Denkarbeit, ohne scharfe Selbstprüfung in die durch den Zionismus neu zum Leben erweckten Grundkräfte des Judentums einzustellen, als prinzipieller Antizionismus ausgelegt wird – im Widerspruch zu so zahlreichen entgegenstehenden und ganz unzweideutigen Äußerungen. Schließlich hat ein Genie wie Kafka das Recht, sich auch durch Widersprüche zur endgültigen Klärung durchzuringen, zu diesem Zweck sind ja seine nicht für die Öffentlichkeit, sondern zur Selbstbelehrung und ehrlichsten Erwägung pro und contra bestimmten Formulierungen, von denen manche nur erste Ansätze zu einer Formel sind, niedergeschrieben, – und ich würde mir nur ungeheuer komisch vorkommen, wenn ich diese Widersprüche, die Stadien einer Entwicklung leugnen wollte. Aber diese Stadien waren keine Stationen, sie hielten den Strom nicht auf.

Gewiß, es ist ihm manchmal zumute, als ob er in völlige Einsamkeit geriete (Quartheft 1922). »Dieses Jagen nimmt die Richtung aus der Menschheit ... Die Jagd geht durch mich und zerreißt mich ...« Anstelle von »Jagd« nennt er es dann »Ansturm gegen die letzte irdische Grenze«, – »und zwar Ansturm von unten, von den Menschen her, und (ich) kann, da auch dies nur ein Bild ist, es ersetzen durch das Bild des Ansturms von oben, zu mir herab.« Gott selbst ruft ihn, die geistige Welt will ihn aufnehmen, das Unzerstörbare ihn ganz erfüllen, ohne irdische Zutat. »Die ganze Literatur ist Ansturm gegen die Grenze, und sie hätte sich, wenn nicht der Zionismus dazwischen gekommen wäre, leicht zu einer neuen Geheimlehre, einer Kabbala, entwickeln können. Ansätze dazu bestehen.« Daß auch diese zweite quasi-antizionistische Stelle nicht gegen den Kern des Zionismus, sondern nur gegen gewisse politische Auswüchse der Bewegung gerichtet ist, ergibt sich daraus, daß schon der nächste Satz, der das Ideal eines solchen »kabbalistischen« Dichters unserer Zeit aufstellt, doch wieder genau bei jenen geheimnisvollen Grundkräften der jüdischen Seele anlangt, die der wirkliche, als ethische Bewegung verstandene Zionismus neu belebt. »Allerdings ein wie unbegreifliches Genie wird hier verlangt«, sagt Kafka, »das neu seine Wurzeln in die alten Jahrhunderte treibt oder die alten Jahrhunderte neu erschafft.« So wird also zum Schluß dieser Überlegung doch wieder die Flucht aus der Menschheit, die Einsamkeit widerrufen.

Immer wieder weist er sich im Tagebuch zurecht, – das ist es, was (neben und mit den dichterischen Werten) diesem Tagebuch den Wert eines eminenten Erziehungsbuches gibt, was es neben Tolstois Tagebücher stellt, die gleichfalls den Weg eines Menschen zeichnen, der seinen Weg nur sehr schwer, gegen viele innere Hindernisse fand und der das nahezu Unmögliche, nur durch ein Wunder Mögliche wollte, sich mit nichts zufrieden gebend, was geringer gewesen wäre als dieses Letzte, Äußerste. Wenn es überhaupt möglich ist zu lernen (ich bezweifle es manchmal, doch habe ich auch Hoffnung dann und wann): so nur aus dem lebendigen Beispiel solcher Menschen, die sich selbst erzogen, auf weglosen Strecken gleichsam fliegend emporgerissen haben. Und wo man das Übereinstimmende an zwei von Natur aus so verschiedenen Charakteren wie Tolstoi und Kafka bemerkt, da kann man des Rechten fast ganz sicher sein – vor allem dann, wenn man den Widerhall in sich selbst verspürt. Das Nachfolgende ist von Kafka, aber es könnte sich, ähnlich scharf zurechtweisend und dabei völlig positiv, auch in den Tagebüchern des Schuhmachers und Ofensetzers Tolstoi finden: »Dahinter, daß ich nichts Nützliches gelernt habe und mich – was zusammenhängt – körperlich verfallen ließ, kann eine Absicht liegen. Ich wollte unabgelenkt bleiben, unabgelenkt durch die Lebensfreude eines nützlichen und gesunden Mannes. Als ob Krankheit und Verzweiflung nicht zumindest ebenso ablenken würden!«

Man wird aus Notizen, Selbstbeobachtungen dieser Art nicht umhin können, die starke Hinneigung Kafkas zu aktivem Dienst an der Menschheit, zur »Lebensfreude eines nützlichen und gesunden Mannes« anzuerkennen. Daß sich ungewöhnlich starke Hindernisse äußerer wie innerer Art, ja sein ganzes persönliches Schicksal, seine Zeit und die prophetische Ahnung einer noch grauenvolleren Zukunft dieser seiner Neigung entgegensetzten, sie zuzeiten ganz niederknüppelten, daß seine Schwermut sich gelegentlich bis zu völligem Verzicht auf »diese Welt« zu steigern scheint: das alles läßt meiner Meinung nach die Ursprünglichkeit seiner positiven Haltung nur noch ergreifender hervortreten. Nur darf man unter diesem »Positiven« nicht das Vitale verstehen; das durch den Geist und die Liebe geadelte Leben ist gemeint. Wer Kafka nahe kam, war von seiner Güte, Sanftheit und Liebenswürdigkeit, von seinem Takt, seiner Lebensklugheit bezaubert. Daß es zuzeiten den Anschein hatte, als schwele es in ihm, als sei seine lautere Menschenfreundlichkeit in hartem Kampf feindlichen Instinkten abgerungen (zum Beispiel einem starken Hang zur Angriffslust, zur Spottlust, vom Vater ererbt): das macht ihn nur noch größer, – so wie Hamlets rührende Gestalt durch seine fast unzähmbare böse Zunge und seine Warnung an Laertes nur noch rührender wird:

Denn ob ich schon nicht jäh und heftig bin,
So ist doch was Gefährliches in mir,
Das ich zu scheun dir rate ...

So oft ich diese Verse las, mußte ich an Kafka denken, – wiewohl Kafka entschieden noch sanfter und weniger jäh war als Hamlet.

Ich habe in meiner Kafka-Biographie viele Erinnerungen an Kafka fixiert. Aber von Zeit zu Zeit, meist ganz unerwartet, treten einige Züge in mein Gedächtnis, an die ich lange nicht gedacht habe. Einige davon halbverschwommen, andere lassen sich ans Licht heben. Ich versuche es in Folgendem.

Kafka war ein begeisterter Vorleser. Nicht seiner eigenen Werke; um solch eine Lesung mußte er meist, auch im allerengsten Kreise, sehr gebeten werden, begann oft mit sichtlicher Unlust – das heißt: er begann gar nicht, sondern blätterte in seinem Manuskript, betrachtete aufmerksam bald diese, bald jene Seite, schien zu erwägen, ob sie vorlesenswert sei, las sie genau für sich durch, als habe er sie soeben neu geschrieben, oder schien zu prüfen, wo er anfangen solle, blätterte wieder um, ohne anzufangen. Und mit dem Umblättern verging sehr lange Zeit. Man mußte viel Geduld aufbringen. Manchmal blieb es ärgerlicherweise beim lustlosen Blättern, es folgten nur noch Entschuldigungen und meinerseits Scheltreden. Manchmal freilich war er in Stimmung und legte gleich los. Und immer warf er während des Vorlesens gleich nach den ersten Sätzen die allzu kritische Befangenheit ab, dann las er auch seine eigenen Arbeiten mit großem Schwung, in raschem Tempo, mit langem Melodiebogen der schönen Stimme. – Arbeiten anderer Autoren las er immer von Anfang an mit tiefer Begeisterung vor. So mit besonderer Vorliebe die Anekdoten von Kleist. Manchmal kam er unerwartet in meine Wohnung gestürzt, nur weil er etwas Neues, Großartiges gefunden hatte. So ging es mit Walsers Roman-Tagebuch ›Jakob von Gunten‹, so mit kleineren Prosastücken Walsers, den er ungemein liebte. Ich erinnere mich, wie er Walsers Skizze ›Gebirgshallen‹ (vgl. ›Aufsätze‹ von Robert Walser, Verlag Kurt Wolff 1913) mit ungeheurer Lustigkeit, entzückt, ja geradezu saftig vortrug. Ich war allein mit ihm, aber er las wie vor einem Publikum von Hunderten. Er unterbrach manchmal: »Jetzt aber höre mal, was nun kommt.« – Eine besondere Redewendung kostete er aus, es machte ihm Freude, sie oft zu wiederholen. (Das erinnert mich daran, was mir neulich der große Dirigent Munch über Ravel erzählte. Ravels Villa lag in der Nähe eines Waldes, den die Pariser als Ausflugsort lieben. Man ging also an dieser Villa vorbei, hörte, wie drinnen ein Akkord angeschlagen wurde, ein seltsamer neuer Akkord, immer derselbe. Abends kehrte man vom Ausflug zurück. Immer noch wurde in der Villa derselbe Akkord angeschlagen und wiederholt. So konnte auch Kafka aus einer einzigen Stelle unerschöpfliche Freude schöpfen.) – Hatte er nun das Werkchen auf Details hin vorgelesen, sagte er, am Ende angelangt: »Und jetzt höre einmal das Ganze.« Nun las er ohne

Unterbrechung. Er hatte dann Lust, noch ein drittes Mal anzufangen. Sah mich aber quasi bemitleidend an: »Nun hast du genug, nicht wahr?« – Ich erinnere mich, daß er mir am Anfang unserer Freundschaft eine Novelle von Thomas Mann zeigte, deren Anfangssatz ihm unendlich gefiel. Sie war damals noch nicht in Buchform, nur in der ›Neuen Rundschau‹ erschienen (deren treuer Abonnent er viele Jahre lang war). Der Satz lautete: »Still! Wir wollen in eine Seele schauen.« Immer wieder wiederholte er diesen Satz, legte dabei jedesmal pantomimisch den Finger an seine Lippen, ließ die Melodie nachklingen. Von der Erzählung selbst sagte er nichts und ich habe sie erst Jahrzehnte später gelesen. Sie führt den Namen ›Ein Glück‹ und trägt das Entstehungsdatum 1904.
Ich habe es schon hervorgehoben und werde es immer wieder tun, daß Kafka im Gegensatz zu dem Phantom, das er im Kopf einiger Erklärer geworden ist, sehr oft in heiterster, ja übermütiger Stimmung war. Erst in seinem 30. Jahr und mit seiner schweren Tuberkulose gewann die in seiner Anlage natürlich vorgebildete ernste Haltung die Oberhand. Einmal aber habe ich ihn auch schon in früherer Zeit den Weg von Fröhlichkeit zur Niedergeschlagenheit blitzschnell durcheilen gesehen. Es handelte sich um folgenden Vorfall: In Prag thronte ein olympischer Dichter der alten Generation, der recht zum Philister gewordene Friedrich Adler. – Kafka ließ sich von unserem gemeinsamen Freund Oskar Baum überreden, sich bei A. einführen und als junger Dichter vorstellen zu lassen, der sich bei der Berühmtheit Rats erholt, wie jener Schüler bei Faust. Dabei stand Kafka bereits auf der Höhe seines Könnens, seiner schriftstellerischen Erfahrungen; einiges war auch bereits in Zeitschriften erschienen. Da er aber als Autor gänzlich unbekannt war, auch immer sehr jung, ja knabenhaft aussah, konnte der komödiantische Streich gelingen. Nachher erzählte er und Baum mit recht lausbübischer Freude, wie man den eitlen alten Herrn zu patronisierenden Orakelsprüchen, einem schön gespielten Wohlwollen verleitet hatte. Er korrigierte sogar an einer von Kafka unterbreiteten Skizze herum. Dann gab er Erfahrungen aus seiner eigenen Dichterlaufbahn zum Besten. Mit dem Motto etwa: »Es ist nicht alles Gold, was glänzt.« Daß sein Name mit A beginne, habe ihm allerdings sehr genützt. Denn nun stehe er, da auch der zweite Buchstabe günstig sei, in Anthologien meist an erster Stelle. Auch im Dichterlexikon. Da aber habe neulich dieser Roda Roda den teuflischen Einfall gehabt, in die neue Auflage des Lexikons einfügen zu lassen. *Aaba Aaba* siehe *Roda Roda*. Diese Kombination war natürlich nicht zu schlagen. – Unter wildem Lachen rapportierte Kafka die blamablen Eröffnungen einer schönen Seele. Dann

hatte sich A. über weiteres Mißgeschick beklagt, »damit der junge Kollege nicht glaube, er werde auf Rosen wandeln«. Einmal sei der Erzherzog Rudolf nach Prag gekommen (also vor unvordenklichen Zeiten), da habe der Schriftstellerverband Concordia, von einigen Discordia genannt, einen großartigen Ball veranstaltet. Der Saal war mit Zeichnungen geschmückt, unter jeder standen Verse von A. Der Erzherzog geruht huldreichst zu erscheinen. Wird vom Comité empfangen. Er bewundert die Bilder sehr gründlich. Der glückliche Maler wird ihm vorgestellt. Nun fragt er: »Und von wem sind denn die allerliebsten Verse?« Schon winkt man Herrn A. heran ... »Und in diesem Augenblick setzt die Ballmusik ein.« Wieder eine Gelegenheit unwiderbringlich dahin!
Bis hierher hatte Kafka mit herzhaftem Gusto erzählt. Plötzlich verstummte er. Sprach den ganzen Abend kein Wort mehr. Man sah ihm die tiefe Niedergedrücktheit an. Er bereute wohl, der Würde eines Menschen (jenes jovialen Dichters A.) zu nahe getreten zu sein. Er hatte sich einen unziemlichen Scherz erlaubt. Ich sah, wie er sich im dunklen Nebenzimmer allein, seufzend an die Wand lehnte, die Hände wütend ineinander verkrampft.
Auf einen anderen Charakterzug Kafkas werde ich durch folgende Erinnerung hingewiesen: Als ich Anfang 1913 heiratete, fragte mich Franz, welches Geschenk ich mir von ihm wünschte. Ich sprach von einem kleinen Lexikon in zwei, drei Bänden. Am Festtage wurde mir eine große Kiste ins Haus gebracht: Meyers Konversationslexikon in 20 Bänden, die damals neueste Ausgabe (1909), frisch vom Zapfen. Sie steht noch heute in meiner Bibliothek, erinnert mich oft an den Freund. – Ich erwähne dieses große Geschenk, das aus unserem damaligen sehr bescheidenen Standard (wir waren beide Staatsbeamte der *untersten* Besoldungsstufe) auffallend herausfiel, erwähne es aus einem besonderen Grund: Kafka klagte sich oft des »Geizes« an, in seinem Tagebuch ist mehr als einmal die Rede davon. In Wirklichkeit war er aber, wie man an diesem Beispiel sieht, höchst großzügig. Von seinem Geize sprach er meist in humoristischem Ton und bei Kleinigkeiten, so etwa wenn er abends nach zehn Uhr erklärte, er gehe nun nicht mehr aus, um das »Sperrsechserl« für den Hausmeister zu ersparen. Solche Späße liebte er. Sie gehören in das Kapitel der allzu reichlich von ihm praktizierten »Selbstunterschätzung«, deren verhängnisvolle Folgen in ihrer Möglichkeit ich in meiner Kafka-Biographie (Seite 168 f.) angedeutet habe. Sie war ein Fehler, – wenn auch ein bewundernswerter.
Damit ist nicht gesagt, daß in Kafka etwa keine Velleität von rechenhafter haushälterischer Vorsicht geschlummert hätte, die

mit seiner irrationalen Kühnheit in Streit lag. Das Großartige seiner Erscheinung liegt eben darin, mit welcher Energie und geradezu grausamen Unerbittlichkeit er jene Züge seines Charakters in sich bekämpfte, die ihm herabziehend schienen; wie er in dieser Selbstkritik eher zu hart als etwa nachgiebig war. Daß er in dieser Selbstkritik manchmal übers Ziel schoß, habe ich betont.

Die dialektische Haltung, die Kafka in Beziehung zu sich selbst einnahm, ist zweifellos die Ursache, warum er so spät, erst lange nach seinem Tode verstanden – und auch dann mehr mißverstanden als verstanden wurde. Mit einem besonders schönen Beispiel für diese Dialektik, die sich eben auch in der liebenswürdigen Art seines Schenkens und des stets ironisierten »Geizes« aussprach, schließe ich diese kleine Anekdotenreihe. Franz schenkte seiner kleinen Nichte Gerty ein Märchenbuch mit folgender Widmung: »Selbstgespräch des Onkels Franz: Soll ich dieses gar so schöne Buch der Gerty zum Geburtstag geben? Ja, denn erstens ist sie ein ausgezeichnetes Mädchen und außerdem wird sie das Buch sicher mal hier vergessen und dann kann man es sich ja wieder zurückholen.«

Nun könnte man noch sagen, daß trotz allem das Wort der Liebe zu den Nebenmenschen, das bei Tolstoi so laut und schön ertönt, in Kafkas Munde nicht zu finden war. – Aber auf das »Wort« kommt es doch wohl nicht so sehr an wie auf das Sein. Und überdies stimmt es auch gar nicht, daß das Wort völlig fehlt. Daß es nicht mit Urkraft vorherrschend ist, daß es nicht bis zur Tat durchdringt wie bei Tolstoi: dafür hat sich ja Kafka im ›Prozeß‹ und in all den Strafkolonien, vor all den Richterstühlen, die in seinem Werk aufgerichtet sind, hart genug gestraft. Und insofern ist sein ganzes Werk zumindest negatives Zeugnis für die hervorragende, durch nichts ersetzbare Bedeutung, die er dem Wort der Liebe zumaß. – Aber bei all dem: es fehlt nicht. Es entwickelt sich klar und einfach, – handelt es sich um Fragen des gesellschaftlichen Lebens, so erklingt es in sozialistischem Sinn, wobei ihm die Erfahrungen in seinem Büro, der Arbeiter-Unfall-Versicherungsanstalt, die empörende Routine dieser Anstalt zur richtigen Erkenntnis verhelfen. Dies geht deutlich aus der Skizze »Neue Lampen« hervor, aus all der bittern Ironie, mit der ein Direktor einer Bergwerksgesellschaft, ohne Arbeit auf seinem Schreibtisch, neben einem Blumengarten hausend, die armen Bergarbeiter, die ihrer schlagwettergefährlichen Lampen wegen zu ihm petitionieren kommen, mit den Worten anschreit: »Solange wir nicht aus eurem Stollen einen Salon gemacht haben, werden wir hier nicht ruhen.« So hat Bismarck die halbverhungerten

Weber, die zur Audienz kamen, abgekanzelt: »Morgen gibts aber noch keinen Gänsebraten.« – Kafka entwirft auch einen sozialistischen Plan »Die besitzlose Arbeiterschaft«, der, ohne daß er es wußte, in manchen Stücken in den Kollektivsiedlungen Palästinas Wirklichkeit geworden ist. »Das Arbeitsleben als eine Angelegenheit des Gewissens und des Glaubens an den Mitmenschen«, ist der wichtigste Satz dieses Elaborats, das leider nur knapp skizziert ist.

Doch es wäre schlimm um das Wort der Liebe bei Kafka bestellt, wenn es sich nur in solchen gelegentlichen Äußerungen fände. Tatsächlich ist es in seinem Werk allgegenwärtig, es ist die Luft, in der dieses Werk, sei es auch meist in schweren Atemzügen, atmet und lebt. Die Beobachtungen, die Kafka unermüdlich aufschreibt, die Tausende von Gesten, Haltungen, Worten des zufälligen Nebenmenschen, dem er im Eisenbahnwagen, im Theater, auf den Gassen begegnet, – diese virtuos mit leichtestem Stift festgehaltenen Bewegungsstudien sind nicht aus artistischer Neugierde geschrieben oder um in Hinkunft einmal in einem größeren Romankontext »verwendet«, »verarbeitet« zu werden. Solche literarische Spar- und Sammelwirtschaft lag Kafka meilenweit fern. Und es ist mir kein einziger Fall bekannt, in dem Kafka auf eines seiner zahllosen Notizbuch-Aperçus später zurückgegriffen hätte. Die Beschreibung des sogenannten alltäglichen Menschen, der für Kafka nie etwas Alltägliches an sich hatte, geschah um dieses Menschen willen, – nicht zweckbeflissen, sondern aus Liebe zu jedermann. Ein Menschenfeind, ein Verzweifelter hätte keineswegs die Lust und Kraft gehabt, den äußeren Habitus all dieser kuriosen Geschöpfe, die auf der Erde herumwimmeln, mit so minutiöser Genauigkeit und oft im Licht der überraschendsten Assoziationen nachzuformen. Nicht liebeleer und beziehungslos steht der Dichter all den zappelnden, huschenden, sich aufbäumenden, sich duckenden Croquis des riesigen Albums gegenüber, das er vor uns aufschlägt, sondern es ist, als spräche er zu jedem Einzelnen der Porträtierten, so arme Narren sie manchmal sind, in derselben wehmütigen Tonart, in der er einmal seine Träume anspricht (sie sind auf dem Flusse angekommen, sie steigen auf einer Leiter die Quaimauer hinauf, man unterhält sich mit ihnen, sie heben die Arme): »Warum hebt ihr die Arme, statt uns in sie zu schließen?«

Warum hebt ihr die Arme, statt uns in sie zu schließen?

Das Wort der Liebe an die Millionen der Nebenmenschen. –

Man wird es aus all den sorgsam realistischen Episoden wie aus den Fragmenten heraushören, die der Phantasie die Zügel schießen lassen und die sofort abbrechen, wenn die Phantasie nicht willig vorstürmt. Und aus dem allermerkwür-

digsten Zwischenreich, in dem diese beiden Hauptquellen der Kafka'schen Dichterkraft (Beobachtung und Gestaltungsmacht) im Zwielicht unserer wirklichen Existenz zusammenschießen. Da tauchen Monstra auf wie einzelne Bürokollegen oder jener eigenartige Folklorist, den der Zeichner Kubin mit nach Prag bringt und dessen Erzählungen, die Kafka gewissenhaft aufzeichnet, ein so wüstes Gepräge haben, daß ich selbst in der Gesamtausgabe einiges streichen zu müssen glaubte. Es sind Szenen von Rabelais'schen Fettmassen und Akzenten, freilich sind die Akzente, sei es auch fast unmerklich, gegen die Massen und jedenfalls nicht im Rabelais'schen Sinn gesetzt. Bei Rabelais heißt es, wenn er unflätige Orgien beschreibt, gleichsam als Begleitmusik zwischen den Zeilen: »Da möchte man gern auch mal mittun.« – Bei Kafka mit einem Augenaufschlag des Erschreckens, aber nicht zurückweichend, nein, der Wirklichkeit nüchtern standhaltend: »So etwas gibt es also!?« – Dieses erschreckte, halb fragende »So etwas gibt es also« wird zu einem klagenden Belcanto des Humors, wenn Kafka den Zusammenstoß eines Autos mit einem Tricykl und das lässige Eingreifen der Pariser Polizei in allen Einzelheiten beschreibt. Man liest dieses Juwel der Reisetagebücher jetzt im Band ›Tagebücher‹ der Gesamtausgabe. Das Wort der Liebe ist hier zu einem Wort des Erbarmens mit dem hilflosen, armen, tapfern, benachteiligten Tricyklisten geworden, wie es auch durch den ganzen Roman ›Amerika‹ durchklingt und auch im ›Prozeß‹, bis an die Katastrophe hin variiert, und im ›Schloß‹ nicht zu überhören ist.
Es wird gut sein, wenn man für dieses Wort der Liebe und des Erbarmens bei Kafka hellhörig werden will, sich mitten in den wilden Schreckensszenen, deren seine Erzählungen voll sind (was kann man anderes schildern, wenn man die Welt sieht, wie sie sich in den Tagen Kafkas decouvrierte und seither prächtig weiterentwickelt hat!) – es wird gut sein, sich mitten in den Ausbrüchen seiner Angst und seiner Herzensnot einen jener gar nicht so seltenen Hoffnungssätze in Erinnerung zu halten, denen man in seinem Werk begegnet, etwa diesen: »Es ist keine Widerlegung der Vorahnung einer endgültigen Befreiung, wenn am nächsten Tag die Gefangenschaft noch unverändert bleibt oder gar sich verschärft oder selbst wenn ausdrücklich erklärt wird, daß sie niemals aufhören soll. Alles das kann vielmehr notwendige Voraussetzung der endgültigen Befreiung sein.«
Ihr fernen, schattenhaft fernen und fremden Menschen, die ihr euch alle ebenso nach endgültiger Befreiung sehnt, wie Kafka sich gesehnt hat, – warum hebt ihr die Arme, statt uns in sie zu schließen? Und warum heben auch wir bloß die Arme, statt euch in sie zu schließen?

III

Verzweiflung und Erlösung im Werk Franz Kafkas

Dem Abschnitt liegt folgender Text zugrunde: Max Brod, Verzweiflung und Erlösung im Werk Franz Kafkas. (Frankfurt am Main:) S. Fischer 1959. — Vom Autor neu durchgesehen.

Der Glaube und die Verzweiflung

In Kafkas Werk findet sich viel Skeptisches, das an den Grundlagen des Glaubens rüttelt. Dennoch ist er kein Dichter des Unglaubens und der Verzweiflung. Er ist vielmehr ein Dichter der Prüfung des Glaubens, der Prüfung im Glauben.
Daher keiner von jenen, bei denen sich der Zweifel zur starren Grimasse der Gottesleugnung verhärtet hat. Vielmehr muß man ihn jenen zurechnen, die unter unsäglichen Mühen den Glauben *suchen*, die mitten in der Verzweiflung unserer liebeleeren Zeit die schmale Flamme der Hoffnung sorgsam hegen, sie immer wieder verlöschen sehn und denen dennoch zuweilen, in gnadenhaften Augenblicken, in Perioden der Erhebung ein Ahnen der Erlösung geschenkt wird.
»Schreiben als Form des Gebetes« – das ist eine der Haupterkenntnisse, zu denen Kafka bei Betrachtung seiner selbst gelangt. Und an anderer Stelle konstatiert er: »Glauben heißt: das Unzerstörbare in sich befreien, oder richtiger: sich befreien, oder richtiger: unzerstörbar sein, oder richtiger: sein.« Immer wieder kehrt er zu dem Satz zurück: daß in jedem Menschen ein göttlicher Kern, etwas »Unzerstörbares« ist, an das man auch dann glaubt, wenn man mit dem zerlegenden Intellekt bis zu diesem Unzerstörbaren nicht vordringen kann und daher die Welt ringsum (wie es heute so oft naheliegt) zusammenstürzen sieht. »Nicht jeder kann die Wahrheit sehn, aber sein« – so lautet einer der wichtigsten Wahrheitssprüche Kafkas. Die Wahrheit sein, die Wahrheit erleben, sein ganzes Leben zur Wahrheit machen: das ist der Zielpunkt, der inmitten aller Verzweiflung den Beinahe-Verzweifelnden vor dem totalen Ausgeliefertsein bewahrt.
Die Kulissen, innerhalb deren sich dieser dramatische Kampf um Rettung einer Seele (gleich: Rettung der Welt) abspielt, sind bei Kafka sehr düster. Sie können leicht mit den Kulissen der vollständigen und abgezirkelten Verzweiflung, des Nihilismus verwechselt werden. Doch solch eine Verwechslung ist Irrtum. Die schmale Grenzzone nachzuweisen, die dennoch vorhanden ist, die zwischen der Position Kafkas und der Position unentrinnbarer Verzweiflung liegt: das ist die komplizierte Aufgabe, die sich immer wieder vor dem gewissenhaften Interpreten hinbreitet und der er immer nur unvollkommen, annäherungsmäßig gerecht werden kann.
Ein einfaches Ja ist freilich nicht die Art, in der Kafka dem Anruf Gottes antwortet. Vielleicht kann heute, in einer der schlimmsten Perioden der Menschheitsgeschichte, ein solch ungebrochenes Ja verantwortlicherweise gar nicht zum Tönen gebracht werden.

Du-Sagen zu Gott? Es gibt nichts, was der Haltung Kafkas entfernter läge. Er hatte überdies für so allgemeine Lösungen wenig übrig, auch politisch glaubte er (bei dem starken sozialen* Einschlag, der seinen Bemühungen innewohnte) vor allem an tastende Fortschrittsversuche der Menschheit. Freilich auch an einen tiefen Instinkt für das Richtige. Der aber war ihm ein zartes, launenhaftes, manchmal freilich unglaublich fein witterndes und kräftig zupackendes Instrument. Manchmal. Meist allerdings führt uns das Tasten kläglich irre. Unberechenbare Zufälle helfen gelegentlich auch wieder weiter in diesem Meer des Chaos, das wir gar nicht übersehen. Oder diese Zufälle vernichten uns. Dennoch bleibt als Gebot bestehen: Harre getreulich aus!** Ergebnis: das Göttliche ist seiner ganzen Art nach dem Menschen und seinen Maßen inkommensurabel. Für diese Eigenschaft ›inkommensurabel‹ findet Kafka immer neue Gleichnisse. Daher die vielen Tiergeschichten in seinem Werk. Wie Gott dem Menschen nicht oder nur sehr lückenhaft verständlich werden kann (Hiob), so auch das Tier dem Menschen nicht oder nur lückenhaft. So auch der Mensch dem Tier nicht, wie Kafka in seiner melancholischen Travestie des Atheismus, den ›Forschungen eines Hundes‹ es gestaltet hat, in denen der Mensch für den Hund unsichtbar, unerahnbar geworden ist. Man könnte Kafkas religiöse Grundüberzeugung in die Sätze formen: »Das Göttliche ist da; aber es ist unserem menschlichen Fassungsvermögen inkommensurabel. Sehr oft (von Ausnahmen abgesehen) entsteht eine trübe Brechung des ursprünglichen Göttlichen im Sensorium des Menschen. Die ›kaiserliche Botschaft‹ erreicht dich nicht. Aber wenn du sie ständig in Liebe erwartest (›Du aber sitzt an deinem Fenster und erträumst sie dir, wenn der Abend kommt‹), dann tust du das Richtige.« – Was die eben erwähnten beglückenden ›Ausnahmen‹ anlangt, so ist ein weiteres Aphorisma Kafka bedeutsam: »Die Krähen be-

* Auf den starken sozialen Einschlag im Werk Kafkas, auf seinen rege betrachtenden Anteil am politischen Leben, insbesondere auf die Art, in der seine Berufsarbeit an der Prager Arbeiter-Unfall-Versicherungs-Anstalt seinen Sinn für die Lage der ausgebeuteten Schichten geweckt und geschärft hat, habe ich schon in meiner Kafka-Biographie hingewiesen (S. 75–80 dieser Ausgabe), ferner in dem Buch ›Franz Kafkas Glauben und Lehre‹, in meinem Roman ›Stefan Rott oder Das Jahr der Entscheidung‹; vergleiche auch Gustav Janouchs ›Gespräche mit Kafka‹.

** Daher Kafkas Ablehnung der Ungeduld in den ›Betrachtungen über Sünde, Leid etc.‹, Aphorisma 2 und 3. In seinen Tagebüchern heißt es ferner: »Nicht verzweifeln, auch darüber nicht, daß du nicht verzweifelst. Wenn schon alles zu Ende scheint, kommen doch noch neue Kräfte angerückt, das bedeutet eben, daß du lebst.« An anderer Stille: »Starker Regenguß. Stelle dich dem Regen entgegen, laß die eisernen Strahlen dich durchdringen, gleite in dem Wasser, das dich fortschwemmen will, aber bleibe doch, erwarte so, aufrecht, die plötzlich und endlos einströmende Sonne.« – Man sollte denken, daß schon diese Bemerkungen ihn aus dem Kreis der hoffnungslos Verzweifelten sichtbar ausschließen.

haupten, eine einzige Krähe könnte den Himmel zerstören. Das ist zweifellos, *beweist aber nichts gegen den Himmel,* denn Himmel bedeutet eben: Unmöglichkeit von Krähen.«

Mit diesem Satz (und einigen analogen in seinem Werk) hat Kafka aus Eigenem eigentlich eine Variante des ontologischen Gottesbeweises* gegeben. Schon diese Bemühung unterscheidet unseren Dichter von jenen unter seinen Nachfahren, die (wie Sartre, Beckett und andere) die transzendente Welt ausstreichen, also Antipoden Kafkas sind, sei es auch von ihm beeinflußte. Antipoden, die doch so oft mit ihm in einem Atem genannt werden. – Daß unsere Zeit eine Zeit der Verzweiflung ist, da der Fortschritt der Technik sich fortschrittsfeindlich auswirkt: das braucht nicht mehr betont zu werden. Die Nuklear-Experimente zeigen deutlich, was uns bevorsteht, wenn die Herzen nicht radikal zur Umkehr gebracht werden. Zu eng hat starre Geisteskraft die Elemente an sich herangerafft. »Die ewige Liebe nur vermags zu scheiden.« Noch sind nicht alle Auswege zu dieser Liebe hin verlegt. Aber es ist höchste Zeit, sich zu besinnen. Eine solche Periode der letzten Minute, wie wir sie jetzt erleben, hat es, welthistorisch gesehen, vielleicht noch niemals gegeben.
Die letzte Minute gebiert Verzweiflung (neben ihr freilich auch im Feuer gehärtete Hoffnungen), die Verzweiflung gebiert Autoren des Negativismus, die es sich angelegen sein lassen (wie einst Markion, der in dieser Hinsicht weiter ging als sonst irgendwer), den Glauben zu zerstören, daß die Welt das Werk eines *guten* Schöpfergottes sei.
Ist auch Kafka ein solcher Markionite oder Existentialist des glaubenslosen Flügels dieser Bewegung, der Kierkegaard mißverstanden hat? – Man muß sagen, daß es weite Strecken gibt, auf denen Kafka mit den Negativisten in gleichem Takt zu marschieren scheint. Aber dann kommt doch immer wieder, wie im Folgenden eingehend dargestellt werden soll, – kommt ein Punkt, an dem Kafka die der heutigen Strömung entgegengesetzte Richtung einschlägt. Und gerade die Punkte dieser Art sind entscheidend, sie konstituieren als Thesen ein ganz anderes Bild als das, unter dem Kafka berühmt geworden ist. Meiner Meinung nach ergeben gerade diese Thesen, innerst durchdacht, Rettungsmöglichkeiten der Menschheit, obwohl sie weniger auffallend und weniger einprägsam sind als die gewöhnlich allein gesehenen negativen Züge im Werkbild Kafkas.

* Eine ernst zu nehmende Verteidigung des ontologischen Arguments findet sich im Buch von Franz Brentano ›Vom Dasein Gottes‹ (Aus seinem Nachlaß herausgegeben von Alfred Kastil, Verlag Felix Meiner, 1929), Seite 19-59. Das Buch erschien erst nach dem Tode Franz Kafkas.

In grobem Umriß formuliert: Nicht das, was Kafka mit der negativistischen Fraktion der Existentialisten (Sartre) gemeinsam hat oder gemein zu haben scheint, als welche Fraktion die Absolutheit von Werten leugnet, nicht diese Zerbröcklungssucht macht Kafkas besondere Bedeutung im Sinne eines *religiösen* Denkers aus. Dieses Zerbröckelnde ist bei Kafka da, aber durch die Verzweiflung schimmert Positives durch, und dieses Positive bildet den Kern, sei es da und dort noch so zart, noch so vorsichtig und verschlüsselt, ja zuweilen geradezu ängstlich, verschreckt wiedergegeben. – Daß Kafkas *dichterische* Bedeutung, die Originalität und Echtheit seiner gestaltenden und sprachlichen Aussage über allem Zweifel, über alle theoretischen Kontroversen hinweg feststeht, bedarf keiner Darlegung. Offene Türen werden dadurch, daß man sie einrennt, nicht bemerkenswerter.
Es ist aber immerhin und jenseits der von niemandem bestrittenen Dichtergröße Kafkas wichtig, daß diese Größe überdies von absoluten Werten her bedingt und bestimmt ist, was ihr eine ganz besondere Art und Würde (Würde auch in der humorhaften Form) verleiht. In diesem Sinne behauptet ›engagierte Kunst‹ ihre Bedeutung, nur muß sie *von absoluten Werten her engagiert* sein. Ich wage die Behauptung, daß dies bei Kunst höchster Ordnung immer der Fall ist, selbst dann, wenn die absoluten Werte (wie etwa bei Gotthelf) gelegentlich die Maske zeitbedingter Zielsetzungen vors Gesicht nehmen.
Kafka hat noch vor dem Graus der völlig entwickelten Diktaturen und der Atombombe, vor der Apokalypse des geknechteten Individuums gelebt –, aber er hat diese Schrekken ahnungsvoll, prophetisch vorausgenommen. Daher die gespenstisch-unglückhafte stockende dunkle Luft, die in seinen Romanen fühlbar ist. Es ist die *Antizipation* der Schrekkenszeit weit über das persönliche Schicksal des Dichters hinaus (so zum Beispiel in der Verhaftungsszene, im Geheimverfahren des ›Prozeß‹)*, was heute einen Teil der Wirkung Kafkas erklärt, soweit sie legitim ist und nicht auf Verwirrung des Gefühls beruht. Das Zeitgeschehen spürt sich von Franz Kafka gleichsam auf frischer Tat ertappt. Es hat ein schlechtes Gewissen vor ihm. Denn er hat ja alles schon im

* Ein anderes Beispiel dieser Vorausschau, für die ich keine rationalen Erklärungen habe (es sei denn die von Schopenhauer in seinen ›Parerga‹ I ›Versuch über das Geistersehen‹ angeführten), findet sich in Kafkas ›Tagebüchern‹, wo unter dem Datum vom 6. Juni 1914 in Form einer Erzählung das Erlebnis eines ›Magistratsbeamten Bruder‹ erzählt wird, das lebhaft an Szenen während des Krieges erinnert, der erst zwei Monate später ausbrach (Seite 387 des Bandes ›Tagebücher‹). Ferner die unter den ›Fragmenten‹ des Bandes ›Hochzeitsvorbereitungen auf dem Lande‹ (Seite 404, 405) publizierte Szene einer Deportation, dergleichen es zu Kafkas Lebzeiten in unseren Breiten nicht gab. Das Erstaunliche ist die Fülle präziser Details, mit der Kafka die traurigen Geschehnisse vorhersieht.

vorhinein warnend beschrieben. Trotzdem sind wir den falschen Weg, den der Knechtungen und der Liebesleere, gedankenlos weitergeschritten.
Im allgemeinen wird leider nicht dieses ›schlechte Gewissen‹ unserer Zeit genauer analysiert, wenn man die starke Wirkung betrachtet, die Kafka auf viele, namentlich auf die unverführte Jugend ausübt, die die Reinheit und Aufrichtigkeit seiner Darstellung liebt. Man sieht die Sache anders: Grund dieser Wirkung sei der Pessimismus Kafkas, des in seine Selbstauflösung gleichsam wollüstig versinkenden Ohnmachtsmenschen. Viele haben dargelegt und werden es zweifellos auch weiterhin schreiben (denn *dieser* Mars regiert die Stunde): daß Kafka ein Autor der Dekadenz, der unentrinnbaren Verlorenheit ist, die keinen Himmel und kein richtendes Sittengesetz mehr über sich sieht, die sich an keine Tatsache mehr klammert als an das Nichts des dem Tode und der Verdammnis preisgegebenen Ichs. Solche unentwegt auf Kafkas Pessimismus Deutende werden auch dann nicht eines Besseren belehrt, wenn man ihnen Tagebuchaufzeichnungen des Dichters wie die vom 16. Oktober 1921 vorweist, in der es mit rührender Bescheidenheit und Selbst-Unterschätzung (gegen die ich zu Kafkas Lebzeiten immer vergebens anzukämpfen hatte und die sein einziger Fehler war), aber doch mit ausdrücklicher, deutlicher *Ablehnung der Verzweiflung* folgendermaßen heißt:
»Wenn mein Fundus auch noch so elend sei, ›unter gleichen Umständen‹ (besonders mit Berücksichtigung der Willensschwäche) sogar der elendeste auf der Erde, so muß ich doch, selbst in meinem Sinne, das Beste mit ihm zu erreichen suchen, und es ist leere Sophistik zu sagen, man könne damit nur eines erreichen und dieses eine sei daher auch das Beste und es sei die Verzweiflung.«
Ich leugne nicht etwa, daß es andere Tagebuchstellen gibt, in denen Kafka dem, was er hier als »leere Sophistik« bezeichnet, verfallen erscheint. Aber ich will ja auch gar nicht nachweisen, daß es bei Kafka Stimmungen der Verzweiflung nicht gibt. Das wäre ein törichtes Unterfangen. Alles was ich bezeugen will, liegt in dem einen Satz beschlossen: Nicht *nur* solche Stellen gibt es bei ihm, er ist nicht der Dichter des ausschließlichen Pessimismus, sondern es finden sich bei ihm auch Wege der Hoffnung, Wege der Erlösung, die um so subtiler, aufrichtiger, überzeugender locken, je seltener sie sich zeigen. – Eine Reihe von Sätzen, die diese Hoffnungs- und Aktivitäts-Komponente bei Kafka belegen, liest man im weiteren Verfolg dieser Arbeit. Man könnte aus ihnen und andern Stellen, die ich nicht alle anführen kann, ein ganzes Kafka-Brevier des positiven Lebens, ein Trostbüchlein, ein

20*

Kompendium der rechten Weisung zusammenstellen. Deutlicher als bisher würde man sich dann bewußt werden, wenn man Kafkas Werk studiert: daß man dem Ringen einer edlen Seele um Selbstbehauptung beiwohnt, in welchem diese Seele manchmal schwach wird und den Kampf verliert, manchmal aber auch das Schlachtfeld behauptet und ins freie Licht blickt. Gegen die ›schrecklichen Vereinfacher‹, die in Kafka den ewigen Nur-Verlierer sehen wollen: gegen die wende ich mich!

Daß es gerade das Motiv unaussagbaren Leidens, das Motiv der Angst, der Verengung und Unfreiheit ist, das bei ihm eine besonders eindringliche Ausgestaltung empfängt: das ist unbestreitbar. Dennoch gibt es einen bedeutsamen grundsätzlichen Unterschied zwischen ihm und den großen Poeten der Dekadenz, deren Nachfolge heute überall auftaucht. Um dies deutlicher zu erklären, muß man unterscheiden zwischen der imaginären Welt von Gestalten, die ein Dichter kraft seines Genies bildet, – und dem Lebensrhythmus und Elan, mit denen er sich zu dieser seiner selbstgeschaffenen Welt verhält.

Eine Welt der Schrecken, der Alpträume, des Überwältigtseins durch dämonische Mächte und Richtersprüche spannt sich bei Kafka aus, in *dieser* Hinsicht ist er den poètes maudits verwandt, steht (freilich nur auf den ersten Blick) neben E. A. Poe, Baudelaire, E. Th. A. Hoffmann, neben Flauberts ›Bouvard et Pécuchet‹, dieser umfassendsten Epopöe des universalen Mißlingens. Den koboldhaften Dilettanten Bouvard und Pécuchet hat Kafkas ganze ironische, bohrend nachdenkliche Liebe gegolten. Doch für Kafka charakteristisch ist, daß er in dieser Welt höllischer Minuszeichen, die sich ihm aufnötigt, *nicht zu verweilen gedenkt,* daß er mit aller Kraft aus ihr *hinausstrebt.* Ja, daß man die Richtung, in der er geht, geradezu mit seinen eigenen Worten umschreiben kann: »Hier ankere ich nicht.«

Er tendiert aus der Gottverfinsterung unserer Tage in ein anderes Klima, zu Freiheit und Ordnung hin, selbst wenn sein Wunsch, sich frei einordnen zu können, immer wieder geäfft und hintertrieben wird. Die Strebung bleibt, wird allen Hindernissen zum Trotz nicht aufgegeben.

Dagegen zeigt sich bei den genuinen Dekadenten wie etwa bei E. Th. A. Hoffmann und den andern genannten Herrschern der Nachtseite oft ein geradezu lustvolles *Verweilen* in grauenvollen Schwächezuständen, ein Indulgieren, ein kauziges Sichvergnügen an den Schaudern des Verfalls und Untergangs, wobei, wie bei Hoffmann, manchmal ein kräftig-biederes Moralsprüchlein beigeklebt ist, das aber niemanden täuscht. Selbstverständlich ist mit solch einer Angabe der weltanschaulichen Position eines Autors nichts über oder gegen seine dichterische Kraft, die Leuchtstärke seiner Vision gesagt. Daß auch die Gefühle eines Schwächlings, eines preziösen Dandys mit erlauchtester Intensität, mit Donnerworten dargestellt werden können, gehört zum Alphabet jeder Kunstbetrachtung, – wiewohl ein geheimnisvoller Zusammenhang der höchsten künstlerischen Gestaltung mit der äußersten Reinheit des Ethos, mehr geahnt als aussprechbar, im Hintergrund all dieser so komplizierten Beziehungen (siehe das oben über engagierte Kunst Gesagte) verborgen liegen mag.

Wo steht ein Autor und wohin tendiert er? (»Hier ankere ich nicht«)

Man muß erforschen und wissen, nicht bloß *wo* sich gleichsam der geometrische Ort aller Gebilde eines großen Dichters befindet, sondern auch ob er zu diesem Ort hinstrebt oder von ihm weg.

Homers Welt ist die eines Heldenzeitalters; der Sänger bewegt sich in ihr mit unüberbietbarer Sicherheit und gleichzeitig bejaht er sie. Er will sie. Auch da, wo er sie beweint, wie in jenem herzbewegenden Zwiegespräch zwischen dem Greis Priamos und Achilleus (gegen Ende des Gedichts).

Die Welt Edgar Allan Poes ist die der Auflösung, der schillernden, farbige Blasen werfenden Selbstzerstörung. Poe bewegt sich in ihr mit der gleichen Sicherheit wie Homer in seinem festfundierten Götter- und Heroen-Kosmos; ja bei Poe ist dieser Sicherheit über Abgründen ein gewisses diabolisches Behagen beigemischt, das sich mit der kranken Fanfare seines ›Nevermore‹ dem Leser verführerisch schön einhämmert. Poe will diese seine Welt der Morbidezza. Er kann sie ebensowenig verneinen wie Homer seine blutenden oder azurhaft lichten Horizonte.

Kafka bewegt sich etwa in einer ähnlichen Welt wie Poe. Aber er will diese Welt Poes *nicht*. Er fühlt sich in ihr durchaus nicht behaglich, er weiß sich höchst fremd in ihr. Tatsächlich hat ihn ihre Darstellung nicht interessiert, so weit er nicht selbst (aber mit dem Vorzeichen nein) der Darstellende ist. Er hat Bücher vom Typus Poe nicht gelesen. Sondern Goethe, Stifter und Hebel. Er begehrt auf gegen die Welt des kalten Zerstörens, der Folterungen, der bösen Gerichte, der tückischen Rechtsverdrehungen, des Alleinseins. Mit seiner ganzen literarischen Arbeit protestiert er gegen die von ihm so meisterlich gezeichnete Sphäre des Distanziertseins, der Gleichgültigkeit, des Tötens, die ihm einmal auch als Bild der

›Alexanderschlacht‹ erscheint, das an der Wand des Schulzimmers hängt (dieses Gemetzel!) und das man durch seine guten Taten »noch in diesem Leben« unsichtbar machen, annullieren, »verdunkeln oder gar auslöschen« soll. – Kafka sucht jenseits des Weltverderbs eine Insel der Freiheit und Reinheit, der gerechten Regelung und Arbeit für alle, wie dies im Schlußkapitel seines Romans ›Amerika‹ geradezu jungenhaft naiv geträumt ist.

All diese Komplikationen übersieht man oft, wenn man von Kafka spricht. Daher ist es gut, auf das zu hören, was er selbst sagt. Als eine Art Glaubensbekenntnis ist mir immer das folgende Aphorisma erschienen:

»Läufst du immerfort vorwärts, plätscherst weiter in der lauen Luft, die Hände seitwärts wie Flossen, siehst flüchtig im Halbschlaf der Eile alles an, woran du vorüberkommst, wirst du einmal auch den Wagen an dir vorüberrollen lassen. Bleibst du aber fest, läßt mit der Kraft des Blicks die Wurzeln wachsen tief und breit – nichts kann dich beseitigen und es sind doch keine Wurzeln, sondern nur die Kraft deines zielenden Blicks –, dann wirst du auch die unveränderliche dunkle Ferne sehn, aus der nichts kommen kann als eben nur einmal der Wagen, er rollt heran, wird immer größer, wird in dem Augenblick, in dem er bei dir eintrifft, welterfüllend und du versinkst in ihm wie ein Kind in den Polstern eines Reisewagens, der durch Sturm und Nacht fährt.«

Deutlicher kann ein Dichter seinen Glauben an die göttliche Gnade, an die Erlösung nicht ausdrücken. Der »Reisewagen« des Vaters trägt ihn aus allen Qualen und plätschernd lauen Unreinlichkeiten davon. Dasselbe hat Kafka in einer andern Aufzeichnung gestaltet: »Dieses Gefühl: ›hier ankere ich nicht‹ – und gleich die wogende, tragende Flut um sich fühlen!« Oder in jener andern: »Mit dem Himmel Brust an Brust. Friede, Versöhnung, Versinkung«. Das Gleichnis vom Reisewagen halte ich nicht bloß um seiner plastischen Schönheit und Eindringlichkeit willen, sondern auch deshalb für besonders glücklich, weil der Dichter hier, jenseits der bekannten dogmatischen Diskussion, *beides* als zusammenwirkend in Erscheinung treten läßt: die göttliche Gnade wie auch den Anteil des tätigen Menschen, den »zielenden Blick«, und weil in dem, was Kafka mit den Worten »flüchtig im Halbschlaf der Eile« als das zu Vermeidende angibt, wirklich das Hauptlaster unserer Zeit getroffen ist.

»Halbschlaf der Eile« – es ist (ich kann da Erfahrung mitteilen) von geradezu pädagogischer Wirkung, wenn man mehrmals am Tage das Geschehen durch diesen Wortfilter hindurchgehen und das Trübe zurückbleiben läßt, wenn man sich selbst mit Kafkas Worten immer wieder zu kräftigerer

Besonnenheit und sinngemäßerer Durchleuchtung des Vorbeirinnenden aufruft. Kafkas Mahnung, auf die Erlösung »zu zielen«, hat meines Erachtens eine um so größere Bedeutung, weil er eingestandenermaßen in den Niederungen und Tränentälern schreibt, in denen es fast gar keine Hoffnung gibt. Um so kostbarerer sind die *seltenen Durchblicke* in helleres Gelände. Auch um so beweiskräftiger, denn gerade die Seltenheit ist eine Bürgschaft dafür, daß sich Kafka nichts eingeredet hat, daß diese Durchblicke phrasenlos, ernst gemeint und aufrichtig sind. Ein Autor, der allzu leicht dazu neigt, alles in versöhnlichem Licht zu sehen, ist mit seinen Hoffnungen und Erlösungssprüchen meist rasch zur Hand und bei weitem nicht haushälterisch genug. Das Salbungsvolle ist eine Gefahr, der selbst Dostojewski in der Figur seines Staretz (›Brüder Karamasow‹) nicht ganz entgangen ist. Kafka erweist sich als strenger. Wenn er sagt »Ich hoffe«, so kann man sicher sein, daß es sich um eine völlig reale und durchgeprüfte Hoffnung handelt.

In dieser Hinsicht erreicht Kafka manchmal eine geradezu primitive Größe und Zweifelsfreiheit. So wenn er schreibt: »Daß es uns an Glauben fehle, kann man nicht sagen. Allein die einfache Tatsache unseres Lebens ist in ihrem Glaubenswert gar nicht auszuschöpfen. Hier wäre ein Glaubenswert? Man kann doch nicht nichtleben. Eben in diesem ›kann doch nicht‹ steckt die wahnsinnige Kraft des Glaubens; in dieser Verneinung bekommt sie Gestalt.«

Schließlich darf man bei Beurteilung dieser Dichterperson die traurigen Familien- und Berufsumstände sowie die lange, tödliche Krankheit nicht vergessen; all diesem hatte Kafka sein Werk abzuringen. Er tat es mit Leidenschaft, geradezu mit Heroismus, wobei er sich selbst alles andere als heroisch erschien. Wenn man mit einundvierzig Jahren sterben muß, wenn man schon als junger Mensch sich frühem Tode verfallen weiß: so ist billigerweise eine unbefangene Weltschau kaum zu erwarten. Es scheint mir, daß bei all den Hemmnissen, die sein Leben unheilvoll beherrschten, Kafka einen Überschuß, ein ganz erstaunliches Maximum von freiem Willen, Gläubigkeit, Kompromißlosigkeit des Guten verkörpert hat, das, richtig durchdacht und durchfühlt, für viele beispielhaft werden könnte.

Man könnte nun einwenden: Viele Darstellungen verzweifelter auswegloser trügerischer Situationen — und einige wenige Hoffnungsstrahlen gibt es also bei Kafka —, warum soll den letzteren eine überwiegende Bedeutung zukommen? — Nun, zunächst behaupte ich ja eine ›überwiegende Bedeutung‹ gar nicht; ich bin schon zufrieden, wenn man die seltenen Hoffnungsdurchblicke nicht ganz wegeskamotiert, wie es die meisten Kafka-Erklärer tun. Dann aber finde ich gerade in der Seltenheit, wie eben dargelegt, eine besondere Bürgschaft der Echtheit. Dazu kommt, daß das Positive aus sich selbst von größerem Gewicht ist als das Negative. So führt Buber in seinem unschätzbaren Buche ›Zwei Glaubensweisen‹ (vergleiche auch ›Bilder von Gut und Böse‹) den Satz aus, daß das Böse im Menschen schwächer ist als das Gute und daß dies in den beiden Positionen Gottes, in seinem strafenden Gericht wie in seinem gnadenhaften Erbarmen, eine Entsprechung findet. Die Gnade ist nämlich die stärkere der beiden Positionen. »Das Maß der Güte Gottes ist größer als das Maß der Vergeltung«, lautet ein Talmudsatz, den Buber bei dieser Gelegenheit heranzieht. – Ganz ähnlich hat Kafka den Vorrang des Positiven vor dem Negativen prägnant ausgedrückt, und damit eine Selbstinterpretation non plus ultra in dem hier behaupteten Sinne gegeben, indem er in einem seiner schlagendsten Aphorismen sagt:

»Er ist der Meinung, man müsse nur einmal zum Guten übergehen und sei schon gerettet, ohne Rücksicht auf die Vergangenheit und sogar ohne Rücksicht auf die Zukunft.«

Die Autonomie und geradezu die Ewigkeit einer einzigen einmaligen guten Tat, ihr ›kairós‹, konnte, wie mir scheint, keine eindringlichere Formulierung finden als dieses Aphorisma Kafkas, den (all solchen Äußerungen zum Trotz) einen Dekadenten zu nennen, heute geradezu ein Gesellschaftsspiel geworden ist. Es hängt das damit zusammen, daß sich heute die Sucht ins Krankhafte gesteigert hat, allem eine möglichst finstere selbstzerstörerische Deutung zu geben, so auch dem Werk Kafkas. Mit Recht hat daher Werner Weber in seinem Essaybuch ›Figuren und Fahrten‹ die entscheidende Distinktion gemacht: »Verzweiflung aus Mode ist eine Schändung der Verzweiflung aus Schicksal. Diese hat Grenzen. Jene wird über das Herz hinaus in den Lügenraum des Modischen hinein prolongiert.« Ein großer Teil dessen, was sich ›Schwarze Literatur‹ nennt, wird durch dieses Aperçu getroffen. Freilich bleibt bestehen, daß die sich entwickelnden politischen, sozial-unethischen Verhältnisse heute eine derartige schwarze Deutungs-Sucht nicht unbegreiflich erscheinen lassen.

Für besonders charakteristisch halte ich einen Brief Franzens an seine Freundin Milena, der sich auf die Feier des französischen Nationalfeiertags in Prag bezieht.

»Es ist französischer Nationalfeiertag, die Truppen marschieren unten von der Parade nachhause. Es hat – das fühle ich, in Deinen Briefen atmend – etwas Großartiges. Nicht die Pracht, nicht die Musik, nicht das Marschieren; nicht der alte, aus einem (deutschen) Panoptikum entsprungene Franzose in roter Hose, blauem Rock, der vor einer Abteilung marschiert, sondern irgendeine Manifestation von Kräften, die aus der Tiefe rufen: ›trotzdem, ihr stummen, geschobenen, marschierenden, bis zur Wildheit vertrauensvollen Menschen, trotzdem werden wir euch nicht verlassen, auch in eueren größten Dummheiten nicht und besonders in ihnen nicht‹. Und man schaut mit geschlossenen Augen in jene Tiefen und versinkt fast in Dir.«

Die göttlichen Geheimnistiefen mit ihrem Versprechen, den Menschen beizustehen, sie zu erlösen ... sie zeigen sich in Kafkas Aphorismen deutlicher und häufiger als in den Tagebüchern, in denen er sich viel Negatives, Angstvolles von der Seele schreibt (ähnlich in manchen Briefen), deutlicher auch als in den Romanen und Skizzen, in denen er um erzählerischer Gestalt willen sich seinem fabulierenden Genius, seinen zuzeiten höchst grausamen Imaginationen hingibt. In den Aphorismen dagegen und in einigen Briefen, natürlich auch an manchen Stationen des erzählenden Werks, zwingt sich der Dichter zur Selbstkontrolle, er will nichts anderes geben als objektiv Gültiges, Leitlinien der Wahrheit für sich wie für alle. In den Erzählungen, so schrieb ich schon einmal, zeigt Kafka, wie der Mensch verwirrt wird und seinen Weg verfehlt, in den Aphorismen wird dagegen der rechte Weg selbst gezeigt, und Entwirrung kündigt sich an (Biographie, Seite 214 dieser Ausgabe).

Daher taucht gerade in den Aphorismen immer wieder jenes ›Unzerstörbare‹ auf, das das Zentrum von Kafkas Glauben bildet und mit dem man sich bis heute so viel weniger beschäftigt hat als mit den Episoden, in denen er den Glauben nicht festhalten kann und für einige Zeit, wie ich durchaus nicht abstreite, in schmerzliches Grübeln ohne Ausweg versinkt. Diesem krampfhaften Zustand stehen dann Durchbrüche zum Glauben gegenüber, und zwar solche von stärkster Entschlossenheit, die Sinnhaftigkeit und Lenkung anzuerkennen. »Es gibt nur ein Ziel, keinen Weg. Was wir Weg nennen, ist Zögern«, heißt es mit eindrucksvollem Ernst. Ähnlich an anderer Stelle: »Erkenntnis haben wir. Wer sich besonders um sie bemüht, ist verdächtig, sich gegen sie zu bemühn.« – Oder: »Stummheit gehört zu den Attributen der Vollkommenheit.« – Hier zeigt sich der eigentliche, der kompromißlos glaubende und dem Glauben entsprechend aktiv werdende Kafka, der Kafka der höchsten Augenblicke. Daher gelangt er zu dem extrem platonisch anmutenden Satz, der, nebenbei bemerkt, nicht die Ansicht des Verfassers der vorliegenden Schrift ist, oder nur durch gewisse Modifikationen, deren es in unseren Freundschafts-Debatten versuchsweise immer wieder etliche gab, in Übereinstimmung mit ihr gebracht werden könnte (was aber außerhalb des Gebiets dieser Studie liegt). Der Plato-Satz Kafkas lautet: »Es gibt nichts anderes als eine geistige Welt; was wir sinnliche Welt nennen, ist das Böse in der geistigen, und was wir böse nennen, ist nur eine Notwendigkeit eines Augenblicks unserer ewigen Entwicklung.« Dieser Satz hat bei Kafka eine Ergänzung: »Mit stärkstem Licht kann man die Welt auflösen. Vor schwachen Augen wird sie fest, vor noch schwächeren bekommt sie Fäuste, vor noch schwächeren wird sie schamhaft und zerschmettert den, der sie anzuschauen wagt.« Hier bedeutet die Warnung vor Schwäche der Augen dasselbe, was in dem Gleichnis vom Reisewagen als Warnung vor dem »Halbschlaf der Eile« erscheint. Es ist die »Kraft des zielenden Blicks«, was als Gegenmittel, als einzig menschenwürdiges Verhalten empfohlen wird. Konkret ausgesprochen in einer Mahnung an sich selbst, die er in sein Tagebuch einträgt: »Zeitweilige Befriedigung kann ich von Arbeiten wie ›Landarzt‹* noch haben..., Glück aber nur, falls ich die Welt ins Reine, Wahre, Unveränderliche heben kann.« An einer so entschiedenen Feststellung dürfte doch eigentlich niemand vorbeigehen, der Kafka zu interpretieren unternimmt. Es liegt mir fern, das Postulat aufzustellen, man möge Kafka von nun an nur unter dem Aspekt solch weltbejahender positiver Forderungen sehen. Das wäre absurd. Aber billigerweise darf man wohl verlangen, daß in Darstellungen der Kafka-Welt auch dieser Aspekt mit berücksichtigt erscheine, daß er nicht ganz und gar verschwiegen werde, daß sich der Interpret nicht in Elendsgewimmer und Ratlosigkeits-Exzessen erschöpfe.

Ich habe einmal darauf hingewiesen, daß jeder der großen Autoren eine besondere Seite und Teilansicht des Daseins eminent deutlich gemacht hat, so Goethe das Tröstliche, Flaubert das Trostlose, Dante das Wohlorganisierte, sogar bis in die Lichtregionen der Ekstase hinein, Thomas von Aquino die Gnade, Dostojewski die Sünde, Hamsun das Elementhafte. In diesem Sinne ist durch Kafka die *Undeutlichkeit des Menschseins* deutlich geworden. Aber obwohl er es liebt, Grenzfälle zu zeichnen, in denen das Gute und das Böse nur sehr schwer oder gar nicht zu scheiden sind, verzweifelte Fälle also (wie die Sortini-Episode im ›Schloß‹, auf die erst viel später durch die kleine Bemerkung Olgas, daß das Ganze nur als Prüfung der Familie Barnabas gemeint war, ein blasses Licht fällt): obwohl er also im Komplizierten geradezu verschwenderisch wüstet, stellt er manchmal doch auch ganz einfache Fälle dar, in denen nach dem biblischen Wort die Lehre ganz nahe, die Entscheidung zwischen ›gut‹ und ›böse‹ eindeutig ist.

* Eine der zu Kafkas Lebzeiten veröffentlichten Novellen.

So gibt es in den Fragmenten eine (jetzt bereits veröffentlichte) Skizze, die mit den Worten beginnt: »Es war einmal eine Gemeinschaft von Schurken.« Hier wird dargelegt, wie eine Gruppe von Menschen böse Taten verübt, jedoch fest zusammensteht, derart, daß die einzelnen einander gegenseitig verzeihen, für einander sophistische Entschuldigungsgründe vorbringen. »Wie? Darum machst du dir Kummer?« sprechen sie einer zum andern. »Du hast doch das Selbstverständliche getan, so gehandelt, wie du mußtest. Alles andere wäre unbegreiflich.« Sie reden sich so eifrig in ihre Selbstgerechtigkeit hinein, daß sie sogar im Tode in den Himmel aufzusteigen gedenken und auch wirklich aufsteigen. Und dann spricht Kafka zum Schluß das klare Verdammungsurteil: »Im Ganzen war es ein Anblick reinster Kinderunschuld, wie sie flogen. Da aber vor dem Himmel alles in seine Elemente zerschlagen wird, stürzten sie ab, wahre Felsblöcke.«
Wie in seinem Werk die Sinnhaftigkeit des Daseins letzten Endes bejaht wird (dies eben ist wesentliches Symptom des Glaubens), wie von hier aus selbst in schwierigsten Situationen (und allerdings mit zeitweisem Aussetzen des Sinn-Verständnisses) ein Rat, eine Hilfe zumindest angestrebt wird: so war Kafka auch im Leben der aufopferndste Freund. Wo er konnte, half er. Wies liebevoll und immer sehr klug zurecht. Sparte nicht mit seinen Kräften, wenn es darum ging, auffahrende Leidenschaften zu beschwichtigen. Aus dem Briefband ersieht man, wie er mir immer, auch noch in Steglitz, als er selbst schon schwerkrank war, in meinen persönlichsten Wirrnissen ordnend beistand. Als ich mit einem angesehenen Schriftsteller in Streit geriet, trat er mir sekundierend zur Seite; worüber ich vielleicht gelegentlich noch die Dokumente veröffentlichen werde. Die gleiche Erfahrung stets bereiter, energischer Hilfsbereitschaft konnten auch seine übrigen Freunde mit ihm machen. Für besonders beweiskräftig in ihrer Lebenszugewandtheit halte ich die durch Klaus Wagenbach ans Tageslicht gebrachten Briefe* an Fräulein Minze E., die ich, als ich die ›Biographie‹ und meine zwei anderen Bücher über Kafka schrieb, noch gar nicht kannte, und die das dort gegebene Bild bestätigen. Kafka hatte 1919 das junge Mädchen, das aus Teplitz stammte, in der Pension Stüdl in Schelesen (Deutschböhmen) kennengelernt, wo er und sie Genesung nach langer Lungenkrankheit suchten. Er wächst später in eine pädagogische Aufgabe hinein, indem er Minzes Leben zu beeinflussen sucht, er warnt sie vor »Süßlichkeit, Unwahrheit, Künstlichkeit«, vor allem, was an Dahn und Baumbach erinnert (die offenbar bei Anfang der Bekanntschaft Lieblingsschriftsteller der jungen Dame

* Jetzt im letzten Band der Kafka-Gesamtausgabe ›Briefe 1902—1924‹ publiziert.

waren), aber auch vor Anklängen an Schnitzlers ›Anatol‹, an Wedekind, an die ›Kameliendame‹ und ›Kleopatra‹. Er sieht einen Weg für sie, auf dem eine Schule für landwirtschaftliche Ausbildung in den Mittelpunkt tritt, um Minze für die Erschließung des Bodens in Palästina vorzubereiten. Kafka unterstützt Minze eifrig beim Suchen der richtigen Erziehungsstätte, tröstet und stärkt sie bei Rückschlägen, bei Enttäuschungen, ist unermüdlich, immer wieder auf das sittliche Ziel hinzuweisen, das seiner Überzeugung nach trotz allen Schwierigkeiten, die sich in den Weg stellen, unerschüttert bleibt. Es ist keine Liebesbeziehung, aber liebevoll gesteht er: »Man hat Angst um Sie und möchte Sie doch nicht anders haben wollen.« »In der Unendlichkeit, in der Sie die Welt jetzt sehn, ist doch neben der Wahrheit eines mutigen Herzens auch die Täuschung der 19 Jahre.« Er will seiner Schülerin sehr positiv ethische, klar umgrenzte Begriffe beibringen. Und jene, die ihn heute noch ›dekadent‹ finden, werden vielleicht über seine nahezu schulmeisterliche Strenge erstaunt, wo nicht indigniert sein. Minze hatte in ihrem Brief »schöne Stunden« und »Dummheiten« in einem Atem genannt. Darauf antwortet er sehr ernsthaft: »›Schön‹ ist doch wohl die Stunde, in der man besser ist als sonst und ›dumm‹ die, in der man schlechter ist. Die ›schönen Stunden‹ erkauft man nicht mit trüben Stimmungen, im Gegenteil, ›schöne Stunden‹ geben noch Licht aller grauen Zukunft. Für ›Dummheiten‹ zahlt man allerdings Lehrgeld, und zwar sofort, selbst wenn mans nicht weiß, mit der linken Hand macht man die ›Dummheit‹ und mit der Rechten zahlt man gleichzeitig Lehrgeld unaufhörlich, bis man nicht mehr weiter kann. Und ›Dummheiten‹ allerdings macht jeder Mensch, liebe Minze, wie viel, wie viel! Man ist so überbeschäftigt damit, daß man kaum Zeit zu etwas anderem hat. Was aber kein Grund ist, sich damit abzufinden und das tun Sie auch gewiß nicht, sonst wären Sie ja keine liebe Minze.«
Er wird manchmal recht deutlich in seinem Zurechtweisen: »Natürlich werden Sie den notwendigen Halt nicht in der Schule eingerammt bekommen, sondern müssen ihn in sich haben, aber vielleicht werden Sie ihn dort in sich finden, das wäre ganz gut denkbar.« Die Verwandten des Mädchens wollen sie in ihrem Heimatort Teplitz festhalten, sind gegen die Wahl eines ungewöhnlichen selbständigen Lebensweges. Aus seiner eigensten Freiheitssehnsucht hervor und ganz im Sinne der großen Erziehungsbriefe an seine Schwester Elli schreibt Kafka gegen das Haften an der Familie: »Ich kann Teplitz, das ich noch nie gesehen habe, nicht leiden. Es ist eben Ihr Heimatort und für einen nur irgendwie beunruhigten Menschen ist der Heimatort, selbst wenn er sich darüber

gern täuscht, etwas sehr Unheimatliches, ein Ort der Erinnerungen, der Wehmut, der Kleinlichkeit, der Scham, der Verführung, des Mißbrauchs der Kräfte.« Er lehnt alle Seitensprünge des Mädchens ab. Sie möge zu ihrem Entschluß stehen. »Sie sind doch kein Hase, Minze.« Er wirft sich in seiner Art, mit seiner persönlichen Lebensfärbung ganz auf den Standpunkt der großen lebensbejahenden Ethiker. »Jeder hat seinen beißenden nächtezerstörenden Teufel in sich und das ist weder gut noch schlecht, sondern es ist Leben: Hätte man den nicht, würde man nicht leben. Was Sie in sich verfluchen, ist also Ihr Leben. Dieser Teufel ist das Material (und im Grunde ein wunderbares), das Sie mitbekommen haben und aus dem Sie nun etwas machen sollen. Wenn Sie auf dem Land gearbeitet haben, so war das meines Wissens keine Ausflucht, sondern Sie haben Ihren Teufel hingetrieben so wie man ein Vieh, das sich bisher nur in den Gassen von Teplitz genährt hat, einmal auf eine bessere Weide treibt. Auf der Karlsbrücke in Prag ist unter einer Heiligenstatue ein Relief, das Ihre Geschichte zeigt. Der Heilige pflügt dort ein Feld und hat in den Pflug einen Teufel eingespannt. Der ist zwar noch wütend (also Übergangsstadium; solange nicht auch der Teufel zufrieden ist, ist es kein ganzer Sieg), fletscht die Zähne, schaut mit schiefem bösen Blick nach seinem Herrn zurück und zieht krampfhaft den Schwanz ein, aber unter das Joch ist er doch gebracht. Nun sind Sie ja, Minze, keine Heilige und sollen es auch nicht sein und es ist gar nicht nötig und wäre schade und traurig, wenn alle Ihre Teufel den Pflug ziehen sollten, aber für einen großen Teil von ihnen wäre es gut und es wäre eine große gute Tat, die Sie damit getan hätten. Ich sage das nicht, weil es nur mir so scheint, – Sie selbst streben im Innersten danach.« Später heißt es in dem gleichen Briefe vom März 1920: »ein eigenes Kind hätte für Sie eine entscheidende, vielleicht erlösende Bedeutung« – und all die vielen Stellen aus dem Werk Kafkas kommen einem in den Sinn, an denen er Nachkommenschaft (ganz im alten partriarchalischen Sinne) als einen der höchsten Lebenswerte preist. – Aus Meran erkundigt er sich angelegentlich bei Minze, ob sie die landwirtschaftliche Schule (Ahlem) schon bezogen hat. Er läßt nicht locker. Es kommt zu einer Zwischenlösung, das Mädchen wird zunächst ›Assistentin‹ auf einem Landgut. Kafka bewundert sie, sie kann schon ein Schweinchen halten. »Wie viel lieber ist mir Minze auf dem Düngerkarren, als Kleopatra auf ihrem goldenen Thron«, heißt es mit Anspielung auf ein früheres Photo im Kleopatra-Stil. Endlich wird die jüdische Landwirtschaftsschule Ahlem Realität. Minze tadelt Ahlem. »Und nun, da Sie einmal dort sind«, schreibt Kafka, »mögen

Sie ruhig mit vielen Dingen in Ahlem auch unzufrieden sein, gewiß haben Sie recht, warum sollte es auch besonders gut sein, es ist eine westjüdische Sache, alle diese Sachen stehn ja meist auf Abbruch da, vielleicht werden Sie selbst noch einmal einen Balken von Ahlem nach Palästina tragen.« Als Lektüre empfiehlt er ihr die ›Memoiren einer Sozialistin‹ von Lily Braun. »In Ihrem Alter, glaube ich, war sie auch schon nur auf sich gestellt und mit der Moral ihrer Klasse (eine solche Moral ist jedenfalls lügnerisch, darüber hinaus aber fängt das Dunkel des Gewissens an) hatte sie viel Leid, aber sie hat sich durchgekämpft wie ein streitbarer Engel. Freilich lebte sie in ihrem Volk. Was Sie darüber sagen, nehme ich nicht als etwas Endgültiges, auch glaubte ich nicht, bei weitem nicht, daß Sie den einzelnen Juden wegen seines Judentums lieb haben sollen oder daß zwanzig jüdische Mädchen oder auch hundert, um Sie gruppiert, Ihnen den Halt eines Volkstums werden geben können, aber eine Ahnung der Möglichkeiten vielleicht. Und dann: vielleicht braucht die Frau wirklich das Volkstum weniger für sich, aber der Mann braucht es und so braucht es auch die Frau für ihn und ihre Söhne. So etwa.« Gleich in den nächsten Sätzen aber warnt er vor Chauvinismus. So sucht und findet er überall das richtige Maß und die Mitte. Mit den Worten: »Glücklichen Kampf!« schließt er diesen bedeutsamen Brief. – Auch noch aus Matliary schreibt er seinem Schützling, verfolgt Minze treulich auf weiteren Lebensstationen, Ortsveränderungen, macht ihr weiterhin Mut zu selbständigen Entschlüssen. Er erzählt von seinen Erfahrungen im pomologischen Institut Prag, dann »in der größten Handelsgärtnerei von Böhmen, (Maschek, Turnau)«, ist ein wenig stolz auf seine Versuche einer eigenen landwirtschaftlichen Laufbahn. Minze will er jetzt nicht sehen, erst später am Lago Maggiore »mit Ihrem Mann und Kindern, eine ganze Reihe lang«. »Übrigens, warum muß es ein europäischer See sein, auch der Kinereth- oder der Tiberias-See sind schön. Die beiliegenden Ausschnitte – ihrer Bedeutung entsprechend zerlesen – handeln ein wenig davon.« Noch im Winter 1922/23 dankt er Minze für Übersendung von Blumen; und Anfang 1923, als Antwort auf einen Brief, in dem sie ihm vermutlich schreibt, wie schwer ihr die von ihm geforderte Umstellung falle, antwortet er: »Daß es schwer ist, Minze, wie sollte ich das nicht wissen. Es ist ein ganz verzweifeltes jüdisches Unternehmen, aber es hat, so weit ich sehe, Großartigkeit in seiner Verzweiflung. (Vielleicht ist es übrigens gar nicht so verzweifelt, wie es mir heute nach einer selbst für meine Verhältnisse ungewöhnlich schlaflosen, zerstörenden Nacht erscheint.) Man kann nicht die Vorstellung abweisen, daß ein Kind verlassen in seinem Spiel irgendeine unerhörte Sessel-Besteigung oder dergleichen unternimmt, aber der ganz vergessene Vater doch zusieht und alles viel gesicherter ist als es scheint. Dieser Vater könnte zum Beispiel das jüdische Volk sein.«

Ich empfehle, auch den Rest dieses Briefes zu lesen, desgleichen den Brief an Hugo Bergmann (Professor an der Universität in Jerusalem) aus Müritz, Juli 1923, also aus Kafkas letztem, halbwegs gesundem Sommer.

Pädagogischen Charakter, wie er einem ›Nihilisten‹ durchaus nicht anstehen würde, haben auch die schönen Briefe an Fräulein Grete Bloch, die vorläufig noch nicht veröffentlicht wurden. Mit Sorgsamkeit überwacht Kafka sogar den Schlaf der ihm befreundeten Dame (über die Beziehung vergleiche Biographie, S. 209 ff. dieser Ausgabe): »Was hat es für einen Sinn, im halbbeleuchteten Zimmer zu schlafen? Solche Versuche sind nicht recht. Wozu das Licht, da Sie doch immerhin schlafen? Muß das Licht nicht Ihren Schlaf stören oder zumindest schlecht beeinflussen? Besonders da es Gaslicht zu sein scheint. Und wie kann denn dann das Fenster während der Nacht ein wenig offen bleiben, wie es doch sein muß? Ich persönlich würde mich mit solchen Fragen nicht aufdrängen, das tut nur der Naturheilkundige in mir.« Er empfiehlt Lektüre: »Schlafen ist besser als Lesen; nur unter diesem Vorbehalt nenne ich Ihnen ein Buch, allerdings ein prachtvolles und eines überdies, in dem alles steckt, was an Wien Gutes ist. Bitte lesen Sie es! ›Mein Leben‹ von Gräfin Lulu Thürheim, Verlag Georg Müller, 2 Bände. In der Universitätsbibliothek bekommen Sie es gewiß.« Er will die ganze Lebensweise des Mädchens reformieren (dieser Brief ist vom 3. März 1914): »Liebes Fräulein Grete, den Naturheilkundigen überrascht es nicht, daß Sie Kopfschmerzen haben, dem Freund tut es aber sehr leid. Wie ist es aber möglich, bei Ihrer Lebensweise Kopfschmerzen abzuhalten, da Sie soviel arbeiten, kaum ausgehn, gar nicht turnen, abends auf dem Kanapee liegen, um es dann mit dem Bett zu vertauschen, bei geschlossenem Fenster schlafen, in der Nacht Gaslicht brennen lassen, fast jeden Tag (einmal schrieben Sie so) quälende Nachrichten bekommen, von Ihrer Familie sich verlassen fühlen und darunter leiden (F., die öfters bei Ihrer Familie gewesen ist, erzählte, daß Ihre Mutter sich nach Ihnen sehnt und glücklich wäre, wenn Sie in Berlin einen Posten hätten) – schließlich hält es der beste Kopf nicht aus, wenn so von allen Seiten auf ihn losgeschlagen wird. Würden Sie nicht als erste und zarteste Änderung Ihrer Lebensweise auf meinen Rat für eine Zeitlang vegetarisches Essen für sich einführen? Ich kann mir überhaupt nicht denken, daß Sie in dieser kleinen Hölle von Pension, die Sie übrigens sehr klar überschauen und dadurch schon ein wenig unschädlich machen, besonders gut versorgt sein sollten. Oder kocht der (oder das) ›Trampel‹ gar so vorzüglich? Und Fleisch richtet in so einem übermüdeten und geplagten Körper wie es der Ihre ist (um Gotteswillen, bis 11 Uhr im Bureau!) nur Verwüstungen an; die Kopfschmerzen sind nichts anderes als ein Jammern des Körpers darüber. Nun gibt es aber in der Opolzer Straße in der Nähe des Hofburgtheaters das beste vegetarische Speisehaus, das ich kenne. Rein, freundlich, eine ganz angenehme Wirtsfamilie. Vielleicht ist es sogar näher bei Ihrem Bureau als Ihre Wohnung, in die Sie wie ich annehme nur laufen, um nach dem Essen zurückzulaufen. Daß die Pension in der ›Thalisia‹ (so heißt das Speisehaus) billiger ist, als Ihre bisherige Pension, ist ganz gewiß und Billigkeit ist Ihnen doch wichtig, da Sie (daran dachte ich früher gar nicht; wer darf denn das von Ihnen verlangen?) auch noch Geld wegschicken müssen. Daß Sie aber dort viel besser und mit Freude essen werden (wenn auch vielleicht nicht gleich in den ersten Tagen), daß Sie sich überhaupt freier und widerstandskräftiger fühlen werden, daß Sie besser und im Dunkel schlafen und frischer und hoffentlich ohne Kopfschmerzen wach sein werden, daran ist für mich gar kein Zweifel. Wenn Sie das doch versuchen wollten.« Er beharrt mit Intensität auf seinen Ratschlägen: »Sind die Kopfschmerzen schon verschwunden? Es genügt mir gar nicht, wenn Sie für meinen Rat nur danken und ihn nicht wenigstens auch ausprobieren. Schade, daß das vegetarische Gasthaus in Prag so schlecht und schmutzig eingerichtet ist, daß ich Sie gar nicht dahin werde einladen können.« Daneben stehen Sätze von hoher Einsicht und Abgeklärtheit, mit denen er die an ihrer Familie Leidende zu trösten sucht: »Ich glaube gefunden zu haben, daß Eltern im allgemeinen gerechter gegen Kinder sind als umgekehrt. Es hat, sogar bis in eine gewisse Tiefe, den gegenteiligen Anschein und ist doch nicht so. Sobald durch gewisse Lebensumstände die natürlich immer vorhandenen Gegensätze straff gezogen werden, ist das erste die Entstehung von Hochmut hier und dort. Die Eltern kennen die Kinder von Grund aus und sehn noch über sie hinweg und ebenso glauben die Kinder gegenüber den Eltern zu stehn. Sich demütigen ist schwer, besonders in einem so genau umschriebenen Verhältnis, es ist aber auch für die Beurteilung nicht entscheidend.« Auch über ihre Arbeit, die ihr widerwärtig ist, sendet er Fräulei Grete tröstende Worte von starker Überzeugungskraft, zeigt sich als der weltaufgeschlossen geduldige Berater, als den auch ich ihn so oft in praktischen Fällen kennengelernt habe. Mit Ausfällen gegen sich selbst spart er dabei allerdings nicht: »Ich habe meine Fähigkeit des Schreibens gar nicht in der Hand. Sie kommt und geht wie ein Gespenst.« Als Vorleser dagegen läßt er sich gelten und gibt dabei seiner Begeisterung für Grillparzer Ausdruck. »Der arme Spielmann ist schön, nicht wahr? Ich erinnere mich, ihn einmal meiner jüngsten Schwester vorgelesen zu haben, wie ich niemals etwas vorgelesen habe. Ich war so davon ausgefüllt, daß für keinen Irrtum der Betonung, des Atems, des Klangs, des Mitgefühls, des Verständnisses Platz in mir gewesen wäre, es brach wirklich mit einer unmenschlichen Selbstverständlichkeit aus mir hervor, ich war über jedes Wort glücklich, das ich aussprach. Das wird sich nicht mehr wiederholen, ich würde niemals mehr wagen es vorzulesen.« Er weiß, wie sehr er dem Mädchen als Mentor wichtig, ja notwendig ist, und beantwortet einen Verzweiflungsausbruch von ihr folgendermaßen: »Sehn Sie doch, wie notwendig mein gestriger Brief war. Sie dürfen mich nicht aufgeben, das geht ganz und gar nicht, und ich werde es mir nicht gefallen lassen. Es besteht auch gar kein Grund dafür.« Er legt alles darauf an, ihren Mut, ihr Selbstbewußtsein zu stärken: »Ich verstehe nicht ganz, was Sie mit der Beschreibung Ihres allgemeinen Verhaltens zu Menschen meinen. Es ist ebenso bestimmt wie allgemein gesagt, kann aber weder für das Allgemeine noch für mich passen, paßt also wieder nur auf einen ganz besondern Fall, der Ihren armen unruhigen Kopf nicht läßt und von dem ich nichts oder zu wenig weiß. Mir gegenüber stimmt gar nichts davon, was Sie sagen. Sie haben sich mir gegenüber so richtig und vor allem so unbeirrt, durch sich und mich unbeirrt, verhalten, als wären Sie nicht ein anderer Mensch, sondern mein eigenes mit selbständigem und gutem und liebenswertem Leben begabtes Gewissen. Glauben Sie es mir! Vielleicht täuschen Sie sich im allgemeinen auch über Ihr Wesen. Vielleicht sehen Sie zu sehr von sich ab, sind zu gut, zu heldenhaft. Es sieht manchmal so aus. Es wird nicht wenige Menschen geben, die Ihnen dankbar sein müssen.« Hier gibt es auch eine wichtige Stelle, in der Kafka ein durchaus positives Lebensideal, das der Treue, formuliert. »Wegen wessen quälen Sie sich denn, liebes Fräulein Grete? Und so halsbrecherisch? Mir hätten Sie nicht wohlgetan, mir täten Sie nicht immerfort Gutes? Mir, der ich Ihnen gegenüber immer das Gefühl habe, daß es nur zweierlei reines, tränenloses, an die Grenzen unserer Kraft schlagendes Glück gibt: einen Menschen haben, der einem treu ist und dem man sich treu fühlt und dann sich selbst treu sein und sich vollkommen auszunützen, sich ohne Asche zu verbrennen.« – Der körperlichen wie der seelischen Gesundung, der Naturheilkunde, der Abneigung gegen Medikamente, der »Fluchwürdigkeit der heutigen Medizin« gelten viele Zeilen. Eine einfache natürliche Lebensweise ist das hinter all diesen Diatriben stehende Sehnsuchts-Bild.

Die Briefe an Freunde und Frauen, vor allem an Minze, gehören zu dem Aufschlußreichsten, menschlich Rührendsten, Gütigsten, was Kafka außerhalb seines dichterischen Werks hinterlassen hat. Es müßte nicht mit rechten Dingen zugehen, wenn speziell die Minze-Briefe nicht zumindest einen Teil der Kafka-Dekadenz-Legende zerstörten, die man aus falschen Prämissen konstruiert hat. Kafka erscheint in diesen Briefen durchaus nicht als ratloser Mensch, sondern als ein Mann, der das Leben zu meistern und in einer von ihm bestimmten Richtung zu formen unternimmt.

Frühzeitig erkannte Kafka in sich die Gefahr, dem Gift des lieblosen oder bloß korrekten Sich-Isolierens zu erliegen (›Die Verwandlung‹ ist ein Symbol dieser Isolation). Die Gefahr war ambivalent: denn Selbst-Isolation ist ja für den Schaffenden bis zu einem gewissen Grade gleichzeitig eine Notwendigkeit. Nur in der Stille des Alleinseins hört der Schaffende das einzig richtige Wort; nur da darf der Schaffende hoffen, sich selbst in der tiefsten Schicht seines Gläubigseins und damit schließlich auch die Unendlichkeit der Geisteswelt zu verstehen. So mündet das Alleinsein, von dessen Segen Kafka in den Tagebüchern so oft spricht, doch wieder in die große Liebe. Im richtigen Alleinsein, das nichts Egozentrisches, nichts ›Junggesellenhaftes‹ mehr an sich hat, weitet sich das Herz. Die Wahrheit führt zur rechten Gemeinschaft. »Geständnis, unbedingtes Geständnis, aufspringendes Tor, es erscheint im Innern des Hauses die Welt, deren trüber Abglanz bisher draußen lag« – so lautet eine der Haupterkenntnisse Kafkas. Das Äußere wird innerlich erfahren. Und mit folgenden Worten bekennt er sich zum Kollektiv der Menschheit: »Mitteilen kann man nur das, was man nicht ist, also die Lüge. *Erst im Chor mag eine gewisse Wahrheit liegen.*« In einem andern Aphorisma, das mit den Worten beginnt »Er war früher Teil einer monumentalen Gruppe ...«, schildert er, wie er einst zu allen Bestrebungen der Menschheit, zu den Künsten, Wissenschaften, Handwerken Beziehung hatte. Er hat die Gruppe leider verlassen, aber geblieben ist »ein Verlangen nach den vergangenen Zeiten«. Es trübt die Gegenwart. »Und doch ist dieses Verlangen ein wichtiges Element der Lebenskraft oder vielleicht sie selbst.« In ihm war nun freilich diese Lebenskraft in den Jahren der Krankheit (nicht im letzten Jahr, in dem er durch die Verbindung mit Dora Dymant wieder Kraft schöpfte) arg gefährdet, beinahe gebrochen. Doch erzieherischerweise suchte er, das Gefühl für die *Gemeinschaft* einem jungen Mädchen einzupflanzen, für das

er Freundschaft empfand. Nicht ohne Bewegung wird man gerade den Minze-Briefen entnehmen, wie stark dieses Erzieherische in Kafka war. »Das Unzerstörbare ist eines«; heißt es in einem der Aphorismen, »jeder einzelne Mensch ist es und gleichzeitig ist es allen gemeinsam, daher die beispiellos untrennbare Verbindung der Menschen.«
In den Gesprächen mit Janouch (und auch in anderen Zusammenhängen) erregt ihn das Schicksal der ganzen Menschheit, namentlich der arbeitenden Menschen, deren Zukunft er von einem neuen Bürokratismus bedroht sieht. In diesen Gesprächen äußert er geradezu (gleichsam das Buch von Djilas ›Die neue Klasse‹ vorausnehmend): »Je weiter sich eine Überschwemmung ausbreitet, um so seichter und trüber wird das Wasser. Die Revolution verdampft, und es bleibt nur der Schlamm einer neuen Bürokratie. Die Fesseln der gequälten Menschheit sind aus Kanzleipapier.« — »Am Schluß jeder wirklich revolutionären Entwicklung erscheint ein Napoleon Bonaparte.« — Diese Bemerkungen Kafkas fallen im Anschluß an eine Arbeiterdemonstration mit Fahnen und Standarten. »Die Leute sind so selbstbewußt, selbstsicher und gut aufgelegt. Sie beherrschen die Straße und meinen darum, daß sie die Welt beherrschen. In Wirklichkeit irren sie doch. Hinter ihnen sind schon die Sekretäre, Beamten, Berufspolitiker, alle die modernen Sultane, denen sie den Weg zur Macht bereiten.« — Damit ist aber nicht gesagt, daß Kafka die Hoffnung auf eine gerecht-soziale Entwicklung der Menschheit aufgibt. Im Schlußkapitel des Amerika-Romans zeichnet er die Vision einer Gesellschaft, in der Raum, Arbeit und Auslangen für alle ist. Er sieht das Kollektive von der erlebten Hölle seiner Isoliertheit her und deshalb doppelt sehnsüchtig, — was zu den geheimnisreichen widerspruchsvollen Wirkstoffen seiner hohen Dichtung gehört. Das Soziable und Soziale, das Gerechte und menschlich allen Gemeinsame ist nicht nur hier, ist immer wieder sein letztes Wort.

Kafkas religiöse Entwicklung in der Reihe seiner drei Romane

Ich stelle die These auf, daß die Kafka-Interpretation sehr oft falsche Wege eingeschlagen hat, weil sie die *Entwicklung* des Autors nicht gesehen hat.
Man vergißt allzu leicht, daß Kafka wiewohl sein Wirken beklagenswert kurz war, doch nicht immer der gleiche Mensch geblieben ist, daß er (trotz widriger Lebensumstände, ja inmitten der Schrecken seiner tödlichen Krankheit) eine wesent-

liche innere Reifung durchgemacht hat. Man sieht ihn zu sehr als statische Einheit, nicht als einen Wachsenden, nicht seinen dynamischen Aufstieg.
Die drei großen Romane sind symbolische Etappen seines Weges. Von ihnen schildert der erste (›Amerika‹), in jeder Hinsicht ein Experiment des noch unfertigen Erzählers, einen jungen Menschen, der verführt wurde, der eigentlich unschuldig, passiv, immer wieder in die Gravitationskraft des Bösen hineingerät, – doch seine Natürlichkeit und Naivität bewahren ihn vor der bereitwillig genug sich anbietenden Beschmutzung. Karl Roßmann, der jugendliche Amerikapilger, ist eigentlich ein Musterknabe, in seiner Reinheit eine der liebenswertesten Spiegelungen des Kafkaschen Geistes, übrigens, wie der Dichter gewissenhafterweise selbst dargelegt hat, nicht völlig sein Eigentum, sondern den Knabengestalten von Dikkens verpflichtet. Nach Berührung dieser hellsten Figur mußte das Pendel des Schaffens ins Gegenspiel, in dunkelste Nacht hinüberschwingen, – und Kafka ließ neben dem energischen, mit dem unfehlbaren Blick für das Rechte begabten Jungen den schwankenden, von vielerlei Zweifeln und Trägheiten geplagten Josef K. des ›Prozeß‹-Romans erstehen. Ist in ›Amerika‹ in erster Reihe die lichte Seite von Kafkas Seele Figur geworden, so bringt der ›Prozeß‹ fast nur die dunklen Züge aus der Konfession des Dichters, – beide Bücher geben also einseitige Darstellungen. Wobei freilich mit großer Behutsamkeit auch das, was verteidigend für K. oder anklagend gegen Roßmann spricht, ins Treffen geführt und dem inneren Gerichtshof, dem Gewissen, unterbreitet wird. Trotz einer gewissen Herzenskälte und Rechenhaftigkeit, die er sich selbst zum Vorwurf macht, trotz seiner Leichtfertigkeit, trotz der Flüchtigkeit »im Halbschlaf der Eile« bleibt auch im ›Prozeß‹ K. ein Mann des Gewissens. Als solcher richtet er sich selbst, erkennt seine Fehler und büßt. Die schaurige Exekution am Schluß ist meines Erachtens als Selbstmord zu deuten. So gesehen verliert der Held des ›Prozeß‹-Romans viel von seinem Unsympathisch-Flatterhaften; denn dieses Flatterhafte, eines echten großen Gefühls Unfähige, ist ja gerade das, woran er leidet, woran er untergeht. Freilich, ganz in den Rang eines Mannes einzurücken, der den Kampf gegen die Dämonen aufnimmt: das bleibt ihm versagt.
Vielleicht hat Kafka den dritten Roman, das ›Schloß‹ deshalb geschrieben – ahnungsvoll, nicht etwa rational planend –, hat der Hauptperson wieder das autobiographische Initial K. verliehen, um durch diese Chiffre anzudeuten, daß hier eine höhere Reifestufe des gleichen Individuums erreicht ist. War ›Amerika‹ die *These* (der schuldlose, unverdorbene Mensch), der ›Prozeß‹ die *Antithese* (der Verdorbene, matt

um seine entschwindende Schuldlosigkeit sich lässig Balgende), – so bietet das ›Schloß‹, Kafkas letztes großes Werk, gleichsam die *Synthese* dar, die Summe seines Lebens, seinen ›Faust‹. Der K. des ›Schloß‹-Romans ist weder ein reiner Tor wie Karl Roßmann, noch eine verloren hintreibende Seele wie Josef K. im ›Prozeß‹, – er ist aktiv, einer, der deftige Lebenserfahrung hat, eine kämpfende Gestalt, in der die Widersprüche (im Sinne Hegels) einander aufheben und das ganze Niveau steigern. Steigern auch in der Richtung eines hintergründigen Humors, der in den beiden andern Romanen zwar auch da und dort aufflackert, hier aber mit den beiden Gehilfen, dem Gemeindevorsteher et cetera breit an die Rampe tritt. Im ›Schloß‹ nimmt K. sein Schicksal herzhaft in die Hand, hat sich kein lüsternes, sondern ein bescheidenes Ziel gesetzt und hält daran fest: eine Familie zu gründen, seßhaft zu werden, in einer Gemeinschaft auf anständige Art für den Lebensunterhalt zu sorgen. Er will redlich arbeiten, ist mit sich selbst eins, stellt jenes Lebensprogramm auf, das Kleist sich in seiner Schweizer Zeit, am Thuner See (und knapp vorher) gesetzt hat, und geht mehr an den äußeren Widerständen einer harten unhumanen Umwelt zugrunde als an seiner Unzulänglichkeit. (Freilich verschmilzt ›außen‹ und ›innen‹ zuweilen auf geheimnisvolle Art.) Soweit mein allzu bescheidener Freund überhaupt fähig war, sich selbst zu bejahen, – hier finden sich die stärksten Ansätze dazu. Ansätze, die sich wohl zu höchst wesentlichen Gebilden weiterer Dichtungen oder eines heiligen Lebens ausgeformt hätten, wenn Krankheit, Erschöpfung und Tod (das rätselhafte Einschlafen vor jenem Schloßbeamten Bürgel, der einmal – ein einziges Mal – ein vereinzelter Fall in diesem Buch – Gnade für Recht anbietet) – wenn Krankheit und Tod nicht den weiteren Aufstieg verhindert hätten. – K. im ›Schloß‹ ist weitaus die männlichste Gestalt, die Kafka geschaffen hat. Männlich, also auch dramatisch, – denn er stellt sich dem Schicksal, das ihn dann zermalmt. Das ›Schloß‹ ist, wie es zeitlich das späteste ist, so auch Kafkas farbenreichstes, bedeutendstes, Licht und Schatten am gerechtesten verteilende Werk.

Der freundschaftliche Umgang mit Kafka vollzog sich nach andern Gesetzen als der Umgang mit der weitaus überwiegenden Zahl von Schriftstellern und Dichtern, mit denen das Leben mich zusammengeführt hat. Während fast alle Autoren, die ich kenne (es gibt nur wenige rühmliche Ausnahmen), stets nur von ihren eigenen Werken und Plänen erzählen, sobald das Thema schöpferischer Arbeit angeschlagen wird, während sie kaum jemals sich danach erkundigen, was der Gesprächspartner schreibt oder plant; während sie, falls sie sich doch eine derartige Frage abringen, dies wie im Schlaf, mit geringem Interesse und oft in deutlicher Weise nur höflichkeitshalber tun, lagen die Dinge bei Kafka gerade umgekehrt. Er fragte mit großem Feuer, ja mit Inbrunst und echtestem Anteil nach den Arbeiten, die man vorhatte oder gerade vollendete; er förderte diese Arbeit durch Rat, durch Briefe, durch häufige Nachfrage; von seinen eigenen Werken dagegen sprach er höchst selten, meist nur, wenn man ihn drängte und seine Abwehr, seine Scheu durch spontane Liebe überwinden konnte; nur ganz ausnahmsweise kam er aus eigenem Antrieb auf sein ›work in progress‹ zu reden.

In der Seltenheit dieser Eröffnungen liegt es begründet, daß ich mir das wenige, was er mir über seine Schriften und Absichten kundgetan hat, so genau gemerkt habe. Daher kann ich heute die volle Verantwortung dafür übernehmen. So habe ich ja auch jede (auch die dem falschen Schein nach belangloseste) Zeile, die er mir geschrieben hat, aufbewahrt — und das zu einer Zeit, in der er völlig unberühmt, ja unbekannt war. Was er mir über sein Werk und seine künstlerischen Überzeugungen gesagt hat, habe ich meist sofort wörtlich in mein Tagebuch notiert.

Im Nachwort zum Roman ›Amerika‹ (1927) führe ich an, was Kafka mir über die geplante Fortsetzung des leider unvollendeten Romans mitgeteilt hat. Ich hebe jetzt und hier drei Ausdrücke durch Kursivdruck hervor: »Mit *rätselhaften* Worten deutete Kafka lächelnd an, daß sein junger Held in diesem ›fast grenzenlosen‹ Theater Beruf, Freiheit, Rückhalt, ja sogar die Heimat und die Eltern wie durch *paradiesischen Zauber* wiederfinden werde.«

Manche Betrachter des Kafkaschen Werkes wollen nun einen Widerspruch zwischen diesem Überlieferten und der (gleichfalls von mir veröffentlichten) Tagebuchnotiz konstruieren, in der der Dichter selber über das Schicksal des Amerika-Helden (Roßmann) und der zentralen Figur des ›Prozeß‹-Romans (K) Aufschluß gibt. Im Tagebuch heißt es: »Roßmann und K., der Schuldlose und der Schuldige, schließlich beide unterschiedslos strafweise umgebracht, der Schuldlose mit leichterer Hand, mehr zur Seite geschoben als niedergeschlagen.«

Auch ich selber war lange der Ansicht, daß hier ein Widerspruch besteht, und habe ihn damit zu erklären gesucht, daß mir Kafka seinen Plan zu einer Zeit mitgeteilt habe, in der er noch an einen auch im irdischen Sinne versöhnlichen Schluß dachte; später hätte er dann den Plan geändert. Dies würde mit der Arbeitsmethode Kafkas übereinstimmen, über deren Wesen er mir öfters das Folgende gesagt hat: »Man muß wie in einen dunklen Tunnel hineinschreiben, ins Dunkle hinein, ohne daß man weiß, wie sich die Figuren weiterentwickeln werden.« Auch sonst hat Kafka bei der Beurteilung von Kunstwerken oft das Kriterium aufgestellt: daß die Gestalten eines echten Dichters sich selbständig machen, aus sich selbst heraus leben, aus sich selbst hervor sich bewegen und daß ihr Schicksal manchmal Wendungen nimmt, die den Autor und Schöpfer überraschen.

Bei neuerlicher Beschäftigung mit dem Roman ›Amerika‹ hat sich mir indes eine zweite Möglichkeit eröffnet, die, wie es scheint, das Problem in neuer Weise aufhellt. Die beiden oben dargelegten Pläne widersprechen einander gar nicht. Roßmann ist wirklich vom Autor ›umgebracht‹ worden; das Schlußkapitel ist eine Vision, deren Zeit (falls man da überhaupt noch von Zeit und Raum sprechen kann) die Zeitlosigkeit, die Ewigkeit ist, aber vom irdischen Leben her gesehen; also ein eigenartiges Zwischenreich und jenseitiges Leben, in dem ja wahrlich für jeden Platz ist, in dem »alle gebraucht werden«. Roßmann ist in die Transzendenz eingegangen, in eben jenem Sinne, den Karl Jaspers formuliert: »Der Mensch als Einzelner in seiner Existenz ... ist in seiner Bindung an den transzendenten Gott und durch diese unabhängig gegenüber aller Welt.«

Liest man in dieser Beleuchtung das, was mir Kafka über den geplanten Schluß des Romans ›Amerika‹ gesagt hat, so gewinnen die Worte ›Paradies‹ (das ja wahrhaftig keine Lokalität des Erdenglobus ist) und der von mir instinktiv gebrauchte Ausdruck ›rätselhaft‹ eine Bedeutung, in der die ganze Doppelbodigkeit, die schwebende Qualität der Kafkaschen Aussage, auch seiner privaten, manchmal ans Mystifikatorische streifenden Mitteilungen sich manifestieren.

Wohl ist am Schluß des Romans Roßmann »aufgenommen«. Dieses Wort ist nicht etwa meine Erfindung in der Dramatisierung des Romans. Kafka selbst gebraucht es und dessen Synonyma (»Kommen Sie rascher, es hat sehr lange gedauert, ehe Sie aufgenommen wurden« – und viele ähnliche Wendungen). Aber der Beruf, in den Roßmann »aufgenommen« worden ist, ist kein irdischer Beruf. Man könnte in vielem, was dieses Schlußkapitel in seiner Phantastik, in seiner kindlich verspielten, trompetenblasenden, heiter verkitschten Engelsglorie gegenüber dem zweckbedingten Leben Amerikas auszeichnet, in vielem, was hier von bizarren, ins Scherzhafte und ironisch Biedermännische entrückten Gestalten gesprochen wird, Hinweise auf ein dem Irdischen fernes Sein, auf eine Existenzform der Freiheit und himmlischen Heimat finden. Damit ist der scheinbare Widerspruch zwischen den

beiden Aufzeichnungen über den Plan, den Kafka für den Schluß hatte, aufgehoben.
Mit diesem ins Metaphysische, nicht ins Praktisch-Meßbare weisenden Abschluß, der das Wort zwar nicht eines Religionsstifters, wohl aber eines religiös bedingten Dichters ist, verliert Kafkas Roman nichts von jenem zarten Tropfen der Tröstlichkeit, von dem ich in meiner Darstellung der Welt Kafkas einiges gesagt habe. Daß in der Kafka-Welt diesem einen Tropfen des Trostes und der Helligkeit Unsummen von Leid, von Unmenschlichkeit gegenüberstehen: darin stimme ich mit jedem ernsthaften Bewunderer Kafkas selbstverständlich überein. Man darf nur über der Verzweiflung, die in Kafka zu Wort kommt, die schmale, aber entscheidende Komponente der Hoffnung nicht völlig vergessen, die in einigen seiner Werke (nicht in der ›Verwandlung‹ – beispielsweise) trotz allem durchblickt. Aus neun Elementen der Verzweiflung und einem Element Hoffnung ist das Werk dieses Unvergleichlichen gemischt. Das Hinübergehen Roßmanns in eine Existenzform, in der das Sinnlose, das Mörderische, das Gehetzte des modernen Menschen nicht mehr vorkommt, gibt dem Buch einen milden Pianissimoausgang. Ich zitiere nochmals Jaspers (›Der philosophische Glaube‹): »Die biblische Religion (mit diesem Ausdruck meint Jaspers Fundamente, die dem Christentum wie dem Judentum gemeinsam sind) lebt ohne tragisches Bewußtsein oder in überwundener Tragik.« So ist auch in ›Amerika‹ zuletzt die Tragik des Menschseins überwunden. Der Mensch wird nicht mehr erniedrigt, er ist (frei nach Hegel) in der dreifachen Bedeutung des Wortes ›aufgehoben‹: vernichtet, aufbewahrt, emporgetragen. Im Roman wird überdies die Erlösung nicht etwa apodiktisch, sondern im Umkranz vieler Zweifel ausgesprochen, damit wie für Roßmann so auch für den, der sein Schicksal nacherlebt, schwebender Raum für die Freiheit der Entschließung bleibe.
Man vergleiche mit dem so gesehenen Schluß den dissonanten Ausgang des wesentlich pessimistischeren ›Prozeß‹-Romans; der Held stirbt, und der Autor bemerkt gleichsam über seinen eigenen Tod das Folgende: »›Wie ein Hund‹, sagte er, es war, als sollte die Scham ihn überleben.« Von solch nihilistischem Klima der Schmach sind wir in ›Amerika‹ weit entfernt und gewinnen, wenn wir Sinn für Nuancen haben, allmählich die rechte Erkenntnis der Spannweite, mit der Kafka Zweifel und Glauben zusammenfassend an seine Brust reißt.

In ›Amerika‹ ist die Schuld, vielmehr der Fehltritt des Helden klar umrissen. Es ist mehr ein Unglücksfall als ein Vergehen. Und auch in jedem der späteren Malheure, die Roßmann erlebt, schwingt ein ›eigentlich unschuldig‹ mit einer Ironie nach, die ihren eigentümlichen Platz zwischen Unheimlichkeit und gutmütiger Komik erstaunlich präzis innehält. – Wofür aber wird Josef K. in jenem geheimnisvollen ›Prozeß‹ bestraft, dessen oberste Instanz dunkel, unzugänglich, ja mehr als einmal in ihrem Verhalten unverständlich und tadelnswert erscheint – ganz ähnlich wie auch im Buche ›Hiob‹ Gott zunächst unzugänglich, rätselhaft bleibt und weder von Hiob noch von Hiobs Freunden (von diesen auch zum Schluß nicht) richtig gesehen wird?

Josef K. wird um seiner Lieblosigkeit willen, um seiner Nur-Korrektheit und Kühlherzigkeit willen bestraft – oder, wie mir scheint, er bestraft sich selbst, mißbilligt und maßregelt sich. Das geheimnisvolle Gericht, über das er oft so verachtend denkt, das er im Grunde aber doch anerkennt, ist sein Gewissen, vor dem er mit seinem Leben, mit der Flüchtigkeit, Lässigkeit, Gleichgültigkeit seines Erdenwandelns unzufrieden ist. In dieser anfangs zurückgedrängten, später sich immer deutlicher kenntlich machenden Unzufriedenheit liegt schon die Strafe, das Urteil, liegt zugleich die Sühne, die Katharsis des ›Prozeß‹-Romans. Josef K. liebt niemanden, er liebelt nur, deshalb muß er sterben. Mit den Menschen, mit denen Amt und Tagesumgang ihn zusammenbringen, ist er verfeindet, bestenfalls sind sie ihm schattenhaft unwichtig, – auch das Mädchen, Fräulein Bürstner, zu dem ihn eine Art von Verlangen zieht, bleibt ihm als Mensch schattenhaft, interessiert ihn nur als Sexualwesen. Sie hebt sich nur wenig aus der Reihe schwacher Liebes-Velleitäten heraus, die in dem Roman da und dort flackernd aufzüngeln, ohne je die Sphäre des Gebannten, Lemurischen ganz zu verlassen, ohne ins volle Licht des Menschseins zu treten. Sogar zu seiner Mutter hat Josef K. nur eine konventionelle Beziehung, er schickt ihr, die fern von ihm auf dem Lande lebt, Geldunterstützung, sorgt für ihren Unterhalt, besucht sie aber nur einmal im Jahr, an ihrem Geburtstag – und ein hochwichtiges, leider unvollendetes Fragment eines Romankapitels, das vielen Lesern entgangen zu sein scheint, erzählt, wie Josef K. auch diesen Geburtstag, das letzte Band mit dem Mutterherzen, vergessen hat. – So lebt er einsam und kalt, dabei glaubt er aber durchaus das Rechte und Geziemende zu tun, eben dies ist seine zweite Sünde: *Selbstgerechtigkeit.* Also: *das kalte Herz* und die *Selbstgerechtigkeit* gemeinsam haben das Netz geschmiedet, in dem er sich verfängt. Der ›Prozeß‹, die symbolische Verhaftung gleich am Anfang ist es, die das dichte Netz nicht etwa zusammenzieht – sondern im Gegenteil zerreißt, wie der Blitz eine schwarze Wolkenlandschaft.

Nun sollte er aus seinem Alltag, seinem ›Halbschlaf der Eile‹ erwachen. Aber Josef K. wehrt sich zuerst gegen die Erkenntnis seiner Sündhaftigkeit, alle klagt er an: das Gericht, das Verfahren, die oberen Richter wie die ausführenden Organe, alle klagt er an, *nur sich selbst nicht;* überall findet er Fehler, Lächerlichkeiten, ja Unflätigkeiten – nur an sich selbst nicht. Langsam und allmählich nur wird ihm klar, welch unlauteren Geistes Kind er ist. Der Prozeß ist zugleich seine Läuterung, sein Aufstieg zur Einsicht, zur Wahrheit über sich selbst. Zur Umkehr ist es zu spät. *Angedeutet* wird die *Reue* gleichwohl, im Schlußmonolog – in vereinzelten sparsamen Sätzen da und dort, wie in der so unendlich rührenden Bemerkung, daß die Angeklagten während des Verfahrens, das sie erleiden, *immer schöner* zu werden pflegen. Hier ist offenbar Umkehr, Läuterung des Angeklagten gemeint. Kafka ist kein Autor, der seine Grundsätze siebenfach unterstreicht und (wie etwa Strindberg oder Tolstoi oder auch Rilke) angelegentlich der Beachtung des Lesers einhämmert. Kafka ist der sich scheu verbergende, der allzu leicht verwundbare Empfindungsmensch, einer, der erraten sein will, der keine Schüler heranzieht, wie etwa auch Kierkegaard davon überzeugt war, daß er allein und ohne die Möglichkeit einer Nachfolge dastehe. Man mag diese Einstellung sogar in gewisser Hinsicht inhuman finden, so voll von zarter Wahrheitsliebe und so stolz sie ist. Es gibt aber sowohl bei Kafka wie bei Kierkegaard entgegenstrebende Neigungen im Herzen der beiden Autoren selbst, Züge der didaktischen, der pädagogischen Anlage, die ihre harte Abgegrenztheit mildern. – Wie dem auch sei (wir haben hier nicht zu richten, sondern wo möglich das Charakteristische festzustellen): mehr als ein Wort hie und da, wie zufällig hingeworfen, ein Wort, das Läuterung anvisiert, mehr als Andeutung des Guten darf man bei Kafka nicht erwarten – und vor allem im ›Prozeß‹-Roman nicht, seinem sonnenfinsternisähnlichsten Werk. Dennoch – auch im ›Prozeß‹ stehen solche Worte – und wer gut hört, der findet sie.

Etwas anderes im ›Schloß‹. Der Unterschied der beiden Werke ist entscheidend, obwohl manche äußerlichen Umstände große Ähnlichkeiten aufweisen und obwohl man beispielsweise in den beiden flegelhaften Verhaftungsorganen des ›Prozeß‹ unschwer Familienverwandte jener beiden Kobolde finden wird, die das ›Schloß‹ aussendet, die irrlichterhaft und ironisch »Gehilfen« heißen, obwohl sie schlecht und recht nichts anderes als ›Verhinderer‹, ›Störenfriede‹ und ›Denunzianten‹ sind. Der Urform der beiden Bälle vergleichbar, die im Fragment ›Blumfeld, ein älterer Junggeselle‹ spuken. Ähnlichkeit also in äußeren Details – große Unterschiede dagegen zwischen beiden Romanen im Aufriß, im Plan, in der Gesamthaltung. Im ›Prozeß‹ ist der Held passiv, im ›Schloß‹ ein aktiv Bemühter. Im ›Prozeß‹ schließt sich Josef K. junggesellenhaft (wie Kafka es nennt) von der menschlichen Gemeinschaft aus. Und der Junggeselle ist, wie schon aus Kafkas erstem Buch, der ›Betrachtung‹, hervorgeht, sein äußerstes Schreckbild, seine Negativ-Inkarnation — während der Typ, der ihm als erwünscht vorschwebt, der des von vielen Kindern umgebenen Patriarchen und Familienvaters ist. (Seltsam für einen ›Negativisten‹.) Nun, der Held des ›Schloß‹-Romans ist soziabel, er strebt nach Ehe und Einwurzelung, nach Eingliederung in eine dem Gemeinwohl dienende Arbeit. Er hat jene Umkehr zum tätigen Leben, die im ›Prozeß‹ unmöglich erscheint, bereits vollzogen, ehe sozusagen der Vorhang aufgeht — ehe der ›Schloß‹-Roman beginnt. — Man kann den Unterschied zwischen den beiden Romanen, zu denen ›Amerika‹ ein vergleichsweise harmloses Vorspiel bildet, vielleicht am besten so fassen: Im ›Prozeß‹ läuft der Held immerfort vor der obersten Instanz davon, sie lädt ihn vor, verfolgt ihn unter vielerlei Gestalt, er sucht sich zu entziehen — im ›Schloß‹ dagegen läuft der Held immerfort auf die oberste Instanz zu, er sucht mit Aufgebot aller Kraft den Weg zum ›Schloß‹ — und bei seinen Bemühungen denkt man wohl an eine andere Gestalt, die unter vielen Irrungen den Weg zu einem Schloß der Erlösung, zum Montsalvatsch sucht, an Parsifal, der schon einmal im Schloß war, von dort eines Versagens wegen (so verzeihlich es uns in seinem damaligen Geisteszustand erschien) hinausgewiesen wurde und Jahrzehnte lang den Aufstieg nicht wiederfindet. Wie durch Zauberwort ist ihm der Weg verschlossen.

Das ›Schloß‹ und der ›Parsifal‹, zwei große Dichtungen von den Irrfahrten der Menschenseele, spirituale Odysseen. In beiden Werken entscheidet eine dem Anschein nach geringfügige Verfehlung des Helden, gleichsam ein Verstoß gegen die unbekannte Hausordnung der Burg, — da eine Herzensträgheit, dort die Notlüge und Ungeduld des Arbeits- und Heimatlosen. Beidemal verzweifelte, lang fortgesetzte Bemühungen, den Weg dennoch, auch gegen den Willen der Burgregierung zu finden. Und zuletzt die Gnade. Denn auch Kafka wollte zuletzt seinem K. Gnade zukommen lassen, sei es auch eine Gnade erst im Sterben, — dem Helden des ›Schloß‹-Romans wird zuletzt das Wohnrecht zwar nicht de jure, aber doch gnadenweise zugebilligt. Kafka hat den Roman nicht vollendet, mir aber im Gespräch den von ihm intendierten Schluß erzählt, — wie ich dies bereits im Nachwort der Erstausgabe des ›Schloß‹ mitgeteilt habe.

So bietet der Roman vom ›Schloß‹ in gewissem Sinne einen

lebenspositiveren Anblick als der ›Prozeß‹. Dennoch aber preßt es einem die Seele zusammen, wenn man miterlebt, wie K. im ›Schloß‹ bei all dem besten Willen, der ihn aneifert, doch nur ein Fremder unter den Bauern bleibt, doch nur von der wankelmütigen Frieda und von der Paria-Familie des Dorfes einigermaßen anerkannt wird, – wie alle seine Anstrengungen, so zähe er sie unternimmt, ihm nur wenig nützen. Das Unterliegen des Lebensbejahenden bietet, so betrachtet, einen noch gramvolleren Anblick als die Verwerfung des Lebensunfähigen, Liebeleeren. Somit muß man zu der Feststellung, daß der Roman vom ›Schloß‹ im ganzen dem Leben zugewandter, weltfrömmer ist als der ›Prozeß‹, doch auch wieder mancherlei Einschränkung erwägen. Man merkt eben bei jeder urteilsmäßigen Einreihung, die man einem Werk Kafkas gegenüber zu tätigen bemüht ist: an wie unendlich zarte und differenzierte Materie man rührt. Jedes allzu eckige Wort stört schon die vom Dichter geschaffene und in der Schwebe gehaltene Balance. – So viel wird man aber festlegen dürfen, daß Kafka nicht nur in den Aphorismen von der hochtalentierten Höllenmeute der Autoren wesentlich verschieden ist, die nur ein Versagen und Verzagen kennen, deren Dichtung ein Sich-Selbst-Aufgeben und eine Auflösung der geordneten Welt ist, – daß er auch in der aufsteigenden Reihe seiner Romane zu den Lehrmeistern des Menschengeschlechtes gehört.

In jüngster Zeit hat Martin Buber am kräftigsten auf die lebenspositive Haltung Kafkas hingewiesen, besonders eindringlich in dem Essay ›Schuld und Schuldgefühle‹ (Vorlesung, gehalten an der School for Psychiatry in Washington 1957) und in dem Buche ›Zwei Glaubensweisen‹ (1950)*. In dem Essay stellt Buber unter anderem dar, daß Kafka im ›Prozeß‹ »die *gerechte Anklage* einer unzugänglichen obersten Instanz durch ein lotteriges und grausames Gericht durchgeführt werden läßt«. Die im ›Prozeß‹ enthaltene Türhütergeschichte ist für Buber »Kafkas konzentriertestes Bekenntnis« und die Verbindung dieser Parabel mit der Schlußkatastrophe wird dadurch hergestellt, daß der Dichter seinen Helden bei seinem Gang zum Tode sich »in einer starken, wiewohl immer noch rein verstandesmäßigen Selbstbesinnung sammeln läßt«. In dem Menschen, den K. noch ganz zuletzt in einem fernen Fenster stehend erblickt, möchte Buber den Dichter selbst sehen, der seinem Geschöpf zu Hilfe eilen

*Felix Weltsch legt in etwas abweichender Interpretation auf Kafkas ›Unsicherheit inmitten des Glaubens an das Unzerstörbare‹ den Hauptakzent. »Er hat diese Unsicherheit inmitten des Glaubens mit einer ungeheuren Intensität erlebt.« (Felix Weltsch ›Religion und Humor im Leben und Werk Franz Kafkas‹, 1957.) Meiner Meinung nach ist die (sei es auch nur zeitweilige) Überwindung dieser ›Unsicherheit‹ das Entscheidende.

möchte, es aber nicht darf. Gegenüber andern Kafka-Interpreten weist Buber nach, daß die Anklage gegen K. durchaus keine »wahnsinnige Absurdität«, nicht sinnlos, sondern berechtigt war. Den Umfang dieser Berechtigung und damit die positive, nicht etwa (wie bei so vielen Nachahmern Kafkas) nihilistisch-spielerische Grundlage des ›Prozeß‹-Romans habe ich oben darzustellen gesucht. – In den Schlußpartien von ›Zwei Glaubensweisen‹ hat Buber Kafka mit dem Apostel Paulus konfrontiert. Er holt mächtig aus. Gottesferne bildet den Hintergrund. Vom alttestamentarischen Zorn, der den Sünder züchtigt, unterscheidet Buber den weit umfassenderen paulinischen ›Abgrund voll des Zornes‹, in dem Gott das ›Gesetz‹ gibt, damit man darüber strauchle und der Gnade durch den erlösenden Christus um so radikaler bedürftig werde. In diesem ganzen ›Zeitabgrund‹ regiert das Böse, dem automatisch und unter Streichung der Spontaneität menschlicher Sittlichkeit Macht über die Menschenwelt verliehen ist. Buber drückt das exemplarisch in folgenden Sätzen aus: »In alledem ist für die unmittelbare Beziehung Gottes zu seiner Kreatur, wie sie alttestamentlich auch noch im äußersten Zürnen zutage trat, kein Raum mehr: Gott zürnt nicht, er gibt den Menschen in die Hand des Gewaltwesens Zorn und läßt ihn foltern – bis Christus rettend erscheint... Es ist der in sich verzahnte Weltablauf, der als objektiver ›Zorn‹ den Menschen zermalmt, bis Gott durch seinen Sohn die Erwählten aus der Maschinerie herausholen läßt. Der mit einer Art von Vollmacht tobenden Dämonie des ›Zorns‹ stellt Paulus in der Dimension der vorchristlichen Geschichte kein göttliches Erbarmen gegenüber.« – Dieser paulinischen Konstruktion des Weltablaufs führt Buber klar die pharisäische Lehre von den Middot, den Maßen, den Verhaltungsweisen Gottes entgegen. Eine wichtige Ergänzung findet dieser Hinweis auf die Middot durch das Buch Martin Bubers ›Bilder von Gut und Böse‹ (Köln 1952). In diesen ›Bildern‹ gibt Buber entgegen der Doktrin des Apostels Paulus von der Erbsünde (und dem radikal Bösen in uns) seine eigene, dieser pessimistischen Sicht diametral entgegengesetzte Lehre. Nach Bubers Darstellung (die er auf die Paradies-Szene unter dem Baum der Erkenntnis, auf die Erzählung von der Ermordung Kains und von der Sintflut stützt) ist im urbiblischen Sinne das Böse nicht polar dem Guten entgegengesetzt und nicht ebenso stark wie das Gute (das wird es erst in der iranischen Avesta), sondern ist ein Nicht-Tun, ist die Entscheidungslosigkeit, Richtungslosigkeit der Seele. »Das Böse kann nicht mit der ganzen Seele getan werden; das Gute kann nur mit der ganzen Seele getan werden.« Diese grundlegende Erkenntnis von der Schwäche des Bösen im Menschen hat in den ›middot‹

Gottes ihre himmlische Entsprechung. »Immer umfaßt der lebendige Gott die ganze Polarität des der Welt an Gut und Übel Widerfahrenden ... Der Wandel (sc. von einer midda zur andern) bedeutet also nichts andres, als daß einmal die eine, ein andermal die andre Erscheinungsweise Gottes die Führung hat, je nach dem Wesen dessen, was Gott vollbringen will. Doch sind sie – und das ist das Wichtigste – einander an Macht nicht gleich: *die Midda der Gnade ist die stärkere.*« Diese Einsicht in die middot führt wieder zur unmittelbaren Beziehung des ganzen Menschen zum ganzen Gott, dem offenbaren wie dem sich verbergenden zurück. »Sie ist die Gestalt, in der das pharisäische Judentum durch seine Lehre von den Middot die alttestamentliche Emuna, das große Vertrauen zu Gott, wie er auch sei, erneut hat. Sie schließt die zwei großen Imagines aus, die die paulinische Weltkonzeption der unmittelbaren Emuna entgegengestellt hat: die Dämonie, der dieser Äon übergeben ist, und das Mittlertum eines Christus an der Schwelle des kommenden.«

Paulinisch dagegen bleibt, wie oben erwähnt, die mit einer Art von Vollmacht tobende Dämonie, die Zermalmung des Menschen und seiner Triebe in einer gnadenlosen (von dem einen einzigen Ausweg der Christusgnade abgesehen gnadenlosen) ›Maschinerie‹. Ich glaube, daß diese Grundeinstellung des Paulus, ebenso wie die der Apokalypsen, ohne einen umfassenden Blick auf die damaligen Zeitereignisse, auf die anscheinende Unabwendbarkeit der römischen Gewaltherrschaft nicht verstanden werden kann, so sehr ihr Hauptzug uns als allmenschlich und allzeitlich antritt. Es hat immer wieder derartige ›paulinische Zeitalter‹ gegeben, nicht nur jene Epoche, in der der jüdische Staat und darüber hinaus wichtige Teile der jüdischen Lebensordnung und anderer großen Kulturen durch die unwiderstehliche äußere Gewalt der Römer zerschlagen wurden. Buber erkennt Rechtens *in unserer Zeit* ein solches paulinisches Zeitalter und hat ihm, hat der Weltstunde, in der der Hegel-Nietzsche-Ruf »Gott ist tot« durch die Hinterhäuser der Literatur erschallen konnte, sein bedeutsames Buch ›Gottesfinsternis‹ entgegengehalten, in dem mit Sartre, Heidegger und Jung streng und ohne Umschweife, eindeutig Abrechnung gehalten wird. In den Schlußkapiteln der ›Glaubensweisen‹ ergänzt er diese und andere streitbare Auseinandersetzungen mit sogenannt modernen Denkformen durch Hinweis auf drei Bücher: Emil Brunners Werk ›Der Mittler‹, das einen seiner Hauptakzente auf den paulinischen Zorn und Grimm Gottes setzt, und Franz Kafkas Romane ›Der Prozeß‹ und ›Das Schloß‹. Schon die oben zitierte ›Maschinerie‹ (der »in sich verzahnte Weltablauf«, der den Menschen zermalmt) hat Assoziationen an Kafkas

›Strafkolonie‹ geweckt. Nun wird zunächst die heute öfter vernommene Ansicht ausgeführt, laut der ein Zusammenhang der paulinischen Weltschau in einer gewissen pessimistischen Modifikation mit dem Weltbild Kafkas bestehen soll. »Es gibt einen Paulinismus des Unerlösten, einen also, in dem der feste Ort der Gnade eliminiert ist: man erfährt hier die Welt, wie Paulus sie erfuhr, als in die Hände unabwendbarer Gewalten gegeben, nur der manifeste Erlösungswille von oben, nur Christus fehlt.« Es ist eine »in Permanenz erklärte Apokalyptik«. Daß ein solches Weltbild entstehen und sich nunmehr auch mancher außerchristlicher Kreise bemächtigen konnte, ist (laut Buber) nicht etwa auf Wandlungen unserer subjektiven Auffassung zurückzuführen, sondern hat objektive Gründe in Wandlungen der Weltsituation, — womit wohl auf das Zeitalter der ethischen Depravation, der Vermassung, der Technisierung, die in der Atombombe kulminiert, hingewiesen werden soll. Den ›Paulinismus des Unerlösten‹ aber, der um einen entscheidenden Grad noch verzweifelter ist als Paulus, da hier die Christusgnade gestrichen ist, bringt Buber nur deshalb mit Kafka in Verbindung, um die *Verschiedenheit* der beiden Haltungen zu demonstrieren.

»Kafka ist«, so sagt Buber, »von dieser Behandlung (sc. Gleichsetzung mit einem Paulinismus plus Unerlöstheit) unbetroffen geblieben.« Denn er ist, wiewohl äußerst exponiert, doch im Grunde ›geborgen‹. »Der Jude, sofern er nicht vom Ursprung getrennt ist, auch noch der exponierteste Jude, also Kafka, ist geborgen. Wohl vermag er sich nicht mehr ›im Versteck deiner Flügel‹ (Psalm 61,5) zu bergen, denn der Zeit, in der er lebt, und mit ihr ihm, ihrem exponiertesten Sohn, verbirgt Gott sich; aber in der Tatsache des Nurverborgenseins Gottes, um die er weiß, ist er geborgen.« Das heißt: Für Kafka ist Gott nicht tot, er weiß um Gottes Sein, auch wenn es für ihn ein verborgenes, ja sogar ein durch häßliche Masken und neckende Zwischeninstanzen unerreichbares Sein geworden ist. (Vergleiche hiezu auch den Schluß der ›Kaiserlichen Botschaft‹ von Kafka.) Kafkas Geborgensein verträgt sich illusionslos mit dem vordergründigen Weltlauf, den er in den drei großen Romanen wie in vielen Erzählungen so kraß in seiner ganzen schikanenreichen Labyrinthhaftigkeit abmalt. Bei aller manifesten Unsinnigkeit, Widersinnigkeit, Vergeblichkeit, ja Schmählichkeit der Geschehnisse hört Buber doch ein »Es kann nichts dir etwas anhaben« aus dem summenden Chaos Kafkascher Begebenheiten und Gleichnisse heraus. Ein Tor, das zur Welt des Sinns führt, ist für jeden Menschen vorbestimmt, auch wenn er es nicht weiß und sich, diesem Nicht-Wissen fallweise erliegend, ein Leben lang

von diesem Tor wegscheuchen läßt (Kafkas Legende ›Vor dem Gesetz‹). Buber zitiert ein Aphorisma Kafkas. »Wir wurden geschaffen, um im Paradies zu leben, das Paradies war bestimmt, uns zu dienen. Unsere Bestimmung ist geändert worden; daß dies auch mit der Bestimmung des Paradieses geschehen wäre, wird nicht gesagt.« Und höchst dankenswerterweise kommentiert Buber im Gegensatz zu den vielen, die in Kafka einen nichts als nihilistischen Schriftsteller sehen wollen, dieses wichtige Aphorisma durch den folgenden, einleuchtenden Passus:
»So leise und scheu äußert sich der Antipaulinismus aus dem Herzen dieses paulinischen Schilderers der Vordergrundhölle: das Paradies ist noch da, und es wirkt uns zum Dienst. Es ist da, das heißt, es ist auch hier, wo der dunkle Strahl das gepeinigte Herz trifft. Sind die Unerlösten erlösungsbedürftig? Sie leiden an der Unerlöstheit der Welt. Die unerlöste Seele weigert sich, die Evidenz der unerlösten Welt, an der sie leidet, gegen die eigne Erlösung herzugeben. Sie kann sich weigern, denn sie ist geborgen. Dies ist das Gesicht des in dieser Zeit der größten Verborgenheit Gottes ins Judentum eingedrungenen Paulinismus ohne Christus, eines Paulinismus also gegen Paulus. Düsterer als je vorher wird der Weltlauf gezeichnet, und doch wird erneut, mit einem noch vertieften ›Trotz alledem‹, ganz leise und scheu, aber unzweideutig, die Emuna (der Glauben) verkündigt. In all seiner Zurückhaltung bekennt doch der in der verfinsterten Welt umirrende Spätling (Kafka) mit jenem deuterojesajanischen Sendboten der leidenden Völkerwelt (Jesaja 45, 15): ›Wohl, du bist ein Gott, der sich verbirgt, Gott Israels, Heiland!‹ So muß in einer Stunde der Gottesfinsternis die Emuna sich wandeln, um an Gott zu beharren, ohne die Wirklichkeit zu verleugnen.«
So weit die höchst wesentliche Darlegung Bubers.
Im Gleichnis vom ›Reisewagen‹ aber (und an mehreren gleichsinnigen Stellen) hat Kafka bei aller Zurückhaltung doch auch den Rettungsgedanken weitergeführt, der ›Verborgenheit Gottes‹ die Hoffnung auf Erlösung manifest gegenübergestellt, seine persönliche Hoffnung und die Hoffnung der Welt.

Persönliches

> Quodsi me lyricis vatibus inseres,
> Sublimi feriam sidera vertice.
>
> (Wenn du mich also in die Schar der Dichter und Seher einreihst / Werde ich mit erhobenem Scheitel an die Sterne schlagen.)

Diese Worte des Horaz an Maecenas nachzufühlen, nachzusprechen, würde sich Kafka niemandem gegenüber bewogen sehen. Als ich die Verse des Horaz wieder einmal las, stieß mir unversehens die grundsätzliche Unterscheidung der beiden Persönlichkeiten ins Auge, und ich fand, daß sie, selbst wenn man von allen höfischen Künsten des Römers absieht, etwas für Kafka ungemein Charakteristisches habe. Nein, mein Freund hätte nie und unter keinen Umständen an die Sterne schlagen wollen. Das Leitwort seines Lebens war: im Hintergrund bleiben – unauffällig sein. Unauffällig in allem war sein Benehmen, selten verstärkte er seine leise Stimme, – war er in einer Gesellschaft von mehreren Leuten, so verstummte er meist ganz. Und nur in einem Beisammensein zu zweit oder zu dritt verlor er seine Schüchternheit, – dann allerdings brach mit staunenswerter Kraft eine Fülle von Einfällen aus ihm hervor, die ahnen ließ, daß dieser stille Mensch eine ungeheure Welt von noch nicht gestalteten Figuren und Gedanken in sich herumtrug. Nie wieder habe ich solch hurtig in fernste Ferne springende Assoziationen, solch lustig bizarre Einfälle, solch ungezwungene Phantastereien erlebt. Eines seiner letzterschienenen Bücher ›Hochzeitsvorbereitungen auf dem Lande‹ enthält, wie zur Stütze meiner Erinnerung, eine Unzahl begonnener und nicht zu Ende geführter Geschichten, Situationen, Erwägungen, einen geradezu unwahrscheinlichen Reichtum an Phantasien, die in aller Herren Länder und in tausendundeinen Tag führen: so daß man, wie vor den Fragmenten des Novalis, vor so viel Licht erschrickt und, das zu Ende geführte Werk des Verfassers mit dem vergleichend, was er unvollendet zurückgelassen hat, das Areal der Trümmerstätte vergleichsweise tausendmal größer findet als das der zu Ende gebauten Monumente. ›Amerika‹, ›Prozeß‹, ›Schloß‹, ›Die Verwandlung‹, ›In der Strafkolonie‹ – das erscheint einem nur wie eine Zufallsbeute gegenüber dem unsagbar vielen, das das Schicksal, Kafkas früher Tod, uns entrissen hat. Man muß daher zur Beurteilung dieses Riesenwuchses auch immer das Ungeformte, das bloß Angedeutete neben den festeren Konturen in Betracht ziehen. – Und dieser Riese ging als ein Zwerg unter uns herum. Er gab sich nicht zu erkennen. »Nur

die Lumpe sind bescheiden«, sagt Goethe –, lebte man aber mit Kafka, so war man eher versucht, diesen Satz in sein freilich ebenso unberechtigtes, extremes Gegenteil umzukehren: »Jeder Unbescheidene ist ein Lump.«
Ich will hier nochmals die Gestalt meines Freundes heraufbeschwören: Schlank, groß, etwas vorgebeugt – die Augen kühn, blitzend-grau, die Gesichtsfarbe bräunlich, der Haarbusch hoch und pechschwarz, – schöne Zähne, ein freundliches höfliches Lächeln, wenn nicht zuweilen ein geistesabwesend trüber Ausdruck das schöne scharfgeschnittene Gesicht verdüsterte; doch eigentlich fast nie unmutig, meist sehr beherrscht; in seltenen Momenten (die in frühen Jahren, vor der Krankheit überwogen), in diesen herrlichen Momenten jungenhaft aufgeschlossen, fröhlich, naiv, witzig, mit einer untergründig gutartigen, rasch korrigierten Neigung zu boshaften Wendungen, zu Mystifikationen, die er meist sofort bedauerte, – der Anzug dunkelgrau oder dunkelblau, ohne Muster, glatt, von nicht hervortretender Eleganz, stets sehr sorgfältig und geschmackvoll gekleidet, die schmalen Hände ausdrucksvoll, doch sparsam in ihren Bewegungen. Keine Baskenmütze, keine Haarmähne, überhaupt kein äußeres Abzeichen des Dichtertums; auch kein breiter Carbonarohut, keine Schmetterlingskrawatte à la Byron, wie ihm dies jetzt plötzlich von einem, der ›sich erinnert‹, zugeschrieben wird. Einfach und dabei prinzlich fein – so steht er vor mir. Sich verschließend und dabei doch von unendlicher Güte. Er, der sich selbst in seinem Werk immer Lieblosigkeit vorwarf, der sich (nach seinem eigenen hohen Maßstab) zu wenig liebesdurchglüht fand, – er war in Wirklichkeit der sorglichste Freund und Mitmensch. Ich erinnere mich oft, mit welcher Aufmerksamkeit er danach strebte, einem alten Dienstmädchen in seiner Familie, einem Fräulein Werner, um das sich niemand mehr so recht kümmerte, freundliche Zeiten, so zum Beispiel einen unerwarteten Theaterbesuch, zu verschaffen. – War er krank und schwach, so regte er doch immer wieder andre an, andern zu helfen. In den ›Briefen 1902–1924‹ findet man viele Beispiele dafür. Jede Art von Egozentrismus verabscheute er. Solange seine Kräfte reichten, war er darauf aus, sich in die Seelen anderer mit edler Selbstverständlichkeit einzuleben, ihnen auf zarte Art Gutes zu tun, sie auf das Richtige hinzulenken oder ihnen doch Freude zu schaffen. Seine Lebensgefährtin Dora Dymant erzählte mir, wie sie einmal bei gemeinsamem Spaziergang im Stadtpark von Steglitz bei Berlin ein weinendes Mädelchen fanden*.

* Ich berichte hier die Geschichte so, wie Dora Dymant sie mir erzählt hat. Marthe Robert hat die Anekdote mit geringfügig abweichender Schlußwendung, aber im Wesentlichen gleichsinnig mitgeteilt.

Es weinte, weil es seine Puppe verloren hatte. Kafka tröstete das Kind, — doch es ließ sich nicht trösten. »Aber deine Puppe ist doch gar nicht verloren«, sagte der Dichter schließlich, »sie ist nur verreist, ich habe sie noch vorhin gesehen und mit ihr gesprochen. Sie hat mir fest zugesagt, dir einen Brief zu schicken. Morgen um diese Stunde sei hier, ich werde dir den Brief bringen.« Da hörte die Kleine auf zu weinen — und am nächsten Tag brachte Kafka wirklich den Brief, in dem die Puppe von ihren Reiseabenteuern erzählte. Daraus entspann sich nun eine richtige Puppenkorrespondenz, die wochenlang weitergeführt wurde und erst zu Ende kam, als der kranke Dichter seinen Wohnort wechseln, seine letzte Reise Prag—Wien—Kierling antreten mußte. Zum Schluß vergaß er nicht, in allem Trubel des für ihn so traurigen Umzugs, dem Kind eine Puppe zurückzulassen und sie als die alte, verlorene zu legitimieren, die nur während all der Erlebnisse in fernen Ländern eine gewisse Umwandlung erfahren habe. — Diese Sphäre der Güte und schalkhaften Erfindungslust — erinnert sie nicht ein wenig an die Sphäre von Hebels ›Schatzkästlein des rheinischen Hausfreundes‹, ein Buch, das Kafka neben dem ›Wandsbeker Boten‹ von Claudius und dem ›sanften Gesetz‹ Stifters besonders geliebt hat? Hier in diesem milden Sternenlicht und nicht in den sensationellen Unheimlichkeiten eines Edgar Allan Poe fühlte er sich zu Hause —, dies war die Richtung, in die er sich entwickelte und zu entwickeln wünschte. Wäre er am Leben geblieben, so hätten wir wahrscheinlich ganz unerwartete Wendungen seiner Phantasiefreudigkeit erlebt. Vielleicht hätte er auch ganz aufgehört zu schreiben und alle seine schöpferische Leidenschaft hätte sich in der Form eines gottgeheiligten Lebens etwa in der Art Schweitzers, des großen Arzt-Befreiers, erfüllt. Vieles, was ich aus seinem Munde gehört habe, deutet in diese Richtung. Doch es ist müßig, über diese Geheimnisse nachzudenken, für deren Verhüllung er gerade durch sein unauffälliges Leben so nachdrücklich gesorgt hat. — Charakteristischer für ihn als manches andere, was erzählt wird, scheint mir das Folgende: Bei Herausgabe eines Gedenkbuches wurde auch einer seiner Mitschüler, ein zeitweilig Prominenter, gebeten, Erinnerungen an ihn mitzuteilen. Der Prominente, der acht Jahre mit ihm dieselbe Gymnasialschulbank geteilt hatte, war aufrichtig genug zu erwidern: Alles, woran er sich erinnern könne, sei das Eine, daß in der ganzen Zeit über Franz Kafka gar nichts zu sagen gewesen sei und daß er keinerlei Aufmerksamkeit erregt habe.

Was vor den Augen des Menschen nichts ist, kann vor den Augen Gottes sehr viel bedeuten, — umgekehrt: was vor den

Augen der Menschen als ein immer weniger übersehbarer Komplex aufschwillt – wie der Nachruhm Kafkas und die Mißverständnisse, die sich an diesen welterfüllenden Ruhm heften –, das kann vor den Augen Gottes ein Nichts sein. Wenn wir an das Werk Kafkas mit Demut im Herzen herantreten, dürfen wir immerhin hoffen, einigen Partikeln jener Wahrheit und Reinheit, zu der es ihn hintrieb, eine Heimstätte in uns zu bereiten.

Während unserer gemeinsamen Reisen führten wir jeder ein Tagebuch. Da wir nicht nur die Landschaft und die Reisebekanntschaften, sondern mit unerschöpflichem Interesse einander gegenseitig beobachteten, ergibt es sich, daß in meinen (unveröffentlichten) Tagebüchern manches über Kafka aufgezeichnet ist, vor allem aber auch Äußerungen von ihm. Die gegenseitigen Beobachtungen haben oft spöttischen Charakter. Von all diesem gebe ich im Folgenden zum erstenmal einige wenige Proben, die nur Beispiele darstellen und die Gesamtstimmung der Notizen nur unvollkommen spiegeln.
Von der Reise im Jahre 1911 (Zürich, Lugano, Mailand, Paris) existieren umfangreiche Notizhefte. Kafkas Tagebücher über diese Reise sind publiziert. Aus einer Notiz auf Seite 1 meines Tagebuches geht hervor, daß der Plan, einen gemeinsamen Roman über unsere Freundesreise zu schreiben, in Kafkas Kopf entstanden ist. Es heißt da: »Kafkas Vorschlag einer gemeinsamen Reisearbeit. Unvollkommen erklärt (von ihm). Gleichzeitige Beschreibung der Reise, indem man die Stellung des andern zu den Dingen beschreibt.« Bald nachher heißt es: »Kafka: Ob noch kein Patriot auf den Gedanken gekommen ist, den Flächeninhalt der Schweiz zu berechnen, indem er die Oberfläche der Berge als Ebenen neben einander mißt. Müßte größer als Deutschland sein.« Ferner: »Im Ganzen verlasse ich das Bad (im Zürcher See) in verdrießlicher Erfrischtheit; doch gehören fremde Badeanstalten, wie Kafka sagt, zu den Einrichtungen, deren Vorzüge man erst in längerer Benutzung kennenlernt.« Angesichts der vielen reisenden Engländer vermerke ich: »Gespräch über die Pickwickier«. – In Flüelen: »Kafka kauft einen kostbaren Stein um vierzig Centimes.« – Kafka: »Durch allzu fleißiges Notizenmachen kommt man um viele Notizen. Es ist ein Augenschließen. Man muß das Sehn immer wieder von vorn anfangen. – Wenn man sich aber dessen bewußt bleibt, kann vielleicht das Notizenschreiben nicht so stark schaden.« – »Rückkehr zur Geschicklichkeit der Urmenschen. Wir bauen uns auf dem steinigen Strand schöne glatte Sitze, aus glatten Steinen, eine Lehne aus großen Steinen für Rücken und Arm. Dann sitzen wir unter Sträuchern im Felsen, die Füße im

Wasser, mit der Landschaft verwachsen. — Vorbeireisende zeigen einander uns als italienische Burschen.« — »Unter seinen Schmerzen führt Kafka an: ›Und dann mein Aussehn! So komme ich in mein Mannesalter. Bis zum 40. Jahre werde ich wie ein Knabe aussehn, um dann plötzlich ein vertrockneter Greis zu werden.‹« — Bei einem Ausflug an den Lago Maggiore, dem weitere folgen sollten, heißt es: »Abgelehnt, da zwei (im Tagebuch) genau beschriebene Hotels und deren Abendeleganz mehr sind als zwanzig schnell gesehene.« Über die Vegetation an diesem See: »Man darf hier Villen so hoch bauen, weil die Bäume so ungeheuer sind. Kafka: Bei uns gibt es solche nur ganz tief in den Wäldern. Gewiß gibt es hier auch Riesenpfirsiche.« — »Stresa. Der Anblick ist uns so vertraut, weil wir die zwei Tage in Stresa nichts anderes sehen als unser Hotel und diesen Weg zum Bad.« — Noch zwölf Jahre später erinnert er sich dieser Tage, es verlangt ihn nach einer »vertrauten Stunde mit Dir« (so heißt es in einem Brief an mich aus Steglitz, Oktober 1923) einer »Stunde, wie wir sie, so scheint es mir manchmal, seit den oberitalienischen Seen nicht mehr gehabt haben«. Die Sehnsucht nach der »Luganosonne« bricht auch noch in einem zweiten Brief an mich durch, schon im Endstadium seines von der Krankheit zerstörten Lebens. Im Jahre 1911 sah alles ganz anders aus, Fröhlichkeit in Fülle gab es da, Weltoffenheit, Hänseleien. Aus Paris 1911 meldet mein Tagebuch: »Kafka sagt ›Jetzt schnell. Nicht auspacken. Wir sind nur 5 Tage hier. Nur das Gesicht bissel waschen.‹ Ich tue es, warte, gehe hinauf, er reibt sich mit Seife und Waschlappen, hat allen möglichen Luxus aus dem Koffer gepackt und geht nicht, ehe er nicht wieder alles in Ordnung gebracht hat. Ich habe den Koffer nicht geöffnet.« — Im Café Riche (Paris) Gespräch mit zwei unbekannten Deutsch sprechenden Herren über Mädchen in Paris. Da ich meine Erfahrungen zum Besten gebe, dies und jenes empfehle, bekomme ich plötzlich Angst, für einen Agenten eines bestimmten Etablissements, für einen Bauernfänger gehalten zu werden. Die beiden Fremden rühmen andere Möglichkeiten. Nun sind wir nahe daran, sie für Bauernfänger zu halten. Wir beide verständigen uns mit Blicken und entfernen uns ziemlich unvermittelt. Franz gesteht mir, er hätte unbedingt den Eindruck gehabt, daß sie Bauernfänger sind, wenn er nicht eher mich für einen solchen gehalten hätte. — »Die Zeitungsausträger, bei Erscheinen der Blätter so kräftig, schleichen jetzt immer noch mit ihren unverkauften Exemplaren durch die Gassen, wie verwelkt. Einen alten sahn wir (in Mailand) in einer Nische an einer Straßenecke stehend schlafen, das Blatt in der Hand zum Verkauf vorbereitet. Wir wollten ihm Geld geben, wagten ihn nicht zu wecken. – Ein anderer weckte ihn durch einen Fußtritt, gab ihm die 5 Centesimi für das Blatt und beide lachten sehr laut.« – Von unserer Reise nach Weimar im Sommer 1912 stammen (neben vielen andern) die folgenden Notizen: »Gespräch über Grillparzer. Böhmisch-Sächsische Schweiz, die ich sonst etwas verachtet habe, macht auf Kafkas Zuspruch guten Eindruck auf mich.« – Später Notizen aus Dresden, Leipzig. Thomaskirche. Die Formulierung: »Bachdenkmal nicht gesucht und nicht gefunden«, scheint mir unter Franzens Einfluß zustandegekommen zu sein. – Ebenso die folgende über das Goethehaus in Weimar, da Kafka stets auf Licht und Luft im Arbeits- respektive Schlafzimmer geradezu pedantisch Wert legte: »Die Repräsentationsräume sind schön. Aber das Schreibzimmer dunkel (die Bäume damals allerdings niedriger) und das Schlafzimmer kläglich dumpf und eng.« – Über Kafkas leise erotische Beziehung zu der schönen Tochter des Hauswarts im Goethehaus habe ich in meiner Biographie Kafkas berichtet. Auch meldet Kafkas Tagebuch hierüber einiges. In meinem Tagebuch steht einigermaßen mißvergnügt: »Kafka macht mit der Familie des Hausmeisters einen Ausflug nach Tiefurt. Abends mit Kafka, der viel zu erzählen hat.« – Am andern Tag Schiller-Haus: »›Das hat man so als Museum eingerichtet. Da sind so Schriften und Zimmer. Auch zwei Ringe von Schiller‹ sagt die Führerin, wie entschuldigend (sanft), daß man aus diesen Dingen so viel Wesens macht.« – Es folgen dann noch viele Besuche im Goethehaus, wir verbrachten unsern ganzen Urlaub nur in Weimar, Kafka dann allerdings noch einige Tage allein im Harz (sein Urlaub war etwas länger als der meine). »Gespräch mit einem Knaben, der von Goethe nur zwei Werke kennt: 1. Rübezahl und der Glashändler, 2. Zu Dionys dem Tyrannen schlich.« – »Kafka bewundert hier alle Leute, auch ihre Art zu reden und zu denken. Vielleicht bin ich nicht ruhig genug.« Ich führe diese Bemerkung an, da aus ihr hervorgeht, eine wie starke didaktische Aura von Kafka ausstrahlte, auch wenn er nicht ausdrücklich belehrend sprach.

Im Anschluß daran publiziere ich eine Liste, die Kafka mit eigener Hand niedergeschrieben hat, und die ich in meinen Papieren finde. Ob er alle die hier genannten Bücher gelesen hat oder bloß lesen wollte, läßt sich nicht feststellen. Von einigen weiß ich, daß er sie gelesen hat, zum Beispiel Speyer.

Die Liste lautet:

Landauer, Briefe aus der französischen Revolution
(Rütten und Löning)

Russische Meisterbriefe (Musarionverlag)

Zsigmund Móricz, Hinter Gottes Rücken (Rowohlt)
Wilhelm Speyer, Wie wir einst so glücklich waren;
Schwermut der Jahreszeiten (Rowohlt)
Vincent van Gogh, Briefe an Emile Bernard und Paul Gauguin
(Schwabe, Basel)
Arthur Holitscher, Reise durch das jüdische Palästina
(S. Fischer)
Walt Whitman, 2 Bände (S. Fischer)
Annette Kolb, Das Exemplar (S. Fischer)
Theodor Haecker, Satire und Polemik (Brenner-Verlag)
Delacroix, Tagebücher

Am 26. 1. 1911 (außerhalb der Reise) notiere ich ein Gespräch mit Kafka: »›Ich wünsche mich täglich von der Erde weg‹, sagte er. — ›Was fehlt dir?‹ — ›Nichts fehlt mir, außer ich selbst.‹ — Er hat nicht gearbeitet. Nachmittag schläft er oder sieht sich im Kunstgewerbemuseum Zeitschriften an. — Befragt, worin denn eigentlich sein trauriger Zustand bestehe, äußert er: ›Ich habe hunderttausend falsche Gefühle, schreckliche. Die richtigen kommen nicht heraus oder nur in Fetzen, ganz schwach.‹ — Dann kommen wir beide überein, daß unser banaler Brotberuf uns unglücklich macht, da er uns nicht genügend Zeit läßt, uns unseren künstlerischen Arbeiten hinzugeben. Ich bitte ihn recht naiv, trotzdem seine literarischen Werke nicht zu vernachlässigen. ›Versuch es, wirst du es tun?‹ Er antwortet nicht. Dadurch verhindert er eine weitere intime Aussprache. Oft flüchtet er in seine Reserviertheit, vermutlich braucht er das, ich nehme es ihm nicht im Geringsten übel. Er hält Distanz, indem er schweigend neben mir hergeht, zehn Minuten lang auf Fragen, die ihm nicht passen, keine Antwort gibt. ›Was sind das für falsche Gedanken, die in dir aufsteigen?‹ ›Das läßt sich nicht so sagen.‹ ›Aber wenn du hunderttausend solche falsche Gefühle oder Gedanken hast, so wird dir doch wenigstens einer einfallen, den du mir mitteilen kannst.‹ Er schweigt wieder.« — Eine andere Notiz von mir: »Er kann sich nicht entschließen, einfache Dinge des Lebens zu machen, zum Beispiel ein Manuskript einzusenden (obwohl ihn Paul Wiegler, damals Redakteur der ›Bohemia‹, darum gebeten hat), oder einem Mädchen zu antworten, eine Ansichtskarte zu schreiben. Weil er alles *vollkommen* machen will! Ich bewundere ihn deshalb. Gelingt ihm ein solch einfaches Ding zu seiner Zufriedenheit, so ist er ganz glücklich, übermütig, lobt sich — wie er auch andere, die im praktischen Leben etwas Tüchtiges leisten, immer sehr lebhaft hervorhebt, als seien sie große Helden. — Eine Zeit lang wollte er nichts als sparen. Hatte große Freude (oder tat so), wenn man den Kaffee für ihn bezahlte. Natürlich war das nur Spaß. In Wirklichkeit war er im Schenken sehr großzügig, wie er (beispielsweise) durch sein Hochzeitsgeschenk an mich bewies, zwanzig Bände der neuesten Ausgabe von Meyers Konversationslexikon, ferner durch häufige Gaben teurer Bücher (Stefan George, Hofmannsthal in numerierter Vorzugsausgabe etc.).« –

Einmal notiere ich, daß er von Dostojewskis ›Jüngling‹ (damals ›Ein Halbwüchsling‹ genannt und bei Albert Langen erschienen) besonders entzückt war und mir mit lauter Stimme, außer sich vor Begeisterung, den Anfang des fünften Kapitels vorlas, den phantastisch paradoxen Plan des Helden, unbedingt reich zu werden, das Beispiel des Bettlers auf einem Wolgadampfer und so fort. – Kafka ist gewiß unter den Autoren des Jahrhunderts einer der selbständigsten, eigensinnigsten (Eigensinn auch als Sinn für das Eigene verstanden). Doch könnte der Hinweis auf dieses fünfte Kapitel lehren, wie stark sich sein Stilwillen an den Methoden Dostojewskis gebildet hat.

Einen besonders wesentlichen Einfluß hatte ferner auf Kafka der Band ›Chinesische Lyrik‹ (in deutscher Übersetzung von Hans Heilmann), der als erster Band in der Sammlung ›Die Fruchtschale‹ des Verlags R. Piper & Co. erschienen ist und kraft seiner Methode, in schlichter Prosa zu übertragen, einen vermutlich viel richtigeren, jedenfalls aber weit weniger verkünstelten und verlegen umschreibenden Eindruck der großartigen chinesischen Dichtung vermittelt als die Versübersetzungen von Klabund, Ehrenstein, Dehmel und anderen, vor allem als die leider von Gustav Mahler im ›Lied von der Erde‹ benutzten mittelmäßigen Texte von Bethge. Ich bedaure sehr, daß dieser wichtige Band von Hans Heilmann längst vergriffen ist und nicht wieder neu aufgelegt wurde. Kafka hat das Buch sehr geliebt, zeitweilig allen andern vorgezogen und mir oft mit Begeisterung daraus vorgelesen; schließlich hat er es mir geschenkt. Es steht noch heute in meiner Bibliothek. – Kafkas Freude an dem Buch begann schon bei der trefflichen Einleitung, aus der er mir gern die völlig wörtliche, noch ›unbehauene‹ Übersetzung eines chinesischen Gedichtes zum besten gab:

»Der Mond schön, schön, allein man sitzt,
Zwei Fichten stehn an dem vorderen Vordach.
Aus Südwest schwacher Wind kommt« – und so fort.

Dann aus dem Text selbst das uralte Lied eines ›Unbekannten Dichters‹: ›Er rüstet sich zum Kampfe.‹ Es beginnt: »Steh auf, Weib, hefte die lange Nadel in die rote Seide deiner Stickerei und bringe mir meine Waffen her.« Dann werden in vier Versen diese Waffen beschrieben, die das Weib dem

Manne anlegt: Schwerter, Lanze, Pfeil und Bogen. Den Schluß aber stellte Kafka mimisch dar, mit unvergleichlich theatralischer Naivität: »Nun aber zittre und flieh – denn das ist das furchtbare Antlitz, mit dem ich dem Feind begegne!«

Lieblingsgedichte Kafkas waren Li-Tai-Pe: ›Der Mann der Tat‹, dann Sao-Han: ›Die drei Frauen des Mandarins‹, Su-Tong-Po: ›Der Kormoran‹ (»Und in der Nacht, wenn der Mond auf den Wellen erglänzt, sinnt der Kormoran, auf einem Fuß im Wasser stehend. – So verfolgt der Mensch, der eine große Liebe im Herzen hat, immer das Auf- und Abwogen eines und desselben Gedankens.«), ganz besonders aber ein Gedicht von Yan-Tsen-Tsai: ›In tiefer Nacht‹, dessen Schlußzeilen Kafka gleichfalls dramatisch, humoristisch, mit einem eigentümlich gurrenden Lachen vorzulesen pflegte:

»In der kalten Nacht habe ich über meinem Buch die Stunde des Zubettgehens vergessen.
Die Parfüms meiner goldgestickten Bettdecke sind schon verflogen, der Kamin brennt nicht mehr.
Meine schöne Freundin, die mit Mühe bis dahin ihren Zorn beherrschte, reißt mir die Lampe weg.
Und fragt mich: Weißt du, wie spät es ist?«

Es sind in dem kleinen Büchlein noch viele Zeilen und Zeilengruppen, für die Kafka eine besondere Vorliebe zeigte, und diese Vorliebe, an den richtigen Beispielen dargetan, offenbart mehr über Kafkas Eigenart als langatmige Diatriben über ihn als Dichterpersönlichkeit. Mit welcher Ergriffenheit sagte er das zarte Gedicht von der ›treuen Gattin‹ auf, den Tränen nahe. Man fürchtete, er werde den noblen Schluß (»Warum habe ich Euch nicht gekannt, da ich noch frei war!«) nicht mit ungebrochener Stimme erreichen. Unvergleichlich innig, mit einem ganz eigenen Pathos, trug Kafka das Gedicht von Thu-Fu ›An Li-Tai-Pe‹ vor: »Man nennt dich Ti-Sie-Jen – Unerschöpflicher Tropfenfall – und du bist den Himmlischen gleich«; namentlich die Schlußzeilen, in denen der Dichter bei seiner Pinselarbeit geschildert und zuletzt gesagt wird: »Und wenn das Lied vollendet ist, hört man um dich herum das bewundernde Murmeln unsterblicher Geister.« Diese Zeile, von Kafka gesprochen, klingt mir noch heute im Ohr; man sah, wenn er sie mit tiefer Stimme, langsam, feierlich, leicht die Hand hebend, dabei ganz heiter aussprach, die Genien rings um den Dichter sitzen und ihn anstaunen. – Kafka liebte überhaupt solche Stellen, in denen ein großer Geist einem andern mit Ehrerbietung huldigt. So las er mir gerührt die autobiographische Darstellung vor, wie Grigorewitsch und Njekrassow (Dostojewski ›Alte

Erinnerungen‹) in der Nacht, gegen den frühen Morgen hin bei dem noch unbekannten Dichter hereinbrechen, um ihm für seine Erzählung ›Arme Leute‹ zu danken. – Um meine ›chinesischen‹ Erinnerungen an Kafka zu beschließen, erwähne ich noch, daß er zuzeiten Thu-Fu über alle andern Dichter setzte, wohl um des Einschlags von sozialem Mitleid und um seiner Kriegsfeindschaft willen; und daß ich nicht fehlzugehen glaube, in den folgenden zwei Versen von Thu-Fu eine Keimzelle zur ›Kaiserlichen Botschaft‹ zu finden:

»Die Gebirge der Nordgrenze hallen wider von Trommeln und Becken.

Im Westen sind alle Straßen voller Reiter und Kriegswagen, selbst die kaiserlichen Eilboten finden den Weg versperrt.«

Natürlich klingt bei diesen Zeilen auch noch eine ganze Reihe anderer chinesischer Szenen Kafkas auf. –

In meinen Aufzeichnungen aus dem Jahre 1930 finde ich ein Fragment, das ich hier zum Schluß anführe, weil es andeutet, zu welchen Formen die Gestalt des damals mehr als fünf Jahre toten, jedoch mit mir weiterlebenden Freundes sich zu jener Zeit entwickelt hatte, zu Formen, die sich inzwischen wieder erweitert haben, doch ohne die in unserer Beziehung von Anfang an gelegten Fundamente einzubüßen.

»In der Nacht von Silvester auf Neujahr 1930 träumte ich von ihm. Er sagte mir: ›Die große Täuschung – in dieser Hinsicht ist das Leben wirklich vollkommen.‹ Ich wachte mehrmals auf, um mich dieses Satzes zu erinnern, ihn unbedingt festzuhalten. Im Halbwachen erschien er mir von ungeheurem Wert, der mir jetzt, am Morgen, entglitten ist. Im Traum selbst erwiderte ich klagend: ›Aber unsere Freundschaft, das war doch keine Täuschung?‹ Der Schatten entschwand. Im Traum sagte ich dann weiter zu meiner Frau, die in diesen Dingen skeptisch war: ›Ich bin keiner Sache so gewiß, als daß ich Kafka wiedersehen werde.‹ Später träumte ich von einem Menschen mit großem, undeutlich weißem Gesicht; sein Körper war in dunkles Tuch gehüllt, die Beine verloren sich völlig in der Finsternis. Dieser Mensch war nicht Kafka, hatte aber einen innigen geistigen Zusammenhang mit ihm. Er war sehr freundlich zu mir, sprach, wie manche ältere Männer es tun, weise und nett, einfühlend. Er war einer, der nicht mehr auf Erden lebte. Ich beklagte mich, daß ich so viel arbeiten müsse, und sagte: das sei er glücklich los. Er (wie Achilleus in der Odyssee) schüttelte den Kopf, als sei das Leben, auch das mühevolle, nicht ohne weiteres abzulehnen. Ich: So ist es im Jenseits sehr langweilig? Er lächelte, wie man ein Kind anlächelt: Keine Ahnung, viel zu tun, sehr abwechslungsreich. Ich: Also tun nicht alle dasselbe? Es ist eine Hierarchie? Er: Auch wir mühen uns, allerdings, mit den

Menschen verglichen, in entgegengesetzter Richtung, in der Richtung des Schweigens. Da gibt es viele Stufen. Unsere besondere Freude ist die geisterfüllte Stimme. – Der Sinn dieses letzten Satzes ist mir jetzt, im Wachen, verlorengegangen. Er sprach aber viel von der ›Freude an der Stimme‹. – Dann sagte ich: Der Übergang von der diesseitigen Existenz hinüber muß schrecklich sein. Man ist ganz ratlos, hilflos. – Er bejahte das. Besonders wies er darauf hin, daß die Schädelknochen in den Kopf einschneiden, wenn sich die Seele (nach dem Tode) frei machen will. – Ich dachte: Kafka wird mir in dieser Situation helfen. – Dann kamen mir Zweifel. Kafka ließ einen gern in gefährlichen Situationen allein, in pädagogischer Absicht gleichsam, beispielsweise beim gemeinsamen Schwimmen, beim Kahnfahren. Hilf dir selbst, deutete seine spitzbüsche Mine und Geste an. – Damit erwachte ich.«

Epilog

Die von mir besorgte Kafka-Ausgabe ist am Abschluß. Mit einem starken Gefühl der Dankbarkeit gegen mein Schicksal, wie auch gegen meine Mitarbeiter, räume ich die vielen Papiere und Papierstöße weg, die jahrzehntelang (mit Unterbrechungen) meinen Schreibtisch verbarrikadiert haben. Diesen Teil meiner Lebensarbeit hätte ich also nunmehr hinter mich gebracht. Im Herbst 1958 erschien der vorläufig letzte Band ›Briefe 1902–1924‹ und enthält noch sehr wesentliche Klarstellungen, Selbstzeugnisse, Aufschlüsse über die durchaus nicht ›chaotische‹, sondern bei den ungeheuerlichsten Hemmungen und Verzweiflungsanfällen trotz allem der strengen Ordnung und der Erlösung zugewandte Lebenslinie meines Freundes.
Soviel über die Freuden der Herausgeberschaft. Nicht gerade zu den Leiden, aber doch zu den Peinlichkeiten gehört es, wenn nun eine Broschüre erscheint, in welcher der Genter Professor H. Uyttersprot ›Eine neue Ordnung der Werke Kafkas‹ verlangt. Allerdings verbirgt sich hinter dem sensationell aufgemachten Titel nur die lächerlich kleine Maus des Horaz, aber peinlich bleibt es doch, wenn man gezwungen ist, sich mit Polemik zu beschäftigen, die sich an einen Namen knüpft, den man stets heilig gehalten hat. Nun, so gefährlich ist es ja nicht, wie der Broschürentitel, der sichtlich Lärm machen soll, vermuten läßt. Nicht das ›Werk‹ Kafkas soll umgeordnet werden, sondern, genau genommen, nur ein einziges Kapitel in Kafkas Roman ›Der Prozeß‹.
Ich werde von Zeit zu Zeit gefragt, was ich von diesem Büchlein halte, das in seinem Untertitel in schlechtem Deutsch

neue Beiträge »zur Struktur von ›Der Prozeß‹ und ›Amerika‹« verspricht. Nun, ich muß aufrichtig sagen, daß ich sehr gern Anregungen entgegengenommen hätte, die mir diese beiden wichtigen Romane meines Freundes oder Teile von ihnen in neuem Licht gezeigt hätten. Leider steht gar nichts Brauchbares in dem Opusculum, das, da es sich mit Kafkas großem Namen verknüpft, ein gewisses Aufsehen zu machen nicht verfehlt hat. Das Peinliche an der Sache ist, daß sehr viele nun gelesen haben, ein flämischer Literaturprofessor habe Argumente gefunden, die es zweifelhaft erscheinen lassen, ob die Anordnung, in der ich die Kapitel des ›Prozeß‹ publiziert habe, die richtige sei. Nachgeprüft hat die Argumente kaum jemand; dies ist auch, wie Willy Haas in der ›Welt‹ dargelegt hat, im Ernst vorläufig gar nicht möglich, da Herrn Uyttersprot die Originalmanuskripte nicht vorlagen und da er so oberflächlich gearbeitet hat, daß er sich nicht einmal mit einer Anfrage an mich wandte. Übrigens wird auch eine spätere philologisch-kritische Ausgabe an der Ordnung der Kapitel in Kafkas Werken nichts ändern. Warum ich gegen seinen Willen (wahrscheinlich aber doch mit seinem geheimen Willen und Einverständnis) seine Werke zum Druck befördert habe: das habe ich im Nachwort zur ersten Auflage des ›Prozeß‹ so genau und ausführlich dargelegt, daß ich darauf gar nicht mehr zurückkommen muß. Dieses Nachwort ist in allen folgenden Auflagen mit abgedruckt, jedermann also kann es nachlesen. Es ist geradezu grotesk, in wie entstellter Form meine Gründe immer wieder da und dort angeführt werden. Ebenso grotesk ist es, wenn jetzt von manchen, die die Argumente des Professors nicht gelesen, jedenfalls nicht nachgeprüft haben, geraunt wird: »Etwas muß doch daran sein, irgend etwas stimmt da nicht.« Das Merkwürdige an der Sache ist ja eben, daß nichts, nicht das geringste an der Sache ist, daß der Professor nicht den Schatten eines Beweises oder einer begründeten Vermutung beigebracht hat. Es trifft leider zu, daß durch bloßes Gerede eine an sich ganz klare Angelegenheit trüb gemacht werden kann. Der Römer hatte recht, als er schrieb: Calumniare audacter, semper aliquid haeret. »Verleumde nur drauflos, etwas bleibt immer hängen!«
Die Argumente, die Uyttersprot für eine Neuordnung angibt, sind, wie ich im Folgenden anführe, alles andere als überzeugend. Uyttersprot will das Romankapitel ›Im Dom‹, das ich als neuntes Kapitel gebracht habe, an jene Stelle setzen, die ich dem siebenten Kapitel vorbehalte. Und ungefähr auch vice versa. Das ist alles! Denn was er sonst vorbringt, sind willkürliche Hypothesen ohne sachlichen Halt, phantasiereiche Konstruktionen ohne jegliche Einsicht in die fragmen-

tarische, inspirativ-planlose Arbeitsweise meines Freundes, von dem (in dem ganzen reichen Nachlaß) keine einzige systematisch vorausblickende Skizze eines ihm vorschwebenden Werkes übriggeblieben ist, wie wir sie etwa bei Grillparzer, bei Schiller bewundern. Kafka arbeitete stets intuitiv, in Tastversuchen, er wußte nie, an welches Ziel seine Arbeit ihn tragen würde.

Über die instinktmäßige und durchaus nicht planhafte Art, in der er schrieb, hat sich Kafka selbst geäußert (Tagebuch vom 11. 2. 1913): »Anläßlich der Korrektur des ›Urteil‹ schreibe ich alle Beziehungen auf, die mir in der Geschichte klargeworden sind, soweit ich sie gegenwärtig habe. Es ist dies notwendig, denn die Geschichte ist wie eine regelrechte Geburt mit Schmutz und Schleim bedeckt aus mir herausgekommen.« – In einer scharf ablehnenden Kritik eines ›konstruierten‹ Romans notiert er am 8. Dezember 1913 in sein Tagebuch: »Konstruktionen in Weiß' Roman. Die Kraft, sie zu beseitigen, die Pflicht, das zu tun. Ich leugne fast die Erfahrungen. Ich will Ruhe, Schritt für Schritt, oder Lauf, aber nicht ausgerechnete Sprünge von Heuschrecken.« – Wiederholt sagte er mir (und ich habe dies auch wiederholt, nicht etwa erst bei Gelegenheit des Uyttersprotschen Angriffs zitiert): »Man muß ins Dunkel hineinschreiben wie in einen Tunnel.« Wo sich ihm der Genius nicht willig darbot, brach er ab. Er wartete immer wie Pygmalion auf den Moment, in dem seine Figuren lebendig werden und ihr eigenes Leben selbständig weiterführen würden. Er ließ sich überraschen. Trat dieser Moment nicht ein, so blieb das Geschriebene als Bruchstück liegen. Daher die Fülle von Fragmenten in seinen ›Tagebüchern‹ und sonstigen Aufzeichnungen. Nur eine Mischung von Pedanterie und Willkür kann eines dieser Fragmente zu einem ›Vorspiel‹, andere als Ausfüllung von Lükken der Handlung einordnen wollen. Es sind abgebrochene Anläufe; erratische Blöcke, die ich so stehen gelassen habe, wie ich sie vorgefunden habe. Dies – und nicht ein sinnleeres Herumexperimentieren mit den Fragmenten – halte ich für das einzig respektvolle Verhalten gegenüber dem, was unvollendet geblieben ist und nie vollendet werden kann.

Hab ich mich hier gegen den Vorwurf zu verteidigen, den Zustand des Originalmanuskripts *nicht* verändert, die Fragmente nicht nach eigenem Urteil umgeordnet, sondern als Fragmente ohne Zusammenhang laut Niederschrift belassen zu haben: so werde ich anderwärts (Professor Fritz Martini im ›Jahrbuch der Deutschen Schillergesellschaft‹ 1958) mit der Rüge bedacht, ich hätte die Interpunktion Kafkas zu sehr abgeändert, zu sehr normalisiert. Kafkas »Eigenart des rhythmischen Sprechens, die auch den Gebrauch oder die Nichtachtung der Interpunktion zu einer dichterischen Gestaltungsform macht, wird durch die Normalisierung, zumal wenn sie sich nach der Konvention mit hartnäckiger Pedanterie richtet, zerstört.« Nun, Kafka war ein fanatischer Anhänger solcher ›Pedanterie‹, was Interpunktionszeichen anlangt, – ich habe mit ihm fast alle Korrekturen der Werke gelesen, die er selber in Druck gegeben hat, und kann das daher bezeugen. Übrigens braucht Martini doch nur in den Werken Kafkas nachzusehen, die zu seinen Lebzeiten erschienen sind, und wird feststellen können, daß es in diesen keinen Fehler gegen die Interpunktionsregeln, keine Improvisation, keine »fließende Vereinheitlichung« gibt; sondern überall herrscht strengste Korrektheit der Satzzeichen, soweit sie eben erzielbar, soweit sie selber nicht strittig ist. Ich erinnere mich unserer oft langdauernden, mühsamen Debatten über einen Beistrich, eine grammatische Form, wenn wir gemeinsam die Korrektur seiner Werke erledigten. Ich kenne aus intimster Zusammenarbeit die Intentionen Kafkas, mit denen er an die Drucklegung seiner Werke heranging. Und in diesem Sinne habe ich Kafkas Texte behandelt. Im gleichen Sinn wird auch eine philologisch-kritische Ausgabe einmal tätig sein müssen. Wenn Kafka die erste Niederschrift hinwarf, dann allerdings war es etwas anderes; dann nahm er sich nicht die Mühe, Beistriche zu setzen oder richtig zu setzen. Aber zwischen einer solchen flüchtigen ersten Niederschrift und einem zum Druck bestimmten Manuskript Kafkas klafft eben ein großer Unterschied. Und wenn man sich schon zum Druck entschließt, so hat man als Freund jene Form zu wählen, die aller Wahrscheinlichkeit nach und auf Grund der bekannten oder erschlossenen Intentionen Kafkas die Form gewesen wäre, in der Kafka definitiv die Interpunktion gesetzt hätte. – Nebenbei bemerkt: die von Martini analysierte Erzählung ›Der Riesenmaulwurf‹ hat Kafka gesprächsweise bald als ›Riesenmaulwurf‹, bald als ›Dorfschullehrer‹ bezeichnet. Das Manuskript selbst trägt *keinen Titel*. Daß Kafka in seinem Tagebuch vom ›Dorfschullehrer‹ spricht, beweist nicht, daß dies der definitive Titel hätte sein sollen. Ich habe von den beiden Titeln, die ich aus seinem Munde hörte, den signifikativeren gewählt. – Die von Martini getadelte Datierung, die ich übrigens bei der ersten Ausgabe nur hypothetisch geäußert habe, habe ich längst (1951) richtiggestellt (Kafkas ›Tagebücher‹, Anmerkungen Seite 710).

Und nun wieder zu Uyttersprot.

Was die angeblich nötige Umstellung anlangt, die der Genter Gelehrte postuliert, so liegt der Fall womöglich noch einfacher. Uyttersprot will das Domkapitel voranstellen, weil es ihm nicht trostlos genug scheint, weil es »ein Gefühl der

Erleichterung bietet«, während das siebente Kapitel angeblich einen pessimistischeren Ausgang verbürgt. Nun, ich halte es für sinnlos, die ›Finsternisse‹ der beiden Kapitel gegeneinander ausspielen zu wollen. Außerdem ist es sachlich unbegründet, denn auch das Kapitel ›Im Dom‹ stellt, ebenso wie das siebente Kapitel, bereits ein Non-plus-ultra an Untröstbarkeit dar. »Die Lüge wird zur Weltordnung gemacht«, läßt Kafka gerade im Dom seinen Helden sagen, den Bankbeamten K., von dessen seelischem Untergang der Roman handelt. Tiefer hinab ins Nichts geht es nicht mehr – als gerade mit diesem Satz von der »Lüge als Weltordnung«, den der Beamte »abschließend« ausspricht. Der gefolterte Mensch weiß auch (im Dom), »daß er nur mit großer Anstrengung sein Ansehen in der Bank noch wahren konnte«. Dagegen heißt es im siebenten Kapitel: »Zu übertriebener Sorge (sc. um seine Machtstellung in der Bank) war allerdings kein Grund.« Es ist also klar, daß man, falls man überhaupt derartig Imponderables zu messen unternimmt, im neunten Kapitel womöglich mehr Düsternis vorfindet als im siebenten Kapitel. Das kann durch viele andere Zitate belegt werden. So zum Beispiel heißt es im siebenten Kapitel, daß der Beamte schon öfters »überlegt hatte, ob es nicht gut wäre, eine Verteidigungsschrift auszuarbeiten und bei Gericht einzureichen«. Im neunten Kapitel sagt K., der Romanheld: »Allerdings habe ich die Eingabe noch nicht fertig.« Er hat sie also zumindest begonnen. Demnach stellt das neunte Kapitel, wie es meiner Anordnung entspricht, ein späteres Stadium dar. – Die Diskussion, ob die Zerrüttung des Helden im siebenten oder im neunten Kapitel einen stärkeren Grad erreicht hat, erscheint mir allerdings höchst überflüssig, da in beiden Kapiteln der Zustand, den Buber ›Gottesfinsternis‹ nennt, bereits unvorstellbar hohe Grade (das heißt Tiefpunkte) erreicht hat. Beide Kapitel spielen sich bereits auf dem Nullniveau der menschlichen Existenz ab.

Für die Umstellung der beiden Kapitel (und eventuell eines weiteren Kapitels) führt Uyttersprot außer dem vorigen, völlig irregehenden Grund nur noch an, daß im siebenten Kapitel (übrigens nur ganz flüchtig) Winterwetter erwähnt wird, im neunten dagegen Herbstwetter. Nun durchbricht aber Kafka die Darstellung des angeblichen Winterwetters des siebenten Kapitels durch den Ausruf eines ins Zimmer von K. eintretenden Fabrikanten: »Ein häßlicher Herbst!« Mitten im angeblichen Wintertag des siebenten Kapitels (Seite 161/62 der Schocken-Fischer-Ausgabe von 1951) steht Folgendes zu lesen: »... zog durch das Fenster in dessen ganzer Breite und Höhe der mit Rauch vermischte Nebel in das Zimmer und füllte es mit einem leichten Brandgeruch. Auch einige Schneeflocken wurden hereingeweht. *›Ein häßlicher Herbst‹*, sagte hinter K. der Fabrikant, der vom Direktor-Stellvertreter kommend unbemerkt ins Zimmer getreten war.«

Es ist meiner Meinung nach wissenschaftlich unzulässig, diesen Ausruf als bloßen Flüchtigkeitsfehler Kafkas wegzuschieben, anderseits aber aus zwei andern ebenso flüchtigen Wetterbemerkungen Argumente gegen meine Anordnung zu schmieden. Die Wahrheit ist selbstverständlich, daß sich Kafka um das Wetter seines Romans überhaupt nicht gekümmert hat. Analoge Unstimmigkeiten habe ich andernorts in Kafkas ›Amerika‹ nachgewiesen, wo zum Beispiel der Weg von New York nach San Francisco ostwärts (!) führt. Das Alter der zentralen Figur Karl Roßmann wird mehrmals verschieden hoch angegeben; das Hotel Occidental ist bald ein bescheidener Mittelbetrieb, bald ein riesenhafter Luxusbau mit hundert Lifts. Wo käme man hin, wenn man aus jeder solchen Unstimmigkeit eine neue Lesart ableiten wollte? Uyttersprot verkennt eben vollständig die Arbeitsweise meines Freundes, die ich aus mehr als zwanzigjähriger Vertrautheit genau beurteilen kann. Der Roman ›Der Prozeß‹ wurde von Kafka inspiriert niedergeschrieben, dann aber nie mehr wesentlich revidiert. Das Manuskript hat er mir später geschenkt und nie wieder angeschaut. Daher sind Flüchtigkeitsfehler stehengeblieben, die er, wenn er das Buch selber ediert hätte, bei seiner großen Gewissenhaftigkeit gewiß verbessert hätte. Mir aber verbot eine analoge Gewissenhaftigkeit, den Text zu ändern (von ein paar Interpunktionen und offenkundigen grammatischen und orthographischen Schnitzern abgesehen). Aus solchen Flüchtigkeitsfehlern Kafkas Kapital zu schlagen, um Umstellungen zu beantragen, halte ich für verwerflich*.

Wie konnte es überhaupt zu einer Diskussion über die Umordnung von zwei Romankapiteln kommen, die mein Gegner auch noch für Kapitel zwei und vier, übrigens ohne inhaltliche Relevanz, für möglich hält?

* In einer späteren philologisch-kritischen Ausgabe können diese nach Anzahl und Umfang sehr geringfügigen ›Original-Lesarten‹ einmal nachgetragen werden. Insgesamt, das heißt in allen acht Bänden, die ich selbst herausgegeben habe, handelt es sich nur um einige wenige Worte, ferner um Weglassung einiger Bemerkungen, die sich auf noch lebende Personen beziehen, und einige Auszüge aus Büchern, die Kafka für seine Tagebücher angefertigt hat, ohne etwas aus Eigenem hinzuzufügen (die Titel der Bücher habe ich angegeben), endlich um die Ausmerzung von gewissen in Prag üblichen Sprachfehlern, auf die Kafka selbst immer sehr eifrig Jagd gemacht hat, wenn er seine fertigen Manuskripte vor der Drucklegung durchsah, die also in den Manuskripten nur deshalb stehengeblieben sind, weil Kafka keine Anstalten getroffen hat, eine definitive Redaktion für den Druck herzustellen oder auch nur anzustreben. Mehr über den Charakter der sogenannten ›Änderungen‹ findet sich in meiner Kafka-Biographie, Seite 213 ff. dieser Ausgabe.

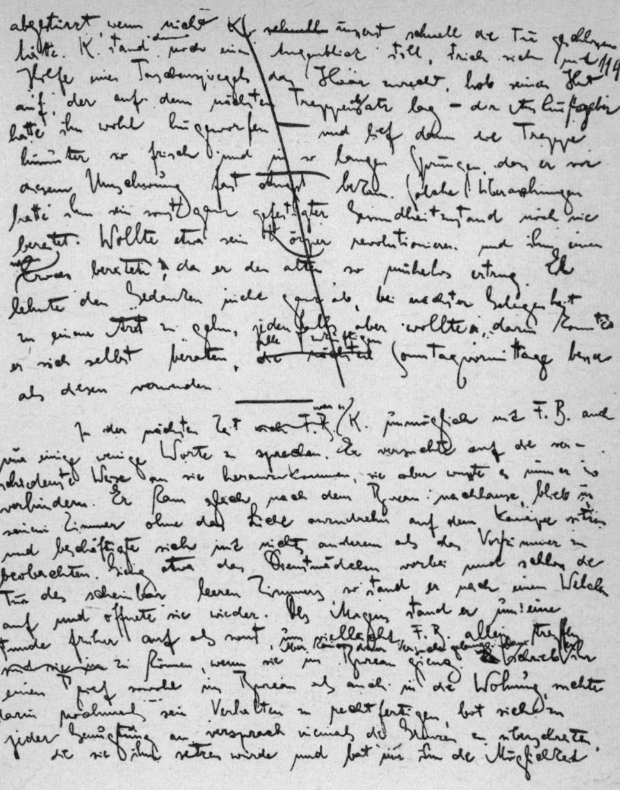

Faksimile 1

Kafka hat den Roman zuerst fortlaufend in Hefte geschrieben, dann aber hat er die einzelnen Kapitel herausgerissen und jedes Kapitel in einen Umschlag gelegt. So zeigt eine einzige gemeinsame Seite den Anfang des vierten Kapitels und den vorangehenden Schluß des dritten Kapitels. Was Kafka auf dieser Seite des Manuskripts deutlich durchgestrichen hat, hat er innerhalb des Umschlags, der das dritte Kapitel umfaßt, ergänzend neu hinzugeschrieben, teilweise in Abkürzungen, teilweise in seiner höchstpersönlichen Stenographie. Er hat also Kapitel drei und vier getrennt. Möglicherweise beabsichtigte er, wie ich selbst schon vor vielen Jahren in meinem Nachwort zur 3. Ausgabe des ›Prozeß‹ dargelegt habe (es wurde seither in jeder weiteren Auflage mit abgedruckt),

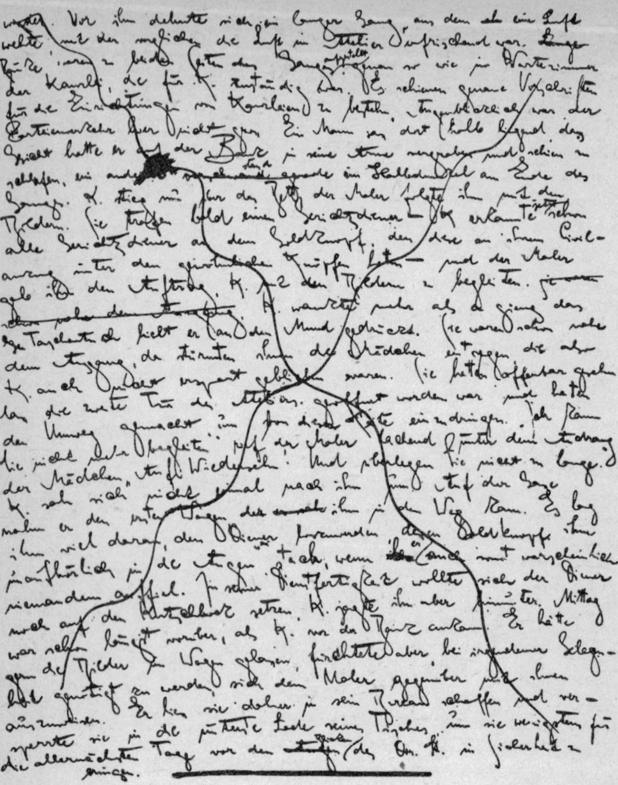

Faksimile 2

zwischen je zwei der herausgerissenen und selbständig gemachten Kapitel etwas Neues einzuschieben, das er noch schreiben wollte. Doch zum Schreiben des Einzuschiebenden ist es eben nie gekommen! Daß Kapitel vier (meiner Zählung) auf Kapitel drei zu folgen hat, kann durch einen einfachen Blick auf das Manuskript, durch Faksimile bewiesen werden. Und nicht der geringste sachliche Grund besteht, das vierte Kapitel (laut Uyttersprot) als zweites zu bezeichnen. Bei der Ordnung der Kapitel habe ich mich in erster Reihe an die Ordnung gehalten, in der die Papiere im Nachlaß lagen. Hier boten überdies die stenographischen Dubletten den genauen Weg. Ich konnte mich, soweit die Papiere innerhalb der einzelnen Kapitelumschläge durcheinander geworfen waren, bei der Ordnung der losen Papiere auf den

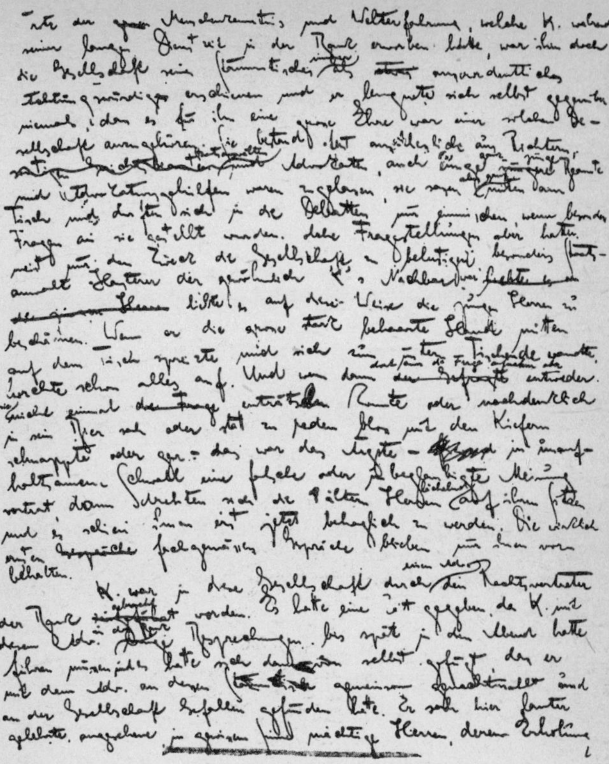

Faksimile 3

sachlichen Zusammenhang, ferner auf mein Gefühl sowie auf die Erinnerung stützen, da Kafka mir den größten Teil des Romans vorgelesen hat, einzelne Episoden sogar zweimal (bei der zweiten Lesung waren auch Felix Weltsch und Oskar Baum zugegen). Bezüglich Anordnung der Kapitel war ich auf mein Gefühl insofern angewiesen, als ich zu entscheiden hatte, welche Kapitel ich als größtenteils vollendet und daher in den Textzusammenhang gehörig (vergleiche achtes Kapitel), welche ich als unvollendet und bloß splitterhaft, daher für den ›Anhang‹ bestimmt anzusehen hatte. Die ursprüngliche Aufeinanderfolge der Kapitel steht in jenen Fällen dokumentarisch außer Frage, in denen Kafka das nachfolgende Kapitel zufällig auf der gleichen Seite begonnen hat, auf der das voranstehende Kapitel zu Ende geht. Die Streichung des voranstehenden Kapitelschlusses bedeutet nur,

daß er für die Zukunft vielleicht eine Einschiebung in Aussicht genommen hatte (die er dann aber nicht geschrieben hat). Ein solcher Zusammenstoß eines Kapitelschlusses und Kapitelanfangs, aus dem der ursprüngliche und einzig wirkliche Zusammenhang sich zwingend ergibt, findet gerade zwischen dem dritten und vierten Kapitel statt. Die auf Seite 353 reproduzierte Photokopie (Faksimile 1) beweist also, daß Uyttersprot ganz einfach irrt, wenn er eine andere Anordnung in Vorschlag bringt.
Ein anderes Beispiel: Professor Uyttersprot behauptet, das Fragment ›Staatsanwalt‹ sei eine Art Vorspiel. Im Manuskript aber steht es auf der Rückseite eines Blattes, dessen Vorderseite dreiunddreißig Schlußzeilen des siebenten Kapitels bedecken. Der fragmentarisch gebliebene ›Staatsanwalt‹ ist *kein* Vorspiel. Er hätte, wenn er beendet worden wäre, dem siebenten Kapitel nachfolgen sollen. – Aus dem Strich auf Faksimile 2 unten, der auf Faksimile 3 unten deutlich durchscheint, geht unwiderlegbar hervor, daß es sich um Vorder- und Rückseite des selben Blattes handelt (Seite 354 u. 355).
Daß Uyttersprot die unvollendeten kleinen Kapitelsplitter in den Ablauf des Romans einordnen will, hat ungefähr ebensoviel Aussicht auf Wahrheitsfindung, wie wenn jemand die ›Paralipomena‹ zu Goethes ›Faust‹ in die Tragödie am genauen Platz einfügen wollte. Ich habe es, wie schon erwähnt, für sauberer gehalten, diese winzigen Fragmente, in denen kein einziger deutlicher Zug einer Figur abgeschlossen hervortritt, in einem Anhang als ›Fragmente‹ zu vereinen, ein Vorgehen, das wohl auch philologisch das einzig Richtige ist.

IV

Anhang
zu
I Franz Kafka · Eine Biographie

I

Die Aeroplane in Brescia

von Franz Kafka

La Sentinella Bresciana vom 9. September 1909 meldet und ist davon entzückt: Wir haben in Brescia eine Volksmenge wie noch nie, wie nicht einmal zur Zeit der großen Wettfahrten der Automobile, die Fremden aus Venetien, Ligurien, Piemont, Toskana, Rom, ja bis aus Neapel, die großen Herrschaften aus Frankreich, England, Amerika drängen sich auf unseren Plätzen, in unseren Hotels, in allen Winkeln der privaten Wohnungen: alle Preise steigen ausgezeichnet; die Beförderungsmittel reichen nicht aus, um die Menge bis zum circuito aereo zu bringen; die Restaurationen auf dem Flugfeld können zweitausend Menschen vorzüglich bedienen, vor den vielen Tausenden müssen sie versagen, Militär wäre nötig, die Buffets zu schützen; auf den billigen Plätzen stehen fünfzigtausend Menschen den ganzen Tag.

Als meine zwei Freunde und ich diese Nachrichten lesen, bekommen wir Mut und Angst zugleich. Mut: denn wo ein so schreckliches Gedränge ist, pflegt alles hübsch demokratisch zuzugehen, und wo gar kein Platz ist, muß man ihn nicht suchen. Angst: Angst vor der italienischen Organisation derartiger Unternehmungen, Angst vor den Komitees, die sich um uns sorgen werden, Angst vor den Eisenbahnen, denen die ›Sentinella‹ vierstündige Verspätungen nachzurühmen weiß. Alle Erwartungen sind falsch, alle italienischen Erinnerungen mischen sich gleich zu Hause irgendwie, trüben sich, man kann sich auf sie nicht verlassen.

Noch als wir in das schwarze Loch des Bahnhofs in Brescia einfahren, wo die Menschen schreien, als brenne der Boden, ermahnen wir einander ernsthaft, was auch geschehen sollte, uns immer beisammen zu halten. Fahren wir nicht mit einer Art Feindschaft ein?

Wir steigen aus; ein Wagen, der sich kaum auf den Rädern hält, nimmt uns auf; der Kutscher ist sehr gut gelaunt; wir fahren durch fast leere Gassen zum Komiteepalast, wo man unsere innere Bosheit übergeht, als wäre sie nicht da; wir erfahren alles, was wir brauchen. Die Herberge, in die wir gewiesen werden, scheint uns auf den ersten Blick die schmutzigste zu sein, die wir je gesehen haben, aber es ist bald gar nicht mehr übertrieben arg. Ein Schmutz, der nun schon einmal da ist, von dem nicht mehr gesprochen wird, ein Schmutz, der sich nicht mehr verändert, der einheimisch geworden ist, der das menschliche Leben gewissermaßen solider und irdischer macht, ein Schmutz, aus dem unser Wirt hervoreilt, stolz für sich, demütig für uns, immerfort die Ellbogen rührend und mit den Händen (jeder Finger ist ein Kompliment) über sein Gesicht neue Schatten werfend, mit lauter Beugungen des Körpers, die wir alle später auf dem Flugfeld zum Beispiel an Gabriele d'Annunzio wiedererkennen; wer hätte, muß man fragen, gegen diesen Schmutz noch etwas auf dem Herzen.

Das Flugfeld liegt in Montechiari, mit der Lokalbahn, die nach Mantua fährt, ist es in einer kleinen Stunde zu erreichen. Diese Lokalbahn hat sich auf der allgemeinen Landstraße einen Schienenstrang vorbehalten, auf dem sie ihre Züge nicht höher, nicht tiefer als der übrige Verkehr bescheiden hinfahren läßt zwischen den Radfahrern, die mit fast geschlossenen Augen in den Staub hineinfahren, zwischen den vollständig unbrauchbaren Wagen der ganzen Provinz – die Passagiere aufnehmen, wie viele man will, und die überdies noch rasch sind, man kann es nicht begreifen – und zwischen den oft ungeheuren Automobilen, die losgelassen sich förmlich augenblicklich überschlagen wollen mit ihren in der Schnelligkeit einfältig gewordenen vielfachen Signalen.

Bisweilen verläßt einen die Hoffnung, mit diesem jämmerlichen Zug bis zum circuito zu kommen, ganz und gar. Aber ringsherum lacht man, und rechts und links in den Zug hinein lacht man. Ich stehe auf einer Plattform an einen Riesenmenschen gedrängt, der mit ausgebreiteten Beinen über den Puffern zweier Waggons steht, in einer Dusche von Ruß und Staub, die von den schwach geschüttelten Waggondecken herabkommt. Zweimal bleibt der Zug stehn, um auf einen Gegenzug zu warten, so geduldig und lange, als warte er auf eine nur zufällige Begegnung. Einige Dörfer ziehen langsam vorüber, wilde Plakate vom letzten Automobilmeeting erscheinen auf den Mauern hie und da, alle Gewächse am Straßenrand sind unkenntlich unter der Ölblattfarbe des weißen Staubes.

Weil er nicht mehr weiter kann, macht der Zug endgültig halt. Eine Gruppe Automobile bremst gleichzeitig, durch den auffliegenden Staub sehn wir nicht weit viele kleine Fahnen wehn, noch hält uns eine Rinderherde auf, die außer Rand und Band, einknickend auf dem hügeligen Boden, förmlich in die Automobile läuft.

Wir sind angekommen. Vor dem Aerodrom liegt noch ein großer Platz mit verdächtigen Holzhäuschen, für die wir andere Aufschriften erwartet hätten als: Garage, Grand Buffet International und so weiter. Ungeheure, in ihren Wägelchen fett gewordene Bettler strecken uns ihre Arme in den Weg, man ist in der Eile versucht, über sie zu springen.

Wir überholen viele Leute und werden von vielen überholt. Wir schauen in die Luft, um die es sich hier ja handelt. Gott sei Dank, noch fliegt keiner! Wir weichen nicht aus und werden doch nicht überfahren. Zwischen und hinter den tausend Fuhrwerken und ihnen entgegen hüpft italienische Kavallerie. Ordnung und Unglücksfälle scheinen gleich unmöglich.

Einmal in Brescia spät am Abend wollten wir rasch in eine bestimmte Gasse kommen, die unserer Meinung nach ziemlich entfernt war. Ein Kutscher verlangt drei Lire, wir bieten zwei. Der Kutscher verzichtet auf die Fahrt, und nur aus Freundschaft beschreibt er uns die geradezu entsetzliche Entfernung dieser Gasse. Wir fangen an, uns unseres Angebots zu schämen. Gut, drei Lire. Wir steigen ein, drei Drehungen des Wagens durch kurze Gassen, wir sind dort, wohin wir wollten. Otto, energischer als wir zwei andern, erklärt, es falle ihm natürlich nicht im geringsten ein, für die Fahrt, die eine Minute gedauert hat, drei Lire zu geben. Eine Lira sei mehr als genug. Da sei eine Lira. Es ist schon Nacht, das Gäßchen ist leer, der Kutscher ist stark. Er kommt gleich in einen Eifer, als dauere der Streit schon eine Stunde: Was? – Das sei Betrug. – Was man sich denn denke. – Drei Lire seien vereinbart, drei Lire müssen gezahlt werden, drei Lire her oder wir würden staunen. Otto: »Den Tarif oder die Wache!« Tarif? Da sei kein Tarif. – Wo gäbe es dafür einen Tarif! – Es sei eine Vereinbarung über eine Nachtfahrt gewesen, wenn wir ihm aber zwei Lire geben, so lasse er uns laufen. Otto zum Angstbekommen: »Den Tarif oder die Wache!« Noch einiges Geschrei und Suchen, dann wird ein Tarif herausgezogen, auf dem nichts zu sehen ist als Schmutz. Wir einigen uns daher auf eine Lira fünfzig, und der Kutscher fährt weiter in die enge Gasse, in der er nicht wenden kann, nicht nur wütend, sondern auch wehmütig, wie mir scheinen will. Denn unser Benehmen ist leider nicht das richtige gewesen; so darf man in Italien nicht auftreten, anderswo mag das recht sein, hier nicht. Nun, wer überlegt das in der Eile! Da ist nichts zu beklagen, man kann eben in einer kleinen Flugwoche nicht Italiener werden.

Aber Reue soll uns nicht die Freude auf dem Flugfeld verderben, das gäbe doch nur wieder frische Reue, und wir springen ins Aerodrom mehr als wir gehen in dieser Begeisterung aller Gelenke, die uns, einen nach dem andern, unter dieser Sonne hier plötzlich manchmal erfaßt.

Wir kommen an den Hangars vorüber, die mit ihren zusammengezogenen Vorhängen dastehen wie geschlossene Bühnen wandernder Komödianten. Auf ihren Giebelfeldern stehn die Namen der Aviatiker, deren Apparate sie verbergen, darüber die Trikolore ihrer Heimat. Wir lesen die Namen

Cobianchi, Cagno, Rougier, Curtiss, Moucher (ein Tridentiner, der italienische Farben trägt, er vertraut ihnen mehr als unsern), Anzani, Klub der römischen Aviatiker. Und *Blériot*? fragen wir. Blériot, an den wir die ganze Zeit über dachten, wo ist Blériot?

In dem eingezäunten Platz vor seinem Hangar läuft Rougier, ein kleiner Mensch mit auffallender Nase, in Hemdärmeln auf und ab. Er ist in äußerster, etwas unklarer Tätigkeit, er wirft die Arme mit den stark bewegten Händen, betastet sich im Gehen überall, schickt seine Arbeiter hinter den Vorhang des Hangars, ruft sie zurück, geht selbst, alle von sich drängend, hinein, während abseits seine Frau in engem weißem Kleid, einen kleinen schwarzen Hut stark ins Haar gepreßt, die Beine im kurzen Rock, zart auseinandergestellt, in die leere Hitze schaut, eine Geschäftsfrau mit allen Sorgen des Geschäftes in ihrem kleinen Kopf.

Vor dem benachbarten Hangar sitzt Curtiss ganz allein. Durch die ein wenig gelüfteten Vorhänge ist sein Apparat zu sehen; er ist größer, als man erzählt. Als wir vorüberkommen, hält Curtiss den ›New York Herald‹ in der Höhe vor sich und liest eine Zeile oben auf einer Seite; nach einer halben Stunde kommen wir wieder vorbei, er hält schon in der Mitte dieser Seite; wieder nach einer halben Stunde ist er mit der Seite fertig und fängt eine neue an. Fliegen will er heute offenbar nicht.

Wir wenden uns und sehn das weite Feld. Es ist so groß, daß alles, was sich auf ihm befindet, verlassen scheint: die Zielstange nahe bei uns, der Signalmast weit in der Ferne, der Startkatapult irgendwo rechts, ein Komiteeautomobil, das mit im Wind gespanntem gelbem Fähnchen einen Bogen über das Feld beschreibt, in seinem eigenen Staub stehenbleibt und wieder fährt.

Eine künstliche Einöde ist hier eingerichtet worden in einem fast tropischen Lande, und der Hochadel Italiens, glänzende Damen aus Paris und alle andern Tausende sind hier beisammen, um viele Stunden mit schmalen Augen in diese sonnige Einöde zu schauen. Nichts ist auf diesem Platz, was sonst auf Sportfeldern Abwechslung bringt. Es fehlen die hübschen Hürden der Pferderennen, die weißen Zeichnungen der Tennisplätze, der frische Rasen der Fußballspiele, das steinerne Auf und Ab der Automobil- und Radrennbahnen. Nur zwei- oder dreimal während des Nachmittags trabt ein Zug farbiger Reiterei quer über die Ebene. Die Füße der Pferde sind unsichtbar im Staub, das gleichmäßige Licht der Sonne ändert sich bis gegen die fünfte Nachmittagsstunde nicht. Und damit nichts im Anblick dieser Ebene störe, fehlt auch jede Musik, nur das Pfeifen der Massen auf den billigen

Plätzen sucht die Bedürfnisse des Ohres und der Ungeduld zu erfüllen. Von den teueren Tribünen aus, die hinter uns stehn, mag allerdings jenes Volk mit der leeren Ebene ohne Unterschied in eins zusammenfließen.
An einer Seite des Holzgeländers stehen viele Leute aneinander. »Wie klein!« ruft eine französische Gruppe gleichsam seufzend. Was ist denn los? Wir drängen uns durch. Aber da steht ja auf dem Felde, ganz nahe, mit wirklicher gelblicher Farbe ein kleiner Aeroplan, den man zum Fliegen vorbereitet. Nun sehen wir auch den Hangar Blériots, neben ihm den seines Schülers Leblanc, sie sind auf dem Felde selbst aufgebaut. An einen der zwei Flügel des Apparats gelehnt steht, gleich erkannt, Blériot und schaut, den Kopf fest auf dem Halse, seinen Mechanikern in die Finger, wie sie am Motor arbeiten.
Auf dieser Kleinigkeit will er in die Luft? Da haben es zum Beispiel die Leute auf dem Wasser leichter. Die können zuerst in Pfützen üben, dann in Teichen, dann in Flüssen, und erst viel später wagen sie sich aufs Meer, für diesen hier gibt es nur ein Meer.
Schon sitzt Blériot auf seinem Sitz, hält die Hand auf irgendeinem Hebel, läßt aber noch die Mechaniker gewähren, als seien sie überfleißige Kinder. Er schaut langsam zu uns her, schaut von uns weg und wieder anderswohin, behält aber den Blick immer bei sich. Er wird jetzt fliegen, nichts ist natürlicher. Dieses Gefühl des Natürlichen mit dem gleichzeitigen, allgemeinen Gefühl des Außerordentlichen, das sich von ihm nicht abhalten läßt, gibt ihm diese Haltung.
Ein Arbeiter faßt den einen Flügel der Schraube, um sie anzudrehn, er reißt an ihr, es gibt auch einen Ruck, man hört etwas wie den Atemzug eines starken Mannes im Schlaf; aber die Schraube rührt sich nicht weiter. Noch einmal wird es versucht, zehnmal wird es versucht, manchmal bleibt die Schraube gleich stehn, manchmal gibt sie sich für ein paar Wendungen her. Es liegt am Motor. Neue Arbeiten fangen an, die Zuschauer ermüden mehr als die nahe Beteiligten. Der Motor wird von allen Seiten geölt; verborgene Schrauben werden gelockert und zugeschnürt; ein Mann läuft ins Hangar, holt ein Ersatzstück; da paßt es wieder nicht; er eilt zurück, und hockend auf dem Boden des Hangars bearbeitet er es mit einem Hammer zwischen seinen Beinen. Blériot wechselt den Sitz mit einem Mechaniker, der Mechaniker mit Leblanc. Bald reißt dieser Mann an der Schraube, bald jener. Aber der Motor ist unbarmherzig, wie ein Schüler, dem man immer hilft, die ganze Klasse sagt ihm ein, nein, er kann es nicht, immer wieder bleibt er stecken, immer wieder bei der gleichen Stelle bleibt er stecken, versagt. Ein Weilchen lang

sitzt Blériot ganz still in seinem Sitz; seine sechs Mitarbeiter stehn um ihn herum, ohne sich zu rühren; alle scheinen zu träumen.

Die Zuschauer können einmal aufatmen und sich umsehn. Die junge Frau Blériot mit mütterlichem Gesicht kommt vorüber, zwei Kinder hinter ihr. Wenn ihr Mann nicht fliegen kann, ist es ihr nicht recht, und wenn er fliegt, hat sie Angst; überdies ist ihr schönes Kleid ein bißchen schwer für diese Temperatur.

Wieder wird die Schraube angedreht, vielleicht besser als früher, vielleicht auch nicht; der Motor kommt mit Lärm in Gang, als sei er ein anderer; vier Männer halten rückwärts den Apparat, und inmitten der Windstille ringsherum fährt der Luftzug von der schwingenden Schraube her in Stößen durch die Arbeitsmäntel dieser Männer. Man hört kein Wort, nur der Lärm der Schraube scheint zu kommandieren, acht Hände entlassen den Apparat, der lange über die Erdschollen hinläuft wie ein Ungeschickter auf Parketten.

Viele solcher Versuche werden gemacht, und alle enden unabsichtlich. Jeder treibt das Publikum in die Höhe, auf die Strohsessel hinauf, auf denen man mit ausgestreckten Armen zugleich sich in Balance erhält, zugleich auch Hoffnung, Angst und Freude zeigen kann. In den Pausen aber zieht die Gesellschaft des italienischen Adels die Tribünen entlang. Man begrüßt einander, verneigt sich, erkennt einander wieder, es gibt Umarmungen, man steigt die Treppen zu den Tribünen hinauf und hinab. Man zeigt einander die Principessa Laetitia Savoia Bonaparte, die Principessa Borghese, eine ältliche Dame, deren Gesicht die Farbe dunkelgelber Weintrauben hat, die Contessa Morosini. Marcello Borghese ist bei allen Damen und keiner, er scheint von der Ferne ein verständliches Gesicht zu haben, in der Nähe aber schließen sich seine Wangen über den Mundwinkeln ganz fremd. Gabriele d'Annunzio, klein und schwach, tanzt scheinbar schüchtern vor dem Conte Oldofredi, einem der bedeutendsten Herren des Komitees. Von der Tribüne schaut über das Geländer das starke Gesicht Puccinis mit einer Nase, die man eine Trinkernase nennen könnte.

Aber diese Personen erblickt man nur, wenn man sie sucht, sonst sieht man überall alles entwertend die langen Damen der heutigen Mode. Sie ziehen das Gehen dem Sitzen vor, in ihren Kleidern sitzt es sich nicht gut. Alle Gesichter, asiatisch verschleiert, werden in einer leichten Dämmerung getragen. Das am Oberkörper lose Kleid läßt die ganze Gestalt von rückwärts etwas zaghaft erscheinen; ein wie gemischter, ruheloser Eindruck entsteht, wenn solche Damen zaghaft erscheinen. Das Mieder liegt tief, kaum noch zu fassen; die Taille

scheint breiter als gewöhnlich, weil alles schmal ist; diese Frauen wollen tiefer umarmt sein.
Es war nur der Apparat Leblancs, der bisher gezeigt wurde. Nun kommt aber der Apparat, mit dem Blériot den Kanal überflogen hat; keiner hat es gesagt, alle wissen es. Eine lange Pause, und Blériot ist in der Luft, man sieht seinen geraden Oberkörper über den Flügeln, seine Beine stecken tief als Teil der Maschinerie. Die Sonne hat sich geneigt, und unter dem Baldachin der Tribünen durch beleuchtet sie die schwebenden Flügel. Hingegeben sehn alle zu ihm auf, in keinem Herzen ist für einen andern Platz. Er fliegt eine kleine Runde und zeigt sich dann fast senkrecht über uns. Und alles sieht mit gerenktem Hals, wie der Monoplan schwankt, von Blériot gepackt wird und sogar steigt. Was geschieht denn? Hier oben ist zwanzig Meter über der Erde ein Mensch in einem Holzgestell verfangen und wehrt sich gegen eine freiwillig übernommene unsichtbare Gefahr. Wir aber stehen unten ganz zurückgedrängt und wesenlos und sehen diesem Menschen zu.
Alles geht gut vorüber. Der Signalmast zeigt gleichzeitig an, daß der Wind günstiger geworden ist und Curtiss um den großen Preis von Brescia fliegen wird. Also doch? Kaum verständigt man sich darüber, schon rauscht der Motor des Curtiss, kaum sieht man hin, schon fliegt er von uns weg, fliegt über die Ebene, die sich vor ihm vergrößert, zu den Wäldern in der Ferne, die jetzt erst aufzusteigen scheinen. Lange geht sein Flug über jene Wälder, er verschwindet, wir sehen die Wälder an, nicht ihn. Hinter Häusern, Gott weiß wo, kommt er in gleicher Höhe wie früher hervor, jagt gegen uns zu; steigt er, dann sieht man die unteren Flächen des Biplans dunkel sich neigen, sinkt er, dann glänzen die oberen Flächen in der Sonne. Er kommt um den Signalmast herum und wendet gleichgültig gegen den Lärm der Begrüßung, geradeaus dorthin, von wo er gekommen ist, um nur schnell wieder klein und einsam zu werden. Er führt fünf solche Runden aus, fliegt fünfzig Kilometer in neunundvierzig Minuten und vierundzwanzig Sekunden und gewinnt damit den großen Preis von Brescia, dreißigtausend Lire. Es ist eine vollkommene Leistung, aber vollkommene Leistungen können nicht gewürdigt werden, vollkommener Leistungen hält sich am Ende jeder für fähig, zu vollkommenen Leistungen scheint kein Mut nötig. Und während Curtiss allein dort über den Wäldern arbeitet, während seine allen bekannte Frau um ihn sorgt, hat die Menge ihn fast vergessen. Überall wird nur darüber geklagt, daß Calderara nicht fliegen wird (sein Apparat ist zerbrochen), daß Rougier schon zwei Tage lang an seinem Voisinflieger herumhantiert, ohne ihn loszu-

lassen, daß Zodiac, der italienische Lenkballon, noch immer nicht gekommen ist. Über Calderaras Unglück laufen so rühmliche Gerüchte um, daß man glauben will, die Liebe der Nation sollte ihn sicherer in die Luft heben als sein Wrightflieger.

Noch hat Curtiss seinen Flug nicht beendet, und schon fangen wie vor Begeisterung in drei Hangars die Motore zu arbeiten an. Wind und Staub schlägt aus entgegengesetzten Richtungen zusammen. Zwei Augen genügen nicht. Man dreht sich auf seinem Sessel, schwankt, hält sich an irgend jemandem fest, bittet um Verzeihung, irgend jemand schwankt, reißt einen mit, man bekommt Dank. Der frühe Abend des italienischen Herbstes beginnt, auf dem Felde ist nicht mehr alles deutlich zu sehen. Gerade als Curtiss nach seinem Siegesflug vorüberkommt, ohne herzuschauen ein bißchen lächelnd die Mütze abnimmt, fängt Blériot einen kleinen Kreisflug an, den ihm alle schon vorher zutrauen! Man weiß nicht, ob man Curtiss applaudiert oder Blériot oder schon Rougier, dessen großer schwerer Apparat sich jetzt in die Luft wirft. Rougier sitzt an seinen Hebeln wie ein Herr an einem Schreibtisch, zu dem man hinter seinem Rücken auf einer kleinen Leiter kommen kann. Er steigt in kleinen Runden, überfliegt Blériot, macht ihn zum Zuschauer und hört nicht auf zu steigen.

Wenn wir noch einen Wagen bekommenn wollen, ist es höchste Zeit, wegzugehen; viele Leute drängen schon an uns vorüber. Man weiß ja, dieser Flug ist nur ein Experiment; da es schon gegen sieben Uhr geht, wird er nicht mehr offiziell registriert. In dem Vorhof des Aerodroms stehen die Chauffeure und Diener auf ihren Sitzen und zeigen auf Rougier, vor dem Aerodrom stehen die Kutscher auf den verstreuten vielen Wagen und zeigen auf Rougier; drei Züge voll bis zum letzten Puffer rühren sich nicht wegen Rougier. Wir bekommen glücklich einen Wagen, der Kutscher hockt sich vor uns nieder (einen Kutschbock gibt es nicht), und endlich wieder selbständige Existenzen geworden, fahren wir los. Max macht die sehr richtige Bemerkung, daß man etwas Ähnliches wie hier auch in Prag veranstalten könnte und sollte. Es müßte ja kein Wettfliegen sein, meint er, trotzdem auch das sich lohnen würde, aber einen Aviatiker einladen, das wäre doch sicher eine Leichtigkeit, und kein Beteiligter würde es zu bereuen haben. Die Sache wäre ja so einfach; jetzt fliegt Wright in Berlin. Man müßte also die Leute nur zu dem kleinen Umweg überreden. Wir zwei andern antworten nichts, da wir erstens müde sind und zweitens auch sonst nichts einzuwenden hätten. Der Weg dreht sich, und Rougier erscheint so hoch, daß man glaubt, seine Lage könne bald nur nach den

Sternen bestimmt werden, die sich gleich auf dem Himmel zeigen werden, der sich schon dunkel verfärbt. Wir hören nicht auf, uns umzudrehen; gerade steigt noch Rougier, mit uns aber geht es endgültig tiefer in die Campagna.

II

Erinnerungen an Franz Kafka

von Rudolf Fuchs

An die Anfänge meiner Bekanntschaft mit Kafka kann ich mich nicht erinnern. Ich glaube, daß ich ihn im Winter 1912 kennengelernt habe. Damals hatten wir jungen Schriftsteller einen Stammtisch in einem Kaffeehaus Ecke Hybernergasse und Pflastergasse. Ab und zu nahm auch Kafka bei uns Platz.

Er machte den Eindruck eines durchaus gesunden Menschen. Krankheiten zu verhüten, schien er peinlich bedacht zu sein. An einem heißen Nachmittag begleitete ich ihn durch die alte Eisengasse. Vor einer Sodawasserbude blieb ich stehen und trank eine Limonade, nachdem ich den Rand des Glases vorher mit der Hand abgewischt hatte. Kafka beobachtete mich mißbilligend. »Das kann Ihnen nicht helfen«, sagte er.

Nachts zogen wir einmal in größerer Gesellschaft nach Weinberge. Es war im Winter und furchtbar kalt. Kafka hatte einen leichten Überrock. Werfel setzte ihm wegen seiner leichten Kleidung zu. Kafka erzählte, daß er auch im Winter kalt bade. Er ließ den Spott der anderen mit freundlicher Heiterkeit über sich ergehen. Besonders Werfel machte sich über ihn lustig, weil er sich so viel um seinen Kadaver kümmere. Ich erinnere mich, daß wir damals gerade oberhalb des Weinberger Viadukts standen. Kafka zog sein Hosenbein hoch und zeigte in der frostigen Nacht die nackte Wade.

Ich wohnte damals in einer sehr lärmenden Straße; es war in dem Eckhaus der Stephansgasse und der Gerstengasse. Ich litt sehr unter dem Lärm. Über dieses Leiden konnte ich mit niemand besser sprechen als mit Kafka. Vor dem Hause befand sich die Haltestelle der Elektrischen, gegenüber war ein Gasthaus, in dessen Garten während der Sommermonate bis tief in die Nacht eine Kapelle konzertierte. Aus einem Nachtcafé war ein Orchestrion zu hören. Wand an Wand mit unserer Wohnung war das Krankenzimmer eines schwindsüchtigen Schneidermeisters; der Mann war verheiratet; seine Frau spielte Klavier. In der Wohnung wohnten wir sieben Jahre. Ich arbeitete schwer und schlief elend. Auch Kafka hatte einen schlechten Schlaf. Er sagte mir, bei ihm habe es auch mit Schlaflosigkeit angefangen; später seien noch quälende Kopfschmerzen hinzugekommen. Er beschrieb sachlich die Art seiner Kopfschmerzen, ohne im geringsten Mitleid zu erwarten und zu verlangen. Es waren einfach die Kopfschmerzen, die er, wie er meinte, vor mir einstweilen voraushatte.

Gegen Lärm schützte er sich, indem er sich Watte in die Ohren stopfte. Er empfahl mir diese Methode eindringlich. Ich habe mich an seinen Rat gehalten, und noch heute kann ich nicht einschlafen, wenn ich mir nicht zuvor die Ohren verstopft habe. Einmal habe ich bei ihm zwei kleine Pölsterchen gesehen, die über den Ohren zusammenzubinden waren. Es war, wie ich vermute, ein Geschenk von Frauenhand.

Man konnte Kafka oft allein begegnen, in den Straßen, in den Gartenanlagen Prags. Er war nicht im geringsten alteriert, wenn man sich ihm zugesellte. Er vermied es gern, von sich zu sprechen, und war, wenn man erzählte, ganz Ohr. Selbst als ihn schon seine Krankheit quälte, behielt er seinen lächelnden Gesichtsausdruck. Es war etwas ägyptisch Rätselhaftes in seinem Ausdruck.

Er war immer diskussionsbereit, das heißt: bereit, sich zu verständigen, sei es auch mit wenigen, kurzen, oft hastigen Worten, sei es mit einem beredten Schweigen, das nicht mißzuverstehen war. Das Leben und Wirken seiner Freunde verfolgte er mit großer Aufmerksamkeit. Er war vieler Leute Freund, wiewohl er nur ganz wenigen gestattete, seine Freunde zu sein. Dankbar erinnere ich mich an Folgendes: Ich begegnete ihm in der Herrengasse. Tags vorher war ein Gedicht von mir im ›Tagblatt‹ erschienen. Es hieß ›Villa Milde Ruh‹. Er lobte es. Mir selbst wollte es nicht mehr ganz so gefallen. Es war älteren Datums. Ich wagte einen Zweifel an der Aufrichtigkeit seines Lobes auszusprechen. Da zitierte Kafka das Gedicht auswendig.

Als sein erstes Buch ›Betrachtungen‹ bei Wolff erschienen war, sagte er mir: »Elf Bücher wurden bei André abgesetzt. Zehn habe ich selbst gekauft. Ich möchte nur wissen, wer das elfte hat.« Dabei lächelte er vergnügt. Darüber, was er schrieb und wie wichtig oder unwichtig es ihm war, erfuhr man nichts.

Einmal hatte ihn Willy Haas für eine Vorlesung Prager Autoren in einem kleinen Saale eines Hotels auf dem Wenzelsplatz gewonnen. Kafka las damals seine später bei Wolff erschienene Novelle ›Das Urteil‹. Er las mit solch einer still verzweifelten Magie, daß ich ihn auch heute noch, nach sicherlich nicht viel weniger als zwanzig Jahren, in dem abgedunkelten schmalen Vortragssaal vor mir sehe. Alles andere habe ich allerdings vergessen.

Kafka war schlank, gut gewachsen, schön. Von Mädchen sprach er höchstens nur im allgemeinen. 1917–18 war ich in Wien. Kafka hatte mich brieflich ersucht, für ihn ein ruhiges Hotelzimmer zu mieten. Er kam von Budapest. Er hatte mir schon in Prag zuvor Andeutungen gemacht, in Budapest werde es sich entscheiden, ob er eine Verlobung aufrechterhalten oder lösen werde. In Wien erzählte er mir, er habe mit seiner Braut gebrochen. Kafka war dabei vollkommen ruhig. Er schien sich sogar wohl zu fühlen. Er besuchte mit mir das Café Central. Es war schon spät und das Haus ziemlich leer. Kafka war alles zufrieden.
Ein junges, hübsches Mädchen in Prag erzählte mir, es habe Kafka viele Briefe geschrieben. Sie hatte sich in ihn verliebt. Kafka antwortete ausführlich und warnte sie vor sich.
Dann sah ich ihn in der letzten Zeit seines Lebens. Er war mager geworden, sprach heiser und atmete schwer. Er trug auch bei kalter Witterung einen leichten Mantel. Auf der Gasse zeigte er mir, wie ihm der Mantel weit sei und wie er sich angenehm trage, ohne seine Brust beim Atmen zu beengen. Er turnte förmlich darin.
Wieder vergingen Monate. Er war außerhalb von Prag. Man hörte, daß es ihm sehr schlecht ging. Sein Ende war unabwendbar. Ich las noch eine Karte, worin es hieß: Ich schreibe Ihnen Montag mehr, wenn nichts dazwischen kommt.
Sein Begräbnis. Die Gebethalle des jüdischen Friedhofs in Prag. Große Beteiligung. Hebräische Gebete. Die Trauer seiner Eltern und Geschwister. Die stumme Verzweiflung seiner Gefährtin, die an seinem Grab wie tot hinfällt. Das trübe Wetter, das sich nur auf Augenblicke erhellt. Weiß Gott, man konnt es nicht glauben, daß in der nackten Holztruhe Franz Kafka begraben wird, der Dichter, der gerade erst groß zu werden begann.

III

Kleine Erinnerungen an Franz Kafka*

von Dora Gerrit

In ländlicher Abgeschiedenheit zwischen Hügeln und Wäldern in winterlichem Schnee betrieb Kafka auf der Veranda einer kleinen Pension eine Liegekur, die ihm seine schwankende Gesundheit aufzwang.
Er unterhielt sich viel mit einem lebhaften Mädchen undefinierbaren Alters, das ihm wohl viel Allgemeines und Inter-

* Veröffentlicht in der ›Bohemia‹ vom 27. Februar 1931. Die Verfasserin ist mir unbekannt.

essantes, aber niemals etwas von sich erzählte. Da begrüßte er sie eines Morgens, als sie an seinen Liegesessel trat, lebhaft und sagte: »Ich habe von Ihnen geträumt! Sie gingen in einem weiten, bauschigen, braunen Seidengewande, das unten mit roten Herzen eingesäumt war, in großen, schwingenden und elastischen Bewegungen einen sehr weiten, langen Weg – da trat Ihnen ein großer, schlanker, rothaariger Mann freudig entgegen. Sie öffneten die Arme und riefen laut und erlöst: ›Endlich!‹ – Sagen Sie, haben Sie vielleicht in Ihrem Leben so etwas Ähnliches erlebt?« – Sie lächelte still und sagte: »Ja, viele haben sich um mich bemüht, aber nur in einem einzigen fühlte ich mein Schicksal. Zwischen meiner Liebe und meiner Verlobung lagen neun Jahre. Dazwischen heiratete und schied sich jener Mann und hatte zwei Kinder, als er endlich zu mir, seiner Jugendliebe, zurückkehrte. – Dies ist die poesievolle Gleichheit Ihres Traumes mit meinem Geschick. Nicht geträumt und dennoch vorgeahnt haben Sie, daß dieser Mann schnell vergaß und nach drei Monaten der Abschiedsbrief zwischen uns schon geschrieben war!«
Später einmal, als sie behauptete, Boz Dickens sei langweilig, las er ihr ein paar heitere Seiten, die erste Verlobung aus ›David Copperfield‹, vor; er las vorzüglich, sie lachte herzlich und war bekehrt.
Dann gab er ihr ein Bündelchen Korrekturbogen, bat, sie zu lesen und eine Meinung zu sagen, ein Freund hätte ihm dies geschickt. Sie las seinen ›Landarzt‹, die Variationen über die Furchtbarkeit dieses Berufes; und als sie ihm das Büchlein zurückgab, erwähnte sie, daß auch ein kleiner Cousin von ihr an demselben Leiden habe sterben müssen wie die Bauersfrau in dieser Geschichte. Es war da eine ganz absonderliche Art innerer Wundverpestung beschrieben. »Das ist merkwürdig«, rief Kafka – »ich habe medizinisch nie von dieser Krankheit gehört – habe sie mir nur zusammenphantasiert; ich bin erstaunt, daß es dies wirklich gibt, aber es beruhigt mich, daß ich es richtig geahnt habe.«
Auf seinem Liegesessel lag er in viele Decken eingehüllt den ganzen Tag in frischer Winterluft, eine Kappe tief ins Genick gezogen. »Oh, was für eine schöne Fliegerkappe Sie heute anhaben«, rief ihm jemand zu. »Mehr Lieger- als Fliegerkappe«, lächelte er leise, resigniert mit seinen stahlblauen Augen von einer Seite zur anderen herumblickend. Ein junges Mädchen, mit schwerem Seelenerbe und leerem Leben belastet, gehörte in diesen Kreis und erregte sein mitfühlendes Interesse. Er warnte, beschwor, lehrte sie, sich der Zukunft in Arbeit zu ergeben und alle Besserung in Wirken und Leisten zu erhoffen. – Als er abreiste, blieb sie lange in Briefwechsel mit ihm und wurde selbständige Landwirtin.

Er verteidigte ein Kind, dessen stete Vergeßlichkeit man rügte: »Vielleicht hat es viel interessante Dinge in seinem kleinen Kopf und kann sich damit beschäftigen, während ihn der Auftrag langweilt und ihm gar nichts sagt. Erwachsene sprechen für Erwachsene!«
Kafka wußte allem eine leuchtende Seite abzugewinnen. Es war, als trete man an ein sonnenbeschienenes Meer von tausend funkelnden Wellchen überzittert – und geblendet müsse man die Augen schließen, um geringeres Licht aufzusuchen.

IV

Eine Bemerkung zu Kafkas »Schloß«

›Verlockung im Dorf‹ heißt das Bruchstück, das in den kürzlich erschienenen Tagebüchern Kafkas (S. Fischer Verlag) nun zum ersten Male in deutscher Sprache publiziert wird und als frühe Vorstudie (1914, während der ›Schloß‹-Roman keinesfalls vor 1917 begonnen wurde) zu Kafkas Hauptwerk aufzufassen ist, zur Tragödie des Mannes, der unter den Menschen im Dorf wohnen will, sich in der Fremde aber nicht einwurzeln und den Weg zu dem ›Schloß‹, das beherrschend über dem Dorf aufragt, nicht finden kann. Daß die Stimmung fast hoffnungsleerer Einsamkeit, schicksalhaften Mißtrauens und Mißverstandenwerdens seitens der Landeseinheimischen, daß dies alles schon in der Vorstudie wetterleuchtet, zeigen gleich die erten Sätze, die einer der Autochthonen spricht, indem er sich an seine Frau wendet: »Ich komme schon, warte nur noch ein Weilchen. Ich will nur noch zusehen, was dieser Mann hier machen wird. Er ist ein Fremder. Er treibt sich hier ganz unnötigerweise herum. Sieh nur.« Worauf der Held (des Fragments) erwidert: »Ich suche hier den Gasthof, nichts weiter. Ihr Mann hat kein Recht, in dieser Weise von mir zu reden und Ihnen vielleicht eine falsche Meinung von mir beizubringen.« Etwas später repliziert die Frau leise, in Gestalt einer ähnlichen Figur: »Er redet so viel.« Mehr Kritik des fremden unerwünschten Eindringlings ist nicht vonnöten.
Die neuerliche Lektüre dieses suggestiven, ja narkotisch wirkenden Fragments ließ mich an ein noch früheres Stadium des ›Schloß‹-Planes denken, an einen Zusammenhang von Kafkas Grundkonzeption mit einem Werk der tschechischen Dichterin Božena Němcová, auf den meines Wissens bisher noch niemand hingewiesen hat.
Božena Němcová lebte 1820 bis 1862. Ihr Hauptwerk ›Die Großmutter‹, ein idyllischer Roman von herzenszarter

Einfachheit, wurde an den Prager deutschen Gymnasien als Grundlage des tschechischen Sprachunterrichts benützt. So hat Kafka die wundervoll einschmeichelnde und dabei treuherzige, charakterhaft-aufrechte Erzählung aus dem Gebirgsdorf am Fuße des Riesengebirges kennengelernt; so habe auch ich sie, ein Jahr später, mit Begeisterung gelesen. (Das Buch ist übrigens auch in mehreren deutschen Übersetzungen erschienen, unter anderem in Reclams Universalbibliothek.) – Seltsam ist es, daß ungefähr zu gleicher Zeit, in der die hochbedeutende Frau das Bauernleben Nordostböhmens in tschechischer Sprache beschrieb, ein anderer Dichter, einer der größten deutschen, an den Bauern Südwestböhmens, des Böhmerwaldes, die alte gute Sitte, volksmäßige Überlieferung und Religiosität in gleichfalls autobiographischer Novellistik, in ebenso lebendiger tausendfacher Buntheit zu schildern und ins Beispielhaft-Beruhigte zu sublimieren unternahm: Adalbert Stifter. Stifter und die Němcová haben vermutlich nichts voneinander gewußt, obwohl sie Zeitgenossen und in ihren Akkorden der Waldeinsamkeit einander seelennah waren. Die Němcová kämpfte mit all ihren dichterischen und folkloristischen Bestrebungen auf Seite der tschechisch-nationalen Renaissancebewegung – was sie übrigens nicht hinderte, ihrer ›Großmutter‹ ein Motto aus Gutzkows ›Rittern vom Geiste‹ in deutscher Sprache voranzustellen; ihr Mann wie ihre Freunde wurden von den damaligen österreichischen Behörden, gegen die Stifter nur pädagogisch protestierte, als politisch Verdächtige rauh behandelt. Bei allem Disparaten ist das Gemeinsame zwischen den beiden Dichtern unverkennbar: die Suche nach einem richtigen, schlichten, geistig gelenkten Sein.

Kafka liebte ganz besonders das Briefwerk der leidenschaftlichen schönen Frau, deren Auftauchen aus der Provinz einst, einige Menschenalter vor unserer Zeit, in der Gesellschaft der Prager tschechischen Patrioten und Spracherneuerer Sensation erregt hatte. Ihre unglückliche Ehe, ihre sinnlich brennende Liebe zu gesinnungsverwandten Freunden, ihre zarte Sorge um ihre Kinder, ihre Aufschwünge und Niederbrüche, das im Gegensatz zu ihrer manchmal altväterlichen Schreibweise sturmgepeitschte Leben, ihr früher Untergang – all das waren Dinge, die in Kafkas Verständnis und Mitgefühl heftig nachschwangen. Oft las er mir aus diesen Briefen vor, die (meines Wissens) bisher nicht übersetzt wurden, obwohl sie zu den großen Dokumenten einer kämpfenden Seele gehören. – Darüber hinaus nun scheint mir, daß die Grundanlage von Kafkas ›Schloß‹ Züge trägt, die vielleicht auf die unbewußte Wirkung jener zuerst pflichtmäßigen, dann zündenden Gymnasiallektüre des ›Großmutter‹-Romans zurückgehen.

Daß Kafka solchen Beeinflussungen zugänglich war, bezeugt er in seinen Tagebüchern wiederholt, oft mit übertriebener Gewissenhaftigkeit, ja mit einer Art von rührendem Schuldbewußtsein. Bekannt ist der Zusammenhang, den er zwischen seinem Roman ›Amerika‹ und Dickens' ›David Copperfield‹ festlegen zu müssen glaubt. Er geht in der Unterstreichung dieser ›Abhängigkeit‹ meinem Eindruck nach viel zu weit, spielerisch weit. Als noch weniger bestimmt, aber dennoch in Spuren unverkennbar, sei im Folgenden ein Nachwirken der alten klassischen tschechischen Erzählung in Kafkas ›Schloß‹-Konzeption angedeutet, das, wie es scheint, von Kafka selbst nicht bemerkt worden ist. Doch erwähnt er die Dichterin mehrmals in den Briefen an Milena.
Die Menschen in der ›Großmutter‹ der Němcová leben in ihrem Dorf und haben keinen rechten Zugang zur Gutsherrschaft im Schloß. Im Schloß wird deutsch gesprochen, im Dorf tschechisch. Schon das ergibt Entfremdung. Dazu kommt, daß die Fürstin nur vorübergehend im Schloß lebt; meist ist sie auf Reisen, fern in Wien, in Italien. Eine Episode, die die Großmutter aus ihren Jugendjahren erzählt, eine der schönsten Stellen des Buches, handelt von dem geradezu zauberhaften Auftauchen des guten Kaisers Josef II. unter dem verdutzten Landvolk. Wie ein Stern aus fernen Welten zieht er vorbei. Auch die Fürstin, die das Dorf beherrscht, ist ein durchaus gütiger, aufgeklärt regierender, sozusagen josefinischer Mensch; aber zwischen sie und die Bauern (hier wird die Analogie zu Kafkas ›Schloß‹ ganz greifbar) schiebt sich eine dunkle Horde von Kammerdienern, Schloßbeamten, eigensüchtigen, aufgeblasenen, betrügerischen Bürokraten. Ohne daß die Fürstin es will, ist sie vom Volke abgeschnitten, bleibt unzugänglich, uninformiert. Nur gerade die Hauptfigur des Buches, die Großmutter, durchbricht den Bann, dringt zur Fürstin vor und schafft zuletzt den Verfolgten ihr Recht – etwas, was der Held in Kafkas ›Schloß‹ zwar immerfort versucht, aber nie erreicht. Insofern gehört der Roman der Němcová einem Zeitalter an, das den Glauben an den ›guten Menschen‹ und an seinen Erfolg mit mehr Zuversicht pflegen durfte, als es unserem Krisen-Geschlecht gestattet ist.
In der Schilderung der Zwischentypen aber, die sich zwischen die Herrschaft im Schloß und die Bauernschaft drängen, besteht eine Übereinstimmung zwischen dem älteren und dem neueren Werk, die in Einzelheiten verblüfft. Zentrum der dörfischen Meinungsbildung ist bei der Němcová wie bei Kafka das Dorfwirtshaus. Die Ruhe wird durch einen jungen italienischen Hofschranzen gestört, der hinter Christel, der schönen Tochter des Wirts, her ist, ihr ganz ebensolche un-

sittlichen Anträge macht, wie in Kafkas Roman dem Mädchen Amalia jener Hofbeamte, der merkwürdigerweise auch einen italienischen Namen (den einzigen des Romans) trägt: Sortini. Über die seltsam antinomistische Sortini-Episode in Kafkas ›Schloß‹ ist viel geschrieben worden; vielleicht wird etliches klarer, wenn man die einfache Vorform, die ›Story‹ im Großmutter-Roman, vergleichend heranzieht. Auch bei der Němcová lehnt das junge Mädchen die unverblümten Zumutungen des Schloßbeamten ab, aber auch ihr wird nicht geheuer dabei, sie fürchtet mit Recht die aus dem Zusammenstoß hervorkommenden Gefahren, den Einfluß und die Rache des mächtigen Mannes. Die Art, in der sie der Großmutter von dem Abenteuer berichtet, hat besonders im Ansatz viel Verwandtes mit der Erzählung Kafkas. Ich zitiere einige Worte, die Christel spricht:

»Also denkt Euch, der Taugenichts, der Italiener, kam jeden Tag zu uns auf ein Bier – das wäre nichts Schlimmes, das Wirtshaus ist für alle Leut' da –, aber statt wie ein ordentlicher Mensch hinterm Tisch zu sitzen, hat er mir nachgestellt. Wo ich mich hinwandte, war er mir auf den Fersen. Mein Vater zog eine sauere Miene, aber Ihr kennt ihn, er ist ein guter Mann, will keinem Küchlein wehtun und möcht' sich keinen Gast abwendig machen, vor allem die vom Schloß nicht.«

Es scheint mir, daß Kafkas doppeldeutige Schloß-Melodie hier klar genug anklingt. So auch im Folgenden noch öfters. Christels Reue über das, was sie doch eigentlich im besten Gefühl getan hat – oder die lapidare Beschreibung, die sie vom Geschäftsgang im ›Schloß‹ gibt, indem sie berichtet, wie man die Beamten oben zu bestechen versucht hat: »Das ist unsere einzige Hoffnung. Da sie ihn einvernommen haben, werden sie vielleicht doch helfen; aber es ist schon oft vorgekommen, daß sie verhört haben und nicht geholfen haben; sie sagen dann kurz, es war nicht möglich; und man mußte sich zufriedengeben.« – Hier merkt der Leser wohl, daß auch dem einfachen Realismus der Němcová das Gespenstische, das dann bei Kafka so herzbeklemmend wuchert, nicht ganz fremd ist. Freilich hat Kafka die Anregung, die er, wie ich glaube, seiner Jugendlektüre entnommen hat, völlig selbständig verarbeitet, und der nicht bloß gradweise Unterschied, daß die Schloßherrin bei der Němcová selten, der hohe Schloßherr bei Kafka aber nie zu sehen ist, soll durch meinen Hinweis nicht etwa verkleinert werden.

V

Ermordung einer Puppe namens Franz Kafka

In dem Buche ›Kafka, pro und contra‹, das Günther Anders im Verlag C. H. Beck (München) erscheinen läßt, hat dieser Essayist eine Puppe geschaffen, die mit Franz Kafka fast nichts zu tun hat und der er trotzdem den Namen Franz Kafka gibt. – Der eben niedergeschriebene Satz muß genau gelesen werden. Es ist nicht so, daß der von G. Anders in die Welt gesetzte Popanz gar nichts mit Kafka zu schaffen hätte; sondern ›fast nichts‹. Und gerade das ist das Gefährliche, Verführerische an der Sache, daß einige weniger wichtige, für die Erkenntnis der wahren Wesensart Kafkas zweitrangige Charakterzüge richtig beobachtet sind. Sie gehören daher dem wirklichen, lebendigen Autor Kafka und der toten Puppe, die in dem neuen Buche spukt, gemeinsam an. Man kann, so gern man wollte, Kafka und die baumelnde Puppe nicht völlig trennen. Auf die Darlegung dieser Nebenzüge ist viel Geist verwendet, vielleicht allzuviel, allzu ostensibler und undemütiger Geist, selbstbewußt und sicher, im Gegensatz zu dem ach so unsicheren, zweiflerischen, schwankenden, wenig selbstbewußten Kafka. – Doch neben gut gesehenen Nebendetails steht das Faktum, daß G. Anders die *Hauptsachen völlig verdreht.* Und das Unverstandene, Verzerrte legt er in seinem Werkchen mit genau der gleichen unerschütterlichen Selbstgewißheit dar, mit der er die richtig erfaßten Einzelheiten (zum Beispiel einige Facetten der ästhetischen Wirkung Kafkas) beschreibt. Man könnte verleitet werden, aus der guten Einzelbeobachtung, die da und dort aufscheint, auf eine Richtigkeit der Grundeinstellung des Kritikers und seines Resümees zu schließen. Doch gerade das zentrale Problem ist hoffnungslos unrichtig aufgefaßt, wie ich im Folgenden nachzuweisen gedenke. – Es ist dabei nicht entscheidend, vielmehr es steigert sogar die Gefährlichkeit und Verführungskraft des Buches, daß dieses Verfehlen des eigentlichen Wertes gleichsam nur um eine Nuance danebentrifft, daß die völlige Verzerrung nur durch eine kleine Drehung des Handgelenks zustande kommt. Durch eine kleine Drehung der Hand kann man aus einem lebenden Huhn ein totes, aus der atmend religiösen Grundstruktur Kafkas eine Puppe machen, die nie gelebt hat. Gegen diese tote Puppe eigener Faktur kämpft Anders und besiegt sie glorreich. Wir wollen diese analysierende Abschlachtung einer Puppe nun unsererseits analysieren.

Medias in res. Wo steckt der Hauptirrtum der Andersschen Schrift, aus dem alle übrigen resultieren?
Ich stelle einige Puppen-Sätze von Anders, die das Wesen Kafkas zusammenfassen wollen, und einige wirkliche Sätze des lebendigen Kafka nebeneinander. Man wird sofort sehen, daß es zwei ganz verschiedene Wesenheiten sind, die hier zu Wort kommen und von denen die eine nur kraft Willkür des Kritikers G. Anders den Namen Kafka führt.

Anders sagt:	*Kafka sagt:*
(Kafka) fragt nicht nach Gut oder Böse der Welt, die er in ihrer ganzen Miserabilität respektiert.	Zeitweilige Befriedigung kann ich von Arbeiten wie ›Landarzt‹ noch haben … Glück aber nur, falls ich *die Welt ins Reine, Wahre, Unveränderliche emporheben* kann. — Er ist der Meinung, man *müsse nur einmal zum Guten übergehen und sei schon gerettet,* ohne Rücksicht auf die Vergangenheit und sogar ohne Rücksicht auf die Zukunft.
Er ist ein Realist der entmenschten Welt; aber auch deren Apotheotiker. Macht ist ihm Recht und der Entrechtete schuldig. Er verlangt das Paradies; aber nicht herzustellen, sondern zu betreten.	Der Tod ist vor uns, etwa wie im Schulzimmer an der Wand ein Bild der Alexanderschlacht. Es kommt darauf an, *durch unsere Taten noch in diesem Leben* das Bild zu verdunkeln oder gar auszulöschen.
Er ist Atheist; aber macht aus Atheismus eine Theologie. Er ist Philosoph; aber als Agnostiker.	Der Mensch kann nicht leben ohne ein dauerndes Vertrauen zu etwas Unzerstörbarem in sich. *Glauben heißt: das Unzerstörbare in sich befreien, oder richtiger: unzerstörbar sein, oder richtiger: sein.*
Seine Philosophie ist die des vergeblichen Gleichschalters, der sich mit den Augen der vergeblich um-	Die Krähen behaupten, eine einzige Krähe könnte den Himmel zerstören. Das ist zweifellos, beweist aber

worbenen Macht sieht.
Was ist, ist ihm (wenn auch nicht ›vernünftig‹, so doch) berechtigt.

Er ist von der Übermacht der verdinglichten Welt erschreckt.
Er entstellt, um festzustellen; aber *uns* ›stellt‹ er gleichfalls ›fest‹, das heißt, er lähmt uns.
Er diskutiert Rechte; aber er weiß nicht einmal, ob er dazu das Recht habe.

nichts gegen den Himmel, denn Himmel bedeutet eben: Unmöglichkeit von Krähen.

Es gibt nichts anderes als eine geistige Welt; was wir sinnliche Welt nennen, ist das Böse in der geistigen, und was wir böse nennen, ist nur eine Notwendigkeit eines Augenblicks unserer ewigen Entwicklung.
Mit stärkstem Licht kann man die Welt auflösen. Vor schwachen Augen wird sie fest, vor noch schwächeren bekommt sie Fäuste.

Entweder mich trügt mein Gehör oder diese beiden Zitatenreihen beziehen sich nicht auf denselben Menschen.
Übrigens könnten die wenigen Beispiele um ein Vielfaches vermehrt werden. Was beweist Anders? Die kahle Tatsache, daß von den Aussprüchen eines Autors, wenn man die positiven, lebensbejahenden, hoffnungweckenden wegläßt, nur die negativen übrigbleiben. »Es braucht kein Geist vom Grabe herzukommen, uns das zu sagen.«
Der negativen Aussprüche und Gestaltungen gibt es bei Kafka die Fülle. Es ist bekannt, daß er viel Verzweiflungsvolles geschrieben hat, daß es überlange Strecken seines Lebens gab, in denen er nichts als Düsternis und vollendete Ausweglosigkeit sah. Weniger bekannt (oder weniger nahe dem Bewußtsein jener, die seine geistig-seelische Situation zu beurteilen unternehmen), daß er besonders viel äußeren Anlaß hatte zu zweifeln und zu verzweifeln. Nicht daß er zweifelte, ist also das Bemerkenswerte – sondern daß er trotz Zweifeln und Verzweifeln den Glauben an höhere gute Mächte bewahrte, daß er um diesen Glauben immer neu kämpfte und ihn neu erkämpfte, sooft er ihm auch zeitweilig zu entschwinden drohte. Gerade deshalb ist uns dieser schwer erkämpfte Glauben teuer und ein kostbares Vorbild, weil er als ein zart beharrliches Licht vor einem nächtlich drohenden Hintergrund von Schreckensgestalten persönlichen und allgemein menschlichen Unglücks steht. Von Kafka, den Anders als einen passiven, die bösen Mächte der Welt widerstandslos hinnehmenden, ja angeblich sogar devot verehrenden Schwächling hinstellt, stammen die tapfer zum Kampf aufrufenden Tage-

buchsätze: »Nicht verzweifeln, auch darüber nicht, daß du nicht verzweifelst. Wenn schon alles zu Ende scheint, kommen doch noch neue Kräfte angerückt, das bedeutet eben, daß du lebst.« – »Starker Regenguß. Stelle dich dem Regen entgegen, laß die eisernen Strahlen dich durchdringen, gleite in dem Wasser, das dich fortschwemmen will, aber bleibe doch, erwarte so, aufrecht, die plötzlich und endlos einströmende Sonne.« Sätze, die genau das Gegenteil jener Konstatierungen sagen, die Anders seiner Puppe in den Mund legt.
Und zu überwinden gab es nun freilich in diesem kurzen Leben sehr viele objektive Gegebenheiten von allerschwerster Hinderniskraft. Wenn man im Alter von vierunddreißig Jahren die Entdeckung macht, daß man schwer, wo nicht unheilbar tuberkulös ist, wenn man sich dem Tode immer näher gleiten sieht, dann sind auch der edelsten und aufrechtesten Seele Anwandlungen von Pessimismus wohl zu verzeihen – zumal, wenn diese Seele mit viel Phantasie und Sensitivität beladen ist. Wenn überdies unerfreuliche Familienverhältnisse und das Grauenhafte eines Zwangsberufs, der einem nur Kummer schafft, den so Geschwächten anfallen, so bedeutet es (zumindest in meinen Augen) etwas kaum Begreifliches, daß allen Hindernissen zum Trotz ein solch gewichtiges und an vielen Stellen zu Hoffnung und Festigkeit ermunterndes Lebenswerk entstehen konnte. – Seltsamerweise findet Anders gerade in dem Beruf, der Kafka so durchaus verhaßt war, eine Art Einordnung, eine Art ›Beruhigung‹ (Seite 28). »Wer nicht weiß, wo er zugehört, weiß auch nicht, wem er verpflichtet ist ... Für sich persönlich hat Kafka zwar, mindestens vorübergehend, die Frage nach der ›Zuständigkeit‹ seiner Verpflichtungen beantwortet: durch seine Arbeit in der Arbeiterunfallversicherung.« – Dieses Detail ist charakteristisch für die leichtsinnige und dabei höchst selbstgewisse Art, in der Anders Kafkas Leben und Wollen falsch interpretiert – nämlich im genauen Gegensatz zu dem, was Kafka selbst über die ihm aufgedrängte Berufsarbeit dachte und schrieb. An vielen Stellen bricht erschütternd sein Aufschrei gegen den Brotberuf durch, in dem er keine Pflichterfüllung, sondern einen Verrat an seiner wahren Schöpfer-Bestimmung, einen schmerzlichen (allerdings notwendigen) Abfall von sich selbst sah. Notwendig, weil Kafkas Eltern nicht – wie von Anfang an die Eltern Hofmannsthals oder (von einem gewissen Zeitpunkt an) die Werfels – ihrem genialen Sohn alle Hindernisse aus dem Wege schafften, ihn von den Sorgen des Gelderwerbs befreiten. Denn so bescheiden und zurückhaltend Kafka auch war: über die Größe seiner Weltkonzeption, über seine einzigartige, nur durch Zusammenfassung all seiner Kräfte erfüllbare Aufgabe war er sich klar. Und

so heißt es in seinem Tagebuch, bei der grandios-bitteren Schilderung eines Diktats, eines offiziellen Aktenstücks, für dessen Kontext er ein passendes Wort sucht: »Endlich habe ich das Wort ›brandmarken‹ und den dazugehörigen Satz, halte alles aber noch im Mund mit einem Ekel und Schamgefühl, wie wenn es rohes Fleisch, aus mir geschnittenes Fleisch wäre (solche Mühe hat es mich gekostet). Endlich sage ich es, behalte aber den großen Schrecken, daß zu einer dichterischen Arbeit alles in mir bereit ist und eine solche Arbeit eine himmlische Auflösung und ein wirkliches Lebendigwerden für mich wäre, während ich hier im Bureau um eines so elenden Aktenstückes willen einen solchen Glückes fähigen Körper um ein Stück seines Fleisches berauben muß.« – Niemand wird in dieser authentischen Darstellung des Dichters etwas von der auch nur vorübergehenden Beruhigung finden, die Anders der qualvollen Beanspruchung Kafkas durch gleichgültige Amtsgeschäfte zuerkennen will. »Nichts bringe ich fertig, weil ich keine Zeit habe und es in mir so drängt«, klagt Kafka anderorts. Und »die ungeheure Welt, die ich im Kopfe habe«, sagt er ein anderes Mal.
Die Tendenz Anders', in Kafka einen servilen Defaitisten zu sehen, der eigentlich eine Vorform des Faschismus darstellt (»das Bemühen des Dazukommenden als pflichteifrige Gleichschaltung mit dem Bösen, durch die der Gleichschalter das Böse als Gutes zwar nicht erkennt, aber anerkennt«), ist das allbeherrschende Zentrum des Essays von Anders und äußert sich daher, die Tatsachen in ihr Gegenteil verdrehend, auch in einem Detail zweiter Ordnung, wie der Einschätzung des Zwangsberufs. Aber wer verblüffen, die Dinge auf den Kopf stellen will, der muß es eben immerfort machen. Daher passiert dem grundgescheiten Anders ein Malheur wie dieses, daß er, der sonst das Gras wachsen hört, plötzlich die ganz deutliche Ironie aus Kafkas großem Brief an den Vater nicht heraushört: »In Deinem Lehnstuhl regiertest Du die Welt ... Dein Selbstvertrauen war so groß, daß Du gar nicht konsequent sein mußtest, und doch nicht aufhörtest, recht zu haben.« Selbstverständlich ist damit gemeint, daß Kafkas Vater *nicht* recht hatte, daß das Kind, das in dem Vater gern das Urbild aller Vollkommenheit gesehen hätte, diese Inkonsequenz des Vaters früh bemerkte und davon schmerzlich enttäuscht war, daß es – mit andern Worten – die Rechthaberei des Vaters verurteilte. Aber Anders will eben durchgehends (dies die gefährliche Handgelenksdrehung des Buches, die ich hier gleich im Einleitungsabsatz hervorhebe) Kafka als einen Verehrer der Ungerechtigkeit in der Welt, des Bösen, der die Menschheit malträtierenden Unholde erkannt haben, daher darf seine Puppe auch gegen den Vater nicht aufmucken.

Während doch der ganze Brief an den Vater ein Versuch (in vielen Punkten ein sehr liebevoller Versuch) ist, den Vater durch Vorhaltung eines Spiegels zum Erkennen seiner Fehler zu bewegen. Kann denn der Satz »In Deinem Lehnstuhl regiertest Du die Welt« anders als ironisch, als Zurechtweisung hart an der Grenze der Verhöhnung aufgefaßt werden? Anders bringt es fertig, dieses pamphletäre Bild todernst zu nehmen. Seiner Auffassung nach hätte Kafka also wirklich geglaubt, der Vater regiere die Welt – und zwar von seinem Lehnstuhl aus? – Jedenfalls versteigt sich Anders zu einer pathetischen Glosse, die, mit Kafkas Ironie zusammengelesen, unfreiwillig humoristisch wirkt: »Man sollte freimütig genug sein, diese Briefstelle entsetzlich zu finden.«

Doch gehn wir noch einen Schritt weiter und sehen wir, was Anders bei dieser Briefstelle, die ihm *ungekürzt* vorlag, geflissentlich ausläßt, um sich selbst die leichte Einsicht, daß Kafka seinen Vater kritisiert und ironisiert, zu verschließen. Er ersetzt zunächst einen Satz durch Pünktchen. Dieser Satz aber, der die Rechthaberei des Vaters unter kolossalem Vergrößerungsglas zeigt und durch Übertreibung (eine bekannte Figur der rhetorischen Kunst) zurückweist, lautet: »(In Deinem Lehnstuhl regiertest Du die Welt). Deine Meinung war richtig, jede andere war verrückt, überspannt, meschugge, nicht normal.« Und an der Stelle, an der Anders das Zitat abbricht, geht es folgendermaßen weiter: »Es konnte auch vorkommen, daß Du in einer Sache gar keine Meinung hattest und infolgedessen alle Meinungen, die hinsichtlich der Sache überhaupt möglich waren, ohne Ausnahme falsch sein mußten. Du konntest zum Beispiel auf die Tschechen schimpfen, dann auf die Deutschen, dann auf die Juden, und zwar nicht nur in Auswahl, sondern in jeder Hinsicht, und schließlich blieb niemand mehr übrig, außer Dir. Du bekamst für mich das Rätselhafte, das alle Tyrannen haben, deren Recht auf ihrer Person, nicht auf dem Denken begründet ist.« – Hier nennt Kafka seinen Vater unzweideutig einen ›Tyrannen‹ und polemisiert mit ihm. Das dürfen die Leser der Andersschen Broschüre natürlich nicht erfahren; denn sie sollen ja in Kafka einen Tyrannenknecht erblikken, der die Ungerechtigkeiten der Welt stillschweigend, ohne Protest und daher also auch ohne jene Ironie, die bekanntlich töten kann, hinunterschluckt.

Ich habe dieses kleine Beispiel ausgeführt, weil es das Verständnis dafür eröffnet, wie Anders in ganz analoger Weise einen viel umfassenderen Gegenstand am unrechten Ende anpackt: die Deutung des ›Schloß‹-Romans, des Spitzenwerks von Kafka. – Die Hauptperson des Buches (K.) kommt als Fremder in ein Dorf, behauptet, daß man ihn gerufen, ihm einen Beruf übertragen habe. Die Behörden wollen sich keiner an K. ergangenen Einladung entsinnen. Die Dorfbewohner behandeln den Zugereisten gleichgültig, ja feindlich. Vergebens sucht er Bande mit ihnen zu knüpfen. Vergebens sucht er zur obersten Instanz zu gelangen, die im Schlosse residiert. Der ganze Roman erzählt, daß er diese oberste Instanz nie erreicht; ebensowenig wie er im ›Prozeß‹ bis ans oberste Gericht zugelassen wird. Doch der Held des ›Prozeß‹-Romans ist, wie ich entgegen der landläufigen, auch durch dramatische Entstellung popularisierten Auffassung nachgewiesen habe, schuldig – wenn auch nicht völlig, so doch partiell schuldig (vergleiche den Abschnitt ›Franz Kafkas Glauben und Lehre‹); der Held der ›Schloß‹-Dichtung ist unschuldig. Um dies liegt der Fall hier ernster, fragwürdiger, betrüblicher. Beiden Romanen ist gemeinsam, daß der Held stets nur an Zwischeninstanzen gelangt, die entweder konfus, faul, oder geradezu böse sind. Wären diese Zwischeninstanzen mit der obersten Leitung des ›Schlosses‹ identisch, so hätte Anders, zumindest in begrenztem Ausmaße, recht. Unrichtig bliebe zwar immer noch, daß K. diese bösen Zwischeninstanzen einfach bejaht, so wie der Ketzer Marcion einen ›bösen Gott‹ als Weltschöpfer, als Demiurg und Kosmokrator im Besitze der Macht über unsern Äon vermeinte. Vielmehr sehen wir ja K. in beständigem, bis zum körperlichen Zusammenbruch aufreibendem Protest gegen diese Zwischeninstanzen (so wie dies oben an seiner Kampfstellung gegen den Vater nachgewiesen ist – und, nebenbei bemerkt, hat ja auch Marcion den Demiurgen nicht hingenommen, sondern sehr energisch zu entmachten gesucht). Aber in begrenztem Maß könnte man Anders zustimmen, daß schon darin, daß sich K. mit diesen Zwischeninstanzen einläßt, mit ihnen abgibt und viel Zeit verliert, eine gewisse Gefahr liegt. Diese Gefahr zu zeigen, in allen ihren unglaublichen Verästelungen aufzudecken, den großen Verhinderer oder Satan, der unser Leben, das Leben der ganzen Menschheit unlebenswert macht, all seiner Tricks und Komplicen zu überführen: darin nun aber sieht Kafka gerade seine Hauptaufgabe, in dieser warnenden Darstellung, die unser Gewissen schärfen soll, ermüdet er nicht. K. gibt nur gelegentlich den Gewalten müde nach, dann bricht er wieder vor; die Gehilfen, die die Behörden ihm beigegeben haben, schmeißt er hinaus, er läßt bis zum Schluß den Willen nicht fahren, sich in dem Dorf einzuwurzeln. Er erkennt die Mißbräuche der Behörde nicht an. Anders behauptet das Gegenteil: nach seiner Darstellung hält K. die Macht für Recht, beugt sich und anerkennt all das Scheußliche, das im Dorf geschieht, als legitim. – Genau das Umgekehrte hat Kafka geschrieben. Einer der vielen entscheidenden Aphorismen, in denen er gegen die Verführung zur Unfreiheit, Unterjochung, also gegen alles, was später Faschismus oder totalitäres System hieß, Front macht, sei hier angeführt: »Menschliche Vereinigungen beruhen darauf, daß einer durch sein starkes Dasein andere *an sich unwiderlegbare Einzelne* widerlegt zu haben *scheint*. Das ist für diese Einzelnen süß und trostreich, *aber es fehlt an Wahrheit und daher immer an Dauer.*« (Alle Hervorhebungen durch Kursivdruck von mir.)

Wenn Anders entgegen solchen Einsichten die Theorie aufstellt, Kafka sei antizipativ Faschist gewesen, seine Haltung sei die ›würdelosester Demütigung‹ und seine heutige Wirkung beruhe insgeheim auf dem faschistischen Element in seinem Werk – dann hat diese groteske These ungefähr ebenso viel Wahrheitswert, als behauptete ein Kritiker, Kafka hätte die Kathedrale von Notre-Dame gestohlen und das habe ihn berühmt gemacht.

In seiner Novelle von der ›Strafkolonie‹ hat Kafka sogar ausdrücklich den Sturz eines grausamen totalitären Regimes geschildert. – Daß dort nichts Besseres nachfolgt, daß der Libertinismus und die Damenherrschaft, durch die Kafka den Terror des ›alten Kommandanten‹ abgelöst werden läßt, noch kein Aufatmen bringen, ist kein Gegenargument. Es ist nicht so, wie in der bekannten Anekdote von Schopenhauer, der, von einem Schüler befragt, ob man heiraten solle, die Antwort gab: »Es geht so nicht – und so nicht.« Kafka läßt die Möglichkeit eines dritten Weges oder vielmehr anderer Wege durchaus frei. Nicht die schrille Greisenstimme Schopenhauers tönt, sondern Goethes: »Wir heißen euch hoffen.« Allerdings nicht so laut, nicht so wohllautend wie bei Goethe; aber daß sich die Chancen der Menschheit, ein anständiges, friedliches, richtiges Leben zu führen, seit Goethe bedenklich verschlechtert haben, wird angesichts des sich übervölkernden und von der Atombombe bedrohten Planeten niemandem unklar sein. Insofern sind die Schreckbilder, die Kafka von der Willkür und den bösen Ratschlägen der Herrschenden malt, durchaus keine ›Entstellungen‹, wie Anders meint, sondern getreuester Realismus, eine mit den legitimen Mitteln der Dichtung, die stets Verdichtung war, gehandhabte Abzeichnung des Zustands unserer Epoche, die uns den Winden als Spiel hinhält, wenn nicht innere Läuterung, Liebe in einigen Einzelnen und Gruppen einen Umschwung gegen die verkalkten Herrschbegierigen herbeiführen wird.

Soviel über die Zwischeninstanzen, die Schloßorgane, die ›Vertreter Gottes auf Erden‹, die mit ihrer angemaßten Selbstherrlichkeit uns tatsächlich beherrschen und irreführen. Nicht mehr als diese Tatsächlichkeit, diese traurige bürokratische Faktizität hat Kafka dargestellt, von der heute jeder Blick in die Zeitung überzeugt. Nie hat er die Berechtigung dieser faktischen Zustände anerkannt oder gelobt, weder in seinem Amt, noch in seiner Familie, noch im öffentlichen Leben, wovon Janouchs ›Gespräche mit Kafka‹ ein den Anders-Hypothesen diametral entgegenstehendes Wahrheitszeugnis ablegen.

Doch die Diffamation Kafkas, die Anders in seinem Buch versucht, das sehr wenig pro, zu neunundneunzig Prozent contra Kafka geschrieben ist (schon der Untertitel also ist eine Unrichtigkeit), erreicht ihren Höhepunkt, wenn Anders nicht sieht – oder nicht sehen will –, daß Kafka immer nur von Zwischeninstanzen spricht, die sich zwischen Mensch und Gott (Mensch und ›Schloß‹) einschieben, daß aber die oberste Instanz nach Kafkas Plan, den ich mitgeteilt habe, erst ganz zuletzt in Aktion treten und eine toto genere andere Entscheidung fällen sollte als die unwürdigen Unterbehörden, die die Sicht auf Gott verdecken, entstellen, ja unter Ungunst der Zeitläufe, wie gerade in unseren Tagen, ganz unmöglich machen. Ähnlich wie in Strindbergs ›Ostern‹ (Strindbergs Einfluß auf Kafkas Symbolstil ist noch nicht genau genug erforscht) der grausame Gläubiger erst zuletzt sein wahres Gesicht der Liebe enthüllt. »Wir wurden geschaffen, um im Paradies zu leben«, schreibt Kafka, »das Paradies war bestimmt, uns zu dienen. Unsere Bestimmung ist geändert worden; daß dies auch mit der Bestimmung des Paradieses geschehen wäre, wird nicht gesagt.« Ist das nicht deutlich? Ist die Stimme der Hoffnung in diesen Zeilen zu überhören? Wird hier nicht ein Grundpfeiler der jüdischen und aller Religion sichtbar, der Satz von der »Umkehr des reuigen Sünders«, wie durch den Nebel der Zeiten sichtbar und mit der durch die Zeitkrise gebotenen Zurückhaltung und Zerknirschung vorgetragen? – Aber Anders hat ja mit dem Brustton der Überzeugung dekretiert, überscharf und übergewiß: »Nur wenige Thesen über Kafka können in der Tat so unzweideutig belegt werden wie die, daß Kafkas ›Religiosität‹ mit der jüdischen Religion direkt nichts zu tun hatte.« Demgegenüber kann ich auf den Essay von Hans Joachim Schoeps verweisen (›Theologische Motive der Dichtung Kafkas‹), in dem solche Zusammenhänge überraschend klar dokumentiert werden. Schließlich ist Kafkas Gesamtwerk, das schmerzdurchbebt den in der heutigen Welt isolierten, liebeleer auf sich selbst verwiesenen Maschinenzwerg ›Mensch‹ in seiner Vereinsamung, in seiner Abgeschnittenheit vom Nebenmenschen darstellt, nichts anderes als eine Umschreibung des Hauptsatzes aus dem Alten Testament: »Liebe deinen Nebenmenschen wie dich selbst.«

Übrigens glaube ich durch Hinweis auf einen klassischen tschechischen Roman (Božena Němcová, ›Die Großmutter‹), durch den Kafka bei der Grundkonstruktion des ›Schlosses‹ beeinflußt war, an anderer Stelle den Beweis erbracht zu haben, daß Kafka nur die Zwischeninstanzen, die koboldhafte Beamtenschaft, nicht aber die unsichtbare oberste Leistung des Schlosses als böse im antinomistischen Sinn der Gnosis darstellt.

Das ›Schloß‹ ist der Roman des uneingeschränkten Monotheismus, für den auch das Buch Hiob mit seiner Zurückweisung der Zwischeninstanz Satan eintritt und für den der Satz »unser Gott ist der eine = einzige Gott« steht, – das heißt: ein Gott, in dem nichts Böses enthalten sein kann, so sehr auch das Prophetenwort von der Unverständlichkeit Gottes: »Meine Wege sind nicht eure Wege«, zeitweilig, vor allem in bösen Zeiten wie heute, in Kraft bleibt; wofür wiederum Kafka die Beispiele zu häufen nicht müde wird. In solchen Zeiten kann Gott dem getrübten Menschenblick in jeder möglichen Deformation und falschen Perspektive, sogar als häßlich, kleinlich, schmierig, als unethisch, als ein den motivlosen Sohnesmord Postulierender (Kierkegaard) usw. erscheinen. Das ändert aber nichts daran, daß er ist, der er ist. Und daß die Hoffnung, er werde sich, alle Trübungen und Hemmnisse quer durchschneidend, in seiner Herrlichkeit manifestieren, als größte aller Hoffnungen aufrechterhalten bleibt. Die ›Kaiserliche Botschaft‹, die von Gott kommt, wird zwar durch tausend Zwischeninstanzen aufgehalten; »du aber sitzt an deinem Fenster und erträumst sie dir, wenn der Abend kommt«, sagt Kafka. Hat Anders wirklich nicht bemerkt, daß in diesem wohl schönsten Mythos Kafkas genau das gleiche, nämlich die schließliche Vernichtung der Zwischeninstanzen, die Gott und menschliches Tun trennen, mit dem Zittern der Ungewißheit erhofft wird wie im ›Schloß‹-Roman, den er als quasi-faschistische Adoration der Unrecht tuenden Zwischeninstanzen verkennt. Übrigens deutet Anders auch die kleine Erzählung falsch, wie er in seinem Buch überhaupt da am glücklichsten ist, wo er seine eigenen Wege geht und sich um Kafka nur indirekt kümmert. Ich stehe nicht an, seine selbständige Diatribe über die Gorgo (Seite 104 ff.) für die gelungenste Partie seines Buches und für den Hinweis auf einen Weg zu halten, auf dem sich seine zweifellose Begabung noch geltend machen wird.

Die Grundansicht, die den Ausführungen von G. Anders dogmatisch vorgegeben ist und auf die er, bei all seiner Subtilität, nicht hinreichend aufmerksam erscheint, ist die in den Kreisen der radikalen Linken übliche Annahme, es sei möglich, alles Dunkle, Abgründige, Verworrene, Naturhaft-Unvernünftige, Schmerzschaffende, Koboldige im Kosmos, das der redliche Dichter Kafka nicht verschweigt, ja manchmal siebenfach unterstreicht, stracks aus der Welt wegzuerklären, wegzueskamotieren – und es sei eine Schande, vor dem Unbegreiflichen, vor den Grenzen der Menschheit Ehrfurcht zu hegen. Die Unterscheidung, daß es behebbares (unedles), aber auch unbehebbares (edles) Unglück existentiell gibt, ist bis in diese Kreise noch nicht gedrungen. – Ich verdanke dem schönen und ergiebigen Essay Thomas Manns ›Goethe und Tolstoi‹ den Hinweis auf eine Briefstelle Goethes, der an Schiller, »den Sänger höchster Freiheit«, aus dem Gefühl seiner Naturgebundenheit hervor, schrieb (und es ist Goethe, der Lichterfüllte, der das schreibt): »Wie groß der Vorteil Ihrer Teilnehmung für mich sein wird, werden Sie bald sehen, wenn Sie bei näherer Bekanntschaft eine Art Dunkelheit und Zaudern bei mir entdecken, über die ich nicht Herr werden kann.« Es ist kein Zufall, daß Kafka immer wieder zu Goethe als einem der höchsten Lehrer der Menschheit zurückgekehrt ist, wozu er als der Dekadent, für den Anders ihn ausgibt, nie den Hang gefunden hätte. »Dunkelheit und Zaudern« – auch sie haben ihren Platz im Haushalt des ehrlichen, sich bemühenden Menschen. Man darf nur vor ihnen nicht kapitulieren, wie denn auch Kafka niemals in jenen häßlichen Servilismus, den Anders ihm andichtet, verfallen ist. Beweis: siehe die seitengeteilte Zusammenstellung am Anfang dieser meiner Verteidigungsschrift.

Kafka bedarf keiner Verteidigung. Wenn aber einige Kafka-Interpreten immer wieder das Positive und Aktive in ihm neben seinem Negativen, das ich nicht leugne, ganz übersehen wollen, wofür Anders ein pompöses Beispiel gibt, dann jagt es mich (bei all meiner Abneigung gegen Polemisches) doch immer wieder zur Entgegnung auf.

Richtig ist bei Anders dargestellt, daß Fremdheit, Isoliertheit das Grunderlebnis Kafkas ist. Daß aber die Wurzel seiner dichterischen Inspiration darin liegen soll, daß er Redensarten wörtlich nimmt (so soll die Novelle ›Die Verwandlung‹ aus dem Sprachbild ›ein dreckiger Käfer‹ entstanden sein), ist freilich ebenso absurd, als behauptete einer, die Geschichte von Siegfried, der sein Schwert schmiedet, sei nichts als die nähere wortreiche Ausführung des Sprichworts »Jeder ist seines Glückes Schmied«. – Von derart brüchigen Geistreicheleien ist das Buch von Anders leider übervoll. Auch von Flüchtigkeitsfehlern, die zum Beispiel Artemis (statt Aphrodite) aus dem Schaum des Meeres entstehen lassen (Seite 57), und die nicht an einer, sondern an mehreren Stellen die von Kafka geschaffene Figur Odradek (slawische Etymologie: den vom Rat Abgefallenen – rada = Rat) zu einem unetymo-

logischen Odvadek machen. – Doch ist gerechterweise der *Ausgangspunkt* der Andersschen Analyse als richtig zu bekräftigen. Nur bringt er die Sache mit der erwähnten Drehung des Handgelenks sehr bald in falsches Geleise, betont zu wenig, daß Kafka in der Isoliertheit, Lieblosigkeit des Menschen Sünde und Urschuld sieht, gegen die der Mensch sich aufzulehnen hat, ansonst die gerechte, nun allerdings mit einem gewissen Sadismus ausgemalte Strafe hereinbricht. Doch wie darf man Kafka einen Glaubenslosen nennen, dessen Romane »im Kreise gehen«, dessen einzige »Aktion in Bedenken und Durchdenken der tausend Möglichkeiten« besteht – wie kann man ihn als einen »philosophisch und moralisch unverwendbaren Autor«(!), »verschämten Atheisten« bezeichnen, wenn sich bei ihm so offene Glaubenssätze vorfinden wie das Gleichnis vom Reisewagen, das, auch wenn es nur das einzige seiner Art in diesem Oeuvre wäre (es hat aber viele Geschwister), allein schon ihn in den Rang eines religiösen Bekenners erhöbe. Es sei hier angeführt:
»Läufst du immerfort vorwärts, plätscherst weiter in der lauen Luft, die Hände seitwärts wie Flossen, siehst flüchtig im Halbschlaf der Eile alles an, woran du vorüberkommst, wirst du einmal auch den Wagen an dir vorüberrollen lassen. Bleibst du aber fest, läßt mit der Kraft des Blicks die Wurzeln wachsen tief und breit – nichts kann dich beseitigen, und es sind doch keine Wurzeln, sondern nur die Kraft deines zielenden Blicks –, dann wirst du auch die unveränderliche dunkle Ferne sehn, aus der nichts kommen kann als eben nur einmal der Wagen, er rollt heran, wird immer größer, wird in dem Augenblick, in dem er bei dir eintrifft, welterfüllend, und du versinkst in ihm wie ein Kind in den Polstern eines Reisewagens, der durch Sturm und Nacht fährt.«
Da jetzt die ›Briefe an Milena‹ vorliegen, die mein Freund Willy Haas herausgegeben hat, so muß wohl jedem klar sein, zu welchen Höhen geistiger Liebe Kafka sich erhoben hat (Anders dekretiert frischweg, daß die Vergöttlichung der Liebe mit Goethes »zieht uns hinan« begann – als hätte es nie einen Platon, einen Dante gegeben) und wie tief er an die verborgenen lenkenden Kräfte glaubte, die der Menschheit bei ihrem Kampf um Gerechtigkeit und Frieden trotz allem beistehen. Trotz allem! – gerade das ist das von Anders völlig übersehene Zauber- und Schlüsselwort Kafkas. Daß es in den Aphorismen deutlicher hervortritt als im erzählenden Werk, habe ich anderwärts erörtert. In den Erzählungen gibt Kafka sich hin, in den Kristallen der Meditation (oft auch in Briefen) kontrolliert er sich. Die Romane werden zusehends düsterer; in gleichem Maße die sententiösen Destillate immer

reiner und heller. Ein Phänomen, das ich in meinem neuen (dritten) Buch über meinen Freund ›Franz Kafka als wegweisende Gestalt. (Eine Aufforderung zur Mitarbeit)‹ wenigstens andeutungsweise zu umreißen suche. Mit zunehmender Not wachsen eben (im Sinn Hölderlins) auch die rettenden Kräfte des schwer zu fassenden Gottes. Und so steigern sich die Bekenntnisbriefe an Milena bis zu jenem Diktum, das ich das ›Lied vom großen Trotzdem‹ nennen möchte. Es lautet und ist zugleich als Bekenntnis Kafkas zur Willensfreiheit im Menschen, also zu Gott, zum Pazifismus, zu allen guten Entwicklungsmöglichkeiten aus Hoffnung und Liebe hervor zu werten:

»Es ist französischer Nationalfeiertag; die Truppen marschieren unten von der Parade nach Hause. Es hat – das fühle ich, in Deinen Briefen atmend – etwas Großartiges. Nicht die Pracht, nicht die Musik, nicht das Marschieren, nicht der alte, aus einem (deutschen) Panoptikum entsprungene Franzose in roter Hose, blauem Rock, der vor einer Abteilung marschiert, sondern irgendeine Manifestation von Kräften, die aus der Tiefe rufen: ›Trotzdem, ihr stummen, geschobenen, marschierenden, bis zur Wildheit vertrauensvollen Menschen, trotzdem werden wir euch nicht verlassen, auch in euren größten Dummheiten nicht und besonders in ihnen nicht.‹ Und man schaut mit geschlossenen Augen in jene Tiefe und versinkt fast in Dir.«

Zeittafel

1883 3. Juli, geboren in Prag.
1893–1901 Altstädter deutsches Staatsgymnasium.
1901 Beginn des Hochschulstudiums an der deutschen Universität in Prag, vorübergehend München.
1902 Vorangehend: Plan, an der Export-Akademie in Wien zu studieren. Beginn des Briefwechsels mit Oskar Pollack. Im Sommer Liboch (Schelesen).
1905–1906 Im Sommer in Zuckmantel.
1. April 1906 Konzipient im Büro des Advokaten Dr. Richard Löwy, Prag.
1906 Juni, Doktor juris.
Im Sommer in Triesch beim Onkel Landarzt (Dr. Siegfried Löwy).
1. Oktober 1906 bis 1. Oktober 1907 Gerichtspraxis in Prag beim Strafgericht, dann beim Zivilgericht.
vor 1907 ›Beschreibung eines Kampfes‹ und ›Hochzeitsvorbereitungen auf dem Lande‹ geschrieben.
Andere Jugendwerke (in Verlust geraten).
1907 Im Oktober Antritt des Postens in den ›Assicurazioni Generali‹.
1908 Eintritt in die Arbeiter-Unfallversicherungsanstalt.
1908 ›Betrachtung‹. Im ›Hyperion‹ gedruckt.
1909 Zwei Stücke aus ›Beschreibung eines Kampfes‹: ›Gespräch mit dem Beter‹ und ›Gespräch mit dem Betrunkenen‹. Im ›Hyperion‹ gedruckt.
1909 Im September in Riva, Brescia mit Max und Otto Brod.
1910 Beginn der Quarthefte (Tagebücher). Die ostjüdische Schauspieltruppe. Im Oktober in Paris mit Max und Otto Brod.
1911 Dienstreise im Januar, Februar (Friedland, Reichenberg). Im Sommer Zürich, Lugano, Mailand, Paris mit Max Brod. Dann Sanatorium Erlenbach (Fellenbergs Naturheilanstalt) bei Zürich (allein).– Reisetagebücher.
1912 Roman ›Der Verschollene‹ (›Amerika‹) begonnen. Im Sommer Weimar (mit Max Brod), dann allein Jungborn im Harz. Lernt am 13. August F. B. kennen. Am 14. August Manuskript der ›Betrachtung‹ an Verlag Rowohlt abgeschickt. ›Das Urteil‹ und ›Die Verwandlung‹ geschrieben.
1913 ›Betrachtung‹ erschienen (Januar), Verlag Rowohlt. Im Mai erschien ›Der Heizer‹.
Gartenarbeit in Troja bei Prag. Allein in Wien, Venedig, Riva. Die Schweizerin.
1914 Ende Mai Berlin Verlobung. Vorstudie zum ›Schloß‹

(Tagebuch 11. Juni). In Hellerau, Lübeck, Marienlyst (ein Teil der Reise mit Ernst Weiß), Kriegsausbruch. Zusätzliche Sorgen mit der Fabrik des Schwagers. Entlobung. Arbeit am ›Prozeß‹. ›Strafkolonie‹.

1915 Wiederbegegnung mit F. B. – Eigenes Zimmer in Prag (erst Bílková, dann Dlouha třída). Arbeit am ›Prozeß‹. Fahrt nach Ungarn, mit der Schwester Elli. Fontanepreis.

1916 Im Juli mit F. in Marienbad. Einige Landarzt-Novellen geschrieben. Vorlesung in München (November).

1917 Wohnung in der Alchymistengasse, dann im Palais Schönborn. Weiterarbeit an den Landarzt-Novellen. Zweite Verlobung im Juli. 4. September: Konstatierung der Tuberkulose. Wohnung bei seiner Schwester Ottla in Zürau. 12. September Büro-Urlaub. Kierkegaard-Studium. Aphorismen (Oktav-Hefte). Zweite Entlobung im Dezember, Prag.

1918 Zürau. Prag. Turnau. Schelesen. ›Beim Bau der Chinesischen Mauer‹ und ›Kübelreiter‹ geschrieben.

1919 ›Ein Landarzt‹ erschienen, Verlag Kurt Wolff. Fräulein Julie Wohryzek (Schelesen). Prag. ›Brief an den Vater‹. In Schelesen mit Max Brod. ›In der Strafkolonie‹ erschienen.

1920 Meran. Krankenurlaub. – Frau Milena Jesenská (Wien). Nochmals Büro in Prag. Ankunft in Prag 5. Juli. Ende des Jahres in der Tatra (Matliary). Robert Klopstock.

1921 Tatra. Prag. Frau Milena.

1922 Spindlermühle. Im Februar wieder in Prag.
15. März aus dem ›Schloß‹ vorgelesen. Im Mai zum letztenmal mit Milena gesprochen. Ab Ende Juni Planá an der Luschnitz, mit seiner Schwester Ottla. Prag.

1923 Juli in Müritz. Dora Dymant (Diamant). Berlin. Schelesen. – Ende September mit Dora: Berlin-Steglitz. Zehlendorf.
›Der Bau‹, ›Josefine‹, vielleicht ›Forschungen eines Hundes‹. – Die vier Novellen des ›Hungerkünstler‹ in Druck gegeben (Verlag Die Schmiede).

1924 Berlin bis 17. März. – Prag. – Am 10. April ins Sanatorium Wiener Wald abgereist. – Klinik Prof. Hajek in Wien. – Dann Sanatorium Kierling bei Wien, mit Dora und Robert Klopstock.
Tod am 3. Juni. In Prag bestattet.

1952 Dora in London gestorben (August).

V

Bildanhang

Zu den Illustrationen*

Kafka ist auch als Zeichner ein Künstler von besonderer Kraft und Eigenart. Ich habe bereits meiner 1937 erschienenen Kafka-Biographie einige Reproduktionen beigegeben, die sein zeichnerisches Können, seine Originalität auch auf diesem Gebiet klarzulegen geeignet waren. Man sehe dort den über sein Glas gebeugten grimmig-irrsinnigen »Trinker« oder den mit wenigen kühnen Strichen in schärfster Bewegung geradezu hingeheulten Jockey und den verkehrt eingesetzten Kopf des über die Hürde emporgerissenen Pferdes, man sehe die schwarzen Marionetten an unsichtbaren Fäden – wie aus einer Erzählung Kafkas an den großen Stehspiegel, auf einen Balkon, auf den Fechtboden (oder die Bühne Hamlets?) herangeholt. Niemand hat es bisher für nötig gehalten, sich mit Kafkas Doppelbegabung zu befassen, die Parallelen zwischen zeichnerischer und erzählerischer Vision zu verfolgen. Das erscheint mir seltsam, da gerade dieser Parallelismus kaum zu übersehen ist. Wie in seiner Dichtung ist Kafka auch in den Zeichnungen ebenso sehr gewissenhafter Realist (vgl. die hier reproduzierte unvollendete Skizze des Goethe'schen Gartenhauses) wie zugleich Schöpfer einer Phantasiewelt. Stärker freilich als in der Dichtung treten die beiden Strömungen seines Genius, die realistische und die frei phantasierende, in seinen Zeichnungen auseinander. Manchmal aber vereinen sie sich ebenso geheimnisvoll wie etwa in den Hauptszenen des »Schloß«-Romans; dann entstehen die schönsten Blätter. Ich besitze noch eine große Anzahl von ihnen, die einmal als Kafka-Mappe erscheinen sollen.

Wo die Linie völlig entstofflicht, gelöst, nur ihrem eigenen Gesetz zu folgen scheint und nur gleichsam zufälligerweise, von ferne, auf einen Vorgang der empirischen Welt Bezug nimmt (wie in der hier reproduzierten Federzeichnung, die einen Laufenden darstellt), wird die Ursprünglichkeit des in Kafka wirkenden Bildnertriebs am deutlichsten. Hier spürt man auch am stärksten die Nähe der in seinen Dichtungen zum Ausdruck drängenden Welt. Der Zusammenhang liegt in Folgendem: Auch in den Dichtungen charakterisiert Kafka seine Gestalten meist von außen, er läßt uns nicht mit Sicherheit in ihr Inneres blicken, es bleibt dunkel, obwohl und gerade weil es überaus ausführlich dargestellt wird. Es

* Der Text wurde für den Band ›Franz Kafkas Glauben und Lehre‹ geschrieben. Die in diesem Band enthaltenen 4 Kafka-Zeichnungen werden hier im Buchanhang S. 398–400 reproduziert. Er enthält außerdem 4 der zuerst 1937 in Max Brods Kafka-Biographie wiedergegebenen Skizzen (S. 395–397) sowie 4 bisher nicht veröffentlichte Zeichnungen.

bleibt widerspruchsvoll. »Psychologie« wird (in einem der Aphorismen) als Erkenntnismittel ausdrücklich abgelehnt, weil sie »immer stimmt«, d. h. weil man sie immer so drehen und wenden kann, daß Notwendigkeiten aufscheinen. Aber Notwendigkeiten konstruieren nie die wahre metaphysische Welt. Sie offenbart sich in Freiheit. Daher ist, als Ausdruck dieser Freiheit und Initiative, in Kafkas Dichtung die Bewegung so wichtig, daher seine minutiöse Darstellung der Geste, des Äußeren seiner Figuren. »Das Äußere ist ein in Geheimniszustand erhobenes Innere« (Novalis). Von hier führt ein direkter Weg zu seiner Veranlagung auf dem Gebiet der bildenden Kunst. Und man muß bedauern, daß Kafka die in ihm schlummernden zeichnerischen Fähigkeiten nicht weiterentwickelt hat. Seinen Zeichnungen gegenüber war er noch gleichgültiger oder, besser gesagt, noch feindlicher als in seinem Verhältnis zu seinen literarischen Hervorbringungen. Was ich nicht gerettet habe, ist untergegangen. Ich ließ mir die »Schmierereien« von ihm schenken, oder holte sie aus dem Papierkorb heraus, – ja eine Anzahl habe ich von den Rändern der juristischen Kollegienbücher abgeschnitten, jener illegal vervielfältigten »Skripten«, die ich von ihm »geerbt« habe (denn er war um einen Jahrgang älter als ich). Sie stammen also aus den Heften, in denen die Weisheit unserer Professoren über »Österreichisches Bergrecht« oder »Zivilprozeß« festgehalten war und die unter der Hand von Generation zu Generation übergingen.

Die handschriftliche Eintragung auf dem ersten Bild lautet: »Bittsteller, und vornehmer Gönner.« – Das Bild auf Seite 399 oben stellt Goethes Gartenhaus dar.

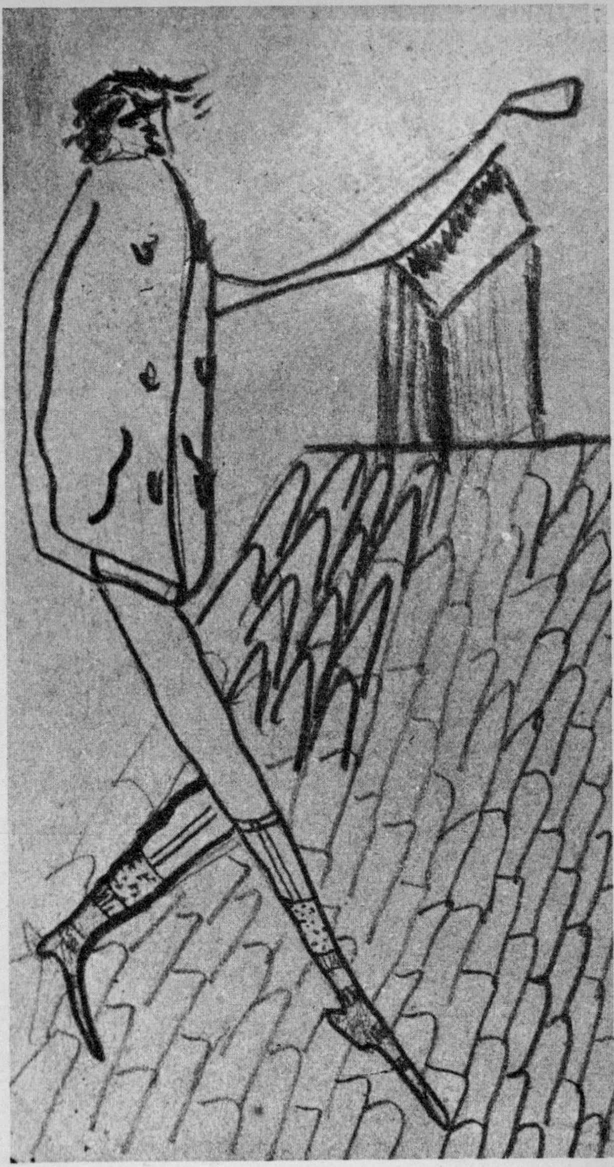

Namenregister

A. vgl. Arnstein
Abraham, Barbara 78
Abraham, Marie 78
Adler, Friedrich 295 f.
Alexander VII., Papst 55
Alexander von Makedonien 88, 215, 243 ff., 277, 310
Anders, Günther 375-386
Andersen, Hans Christian 169, 170
André, [?] 368
d'Annunzio, Gabriele 360, 364
Anzani, [?] 362
Arnstein, [?] 175
Asch, Schalom 247, 265
Augustinus 162, 236, 281
Avenarius, Ferdinand 54

Bach, Johann Sebastian 342
Bäuml, Max 61, 62
Baglione, Giovanni 55
Bailly, [?] (K. s. französische Gouvernante) 17, 106
Balzac, Honoré de 53
Barbey d'Aurevilly, Jules-Amédée 237
Barth, Hans 259
Barth, Karl 266
Baudelaire, Charles 47, 308
Bauer, Felice 112 f., 115, 123 ff., 127 bis 131, 133 ff., 137-148, 171, 199 ff., 208, 211, 319, 369, 388 f.
Bauer, Anna (Mutter von Felice B.) 128, 130
Bauer, Carl (Vater von Felice B.) 86, 128, 130
Bauer, Else (verh. Braun, Schwester) 140
Bauer, Erna (Schwester) 133
Baum, Oskar 68 ff., 95 ff., 100, 113, 126, 145, 147, 295, 355
Baumbach, Rudolf 315
Beck, Oscar 179
Beckett, Samuel 305
Beethoven, Ludwig van 100, 163, 249
Béguin, Albert 267
Beilis, [?] 177
Belzer Rebbe 246
Bergmann, Hugo 17, 21 f., 56, 100, 278 f., 319
Bernard, Émile 343
Bernini, Giovanni Lorenzo 56
Bethge, Hans 344
Biedermann, Woldemar von 99
Bílek, [?] 134
Bismarck, Otto Fürst von 297 f.
Blass, Ernst 176
Blei, Franz 60 f., 66, 123, 206, 278
Blériot, Louis 362-366
Bloch, Grete 129 f., 133, 209-211, 319 ff.
Blüher, Hans 149
Boccaccio, Giovanni 56
Borchardt, Rudolf 277
Borghese, Marcello 364
Borghese, Principessa 364
Bouilhet, Louis 232
Brahms, Johannes 37, 103
Braun, Lily 318
Brenner, [?] 270
Brentano, Franz 305
Brod, Adolf (Vater von Max B.) 69, 112
Brod, Elsa 101, 134, 147, 208, 346
Brod, Fanny (Mutter von Max B.) 69, 112
Brod, Sophie (Schwester von Max B.) 123
Brod, Otto 91 f., 94-97, 361, 388
Brunner, Emil 334
Buber, Martin 97, 100, 173, 218, 263, 271, 312, 332-336, 351
Buber-Neumann, Margarethe 191
Burckhardt, Jakob 258
Busse, Carl 176
Byron, George Gordon Noël 338

Cagno, [?] 362
Calderara, [?] 365 f.
Camus, Albert 218
Carossa, Hans 46
Casanova, Giovanni Giacomo, Chevalier de Seingalt 92
Cervantes, Miguel de 163
Chaplin, Charles 80
Claudius, Matthias 339
Cobianchi, [?] 362
Commanville, Caroline 89, 232
Coppée, François 99, 232 f.
Curtiss, Glenn Hammond 362, 365 f.

Dahn, Felix 315
Dallago, [?] 92
Dante Alighieri 224, 314, 386
David, Věra (Nichte, Tochter der Schwester Ottla) 272
David, Helenka (Nichte) 272
Dehmel, Richard 344
Delacroix, Eugène 343
Demetz, Peter 170
Dickens, Charles 121, 253, 324, 370, 373
Dilthey, Wilhelm 87, 109, 282
Djilas, Milovan 323
Dostojewski, Fedor 46, 136, 248, 311, 314, 344 ff.
Dumesnil, René 232
Dymant (Diamant), Dora 171 ff., 175, 177-82, 184-88, 201, 212, 246, 286, 322, 338, 369, 389
Dymant, [?] (Vater von Dora D.) 181 f.

E. [?], Minze 315-319, 322 f.
Eckermann, Johann Peter 187
Ehrenstein, Albert 344
Ehrmann, [?] 184
l'Espinasse, Julie de 189

F. vgl. Bauer, Felice
Fanta, Bertha 65
F. B. vgl. Bauer, Felice
Flaubert, Achille-Cléophas (Vater von Flaubert) 159, 233
Flaubert, Anne Justine Caroline (Mutter von Flaubert) 232

Flaubert, Gustave 46, 48, 52, 54, 62, 70, 88 f., 99, 116, 127, 135 f., 159, 206, 232 ff., 249, 308, 314
Florian, Joseph 188
Fontane, Theodor 46, 99, 138, 194
Franklin, Benjamin 33, 99
Franklin, Josiah (Vater von Franklin) 33
Franklin, William (Sohn) 33
Franziskus von Assisi 56, 228 f., 281
Freud, Sigmund 26, 40, 282
Fuchs, Rudolf 97, 367-69

G. [?], Anni 175
Gauguin, Paul 343
Gelner, [?] 79
George, Stefan 62, 92, 344
Gerer Rebbe 181
Gerrit, Dora 369 ff.
Gide, André 157, 218
Gikatila, Joseph 287
Goethe, Johann Wolfgang von 23, 46, 48, 52, 99, 108 f, 153, 163, 187, 257, 263, 283, 309, 314, 338, 342, 356, 382, 385 f., 393
Gogh, Vincent van 343
Gogol, Nikolai 46, 283
Goldfaden, Abraham 100
Gotthelf, Jeremias 306
Graetz, Heinrich 99
Grigorewitsch, [?] 345 f.
Grillparzer, Franz 52, 99, 127, 135, 194, 199 f., 321, 342, 349
Grimm, Hermann 232
Grimm, Jacob 110, 213
Grimm, Wilhelm 110, 213
Grodeck, Rabbi von 137
Groß, Otto 140
Groß, [?] (Frau v. Otto G.) 140
Groth, Klaus 37
Guttmann, Julius 176
Gutzkow, Karl Ferdinand 372

H. [Hansi?] 104
Haas, Willy 97, 111, 189, 191, 208, 278, 348, 368, 386
Haecker, Theodor 343
Hajek, Professor 178 f., 389
Hamsun, Knut 46, 182, 258, 314
Hansi 104
Harden, Maximilian 274
Hardt, Ludwig 97, 119
Hašek, Jaroslav 79
Hauptmann, Gerhart 187
Hebbel, Christian Friedrich 52, 99
Hebel, Johann Peter 49, 309, 339
Hegel, Georg Wilhelm Friedrich 325, 328, 334
Heidegger, Martin 214, 224, 282, 334
Heilmann, Hans 62, 344
Heine, Elisabeth (Mutter von Heinrich H.) 183
Heine, Heinrich 183, 259
Hermann, [?] 172
Hermann, Felix (Sohn der Schwester Elli) 171, 272
Hermann, Gerty (Tochter der Schwester Elli) 171, 272, 297
Hermann, Karl (Mann der Schwester Elli) 82, 138, 234, 389
Herzen, Alexander Jwanowitsch 136
Hesse, Hermann 46, 218, 281
Hitler, Adolf 191, 250
Hölderlin, Johann Christian Friedrich 237, 387
Hofmannsthal, Hugo von 46, 276 f., 344, 378
Hoffe, Ester 188, 212, 231
Hoffmann, Camill 177
Hoffmann, E. Th. A. 237, 308
Holitscher, Arthur 343
Holzhausen, Paul 99
Homer 309
Horatius Flaccus, Quintus 337, 347
Hus, Johannes 134
Huxley, Aldous 218, 266

Ibsen, Henrik 254, 259
Ingres, Jean-Auguste-Dominique 117
Innocenz II., Papst 55

Jacobsohn, [?] 157
Janáček, Leoš 134, 177
Janouch, Gustav 42, 80, 187-191, 193, 304, 323, 383
Jaspers, Karl 258, 327 f.
Jesenská, [?] (Tante von Milena J.) 194
Jesenská, Milena 22, 145, 163, 189-209, 215, 218, 312 f., 386 f., 389
Jesensky, Jan (Vater von Milena J.) 191, 207 f.
Josef II., Kaiser 11, 373
Jünger, Ernst 259
Jung, Carl Gustav 258, 282, 334
J. W. vgl. Wohryzek, Julie

K. [?], Paula 69
Kácha, Michal 79
Kafka, Anna (Tante) 13
Kafka, Bruno 12, 45
Kafka, Gabriele (Elli, verh. Hermann, Schwester) 17, 21, 127, 138, 171, 181, 185, 225, 288, 316, 369, 389
Kafka, Georg (Bruder) 17
Kafka, Heinrich (Onkel) 13
Kafka, Heinrich (Bruder) 17
Kafka, Herrmann (auch: Herrman, Heřman, Vater) 11-14, 16-19, 21-36, 41 ff., 54, 68, 72 f., 80, 82-86, 90, 99, 115, 122, 124-128, 131 ff., 137 ff., 144, 150, 163, 172, 174, 176, 178, 180, 183 f., 190, 225 f., 246 ff., 285, 288, 293, 369, 379 f., 389
Kafka, Jakob (Großvater) 13 f.
Kafka, Julie (geb. Löwy, Mutter) 11 bis 23, 25, 27, 34 ff., 41, 54, 68, 72 f., 80, 84 ff., 113, 124-28, 131 ff., 137, 139, 172, 174, 176, 178, 183 f., 190, 247
Kafka, Julie (Tante) 13 f.
Kafka, Ludwig (Onkel) 13
Kafka, Ottilie (Ottla, verh. David, Schwester) 17, 21, 35, 43, 115 [?], 127, 139, 141 ff., 145, 181, 225, 321, 369, 389
Kafka, Philipp (Onkel) 13
Kafka, Robert (Cousin) 180
Kafka, Valerie (Valli, verh. Pollak, Schwester) 17, 21, 127, 173 ff., 181, 225, 369
Kant, Immanuel 40
Kassner, Rudolf 46
Kastil, Alfred 305
Kayser, Rudolf 176

Kaznelson, Siegmund 271
Kierkegaard, Sören 100, 129, 145, 150, 159, 161 f., 172 f., 214, 229, 241 f., 254, 258 f., 266, 269, 281, 285, 305, 330, 384, 389
Kisch, Paul 22, 43
Klabund (Alfred Henschke) 344
Kleist, Heinrich von 27, 29, 35 ff., 39 ff., 46, 170, 247, 294, 325
Klofáč, Václav 79, 287
Klopstock, Robert 71, 163, 178 f., 183 bis 186, 389
Klossowski, Pierre 242-247, 251, 264, 286 f.
Klug, Flora 98
Klug, [?] »Herr« 98
Kolb, Annette 343
Kornfeld, Paul 195
Kramář, Karel 79, 287
Krasnopolski, Horaz 12
Kraus, Karl 70, 270, 275
Krell, Max 211
Kretschmer, Ernst 254
Kropotkin, Peter Alexejewitsch 136
Kubin, Alfred 47, 299
Kügelgen, Wilhelm von 66

L. vgl. Pollak, Lotte
L. [?], »Frau« 176
Laetitia Savoia Bonaparte 364
Laforgue, Jules 206
Lamartine, Alphonse-Marie-Louis Prat de 99
Landauer, Gustav 342
Langer, Georg 137
Leblanc, [?] 363, 365
Lehár, Franz 203
Lehmann, Siegfried 171, 272
Leonardo da Vinci 232
Lessing, Gotthold Ephraim 108 f.
Liliencron, Detlev von 45
Li-Tai-Pe 345
Loewe, Karl 103
Löwy, Alfred (Onkel) 15, 128, 216
Löwy, Isak (Jizchak) 35, 98-102, 171, 246 f.
Löwy, Jakob (Großvater) 15
Löwy, Josef (Onkel) 15
Löwy, Richard (Onkel) 26, 216 f., 388
Löwy, Rudolf (Onkel) 15, 132
Löwy, Siegfried (Onkel) 15, 177, 388
Luther, Martin 56, 236

M. vgl. Pollak, Marianne
M., »Fräulein« vgl. Mauthner
M. M. vgl. Bloch, Grete
Maecenas, Gajus 337
Mahler, Gustav 344
Maimonides, Moses 236
Mann, Thomas 23, 46, 60, 198, 218, 295, 385
Mann, Heinrich 46, 218
Marbot, Antoine Adolphe Marcellin de 99
Marcion 305, 381
Mareš, Michal 79
Marschner, Robert 76, 199 f.
Martini, Fritz 349 f.
Marx, Karl 282
Mathilde, Prinzessin 233
Mauthner, [?] »Fräulein« 175
Medicus, Fritz 265
Mérimée, Prosper 228
Meyrink, Gustav 46, 60
Minze vgl. E., Minze
Montessori, Maria 49
Montesquieu, Charles-Louis de Secondat, Baron de la Brède et de 233
Móricz, Zsigmund 343
Morosini, Contessa 364
Moucher, [?] 362
Mozart, Leopold 81, 83
Mozart, Wolfgang Amadeus 81, 83
Munch, [?] 294

N. N. »Herr« vgl. Pribram, Dr.
Nahmanides (Rabbi Moses ben Nahman) 287
Napoleon Bonaparte 323
Němcová, Božena 193, 371-74, 384
Neumann, Stanislaw Kostka 79, 205, 207
Neumann, Professor 179
Nietzsche, Friedrich 45, 258 f., 281 f., 289, 334
Novalis (Friedrich von Hardenberg) 237, 241, 281, 286 f., 337, 394
Njekrassow, [?] 345 f.

Ohnet, Georges 51
Oldefredi, Conte 364
Onkel R. vgl. Löwy, Richard; Löwy, Rudolf
Orbaan, J. A. F. 55
Origenes 267, 281
Ostrčil, [?] Dr. 76
Ostrčil, Otokar 76

Pascal, Blaise 136, 269, 281
Pater Joseph (François Le Clerc du Tremblay) 266
Paulus 291, 333-36
Peppo vgl. Pollak
Philippe, Charles Louis 205
Pick, Friedl 144
Pick, Otto 97, 100, 134
Pierre-Quint, Léon 36
Pietro da Cortona 55
Pines, M. [?] 99, 270
Pipes, [?] »Herr« 98
Platon 30, 53 f., 62, 107 f., 153, 155, 161, 235, 237, 239, 243, 254, 281 f., 314, 386
Platovsky (Platowski), Franziska (Großmutter) 14
Plotin 283
Poe, Edgar Allan 47, 117, 237, 308 f., 339
Polak, Ernst 191 f., 195, 197, 200 f., 203
Pollak, Oskar 15, 22, 47, 54-59, 67, 87, 157, 289, 388
Pollak, Josef (Peppo, Schwager) 174 f.
Pollak, Lotte (Nichte, Tochter der Schwester Valli) 175, 272
Pollak, Marianne (Nichte) 175, 272
Politzer, Heinz 37, 212, 231
Porias, Adam (Amschel, Großvater der Mutter) 12, 14 f.
Porias, Esther (Großmutter) 12 f., 14
Porias, Isaak (Urgroßvater der Mutter) 12, 14
Porias, Nathan (Großonkel) 13

Porias, Sara (Großmutter der Mutter) 12, 15
Pr. [?], E. [?] »Herr« 211
Pribram, Ewald 47 f.
Pribram, [?] Dr. 195 f.
Proust, Adrien (Vater von Proust) 36
Proust, Jeanne (Mutter von Proust) 36
Proust, Marcel 36, 54, 252
Puccini, [?] 364

R., Onkel vgl. Löwy, Richard; Löwy, Rudolf
Rabelais, François 299
Rabbi von Grodeck vgl. Grodeck
Rabbi Tarfon vgl. Tarfon
Raffael 117
Rath, M. [?] 144
Ratisbonne, Marie Alphonse 265
Ravel, Maurice 294
Rebbe, Gelzer vgl. Gelzer Rebbe
Reis, Fanny 137
Renoir, Auguste 163
Rethberg, [?] »Frau Dr.« 172
Richelieu, Armand Jean du Plessis, duc de 266
Rilke, Rainer (René) Maria 170, 230, 330
Robert, Marthe 187, 264, 338
Roda Roda, Alexander (Sandór Friedrich Rosenfeld) 295
Rougier, [?] 362, 365-367
Rowohlt, Ernst 110, 112

Sachs, Hans 21
Sao-Han 345
Sarcey, [?] 99
Sartre, Jean Paul 224, 305 f., 334
Savonarola, Girolamo 267, 281 f.
Schäfer, Wilhelm 46
Schiller, Friedrich 112, 342, 349, 385
Schimon bar Jochai 233
Schnitzer, [?] »Naturheilapostel« 97
Schnitzler, Arthur 276, 316
Schocken, Wolfgang 209-211
Schoeps, Hans Joachim 150, 153, 159, 212, 231, 383
Sholem, Gershom G. 287
Schopenhauer, Arthur 45, 111, 275, 306, 382
Schreiber, Adolf 140
Schubert, Franz 230
Schultze-Naumburg, Paul 57
Schweitzer, Albert 339
»Schweizerin«, die 106, 129, 388
Shakespeare, William 249, 293
Smetana, Bedřich (Friedrich) 163
Sokrates 62, 237, 281
Soukup, František 79
Speyer, Wilhelm 46, 343
Šrámek, Fraňá 79
Stalin, Jossif Wissarionowitsch 191
Stefani, Giuseppe 216
Steiner, Rudolf 86, 236
Stendhal (d. i. Beyle, Marie-Henri) 163
Sternheim, Carl 138, 234
Steuer, [?] 115
Stifter, Adalbert 46, 49, 309, 339, 372
Stoessl, Otto 113
Strauß, Emil 46
Strindberg, August 46, 136, 290, 330, 383
Stumpf, Walther 150
Su-Tong-Po 345
Susmann, Margarete 159
Swift, Jonathan 27
Tarfon, Rabbi 88, 272
Teneromo, J. 248
Tertullian 267
Thieberger, Friedrich 187
Thoma, Hans 54
Thomas von Aquino 162, 284, 314
Thürheim, Gräfin Lulu von 99, 319
Thu-Fu 345 f.
Tieck, Ludwig 286
Tolstoi, Alexandra Andrejewna 244
Tolstoi, Leo Nikolajewitsch, Graf 23, 46, 147, 186, 212, 222-224, 226, f., 229, 235 f., 243 f., 246, 248 f., 251, 254, 271, 279, 281, 286, 292 f., 297, 330, 369, 385
Toman, Karel (d. i. Antonin Bernášek) 79
Torczyner, Harry 176
Tschiassny, Professor 182
Tschissik, [?] »Frau« 98 f.
Tschissik, [?] »Herr« 98
Tusar, Wlastimil 181
Tusar, [?] (Frau von W. T.) 181

Urban VIII., Papst 55
Utitz, Emil 22
Uyttersprot, Herman 347-352, 354, 356

Vergilius Maro, Publius 224
Vietta, Egon (Egon Fritz) 150
Villiers de l'Isle-Adam, Jean-Marie Mathias Philippe-Auguste, Comte de 117
Voltaire, Francois-Marie (d. i. F.-M. Arouet) 231
Vycpálek, [?] 134

W. [?] 105
Wagenbach, Klaus 315
Wagner, Richard 103, 144
Walser, Robert 62, 294
Warner, Rex 218
Wassermann, Jakob 58, 276
Weber, Werner 312
Wedekind, Frank 46, 60, 234, 316
Weiss, Ernst 97, 131, 349, 388
Weltsch, Felix 38, 90, 95 ff., 113, 115, 136, 145, 147, 179, 187, 212, 222, 271, 277, 332, 355
Weltsch, »der alte« 115
Werfel, Franz 91, 97, 100, 136, 140, 178 f., 195, 206, 218, 247, 265, 278, 367, 378
Werner, [?] »Fräulein« 338
Whitman, Walt 343
Wiegler, Paul 94, 206, 343
Wilde, Oscar 46, 234
Wohryzek, Julie 192, 273 f., 389
Wohryzek, [?] (Vater von Julie W.) 171
Wolfenstein, Alfred 97
Wolff, Kurt 110, 119 f., 150, 368
Woolf, Virginia 218
Wright, Orville 366

Yan-Tsen-Tsai 345

Zola, Émile 52
Zweig, Stefan 276